Manfred Böckl

Boadicea
Die letzte Königin der Kelten

Keltische Jahreskreisfeste

Alban Arthuan: Wintersonnenwende (21. Dezember)
Imbolc: Fest zum Winterende (1. Februar)
Alban Ailyr: Frühjahrstagundnachtgleiche (21. März)
Beltane: Frühlingsfest (1. Mai)
Alban Heruin: Sommersonnenwende (21. Juni)
Lughnasad: Sommer- und Erntefest (1. August)
Alban Elued: Herbsttagundnachtgleiche (23. September)
Samhain: Herbstfest (1. November)

Inhalt

Prolog
Der Totenbaum

Neunhundert Schritte westlich des Steinkreises, der sich auf einer sanften Hügelkuppe erhob und das umliegende Flachland seit zweieinhalb Jahrtausenden beherrschte, ragte das Wurzelwerk des Totenbaumes gen Himmel.

Vor fünfhundert Jahren, als die keltischen Icener übers Meer gekommen waren und sich auf der großen Halbinsel im Südosten Britanniens niedergelassen hatten, war das Baumheiligtum errichtet worden. Dem Rat der Mondgöttin Andrasta folgend, die bei den Icenern besondere Verehrung genoß, hatte der Oberste Druide tief in den Wäldern eine uralte, von drei unterirdischen Quelladern genährte Eiche ausgewählt. Eine Woche darauf, in einer Schwarzmondnacht, hatten der Pendruid und zwölf Adlige die Wurzeln des mächtigen Baumes ausgegraben und die Eiche niedergelegt. Dann war der Baum zum westlichen Ausläufer des Hügels geschafft worden, auf dem die Menhire standen.

Dort hatte der Druide unter rituellen Beschwörungen die Krone der Eiche abgetrennt, den Stamm vom Astwerk befreit und die Wurzelstränge auf halbe Speerlänge gekürzt. Danach war der Baumstamm, sein oberes Ende voran, in einem Erdschacht versenkt worden. Zuletzt, nachdem die Adligen den Schacht wieder verfüllt hatten, war von der Eiche nur noch der untere Teil des Stammes und darüber das Wurzelwerk sichtbar gewesen: das ausladende Nest aus knotigen, vielfach miteinander verschlungenen Strängen, welches dereinst den Leichnam des zu dieser Zeit noch jungen Königs der Icener aufnehmen sollte.

Ein Menschenalter später, als der Herrscher verstorben war, hatte der Totenbaum erstmals seine sakrale Aufgabe erfüllt. In prunkvollem Gewand und im Schmuck seiner Waffen war der König zwischen die Wurzelstränge gebettet worden, und die Druiden hatten drei Tage und Nächte bei der Leiche ausgeharrt, um den Geist des Herrschers auf seiner letzten irdischen Reise zu begleiten. Auf jener Reise, welche die Seele des Königs entlang ihres Weges durch den Eichenstamm in den Schoß der Erdmutter heimgeführt hatte; in den Schoß der Großen Göttin und damit nach Annwn: das verborgene Reich des wahren Lebens, welches zugleich Quelle der Wiedergeburt war.

Am Morgen des vierten Tages, nachdem der Geist des Herrschers in die Anderswelt eingegangen war, hatten die Druiden den Leichnam aus dem Wurzelnest gehoben und ihn unweit des Totenbaumes beigesetzt. Über der Grabstätte war ein mannshoher Steinkegel aufgeschichtet worden - und im Lauf der folgenden Generationen hatte man weitere derartige Cairns errichtet. Jahrhundert um Jahrhundert war das Gräberfeld gewachsen; jetzt, da die Icener schon ein halbes Jahrtausend in Britannien siedelten, ruhten hier zahlreiche Könige und Königinnen.

Eine Seele um die andere war vom Totenbaum nach Annwn gewandert; vor nunmehr neununddreißig Monden hatte letztmals ein Herrscher zwischen den Eichenwurzeln gelegen: Arddgil, der Vater des jetzt regierenden Königs Prasutax. Seit der Steinkegel zum Gedenken an Arddgil aufgeschichtet worden war, stand der heilige Baum wieder einsam und wie entrückt am Saum der vom Cromlech gekrönten Erhebung - und auch heute, am Tag vor dem Beltane-Fest, war dies so.
Leuchtende Sonnenkringel und fahle Wolkenschatten spielten in stetem Wechsel über das rissige, vom Alter gebleichte Eichenholz hin; dann und wann kreisten hoch am Firmament Schwarzvögel, als wollten sie dem Totenbaum Ehre erweisen. Einmal, gegen Mittag, näßte ein fast anderswelltlich feiner, aber eine ganze Weile anhaltender Regenguß das Wurzelnest; bis zum Nachmittag hatten Sonnenwärme und Wind die Feuchtigkeit wieder aus dem Eichenholz gesogen. In der Abenddämmerung schließlich, als die Luft kühler wurde, lief es gleich einem kaum hörbaren Knistern durch die Stränge - bald nach Einbruch der Nacht sodann drang geisterhaftes Flüstern aus dem Holz des Totenbaumes.
Die Seelen der verstorbenen Herrscher und Herrscherinnen hatten sich im verschlungenen Wurzelwerk versammelt; nun tauschten sie sich raunend über das Schicksal des Paares aus, das am morgigen Tag im Ring der Menhire die Ehe schließen sollte. Die Sídhe stimmten darin überein, daß der junge Prasutax und seine Braut, die schöne Boadicea, von den Göttern füreinander geschaffen worden seien; ihre Vereinigung werde dem Stamm der Icener gewiß Segen bringen. Allein schon die ehrwürdigen Ahnenreihen der beiden würden dies bewirken, denn Prasutax sei ein Nachkomme jenes Herrschers, welcher in grauer Vorzeit die Flotte der Curraghs übers Meer geführt habe; in Boadiceas Adern wiederum kreise Druidenblut, und mehrere ihrer Vorfahren hätten im Rang eines oder einer Pendruid und damit noch höher als selbst Könige gestanden.
So raunten die Sídhe, und vor ihren geistigen Augen, die Vergangenheit, Gegenwart und Zukunft zu durchdringen vermochten, formten sich dabei Bilder aus, welche das junge Herrscherpaar und mit ihm die Sippen und Familien der Icener in sorgloser Lebensfreude zeigten. Über etliche Jahre hinweg trübte kaum etwas das Glück des Königs Prasutax und seiner in die druidische Weisheit eingeweihten Gemahlin; Andrasta lächelte dem edlen Paar, so daß dessen Liebe an einem einzigen Tag doppelte Frucht trug - dann jedoch erblickten jene, die aus Annwn zum Totenbaum gereist waren, plötzlich etwas Bedrohliches.
Dunkel flutender Nebel, welcher über der See an der Südküste Britanniens lag, spie Hunderte von feindlichen Schiffen aus. Zu Zehntausenden landeten die fremden Krieger nahe eines weißen Klippengestades und stießen ins Landesinnere vor. Verzweifelt versuchten die Kelten, auch die Icener, den Wölfischen unter der Adlerstandarte Widerstand zu leisten, aber dann fiel der britannische Ard Rhi, und die Sídhe sahen keltische Streitwagen in wilder Flucht davonpreschen. Als Besiegte, nur knapp dem

Verderben entronnen, kehrten Boadicea und Prasutax in ihren Dun heim. In der Königsfestung wurde beratschlagt, ob der Kampf von neuem aufgenommen werden sollte; letztlich entschloß sich das Herrscherpaar um des Überlebens seines Stammes willen, den Frieden zu suchen.
Während die Wölfischen jetzt anderswo in Britannien Tod und Verderben säten, hielten die Icener, wenn auch schweren Herzens, still. Jahre später, nachdem die meisten Keltenstämme im Süden der Insel unterworfen waren, ernteten Prasutax und seine Gemahlin scheinbar den Lohn für ihr friedfertiges Verhalten. Der Imperator der Fremden, welcher mit gewaltigem Gefolge nach Britannien gekommen war, reichte ihnen und weiteren Königen die Hand zur Versöhnung; nunmehr, so die Worte des fremdländischen Herrschers, sollten die Stammesgebiete unter seinem Schutz aufblühen wie nie zuvor.
Neuerlich verstrichen einige Jahre, und die Bilder, welche die Sídhe jetzt erschauten, erweckten den Eindruck, als würde das Versprechen des Imperators wahr werden. Die Fremden bauten Straßen, errichteten Flußbrücken und gründeten Städte; auch unweit des Duns, in dem nach wie vor das Königspaar der Icener regierte, wuchs eine große Ansiedlung aus steinernen Gebäuden empor. Dann aber wurde der Herrscher der Wölfischen von seiner eigenen Ehefrau vergiftet, und der Sohn der Gattenmörderin, welcher nicht von seinem toten Vorgänger gezeugt worden war, bestieg den Thron.
Erschüttert wurden die Sídhe Zeugen dessen, was nun geschah: Wie unter dem verderblichen Einfluß des neuen Imperators immer mehr britannische Kelten versklavt wurden; wie das Verhängnis zunehmend auch die bislang noch in Frieden lebenden Icener bedrohte - und wie die Königsfamilie zu allem Überfluß von einem entsetzlichen Schicksalsschlag getroffen wurde.
Eben noch hatten die Sídhe den icenischen Herrscher in der Fülle seiner Kraft erblickt; unbändige Kampfeslust beflügelte ihn, während er in seinem Streitwagen dahinjagte - dann, urplötzlich, passierte das Schreckliche. Gellend schrie Boadicea auf; die Seelenherzen der Sídhe krampften sich zusammen, als sie den unsäglichen Schmerz in den Augen der Königin sahen. Gleich darauf, während die Zeit jetzt raste, erlebten die Sídhe mit, wie die Mächte der Finsternis alles daransetzten, die nun vermeintlich wehrlose Boadicea zu zerbrechen - und wie die Herrscherin der Icener mit schier übermenschlichem Mut gegen den Ansturm des abgrundtief Bösen ankämpfte.
Eine Fülle fetzenartiger Bilder, die von einem Mahlstrom des Grauens ausgeboren wurden, stürmte auf die Sídhe ein: Die gewaltsam entrechtete Boadicea am Schandpfahl; ihr nacktes Fleisch, das unter Knutenhieben aufplatzte. Nackt und geschändet auch jene, denen die Königin das Leben geschenkt hatte; ihre Schöße und Brüste der bestialischen Brunst der Wölfischen ausgeliefert. Kerkerqual; die Flucht der erniedrigten Frauen unter dem schrillen Singen von Schwertklingen, dann das Schmatzen der Roßhufe im Schlamm der westlichen Urwälder. Aus den Wäldern hervorbrechend die Kriegerscharen; Schlachten, bei denen das Blut der

Kelten und ihrer Feinde in Strömen floß. Schaurige Omen, welche den Untergang der verhaßten Wölfischen anzukündigen schienen; in Flammen aufgehende Städte und ein im Glutregen einstürzender Tempel der Fremden. Doch auch Môn, das heilige Eiland der Britannier, vom flackernden Feuerschein gerötet; die den Göttern geweihten Haine ein Flammenmeer, die Druiden zuhauf niedergemetzelt. Der Racheschwur Boadiceas und noch mehr Greueltaten der Wölfischen; zuletzt die Entscheidungsschlacht am Llundain, dem Heiligtum der Teiche. Der Sieg der Kelten schon ganz nahe, schon greifbar; dann aber, trotz allen Heldenmuts, der Triumph der Finsternis. Chaos, Massensterben und der Tod der Königin; der Freitod durch eigenen Willen - und aus der Lohe ihres Scheiterhaufens aufleuchtend die Unsterblichkeit Boadiceas.
Kurz nachdem die Sídhe dieses letzte Bild erschaut hatten, kündigte sich die Morgendämmerung an. Das Raunen der Andersweltlichen wurde leiser; wenig später, als der erste Sonnenstrahl über den Totenbaum fingerte, lösten sich die Geister der dahingegangenen icenischen Herrscher und Herrscherinnen aus dem Wurzelwerk und kehrten zurück nach Annwn.

Erstes Buch
Der goldene Torques

Die Königshochzeit
1. Mai 39 n. d. Z.

Der Steinkreis, welcher sich auf der Hügelkuppe erhob, war in strahlendes Licht getaucht. Hellgrau schimmerten die Menhire, der Himmel über ihnen war von reinstem Blau; nur am westlichen Horizont, jenseits des Totenbaumes und des Gräberfeldes, zerfaserten filigrane Wolkenstreifen, die da und dort geheimnisvoll verschlungene Muster bildeten, das Firmament. Doch während die Sonne höher stieg, verschwanden sie allmählich, und als sich der Hochzeitszug der Icener dem Cromlech näherte, war keine Spur mehr von ihnen zu erkennen.
An der Spitze der Prozession schritten neun adlige Frauen; die drei vordersten trugen je eine silberne Carynx, die übrigen hielten bronzene Sistren in den Händen. Abwechselnd ließen die Edelfrauen die Trompeten schmettern und die in verschiedenen Tonlagen gestimmten Glöckchen der Schellenbäume erklingen; zwischendurch vollführten sie kunstvolle Tanzsprünge.
Hinter den Musikantinnen kamen dreißig Häuptlinge, von denen viele mit König Prasutax und einige auch mit dessen Braut Boadicea verwandt waren. Sie fuhren mit ihren Rosselenkern auf einachsigen Streitwagen mit metallbeschlagenen Seitenwänden und hochgeschwungenen Deichseln; jeder der Kampfwagen wurde von einem Paar rassiger Pferde gezogen. Die Gemahlinnen der Sippenhäuptlinge schlossen sich an; sie liefen zu Fuß und hatten Bodhrans bei sich, und immer wenn die Edelfrauen weiter vorne ihr Spiel unterbrachen, schlugen die Häuptlingsgattinnen ihre Trommeln in aufpeitschendem Rhythmus.
Stets warfen dann die Rösser, welche vor die drei nun folgenden Streitwagen geschirrt waren, erregt die Köpfe. Es handelte sich um Tiere von erlesenstem Blut, welche dem königlichen Gestüt entstammten. Zwei feurige Hengste, deren Fell hellbeige, rotbraun und schwarz gescheckt war, zogen ein Prachtgefährt mit goldenen Zierplatten, auf dem Swyedydd, der Oberste Druide der Icener, stand. Zu seiner Linken fuhr der nicht minder prunkvolle Kampfwagen des jungen Prasutax, vor den fuchsfarbene Rösser gespannt waren; zur Rechten des Pendruid ging ein Paar wunderschöner Schimmelstuten im Doppeljoch von Boadiceas Gefährt, dessen gülden umrahmte Seitenwände mit Girlanden aus Frühlingsblumen geschmückt waren.
Blumenkränze waren auch um die Hörner und die mächtigen Nacken der drei makellos weißen Stiere gewunden, welche sich, nebeneinander dahinstampfend, in die Sielen eines vierrädrigen Ritualwagens legten, der den Streitwagen des Pendruid und des Brautpaares folgte. Auf diesem Gefährt, das aus neun Holzarten zusammengefügt war, saßen dreizehn Priesterinnen der Göttin Andrasta; ihre dunkelblauen Umhänge waren mit silbernen Mondsymbolen bestickt. In vier weiteren Sakralwagen, die ebenfalls von heiligen Rindern gezogen wurden, fuhren Druiden und

Druidinnen, welche anderen Göttern wie Lugh, Taranis, Cernunnos, Hu-He-Su oder der mit Andrasta nahe verwandten Ceridwen dienten; zudem die Angesehensten unter jenen Großen Wissenden des Volksstammes, die als Barden, Richter, Lehrer, Ärzte, Astronomen oder Ovaten tätig waren.

Den fünf Rindergespannen folgte ein mehr als hundertköpfiger Trupp berittener Adelskrieger, die mit Langschwertern, ovalen Schilden und Lanzen bewaffnet waren; sie hatten ihre Gemahlinnen hinter sich aufs Pferd genommen, so daß die weiten, lebhaft karierten Röcke der Frauen über die Kruppen der Rösser herabhingen. Etwa dreihundert Fußkrieger, auch sie in Begleitung ihrer Gattinnen, schlossen sich den Reitern an - und dann kamen Scharen aus dem einfachen Volk: Bauern- und Handwerkerfamilien, die in den Dörfern im Umland der Königsfestung der Icener lebten.

Männer, Frauen und Kinder trugen ihre besten Gewänder; die in unterschiedlichen Farben ausgeführten Webmuster ihrer leichten Mäntel zeigten an, welchem Sippenverband sie zugehörten. Die Erwachsenen, von denen sich viele zur Feier des Tages bunte Bänder ins Haar geflochten hatten, plauderten und scherzten miteinander; Jungen und Mädchen tollten herum und jauchzten vor Freude, weil sie am heutigen Maifest Zeugen der Königshochzeit werden durften.

Jetzt erreichte die Prozessionsspitze den Saum des Steinkreises auf dem Hügel. Noch einmal stießen die Edelfrauen in ihre Trompeten und schüttelten die Schellenbäume; dann stellten sie sich ein Stück seitlich des Cromlech auf und warteten, bis auch alle anderen Stammesmitglieder auf der langgestreckten Kuppe angelangt waren. Es dauerte geraume Zeit, ehe sowohl die Adligen und Druiden als auch die Familien der Bauern und Handwerker die ihnen gemäßen Plätze eingenommen hatten; endlich aber wurde es ruhig auf der im leuchtenden Sonnenschein daliegenden Erhebung.

Von seinem Streitwagen aus, der zwischen den Gespannen des Brautpaares direkt am Ostrand des Steinkreises stand, ließ Swyedydd den Blick über die Menge der ungefähr zweieinhalbtausend Menschen schweifen. In einem weiten Ring hatte sich das einfache Volk um den Cromlech gelagert; die Fußkrieger und ihre Frauen hatten sich zu den Handwerkern und Bauern gesellt. Etwas näher am Steinkreis waren die berittenen Adelskrieger und deren Gemahlinnen von den Pferden gestiegen und hatten sich im Gras niedergelassen. Die Sippenhäuptlinge und deren Gattinnen hingegen hatten nur einen Steinwurf vom Cromlech entfernt Halt gemacht; Ähnliches galt für die Druidinnen und Druiden, deren Rindergespanne unmittelbar am Steinring zum Stehen gekommen waren. Die neun Edelfrauen mit den Carynxen und Sistren schließlich hatten sich drei Schritte vor dem Streitwagen des Pendruid im Halbkreis formiert.

Nun nickte der knapp vierzigjährige Swyedydd den Musikantinnen zu, zupfte sein weißes, mit rotgoldenen und schwarzen Borten besetztes

Gewand zurecht und wandte sich an das Hochzeitspaar: "Seid ihr bereit für euren Weg ins Rund der heiligen Steine?"
"Ja!" erwiderte der zweiundzwanzigjährige König der Icener mit fester Stimme; seine achtzehnjährige Braut schenkte ihm ein verliebtes Lächeln, richtete die Augen dann wieder auf den Pendruid und erklärte mit leisem Schalk: "Du, dem die tiefsten Geheimnisse vertraut sind, solltest doch eigentlich wissen, daß Prasutax und ich es kaum noch erwarten können."
"Obwohl ich dies vermutete, war es meine Pflicht, mich zu vergewissern", entgegnete Swyedydd schmunzelnd. "Und jetzt, da kein Zweifel mehr an eurer löblichen Absicht bestehen kann, will ich euch unverzüglich in den Steinkreis voranschreiten."
Damit stieg der Pendruid von seinem Wagen und betrat den Cromlech. Mit gemessenen Bewegungen ging er zur Mitte des Steinringes und breitete dort in einer stummen Anrufung der Gottheiten die Arme aus. Eine Weile verharrte er reglos in dieser Haltung; schließlich ließ er die Hände wieder sinken und rief den Namen des jungen Königs.
Prasutax sprang von seinem Streitwagen, wartete ab, bis die Edelfrauen mit den Carynxen und Sistren erneut Dreiergruppen gebildet hatten, und folgte den aufspielenden Musikantinnen von der Ostseite des Cromlech zu dessen nördlichem Zugang. Erst dort führten die Edelfrauen den König, der in seinem goldbestickten Umhang und mit dem fülligen blondgelockten Haar fast wie eine menschliche Verkörperung des Sonnengottes Lugh aussah, in den Steinkreis und weiter bis zu dem Platz, wo Swyedydd stand.
Zur Linken des Pendruid nahm Prasutax Aufstellung; die Musikantinnen holten nunmehr Boadicea ab. Während sie die Braut, diesmal durch den Südeingang, in den Steinring geleiteten, jubelten die Icener begeistert - und das war wahrlich kein Wunder, denn mehr noch als ihr königlicher Bräutigam bot sie einen Anblick von beinahe überirdischer Anmut.
Boadicea war schlank und hochgewachsen; das kaum zu bändigende kupferfarbene Haar, welches ihr bezauberndes Antlitz umrahmte und ihr, frei über Schultern und Rücken fallend, bis zu den Hüften reichte, kontrastierte auf erregende Weise mit dem enganliegenden beigefarbenen Kleid aus griechischem Byssus, das mit roten Borten besetzt war. Beschwingt, fast so, als würde sie tanzen, durchschritt Boadicea den Cromlech; nachdem die Edelfrauen sie zur Mitte geführt hatten, trat die Braut an Swyedydds rechte Seite.
Die Musikantinnen spielten einen dreifachen Tusch und verließen den Steinkreis danach in westlichen Richtung; als sie sich am äußeren Saum gruppiert hatten, ergriff der Pendruid die Hände des Hochzeitspaares.
Sofort kehrte auf der Heide schier atemlose Stille ein; gleich darauf vernahmen die Icener Swyedydds feierliche Sätze: "Du, Prasutax, bist, wie der ehrwürdige Vermählungsbrauch es verlangt, von Norden in den Cromlech gekommen; du, Boadicea, hast das Steinrund gemäß alter Sitte von Süden her durchmessen. So habt ihr einander im Kreis eures gegenwärtigen Daseins als Mann und Frau gefunden - oder euch vielleicht

auch wiedergefunden. Auf dem heiligen Eiland Môn sorgte Andrasta dafür, daß ihr einander in Liebe begegnen - oder euch womöglich auch wiederbegegnen konntet. Eindeutig war es der Wille der Göttin, eure Herzen zusammenzuführen - und ich, der ich hier an diesem seit Urzeiten geweihten Ort im Namen Andrastas spreche, frage euch jetzt: Wollt ihr eure tiefe Zuneigung durch den Bund der Ehe krönen?"
Der Pendruid faßte den jungen Herrscher ins Auge. "Was antwortest du, König der Icener?"
"Mein Leben wäre armselig, sinnlos und vergeudet, dürfte ich es nicht mit Boadicea teilen!" beteuerte Prasutax.
Swyedydd nickte gerührt und richtete den Blick auf die strahlend schöne Braut. "Und wie beantwortest du meine Frage, Tochter des Großen Wissenden Llyniam und seiner nicht weniger weisen Gattin Sarhaed?"
"Meine Liebe zu Prasutax ist grenzenlos wie der Himmel über der Erde und das Meer jenseits von Erinn", entgegnete die Achtzehnjährige leise. Einen Moment stand sie da wie entrückt, dann wandte sie sich an ihren Bräutigam und sagte mit zärtlichem Lächeln: "Deshalb will ich dir alles schenken, was eine Ehefrau ihrem Gemahl schenken kann."
Es schien, als wollte der junge König Boadicea in seine Arme ziehen - aber mit demselben Lidschlag nahm neuerlich Swyedydd das Wort: "Andrasta hat vernommen, wie innig, aufrichtig und unverbrüchlich ihr einander zugetan seid. Die Göttin segnet euren Bund; sie freut sich mit euch an eurem Glück, das über dem Stamm der Icener leuchten möge. Und ich, der ich hier an diesem seit Urzeiten geweihten Ort im Namen Andrastas spreche, verkünde hiermit: Von dieser Stunde an seid ihr, Prasutax und Boadicea, Mann und Frau!"
Kaum hatte der Pendruid geendet, brach rings um den Cromlech ein Begeisterungssturm aus. Wieder und wieder riefen die Menschen die Namen des Brautpaares; als der junge König seine bezaubernde Gattin küßte, steigerte sich der Jubel noch.
Dann sahen die lachenden und winkenden Icener, wie die Edelfrauen mit den Carynxen und Sistren in den Steinkreis zurückkehrten und das Hochzeitspaar, das nun vereint hinter Swyedydd einherging, unter fröhlicher Musik von einem Menhir zum nächsten geleiteten. Vom Pendruid geführt, umschritten Prasutax und Boadicea jeden einzelnen der Hohen Steine, um die befruchtende Kraft der Erdmutter in sich aufzunehmen; zuletzt verließen die Adelsfrauen, Swyedydd und das Königspaar den Cromlech durch den östlichen Zugang - und damit in Richtung der aufgehenden Sonne.
Als Prasutax und Boadicea bei ihren Streitwagen anlangten, drängten sich die Häuptlingspaare sowie die Druiden und Druidinnen um sie; alle wollten das junge Paar umarmen und dem Herrscher und seiner Gemahlin Glück wünschen. Es dauerte einige Zeit, bis Prasutax und Boadicea die Prunkwagen besteigen konnten; anschließend formierte sich der Hochzeitszug und machte sich auf den Rückmarsch zur Königsfestung der Icener.

Freilich schlug die Prozession nicht die direkte Route dorthin ein, sondern umkreiste zunächst den Totenbaum und das angrenzende Gräberfeld, wodurch die verstorbenen Stammesherrscher geehrt wurden. Erst danach zogen die Musikantinnen, Kampfwagen, Rindergespanne, Reiter und Fußgänger nach Süden davon und überließen die heiligen Stätten wieder der Stille.
Ungefähr zwei Stunden waren das Brautpaar und sein Gefolge unterwegs; gegen Mittag erreichte die Hochzeitsprozession den mächtigen Dun, wo die icenischen Herrscher seit einem halben Jahrtausend regierten. Die Königsfestung war auf einer ellipsenförmigen Bodenwelle von gut fünfhundert Schritt Länge erbaut. Ein gewaltiger Erdwall umgab das ausgedehnte Areal auf der Hügelkuppe; zusätzlichen Schutz bot ein Palisadenzaun, der entlang der Wallkrone verlief. Der einzige Zugang zum Dun befand sich im südlichen Bereich der Wehranlage: ein mit Eichenplanken verschalter Torschlund, der von einem aus schwerem Balkenwerk gezimmerten Turm überragt wurde.
Als die Prunkwagen, in denen Swyedydd, der junge Herrscher und dessen Braut standen, hinter den Musikantinnen her zur Torbastion hinauffuhren, hatte Boadicea Gelegenheit, ihre Blicke schweifen zu lassen. So weit das Auge reichte, erstreckte sich fruchtbares Acker- und Weideland um die Königsfestung; inmitten der Felder und Wiesen, die von Waldinseln aufgelockert wurden, lagen zahlreiche bäuerliche Ansiedlungen: kleine Dörfer oder einzeln stehende Gehöfte. Auf den Koppeln, die von Hecken eingesäumt waren, grasten Pferde-, Rinder- und Schafherden; an manchen Stellen stiegen Rauchfäden aus den Waldflecken auf, und Boadicea wußte, daß dort Kohlenmeiler betrieben und zugleich freilaufende Schweinerudel gehütet wurden.
Die junge Frau genoß die bukolischen Bilder mit stiller Freude im Herzen - dann jedoch wurde sie abgelenkt. Denn nun, kurz vor dem Torbau des Duns, wandte sich Prasutax, dessen Streitwagen auf dem schmalen Hügelweg vor Boadiceas Gespann dahinrollte, zu ihr um und sprach: "Gleich haben wir es geschafft, und du kannst dich in der Großen Halle bei Wein, Metheglyn und Spießbraten von der Fahrt erholen."
Boadicea vergalt ihm seine Fürsorge mit einem warmen Lächeln; wenig später passierten ihre Schimmelstuten den Torschlund - und als das blumengeschmückte Gefährt jenseits der Bastion wieder ins Freie kam, bot sich der Braut ein höchst eindrucksvoller Anblick.
An die zweihundert Rundhäuser erhoben sich innerhalb des Duns. Ihre mit Lehm verkleideten Flechtwerkwände waren mit Kalk getüncht und mit blauen oder roten Ziermustern bemalt; die oben spitz zulaufenden und nach unten weit herabgezogenen Reetdächer mit den bogenförmigen Aufwölbungen über den Eingangstüren saßen wie riesige Hauben auf den Außenwänden. In lockerer Anordnung scharten sich die Gebäude um einen Anger im Zentrum der Königsfestung. Ein Teil dieses unbebauten Areals wurde von einem Quellteich mit klarem Wasser eingenommen, an dessen westlichem Ufer ein mit heiligen Symbolen bedeckter,

neununddreißig Fuß messender Weltenbaum gen Himmel ragte; dem Teich und dem Sakralbaum gegenüber standen das doppelstöckige, ebenfalls runde Herrscherhaus und die Große Halle, von der Prasutax gesprochen hatte.

Wie Boadicea wußte, stammte dieses Bauwerk noch aus der Zeit, da die Icener in Britannien gelandet waren. In seiner Form glich es den Wohnhäusern des Duns, besaß aber sehr viel mächtigere Dimensionen. Gewaltige Eichenbalken, die eine Stärke von mehr als einer Elle aufwiesen und mit der Zeit steinhart geworden waren, bildeten das Fachwerk der Wände; der Spitzgiebel des in jeder Generation frisch eingedeckten Binsendaches wuchs fast so hoch wie der Weltenbaum empor. Rings um die Halle liefen drei Reihen übereinanderliegender Fensteröffnungen; das Portal war breit genug, damit es fünf Männer zugleich durchschreiten konnten - und als die Streitwagen des Pendruid und des Hochzeitspaares jetzt vor dem Eingangstor zum Stehen kamen, roch Boadicea köstlichen, aus dem Inneren des Gebäudes dringenden Bratenduft.

Der Geruch war so verlockend, daß die junge Frau es kaum erwarten konnte, von ihrem Gemahl in die Große Halle geführt zu werden. Als das jungvermählte Paar, nach wie vor in Begleitung Swyedydds, eintrat, brachen die Knechte und Mägde drinnen in freudige Begrüßungsrufe aus. Boadicea und Prasutax winkten der Dienerschaft zu; dann, während hinter ihnen nun auch die Häuptlingspaare und Druiden hereinkamen, folgten sie Swyedydd zum Thronsitz in der Mitte der Halle.

Die mit reichem Schnitzwerk verzierte Bank aus Nußbaum, die auf einem mannshohen Podest direkt bei der mit Quadersteinen eingefaßten Feuerstelle stand, bot Platz für mehrere Personen. Boadicea ließ sich zwischen ihrem Gatten und dem Pendruid nieder; kaum saßen das Hochzeitspaar und Swyedydd, trugen Mägde kleine Intarsientische herbei und stellten sie vor Boadicea und den beiden Männern auf. Gleich darauf servierten andere Frauen Appetithappen auf silbernen Tellern und Wein, den Händler von der Iberischen Halbinsel über das Meer gebracht hatten. Das Brautpaar und der Pendruid griffen zu und beobachteten dabei über die Feuerstelle hinweg, wo vier Knechte einen ganzen Mastochsen am Spieß drehten, wie nun auch die Hochzeitsgäste ihre Plätze einnahmen.

Die Sippenhäuptlinge, ihre Gattinnen, die dreizehn Andrasta-Priesterinnen und die übrigen Druiden setzten sich an Tafeln, die rings um den Hochthron und die Feuerstelle aufgebaut waren. Zu ihnen gesellten sich die Edelfrauen, welche auf dem Marsch zum Cromlech und zurück die Carynxen und Sistren gespielt hatten. Die Adelskrieger, welche hoch zu Roß an der Prozession teilgenommen hatten, ließen sich zusammen mit ihren Gemahlinnen an Bänken und Tischen entlang der Hallenwände nieder. Auf den beiden Rundgalerien darüber, die von Schrägpfosten gestützt wurden und über Treppen zu erreichen waren, hatten die Mägde und Knechte lange Tafeln für die Angesehensten unter den Fußkriegern und deren Gattinnen vorbereitet.

Doch auch die weniger privilegierten Schwertkämpfer, Speerwerfer und Bogenschützen mußten nicht darben, denn sie, ihre Angehörigen und dazu das einfache Volk wurden draußen auf dem Anger mit kaltem Fleisch, Brot und Metheglyn bewirtet. Ununterbrochen eilten Dienerinnen zwischen den königlichen Vorratshäusern und den rasch errichteten Brettertischen hin und her - und bald drang ausgelassener Lärm in die Große Halle, wo der köstlich duftende Ochsenbraten allmählich gar wurde.
Schließlich gab der Älteste unter den Knechten, die den mächtigen Drehspieß überwachten, Prasutax das Zeichen, daß der Mastochse angeschnitten werden konnte. Daraufhin hob der junge icenische Herrscher, der sich angeregt mit Boadicea und Swyedydd unterhalten hatte, den Arm und wartete ab, bis Stille in der Königshalle eingetreten war.
Dann rief Prasutax: "Der Festschmaus, auf den wir uns alle gefreut haben, soll nunmehr aufgetragen werden. Bevor wir aber den Braten genießen, muß noch eine wichtige Frage geklärt werden. Wem, so will ich von euch wissen, soll am heutigen Tag die Ehrenportion gehören?"
"Dir und deiner Braut gemeinsam", erscholl die hundertfache Antwort; die Hochzeitsgäste folgten damit einem von alters her geübten Brauch.
Doch zum Erstaunen der Druiden, Adligen und Krieger schüttelte der König den Kopf und äußerte: "Mit dieser Entscheidung kann ich mich keinesfalls einverstanden erklären!"
"Warum denn nicht?" erkundigte sich Swyedydd; sein Schmunzeln verriet, daß er ahnte, was Prasutax mit seinem Einwand bezweckte.
"Weil die anmutigste Frau Britanniens unter uns weilt - und ihrer Schönheit allein die Auszeichnung gebührt!" erwiderte der König. Er warf seiner Gemahlin einen liebevollen Blick zu, dann wandte er sich erneut an die Festgäste: "Und jetzt frage ich euch noch einmal: Wem sprecht ihr die Ehrenportion zu?"
"Die bezauberndste Edelfrau unseres Landes ist Boadicea, und daher soll sie das erste Bratenstück bekommen!" rief, seinen Trinkbecher schwenkend, einer der Häuptlinge. Andere pflichteten ihm bei; gleich darauf skandierten alle Hochzeitsgäste lauthals den Namen der Braut.
"Nun bin ich mit eurer Wahl zufrieden!" verkündete Prasutax, nachdem sich der fröhliche Aufruhr wieder gelegt hatte. Er zog Boadicea an sich und küßte sie; dann verließ er den Thronsitz und schritt zur Feuerstelle, wo ihm der älteste Knecht einen Goldteller und ein silbernes Tranchiermesser überreichte.
Sorgsam schnitt der König das beste Stück aus der Lende des Mastochsen, legte es auf den güldenen Teller, trug die Ehrenportion zum Hochsitz und stellte sie auf dem Eßtischchen seiner Gattin ab. Im selben Moment ertönte von dort, wo die Musikantinnen saßen, ein Tusch; als die Trompetenstöße und das Glockenspiel der Schellenbäume verklungen waren, sagte Prasutax, der sich unterdessen wieder auf der Thronbank niedergelassen hatte, zu Boadicea: "Ich bitte dich, den ersten Bissen

deines Bratenstücks zu dir zu nehmen, damit auch unsere Gäste mit dem Schmaus beginnen können."
"Leider ist es mir nicht möglich, deinen Wunsch zu erfüllen", antwortete die Braut; leiser Schalk blitzte dabei aus ihren feengrünen Augen.
"Wieso das?" fragte der König verwundert.
Boadicea tastete nach seiner Hand; das Funkeln in ihren Augen verwandelte sich in einen Ausdruck schrankenloser Liebe. "Ich möchte alles mit dir teilen! Auch die Ehrenportion, die mir dank deiner Zuneigung und Güte zugesprochen wurde ..."
Damit schnitt sie das Lendenstück an und reichte den ersten Bissen Prasutax. Er gab ihr nach und kostete den Happen - kaum aber hatte der König das Bratenstück verzehrt, bestand er seinerseits darauf, Boadicea den zweiten Bissen vorzulegen. Und dieser neuerliche Beweis ihrer tiefen Verbundenheit löste einen Jubelsturm unter den Gästen aus; dreimal ließen sie Prasutax und seine wunderschöne Gemahlin hochleben, ehe schließlich auch die Druiden, Adligen und Krieger reichlich mit dem köstlichen Mastochsenfleisch versorgt wurden.
Geraume Zeit schmauste die Hochzeitsgesellschaft; immer heiterer wurde die Stimmung, immer häufiger mußten die Becher mit Wein oder Metheglyn nachgefüllt werden. Später am Nachmittag dann, als vom Braten nur noch die Knochen übrig waren, hielt Swyedydd eine feierliche Rede, welche die Herzen der Zuhörer zutiefst berührte.
"Heute, an Beltane, danken die Menschen in allen von Kelten bewohnten Ländern der Großen Göttin für ein unermeßlich wertvolles Geschenk", begann der Pendruid. "Ich spreche vom Frühling, vom lichten Aufblühen des Daseins nach der langen Finsternis des Winters. Auf unserem Weg zum heiligen Ring der Menhire sahen wir heute, in welch herrlicher Pracht die Natur nun wieder prangt, und diese Fülle an blühenden Gräsern, Kräutern und Blumen, an Sträuchern und Bäumen, birgt für uns freudige Hoffnung. Denn sie verheißt uns reiche Ernten im Sommer, wenn der strahlende Gott Lugh die fruchttragenden Pflanzen, welche aus dem Schoß der mütterlichen Erde aufstrebten, mit seiner Liebesglut zur Reife bringt."
Swyedydd schaute lächelnd in die Runde; über dem dreifach geschlungenen dunkelbraunen Haarknoten auf seinem Haupt tanzten drei Funken, welche von der Feuerstelle aufgesprungen waren. Im selben Moment, da sie verloschen, fuhr der Pendruid fort: "Liebevolle Vereinigung, inniges Miteinander, geheimnisvolles Verflochtensein alles Existierenden - dies ist der Ursprung, die Kraft und der Sinn jeglichen Lebens. So entsteht der Kreis des Daseins: nach der nur scheinbar tödlichen Kälte des Winters das Wiedererwachen der Natur im Frühling, die Vollendung des Frühlings im Sommer, das Verwelken des Sommers, wenn der Herbst anbricht, und das Erstarren des Herbstes im Winterfrost. Doch aus dem Tod des Jahres entsteht im nächsten Frühling neues Dasein, und damit vollendet sich der geheiligte Kreislauf: das Geborenwerden, Wachsen, Verblühen, Sterben und Wiedergeborenwerden, welches das Wesen der Großen Göttin ist."

Abermals verstummte Swyedydd; erst als über dem Feuerplatz drei knisternde Glutgarben aufgeschossen waren, redete er weiter: "Wie in der Natur - so bei uns Menschen. Auch wir schlüpfen aus dem Mutterleib, erleben Jugend, Reife und Alter und kehren im Tod in den Schoß unserer Großen Mutter heim, um uns dort - Annwn - auf eine neue irdische Existenz vorzubereiten. Unser Leben jedoch kann nur dann seine volle Erfüllung finden, wenn wir uns seines Ursprungs, seiner Kraft und seines Sinns bewußt sind: dem Miteinander, dem Verflochtensein und der Liebe - ihr vor allem. Denn die Liebe ist die stärkste und heiligste Macht im Knotenwerk des Daseins, sie bringt eine Ahnung vom Glanz des Göttlichen in unser Leben, und wie beglückend dieser Abglanz sein kann, seht ihr, wenn ihr das Brautpaar hier an meiner Seite betrachtet."
Damit wandte sich der Pendruid, über dessen Haupt jetzt wiederum drei Funken tanzten, dem Hochzeitspaar zu und schloß: "Euch führte Andrasta zusammen, deshalb ist eure Liebe auf besondere Weise gesegnet. Behütet sie daher als euer kostbarstes Gut; laßt nicht zu, daß irgend etwas sie trübt - und seid euch stets darüber im klaren, daß die Wohlfahrt der euch anvertrauten Menschen mit eurer Liebe zueinander steht und fällt. Ein König und seine Gemahlin nämlich sind Geist und Seele des Volksstammes, der sie erhöhte; aus ihrer liebevollen Verbundenheit erwächst das Heil für alle. Dieses aber vermögt ihr unserem Stamm nur zu schenken, wenn ihr den Schatz eurer Liebe bewahrt und ihn Jahr um Jahr vermehrt. Und darum bitte ich euch im Namen der Großen Göttin und der Icener!"
Bewegt hatten Prasutax und Boadicea der Rede des Pendruid gelauscht; nun legte der junge König den Arm um die Schultern seiner Gattin und beteuerte feierlich: "Ich will deine weisen Worte nie vergessen, Swyedydd. Dies verspreche ich sowohl dir als auch meiner Braut - und dazu meinem ganzen Volk!"
"Andrasta weiß, daß du für mich immer das Teuerste auf Erden sein wirst, Prasutax!" sagte daraufhin Boadicea. "Und ich werde jeden Tag zu ihr beten, damit sie unsere Liebe wachsen und reifen läßt."
"Das wird sie, denn sie hat euch beide füreinander geschaffen", erklärte der Pendruid. "Und jetzt laßt uns auf euer Glück anstoßen!"
Swyedydd hob seinen Weinbecher und ließ ihn mit den Pokalen der frisch Vermählten zusammenklingen; die Hochzeitsgäste griffen ebenfalls nach ihren Bechern und brachten Trinksprüche auf das Königspaar aus. Danach trat auf ein Zeichen des Pendruid der angesehenste Barde des Volksstammes vor den Hochthron hin. Er trug den Namen Duncann und den Ehrentitel eines Fendigeid, eines von den Göttern Gesegneten, und präludierte so meisterlich auf seiner mit Gold und Elfenbein eingelegten Harfe, daß alle in der Halle ihm mit angehaltenem Atem lauschten.
Anschließend erfreute der Penbardd seine Zuhörer mit einem langen Sprechgesang, in dem die Geschichte der Icener dargestellt wurde: ihr Leben in der gebirgigen Urheimat auf dem Festland jenseits des Meeres; ihre Wanderungen, die sie weiter und weiter nach Westen geführt hatten;

ihre gefährliche Fahrt in Hunderten von Curraghs über die See und ihre Ankunft in Britannien. Dann sang Duncann von den Kämpfen, welche der Stamm anfangs in seiner neuen Inselheimat bestanden hatte; von Friedensverhandlungen mit den einstigen Feinden; von der Errichtung der Königsfestung sowie der Gründung zahlreicher Dörfer und vom Ansehen, das die Icener im Lauf der Jahrhunderte unter den übrigen Keltenstämmen Britanniens gewonnen hatten. Mit einem Lob auf die Kriegsstärke, aber auch die Friedensliebe seines Volkes beendete der Penbardd seinen Vortrag, faszinierte die Hochzeitsgesellschaft wiederum durch sein schier andersweltliches Harfenspiel und trug sodann zwei Lieder vor, die er anläßlich der Vermählung von Prasutax und Boadicea gedichtet hatte.
Zunächst würdigte Duncann den jungen Herrscher, indem er dessen lange königliche Ahnenreihe pries. Der Penbardd erinnerte an die Taten, welche Prasutax' Vorfahren vollbracht hatten; er sang von der Waffenkunst, die sie in der Schlacht gezeigt hatten, und von der Klugheit, die ihnen im Rat zu eigen gewesen war; er zollte ihrem einzigartigen Mut und ihrer tiefen Weisheit Anerkennung: den herausragenden Eigenschaften der Herrschersippe, welche den Icenern von Jahrhundert zu Jahrhundert Nutzen gebracht hatten. Schließlich, als Duncann zum Schluß seines Sprechgesangs kam, gedachte er der Eltern des jungen Königs: Prasutax' Vater Arddgil, der vor drei Jahren verstorben war, und dessen Ehefrau Presilai, welche vor viereinhalb Jahren auf dem Totenbaum gelegen hatte.
Mit leise perlenden Tönen, die er den Harfensaiten entlockte, grüßte der Penbardd die Seelen Arddgils und Presilais in Annwn; danach leitete Duncann zu einer heiteren Melodie über, um seine Zuhörer auf das Lied einzustimmen, welches Boadicea gewidmet war.
In wohlgesetzten Versen lobte er die Anmut der Königsbraut; verglich ihr bezauberndes Antlitz mit dem der liebreizenden Göttin Brigid, bezeichnete Boadiceas prachtvolles kupferrotes Haar als Geschenk Andrastas und stellte die Frage, ob die meergrünen Augen der Braut womöglich eine Gabe verführerischer Jungfrauen aus dem Reich der Sídhe seien. Nach dieser Reminiszenz an die Schönheit Boadiceas würdigte der Penbardd auch die Ahnen der Königsbraut. Er nannte die Namen der vielen Druidinnen und Druiden, deren Blut in Boadiceas Adern kreiste: allesamt Große Wissende, welche auf den Pfaden zwischen den Welten gewandelt waren; mehrere hatten sogar im Rang eines oder einer Pendruid gestanden und waren damit höchstgeachtete geistige Führer der Stammesherrscher gewesen.
Zuletzt erinnerte Duncann an Boadiceas Vater Llyniam und ihre Mutter Sarhaed. Beide waren im Land der Icener geboren worden, hatten jedoch später auf der heiligen Insel Môn mit ihren weithin berühmten Weihestätten und Druidenhainen gelebt. Sarhaed war Priesterin der Dreifachen Göttin gewesen; Llyniam Arztdruide, der die Leiden vieler Kranker gelindert hatte. Beide, so Duncann, hätten unter den Großen Wissenden Britanniens noch weiter aufsteigen können - dann aber, vor nunmehr fünf Jahren, war in Erinn eine gefährliche Seuche ausgebrochen. Unverzüglich hatten sich

Llyniam und Sarhaed aufgemacht, um den Siechen Hilfe zu bringen; auf halbem Weg nach Erinn jedoch war ein jäher Frühlingssturm losgebrochen, und die aufgewühlte See hatte den Curragh des Druidenpaares verschlungen.

In sich gekehrt vernahm Boadicea die Verse, die vom Tod ihrer Eltern kündeten; gleich darauf aber verscheuchte das Harfenspiel des Penbardd wie durch Zauber ihre leise Traurigkeit, und dann hörte sie die abschließenden Worte von Duncanns Lied: "Schmerzlich war der Verlust, den Britannien durch den Heimgang Sarhaeds und Llyniams erlitt. Doch in den Herzen der Menschen lebt das edle Druidenpaar weiter, und die Eingeweihten sagen über Sarhaed und Llyniam: Die Götter liebten diese beiden über die Maßen und holten sie deshalb so früh zu sich nach Annwn."

"Mit Boadicea aber ist ein Teil von Sarhaed und Llyniam dennoch im Diesseits geblieben, und das tröstet uns zusätzlich", erklärte Swyedydd. Prasutax nickte dazu und zog seine Braut näher an sich; sodann lauschten das Königspaar und der Pendruid ebenso wie alle anderen den meisterlichen Harfenakkorden, mit denen Duncann seinen Vortrag beendete.

Nachdem der letzte Ton verklungen war, herrschte für eine Weile fast andächtige Stille in der Festhalle; wenig später indessen ging es unter dem Dach des riesigen Raumes um so turbulenter zu. Denn jetzt zeigten die gewandtesten Adelskrieger auf dem freien Platz rings um die Feuerstelle ihre Waffenkünste und rissen die Zuschauer immer wieder zu Beifallsstürmen hin. Manche Kriegerpaare maßen ihre Kräfte mit Schild und Schwert; andere fochten mit Stoßlanzen, Stachelkeulen oder Dolchen. Obwohl die Schaukämpfe furios geführt wurden, trug keiner der Adelskrieger ernsthafte Verletzungen davon; am Ende zeichnete Prasutax diejenigen mit Ehrenpreisen aus, welche die größte Geschicklichkeit im Umgang mit den unterschiedlichen Waffen bewiesen hatten.

Kaum hatten die Sieger ihre wertvollen Weinpokale, Armspangen oder Gewandfibeln in Empfang genommen, trugen die Mägde einen Abendimbiß auf. Es gab anregend duftendes frischgebackenes Brot, geräucherten Seefisch und in pikante Kräutersoßen eingelegte Eier; neuerlich schmausten die Druiden, Adligen und Krieger nach Herzenslust - bis schließlich die älteste Andrasta-Priesterin an den König trat und darauf hinwies, daß nun die Zeit für das Entzünden des Beltane-Feuers gekommen sei.

Bald danach schritten das Herrscherpaar und Swyedydd zum Hallenportal; die Hochzeitsgesellschaft schloß sich ihnen in einem feierlichen Zug an. Über dem Anger draußen, wo das einfache Volk schon ungeduldig auf das Erscheinen der Prozession gewartet hatte, schimmerte bereits der Vollmond und funkelten die Sterne. Inmitten des unbebauten Areals ragte ein riesiger Scheiterhaufen empor, den die Bauern und Handwerker im Lauf des Nachmittags errichtet hatten; er wurde von Fackeln beleuchtet, die ringsum in der Erde staken.

Unter dem Jubel der einfachen Menschen näherten sich das Königspaar, der Pendruid und ihr Gefolge dem Holzstoß und stellten sich in einem weiten Kreis um ihn herum auf. Dann trat die Schar der dreizehn Andrasta-Priesterinnen ganz an den Holzberg heran, und die Älteste rief dem Herrscherpaar und Swyedydd zu: "Im Namen der Göttin ersuche ich euch, mir die drei ersten Fackeln zu bringen, damit das heilige Feuer entfacht werden kann."

"Wir wollen den Wunsch Andrastas von Herzen gerne erfüllen", erwiderte der Pendruid; gleich darauf nahmen er, Prasutax und Boadicea je eine der nahe des Holzstoßes aufgesteckten Pechfackeln an sich, trugen sie dorthin, wo die betagte Priesterin stand, überreichten sie ihr und kehrten an ihren Platz zurück.

Jetzt hielt die alte Druidin die drei Feuerbrände mit beiden Händen so empor, daß sie einen Fächer bildeten, und an diesem entzündeten die übrigen zwölf Andrasta-Priesterinnen nun ein Dutzend weiterer Fackeln, die im Gras bereitgelegen hatten. Nachdem alle Flammenzungen loderten, fügte die älteste Druidin ihre drei Feuerbrände zu einem einzigen zusammen, womit jetzt dreizehnfacher Fackelschein sein rötliches Licht verbreitete. Auf diese Weise waren aus den drei Flammen der Großen Göttin die dreizehn Feuerzungen der Mondin Andrasta geworden - und nunmehr konnten die Priesterinnen darangehen, den Holzstoß in Brand zu setzen.

Als erste stieß die Altdruidin ihre Fackel hinein; die anderen Andrasta-Priesterinnen taten es ihr, um den Holzstoß tanzend, nach, so daß sich die Lohe zuletzt an dreizehn verschiedenen Stellen ausbreitete. Rasch vereinigten sich die Flammenherde und leckten unter den Freudenrufen der Icener immer gieriger empor; nach einer Weile schließlich schoß das Beltane-Feuer turmhoch gen Himmel und beleuchtete den Dun bis hinaus zu den Ringwällen.

Glutwogen waberten weithin durch die Luft, doch das hinderte die vielen hundert Menschen nicht daran, ihrer Begeisterung über die mächtige, glückverheißende Lohe Ausdruck zu geben. Überall auf dem Anger fingen die Icener jetzt an, sich im Beltane-Reigen zu drehen; sie sangen und juchzten, und die Verwegensten unter ihnen - vor allem Burschen und junge Frauen - sprangen einzeln, zu zweit oder in Gruppen durch kleinere Feuer, die unterdessen in einiger Entfernung vom großen Holzstoß entfacht worden waren.

Auch Prasutax und Boadicea wagten einen derartigen Sprung; Hand in Hand setzten sie über einen kräftig flammenden, funkensprühenden Glutherd hinweg und ernteten dafür rauschenden Beifall. Bald darauf begann das Beltane-Feuer in sich zusammenzufallen - und nun strömten zahlreiche Icener zu den Wällen, um von dort aus einen Anblick zu genießen, wie es ihn nur ein einziges Mal im Jahr zu sehen gab.

"Komm, laß uns ebenfalls schauen!" forderte Boadicea ihren Gemahl auf. Sie griff nach Prasutax' Hand und zog ihn in Richtung des westlichen

Ringwalles; wenig später stand das Königspaar auf dem Wehrgang und spähte in die Nacht hinaus.
Das Bild, das sich den beiden darbot, war von beinahe überirdischem Zauber. So weit das Auge reichte, schienen draußen auf der Ebene Glühwürmchen zu tanzen und magische Figuren zu beschreiben. Dann plötzlich wurden jene Lichtpünktchen, die sich am nächsten beim Dun befanden, größer; sie wuchsen und verwandelten sich in aufschießende Flammengarben. Bald formten die Beltane-Feuer bei den Dörfern und Gehöften im Umkreis der Königsfestung eine Kette von Lichtern aus; wiederum nach einer Weile wurde jenseits der ersten eine zweite Feuergirlande sichtbar, kurz danach eine dritte - schließlich erstreckten sich die roten Lichterketten bis zum Horizont.
"Das heilige Feuer, welches die Andrasta-Priesterinnen hier in unserem Dun entzündeten, hat das ganze Land befruchtet", sagte Prasutax leise zu seiner Braut. "Und weil dies geschah, wird die Göttin unsere Feldfluren und Weiden auch in diesem Jahr wieder segnen."
"So wird es sein", bestätigte Boadicea und schmiegte sich enger an ihren Gatten. Prasutax legte den Arm um ihre Schultern, dann blickte das Brautpaar neuerlich still über die von den Lichtergirlanden verzauberte Ebene hin. Boadicea spürte, wie der Geist ihres Gemahls sanft entrückt wurde; auch sie selbst hatte das Gefühl, als sei sie auf einmal sehr innig mit der Nacht, der flammengeschmückten Erde und dem Wesen des Göttlichen verbunden. Dankbar genoß sie dieses unendlich friedvolle Empfinden; Zeit, die nicht länger meßbar war, verstrich.
Irgendwann löste sich Boadicea wieder aus ihrer Versunkenheit. Behutsam, weil Prasutax noch immer wie traumverloren wirkte, bewegte sie sich ein wenig - und dabei geriet das Antlitz des Mannes, den sie liebte, in ihr Blickfeld. Boadicea erahnte seine tiefblauen Augen, sah sein edles Profil mit der markanten Nase und dem kräftigen Kinn; sah den schweren Torques aus geflochtenen Goldsträngen, welcher als Abzeichen der Königswürde um seinen Hals lag. Sie verspürte grenzenlose, fast schmerzliche Zuneigung zu ihm, als sie ihn so betrachtete - mit einemmal war ihr, als würden sie beide entführt: zum Druideneiland Môn, wo sie sich vor gut einem Jahr kennengelernt hatten ...

***

Anläßlich des Imbolc-Festes waren Prasutax, Swyedydd, der damals gerade zum Pendruid der Icener erhoben worden war, und eine Schar Adliger auf die Insel in der westlichen See gekommen. Sie, Boadicea, hatte damals als Jungpriesterin der Dreifachen Göttin in einem der größten Druidenhaine des Eilands unweit des uralten Grabheiligtums Barclodiad y Gawres gelebt; bei diesem Hügelgrab hatten der icenische König und dessen Gefolge das Winterende und das Wiedererstarken der Sonne gefeiert. So waren sich Boadicea und Prasutax erstmals begegnet - und hatten sich sofort ineinander verliebt.
Schnell waren sie sich nahegekommen, beide hatten sie allein, ohne Familie, im Leben gestanden - aber das war beileibe nicht der einzige

Grund gewesen, warum sie so rasch zusammengefunden hatten. Es war vielmehr, als hätten sie sich schon immer gekannt; als wären sie bereits in einem anderen Dasein ein zutiefst vertrautes Paar gewesen.
Innerhalb weniger Tage war dieses wundersame Zutrauen zwischen ihnen zu brennendem Verlangen geworden. In ihrer ersten gemeinsamen Nacht hatten sie, von Leidenschaft erfüllt, gegenseitig ihr Innerstes entdeckt oder vielleicht auch wiederentdeckt. Und dann war Prasutax, obwohl er eigentlich am Ende der Woche nach Imbolc ins Stammesgebiet der Icener heimkehren wollte, bis Beltane auf Môn geblieben. Von Monat zu Monat war ihr Glück noch weiter gewachsen; Boadicea, die von ihren Pflichten im Druidenhain freigestellt worden war, hatte ihrem Geliebten die gesamte Insel und dazu die faszinierende Bergwelt des Eryri Gwyn auf dem Festland östlich von Môn gezeigt.
Diese Wagenfahrten und Wanderungen durch die oft andersweltlich schönen Gegenden im äußersten Westen Britanniens waren für sie beide wie ein Traum gewesen - und zuletzt, am Beltane-Fest in Barclodiad y Gawres, hatte Prasutax diesen Traum durch die Frage gekrönt, ob sie, Boadicea, den Thron mit ihm teilen wolle. Ohne Zögern hatte ihm Boadicea die Antwort gegeben, die er ersehnte; gleich darauf hatte der junge König sie ins Licht des hohen Holzstoßes gezogen und den Versammelten zugerufen: "Seht hier in meinen Armen die Frau, die ich liebe und die binnen Jahresfrist meine Gemahlin sein wird!"
Mit strahlendem Gesicht hatte Boadicea den Druiden, Edelleuten, Bauern und Fischern zugewinkt; wenige Tage später jedoch war es ihr unsäglich schwergefallen, ihre Tränen zurückzuhalten. Denn in der Woche nach Beltane war Prasutax, der seine Herrscherpflichten nicht länger hintanstellen konnte, zusammen mit Swyedydd und den icenischen Adligen abgereist. Boadicea hingegen, die ihrerseits noch eine Reihe von Aufgaben in Barclodiad zu erfüllen hatte, war vorerst auf Môn geblieben.
Während der folgenden acht Monate hatte sie ihre Studien so intensiv wie nie betrieben; hatte ihre druidischen Kenntnisse nach Kräften vertieft und sich darüber hinaus in langen Gesprächen mit dem Pendruid der heiligen Stätte auf ihre künftige Rolle als Königsgattin vorbereitet. Auf diese Weise hatte Boadicea ihre verzehrende Sehnsucht nach Prasutax so gut wie möglich betäubt; endlich, drei Wochen vor dem Imbolc-Fest des neuen Jahres, war der Morgen heraufgedämmert, an dem sie in den Südosten Britanniens aufbrechen konnte.
Nach bewegendem Abschied von den Großen Wissenden im Hain von Barclodiad y Gawres, welche seit ihrer frühen Jugend Mutter- und Vaterstelle an ihr vertreten hatten, war Boadicea auf den vierspännigen Reisewagen geklettert, unter dessen Lederplane ihre persönlichen Besitztümer verstaut waren. Zugleich hatte sich eine Schar berittener Krieger, welche die junge Druidin ins Land der Icener geleiten sollten, in die Sättel ihrer Rösser geschwungen. Eineinhalb Tage war der Reiter- und Wagenzug bis zu der Meerenge unterwegs gewesen, welche die Insel Môn

vom Festland trennte; ein breitbordiges Lastschiff hatte die Reisenden hinüber an den Strand von Eryri Gwyn gebracht.
Danach hatten Boadicea und ihre Begleiter das Gebirge durchquert; eine knappe Woche waren sie den Paßwegen gefolgt, die sich zwischen den schroffen Bergflanken von Gwynedd wanden. Schließlich hatten sie das sanftere, von Wäldern bedeckte Hügelland jenseits des Eryri Gwyn erreicht; noch weiter im Osten waren die Pferde tagelang über eine Ebene getrabt. Gegen Ende der zweiten Reisewoche war die Landschaft erneut hügelig geworden; drei Tage hatten die Rösser gebraucht, ehe sie das Mittelgebirge hinter sich gebracht und abermals flaches Land unter die Hufe bekommen hatten. Diese Ebene, die hie und da von weichen Bodenfalten gegliedert war, hatte sich schier endlos erstreckt; fast eine volle Woche waren das Gespann und die Krieger durch das dichtbesiedelte, da und dort von einem Dun überragte Tiefland gezogen, bis die Reiter des Vortrabs zuletzt die icenische Königsfestung am Horizont ausgemacht hatten.
Freudentränen waren in Boadiceas Augen geschossen, nachdem auch sie den machtvollen Dun erspäht hatte; erregt hatte sie die Fuhrleute gebeten, die Zugtiere zu schnellerer Gangart anzutreiben. Und dann, nur wenig später, hatte Boadicea gesehen, wie sich am Hang des Festungshügels etwas bewegte; es mußten Berittene sein, die vom Dun in die Ebene hinabpreschten. Boadicea hatte sich nicht getäuscht; bald hatte sie die einzelnen Männer unterscheiden können: eine starke Schar - und an ihrer Spitze ein Reiter auf fuchsfarbenem Roß. Wiederum nach einer Weile hatte sie ihren Bräutigam erkannt: Prasutax, den jungen König, der seinem Pferd das Äußerste abverlangte. Und dann war er bei ihr gewesen; war freudestrahlend vom Roß gesprungen, hatte sich auf den Wagen geschwungen und hatte seine Braut in die Arme geschlossen.
So war ihr Wiedersehen nach neunmonatiger Trennung verlaufen; ihr Wiedersehen am Vortag des Imbolc-Festes, bei dem Boadicea erstmals an der Seite ihres künftigen Gatten repräsentiert hatte. In der darauffolgenden Woche hatte sie sich von den Anstrengungen ihrer Reise quer durch das ganze südliche Britannien erholt; als sie erneut unternehmungslustig geworden war, hatte Prasutax ihr auf zwei- oder dreitägigen Reitausflügen einen großen Teil des Landes gezeigt, das zu ihrer neuen Heimat werden sollte.
Im Norden und Osten der riesigen Halbinsel, auf welcher die Icener lebten, hatte Boadicea auf die blaugrauen Wogen des Meeres hinausgeschaut, das weit hinter der Kimmung die Küsten Germaniens bespülte; im Landesinneren waren Prasutax und sie zu Gast in den Festungen verschiedener Häuptlinge gewesen und hatten zahlreiche blühende Dörfer besucht. Obwohl Boadicea das Licht der Diesseitswelt auf Môn erblickt und ihr bisheriges Leben in Gwynedd verbracht hatte, war ihr vieles von dem, was sie im Südosten Britanniens sah, seltsam vertraut erschienen: beinahe so, als würde sie die Heiligtümer, die Duns, die bäuerlichen

Ansiedlungen und sogar die Strandlinien mit den Augen ihrer hier geborenen Eltern wiedererkennen.
Dies und dazu das Glück des ständigen Zusammenseins mit dem Mann, den sie über alles liebte, hatten Boadicea geholfen, sich ohne die geringsten Schwierigkeiten im Icener-Land einzuleben. Rasch war die Zeit des Spätwinters und Vorfrühlings verstrichen; ab Alban Ailyr dann, als die Sonne spürbar mehr Kraft gewann, hatte Boadicea die Tage bis Beltane zu zählen begonnen: die Tage bis zum Frühjahrsfest, da sie im Cromlech nördlich der Königsfestung mit Prasutax vermählt werden würde ...

***

Boadiceas Erinnerungen verwichen; sie tastete nach der Hand ihres Gemahls, der neben ihr auf dem Palisadenwall des Duns stand, und flüsterte: "Ich danke dir aus tiefstem Herzen dafür, daß du mich zu deiner Frau gemacht hast!"
Prasutax küßte sie zärtlich, ehe er leise erwiderte: "Ich bin es, der dir zu danken hat! Dir, die du mir ..."
Er unterbrach sich, weil plötzlich Schritte auf dem Wehrgang erklangen; gleich darauf tauchte Swyedydd aus dem Halbdunkel zur Linken des Königspaares auf und sagte: "Ich störe euch nur ungern - aber ich denke, ihr solltet jetzt allmählich in die Festhalle zurückkehren, damit eure Hochzeitsfeier würdig beschlossen werden kann."
"Sitzen unsere Gäste etwa schon wieder an der Tafel?" fragte Prasutax verwundert.
"Die meisten", antwortete der Pendruid schmunzelnd. "Und das ist kein Wunder, denn ihr habt sehr lange hier oben auf dem Wall ausgeharrt."
"Wir vermochten uns eben nicht vom Anblick der Beltane-Feuer loszureißen", erklärte Boadicea schalkhaft; bevor Swyedydd etwas erwidern konnte, fügte sie hinzu: "Doch du hast recht. Es wäre ungehörig, die Hochzeitsgesellschaft über Gebühr warten zu lassen."
Wenig später nahmen das Brautpaar und der Pendruid neuerlich auf dem Hochthron in der Großen Halle Platz. Mit launigen Worten entschuldigte sich Prasutax bei den Druiden, Adligen und Kriegern für seine und Boadiceas Säumigkeit; danach wies er die Mägde an, die Pokale mit geharztem Wein aus Griechenland zu füllen.
Das gehaltvolle Getränk ließ die Stimmungswogen noch einmal mächtig hochschlagen. Bis Mitternacht taten die Hochzeitsgäste dem aromatischen Harzwein nach Kräften die ihm gebührende Ehre an; zwischendurch versicherten sie einander immer wieder, daß die Beltane-Feuer in diesem Jahr so schön wie seit Menschengedenken nicht mehr gebrannt hätten und das Vermählungsfest, in dessen Verlauf sie bestens unterhalten und aufs verschwenderischste bewirtet worden seien, alle ihre Erwartungen übertroffen habe.
Und dann, kurz nachdem die Mitternacht angebrochen war, schäumte die ausgelassene Begeisterung der Druiden, Adligen und Krieger über. Denn unversehens wurden die Portalflügel der Halle geöffnet, Carynxen-Stöße erschollen - und im nächsten Moment erschien unter dem Tor der

prunkvolle Streitwagen des Königs. Unter lautem Jubel der Hochzeitsgesellschaft trabten die Fuchshengste durch den Mittelgang der Festhalle zum Thron; dort sprang der Rosselenker, der das Gespann hereingebracht hatte, aus der Wagenkanzel und hielt die Zügelenden lachend zu Prasutax empor.
Zugleich forderte Swyedydd, der die Überraschung insgeheim inszeniert hatte, den König auf: "Nimm die Leitriemen deiner edlen Hengste an dich, Prasutax, damit du deine bezaubernde Braut zu jenem Haus fahren kannst, in dem euer Liebeslager bereitsteht!"
Rasch überwand das Königspaar seine Verblüffung; aufgeräumt wandte sich Prasutax an Boadicea: "Erlaubst du mir denn, dich ins Hochzeitsbett zu entführen?"
"Ich bitte darum!" antwortete die Braut mit entzückendem Lächeln und erhob sich.
"Da mir dein Wunsch Befehl ist, will ich ihn schleunigst erfüllen", schmunzelte der König, stand ebenfalls auf, bot Boadicea den Arm und führte sie die Stufen des Hochsitzes hinab.
Unter tosendem Beifall bestieg das Herrscherpaar den Wagen, dann wendete Prasutax das Gespann und ließ es im Schritt zurück zum Hallenportal gehen. Swyedydd und die in der Nähe befindlichen Druiden und Adligen schlossen sich an; die übrigen Gäste folgten ihnen, so daß dem Streitwagen hinterdrein eine mehrhundertköpfige Prozession hinaus auf den Anger zog. Dort lenkte der König, der seine Braut eng umschlungen hielt, die Rösser dreimal um den Quellteich mit dem Weltenbaum; das einfache Volk, das nach wie vor unter dem Nachthimmel feierte, rief dem Hochzeitspaar Glück- und Segenswünsche zu.
Nach der dritten Umkreisung des Weihers schließlich schlugen die Fuchshengste die Richtung zum doppelstöckigen Herrscherhaus ein. Vor dessen hellerleuchteter Tür hielt Prasutax die Rösser an und warf Swyedydd die Zügel zu - dann hob er Boadicea vom Wagen und trug sie, während ringsum einmal mehr begeisterter Jubel erklang, über die Schwelle des hohen Rundhauses, in dem sie beide künftig miteinander leben würden.

Das Drunemeton

Sommer des Jahres 40

Kurz nach Sonnenaufgang lichtete die Pentere des Imperators Anker. Nachdem die Ketten durch die Klüsen gerasselt waren, zogen Fischerboote das gewaltige Kriegsschiff von den Kaianlagen des gallischen Hafens weg in freies Fahrwasser. Kaum waren die Schlepptaue gelöst, legten sich die mehr als sechshundert Sklaven auf den fünf Ruderdecks in die Riemen. Das mächtige Schiff, welches vom bronzebeschlagenen Rammsporn am Bug bis zum turmartigen Achterkastell beinahe zweihundert Fuß maß, nahm Fahrt auf, beschrieb einen Bogen und rauschte auf die offene See hinaus.
Drei Trieren, die jeweils eine Centurie schwerbewaffneter Legionäre transportierten, folgten der Pentere im Kielwasser. Während die Flottille mit nordwestlichem Kurs durch die graublauen Wogen des Fretum Gallicum pflügte, vernahmen die Männer auf den Dreiruderern gelegentlich Musik, welche der Wind vom Deckturm des Flaggschiffes herübertrug. Nach zweieinhalb Stunden jedoch, als am Horizont die dunstige Küstenlinie Britanniens auftauchte, verstummten die Saiteninstrumente und Flöten. Die Legionäre auf der vordersten Triere sahen, wie die halbnackten Sklavinnen, welche den Imperator und dessen Hofstaat durch ihr Spiel und ihre Tanzdarbietungen unterhalten hatten, verschwanden. Gleichzeitig bezogen zwei Centurien Bogenschützen ihre Kampfpositionen, und am Mast der Pentere wurden Wimpel gehißt, welche den Männern auf den Dreiruderern anzeigten, daß nun erhöhte Alarmbereitschaft galt.
Im Lauf der nächsten Stunden beobachteten die Legionäre ebenso wie der Imperator und dessen Gefolge gespannt die britannische Küste, wo die Römer allmählich immer mehr Details ausmachen konnten. Gegen Mittag schließlich, als bereits die Dünenzüge und dahinter die Rundhäuser eines kleinen Dorfes zu erkennen waren, wandte sich der knapp achtundzwanzigjährige Imperator Caligula an die Offiziere, die ihn umringten, und äußerte grinsend: "Ich habe den Eindruck, als ob die hier siedelnden Kenten ein Stamm von Feiglingen sind und keinerlei Anstalten machen wollen, uns die Landung zu verwehren."
"Sehr schade!" feixte einer der Legaten. "So werden unsere Truppen leider keine Chance bekommen, diese Barbaren zu Paaren zu treiben."
"Eines Tages wird eine Invasionsarmee des Römischen Reiches die Gelegenheit dazu erhalten!" antwortete der Imperator. "Heute allerdings soll es mir genügen, wenn wir uns ein wenig Kurzweil verschaffen." Er wandte sich einem anderen Offizier zu. "Sind die Legionäre und Liktoren zur Ausschiffung bereit?"
"Sie haben sich bei den Schaluppen versammelt und erwarten deine Befehle, Herr!" erwiderte der Tribun.
"Ausgezeichnet!" nickte Caligula, dann spähte er neuerlich zu den Stranddünen hinüber.

Auf einem der Sandkämme hatten sich mittlerweile die Bewohner des bescheidenen Fischerdorfes zusammengeschart: ungefähr fünfzig Männer, Frauen und Kinder. Dicht aneinandergedrängt, fast bewegungslos, standen die Kenten da - plötzlich aber schreckten sie, wie von einem unsichtbaren Hieb getroffen, zurück.
Denn auf der Pentere, die jetzt nur noch einen guten Pfeilschuß vom Gestade entfernt war, schmetterten Fanfaren; gleich darauf drehte das gewaltige Kriegsschiff bei, man ließ Anker werfen. Die Trieren fächerten aus und bildeten eine schützende Formation um den Fünfruderer; nachdem dies geschehen war, wurden vom Mitteldeck der Pentere sieben große Boote zu Wasser gelassen. Jede der Schaluppen war mit zwanzig Legionären und vier Liktoren besetzt, und als sich die Boote, in Keilformation fahrend, nun langsam dem Strand näherten, erlebten die verstörten Menschen auf der Düne ein seltsames Schauspiel.
Die Liktoren in den Schaluppen nämlich, welche lange, armdicke Rutenbündel bei sich hatten, peitschten mit diesen Fasces, aus denen jeweils eine blanke Beilschneide herausragte, die See. In regelmäßigem Rhythmus zischten die Rutenbündel ins Wasser; vier Legionäre im vordersten Boot, welche die keltische Sprache beherrschten, riefen den Kenten im Chor zu: "Im Namen unseres Imperators Caligula, der seine Kampfschiffe heute von Gallien nach Britannien führte, tun wir euch kund: Römische Macht züchtigt die Wellen, welche an eure Insel spülen! Und das zeigt euch an, daß ihr dereinst ähnlich wie die Wogen des Meeres von Caligula geschlagen und unterworfen werden sollt!"
Wieder und wieder erscholl diese Drohung; unaufhaltsam verminderte sich die Distanz zwischen den Schaluppen und dem Gestade - im selben Moment, da die Boote landeten, flüchteten die meisten Kelten in Richtung ihres Dorfes. Nur wenige harrten auf dem Dünenkamm aus; unter ihnen drei junge Männer, die mit Schwertern und Rundschilden ausgerüstet waren. Dann auf einmal rannten diese Krieger den sandigen Hang hinab, um die Legionäre anzugreifen. Bevor sie jedoch an die Römer herangekommen waren, fauchte ihnen ein Pfeilhagel entgegen - sie starben schnell, von Dutzenden Geschossen durchbohrt.
Auf der Düne erklang Wehgeschrei; die Legionäre wiederum besetzten unter Hohngelächter den Strand, nahmen den gefallenen Britanniern die Waffen ab und zerbrachen die Schwerter und Schilde. Danach wurden erneut die Liktoren tätig - und boten den Kelten, die auf dem Dünenkamm geblieben waren, abermals ein befremdliches Schauspiel. Denn nun fegten die Rutenträger das überall von Muschelschalen bedeckte Gestade mit ihren Fasces, bis sie eine Reihe kniehoher Schalenhaufen zusammengebracht hatten. Anschließend füllten die Liktoren die Gehäuse der Seetiere in Säcke, und während sie diese Arbeit erledigten, vernahmen die Britannier aus den Mündern der vier Legionäre den Ruf: "Römische Macht erhebt Tribut auf eurer Insel! Und das zeigt euch an, daß ihr dereinst unserem Imperator Caligula steuerpflichtig sein und ihm Jahr für Jahr sehr viel wertvollere Abgaben als Meeresmuscheln leisten werdet!"

Zuletzt, nachdem die Rutenträger ihre Säcke geschultert hatten, sandten die römischen Bogenschützen blitzschnell hintereinander sieben Pfeilschauer schräg gen Himmel. Dann marschierten die Liktoren und Legionäre zu den Schaluppen, zogen die Boote ins Wasser und ruderten zur Pentere zurück.
Von der Düne aus beobachteten die Kenten, deren Zahl sich jetzt wieder vergrößert hatte, wie die Schaluppen an Deck des riesigen Kriegsschiffes gehievt wurden; wenig später sahen die Britannier, wie die Pentere und die Trieren Anker lichteten, Fahrt aufnahmen und auf die offene See hinaussteuerten. Mit südöstlichem Kurs verschwand die Flottille; die Kenten schauten ihr nach, bis der Dunst am Horizont sie verschluckte.
Erst dann liefen die Fischerfamilien zu der Stelle am Strand, wo die drei Krieger lagen. Die Frauen knieten bei den Gefallenen nieder und stimmten die Totenklage an; stumm, mit tränennassen Augen, standen die anderen da und lauschten ihrem Sprechgesang. Schließlich, nachdem der nun wild an- und abschwellende Wind die letzten Worte des Klageliedes mit sich genommen hatte, sammelten etliche Männer die zerbrochenen Waffenstücke der Gefallenen auf; sodann wurden die von den römischen Pfeilen durchbohrten Leichen zum Dorf getragen.
Auf dem Anger zwischen den Rundhäusern sprudelte eine mit Geröllsteinen eingefaßte Quelle; daneben erhob sich ein einfacher, den Göttern und örtlichen Geistern geweihter Schrein aus Birken-, Hasel- und Eibenholz. Unter seinem Vordach wurden die Toten vorerst niedergelegt; die drei ältesten Frauen blieben bei ihnen, um ihre vom jähen Sterben aufgewühlten Seelen zu besänftigen und zu behüten.
Die übrigen Kenten begaben sich ins Haus des Dorfoberhauptes und besprachen dort, was angesichts des Überfalls und der Drohungen der Römer zu tun sei. Nach kurzer Beratung kamen die Fischerfamilien überein, daß der Sippenhäuptling verständigt werden mußte. Unverzüglich brachen der Dorfälteste und zwei Männer zum Dun des Häuptlings im Landesinneren auf.
Tief in der Nacht langten sie in der Ringwallfestung an; kaum hatte der aus dem Schlaf aufgeschreckte Adlige von der römischen Herausforderung erfahren, machte er sich seinerseits reisefertig, um Moriand, den König der Kenten, aufzusuchen. Dieser handelte sofort und erteilte Befehl, überall an den Küstenbuchten Beobachtungsposten einzurichten, die jeweils mit einigen Dutzend Kriegern besetzt werden sollten. Darüber hinaus gab Moriand die unheilvolle Nachricht, die ihm der Häuptling aus dem Marschland übermittelt hatte, so rasch wie möglich an Cunobelinos weiter: den Herrscher über die vereinigten Stämme der Catuvellauner und Trinovanten, welche nördlich der Kenten und westlich beziehungsweise südlich der Icener siedelten.
Und Cunobelinos wiederum, der die Würde des Ard Rhi im südlichen Britannien bekleidete, entschloß sich nach Erhalt der bedrohlichen Kunde, eine Zusammenkunft aller Könige einzuberufen, die mit ihm verbündet waren.

***

Prasutax und Boadicea saßen in dem kleinen Blumen- und Kräutergarten an der Rückseite des Herrscherhauses und spielten Fidchell. Bedächtig führten sie die mit feinem Schnitzwerk versehenen Figuren über die weißen, roten und schwarzen Felder des fünfeckigen Bretts; nachdem seine Gemahlin einen besonders raffinierten Zug getan hatte, seufzte Prasutax: "Ich fürchte, du wirst mich schon wieder schlagen."

Boadicea lächelte schelmisch und wollte etwas erwidern, doch da erschien im Einschnitt der Hecke, welche den Garten umgrenzte, ein Adelskrieger, schritt eilig auf das Paar zu und meldete: "Soeben ist ein Abgesandter des Hochkönigs Cunobelinos eingetroffen, der dringend um eine Unterredung bittet!"

"Das hört sich nicht sonderlich erfreulich an", murmelte Prasutax. Er tauschte einen Blick mit seiner Gattin, auf deren Gesicht sich ebenfalls Unbehagen malte; dann entschied er mit belegter Stimme: "Wir werden den Boten im Beisein der Druiden und Adligen in der Großen Halle empfangen."

Wenig später richtete der Gesandte, ein junger Edelmann namens Maponos vom Volksstamm der Catuvellauner, der mit einem Gefolge von zwölf Kriegern zum Herrschersitz der Icener gekommen war, dem Königspaar und dessen Beratern aus, was Cunobelinos ihm aufgetragen hatte: "Bis auf den heutigen Tag erinnern Britanniens Barden mit Abscheu an die himmelschreienden Verbrechen, welche die Römer vor drei Menschenaltern begingen. Damals fielen die Heere dieses mord- und raubgierigen Volkes unter dem Befehl des von den Göttern verfluchten Gaius Julius Caesar in Gallien ein, wo sie Hunderttausende keltischer Männer, Frauen und Kinder hinschlachteten und die Überlebenden versklavten. Damit nicht genug, drangen die von Caesar geführten Legionen in jener Zeit auch auf unsere Insel vor und wüteten in den Stammesgebieten der Kenten und Catuvellauner kaum weniger schrecklich als jenseits der See, ehe sie schließlich nach Gallien zurückkehrten.

Seit drei Menschenaltern beklagen die Barden, was in jenen Tagen geschah, und jetzt landeten abermals vier römische Kampfschiffe an der kentischen Küste. Auf einem dieser Schiffe befand sich Caligula, der nunmehrige Imperator Roms: ein Wahnsinniger, dem offenbar nichts heilig ist. Denn seine Büttel beleidigten den Meergott und die Geister der See, indem sie die Wellen mit Rutenbeilen schlugen; ebenso kränkten sie die Erdgöttin und die Geister des Strandes, indem sie das Meeresgestade seines Muschelschmucks beraubten. Zudem beleidigte eine starke Schar von Legionären die Tapferkeit dreier keltischer Krieger, weil die Römer diesen todesmutigen Kenten den ehrenhaften Kampf Mann gegen Mann verweigerten und sie feige mit Pfeilen niederstreckten. Darüber hinaus stießen die Legionäre üble Drohungen gegen uns Britannier aus; eines Tages, so riefen sie, würden die Stämme unserer Insel dasselbe Schicksal wie die Gallier erleiden. - All dies ereignete sich an der Küste der Kenten,

und deshalb sehe ich, Cunobelinos, mich veranlaßt, die Könige Südbritanniens zu einem Drunemeton nach Caer Llundain zu laden."
Nachdem der Abgesandte diese Botschaft verkündet hatte, herrschte für eine Weile Stille in der Rundhalle; endlich erkundigte sich Prasutax: "Wann soll die Ratsversammlung im Heiligtum der Teiche zusammentreten?"
"Am fünfzehnten Morgen nach dem Lughnasad-Fest", antwortete Maponos.
"In einem Monat also", stellte Prasutax fest. "Also haben die Herrscher der weit im Westen siedelnden Volksstämme der Deceanglier, Ordovicen, Demetier, Silurer, Dumnonier und Durotrigen ausreichend Zeit, zum Llundain zu kommen."
"Ihre Anwesenheit wird angesichts der Gefahr, die von den Römern ausgeht, auch nötig sein", warf Swyedydd ein.
Prasutax nickte ihm zu, dann wandte er sich wieder an den Gesandten des Hochkönigs und beschied ihn: "Du kannst Cunobelinos sagen, daß ich am Drunemeton teilnehmen werde. Und ..." Er richtete den Blick fragend auf Boadicea; als er in ihren Augen Zustimmung las, fuhr er fort: "Und meine Gattin, deren Rat ich sehr schätze, wird mich zur Weihestätte der Großen Göttin über den Wassern der Tamesis begleiten."
"Im Namen des Ard Rhi danke ich dir und deiner Gemahlin für eure Bereitwilligkeit", erklärte der Catuvellauner.
"Und wir bieten dir unsere Gastfreundschaft an", entgegnete Prasutax. "Um dich und mit dir Cunobelinos zu ehren, soll noch in dieser Stunde ein reichliches Mahl zubereitet werden - und die Unverschämtheit der Römer, von der du uns berichten mußtest, soll uns den Genuß von Braten und Wein nicht schmälern."
"Gerne würde ich zusammen mit dir, deiner bezaubernden Gattin, dem weisen Swyedydd und den Edlen der Icener tafeln", erwiderte Maponos. "Doch leider darf ich nicht länger als nötig bei euch verweilen, denn ich muß die Botschaft des Ard Rhi so rasch wie möglich auch zum Stamm der Corieltauer bringen."
"Wenn es so steht, darf ich dich nicht zurückhalten", antwortete Prasutax. "Aber die Annahme eines Geschenks wirst du mir nicht verweigern. Ich überlasse dir und deinen Männern dreizehn Rösser; so könnt ihr eure Pferde unterwegs wechseln und werdet auf diese Weise desto schneller ins Landesinnere und zur Königsfestung der Corieltauer gelangen."
"Diese großzügige Gabe akzeptiere ich mit Freuden", schmunzelte Maponos; dann erhob er sich, um Abschied zu nehmen.
Bald darauf bestiegen der Abgesandte des Hochkönigs und dessen Krieger die frischen Rösser, die sie sich auf einer Koppel am Fuß des Duns ausgesucht hatten. Die Tiere, auf denen sie gekommen waren, am langen Zügel mitführend, trabten die Catuvellauner in westlicher Richtung davon; das Herrscherpaar, die Druiden und Adligen schauten der Kavalkade vom Palisadenwall aus nach, bis sie außer Sicht geriet.
Danach kehrten Prasutax, Boadicea und die übrigen in die Halle zurück, wo sie sich noch viele Stunden über die bedrohlichen Ereignisse an der

Südostküste Britanniens austauschten. Erst tief in der Nacht suchte das Königspaar sein Wohnhaus auf; als beide im Bett lagen, bat Boadicea ihren Gemahl: "Erzähl mir von dem heiligen Ort, zu dem wir in Kürze reisen werden."
Prasutax kam ihrem Wunsch nach; er beschrieb seiner Gattin die vom Geist der Dreifachen Göttin gesegneten Plätze innerhalb der Ringwälle von Caer Llundain, und Boadicea lauschte ihm wie gebannt, denn während Prasutax sprach, hatte sie mehr und mehr das Empfinden, als sollte der Aufenthalt im Heiligtum der Teiche ihrem Leben eine Wendung von großer, schicksalhafter Bedeutung geben.
Knapp drei Wochen nachdem der Bote des Ard Rhi die Einladung zum Drunemeton gebracht hatte, besprach sich das Königspaar noch einmal eingehend mit Swyedydd und stimmte sich hinsichtlich der Entscheidungen, die bei der Ratsversammlung getroffen werden mußten, mit dem Pendruid ab. Am nächsten Morgen brachen Prasutax und Boadicea nach Süden auf; der Herrscher der Icener und seine Gemahlin fuhren in ihren Streitwagen, eine starke Schar berittener Adelskrieger bildete das Gefolge des Königspaares.
Dank der flinken Rösser kam die Reisegesellschaft rasch voran. Schon nach eineinhalb Tagen erreichte man die Grenze des icenischen Stammesgebietes; anschließend trabten die Pferde zweieinhalb Tage durch die Gaue der Trinovanten, und die letzte Etappe führte tief hinein ins Land der Catuvellauner. Am Spätnachmittag des siebten Reisetages sodann öffnete sich von einem Höhenzug aus der Blick auf das Tal der Tamesis; breit und mächtig, in weiten Schleifen mäandrierend, strömte das Gewässer nach Westen, und ein Stück nördlich des Flusses, an dessen Ufer eine nicht sonderlich große Ansiedlung auszumachen war, erhob sich der Hügel, auf dem die Weihestätten von Caer Llundain lagen.
Boadicea gab ihrem Rosselenker ein Zeichen, die Tiere anzuhalten; desgleichen tat auch Prasutax. Eine ganze Weile schaute das Königspaar zum Llundain hinüber; insbesondere Boadicea konnte die Augen nicht von der Erhebung losreißen, auf deren Kuppe es zwischen Bauminseln da und dort silbern glitzerte. Zuletzt strich sich die junge Frau mit dem kupferfarbenen Haar über die Lider; es schien, als wollte sie unsichtbare Tränen wegwischen. Dann berührte sie den Arm ihres Wagenlenkers; der Krieger ließ die Zügel schnalzen, und die Pferde setzten sich wieder in Bewegung.
Als die Streitwagen und Reiter am Fuß des heiligen Hügels anlangten, glühte die tiefstehende Sonne bereits rötlich. Astwerk und Stämme der Eichen, Hainbuchen und Ebereschen, welche auf den Ausläufern der Anhöhe wuchsen, waren in beinahe magisches Licht getaucht. Während die Rösser einem Pfad folgten, der sich in sanften Schwüngen hangaufwärts wand, erspürte Boadicea die Erdkräfte, welche im Inneren des Hügels pulsten: die Blutströme der Großen Göttin, aus denen von Ewigkeit zu Ewigkeit Leben, Tod und wieder neues Leben entstanden.

Irgendwann traten die Bäume zurück und machten freiem Heideland Platz. Am oberen Saum dieser Fläche zog sich ein Erdwall entlang, der offenbar um die gesamte Hügelkuppe herumlief. An einer etwas ausgebuchteten Stelle gab es eine Zugangsschneise, die mit einem hölzernen Torbogen überbaut war, und dort wurden Prasutax und Boadicea von einem catuvellaunischen Edlen empfangen, der ihnen nicht unbekannt war.
Es handelte sich um Maponos, welcher dem Königspaar die Einladung zum Drunemeton überbracht hatte. Freudig hieß er Prasutax und dessen Gattin willkommen; er lobte die Pferde, die er einen Monat zuvor zum Geschenk erhalten hatte, und schritt den beiden Streitwagen sodann durch den Torbau voran.
Auf dem Grabenboden innerhalb der ersten Einfriedung des Llundain weideten zahlreiche Rösser: die Wagen- und Reitpferde der Könige und Adelskrieger, die schon früher eingetroffen waren. Jenseits des Wallgrabens erhob sich die zweite Umfriedung des Heiligtums; nachdem die Icener auch deren Toreinschnitt passiert hatten, erblickten sie auf der Grabensohle dahinter Dutzende geräumiger Rundhäuser. An Bänken und Tischen vor diesen Gebäuden saßen Hunderte von Edlen, welche, wie die besonderen Merkmale ihrer Trachten verrieten, den verschiedenen Volksstämmen Südbritanniens angehörten.
Als die Adligen Prasutax und Boadicea erkannten, begrüßten sie das Herrscherpaar durch laute Zurufe; Maponos wiederum bat den König und seine Gemahlin: "Laßt uns hier anhalten, damit ich den Männern eures Geleits ihre Unterkünfte zeigen kann."
Es dauerte nicht lange, bis die Adelskrieger eingewiesen waren; anschließend fuhren die Gespanne von Prasutax und Boadicea weiter zu einem dritten Erdwall, welcher nunmehr die Hügelkrone umzirkelte. Der hohe Torbau dort war bedeutend prachtvoller als die beiden ersten; er besaß bronzebeschlagene Portalflügel, und sein Balkenwerk war mit reichem Schnitzwerk bedeckt.
Nachdem die Streitwagen durch dieses beeindruckende Tor gerollt waren, gewahrte das Königspaar abermals eine Anzahl von Rundhäusern. Die Gebäude mit den roten und schwarzen Ornamenten auf den weißgekalkten Wänden verteilten sich über die Schulter des Hanges, welcher zum Gipfel der Erhebung emporführte: zu einem ausgedehnten Plateau, auf dem sich die weithin berühmten Weihestätten von Caer Llundain befanden.
Sehnsuchtsvoll schaute Boadicea hinauf. Zwar konnte sie von dem Heiligtum, das hinter einem Palisadenwall verborgen lag, lediglich einige Gruppen von Baumwipfeln ausmachen, die in den jetzt bereits tiefroten Schein der Abendsonne getaucht waren; dennoch fühlte sie sich fast unwiderstehlich angezogen. Am liebsten hätte sie die Weihestätten sofort aufgesucht; schon wollte sie Maponos fragen, ob dies vielleicht möglich sei, doch im selben Moment vernahm sie die Stimme des Catuvellauners: "Seht! Der Ard Rhi und die bereits anwesenden Herrscher kommen herbei, um euch würdig zu empfangen."

Boadicea wandte den Kopf und erblickte eine Schar reichgekleideter Männer, welche soeben durch die breite Bogentür des größten Rundhauses ins Freie schritten. Derjenige an der Spitze mußte Cunobelinos sein; der Ard Rhi war hochgewachsen und von kräftigem Körperbau; in der Rechten trug er das Abzeichen seiner Würde, welches ihm die sechzehn südbritannischen Stämme, deren gemeinsame Macht er repräsentierte, vor vielen Jahren verliehen hatten: eine schwere Sichellanze, deren Blatt und Schaft mit Gold überzogen waren.
Während sich Cunobelinos und die übrigen elf Könige näherten, stiegen Prasutax und seine Gattin von ihren Streitwagen. Boadicea, die plötzlich leichte Aufregung empfand, zupfte an ihrem Umhang, welcher auf der langen Fahrt in Unordnung geraten war. Eben als sie dachte, sie würde es nicht mehr schaffen, den Mantel gefällig zu drapieren, raunte Prasutax ihr zu: "Du siehst wunderschön wie immer aus, mein Schatz! Deshalb wird Cunobelinos ganz gewiß nichts an dir auszusetzen haben."
Lächelnd und nun wieder mit sich im reinen tastete Boadicea nach der Hand ihres Gemahls; gleich darauf waren der Hochkönig und sein Gefolge herangekommen. Mit majestätischer Bewegung pflanzte der ungefähr fünfzigjährige Ard Rhi den rotgoldenen Lanzenschaft auf die Erde, dann redete er das icenische Herrscherpaar feierlich an: "Ihr, die ihr auf dem Thron des Volksstammes sitzt, welcher wie kein anderer der Mondgöttin dient, macht uns durch eure Ankunft ein besonderes Geschenk. Denn mit euch ist die Königsgewalt der südbritannischen Stämme jetzt dreizehnfach vertreten, und da ihr durch euer Erscheinen die heilige Zahl der Mondin vollfüllt habt, bin ich sicher, daß ihr den Segen Andrastas mit zum Drunemeton bringt."
"Wenn wir die Göttin ehren, wie du es gerade getan hast, Cunobelinos, wird sie uns zu den richtigen Entscheidungen befähigen", entgegnete Prasutax.
"Davon bin ich überzeugt", nickte der Hochkönig. "Und ebenso dürfen wir auf die Hilfe jener Gottheiten hoffen, welche mit den Volksstämmen verbunden sind, deren Herrscher ihr hier bei mir seht: die Könige der Kenten, Regnier und Belger, der Durotrigen, Atrebaten und Corieltauer, der Dobunnier, Silurer und Demetier sowie der Cornovier und Ordovicen. Ich selbst schließlich stehe für die vereinigten Stämme der Catuvellauner und Trinovanten, und damit fehlen nur noch die Herrscher der Deceanglier und Dumnonier aus dem fernen Westen, aber auch sie werden bestimmt rechtzeitig zur Eröffnung der Ratsversammlung am übermorgigen Tag anlangen."
Weil eines der Pferde vor Boadiceas Streitwagen schmetternd wieherte, machte Cunobelinos eine kleine Pause; als das Tier wieder verstummt war, fuhr der er schmunzelnd fort: "Dein Roß, Königsgattin der Icener, ist klüger als ich. Es weiß nämlich, daß die Würze einer guten Rede in ihrer Kürze liegt - und aus diesem Grund will ich meine Begrüßungsansprache nun beenden. Nur soviel noch: Die Tafel in meinem Haus ist reichlich gedeckt, und ihr seid eingeladen, euch im Kreis der übrigen Herrscher an

ihr niederzulassen, damit ihr euch von den Anstrengungen der Reise erholen könnt."

Wenig später saßen Prasutax und Boadicea an dem mächtigen, aus Eichenholz gezimmerten Tisch unter dem Dach des Hochkönigshauses. Sie genossen krossen Spießbraten, geröstete Brotschnitten, frische Früchte und erlesenen Wein und tauschten sich dabei angeregt mit Cunobelinos und den anderen Herrschern über das bevorstehende Drunemeton aus. Erst tief in der Nacht erklang der letzte Trinkspruch des Ard Rhi; ein letztes Mal taten seine Gäste ihm Bescheid, dann begaben sie sich zu ihren Unterkünften in der Umgebung des großen Hallenhauses.

Auch Prasutax und Boadicea suchten das Gebäude auf, in dem sie für die Dauer der Ratsversammlung wohnen würden. Es war behaglich eingerichtet; an den Wänden brannten Öllampen; in einer Nische gab es ein bronzenes Wasserbecken, und beim Feuerplatz hatten die Rosselenker am Abend auf Maponos' Anweisung hin das Gepäck des Herrscherpaares abgestellt. Nachdem der König und seine Gattin sich entkleidet und gewaschen hatten, gingen sie, müde von dem langen Tag, sofort zu Bett.

Prasutax schlief fast augenblicklich ein; Boadicea hingegen lag, an die Brust ihres Gemahls gekuschelt, noch eine Weile wach und dachte an das Versprechen, das sie Cunobelinos beim Mahl entlockt hatte: Daß der Ard Rhi ihr und Prasutax morgen die Heiligtümer von Caer Llundain zeigen würde.

Am nächsten Vormittag führte Cunobelinos das icenische Herrscherpaar zu den Weihestätten auf dem Hügelplateau. Ehrerbietig grüßten die Wächter, welche das doppelt mannshohe, dreieckig gestaltete Tor im Palisadenwall hüteten, den Ard Rhi und dessen Begleiter. Kaum hatte Boadicea das Portal, dessen schwarzes Balkenwerk mit rotgoldenen und silbernen Schmuckbeschlägen versehen war, durchschritten, verharrte sie wie gebannt. Denn noch sehr viel intensiver als am Vortag, da die Streitwagen den Wald am Fuß des Hügels passiert hatten, spürte sie das Pulsen der Erdkräfte. Hinzu kam der beinahe anderweltliche Anblick, der sich ihr und den beiden Männern jetzt bot.

In regelmäßigen Abständen voneinander, so daß sie zusammen ein gleichseitiges Dreieck bildeten, erhoben sich im Zentrum des mit sorgfältig gepflegtem Rasen und Moospolstern bedeckten Plateaus drei kreisrunde Baumpflanzungen. Weiß leuchteten die Stämme des im Osten liegenden Birkenhaines; die südliche Anpflanzung bestand aus rotbelaubten Blutbuchen, der Eibenhain im Westen wirkte dunkel und entrückt. Ein ringförmiger, silbern schimmernder Bachlauf, der keinen Anfang und kein Ende zu haben schien, verband die Bauminseln; inmitten der Haine war jeweils eine größere Wasserfläche zu erahnen.

Wie verzaubert schaute Boadicea über die Hügelkuppe hin; es dauerte geraume Zeit, ehe sie tief durchatmete und flüsterte: "Dieser Ort braucht den Vergleich mit den schönsten Heiligtümern auf Môn wahrlich nicht zu scheuen!"

"Es freut mich, daß die wichtigste Weihestätte der Catuvellauner und Trinovanten dich so tief beeindruckt", erwiderte Cunobelinos. "Und nun", er wies zum Birkenhain, "sollten wir die Dreifache Göttin in ihrer jugendlichen Erscheinungsform ehren."
Langsam ging der Ard Rhi dem Königspaar zu der Bauminsel voran; als sie den Hain betrat, sah Boadicea in seinem schattigen Inneren einen runden Quellteich, welcher offenbar den Bachlauf speiste. Die hellen Steine, mit denen er ausgekleidet war, ließen sein Wasser so schaumweiß wie die umstehenden Birkenstämme leuchten - und von strahlendem Weiß war auch der Menhir, der im Zentrum des Weihers emporragte.
Neuerlich überwältigt von der schier andersweltlichen Atmosphäre des Platzes sank Boadicea auf die Knie nieder und betete zur Großen Göttin, die sich hier in ihrer lebenspendenden Gestalt manifestierte; Prasutax und Cunobelinos hielten ebenfalls stille Zwiesprache mit Ceridwen. Nach einer Weile dann schöpften sie alle drei von dem Silberwasser, um es der Erde am Teichrand zu opfern; nachdem dies geschehen war, führte der Ard Rhi Boadicea und ihren Gemahl entlang des Baches weiter zum Blutbuchenhain.
Der Weiher unter den weitausladenden Ästen dieser Bäume war mit rötlichen Steinquadern verkleidet, so daß das Teichwasser in der gleichen Farbe leuchtete; dasselbe galt für den Menhir, der aus der leichtbewegten Flut aufwuchs. "Das Heiligtum der Dreifachen Göttin in ihrer mütterlichen Erscheinungsform, in der sie alles Dasein liebevoll behütet", raunte Boadicea achtungsvoll; sodann beteten sie und die beiden Männer auch an diesem Ort zu Ceridwen und opferten der Erde zuletzt Rotwasser.
Anschließend schritt die Gruppe, erneut dem Bachbett folgend, dorthin, wo sich der Eibenhain erhob. Das dunkelgrün benadelte Astwerk der Totenbäume überschattete die nachtschwarze Flut des dritten, mit Basaltblöcken ausgekleideten Weihers; schwarz war auch der Menhir inmitten des Teiches. Im Nordwesten besaß die Umfassung des Weihers einen schmalen Durchstich, so daß das überschüssige Wasser des vom Quellteich gespeisten Ringbaches austreten konnte; es versickerte in einem tiefen, von grauen Moosflechten umgebenen Erdschacht.
"Dieses Heiligtum ist vom Wesen der Großen Göttin in ihrer alten und weisen Gestalt durchdrungen", flüsterte Boadicea. "Von Ewigkeit zu Ewigkeit geleitet Ceridwen jegliches Leben auf dem Pfad des Sterbens nach Annwn und wandelt den Tod dort in Wiedergeburt um. Auf diese Art erneuert sich dank der unerschöpflichen Gebärkraft der Göttin alles Dasein - gleich dem Schwarzwasser, das hier im Erdmutterschoß versinkt, um im verborgenen zum Born des Weißwassers zurückzukehren und seinen Kreislauf abermals zu beginnen."
"So ist es, und deshalb brauchen wir, die wir um dieses wunderbare Geheimnis wissen, das Ende unseres gegenwärtigen irdischen Lebens nicht zu fürchten", bestätigte der Ard Rhi; dann verharrten Cunobelinos und das icenische Königspaar einmal mehr in schweigender Andacht und tränkten den Erdboden zuletzt mit Dunkelwasser.

Nachdem sie dieses dritte Opferritual vollzogen hatten, setzten Boadicea und die beiden Männer ihren Rundgang entlang des Bachlaufes fort, bis sie wieder beim Ausgangspunkt am Birkenhain anlangten. Im selben Moment, da sie unter die weißrindigen Bäume trat, hatte Boadicea das Empfinden, als würde der Geist Ceridwens sie mit unsagbar sanfter Wärme umhüllen. Wie entrückt blieb die junge Frau stehen und gab sich dem Anhauch des Göttlichen mit ihrem ganzen Sein hin. Und es war ihr dabei, als öffnete sich im Zentrum ihres Leibes etwas, das bislang verschlossen gewesen war.
Irgendwann verwich die Trance; Boadicea wollte ihrem Gatten und Cunobelinos erklären, was mit ihr geschehen war - doch im nächsten Augenblick begriff sie, daß die beiden Männer gar nichts von ihrer in Wahrheit nur kurzen Entrückung bemerkt hatten. In angeregtem Gespräch standen Prasutax und der Ard Rhi da; erst als über den Birken ein Schwarm weißer Tauben hochflog und nach Süden davonschwirrte, schauten die Männer auf und nahmen Notiz von Boadicea.
"Eben erläuterte mir Cunobelinos, welche Sitzordnung wir morgen bei der Versammlung auf dem Anger zwischen den Hainen einnehmen werden", wandte sich Prasutax an seine Gemahlin. "Es wird hinsichtlich der Plätze keinerlei Rangfolge unter uns Herrschern geben; vielmehr wollen wir uns, der Ard Rhi nicht ausgenommen, gleichberechtigt an einem Rundtisch beraten."
"Das ist gut", antwortete Boadicea; während sie es sagte, glaubte sie eine lautlose Stimme vom hell schimmernden Teich her zu vernehmen: Schweige bis nach dem Drunemeton über unsere Begegnung! Warte auf ein weiteres Zeichen von mir, ehe du deinen Gatten einweihst! Denn noch ist die Stunde, da die Mondin ihre volle Macht für euch entfaltet, nicht gekommen!
"Wir werden es bei der Versammlung so halten, weil wir auf Gedeih und Verderben zusammenstehen müssen, und dies kann nur Freunden gelingen, die einander achten", kam es von Cunobelinos. "Nun aber laßt uns vorerst Abschied vom Heiligtum nehmen, denn gewiß erwarten uns die übrigen Könige schon an der Mittagstafel."
In der Tat hatten sich die genannten Herrscher bereits im Hallenhaus des Ard Rhi eingefunden. Und einige Stunden nach dem Mahl, als die Stammeskönige gerade beim Fidchell miteinander wetteiferten und Boadicea versonnen unter dem Vordach des Gebäudes saß, das sie und Prasutax bewohnten, kam einer der Wächter vom Portal der Weihestätte herab und meldete dem Ard Rhi: "In der Ferne sind zwei Reiterscharen zu erkennen, die von Streitwagenfahrern angeführt werden. Die einen nähern sich von Westen, die anderen von Nordwesten."
"Die Herrscher der Dumnonier und Deceanglier mit ihren Gefolgsleuten", erwiderte Cunobelinos erfreut.
Und wie sich bald herausstellte, hatte er sich nicht getäuscht. Kurz nacheinander trafen der bereits grauhaarige dumnonische Stammeskönig und die noch junge, kaum dreißigjährige Herrscherin der Deceanglier bei

den Königshäusern unterhalb des Llundain ein. Cunobelinos begrüßte sie mit warmherzigen Worten; wenig später erzählten die Neuankömmlinge, mit denen die Herrscherversammlung nun beschlußfähig war, beim Wein von den Erlebnissen, die sie während ihrer langen Reise in den Südosten Britanniens gehabt hatten.
Eben als die rotblonde und offenbar sehr tatkräftige Königin der Deceanglier schilderte, wie sie und ihre Adelskrieger an der Nordgrenze des cornovischen Siedelgebietes mit einer Raubhorde von mehr als zwanzig Pikten aneinandergeraten waren und die Feinde nach heftigem Kampf in die Flucht geschlagen hatten, erklang draußen vor dem Hallenhaus Hufgetrappel. Gleich darauf schwang die Tür auf, und ein schlanker, großgewachsener Edler von ungefähr fünfundzwanzig Jahren trat ein. Er war mit Helm, Schild und Schwert gerüstet; rasch durchquerte er den Raum, blieb nahe des Eichentisches stehen und verneigte sich vor den Stammesherrschern.
"Dies ist mein Sohn Caradoc, welcher die Catuvellauner und Trinovanten nach meinem Tod regieren wird", erklärte Cunobelinos. "Anfang vergangener Woche brach er mit einer Heerschar von dreihundert Reitern zur Küste auf, um dort die kentischen Beobachtungsposten zu inspizieren und sich ein Bild von der allgemeinen Lage zu machen." Er winkte Caradoc an seine Seite. "Berichte uns, wie das Unternehmen verlaufen ist."
Der Erbe des Ard Rhi richtete den Blick auf Moriand, den König der Kenten. "Deinen Kriegern, die auf den Klippen und in den Buchten lagern, gebührt Lob, denn sie waren überall, wohin ich kam, wachsam. Einige Spähwarten freilich schienen mir etwas schwach besetzt, weshalb ich sie durch Männer aus meinem Aufgebot verstärkte."
"Hab Dank dafür!" Moriand hob seinen Pokal und trank Caradoc zu.
"Gegenseitige Hilfe nützt uns allen", äußerte Cunobelinos; dann wollte er von seinem Sohn wissen: "Zeigten sich auf dem Meer noch einmal römische Kampfschiffe?"
"Nein", antwortete Caradoc. "Doch Fischer, die sich weit genug an die gallische Küste heranwagten, um den größten Hafenort unserer Feinde ausforschen zu können, teilten mir mit, daß dort gut ein Dutzend Galeeren und Trieren an den Kais lagen."
"Kein Fünfruderer?" fragte Moriand.
Caradoc schüttelte den Kopf. "Von einem solchen Schiff hörte ich nichts."
"Dann hat Caligula jenen Hafen wohl wieder verlassen", vermutete Cunobelinos.
"Aber die anderen Kampfschiffe könnten uns noch immer gefährlich werden", gab Boadicea zu bedenken.
"Das stimmt", pflichtete Caradoc ihr bei. "Allerdings nur, wenn wir uns von den Römern überraschen ließen. Und dies wird ihnen wegen der Beobachtungsposten an der Küste und der Streifscharen, die ich zur Unterstützung der Kentenkrieger zurückließ, schwerlich gelingen."

"Außerdem werden wir morgen über noch sehr viel weitergehende Maßnahmen zur Gewährleistung unserer Sicherheit beraten", nahm erneut Cunobelinos das Wort. "Doch jetzt wollen wir zunächst einmal zu Abend speisen, und ich denke, es wird niemand Einwände haben, wenn ich den Mägden befehle, ebenso wie gestern frischen Spießbraten aufzutragen."
Während des Schmauses unterhielt sich Boadicea angeregt mit Etayna, der Königin der Deceanglier, deren Herrschaftsgebiet auf dem Festland von Gwynedd östlich der heiligen Insel Môn lag, weshalb die beiden jungen Frauen sich von früher kannten. Unter anderem erfuhr Boadicea, daß kurz vor der Sommersonnenwende eine Gruppe von Druidenschülerinnen aus Erinn in Barclodiad y Gawres eingetroffen war; Etayna war ihnen anläßlich des Festes Alban Heruin begegnet, das sie zusammen mit ihrem Gatten auf Môn gefeiert hatte.
"Obwohl die Großen Wissenden in Barclodiad also keine Nachwuchssorgen haben, gewann ich dennoch den Eindruck, als würden sie dich vermissen", sagte die rotblonde Königin zuletzt. "Sie sprachen nämlich oft von dir und sandten mir darüber hinaus, nachdem sie vom Drunemeton hier in Caer Llundain gehört hatten, eine Botschaft, in der sie mich baten, dich zu grüßen."
"Es freut mich von Herzen, daß meine Lehrerinnen und Lehrer mich nicht vergessen haben", erwiderte Boadicea. "Auch ich denke häufig an sie, und gewiß wird sich eines Tages die Gelegenheit finden, sie wiederzusehen."
"Sicher", nickte Etayna; danach plauderten die beiden Frauen noch geraume Zeit über Boadiceas ehemalige Heimat, bis Cunobelinos schließlich die Tafel aufhob und die Stammesherrscher sich zur Nachtruhe in ihre Unterkünfte begaben.
Am nächsten Morgen erwachte Boadicea sehr früh; als sie die Augen aufschlug und das Antlitz ihres schlummernden Gatten erblickte, entsann sie sich, daß sie von ihm geträumt hatte. Zusammen waren sie im Blutbuchenhain des Llundain gewesen; andersweltliches Leuchten, aus strahlendem Sonnenschein und magischem Mondschimmer gleichermaßen geboren, hatte Prasutax und sie in ihrer rauschhaften Vereinigung umflossen. Boadicea war von tiefem, nie zuvor gekanntem Glück erfüllt gewesen; zugleich aber hatte außerhalb des Haines etwas Unfaßbares gelauert: etwas wie dunkles, sich bedrohlich ballendes Wolkengebrodel. Und dann, während die Flut des Rotteiches plötzlich bebte und die Äste der Blutbuchen peitschten, waren Licht und Finsternis wild strudelnd ineinandergeflossen. Und dieser widerstreitende, lautlos tosende Aufruhr hatte Boadiceas Seele aus dem Traum gescheucht.
Verwirrt bemühte sich die junge Frau, die Bedeutung dessen, was sie im Schlaf erschaut hatte, zu begreifen. Doch es gelang ihr nicht, denn nun flatterten die Lider ihres Gemahls; unbewußt flüsterte Prasutax ihren Namen - im selben Moment verwich Boadiceas Erinnerung an die Traumgesichte. Einzig das Antlitz des geliebten Mannes war ihr jetzt noch gegenwärtig; lange betrachtete sie Prasutax und konnte den Blick nicht von ihm abwenden. Irgendwann öffnete auch er die Augen und erkannte

die Sehnsucht in ihren; sanft küßte er Boadicea, dann zog er sie an sich, um ihr bis zum Aufstehen Geborgenheit an seiner Brust zu schenken.
Einige Stunden später, in der Vormittagsmitte, zogen die Teilnehmer am Drunemeton in feierlicher Prozession zur Weihestätte hinauf. Nachdem die Herrscher der südbritannischen Stämme die Große Göttin durch eine Umschreitung aller drei Heiligtümer am Bachlauf entlang geehrt hatten, begaben sie sich zum Anger zwischen den Hainen. Dort hatten die Diener des Ard Rhi bereits bei Tagesanbruch einen mächtigen Rundtisch aufgestellt; nun nahmen die Mitglieder der Ratsversammlung, unter denen sich auch Caradoc befand, an ihm Platz.
Als alle zur Ruhe gekommen waren, eröffnete Cunobelinos das Drunemeton durch eine Anrufung Ceridwens; mit rituellen Worten bat er die Göttin, ihn und die übrigen Anwesenden mit Weisheit zu erfüllen. Danach schilderte er noch einmal, welch bösen Übergriff sich Caligula an der Küste der Kenten erlaubt hatte; zuletzt sagte er: "Wir Britannier wurden auf üble Weise herausgefordert, und es wäre infolgedessen unser gutes Recht, Dutzende hochbordiger Fernhandelsschiffe, wie sie in den Häfen der Demetier, Silurer, Dumnonier und Durotrigen liegen, und dazu Tausende von Curraghs mit Kämpfern zu bemannen, um mit dieser Flotte nach Gallien überzusetzen und die Römer zu züchtigen. Doch die von den Barden überlieferte Geschichte unseres Volkes lehrt uns, daß die Kriegsfackel leicht zu entfachen, aber nur sehr schwer wieder zu löschen ist. Daher sollten wir nicht mutwillig mit dem Feuer spielen, sondern uns klugerweise darauf beschränken, die Sicherheit unseres Landes zu gewährleisten - und deshalb laßt uns jetzt beraten, durch welche Maßnahmen Britannien am besten gegen einen römischen Angriff geschützt werden kann."
Als erste ergriff Etayna, die neben Prasutax und Boadicea saß, das Wort. Sie deutete auf den Ringbach und erklärte: "Dieses Rinnsal verbindet die Teiche des Llundain, deren Fluten von unterschiedlichen Farben sind, zu einem Ganzen. Weißwasser strömt in Rotwasser, Rotwasser wird zu Schwarzwasser, Schwarzwasser fließt erneut ins Weißwasser. Aus diesem Miteinander erwächst die weithin berühmte Macht des Heiligtums, und wir sollten uns daran ein Beispiel nehmen. Denn auch die Kraft, die unsere verschiedenen Stämme nun benötigen, kann nur aus dem Willen zu unverbrüchlicher Gemeinsamkeit entstehen. Und wenn wir dies verinnerlichen, werden wir unseren Feinden, falls sie tatsächlich mit Heeresgewalt über die See kommen, dank der vereinigten Stärke unserer Kampfscharen standhalten können."
"Du sprichst mir aus dem Herzen!" rief Moriand, der Herrscher der Kenten. "Und das beileibe nicht bloß, weil mein Land den gallischen Gestaden am nächsten liegt."
"Müßtest du dich ohne Hilfe von uns anderen gegen die Römer verteidigen und gelänge es ihnen, deine Festungen zu stürmen, wären rasch auch die benachbarten Stammesgebiete gefährdet", äußerte Prasutax. "Die Legionen würden nacheinander über die Ländereien der Regnier,

Atrebaten, Catuvellauner, Trinovanten und mein eigenes Gebiet herfallen; sodann kämen unweigerlich die Landstriche weiter im Westen an die Reihe. Auf diese Weise zwang das römische Ungeheuer vor drei Menschenaltern die Gallier, deren Stammeskönige zerstritten waren, unter seine Knute, und das gleiche fürchterliche Schicksal würden wir erleiden, wollten wir dem Ratschlag Etaynas nicht folgen."
"Sehr richtig!" erklang es vielstimmig in der Herrscherrunde; nachdem wieder Stille eingekehrt war, stellte Cunobelinos fest: "Wir stimmen also darin überein, daß wir ein Waffenbündnis sämtlicher südbritannischer Volksstämme zum gegenseitigen Beistand schließen wollen. Und damit - ich sage es ungern, aber es ist die Wahrheit - handeln wir klüger als unsere Ahnen, denn sie machten einst denselben Fehler wie die Gallier ..."
Der Ard Rhi unterbrach sich und blickte zum Eibenhain, wo krächzend ein Rabenschwarm einfiel; dann fuhr er fort: "Es geschah vor nunmehr fünfundneunzig Jahren, als die meisten Keltenstämme jenseits des Meeres bereits geschlagen darniederlagen. Damals landeten die Römer unter Führung des Götter- und Menschenfeindes Gajus Julius Caesar erstmals auf unserer Insel. Mein Vorfahr Cassivelaunus stellte sich ihnen mit einem starken Heer, das er aus den Küstenstämmen gebildet hatte, entgegen, und anfangs sah es ganz so aus, als könnte er die Feinde wieder verjagen. Doch schändlicherweise fiel ihm eine Reihe von Häuptlingen, deren Namen ich besser nicht nenne, in den Rücken. Teils aus Feigheit, teils um ihres persönlichen Vorteils willen kuschten sie vor Caesar und schwächten die britannische Kampfkraft dadurch entscheidend. Aufgrund dieses Verrats gelang es den Römern, die Streitmacht meines Ahnen Cassivelaunus im Tal der Tamesis zu besiegen. Nachdem mein Vorfahr die Entscheidungsschlacht verloren hatte, mordete und plünderte das Feindheer in den Gebieten der Kenten, Atrebaten und Catuvellauner. Und bestimmt hätten noch viele andere Volksstämme schrecklich gelitten, wenn Caesar nicht gezwungen gewesen wäre, auf das Festland zurückzukehren, weil in Germanien, wohin die römischen Legionen zu jener Zeit ebenfalls vordrangen, schwere Kämpfe ausgebrochen waren."
Abermals schaute Cunobelinos zum Eibenhain hinüber, dann schloß er: "Einzig göttliche Hilfe verhinderte damals, daß Britannien seine Freiheit verlor; Cassivelaunus hätte sie wegen der Uneinigkeit der Adligen nicht mehr zu retten vermocht. Und wir, ich betone es nochmals, müssen klüger als unsere Ahnen handeln. Nur das Waffenbündnis, von dem wir vorhin sprachen, wird uns befähigen, die Römer im Fall eines erneuten Angriffs zu Paaren zu treiben. - Und jetzt laßt uns feststellen, wie viele Krieger wir zusammen aufbieten können."
"Ich vermag unserem Heer zweieinhalbtausend Wagenkämpfer, Reiter und Fußkrieger zuzuführen", erklärte Moriand.
"Bei Gefahr würde ich mit etwa der gleichen Zahl von Deceangliern zu dir stoßen, Cunobelinos", versprach Etayna.

"Mit meinen und Caradocs Kämpfern von den Stämmen der Catuvellauner und Trinovanten hätten wir bereits eine Streitmacht von zwölftausend Mann", äußerte der Ard Rhi zufrieden.
"Und wenn wir die Icener dazurechnen, sind es schon fünfzehntausend", kam es von Prasutax.
Nachdem auch die übrigen Könige ihre Angaben gemacht hatten, verkündete Cunobelinos stolz: "Unser Bündnis aus sechzehn Volksstämmen verfügt über rund dreiundvierzigtausend Krieger! Damit sind wir zweifellos stark genug, den Römern erfolgreich Widerstand zu leisten - allerdings nur unter einer Voraussetzung. Wir müssen jederzeit fähig sein, unseren Feinden gleich an der Küste mit geballter Macht entgegenzutreten. Dazu jedoch benötigen wir ein stehendes Kernheer, welches möglichst schnell im Stammesgebiet der Kenten aufmarschieren sollte."
Die Herrscher pflichteten Cunobelinos bei und beschlossen nach eingehender Beratung, daß jeder Stamm sofort nach der Heimkehr der Könige fünfhundert erprobte Krieger ins Kentenland entsenden sollte; Moriands Streitmacht hinzugezählt, würde damit ein Aufgebot von zehntausend Mann ständig verfügbar sein. Als die Rede auf die Verpflegung dieses Kernheeres kam, flüsterte Boadicea mit Prasutax und schlug dann vor: "Wir Icener könnten einen Teil der nötigen Lebensmittel liefern, und sofern die anderen, den Kenten benachbarten Küstenstämme dasselbe tun würden, wäre das Versorgungsproblem gelöst."
Die betroffenen Herrscher waren einverstanden; freundschaftlich einigte man sich darüber, welche Mengen an Getreide, Räucherfleisch und Trockenfisch die einzelnen Stämme aufbringen würden. Danach meldete sich der König der Dumnonier zu Wort und gab zu bedenken: "Sollte tatsächlich ein Krieg ausbrechen, wäre eine schnelle Vereinigung unseres Hauptheeres mit den Tausendschaften, die bereits im Küstenland stehen, von größter Wichtigkeit. Daher wäre es gut, wenn wir die Anmarschwege jener Heeresverbände, die aus dem Westen oder Norden heranziehen müßten, schon jetzt genau festlegen würden."
"Das könnte wertvolle Zeit sparen und gäbe mir und Caradoc außerdem die Möglichkeit zu präzisen Planungen", nickte Cunobelinos; anschließend wurden die Marschrouten bestimmt.
Nachdem dies geschehen war, verschaffte sich der Herrscher der Durotrigen Gehör und sagte: "Wir haben nunmehr eine Reihe bedeutsamer Entscheidungen gefällt - doch ein Punkt wurde noch nicht behandelt, obwohl er eigentlich auf der Hand liegt."
"Was meinst du damit?" erkundigte sich Etayna.
"Ich frage mich, ob es uns vielleicht glücken könnte, Späher nach Gallien zu senden", lautete die Antwort.
"Eine ausgezeichnete Idee!" rief Moriand. "Wenn wir Kundschafter in den Häfen jenseits des Meeres hätten, würden wir frühzeitig von Angriffsvorbereitungen unserer Gegner erfahren ..." Er unterbrach sich, dann fügte er schmunzelnd hinzu: "Freilich müßten die Späher zunächst

einmal unbemerkt nach Gallien gelangen - aber das sollte für gewisse Fischer meines Stammes, die in ihren Curraghs häufig auch des Nachts zum Fang ausfahren, kein unüberwindliches Problem sein ..."
"Du wärst also bereit, so ungefähr ein Dutzend mutiger Männer ins Feindesland zu senden?" wollte Cunobelinos wissen.
"Selbstverständlich!" erklärte Moriand.
"Und ich könnte leicht einige meiner Adelskrieger dazu bewegen, sich zu verkleiden und die Kentenfischer zu begleiten", äußerte der König der Belger.
"Dies wäre zweifellos von Nutzen", nickte Moriand. "Denn viele Sippen deines Volksstammes siedelten früher an der gallischen Küste, und ihr habt noch immer Verwandte dort, die unsere Kundschafter vermutlich unterstützen würden."
"Ganz gewiß!" beteuerte der Belger.
Cunobelinos stellte fest: "Ich sehe, ihr beiden seid euch einig und werdet das Nötige veranlassen, damit die Späher möglichst schon in der kommenden Woche über das Meer segeln können. - Und nachdem dies geklärt ist, haben wir nun, wie ich denke, alles Wichtige besprochen. Oder möchte noch jemand ein Anliegen vortragen?"
Das war nicht der Fall, so daß der Ard Rhi die Ratsversammlung beschließen konnte. Er tat es, indem er die Anwesenden aufforderte: "Laßt uns jetzt nochmals die Weihestätten umschreiten und auf unserem Weg in den Teichhainen verweilen, wo wir der Großen Göttin für den Geist des Miteinander danken wollen, mit dem sie unsere Herzen beim Drunemeton erfüllte."
Gleich darauf führte der Hochkönig, von dessen goldener Sichellanze sich die Strahlen der Nachmittagssonne widerspiegelten, die Prozession entlang des Bachlaufes zum Birkenhain; danach zur Bauminsel der Blutbuchen und schließlich zum schattendunklen, andersweltlich wirkenden Eibenhain.
Boadicea, die Hand in Hand mit Prasutax ging, spürte die Gegenwart Ceridwens in den drei Heiligtümern ähnlich intensiv wie am Vortag; dreimal war es ihr, als dränge - aus weißem, rotem und schwarzem Wasser quellend - die Stimme der Göttin in ihr Innerstes: Bald kommt die Stunde, da die Mondin ihre volle Macht für dich und deinen Gemahl entfaltet! Wenn die Herrscher den Llundain verlassen haben, wird es soweit sein! Aber sprich noch nicht mit deinem Gatten darüber, warte vielmehr auf ein weiteres Zeichen von mir!
Im Kreis der weißrindigen Birken, unter den rotbelaubten Buchenkronen und im Rund der dunkelgrün benadelten Eiben vernahm Boadicea den lautlos hallenden Ruf Ceridwens; als das icenische Königspaar zuletzt wieder auf den freien Wiesenplan hinaustrat und inmitten der Herrscherprozession zum Tor in der Umwallung der Weihestätte schritt, machte Boadicea einen beinahe entrückten Eindruck.
Doch Prasutax bemerkte nichts davon; angeregt unterhielt er sich mit Caradoc, der zu ihm aufgeschlossen hatte. Erst jenseits des dreieckigen

Portals wandte Prasutax den Kopf und redete seine Gemahlin an: "Hast du gehört, was Caradoc eben sagte? Daß beim heutigen Fest zum Abschluß der Ratsversammlung ein ganzer Jungstier am Spieß gebraten werden soll!"
Boadicea brauchte einen Moment, um sich aus ihrer Versunkenheit zu lösen; aber dann lächelte sie ihren Gatten zärtlich an und antwortete: "Das ist schön ... es erinnert mich an unser Hochzeitsmahl."
Prasutax drückte ihre Hand; Caradoc fragte: Wie lange seid ihr jetzt schon verheiratet?"
"Ein Jahr und dreieinhalb Monate", beschied ihn Boadicea.
Caradoc schmunzelte. "Wenn du das so genau weißt, muß eure Liebe frisch wie bei eurer Eheschließung sein."
Boadicea errötete; an ihrer Stelle erwiderte Prasutax: "Ja, wir sind sehr innig miteinander verbunden."
"Und wie steht es mit einem Thronerben?" wollte Caradoc nunmehr wissen. "Liegt in eurem Dun bereits etwas Kleines in der Wiege?"
"Leider nicht", entgegnete Prasutax. "Bisher verweigerte uns Andrasta das Geschenk eines Kindes."
Einer ihr selbst kaum begreiflichen Regung folgend, öffnete Boadicea den Mund, um einen Einwand zu erheben - doch da tauchte plötzlich Etayna an ihrer Seite auf und erkundigte sich fröhlich: "Habt ihr schon vernommen, welch leckeren Röstbraten wir heute genießen werden?"
"Der Sohn des edlen Spenders teilte es uns vorhin mit, aber wir freuen uns sehr, daß du die gute Nachricht bestätigst", erklärte Prasutax lachend. "Und wie es scheint, ist der Bratspieß bereits bestückt, denn ich sehe verheißungsvolle Rauchwirbel über dem Giebel des Hochkönigshauses emporsteigen."
Wenig später, als die Teilnehmer am Drunemeton das Hallenhaus betraten, stellte sich heraus, daß Prasutax richtig vermutet hatte. Vier Diener des Ard Rhi waren damit beschäftigt, den mächtigen Spieß zu drehen; das brutzelnde Stierfleisch erfüllte den Raum mit köstlichen Düften. Cunobelinos' Gäste nahmen an der Tafel Platz; während der folgenden Stunden genossen sie Appetithappen und Wein - und bei Anbruch der Abenddämmerung war der Braten gar und konnte angeschnitten werden.
Der Schmaus dauerte bis weit in die Nacht hinein; als Boadicea einmal ins Freie ging, um frische Luft zu atmen, sah sie, daß die rotgoldene Mondscheibe fast voll war. Morgen wird Andrastas mütterliches Antlitz in seiner ganzen Schönheit erstrahlen, durchfuhr es die junge Frau; der Gedanke löste ein berauschendes Glücksgefühl in ihr aus. Lange stand Boadicea vor dem Hochkönigshaus; nachdem sie an die Festtafel zurückgekehrt war, wirkte sie erneut in sich gekehrt. Versonnen, an die Schulter ihres Gemahls geschmiegt, saß sie da; nur ab und zu beteiligte sie sich kurz an dem Gespräch, das Prasutax mit den Herrschern der Corieltauer und Cornovier führte. Gegen Mitternacht sodann hob Cunobelinos die Tafel auf; zusammen mit den übrigen Gästen verließen

Boadicea und ihr Gatte das Hallenhaus, begaben sich Arm in Arm zu ihrer Unterkunft und gingen zur Ruhe.
Tief und traumlos schlief Boadicea; im Morgengrauen jedoch wurde sie unruhig, erwachte - und hatte eine andersweltliche Erscheinung.
In der beinahe noch undurchdringlichen Dunkelheit des Raumes entstand ein silberner Lichtfunke, wuchs rotschimmernd empor und wurde zu einer hohen, dreifachen Feuergarbe. Unsäglich sanfte Wärme breitete sich aus und umfloß Boadicea; mit all ihrem Sein gab sie sich der Berührung der Göttin hin und vernahm im selben Moment die lautlos hallende Stimme: Wenn die Sonne des neuen Tages am Himmel leuchtet, werden die Könige Abschied von Caer Llundain nehmen. Du aber sollst den Ard Rhi bitten, gemeinsam mit deinem Gemahl eine weitere Nacht auf dem heiligen Hügel verbringen zu dürfen. Und in dieser Nacht, du weißt es, wird die Mondin dich und den Mann, den du liebst, mit ihrer ewig lebenspendenden Kraft segnen!
Ceridwens Ruf durchdrang Boadiceas Innerstes und fand glühenden Widerhall in ihrem Schoß; während die dreifaltige Feuergarbe langsam verwich, empfand die junge Frau grenzenlose Dankbarkeit und unendliches, beinahe überirdisches Glück. Sie behütete dieses unsagbar schöne Gefühl in ihrer Seele; still, wie entrückt, lag sie auf dem Bett, bis die ersten Sonnenstrahlen durch das Ostfenster des Hauses fingerten. Erst dann setzte sie sich auf und betrachtete, ganz wie am Morgen zuvor, das Antlitz ihres schlummernden Gatten; schrankenlose Zuneigung leuchtete dabei aus ihren Augen.
Schließlich erwachte auch Prasutax. Zärtlich küßte Boadicea ihren Gemahl, doch als er verlangend aufstöhnte und sie an sich ziehen wollte, entschlüpfte sie ihm. "Später..." vertröstete sie ihn lächelnd. "Jetzt müssen wir aufstehen, sonst versäumen wir die Verabschiedung der Stammesherrscher durch Cunobelinos."
Damit erhob sie sich; wohl oder übel tat Prasutax das gleiche, und nachdem sie sich gewaschen und angekleidet hatten, gingen sie zum Hochkönigshaus. Dort saßen die meisten Herrscher bereits beim Frühstück; auch das Königspaar der Icener stärkte sich für den Tag - und dann hielt der Ard Rhi seine letzte Rede anläßlich des Drunemetons.
Noch einmal dankte Cunobelinos den Stammesherrschern für ihre Teilnahme am Großen Rat und ihre Bereitschaft, in der Gefahr, die Britannien drohte, uneigennützig zusammenzustehen. Danach wünschte er allen seinen Gästen eine gute Heimreise und schloß: "Die Götter mögen euch auf dem Rückweg zu euren Duns behüten; genießt dort das Wiedersehen mit euren Familien - und sollte der Fall eintreten, daß ich eure Waffenhilfe benötige, so werde ich euch umgehend verständigen lassen."
"Du kannst jederzeit auf uns zählen!" versicherte Etayna. Die übrigen Könige äußerten sich auf ähnliche Weise; sodann verließen sie das Hallenhaus, um sich zu ihren Streitwagen zu begeben, die unterdessen

von den Rosselenkern vom Lager der Adelskrieger weiter unten am Hügelhang zu den Herrscherhäusern heraufgebracht worden waren.
Auch das icenische Königspaar schritt ins Freie; Prasutax deutete in Richtung des Gebäudes, in dem er und Boadicea genächtigt hatten, und sagte: "Dort drüben stehen unsere Gespanne, und die Wagenlenker sind gerade dabei, unser Gepäck aufzuladen. Sollen wir warten, bis sie fertig sind und herkommen, oder willst du hinübergehen?"
"Vergiß die Streitwagen!" erwiderte Boadicea mit geheimnisvoller Miene. "Viel wichtiger ist es für uns, noch einmal mit dem Ard Rhi zu sprechen."
"Warum das?" fragte Prasutax erstaunt.
"Weil es der Wille der Göttin ist!" antwortete Boadicea; mit dem nächsten Lidschlag griff sie nach der Hand ihres verdutzten Gatten und führte ihn zurück unter das Portal des Hochkönigshauses, wo Cunobelinos stand.
"Kann ich noch etwas für euch tun?" erkundigte sich dieser freundlich, als die beiden vor ihn hintraten.
"Ja", entgegnete Boadicea. "Ich bitte dich um die Erlaubnis, daß mein Gemahl und ich einen weiteren Tag und eine Nacht hier verweilen dürfen - und das Tor des Llundain sollte in dieser Zeit für uns offen sein."
Cunobelinos besann sich nicht lange. "Wenn dies euer Wunsch ist, will ich ihn gerne erfüllen."
"Es ist eher Boadiceas Anliegen als meines", erklärte Prasutax. "Aber da ich meine Gattin liebe und sie zudem innig mit der Dreifachen Göttin verbunden ist ..."
Boadicea umarmte ihn. "Du wirst es nicht bereuen, mir meinen Willen gelassen zu haben, obwohl dir mein Verhalten befremdlich erscheint."
Der Ard Rhi zwinkerte Prasutax zu und äußerte schmunzelnd: "Mit den Rätseln, welche die Frauen uns Männern immer wieder von neuem aufgeben, müssen wir wohl oder übel leben, mein Freund!"
"Sehr wahr!" erwiderte Prasutax lachend; sodann winkte er die icenischen Rosselenker herbei, welche die Streitwagen unterdessen beladen hatten, und befahl ihnen: "Bringt das Gepäck ins Wohnhaus zurück und sagt den Adelskriegern unseres Gefolges, meine Gemahlin und ich hätten uns entschlossen, erst morgen abzureisen."
Nachdem dies geregelt war, sandte Cunobelinos einen Diener zum Llundain empor; der Mann sollte den Torwächtern mitteilen, daß Boadicea und Prasutax nach Belieben Zutritt zur Weihestätte hatten. Danach lud der Ard Rhi das Paar auf einen letzten Becher Wein ein. Während des Umtrunks versuchte Cunobelinos, ebenso wie Prasutax, von Boadicea mehr über die Hintergründe ihres Wunsches zu erfahren - doch sie wich den Fragen, ihren weiblichen Charme einsetzend, geschickt aus.
Schließlich kam Caradoc ins Hallenhaus, nickte dem Herrscherpaar der Icener etwas verwundert zu und beschied seinen Vater: "Sämtliche Könige sind mittlerweile fort, und ich denke, auch wir sollten nun aufbrechen."
"Du hast recht", entgegnete Cunobelinos; dann erhob er sich, verabschiedete sich noch einmal von Prasutax und Boadicea und folgte seinem Sohn nach draußen.

Eadha und Ailme

Sommer 40 bis Sommer 41

Das icenische Herrscherpaar stand auf dem höchsten der drei Erdwälle, welche sich unterhalb des Llundain um den Hügel zogen. Prasutax hatte den Arm um die Schultern seiner Gattin gelegt; schweigend blickten beide ins Stromtal der Tamesis hinab, wo an verschiedenen Stellen von Streitwagen angeführte Reitertrupps zu erkennen waren.

Der Ard Rhi und sein Sohn Caradoc entfernten sich in nordöstlicher Richtung vom Fluß; die Könige der Kenten, Atrebaten, Regnier, Belger, Durotrigen und Dumnonier strebten einer Furt bei der bescheidenen Ansiedlung am Stromufer südöstlich von Caer Llundain zu; die Scharen der Corieltauer, Dobunnier, Silurer, Demetier, Cornovier, Ordovicen und Deceanglier wiederum bewegten sich nach Westen.

Lange schauten Boadicea und ihr Gemahl den Kampfwagen und Berittenen nach. Erst als die Trupps der Südstämme das jenseitige Ufer der Tamesis erreicht hatten, räusperte sich Prasutax und stellte die Frage, welche ihm schon die ganze Zeit auf der Zunge brannte: "Warum hast du von Cunobelinos die Erlaubnis erbeten, daß wir noch bis morgen hierbleiben dürfen?"

"Ich handelte so, um den Willen der Göttin zu erfüllen", antwortete Boadicea.

"Das sagtest du mir bereits, bevor du mit dem Ard Rhi sprachst", versetzte Prasutax. "Aber nun würde ich gern mehr erfahren ..."

"Sei nicht so ungeduldig!" Boadicea schenkte ihrem Gatten ein berückendes Lächeln. "Kommende Nacht, wenn der Vollmond leuchtet, wirst du alles begreifen ..." Sie küßte ihn und fügte hinzu: "Doch zunächst laß uns den sonnigen Tag genießen! Du könntest mich beispielsweise in deinem Wagen entführen und mir die eindrucksvollsten Plätze im Stromtal zeigen ..."

"Du spielst mit mir - aber du tust es auf derart bezaubernde Weise, daß ich es nicht übers Herz bringe, dir deinen Wunsch abzuschlagen", erwiderte Prasutax mit weicher Stimme.

Boadicea streichelte ihm zärtlich über die Wange; gleich darauf verließ das Königspaar den Wall, um zum Lager der Adelskrieger hinabzusteigen.

Eine halbe Stunde später waren die Pferde angeschirrt. Prasutax lenkte den Streitwagen zum Wald der Eichen, Hainbuchen und Ebereschen am Hügelfuß; Boadicea stand eng an ihn geschmiegt in der Wagenkanzel. Nachdem sie den Forst hinter sich gebracht hatten, trieb Prasutax die Rösser zum Galopp an, und bald gelangten die beiden zum nördlichen Tamesis-Ufer.

Ein Stück westlich des an der Flußfurt liegenden Dorfes, wo ein Bach in den Strom einmündete, zügelte Prasutax die Pferde und ließ sie im Schritt weitergehen. Die Rösser suchten sich ihren Weg zwischen Wildapfelbäumen und Haselsträuchern; schließlich brachte der Icener-

König die Tiere in einer Bodensenke zum Stehen und seine Frau erblickte ein kleines, aber sehr stimmungsvolles Heiligtum: eine kräftig sprudelnde Quelle, die mit milchweißen Steinen eingefaßt war und von drei Birken überragt wurde.
Boadicea strahlte ihren Gatten an. "Du hast mich zu einer Weihestätte der jungen, liebreizenden Göttin Brigid gebracht!"
Prasutax schaute ihr tief in die Augen. "Ich tat es, weil der heilige Ort dir und deiner Schönheit gemäß ist ..." Er küßte seine Gemahlin, dann fuhr er fort: "Als ich vor Jahren einmal mit Swyedydd in der hiesigen Gegend weilte, zeigte er mir diesen Platz, an dem Ceridwen seit Menschengedenken in ihrer jugendlichen Erscheinungsform verehrt wird. Vorhin, ehe wir losfuhren, erinnerte ich mich daran, und ich dachte, es würde dir Freude machen, ein Opfer an Brigids Born darzubringen."
"Wir wollen der Göttin gemeinsam für das Liebesglück danken, das sie uns schenkt", antwortete Boadicea.
Gleich darauf kniete das Königspaar am Quellbecken und verharrte zunächst still an der leise wirbelnden Flut. Sodann schöpfte Boadicea dreimal hintereinander Wasser aus dem Born und ließ Prasutax aus ihrer Handmuschel trinken; danach tat ihr Gatte dasselbe für sie. Anschließend flochten sie drei Birkenzweige - einen für Brigid und zwei für sich selbst - zu einem Kranz und legten ihn am Rand des Quellbassins nieder.
Noch einmal beteten sie still, dann kehrten sie zum Wagen zurück. Als sie in der Kanzel standen, fragte Boadicea: "Täusche ich mich, oder gibt es hier an der Tamesis womöglich noch eine weitere Weihestätte?"
"Ja", erwiderte Prasutax nach kurzem Zögern. "Sie befindet sich östlich der Ansiedlung auf einer Anhöhe und ist vom Wesen des rabenumschwirrten Gottes Bran erfüllt."
"Vom Geist Lughs in seiner Dunkelgestalt", murmelte Boadicea.
"So ist es", nickte Prasutax. "Und deshalb sollten wir dieses Heiligtum am heutigen Tag, den wir doch unbeschwert genießen wollen, vielleicht besser nicht aufsuchen."
Boadicea überlegte, dann sagte sie: "Du möchtest mich vor etwas schützen, was mich bedrücken könnte. Aber ich weiß ebensogut wie du, daß in der Diesseitswelt Helligkeit und Düsternis oft eng verwoben sind, und aus diesem Grund besitzt die Weihestätte Brigids ihren Gegenpol auf Brans Hügel. Genau wie der lichte, lebenspendende Born der Göttin zeigt uns auch das dunkle, mit dem Tod verbundene Heiligtum des Rabengottes einen elementaren Aspekt unseres irdischen Schicksals auf, dem wir uns furchtlos stellen müssen, und daher sollten wir nicht davor zurückschrecken, Bran Ehrfurcht zu erweisen."
"Druidisches Wissen spricht aus deinen Worten", erklärte Prasutax anerkennend und löste die Leitriemen der Pferde von der Speerhalterung an der Wagenkanzel.
"Wenn du bereit bist, mir das zuzugestehen, haben meine Lehrer auf Môn ihre Zeit offenbar nicht mit mir vergeudet", entgegnete Boadicea schmunzelnd. Im nächsten Moment schnalzte sie mit der Zunge - und die

Rösser trabten, ohne das Zügelklatschen ihres Herrn abzuwarten, in elegantem Bogen davon.
Nach viertelstündiger Fahrt stromabwärts erreichte das Herrscherpaar die Ansiedlung an der Flachstelle der Tamesis. Das Dorf bestand aus ungefähr fünfzig Fischerhütten und einigen größeren Rundhäusern; direkt an der Furt gab es zudem eine doppelstöckige Lagerhalle, vor deren Tor ein catuvellaunischer Händler mehrere Knechte beaufsichtigte, die Fässer und Ballen auf einen vierspännigen Ochsenwagen luden.
Achtungsvoll begrüßte der Kaufherr das Königspaar; gleich darauf eilte die Ehefrau des Händlers mit einem Tablett herbei und bot Metheglyn in hübsch gemaserten Bechern aus Nußbaumholz an. Während sie den Honigwein genossen, erfuhren Prasutax und Boadicea, daß die Waren, die gerade verladen wurden, von einem iberischen Schiff stammten, welches eine Woche zuvor am Balkenkai unterhalb der Ansiedlung, wo der Fluß tief war, angelegt hatte. Jetzt sollten die Güter - Wein, Olivenöl und südländische Tuche - weiter ins Landesinnere zu verschiedenen atrebatischen Häuptlings-Duns gebracht werden, und der Kaufherr erhoffte sich davon einen satten Gewinn.
Prasutax wünschte ihm Glück für seinen Handel; wenig später trabten die Pferde wieder los, und der Streitwagen verließ das Dorf durch ein Spalier winkender Menschen. Ein paar Pfeilschüsse jenseits der Ansiedlung passierte das Gespann den Schiffskai; dahinter wurde das Uferland wellig, und nachdem der Wagen durch einen Wald aus Eichen und Eiben gerollt war, sah das Königspaar den Hügel des Bran-Heiligtums vor sich.
Die mit Heidekraut bewachsene Erhebung, auf der da und dort nacktes Gestein zutage trat, wirkte auf seltsame Weise entrückt; über der Kuppe kreisten Schwarzvögel. Langsam lenkte Prasutax die Rösser den Westhang empor, oben hielt er den Streitwagen bei einer schroffen Felsformation an. Gleich Keilen ragten die dunklen, an manchen Stellen hell durchschossenen Steine aus der Erde - und am Sockel des mächtigsten öffnete sich neben einem Cairn ein tiefer, scheinbar grundloser Felsspalt.
Boadicea deutete auf die schmale, finstere Kluft. "Dies ist der Opferschacht für den Rabengott, nicht wahr?"
"Seit vielen Jahrhunderten", bestätigte Prasutax. "Die Opfergaben sollen den Gott, dessen in Gebein, Fleisch und Blut ausgebildetes Haupt lebend in der Tiefe ruht, gnädig stimmen und ihn dazu bewegen, uns Britannier vor der Vernichtung durch unsere Feinde zu bewahren."
"Wenn die Römer angreifen, werden wir die Hilfe des Rabenumschwirrten nötig haben", antwortete Boadicea und stieg vom Wagen. Ihr Gemahl tat es ihr nach; dann stand das Paar eine Weile schweigend, in stille Anrufung Brans versunken, vor der Gesteinsspalte.
Schließlich sagte Boadicea: "Auf Môn wurde ich vor allem in die Mysterien der Göttin eingeweiht, aber einmal war ich Zeugin, wie ein Barde einen langen Gesang vortrug, in welchem die Taten des menschgewordenen Gottes Bran, den man hier nahe von Caer Llundain in einer besonderen

Erscheinungsform verehrt, geschildert wurden. Doch ich war damals noch ein junges Mädchen und vermag mich nicht mehr an jede Einzelheit der Dichtung zu erinnern ..."
"Ich kenne das Lied über den Rabengott recht gut", erwiderte Prasutax. "Und wenn du willst, kann ich dir seinen Inhalt gerne erzählen."
Nachdem Boadicea zustimmend genickt hatte, begann er: "Vor Urzeiten beschloß Bran, Annwn zu verlassen und als König auf Erden zu regieren. Der Gott ließ sich von einem britannischen Herrscher zeugen und von dessen Gattin gebären, wuchs heran und trug nach dem Tod seiner Eltern selbst die Krone. Auf einer heiligen Klippe über der Meeresküste Cymrus erhob sich sein Dun, und das Land blühte unter seinem Königtum auf. Nach Jahren des Glücks aber fielen Feinde aus Erinn über Cymru her und begingen einen fürchterlichen Frevel, indem sie Brans ebenfalls göttliche Schwester Branwen auf ihre Insel entführten. Daraufhin rief Bran die Männer Britanniens zu den Waffen und segelte mit ihnen über die See, um die Schande zu rächen, die ihm und Branwen angetan worden war. Lange tobte der Krieg in Erinn, am Ende war das Eiland bis auf eine Handvoll schwangerer Frauen entvölkert. Auch Branwen war umgekommen, und von den Britanniern lebten außer Bran, der im letzten Kampf schwer verwundet worden war, nur noch acht Männer ..."
"Ein wichtiges Anliegen dieser Geschichte ist es offenbar, uns vor blindem Haß und den grauenhaften Folgen leichtfertig vom Zaun gebrochener Kriege zu warnen", warf Boadicea ein.
"Ohne Zweifel liegt der Bardendichtung diese Absicht zugrunde", stimmte Prasutax ihr zu; sodann setzte er die Erzählung fort: "In einem Curragh kehrten der sieche König und seine Begleiter nach Cymru zurück. Sie fanden den Dun auf der heiligen Klippe verwaist vor, und das Land ringsum war menschenleer und öde. Angesichts dessen verlor Bran jeglichen Lebensmut; bleich und stumm saß er in seiner Königshalle und sehnte sich nach dem Tod. Doch obwohl sein Körper von Schwerthieben und Speerstößen zerfleischt war, konnte er nicht sterben; Tag für Tag und Nacht für Nacht mußte er unbeschreibliche Schmerzen und dazu seine Seelenpein ertragen. Endlich aber zeigte ihm Ceridwen, die Barmherzige, den Weg zu seiner Erlösung auf, und Bran tat, was sie ihm geraten hatte: Mit bewegten Worten bat er denjenigen unter seinen Gefährten, welchen er am meisten liebte, sein Schwert zu ziehen und ihm das Haupt abzuschlagen ..."
"Der schwerverletzte König suchte den Tod, um neues Leben zu gewinnen", sagte Boadicea leise.
"So war es!" bekräftigte Prasutax. "Und das Geschenk eines erneuerten Daseins wurde ihm gewährt, denn nachdem der auserwählte Krieger Brans Kopf abgetrennt hatte, war der König all seiner Qualen ledig. Mehr noch: Während der verwundete Körper verging und wieder zu Erde wurde, verwandelte sich das Haupt Brans. Das müde Gesicht des gealterten Mannes wurde zum Antlitz eines strahlenden Jünglings - und in dieser Gestalt leistete Brans Kopf denen, die das Wunder erschaut hatten, neun

Jahre lang heitere Gesellschaft. Neun Jahre scherzte und lachte das Königshaupt mit den Kriegern und sorgte dafür, daß die Bratspieße stets reichlich bestückt waren und der Wein in den Bechern niemals versiegte. Britannien blühte in dieser Zeit herrlicher denn je auf, und erst als das neunte Jahr verstrichen war, endete das Fest im Dun auf der heiligen Klippe. Jetzt nämlich beschloß der Gott, nach Annwn heimzukehren; sein Kopf jedoch sollte in der Diesseitswelt bleiben und an einem würdigen Ort beigesetzt werden. Bran wählte den Hügel, auf dem wir stehen, als Begräbnisplatz aus, und seine Gefährten trugen das Haupt quer durch das ganze Land, um es hier am Fuß der Felsen in den Schoß der Erde zu versenken. Und seither ruht der nach wie vor lebende Kopf des Gottkönigs an dieser Stelle, hält Zwiesprache mit Ceridwen drüben in Caer Llundain und beschützt Britannien vor der Vernichtung durch seine Feinde."
Boadicea blickte zu den Raben empor, die in weiten Schwüngen über dem Geklüft der keilförmigen Steine kreisten; es war ihr, als würde das Krächzen der Schwarzvögel die uralte Geschichte bestätigen, die sie soeben vernommen hatte. Lange stand die junge Frau wie selbstvergessen da; endlich richtete sie die Augen wieder auf ihren Gatten und forderte ihn auf: "Laß uns Brans Haupt durch ein Opfer ehren!"
Prasutax streifte den breiten, silbernen Schmuckreif ab, den er am linken Unterarm trug, und reichte ihn seiner Gemahlin. Boadicea berührte das Edelmetall mit den Lippen, dann kniete sie, ebenso wie ihr Gatte, nieder und ließ den Reif in die Öffnung am Sockel des mächtigsten Felsens gleiten. Während das Schmuckstück, gelegentlich gegen einen Stein klirrend, in die tiefe Spalte fiel, sprach der König: "Wir erweisen dir Ehrfurcht, Bran, und bitten dich, uns und dem Stamm der Icener beizustehen, falls die Römer mit Heeresmacht an der britannischen Küste landen."
Nachdem der Silberreif im Abgrund unter den Felsen zur Ruhe gekommen war, lasen Boadicea und Prasutax je einen Geröllbrocken auf und legten die Steine behutsam auf dem Cairn neben dem Opferspalt nieder. Anschließend - der Rabenschwarm schwirrte nun ganz in der Nähe - betete das Herrscherpaar noch eine Weile still zu Bran; zuletzt tastete Boadicea nach der Hand ihres Gemahls und sagte: "Sieh, die Schwarzvögel haben sich von uns entfernt - und dies ist ein Zeichen, daß wir die Weihestätte jetzt verlassen sollen."
Prasutax half seiner Gattin auf den Wagen, dann lenkte er das Gespann die östliche Hügelflanke hinab. Unten am Stromufer ließ er die Pferde weiter gen Sonnenaufgang traben; als Boadicea ihn fragte, ob er ein bestimmtes Ziel hätte, antwortete der junge König: "Nein, denn ein drittes Heiligtum oder eine andere Sehenswürdigkeit gibt es hier am Fluß nicht mehr. Aber ich dachte, wir könnten einfach ein Stück ins Blaue hineinfahren, bis wir einen hübschen Platz finden, wo wir den Mittagsimbiß genießen können, den du für uns eingepackt hast."
"Eine ausgezeichnete Idee", lächelte Boadicea; sodann hielten beide nach einer geeigneten Stelle Ausschau. Schließlich, ungefähr eine Wegstunde

von der Weihestätte des Gottes Bran entfernt, wurden sie fündig: eine sanfte Anhöhe, die von einer weiten Stromschleife umflossen wurde und daher nach drei Seiten hin eine herrliche Aussicht auf die Tamesis bot.
Unter einer Birkengruppe auf dem Hügelkamm hielt Prasutax die Rösser an und schirrte sie aus, damit sie weiden konnten; Boadicea traf unterdessen die Vorbereitungen für das Mahl unter freiem Himmel. Neben dem Streitwagen breitete sie eine Wolldecke über ein Moospolster und stellte bronzene Trinkschalen und Eßplatten, die sie aus einem Korb in der Wagenkanzel nahm, darauf ab. Danach füllte sie die Schalen mit duftendem Metheglyn aus einem Henkelkrug und legte Schnitten von kaltem Braten, Brot und Früchte auf die Platten. Als sich Prasutax an der Seite seiner Gemahlin niederließ, brauchte er nur noch zuzugreifen; nachdem er eine Bratenschnitte gekostet und einen Schluck Honigwein genossen hatte, bekannte er: "Ich habe das Gefühl, als sei ich in diesem Moment der glücklichste Mann auf Erden."
"Ich hoffte, das wärst du nicht bloß im Augenblick, sondern schon seit unserer Hochzeit!" scherzte Boadicea; dann speisten und tranken sie in heiterer, fast ausgelassener Stimmung. Später unternahmen sie einen Spaziergang am Saum der Hügelkuppe entlang; zurück bei den Birken, machten sie es sich im Gras bequem. Prasutax lehnte mit dem Rücken am Stamm eines der Bäume; Boadicea saß zwischen seinen Schenkeln, so daß er sie von hinten umfassen und an seiner Brust bergen konnte. Leise sprachen sie miteinander und schauten dabei auf den Fluß hinab; eine Stunde und noch eine verstrich, und sie bemerkten es kaum - plötzlich jedoch wurde das Paar durch ein seltsames Saugen und Rauschen, das unvermittelt in der Luft hing, aus der Versunkenheit aufgestört.
Das Geräusch kam von Osten, es schien aus dem Stromtal emporzudringen und schwoll immer mehr an. Boadicea und Prasutax sprangen auf; eben als die junge Frau den Mund öffnete, um ihrem Gatten eine erschrockene Frage zu stellen, sah sie, wie sich im Bett der Tamesis etwas Wundersames ereignete.
Gerade noch war das silbrig glitzernde Wasser gemächlich gen Sonnenaufgang geflossen; jetzt schien die Flut der Tamesis jäh zu erstarren - im nächsten Moment hob sich der Wasserspiegel schäumend und tosend an, und gleich darauf schob diese gischtende Flutwelle das Flußwasser vor sich her nach Westen, so daß die Tamesis nun gen Sonnenuntergang strömte.
Gebannt verfolgte Boadicea das schier andersweltlich wirkende Naturschauspiel; schließlich, als das saugende Rauschen der rasch dahinziehenden Riesenwelle wieder leiser wurde, riß sie sich los und sagte mit einem tiefen Seufzer zu ihrem Gemahl: "Fast glaubte ich schon, die Mächte von Annwn hätten sich vor unseren Augen manifestiert. Aber in Wahrheit ist es wohl die unbändige Kraft des Meeres, welche den Fluß dazu zwingt, die Richtung seines Laufes zu ändern, oder?"
"Du hast die Zusammenhänge erkannt", bestätigte Prasutax. "Nicht sehr weit von hier mündet die Tamesis in die See, und wenn die Meeresflut ins

Strombett dringt, muß das Flußwasser vor ihr zurückweichen. So geschieht es regelmäßig im Rhythmus des großen Pulsschlages der See, heute freilich war die Flutwelle besonders stark. Viel mächtiger als damals, da ich mich in Swyedydds Begleitung hier in der Gegend aufhielt - und ich denke, dies hat mit dem Einfluß des Mondes auf das Meer zu tun."
"Bestimmt", nickte Boadicea. "Denn in der kommenden Nacht wird Andrastas Antlitz in seinem vollen Glanz erstrahlen ..." Leiser, versonnener fuhr sie fort: "Und bereits jetzt, am hellen Tag, zeigte die Göttin uns, welche Kraft sie besitzt ..."
Bevor Prasutax etwas erwidern konnte, umarmte und küßte Boadicea ihn; dann bat sie ihren Gatten: "Laß uns den Wassern, welche Andrasta aus der Weite des Meeres ins Landesinnere sandte, im Wagen folgen."
Prasutax war einverstanden; er schirrte die Pferde wieder an, und wenig später galoppierten die Rösser entlang des Hochufers der Tamesis dahin. Auf dem flachen Boden kamen die Hengste sehr schnell voran; kurz nachdem die Rösser an der Ansiedlung bei der nun breit überschwemmten Flußfurt vorbeigeprescht waren, erspähten Boadicea und ihr Gemahl die Flutwoge von neuem. Prasutax wollte die Hengste zu noch eiligerem Lauf anspornen, um die Welle zu überholen - doch Boadicea rief ihm zu: "Wir sollten die Macht der Göttin achten und deshalb kein mutwilliges Spiel mit der Woge treiben!"
Daraufhin ließ Prasutax die Rösser etwas langsamer galoppieren; als der Wagen bis auf einen Pfeilschuß an die Flutwelle herangelangt war, zügelte er die Tiere, so daß sie in Trab fielen und gleichbleibenden Abstand zu der Woge hielten. Und so, immer in einiger Entfernung von der Flutwelle, fuhr das Königspaar weiter und beobachtete, wie die Woge die Ostströmung der Tamesis in sich auffing und den Fluß mit unwiderstehlicher Urgewalt nach Westen drängte.
Erst als ein bewaldeter Hügelrücken, dessen Flanke steil zur Tamesis abfiel, den Weg versperrte, hielt Prasutax die Pferde an. Das Herrscherpaar schaute der Flutwelle nach, bis sie jenseits eines Strombogens hinter der langgestreckten Anhöhe verschwand; sodann blickte Boadicea zum Firmament empor und sagte: "Die Sonne sinkt schon, daher sollten wir jetzt heimkehren."
Prasutax wendete die Hengste und ließ sie im Schritt nach Norden gehen; etwa eine Stunde später langte das Königspaar wieder im Lager der Adelskrieger unterhalb des Llundain an. Prasutax übergab das Gespann seinem Rosselenker und wechselte ein paar Worte mit dem Befehlshaber der Kriegerschar; danach schritten er und Boadicea zu den Herrscherhäusern hinauf.
In seiner Unterkunft nahm das Paar einen Imbiß zu sich; anschließend schlug Boadicea ihrem Gatten vor: "Laß uns auf der Bank draußen den Sonnenuntergang genießen."
Still, in Erinnerungen an den erfüllten Tag versunken, saßen beide vor dem Rundhaus. Als der dunkelrote Schein am westlichen Horizont wie zum Abschied ein letztes Mal aufglühte, schmiegte sich Boadicea enger an

ihren Gemahl und sagte leise: "Nun wird es Zeit für uns, zur Weihestätte emporzusteigen."
"Jetzt?" kam es verwundert von Prasutax. "Wieso willst du gerade ..."
Boadicea legte ihm den Finger auf die Lippen. "Frag nicht. Laß einfach geschehen, was geschehen soll ..." Als sie spürte, daß er ihr nachgeben würde, erhob sie sich; gleich darauf folgten beide Hand in Hand dem Pfad zum Heiligtum.
Die Wächter am Portal grüßten das Königspaar ehrerbietig; Boadicea schenkte ihnen ein Lächeln, dann traten sie und ihr Gatte durch das Tor. Über dem Hügelplateau webten die ersten, noch feinen Schleier der Nacht; die sich in einem sanften Windhauch bewegenden Baumwipfel der drei Haine wirkten in der allmählich einfallenden Dunkelheit, als würden sie zwischen Diesseits- und Anderswelt schweben.
Boadicea führte ihren Gemahl zum Ringbach und am Wasser entlang zum Birkenhain; am weißen Teich dort verharrten beide eine Weile im Gebet. Danach machte Prasutax Anstalten, zum Rotweiher weiterzuschreiten, aber Boadicea beschied ihn: "Wir wollen zunächst den Eibenhain und dann erst die Weihestätte unter den Blutbuchen aufsuchen, denn der Teich Ceridwens in ihrer mütterlichen Gestalt ist unser Ziel."
Wenig später ehrte das Königspaar die Göttin in ihrer schwarzen Erscheinungsform; anschließend begaben sich Prasutax und Boadicea zum Rotwasserweiher, um auch an ihm zu beten. Als er einmal aufschaute, bemerkte Prasutax, daß seine Gattin wie entrückt am Teichrand stand; auf ihrem Gesicht lag ein Ausdruck tiefer, freudiger Hingabe. Es dauerte geraume Zeit, ehe sich Boadicea aus ihrer verzückten Trance löste, nach der Rechten ihres Gemahls tastete und flüsterte: "Nun spiegeln sich bereits die Sterne im Weiher, und es wird nicht mehr lange dauern, bis die Mondscheibe am Himmel erscheint."
Gleich darauf umarmte sie Prasutax und küßte ihn sehr zärtlich; dann zog sie ihn zur größten der Blutbuchen und brachte ihn dazu, sich dort an ihrer Seite im weichen Moos niederzulassen. Kaum saßen sie, suchten ihre Lippen erneut die seinen; bald wurden ihre Küsse fordernder, und Prasutax fühlte, wie lustvolles Begehren in ihm erwachte. Er liebkoste Boadiceas Brüste; wollte sie entblößen - doch da raunte die junge Frau mit dem kupferfarbenen Haar ihm zu: "Später, mein Herz ... Später sollst du alles bekommen ... Aber bis dahin ..."
Erneut spielte ihre Zunge mit seiner; sie reizte ihn mehr und mehr und verweigerte ihm dennoch auf zauberhaft charmante Weise, was er sich immer leidenschaftlicher ersehnte. Dann auf einmal - eben als er das Empfinden hatte, sein Verlangen nicht länger im Zaum halten zu können - entwand sie sich ihm, stand mit geschmeidiger Bewegung auf, deutete zum Firmament und sagte: "Schau! Das Antlitz Andrastas blickt auf uns herab!"
Prasutax sah die riesige, rotgoldene Vollmondscheibe am Himmel leuchten; mit dem nächsten Lidschlag sah er, wie Boadicea leichtfüßig zum Teich lief. Am Rand des Weihers wandte sie sich um, hob die Arme

wie anbetend dem Nachtgestirn entgegen und verharrte einen Moment in dieser Stellung. Prasutax hatte den Eindruck, als würde die Aura des Mondes sie pulsend umfließen; gleich darauf sah er, wie Boadicea zu tanzen begann.
Weich wiegte sich ihr schlanker Körper; lockend streichelte Boadicea ihre Hüften und Schenkel; drehte sich zwischendurch wie schwerelos im Kreis, so daß ihr langes Lockenhaar wehte. Nach einer Weile hielt sie inne, nestelte am Mieder ihres Kleides und ließ das Gewand von ihren Schultern gleiten. Prasutax sah, wie der fallende Stoff ihre Brüste, ihren Leib, ihre Scham und ihre Beine entblößte; dann trat Boadicea über das im Gras liegende Gewand hinweg, näherte sich ihrem Gatten ein Stück und tanzte abermals für ihn.
Von wildem, nicht länger bezähmbarem Begehren getrieben, sprang Prasutax auf und fing an, sich ebenfalls zu entkleiden. Im nächsten Augenblick war Boadicea bei ihm; mit fliegenden Händen half sie ihm, sein Gewand abzulegen. Als er nackt war, kniete sie vor ihm nieder und küßte sein steil emporragendes Glied. Er spürte ihre Zunge um seine Eichel kreisen und stöhnte vor Wollust - einen Herzschlag später löste sie sich wieder von ihm, sank ins Moos, öffnete die Schenkel und stieß in atemlosem Liebesverlangen hervor: "Komm! Komm in mich!"
Im gleichen Moment, da sie sich vereinigten, vergaßen sie die Welt. Andrasta schenkte ihnen grenzenlose Ekstase; körperliche und seelische Verzückung, die wie ein endloser, allem Irdischen entrückter Freudenrausch war. Mit schier unersättlicher Lust liebten sie einander; erst als die rotgoldene Mondscheibe hinter den Baumkronen versank, fanden sie ins Diesseits zurück. Wie aus einem unsagbar beglückenden Traum erwachend, ließen sie den Liebesrausch, den sie erlebt hatten, in sanften Zärtlichkeiten ausklingen; irgendwann schlummerten sie, eng umschlungen, auf ihrem Moosbett unter der Blutbuche ein.
Bei Sonnenaufgang erwachte Boadicea. Kaum hatte sie die Lider geöffnet, wurde ihr bewußt, daß sie in der Nacht empfangen hatte; zugleich vernahm sie die lautlos hallende Stimme der Göttin: Die Mondin segnete dich und den Mann, dem du angehörst, mit ihrer ewig lebenspendenden Kraft! Wenn der Same in deinem Schoß ausgereift ist, wirst du gebären! Und es wird sowohl deine erste Geburt als auch mehr als eine erste Niederkunft sein!
Während Boadicea noch über das Geheimnis des letzten Satzes rätselte, schlug Prasutax die Augen auf. Er erkannte sie, zog sie enger an sich und küßte sie sehr innig; es war, als wollte er ihr instinktiv für ihre Empfängnis danken. Als er sie wieder freigab, war Boadicea versucht, sich ihm schon jetzt anzuvertrauen und sich mit ihm über die orakelhafte Botschaft der Göttin auszutauschen - doch da setzte sich Prasutax auf, dehnte den Oberkörper und erklärte schmunzelnd: "Ich habe einen Bärenhunger, und vermutlich ergeht's dir ebenso. Deshalb sollten wir nun zu unserem Haus zurückkehren, damit wir ein anständiges Frühstück in den Leib bekommen."

Wenig später, nachdem sie nochmals in den drei Hainen gebetet hatten, verließen sie den Llundain und schritten zu ihrer Unterkunft hinab. Dort wuschen sie sich und nahmen den Morgenimbiß ein; eben als sie das Frühstück beendeten, kam der Befehlshaber der Adelskrieger herein, wünschte einen guten Morgen und fragte: "Bleibt es dabei, daß wir heute abreisen, oder wollt ihr noch länger verweilen?"
"Ich wünschte, wir könnten bleiben", antwortete Prasutax. "Aber das ist angesichts der Gefahr, die uns von den Römern droht, leider nicht möglich. Wir müssen das Aufgebot zusammenstellen, welches nach dem Beschluß der Ratsversammlung ins Land der Kenten ziehen soll, und außerdem dafür sorgen, daß die Lebensmitteltransporte für das britannische Kernheer auf den Weg an die Südküste gebracht werden. Laß also unsere Streitwagen anschirren und mach dich mit deinen Männern reitfertig."
Zwei Stunden nach Sonnenaufgang zog das Herrscherpaar an der Spitze seines Gefolges nach Norden ab. Boadicea wirkte in sich gekehrt; als die Streitwagen und die Kavalkade der berittenen Krieger die Randhöhen des Tamesis-Tales erreicht hatten, von wo aus die junge Frau vier Tage zuvor erstmals den Llundain erblickt hatte, gab sie ihrem Rosselenker ganz wie damals auf der Anreise ein Zeichen, die Tiere anzuhalten. Lange schaute Boadicea zum heiligen Hügel in der Ferne zurück; noch einmal dankte sie der Göttin still für das Geschenk, welches sie erhalten hatte - und bat Andrasta inbrünstig, das Leben, welches in ihrem Schoß zu keimen begonnen hatte, vor den Schrecknissen zu behüten, welche die Zukunft bringen mochte.

***

Im Spätsommer war das Königspaar in den Dun der Icener heimgekehrt. Zu jener Zeit hatte Prasutax noch nichts von der Empfängnis seiner Gattin geahnt, doch jetzt - fünfeinhalb Monate später, an Imbolc des neuen Jahres - kümmerte er sich gleich nach dem Aufstehen wieder einmal allzu besorgt um seine schwangere Gemahlin.
"Ich weiß wirklich nicht, ob es gut für dich ist, wenn du heute vom frühen Vormittag bis in die tiefe Nacht hinein an den Festlichkeiten teilnimmst", gab er ihr zu bedenken. "Die rauchige Luft in der Halle und dazu das schwere Essen könnten dir und unserem Kind schaden! Und was die lange Prozession zum Steinheiligtum der wiedererwachten Sonne angeht, so könnten Swyedydd und ich sie durchaus allein anführen! Ich würde sogar dringend dazu raten, denn sonst erkältest du dich am Ende noch, und das wäre ..."
"Du bist einfach unmöglich!" unterbrach Boadicea ihren Gatten. "Seit gestern habe ich dir bestimmt ein dutzendmal erklärt, daß ich weder bresthaft noch magenleidend, noch fußkrank bin und mich darüber hinaus sehr auf die Imbolc-Prozession freue, weil nämlich das Wetter fast schon frühlingshaft ist. Und jetzt Schluß mit deinen Unkenrufen, sonst reise ich ungeachtet meiner Liebe zu dir nach Môn ab und bringe das Kleine dort zur Welt!"

"Dazu wärst du doch nicht wirklich imstande, oder?" kam es reichlich kleinlaut von Prasutax.
"Bist du dir da sicher?" versetzte Boadicea in gespieltem Ernst; gleich darauf umarmte sie ihn und beteuerte: "Natürlich werde ich hierbleiben! Nie und nimmer brächte ich es übers Herz, dich zu verlassen!" Sie küßte ihn, dann wechselte sie das Thema: "So, und nun wollen wir uns einer ernsthafteren Frage zuwenden. Was meinst du, welches Kleid ich heute tragen soll? Das moosgrüne mit den hellroten Borten? Das beigefarbene mit dem weinroten Besatz, dessen Ausschnitt du so magst? Oder besser das blaue mit den weißen und schwarzen Rankenornamenten?"
Prasutax riet ihr, so gewissenhaft er konnte, und nachdem sie beide ihre Festtrachten angelegt und gefrühstückt hatten, begaben sie sich in die Große Halle, um dort die allmählich eintreffenden Gäste aus nah und fern zu begrüßen. Im weiteren Verlauf des Tages sodann mußte Prasutax einsehen, daß seine Ängste um Boadicea einmal mehr grundlos gewesen waren; ohne Schwierigkeiten stand sie das mittägliche Spießbratenessen, die nachmittägliche Prozession zu den Hohen Steinen und den abendlichen Umtrunk, bei dem sie sich freilich zurückhielt, durch.
Auch während der folgenden Wochen bereitete die Schwangerschaft ihr keine ernsthaften Probleme. Obwohl ihr Leib sich jetzt immer stärker rundete, blieb Boadicea lebensfroh und bestand weiterhin darauf, ihren Gemahl bei seinen vielfältigen Pflichten zu unterstützen. Manchmal allerdings - insbesondere dann, wenn sie die im Dun ansässigen Krieger bei Waffenübungen beobachtete, oder wenn Lebensmittellieferungen ins Kentenland abgingen - fühlte sich Boadicea beklommen. In solchen Stunden mußte sie sich bemühen, ihren Ängsten nicht nachzugeben; den Ängsten, welche vor allem das Schicksal des Ungeborenen betrafen, das sie unter dem Herzen trug.
Aber stets überwand sie ihre Furcht vor einem Angriff der Römer; sie schaffte es, obgleich sich keineswegs ausschließen ließ, daß noch vor ihrer Niederkunft ein Feindheer in Britannien landen würde. Prasutax und ebenso die Hebamme der Königsfestung, welche nun regelmäßig zu Boadicea kam, bewunderten sie wegen ihres unerschütterlichen Mutes - und schließlich, kurz vor Alban Ailyr, geschah etwas, wodurch Boadiceas so tapfer unterdrückte Ängste mit einem Schlag gegenstandslos wurden.
Auf schaumbedecktem Roß sprengte ein Reiter durch den Torbau des Duns und jagte weiter zum Wohnhaus des Herrscherpaares, wo er dem eilig heraustretenden Prasutax zurief: "Ich bringe wichtige Botschaft von König Moriand!"
Prasutax wechselte einige Sätze mit dem jungen kentischen Edlen; während er ihn befragte, gesellte sich Boadicea zu den beiden Männern, und gleich darauf geleitete das Herrscherpaar den Kurier zur Großen Halle. Rasch versammelten sich dort auch die Druiden und Adligen; als alle ihre Plätze eingenommen hatten, wies Prasutax auf den Gesandten und verkündete: "Dieser Mann hat eine höchst erfreuliche Nachricht für euch!"

Sofort kehrte tiefe Stille ein; der Bote wartete noch einen Moment, um die Spannung zu steigern, dann sagte er: "Die Gefahr, welche Britannien bedrohte, ist gebannt! Die römischen Legionen werden nicht über das Meer kommen, denn Caligula, der sie gegen uns in den Krieg führen wollte, ist tot. Dies meldeten die Späher, welche auf Beschluß des Drunemetons von Caer Llundain im vergangenen Sommer nach Gallien segelten; kürzlich brachten sie die erlösende Kunde heim."
Jubelrufe erklangen; nachdem sich der Aufruhr wieder gelegt hatte, wollte Swyedydd wissen: "Auf welche Weise verstarb der Imperator? Stand nicht Caligula in der Blüte seiner Jahre? Fiel er etwa einem Mordkomplott zum Opfer?"
"Du hast es erraten", bestätigte der Gesandte Moriands. "Die Eilboten aus Rom, welche die Todesnachricht in den gallischen Küstenstädten verbreiteten, sprachen von einer Palastverschwörung. Nach ihren Worten wurde der Imperator, der sich mehr und mehr zu einem unberechenbaren Despoten entwickelt hatte, von seinen eigenen Leibwächtern mit Schwertern durchbohrt."
"Wann passierte es?" erkundigte sich nun ein Adelskrieger.
"Vor knapp zwei Monaten", antwortete der kentische Edle. "Und nur wenige Stunden nachdem Caligula erstochen worden war, rief man seinen Onkel Claudius zum neuen Imperator aus."
"Einen nahen Verwandten des Wahnsinnigen?!" kam es von Boadicea. "Könnte es nicht sein, daß er ähnlich wie Caligula ein begehrliches Auge auf Britannien wirft?"
"Das ist unwahrscheinlich", erwiderte der Kente. "Denn Claudius, der bereits sein fünfzigstes Lebensjahr überschritten hat, gilt als Schwächling. Es heißt, er hätte sich hinter einem Wandvorhang verkrochen, als sein Neffe ermordet wurde - und vermutlich machte man ihn gerade wegen seiner Feigheit und seiner Unfähigkeit zu mannhaftem Handeln zum Imperator."
"Es sieht also so aus, als würden in Rom künftig diejenigen herrschen, die es verstehen, Claudius nach ihrem Willen zu lenken", äußerte Prasutax. "Das ist dem Reich unserer Feinde bestimmt abträglich - aber andererseits gut für uns, denn einen Weichling wie Claudius brauchen wir wahrhaftig nicht zu fürchten."
"Moriand und Cunobelinos, der bei uns zu Gast weilte, als die Späher zurückkehrten, denken ebenso", pflichtete der kentische Gesandte dem König bei. "Und deshalb soll ich dich im Namen des Ard Rhi auch fragen, ob du mit einer Auflösung des an der Küste stehenden Heeres einverstanden bist?"
"Selbstverständlich", entgegnete Prasutax. "Gleich nachher werde ich den Anführern des icenischen Aufgebots eine entsprechende Botschaft senden, doch zunächst haben meine Gattin und ich noch eine andere wichtige Pflicht zu erfüllen ..."
"Welche denn?" wollte Boadicea verwundert wissen.

Prasutax schmunzelte. "Wir müssen entscheiden, womit der Bratspieß hier in der Halle zur Feier des heutigen Tages bestückt werden soll: mit zwei, drei feisten Hammeln oder lieber einem jungen Mastochsen?"
"Ich glaube, ein Rind wäre dem freudigen Anlaß angemessener", antwortete Boadicea lächelnd.
"Dann soll der fetteste Jungochse, der sich im Dun finden läßt, geschlachtet werden", erklärte Prasutax. "Und dies nicht nur, weil die Götter uns vor einem römischen Angriff schützten, sondern auch, weil du nun unser Kind in Frieden und Sicherheit zur Welt bringen kannst."
"Dafür bin ich unendlich dankbar!" sagte Boadicea leise und schmiegte sich an ihren Gemahl. Die Edlen wiederum ließen das Königspaar hochleben; wenig später - während Prasutax den Kurier instruierte, der unverzüglich zum Heer an der Kentenküste abreiten sollte - deckten Mägde die Tische und trugen Krüge mit Wein und Metheglyn auf. Nach ungefähr einer Stunde brachten sechs Knechte das bratfertige Mastrind herein; als der Spießbraten in der Nachmittagsmitte gar war, begannen die Icener und der Gesandte Moriands nach Herzenslust zu schmausen.
Erst geraume Zeit nach Einbruch der Dunkelheit zog sich das Herrscherpaar in sein Wohnhaus zurück. Kaum war sie mit Prasutax im Schlafgemach allein, stach Boadicea der Hafer, und sie neckte ihren Gatten: "Beim Festmahl habe ich mich sehr über dich gewundert! Denn seltsamerweise ermahntest du mich kein einziges Mal, auf mein Wohlbefinden zu achten und beim Essen und Trinken wegen meines Zustandes Maß zu halten. Dies gibt mir arg zu denken, und ich muß dir gestehen, daß ich angesichts deiner unerhörten Gleichgültigkeit fast das Gefühl habe, als sei deine Zuneigung zu mir ganz und gar erloschen ..."
Prasutax umarmte sie. "Vermutlich habe ich es verdient, daß du mich verspottest. Aber treib es nicht zu weit, sonst gerät der harmonische Fortbestand unserer Ehe so kurz vor deiner Niederkunft in ernsthafte Gefahr, und das wollen wir auf gar keinen Fall, oder?"
"Dann liegt dir also doch noch etwas an mir?" fragte Boadicea mit berückendem Augenaufschlag.
"Ich liebe dich mehr denn je!" bekannte Prasutax; grenzenlose Zärtlichkeit schwang in seiner Stimme mit. "Und ich kann dir gar nicht sagen, wie inständig ich mich danach sehne, endlich wieder mit dir ..."
"Mir ergeht es genauso!" flüsterte Boadicea. "Aber bald werden wir alles nachholen, was uns während meiner Schwangerschaft verwehrt war..." Sie streichelte ihm übers Haar, dann setzte sie schalkhaft hinzu. "Allerdings nur, wenn es dir nicht von neuem einfällt, den überängstlichen Gemahl zu spielen."
"Ich verspreche es dir hoch und heilig!" beteuerte Prasutax schmunzelnd. "Doch jetzt komm bitte ins Bett. Schließlich war der lange Tag außerordentlich anstrengend für ..."
"Fängst du schon wieder an?!" fiel ihm Boadicea ins Wort.
"Wenn du mich nicht ausreden läßt, mußt du mich ja falsch verstehen", grinste Prasutax. "Ich wollte dir bloß klarmachen, daß ich, dein armer

Gatte, dringend der Ruhe bedarf. Dir aber wollte ich keineswegs zu nahe treten ..."
"Ein bißchen nähertreten darfst du mir schon", raunte ihm Boadicea versöhnt ins Ohr und küßte ihn lockend - wenig später lagen beide unter der Bettdecke und liebkosten einander, bis die werdende Mutter, eng an ihren Gemahl gekuschelt, im beglückenden Gefühl tiefer Geborgenheit einschlief.
Geborgenheit fand Boadicea auch während der darauffolgenden Wochen bei Prasutax; in der Zeit, da ihre Schwangerschaft der Erfüllung entgegenreifte. In der Vorwoche von Beltane war der Leib der Schwangeren bereits derart rund, daß die Hebamme einmal zu Boadicea sagte: "Es ist seltsam, wirklich seltsam! Wüßten wir nicht genau, daß es erst in der Maimitte soweit sein kann, würde ich nun täglich mit der Geburt rechnen. Aber vermutlich ist dein Bauch schon so stark aufgewölbt, weil du einem besonders kräftigen Knaben das Leben schenken wirst."
"Wer weiß?" lächelte Boadicea; es war ihr dabei, als hätte die Göttin sie zu dem kleinen Widerspruch bewogen.
Die Wehmutter musterte sie forschend und öffnete den Mund zu einer Frage - doch in diesem Moment kam Prasutax herein und brachte seiner Gemahlin einen Imbiß. Deshalb setzten die beiden Frauen ihr Gespräch nicht fort, und als die Hebamme später, nachdem der König wieder gegangen war, wegen Boadiceas Äußerung nachfaßte, antwortete die Hochschwangere, verträumt vor sich hinblickend und reichlich rätselhaft, nur: "Laß es gut sein ... Andrasta kennt das Geheimnis ... Und sie möchte es bis zu meiner Niederkunft bewahren ..."
Damit mußte sich die Wehmutter zufriedengeben, im stillen aber stellte sie ihre eigenen Vermutungen an. Beim Beltane-Fest, das am übernächsten Tag gefeiert wurde, stand die Hebamme tief in Gedanken versunken vor dem hohen Holzstoß, der wie jedes Jahr von den dreizehn Priesterinnen der Mondgöttin entzündet worden war. Während sich die mächtigen Flammenzungen mit dem Nachthimmel verbanden, hatte die Hebamme für einen Augenblick das Empfinden, als würde die Göttin den Schleier ganz kurz für sie lüften; unvermittelt fügte sich eins zum anderen, und sie verspürte beinahe berauschende Vorfreude auf die Geburtshilfe, die sie schon bald leisten würde.
Im Lauf der beiden folgenden Wochen behütete sie den Nachhall dieses Gefühls in ihrem Inneren - und schließlich dämmerte der Morgen des Maitages herauf, an dem die Königsgattin nach den Berechnungen der Wehmutter niederkommen sollte.
Boadicea hatte ein leichtes Frühstück zu sich genommen und sich dann auf Anraten der Hebamme gemeinsam mit ihrem Gemahl in den Blumen- und Kräutergarten an der Rückseite des Herrscherhauses begeben. Entspannt, die warmen Sonnenstrahlen und die linde Luft genießend, saß die Hochschwangere auf der bequemen Bank; Prasutax hielt ihre Hand, leise unterhielt sich das Königspaar. Langsam verstrich der Vormittag -

plötzlich zuckte Boadicea heftig zusammen, rang nach Luft und stieß hervor: "Es geht los!"
Prasutax rief nach der Hebamme; gleich darauf war sie zur Stelle, betastete den bebenden Leib der Hochschwangeren, nickte und sagte zum König: "Laß uns deine Gattin ins Haus bringen!"
Im großen Erdgeschoßraum des Gebäudes hatten die beiden Helferinnen der Wehmutter schon alles für die Geburt vorbereitet. Stöhnend ließ sich Boadicea auf einer einfachen, nur mit einem Leinenlaken bedeckten Liege nahe des Feuerplatzes nieder. Über der Glut hing an einem hölzernen Schwenkgalgen ein kupferner Wasserkessel, ein paar Schritte seitlich der Herdstelle stand der Gebärstuhl. Es handelte sich um einen massiven dreibeinigen Hocker mit halbmondförmiger, in der Mitte offener Sitzfläche; vor dem Gebärstuhl, wo die Bodendielen entfernt worden waren, öffnete sich eine nicht sonderlich tiefe Erdgrube.
Kaum hatte sich Boadicea auf dem Ruhelager ausgestreckt, wurde das krampfartige Ziehen in ihrem Bauch stärker; die Hochschwangere umklammerte den Arm der Wehmutter, welche beruhigend auf sie einredete - wenig später ging das Fruchtwasser ab, und Boadiceas Körper entspannte sich wieder.
Die Hebamme reinigte den Unterleib der Kreißenden, dann wechselte sie mit ihren Gehilfinnen das Laken auf der Liege. Als es geschafft war, bat die Hebamme den König, sich zu seiner Gattin zu setzen; mit feinem Lächeln erklärte sie ihm: "So hat Boadicea den Menschen bei sich, der ihr am meisten bedeutet, und dies wird ihr das Kommende erleichtern."
Einige Zeit verstrich; in gedämpftem Tonfall sprachen Prasutax und seine Gemahlin miteinander - schließlich zuckte Boadicea erneut heftig zusammen und erlitt unmittelbar darauf die erste Wehe. Die Schmerzwelle schwoll an, erreichte ihren Höhepunkt und verwich; die Kreißende atmete auf, sah die seelische Pein in den Augen ihres Ehemannes und tröstete ihn und sich tapfer: "Eigentlich war es gar nicht so schlimm, wie ich befürchtete ..."
Während der folgenden Stunden dann stand Boadicea mit ungebrochenem Mut eine Wehe nach der anderen durch. Zunächst kamen die Schmerzwogen in längeren Abständen, später immer schneller hintereinander, und zuletzt - gerade als Prasutax dachte, er könnte die Qual der geliebten Frau unmöglich mehr ertragen - entschied die Wehmutter: "Jetzt sollten wir Boadicea zum Gebärstuhl bringen!"
Der König stand auf und trat beiseite; die Hebamme und ihre Helferinnen führten die Kreißende zum dreibeinigen Hocker beim Feuerplatz. Undeutlich erkannte Boadicea die heiligen Symbole, die ins Eichenholz eingeschnitzt waren; zugleich erinnerte sie sich an das, was Prasutax ihr über den Gebärstuhl erzählt hatte: Daß er vor beinahe einem halben Jahrtausend, kurz nach der Landung der Icener in Britannien, von Andrasta-Priesterinnen angefertigt worden war und seither alle Königinnen oder Königsgattinnen des Volksstammes auf ihm niedergekommen waren.

Und ich will mich ihrer würdig erweisen! schoß es der Kreißenden durch den Kopf; im nächsten Moment sank sie, von der Hebamme gestützt, auf die halbmondförmige Sitzfläche des Hockers. Kaum kauerte Boadicea auf dem nur kniehohen Gebärstuhl, raste die nächste Wehe durch ihren Leib; der Schmerz war so heftig, daß ihr schwarz vor Augen wurde. Als sie ihre Umgebung wieder wahrnehmen konnte, sah Boadicea, wie die Hebamme in die Erdgrube vor dem Hocker stieg und dort niederkniete. Gleichzeitig wurde der Kreißenden bewußt, daß ihr eine der beiden Gehilfinnen der Wehmutter das Gewand bis über den aufgewölbten Bauch hochgezogen hatte und sie nun mit festem Griff von hinten umfing.
"Keine Angst!" hörte sie die Stimme der Frau. "Nicht mehr lange, dann bist du Mutter ..." Dröhnend schienen die Worte zu verwehen; abermals bäumte sich Boadicea unter einer Schmerzwelle auf; während sie hechelnd keuchte, rief die Hebamme: "Pressen! Du mußt mit aller Macht pressen!"
Die Kreißende gehorchte; ihre Pein wurde schier unerträglich - plötzlich war es ihr, als würde tief in ihrem Schoß etwas in Bewegung geraten. Das Kind kommt! durchfuhr es sie - doch dann ebbte die Wehe ab, und Boadicea wäre völlig erschöpft vornübergefallen, wenn die hinter ihr stehende Frau sie nicht gehalten hätte. So aber blieb die Kreißende mit vor Schwäche zitternden, weit geöffneten Beinen auf dem Gebärstuhl sitzen; halb betäubt spürte sie, wie die Wehmutter ihr den Leib und die Scham massierte - und schon jagte die nächste Schmerzwoge durch ihren Körper. Erneut beschwor die Hebamme sie, die Preßwehe mit äußerster Kraft zu unterstützen. Boadicea tat es, sie schrie vor Anstrengung und Qual; auf einmal verwandelte sich die Pein in unbeschreiblich erlösende Schmerzlosigkeit - und die in der Erdgrube kniende Wehmutter fing das Neugeborene behutsam auf.
Als die Hebamme das plärrende Kind hochhob, um es der Mutter zu zeigen, begann Boadicea vor Glück zu schluchzen. Gleich darauf war Prasutax bei ihr, nahm ihr Gesicht in beide Hände und sagte, wobei seine Stimme vor Rührung bebte: "Du hast mir eine Tochter geschenkt... Ich bin dir unendlich dankbar ..."
"Ein Mädchen ..." flüsterte Boadicea. "Ich ahnte es ..." Sie schmiegte sich an ihren Gemahl; sodann verfolgten beide, wie die Wehmutter und ihre Helferinnen das Kind abnabelten und es beim Kessel, der über dem Feuerplatz hing, wuschen. Danach hüllten die drei Frauen das Neugeborene in ein Wolltuch und traten wieder an den Gebärstuhl heran. Lächelnd forderte die Hebamme Boadicea auf: "Laß dir nun vorerst auf das Ruhelager helfen. Sobald du dort bequem liegst, darfst du deiner Tochter Geborgenheit an deiner Brust ..."
"Vorerst?" unterbrach Prasutax die Wehmutter. "Warum sagtest du, sie solle sich vorerst niederlegen?"
Die Hebamme tauschte einen Blick mit Boadicea. Eine geheimnisvolle seelische Brücke schien zwischen den beiden Frauen zu entstehen; eine Brücke zutiefst weiblichen Wissens, das sie verband - mit dem nächsten

Atemzug glaubte Boadicea einen lautlos aus weiter Ferne heranhallenden Satz zu hören: Es wird sowohl deine erste Geburt als auch mehr als eine erste Niederkunft sein!
Im selben Moment, da die Botschaft Ceridwens, die sie vor neun Monaten im Llundain und jetzt abermals vernommen hatte, in ihr Innerstes drang, begriff Boadicea alles. Sie öffnete den Mund, um Prasutax aufzuklären - doch da wurde das, was die Göttin ihr angekündigt hatte, auch schon wahr.
Erneut verkrampfte sich Boadiceas Leib unter dem Ansturm einer Schmerzwelle; die Pein wuchs und wurde zu einer wilden Wehe - zu solch messernder Qual, daß die neuerlich Kreißende gellend aufschrie. Durch einen Tränenschleier sah sie, wie die Hebamme dem verstörten Prasutax das erstgeborene Mädchen reichte; gleich darauf kniete die Wehmutter wieder in der Erdgrube, und eine der Gehilfinnen hielt Boadicea von hinten fest.
Als der reißende Schmerz abflachte, rang die Kreißende nach Luft; kaum war sie ein wenig zu Atem gekommen, erlitt sie eine zweite, ebenso wütende Preßwehe, unmittelbar danach eine dritte - dann aber kam auch schon die Erlösung. Das Kind glitt in die Hände der Hebamme; wenig später erblickte Boadicea ihr Zweitgeborenes und hörte die Wehmutter sagen: "Es ist ebenfalls ein Mädchen."
"Ceridwen hielt das Versprechen, das sie mir im Heiligtum der Teiche gab ..." flüsterte Boadicea überglücklich; mit dem nächsten Lidschlag löschte grenzenlose Müdigkeit ihr Denken aus. Sie spürte nicht mehr, wie Prasutax und die Hebamme sie zum Ruhelager trugen, wie die Nachgeburt kam, wie die Frauen sie wuschen und ihr ein sauberes Gewand anzogen. Bis zum Abend schlief Boadicea; in ihren Armen schlummerten die Zwillingsmädchen, die sie zur Welt gebracht hatte, und Prasutax saß die ganze Zeit neben der Liege.
Erst als die Helferinnen der Wehmutter einige Öllampen entzündeten und sie auf einem Wandbord über dem Ruhelager aufstellten, erwachte die junge Mutter. Prasutax küßte sie sehr sanft, sehr zärtlich; dann fragte er: "Hat dich der Schlaf erfrischt? Fühlst du dich nun wieder kräftiger?"
"Ja, mein Herz", beschied ihn Boadicea; danach berührte sie die Köpfchen ihrer Kinder, streichelte sie behutsam, schien sich am Anblick der schlummernden Mädchen nicht satt sehen zu können. Es dauerte lange, ehe sie sich losriß und der beim Feuerplatz hantierenden Hebamme ein Zeichen gab, heranzukommen. Als die Wehmutter bei ihr war, sagte die Wöchnerin: "Ich danke dir und den beiden anderen Frauen für euren Beistand. Mein Gemahl wird euch mit Gold entlohnen, und auch von mir sollt ihr Geschenke erhalten. Ein Anliegen freilich habe ich noch an dich, und vielleicht errätst du, was ich meine ..."
Die Hebamme schmunzelte. "Du möchtest gerne wissen, ob deine Zwillingsmädchen sich später zum Verwechseln ähnlich schauen werden oder nicht - stimmt's?"

Boadicea nickte. "Ich selbst bin mir einfach nicht sicher. Einerseits finde ich, ihre Gesichter gleichen sich völlig; andererseits habe ich den Eindruck, als gäbe es einen kleinen Unterschied in der Farbe ihres Haarflaums."
"Das Haar der Erstgeborenen ist einen Hauch heller", bestätigte die Wehmutter. "Vor allem jedoch hat sie, was du bisher nicht bemerken konntest, im Gegensatz zu ihrer Schwester ein Muttermal an der Hüfte."
Prasutax zwinkerte seiner Gattin zu. "Wir sollten also keine Schwierigkeiten haben, unsere Töchter auseinanderzuhalten."
"Sie werden sich verschiedenartig entwickeln", bekräftigte die Hebamme; dann forderte sie die Wöchnerin auf: "Und jetzt wäre es gut, wenn du die Mädchen für eine Weile meinen Gehilfinnen überlassen würdest, damit du die Fleisch- und Kräuterbrühe zu dir nehmen kannst, die ich für dich zubereitet habe."
Boadicea folgte dem Rat der Wehmutter. Nachdem sie die Brühe genossen hatte, verspürte sie angenehme, leicht betäubende Müdigkeit, schloß die Lider und schlief erneut ein. Die Hebamme und ihre Helferinnen wachten bei ihr und dem Zwillingspärchen; Prasutax wiederum saß nunmehr in der Großen Halle und begoß dort in Gesellschaft der Edlen die Geburt seiner beiden Töchter.

***

Neun Wochen waren seit Boadiceas Niederkunft verstrichen; an Alban Heruin hatten die Menschen in der icenischen Königsfestung ausgelassen die Mittsommernacht gefeiert - und jetzt, kurz vor Lughnasad, sollte das Ritual der Namensgebung für die Zwillingsmädchen stattfinden.
Schon früh am Morgen hatten die Frauen im Dun den Weltenbaum, der sich beim Quellteich auf dem Anger der Ringwallfestung erhob, mit Blumengirlanden geschmückt. Prachtvoll prangte der gewaltige, mit sakralen Symbolen bedeckte Stamm unter makellos blauem Himmel. Nun, in der Vormittagsmitte, versammelten sich Swyedydd und die übrigen Großen Wissenden bei ihm. Als die Druiden Aufstellung genommen hatten, stieß die älteste der Andrasta-Priesterinnen dreimal in eine Carynx. Kaum war der letzte Ton verklungen, kam das Herrscherpaar aus seinem Wohnhaus; Boadicea trug ihre erstgeborene Tochter auf dem Arm, Prasutax das zweitgeborene Mädchen.
Durch ein Spalier von Adligen schritt das Königspaar zum Weltenbaum; die Menschen, die sich an den Rändern des Angers drängten, jubelten der jungen Mutter und ihrem Gemahl zu. Nachdem das Herrscherpaar die Gruppe der Großen Wissenden erreicht hatte und Swyedydd gegenüber stehengeblieben war, ließ die Andrasta-Priesterin ihre Carynx abermals ertönen; sofort trat Stille auf dem weiten Rasenplatz ein.
Jetzt hob der Pendruid seinen goldenen, mit frischem Birkenlaub umwundenen Zeremonialstab, wies damit nacheinander auf die Säuglinge und redete das Königspaar feierlich an: "Ihr habt eure Töchter zum heiligen Eichenstamm am klaren Quellweiher gebracht! Zu welchem Zweck geschah dies? Was begehrt ihr von den Gottheiten und von mir?"

"Wir bitten dich, aus dessen Mund höchste, von göttlichem Geist erfüllte Weisheit sprechen wird, unseren Kindern jene Namen zu geben, die ihrem bislang noch verborgenen Charakter gemäß sind", antwortete Prasutax.
Sinnend musterte Swyedydd die Mädchen, dann erwiderte er: "Seit eure Töchter das Licht der Diesseitswelt erblickten, weilte ich oft an ihren Wiegen. Ich beobachtete sie aufmerksam, versenkte mich in ihr Innerstes und bemühte mich, das zu ergründen, was die Mächte von Annwn in ihren Seelen anlegten. Kürzlich lüfteten sich die Schleier, und daher vermag ich eurem Wunsch nun zu willfahren."
Mit seinem Stab berührte der Pendruid die Stirn des wie gebannt auf ihn schauenden Mädchens in Boadiceas Arm, und fuhr fort: "Du, die du deiner Schwester bei der Geburt vorangingst, sollst den Namen Eadha, Weißpappel, erhalten. Denn gleich diesem Baum, dessen Blätter wispernde Zwiesprache mit den Sídhe pflegen, bist du eng mit der Anderswelt verbunden. Und weil die Götter dich auf diese Art segneten, prophezeie ich dir, daß der Pfad deines Lebens dich nach Môn führen wird."
Dann hob er den Stab erneut, berührte die Stirn des Mädchens in Prasutax' Armbeuge und sagte: "Du, die du deiner Schwester bei der Geburt nachfolgtest, sollst den Namen Ailme, Silberfichte, erhalten. Denn gleich diesem Baum, der hoch auf den Bergen den Stürmen trotzt, bist du von kämpferischer Kraft erfüllt. Und weil die Götter dich auf diese Art auszeichneten, prophezeie ich dir, daß du verschiedene Abschnitte deines Lebenspfades im Streitwagen zurücklegen wirst."
Sodann bat Swyedydd das Herrscherpaar: "Laßt uns jetzt die Mädchen an den Teich bringen."
Boadicea und Prasutax trugen die Kinder das kurze Stück zum Ufer des Quellweihers; dort schöpfte der Druide dreimal hintereinander Wasser, das er über die Scheitel von Eadha und Ailme rieseln ließ, und sprach anschließend: "Nun ist euer Wesen bis zur Stunde eurer Heimkehr nach Annwn mit den Namen verwoben, die ihr heute erhalten habt."
"Stellvertretend für unsere Kinder danken wir dir für das Geschenk, das du ihnen machtest", sagte das Königspaar gemeinsam.
Danach führte der Pendruid das Herrscherpaar zurück unter den Weltenbaum, wo die übrigen Druiden die Gruppe umringten und das Ritual der Namensgebung durch einen gedämpften Sakralgesang beschlossen. Als der letzte Ton verweht war, blickte Boadicea lächelnd in die Runde und verkündete: "Die heilige Feier ist nunmehr beendet - und dies bedeutet, daß das weltliche Fest zu Ehren von Eadha und Ailme beginnen kann. Mir als der Mutter der Mädchen gebührt es, euch Große Wissende, die anderen Edlen und auch die Nichtadligen, welche hier draußen auf dem Anger schmausen und trinken sollen, herzlich dazu einzuladen. Folgt meinem Gatten und mir also zur Königshalle, unter deren Dach der Bratspieß bereits bestückt wurde."
Aufgeräumt wollten sich die Druiden zur Prozession formieren - doch da hob Prasutax die Hand und rief: "Wartet!"

Erstaunt verharrten die Großen Wissenden; Swyedydd fragte: "Was möchtest du uns denn noch mitteilen?"
"Gleich werdet ihr erfahren, was mir auf der Seele liegt", erklärte der König. "Aber zuvor", er wandte sich an seine Gemahlin, "bitte ich dich, Boadicea, mir Ailme abzunehmen."
Verwundert tat ihm seine Gattin den Willen. Nachdem die Zwillingsmädchen an ihrer Brust zur Ruhe gekommen waren, fuhr Prasutax, den Blick liebevoll auf Boadicea gerichtet, fort: "Mehr als zwei Jahre sind vergangen, seit wir beide uns vermählten, und in dieser Zeit durfte ich jeden Tag neues Glück an deiner Seite erleben. In dir fand ich die Frau, die ich mir immer ersehnte; die Frau, die mich durch ihre Schönheit verzaubert und mir zugleich treue Vertraute und kluge Ratgeberin ist. Darüber hinaus hast du mir zwei prachtvolle Töchter geboren, und all dies, meine Einzige, möchte ich dir heute vergelten ..."
Boadicea errötete; sie erahnte die Absicht ihres Gemahls - gleich darauf bekam sie Gewißheit.
Denn jetzt griff Prasutax unter seinen Umhang und brachte einen schweren Torques aus geflochtenen Goldsträngen zum Vorschein; einen königlichen Halsschmuck, der demjenigen, den er selbst trug, aufs Haar glich. Boadicea sah den Reif im Sonnenlicht schimmern; es war ihr, als würden drei rotgoldene Blitze aus dem Edelmetall schießen; im nächsten Moment vernahm sie erneut die Stimme ihres Gemahls: "Zum Dank für alles, was du mir schenktest, Geliebte, will ich dir diesen Torques umlegen. Er ist ein Ebenbild meines eigenen, und du weißt, was das für dich, mich und das Volk der Icener bedeutet."
Damit trat Prasutax nahe an Boadicea heran, bog den elastischen, vorne offenen Torques behutsam auf und legte ihn um den Nacken seiner Gattin. Als der Goldreif mit den kunstvoll verzierten Kugelköpfen an den Enden richtig saß, fragte Prasutax leise: "Erlaubst du, daß ich nun verkünde, welche Würde du künftig bekleiden wirst?"
Prasutax küßte sie; danach wandten sich beide den Druiden zu, und der König verkündete: "Vom heutigen Tag an herrschen meine Gattin und ich gemeinsam! Boadicea trägt hinfort den Torques der Königin, ich den des Königs; in gleichberechtigtem Miteinander werden wir regieren. Und dies, denke ich, ist für alle ein Grund zu großer Freude, denn bislang", er schmunzelte, "hatte unser Volks in mir lediglich einen ganz gewöhnlichen männlichen Herrscher - nun hingegen sitzt die schönste Frau und Mutter Britanniens an meiner Seite auf dem Thron."
Kaum hatte Prasutax dies bekanntgegeben, brachen die Druiden in Beifallsrufe aus. Rasch pflanzte sich der Jubel über den Anger hin fort; lange dauerten die Ovationen an, immer wieder erklangen die Namen des Königspaares. Schließlich, nachdem sich seine Gattin kurz mit ihm ausgetauscht hatte, verschaffte sich Prasutax noch einmal Gehör und teilte der Menge mit: "Die frischgebackene Herrscherin möchte erstmals offiziell zu euch sprechen!"

Aller Augen richteten sich auf Boadicea; die Menschen erwarteten eine längere Rede der Königin - aber sie wurden angenehm enttäuscht. Denn Boadicea sagte nur wenige, dafür jedoch um so warmherzigere Sätze: "Ich danke dem Mann, den ich liebe, für die einzigartige Ehre, die er mir erwiesen hat! Und euch, die ihr nahe bei meinem Gemahl, unseren Kindern und mir in den Häusern des Duns oder in seiner Umgebung lebt, verspreche ich, daß ich euch und ebenso dem gesamten Stamm der Icener eine gute und verständnisvolle Herrscherin sein will."
Sie machte eine kleine Kunstpause, dann schloß sie mit bezauberndem Lächeln: "Ich werde mich nach Kräften bemühen, darin meinem Ehegatten und Lehrmeister Prasutax nachzueifern. Und damit ihr erkennt, daß ich nicht bloß leere Worte mache, lade ich euch jetzt nochmals zum Schmausen und Trinken in der Großen Halle und auf dem Anger ein - und bitte euch inständig, mir in dieser Sache unbedingten Gehorsam zu leisten!"
Ringsum erscholl tosender Beifall. Die Ovationen dauerten noch länger als zuvor an und wurden erst leiser, als sich das Herrscherpaar und die Edlen auf den Weg zur Königshalle machten, um unter ihrem Dach die Namensgebung für die Zwillingsmädchen und dazu das Geschenk des goldenen Torques an Boadicea zu feiern.

Zweites Buch
Die Foederaten

Die Adlerstandarten
Frühjahr 43

Bis Alban Ailyr war das Wetter ungemütlich und noch recht kühl gewesen; zeitweise hatten dichte Nebelschwaden über dem Marschland gebrütet. Doch jetzt, in der Woche nach dem Fest zum Frühlingsbeginn, lag die Königsfestung der Icener im warmen Sonnenschein da. Weich pludernder Südwind wehte; überall auf den Äckern um den Dun schritten die Bauern entlang der im Herbst gepflügten Furchen dahin und brachten, mit regelmäßigen, rhythmischen Bewegungen in ihre Umhängesäcke greifend, die neue Kornsaat in die Erde.
Vom Palisadenwall der Festung schaute Boadicea auf die Felder hinunter. Im Geist sah die zweiundzwanzigjährige Königin, wie die Getreidekörner keimten, austrieben und zu fruchttragenden Halmen wurden; wie zuletzt weit und breit die goldgelben Ährenflächen wogten. Jeden Sommer von neuem schenkt uns die Göttin Nahrung, dachte Boadicea dankbar - plötzlich hörte sie in ihrem Rücken Geräusche.
Als sie sich umdrehte, erblickte sie ihren Gatten und ihre Töchter. Die Zwillingsmädchen an den Händen führend, kam Prasutax die Treppe zum Wehrgang herauf; tapfer bemühten sich Eadha und Ailme, die nun fast schon zwei Jahre alt waren, die Holzstufen zu bemeistern. Boadicea ging ihrem Gemahl entgegen und nahm ihm die hellblonde, blauäugige Eadha ab; während sie das verrutschte Stirnband ihrer erstgeborenen Tochter zurechtrückte, krähte die rothaarige Ailme, deren graugrüne Augen unternehmungslustig funkelten: "Mama, Mama! Wir spazierenfahren!"
"Und wohin soll unsere Spazierfahrt führen?" wollte Boadicea schmunzelnd wissen.
"Einfach irgendwo in die Natur hinaus, um den schönen Nachmittag zu genießen", antwortete Prasutax an Ailmes Stelle.
"Das ist eine wunderbare Idee!" stimmte Boadicea zu. Dann hob sie Eadha hoch und trug sie die Palisadentreppe hinab; ihr Gemahl folgte ihr mit Ailme auf dem Arm.
Am Wallfuß stand ein vierrädriger Wagen mit niedrigen Seitenwänden, vor den zwei kräftige braune Stuten gespannt waren. Der Fuhrmann war dem Herrscherpaar behilflich, die Mädchen in den mit Stroh ausgepolsterten Wagenkasten zu setzen; danach stiegen auch Prasutax und Boadicea auf. Nachdem es sich die Königsfamilie auf den Strohschütten bequem gemacht hatte, trieb der Pferdeknecht die Stuten an, und das Gespann trabte zum Torbau des Duns.
Als das Gefährt den Festungshügel hinter sich gelassen hatte und inmitten der Ackerbreiten und Wiesen dahinrollte, jauchzten Eadha und Ailme immer wieder vor Begeisterung. Jedes Rundhaus, jeder Hain, jeder Bauer, der von seinem Feld herüberwinkte, war wie ein Wunder für sie. Die Mädchen stellten tausend atemlose Fragen, und ihre Eltern freuten sich über die Wißbegier der Kinder. Später, als die Zwillinge, vom Schauen

ermüdet, stiller wurden, fand das Königspaar Muße zu vertrautem Gespräch - und schließlich erreichte das Gespann einen Ort von fast bukolischem Zauber.
Es handelte sich um einen kleinen, smaragdfarbenen Flachwassersee, der von Birkengruppen umsäumt war und in dessen Mitte sich ein Eiland erhob. Das Gewässer war so seicht, daß der Fuhrmann die Stuten ohne Schwierigkeiten zur Insel lenken konnte. Als das Gespann dort anlangte, wurde auf der Kuppe des Eilands ein uralter, bereits halb vergangener Ringwall sichtbar. Zusammen mit ihren Sprößlingen kletterten Prasutax und Boadicea zu dem verlassenen, wie verwunschen wirkenden Dun empor; nachdem sie den Zugang passiert hatten, erblickten sie im Zentrum der Anlage einen schräg aufragenden Felsen, an dessen moosbewachsenem Sockel eine Quelle entsprang.
Das Königspaar blieb stehen, um das romantische Bild in sich aufzunehmen; Eadha und Ailme liefen an einigen Haselsträuchern vorbei zum Born und bespritzten einander mit dem Quellwasser. Wenig später, als Prasutax und Boadicea an den Stein herantraten, bekamen auch sie einen Guß ab; lachend ermahnte der König seine Töchter: "Seid artig! Sonst entführen euch die Sídhe, die sich in diesem Felsen verbergen, in ihr Reich!"
"Nein!" widersprach Ailme übermütig. "Das affen sie nicht!" Sie hob einen verdorrten Haselzweig auf. "Weil ich kämpfe!"
"Vielleicht affen sie's doch!" gab Eadha zu bedenken.
"Ganz bestimmt könnten sie es schaffen", beteuerte Prasutax augenzwinkernd. "Denn wie ihr seht, zeigt der Stein schief zum Himmel. Und das gibt den Sídhe die Macht, Menschen in die Anderswelt zu verschleppen."
Eadha flüchtete zu ihrer Mutter; nach kurzem Zögern ließ Ailme den Zweig fallen und folgte ihrer Schwester. Boadicea umarmte die Mädchen, dann erklärte sie ihnen lächelnd: "Was euer Vater sagte, ist wahr. Wir müssen schrägstehenden Felsen oder Menhiren Ehrfurcht erweisen, weil sie Brücken nach Annwn sind. Aber ganz so gefährlich, wie Papa meinte, sind die Sídhe, die in den Steinen wohnen, auch wieder nicht. Sie entführen nämlich nur sehr selten Kinder und eigentlich nie Königstöchter."
"Gut!" rief Ailme triumphierend; gleich darauf ergriff sie Eadhas Hand und zog ihre Schwester zurück zum Born. Allerdings hüteten sich die Zwillinge jetzt, erneut übermütig herumzuspritzen; vielmehr vergnügten sie sich nun damit, vorjährige Laubblätter auf das leise rieselnde Wasser zu legen und zu beobachten, wie das Quellbächlein sie davontrug. Infolgedessen konnten Boadicea und Prasutax, die sich unweit des Felsens niedergesetzt hatten, den Frieden des Ortes auf sich einwirken lassen.
Geraume Zeit saß Boadicea, an ihren Gatten geschmiegt, still und wunschlos glücklich da. Erst die Mädchen ihres Spiels überdrüssig wurden, zu den Eltern kamen und sie mit Fragen über die Sídhe bestürmten, fand die Versunkenheit des Paares ein Ende. Später dann stieg Prasutax zum Pferdewagen hinab und kehrte mit einem Korb wieder,

der mit allerlei Leckerbissen gefüllt war. Die Familie ließ es sich schmecken; anschließend unternahmen alle vier noch einen Rundgang um die Insel, und danach sagte Boadicea: "Jetzt sollten wir allmählich die Rückfahrt antreten, damit wir vor Einbruch der Nacht heimkommen."
Bei Sonnenuntergang, als der westliche Horizont in beinahe magischem Rot erglühte, langten die Ausflügler wieder im Königs-Dun an. Vor ihrem Wohnhaus hoben Prasutax und seine Gemahlin die Zwillinge vom Wagen; während sie die Kinder in ihre Schlafkammer im Oberstock trugen, dankte Boadicea ihrem Gatten für den wunderschönen Nachmittag, und Prasutax erwiderte: "Wenn du möchtest, können wir morgen oder übermorgen eine weitere Fahrt mit unserer Sprößlingen unternehmen."
Gerne stimmte Boadicea zu; weder sie noch ihr Gemahl ahnten, daß die Witterung bereits in wenigen Tagen neuerlich kühl und neblig werden würde - und infolge des Wetterumschwunges entsetzliches Unheil über Britannien hereinbrechen sollte.

***

Ungeachtet der feuchten Kälte und der Nebelbänke, die grau über dem Meer lasteten, hatten die beiden kentischen Fischer ihren Curragh ein gutes Stück auf die offene See hinausgerudert. Sie wollten versuchen, einen Makrelenschwarm zu finden; sofern sie Glück hatten, würden sie mit Hilfe ihrer aus Roßhaar geflochtenen Angelleinen, an denen je neun Köderhaken hingen, Dutzende schmackhafter Fische ins Boot ziehen können.
Eine ganze Weile spähten die Männer nun schon nach Möwen aus. Wo sich Scharen der weißen Raubvögel aufs Wasser herabstürzten, zogen gewöhnlich Makrelen dahin; die Kenten mußten ihren Curragh dann nur zu der entsprechenden Stelle steuern, um Beute zu machen. Auf einmal schien es, als würde die Geduld der Fischer belohnt; von Südosten, wo der Nebel eine dichte Wand bildete, drang gedämpftes Möwengeschrei heran. Die Männer legten sich kräftiger in die Riemen, der Bug des kleinen Bootes durchschnitt die Wellen rascher - plötzlich jedoch hielten die Fischer erschrocken mit Rudern inne.
Denn ins Vogelkreischen mischten sich andere, zutiefst bedrohliche Geräusche: schwerer, rhythmischer Riemenschlag und das Stampfen großer Schiffskörper. Hastig machten die Kenten Anstalten, ihren Curragh zu wenden - fast im selben Moment kam, nur zwei Pfeilschüsse entfernt, eine von Möwen umschwirrte Galeere aus der Nebelbank. Unmittelbar darauf erschienen links und rechts von ihr zwei weitere Kriegsschiffe; im Gleichtakt peitschten die Ruderreihen der drei Galeeren die See, hoch schäumten ihre gewaltigen Bugwogen auf.
"Feinde!" rief einer der Fischer; mit verzweifelter Anstrengung brachten die Kenten ihr Boot auf Gegenkurs und legten sich mit aller Kraft in die Riemen, um in Richtung der Küste zu entfliehen. Aber die Fischer schafften es nicht; die Kriegsschiffe waren schneller und holten den Curragh innerhalb kurzer Zeit ein. Die Kenten steuerten seitlich weg; hektisch bemühten sie sich, der gefährlichen Bugwelle der vordersten

Galeere zu entrinnen - da schleuderten etliche Bewaffnete vom Vorderdeck des Kriegsschiffes aus ihre Speere.
Blutüberströmt stürzten die Fischer ins Meer; das leere Boot wurde von den Wogen hin und her geworfen, und an dem Curragh vorbei rauschten die Galeeren weiter nach Nordwesten - die drei Galeeren und in ihrem Kielwasser eine riesige Flotte von fast vierhundert Schiffen, auf denen sich fünfundzwanzigtausend Legionäre samt Rössern, Maultieren, Fuhrwerken, Belagerungsgerät und sonstiger schwerer Kampfausrüstung befanden.
Eine halbe Stunde nachdem die beiden Kenten gestorben waren, erreichten die ersten Kriegsschiffe das britannische Gestade. Unweit des Geröllstrandes, über dem schroffe, von Nebelfetzen umwehte Klippenbastionen aus hellem Kalkstein aufragten, drehten sie bei und warfen Anker. Sofort danach wurden mehrere Hundertschaften Bogenschützen und Leichtbewaffnete ausgebootet; während ein Teil der Legionäre den Strand besetzte und die übrigen die Küstenfelsen erklommen, um oben Stellung zu beziehen, langte auch die mächtige Pentere an, auf deren Achterkastell Aulus Plautius, der Oberbefehlshaber des römischen Invasionsheeres, stand.
Der Feldherr, welcher ungefähr vierzig Jahre zählte und einen prachtvollen, mit Silber eingelegten Brustpanzer trug, ließ den Blick über die Kämme der weißen Klippen schweifen; dann sagte er grinsend zu seinen Stabsoffizieren: "Vor drei Jahren, als die Liktoren des leider allzu früh verblichenen Caligula einen Tagesmarsch südwestlich von hier landeten, wurden ein paar wildgewordene Kelten erschossen, die von einer Düne herab angriffen. Unserer Vorhut jedoch schlägt keinerlei Widerstand entgegen, was vermutlich daran liegt, daß wir das Fretum Gallicum klugerweise im Schutz der Nebelbänke überquerten."
"Dein Genius, der überall im Reich gerühmt wird, gab dir diesen Plan ein", schmeichelte ihm ein Tribun. "Und ebenso bewog er dich dazu, unseren zauderhaften Imperator Claudius davon zu überzeugen, daß er, um unsterblichen Ruhm zu gewinnen, Britannien von der Dunkelheit der Barbarei erlösen und es dem Römischen Reich einverleiben muß."
"Es war ein hartes Stück Arbeit, Claudius aus seiner Lethargie aufzurütteln", feixte Aulus Plautius. "Aber wenn die fruchtbaren Ländereien im Süden dieser Insel erst erobert sind, werde ich den Lohn für meine mühevollen Verhandlungen mit dem Imperator erhalten. Denn dann wird mich Claudius zum Statthalter Britanniens ernennen, und ich kann den Reichtum der neuen Provinz Roms nach Gutdünken abschöpfen."
"Ich denke, unser Vormarsch ins Landesinnere wird rasch vonstatten gehen, weil die Eingeborenen offenbar nicht mit einer Invasion gerechnet haben", äußerte der Befehlshaber einer der vier Legionen, die Aulus Plautius übers Meer gebracht hatte.
"Wollen wir es hoffen!" versetzte der Feldherr; anschließend beobachteten er und die Offiziere, wie überall entlang des ausgedehnten Geröllstrandes weitere Kriegsschiffe Anker warfen.

Im Verlauf der folgenden Stunden wurde die gesamte Armee ausgebootet. Centurie um Centurie ging an Land und marschierte über einen Schluchtweg, der in einiger Entfernung vom Ankerplatz der ersten Schiffe ausfindig gemacht worden war, zur Hochebene hinauf. Bald schanzten dort oben Tausende von Legionären; schnell wuchs ein bogenförmiger Wall empor, der sich mit beiden Enden an die Steilküste anlehnte. Am Spätnachmittag war die provisorische Befestigungsanlage fertiggestellt, und jetzt brachten die Römer mit Hilfe von Pferde- und Maultiergespannen ihr schweres Kriegsgerät vom Strand herauf.
Kurz vor Einfall der Abenddämmerung bauten die Legionäre ihre Zelte innerhalb des Erdwalles auf und entfachten die Kochfeuer. Aulus Plautius, der zusammen mit seinem engsten Gefolge auf der Pentere geblieben war, sah, wie die vielen hundert Rauchsäulen gen Himmel stiegen und sich mit dem Grau der tiefhängenden Wolken vermischten; wenig später kam ein Legat auf das Achterkastell des Fünfruderers und meldete dem Feldherrn: "Alle deine Befehle wurden ausgeführt! Das Gros der Armee lagert auf der Hochebene, und die Nachtwachen sind eingeteilt. Außerdem wurden Reitertrupps bestimmt, die bis Tagesanbruch im Vorfeld des Schutzwalles patrouillieren und eventuell auftauchende keltische Späher attackieren werden."
"Haben sich denn bislang irgendwelche Barbaren blicken lassen?" fragte Aulus Plautius.
Der Legat machte eine wegwerfende Geste. "Nicht der Rede wert. Nur in der Nachmittagsmitte versuchten zehn, zwölf fellbekleidete Halbwilde, an unsere Stellung heranzuschleichen. Doch als ihnen ein paar Decurien entgegenrückten, zogen sie sich schleunigst wieder auf die landeinwärts gelegenen Hügel zurück, wo es offenbar das eine oder andere Dorf gibt."
"Morgen werden diese Ansiedlungen brennen!" äußerte der Feldherr. "Und dasselbe gilt für alle übrigen Dörfer, auf die wir während unseres Vormarsches stoßen."
"Das wird die Anführer der Kelten aus der Reserve locken", grinste der Legat.
"Richtig!" nickte Aulus Plautius. "Schon bald werden sie sich zu einem blindwütigen Angriff verleiten lassen, wie er typisch für die Barbaren ist. So war es in Gallien, wo Caesar sich diese militärische Schwäche der Kelten zunutze machte, um sie abzuschlachten, und ähnlich wird es hier in Britannien ablaufen."
Damit entließ der Feldherr den Legaten und begab sich, von seinen Vertrauten gefolgt, unter Deck der Pentere. Dort besprach Aulus Plautius mit den Offizieren die Einzelheiten seines Kriegszugsplanes beim Wein, und erst spät erloschen die Lichter in der prachtvoll ausgestatteten Kajüte des Feldherrn.
Am nächsten Vormittag gingen auch Aulus Plautius und die Stabsoffiziere an Land. Vom Hochufer der Küste aus beobachtete der Feldherr, wie die Flotte mit Ausnahme einiger Galeeren, welche bei Bedarf als Kurierschiffe nach Gallien dienen sollten, Anker lichtete und in See stach. Als der riesige

Schiffsverband in die Nebelbänke eintauchte, die weiter draußen über dem Meer lagen, bestieg Aulus Plautius sein Roß und befahl den Aufbruch der Invasionsarmee. Die vielen tausend Legionäre, welche bereits in Marschordnung angetreten waren, setzten sich in Bewegung und zogen unter ihren goldenen, silbernen und bronzenen Adlerstandarten ins Landesinnere davon. Innerhalb der Schanze, die am Vortag aufgeschüttet worden war, blieb lediglich eine Kohorte zurück; die sechshundert Mann dieser Einheit sollten am Strand ein Hafenbecken erbauen und zugleich die Sicherheit der Galeeren gewährleisten.

Nach ungefähr einstündigem Marsch erreichte die Vorhut des Heeres das erste keltische Dorf. Es lag im Windschutz eines Tales zwischen zwei flachen Hügeln, und seine Bewohner waren geflüchtet. Die Legionäre machten sich einen Spaß daraus, ein paar verängstigte Hunde zu erschießen, die sich auf dem Anger herumtrieben; danach schleuderten die Römer Brandfackeln auf die Reetdächer der Rundhäuser. Bald fauchte die Lohe über die ganze Ansiedlung hin - und bis zum Abend dieses Tages gingen ein halbes Dutzend weiterer, tiefer im Hügelland gelegener und ebenfalls verlassener Dörfer in Flammen auf.

Während der folgenden Woche, in deren Verlauf die vier Legionen auf meilenbreiter Front langsam nach Nordwesten vordrangen, ereigneten sich noch schlimmere Greueltaten. Entlang des Südufers der Tamesis plünderten die Römer eine Reihe von Handelsniederlassungen, brannten die Lagerhallen und Kornspeicher nieder und ließen jeden Kelten, den sie in seinem Versteck ergreifen konnten, über die Klinge springen. Abseits des Stromes wurden Bauernfamilien, die sich mit ihrem Vieh in den Wäldern verborgen hatten, aufgespürt und gnadenlos niedergemetzelt; zudem schändeten die Römer Schreine der Götter, besudelten sakrale Quellen oder stürzten seit Jahrtausenden geheiligte Steinmale um.

Schließlich, etwa fünfzig Meilen von der Küste entfernt, stießen die Legionen auf einen Häuptlings-Dun, der im Gegensatz zu den zahlreichen Ansiedlungen, welche die Römer mittlerweile zerstört hatten, nicht geräumt worden war. Hinter den Palisaden der Ringwallfestung erwarteten mehrere hundert todesmutige Krieger den Angriff der Legionäre; als Aulus Plautius sie durch einen Dolmetscher auffordern ließ, die Waffen zu strecken, lehnte der kentische Häuptling dies mit der Begründung ab: "Ihr Römer seid Mordbrenner und Räuber, die tiefste Verachtung verdienen! Deshalb werden wir uns euch auf gar keinen Fall ergeben, sondern lieber sterben, wenn es denn sein muß!"

Daraufhin befahl Aulus Plautius, die Zugangsbastion des Duns mit Katapulten zu beschießen. Mit ungeheurer Wucht krachten Steinbrocken gegen die Balken des Torturmes; viele der Verteidiger, die auf der Wehrplattform und hinter den seitlich angrenzenden Palisadenzäunen standen, wurden getötet oder verletzt. Schon nach kurzer Zeit stürzte der Balkenturm zusammen; während die überlebenden Kelten auf dem Wall nun durch Pfeilschauer in Schach gehalten wurden, stürmten starke Legionärsscharen über die Trümmer der Torbastion hinweg ins Innere der

Festung. Weitere Centurien folgten ihnen; mit äußerster Tapferkeit fochten die Verteidiger - aber gegen die immer mehr anwachsende Übermacht der Römer hatten sie keine Chance.
Bald war der letzte Widerstand der Kelten gebrochen. Die meisten Verteidiger des Duns lagen jetzt tot in ihrem Blut; nur da und dort stöhnten noch Verwundete, und bei einem dieser Männer handelte es sich um den Häuptling. In seiner rechten Schulter steckte ein abgeknickter Pfeilschaft, sein linker Oberschenkel war von einem Schwerthieb aufgeschlitzt worden; trotzdem versuchte er auf die Beine zu kommen, als Aulus Plautius vor ihn hintrat. Der Feldherr versetzte dem Schwerverletzten einen brutalen Fußtritt, der ihn zurück auf die Erde warf; dann forderte er seinen Dolmetscher auf: "Sag diesem Hundsfott, daß er nun für die Unverschämtheit büßen wird, seine Leute zum Kampf gegen das Imperium Romanum aufgestachelt zu haben!"
Der Übersetzer gehorchte. Nachdem der Häuptling die Drohung vernommen hatte, stieß er, die Augen verächtlich auf Aulus Plautius geheftet, hervor: "Willst du einen Hilflosen quälen?!"
"Im Gegenteil!" ließ der Feldherr den Dolmetscher erwidern. "Vielmehr will ich dich auf bewährte römische Art schnellstmöglich von deiner Pein erlösen!"
Der Kentenhäuptling preßte die Lippen zusammen und schloß die Lider; Aulus Plautius wiederum winkte eine Gruppe von Liktoren heran, die in der Nähe warteten, und befahl ihnen: "Kreuzigt diesen Barbaren und alle anderen Kelten, die noch am Leben sind, auf dem Platz inmitten der Festung! Nur denjenigen, der am leichtesten verwundet ist, verschont ihr, denn er soll seinem König berichten, was er hier sah!"
Wenig später wurden die Kreuzgalgen aufgerichtet und der Häuptling sowie siebzehn weitere Verletzte mit ausgebreiteten Armen an die Querbalken gefesselt; damit die Männer rasch sterben sollten, verzichteten die Liktoren darauf, Stützen unter ihren Füßen anzubringen. Während die achtzehn Kelten vor Schmerzen stöhnten, sich bald in Krämpfen wanden und immer verzweifelter nach Luft rangen, plünderten die Legionäre die Häuser und die Große Halle des Duns; anschließend steckten sie die Gebäude sowie die Palisadenwehr in Brand und verließen die Ringwallfestung.
Draußen bekam der nicht allzu schwer am Schwertarm verwundete Kente, welchem die Kreuzigung erspart geblieben war, ein Pferd. Der Mann bestieg das Tier und galoppierte nach Westen davon; auch die römische Armee zog ab. Verlassen blieb der Dun zurück; immer höher quollen die Rauchwolken empor - und auf dem Anger, von prasselnden Flammen und beißendem Qualm umgeben, verröchelten die an den Kreuzgalgen hängenden Kelten unter grauenhaften Qualen ihr Leben.
Erst am nächsten Tag bargen versprengte Bauern, welche die Feuersbrunst aus der Ferne beobachtet hatten und sich jetzt in die zerstörte Festung wagten, die Leichen und setzten sie im Dun bei. Das Heer des Aulus Plautius befand sich zu diesem Zeitpunkt bereits zwanzig

Meilen weiter im Nordwesten: in einer Gegend, wo es nur noch vereinzelte Hügel im ansonsten flachen Marschland südlich der Tamesis gab.
Bei einer dieser Erhebungen stieß die Vorhut der Armee auf einen Druidenhain. Seine uralten, ringförmig stehenden Eichen rauschten im Wind, der vom Strom heranstrich; aus dem Wäldchen heraus war gedämpfter Sprechgesang zu vernehmen. Sofort umzingelten die Legionäre den Hain; wenig später war der Feldherr zur Stelle und ritt inmitten einer Manipel, deren Männer eine vierfach gestaffelte Schildmauer um ihn bildeten, in das Gehölz. Auf einem Wiesenplan im Zentrum des Hains hatten sich neun greise Priesterinnen und Priester versammelt; als die Legionäre den Schildwall öffneten und Aulus Plautius sein Roß an die Druidenschar herantrieb, verstummte deren Litanei.
Verächtlich musterte der Feldherr die Großen Wissenden, die in schwarze Roben mit weißen Gürteln gekleidet waren; dann rief er den Dolmetscher an seine Seite. Doch ehe er die Druiden mit Hilfe des Übersetzers ansprechen konnte, trat eine der grauhaarigen Frauen vor und sagte in fehlerfreiem Latein: "Im Namen der Gottheiten, die von Ewigkeit zu Ewigkeit herrschen, fragen wir dich, Römer: Mit welcher Berechtigung mordest, raubst und brennst du in unserem Land, dessen Bewohner bislang in Frieden lebten und niemandem etwas Böses taten?"
Aulus Plautius brauchte einen Moment, um seine Verblüffung zu überwinden; sodann entgegnete er: "Ich werde Britannien mit dem Recht des Stärkeren erobern! Und ihr, die ihr abscheuliche Götzen anbetet und ihnen, wie ich weiß, Menschenopfer darbringt, werdet mich gewiß nicht daran hindern!"
"Gaius Julius Caesar, der in Gallien und anderswo ganze Völker hinschlachten ließ und wohl deshalb in eurem Imperium frevelhafterweise gleich einem Gott verehrt wird, setzte in seinen Büchern jene Lügen über unsere druidische Religion in die Welt, denen augenscheinlich auch du anhängst", erwiderte die Greisin. "Kein Wort von den Verleumdungen, die Caesar verbreitete, ist wahr - unumstößlich wahr hingegen ist, daß deine militärische Macht dich nie und nimmer dazu berechtigt, dieses Land unter deine Knute zu zwingen, denn die Gottheiten vertrauten es der Obhut der keltischen Stämme an."
"Schweig!" stieß der Feldherr zornig hervor.
"Ich werde nicht schweigen, bis ich verstumme, um den Pfad zu betreten, der mich in die Gefilde von Annwn führt", antwortete die Druidin. "Und nach mir werden meine acht Schwestern und Brüder ihre Stimmen erheben, bis auch sie den Weg durch die Schleier antreten. So wird es geschehen, Römer, und bevor es geschieht, sage ich dir: Kehre mit deinem Heer um, verlasse Britannien und bitte die Götter um Verzeihung für die Verbrechen, die du begangen hast!"
Wutentbrannt riß Aulus Plautius das Schwert aus der Scheide und stieß es der Greisin ins Herz.
Sterbend brach die grauhaarige Frau in die Knie; während sie ihr irdisches Leben aushauchte, sprachen die anderen Großen Wissenden im Chor:

"Neuerlich hast du gemordet, Römer! Aber du machst uns dadurch nicht mundtot! Vielmehr wiederholen wir die Worte unserer Schwester: Kehre mit deinem Heer um, verlasse Britannien und bitte die Götter um Verzeihung für die Verbrechen, die du begangen hast!"
"Schlachtet diese Wahnsinnigen! Schlachtet sie alle!" brüllte der Feldherr den nächststehenden Männern seiner Bedeckung zu.
Zehn, zwölf Legionäre stürmten vor und hieben die Druidinnen und Druiden, welche keinerlei Widerstand leisteten, nieder. Mit verzerrtem Gesicht beobachtete Aulus Plautius das Gemetzel; plötzlich schoß es ihm durch den Kopf: Die schwarzen Gewänder der Kelten... Es war ihnen schon vorher klar, was passieren würde... Sie wollten es so... Gingen sehenden Auges und völlig furchtlos in den Tod...
Tief im Innersten verspürte der Feldherr einen heiligen Schauer; erschrocken dachte er: Diese Menschen standen hoch, höher als ich! Doch schnell verdrängte er den peinigenden Gedanken wieder; er schaffte es, indem er den Kommandeur der Manipel in hektischem Tonfall anwies: "Laß die Leichen der Irren zu einem Haufen zusammentragen! Dort drüben unter den Eichen! Dann fällt die Bäume! Werft sie über die Toten und legt Feuer an! Besser noch: Brennt das ganze Waldstück nieder! Damit von den Wahnsinnigen und dem Ort, wo sie ihr Unwesen trieben, nichts als Asche übrigbleibt!"
Die Legionäre beeilten sich, den Befehl auszuführen; eine Stunde später war der Eichenhain ein einziges Flammenmeer. In der Feuersbrunst verkohlten die Körper der neun Großen Wissenden; während die Lohe gen Himmel schlug, marschierte die römische Armee weiter.
In der Mitte des folgenden Tages erreichte das Heer die Tamesis-Furt südlich von Caer Llundain. Die Ansiedlung an der Flachstelle des Stromes lag verlassen da; die Fischerhütten und die Rundhäuser der Händler, die hier gelebt hatten, waren leergeräumt, und dasselbe galt für die doppelstöckige Lagerhalle direkt am Wasser. Aulus Plautius verzichtete darauf, auch dieses Dorf zerstören zu lassen. Statt dessen beschloß er, eine Kohorte, zu der eine Pioniereinheit gehörte, an der Furt zu stationieren; die sechshundert Legionäre sollten den Ort zunächst provisorisch mit Wall und Graben befestigen und danach mit dem Bau einer Brücke über die Tamesis beginnen.
Die sechs Centurien quartierten sich in den keltischen Gebäuden ein; die Armee überquerte den Strom und zog anschließend, ihre bisherige Vormarschrichtung ändernd, nach Norden. In einiger Entfernung passierte das Heer den Hügel, auf dessen Kuppe sich die Weihestätten des Llundain befanden; die Römer ahnten nicht, an welch bedeutendem Heiligtum sie vorüberkamen. Als die Abenddämmerung hereinbrach, befand sich die Armee bereits ein Stück jenseits der Randhöhen des Tamesis-Tales und lagerte während der Nacht auf sanft gewelltem Heideland.
Am nächsten Vormittag erblickte Aulus Plautius, der mit dem Vortrab des Heeres ritt, nördlich eines ausgedehnten Forstes eine weite Hochebene. Er zügelte sein Pferd, deutete auf das flache Gelände hinaus und rief

seinen Stabsoffizieren zu: "Hier werden wir den Barbaren, deren Horden sich gewiß schon sammeln, um uns anzugreifen, die entscheidende Schlacht liefern!"

***

In vollem Galopp war Maponos, der junge Adlige vom Volksstamm der Catuvellauner, welcher dem icenischen Königspaar einst die Einladung zum Drunemeton in Caer Llundain überbracht hatte, durch das Festungstor gesprengt.

Jetzt standen Maponos und die Krieger seines Gefolges in der Großen Halle, wo Prasutax und Boadicea eben noch mit den Edlen des Duns getafelt hatten; mit rauher Stimme teilte der Kurier des Ard Rhi dem Herrscherpaar mit, was sich im äußersten Südosten Britanniens ereignet hatte: "Völlig überraschend ist ein sehr starker römischer Heeresverband an der Küste der Kenten gelandet! Den Berichten von Spähern und Flüchtlingen nach zu schließen, müssen es weit mehr als zwanzigtausend Mann sein. Die Feinde dringen mordend, brennend und plündernd ins Landesinnere vor. So rasch wie möglich will Cunobelinos den Römern entgegentreten, aber wir Catuvellauner und Trinovanten sind allein viel zu schwach, um ihnen Widerstand zu leisten. Deshalb ruft der Ard Rhi euch Icener zur Waffenhilfe auf!"

"Selbstverständlich sind wir dazu bereit!" erklärte Prasutax; er war bleich, doch sein Antlitz zeigte Entschlossenheit.

Auch Boadicea, die bei Maponos' erstem Satz zutiefst bestürzt nach der Hand ihres Gatten gegriffen hatte, faßte sich nun wieder und bestätigte: "Cunobelinos kann auf uns Icener zählen! Und ebenso, nehme ich an, werden die Kampfscharen anderer Stämme zu ihm stoßen."

"Moriand, der Kentenkönig, traf mit den meisten seiner Häuptlinge und ungefähr zwölfhundert Kriegern bereits im Dun des Ard Rhi ein", erwiderte Maponos. "Außerdem sandte Cunobelinos Boten zu den Atrebaten und Corieltauern. Die übrigen Volksstämme allerdings leben zu weit entfernt, als daß wir sie noch rechtzeitig verständigen könnten."

"Das heißt, wir Britannier werden den Römern deutlich unterlegen sein", murmelte Prasutax.

Maponos nickte. "Selbst unter günstigsten Umständen wird der Ard Rhi höchstens fünfzehn bis sechzehn Tausendschaften in die Schlacht führen können. Aber ungeachtet dessen will Cunobelinos die Feinde um jeden Preis angreifen. Denn nur so kann verhindert werden, daß sie weitere Greueltaten begehen und am Ende ganz Südbritannien versklaven."

"Die Römer mögen in der Übermacht sein, doch im Gegensatz zu ihnen haben wir das Recht auf unserer Seite!" rief einer der Edlen. "Wir nämlich ziehen nicht in den Krieg, um zu morden und zu rauben, sondern um unsere Heimat zu verteidigen."

"Dieses Wissen wird uns Kraft schenken!" pflichtete Prasutax dem Adligen bei; dann fragte er Maponos: "Welchen Ort hat der Ard Rhi zum Sammelplatz für unser Heer bestimmt?"

"Den Ringwall von Magio", beschied ihn der Catuvellauner. "Er erhebt sich fünf Tagesmärsche nordwestlich des Llundain und ist leicht zu finden, wenn man..."
"Ich kenne den Dun", unterbrach ihn Prasutax. "Er ist uralt und nicht mehr bewohnt, aber in seinem Inneren liegen Grabstätten von Druiden, die ich einst zusammen mit Swyedydd besuchte."
Der König tauschte einen Blick mit dem Pendruid und fuhr, wieder an Maponos gewandt, fort: "Ich werde also meine Kampfverbände zum Heiligtum von Magio führen - und damit keine Zeit verlorengeht, sollen sofort Reitboten aufbrechen, um die Krieger der Icener überall im Land zu den Waffen zu rufen."
Wenig später galoppierten Dutzende von Kurieren davon; sie hatten den Auftrag, den Häuptlingen des Stammes mitzuteilen, daß sie sich mit ihren Kampfscharen entweder im Dun des Herrscherpaares oder bei der südöstlichsten Grenzfestung des icenischen Siedlungsgebietes einfinden sollten. Am nächsten Morgen ritten auch Maponos und seine Männer ab; es drängte sie, in ihre Heimat zurückzukehren, um Cunobelinos bei dessen Kriegsvorbereitungen zu unterstützen.
Gegen Mittag des folgenden Tages sodann trafen die ersten Aufgebote im Königs-Dun ein; sie wurden von jenen Sippenhäuptlingen befehligt, deren Ländereien nordöstlich der Festung in Küstennähe lagen. Am Abend und in der Nacht langten an der Spitze ihrer bewaffneten Scharen weitere Häuptlinge aus dem nördlichen Marschland an; als Prasutax und Boadicea bei Sonnenaufgang aus ihrem Wohnhaus traten, bot sich ihnen ein ausgesprochen martialischer Anblick.
Überall auf dem Anger des Duns und entlang der inneren Festungswälle lagerten Gruppen von Kriegern; sie hatten ihre Speere zu Pyramiden zusammengestellt und ihre Schilde an die Wurfwaffen gelehnt. An vielen Plätzen waren Reitpferde angepflockt; vor der Großen Halle standen die Streitwagen der Sippenhäuptlinge, und an einem breiten Reck in der Nähe tänzelten und stampften die feurigen Wagenrösser.
"Obwohl alles sehr rasch gehen mußte, haben die Häuptlinge aus den Küstengauen um die sechshundert Mann herangeführt", sagte Prasutax zufrieden. "Und wenn die Scharen, die direkt zur Grenze ziehen, ähnlich stark sind, werde ich mit ungefähr zweieinhalbtausend Kriegern zum Hauptheer stoßen können."
"Das sind mehr Männer, als wir anfangs schätzten", erwiderte Boadicea. "Dennoch wird es in der Schlacht angesichts der römischen Überlegenheit sehr hart für uns werden."
"Für uns?!" schnappte Prasutax. "Willst du damit etwa sagen, daß du vorhast, mich in den Krieg zu begleiten?!"
"Ja!" antwortete Boadicea.
"Ausgeschlossen!" versetzte Prasutax. "Du bleibst hier! Schon wegen Eadha und Ailme!"
"Es fällt mir gewiß nicht leicht, mich von ihnen zu trennen", entgegnete Boadicea leise. "Doch du brauchst mich jetzt nötiger als die Mädchen.

Deshalb werde ich sie der Obhut von Swyedydd anvertrauen, mit dem ich gestern bereits alles geregelt habe."
Ungläubig schüttelte Prasutax den Kopf. "Der Pendruid unterstützt deinen Plan?!"
"Anfangs reagierte er ähnlich wie du", bekannte Boadicea. "Aber nachdem er den Totenbaum aufgesucht und dort Zwiesprache mit den Sídhe gehalten hatte, meinte er, es könnte unserem Volksstamm von großem Nutzen sein, wenn ich mit dir in den Kampf ziehen würde."
Prasutax nagte an seiner Unterlippe, dann äußerte er: "Ich muß die Worte Swyedydds achten ... und bewundere auch deinen Mut. Trotzdem behagt mir der Gedanke, daß du dich den Gefahren des Krieges aussetzen willst, ganz und gar nicht. Außerdem werde ich, wie du weißt, noch diesen Morgen zum Dun von Magio aufbrechen, und ich glaube kaum, daß du rechtzeitig..."
"Ich habe schon alles vorbereitet", unterbrach ihn Boadicea. "Meine Ausrüstung befindet sich bereits im Streitwagen - und was meine Waffenkunst angeht, so ist dir bekannt, daß ich mich auf Môn, ebenso wie viele andere junge Druiden und Druidinnen, im Umgang mit Schwert, Schild und Speer geübt habe."
"Du erzähltest einmal, ihr hättet sogar besondere Kampftechniken erlernt", murmelte Prasutax nachdenklich; gleich darauf gab er sich einen Ruck. "Also gut! Da du offenbar fest entschlossen bist, beuge ich mich deinem Willen - doch nur unter einer Bedingung: In der Schlacht fügst du dich meinen Anweisungen!"
"Das werde ich", versprach Boadicea. "Und ich danke dir dafür, daß du mir nachgegeben hast. Denn falls du mich zurückgestoßen hättest und allein in den Krieg gezogen wärst, hätte es mir das Herz zerrissen!"
Zutiefst gerührt umarmte Prasutax seine Gattin. "Verzeih mir! In meiner Sorge um dich verstand ich zunächst nicht, was dich in Wahrheit zu deinem tapferen Entschluß bewog." Er küßte sie sehr zärtlich. "Immer wieder von neuem hast du mir in den Jahren unserer Ehe deine Liebe bewiesen, und nun bist du sogar bereit, dein Leben für mich..."
"Still!" Boadicea legte ihm einen Finger auf die Lippen. "Wir wollen nicht an das Schlimmste denken, sondern auf die Hilfe der Götter bauen! - Und jetzt laß uns hinüber zur Großen Halle gehen, wo die Häuptlinge bestimmt schon auf uns warten."
In der Tat saßen die Sippenhäuptlinge und ihre Adelskrieger bereits beim Frühmahl unter dem Dach des mächtigen Gebäudes, wo in der Vergangenheit so oft ausgelassene Feste stattgefunden hatten. Heute jedoch war die Stimmung an den Tischen gedrückt; mit ernsten Mienen begrüßten die Edlen das Herrscherpaar - und erst als Boadicea nach dem Morgenimbiß ihren Entschluß verkündete, am Feldzug teilzunehmen, wurden achtungsvolle Hochrufe auf die Königin der Icener laut.
Wenig später kehrte das Herrscherpaar in sein Wohnhaus zurück, um sich zum Aufbruch fertig zu machen. In der Vormittagsmitte sodann nahmen Prasutax und Boadicea bewegten Abschied von Eadha und Ailme;

Swyedydd, der sich der Zwillinge unterdessen angenommen hatte, stand dabei. Zuletzt begleiteten der Pendruid und die Mädchen das Königspaar zu den Streitwagen; als Prasutax und Boadicea in die Wagenkanzeln stiegen, zeigten sich Eadha und Ailme dank der Gegenwart Swyedydds, zu dem sie innige Zuneigung hegten, erstaunlich gefaßt.
Boadicea dagegen verspürte argen Trennungsschmerz, während die Rösser zur Torbastion trabten. Es fiel ihr schwer, Haltung zu bewahren; nur weil sie sich einmal mehr sagte, daß ihr Gemahl sie in den nächsten Wochen viel nötiger als die Kinder brauchen würde, gelang es ihr. Aber sie blieb verspannt, bis ihr und Prasutax' Kampfwagen die Ebene am Fuß der Festung erreicht hatten; erst dann atmete Boadicea tief durch und schaute über die Schulter, um einen Blick auf den Heeresverband zu werfen, den sie und ihr Gatte zum Dun von Magio führen würden.
Direkt hinter den Gespannen des Herrscherpaares kamen die Königskrieger, die in der Festung oder ihrem Umland zuhause waren: ein halbes Dutzend Edler, die zusammen mit ihren Rosselenkern ebenfalls in Streitwagen fuhren; dazu fast dreißig berittene Adelskrieger und etwa einhundertfünfzig Fußkämpfer. Ihnen schlossen sich die Wagen der acht Sippenhäuptlinge aus den nördlichen und nordöstlichen Küstengebieten an, und danach folgte das Gros der Kriegsscharen: die rund sechshundert Reiter und Fußkämpfer der verschiedenen Häuptlinge.
Der Heerbann wirkte stolz und unbesiegbar, aber Boadicea wußte, daß dieser Eindruck täuschte. Denn wie Maponos berichtet hatte, verfügten die Römer über eine ungefähr dreißigmal stärkere Kriegsmacht, und als die Königin sich eine derart gewaltige Armee vorzustellen versuchte, stieg erneut Beklommenheit in ihr auf. Doch Boadicea unterdrückte ihre Furcht und gab sich im Verlauf der nächsten Stunden Mühe, auch Prasutax, der offenbar ähnlich wie sie empfand, aufzumuntern.
Als die Sonne ihren Höchststand erreicht hatte, rastete der Heeresverband kurz an einem Flüßchen. Kaum waren die Pferde getränkt, gab der König den Befehl zum Weitermarsch. Am Abend gelangten die Kampfscharen zu einem von Laubwald umgebenen See und verbrachten die Nacht unter den Bäumen; mit dem ersten Morgenlicht zog der Heerbann wieder davon. Auch während der nächsten fünf Tage waren die Kriegerscharen von früh bis spät unterwegs und legten nur die unbedingt notwendigen Pausen ein - schließlich, am sechsten Marschtag, erspähten Prasutax und Boadicea in der Ferne den Ringwall von Magio.
"Eigentlich müßten die anderen icenischen Heeresabteilungen bereits zur Stelle sein", rief der König seiner Gemahlin zu; nachdem die Streitwagen durch die nördliche Zugangsschneise des Duns gerollt waren, wurde klar, daß Prasutax richtig vermutet hatte. Mehr als zwanzig Sippenhäuptlinge, die mit ihren Gefolgsleuten aus dem Westen, der Mitte und dem Süden des Icenerlandes zum Heiligtum von Magio gezogen waren, begrüßten das Herrscherpaar. Wie der König und seine Gattin rasch herausfanden, hatten diese Häuptlinge zusammen etwa achtzehnhundert Krieger herangeführt,

so daß die icenische Streitmacht nun gut zweieinhalbtausend Mann stark war.
Das Gros dieser Kampfscharen lagerte am kammförmigen Südwesthang des von der uralten Wallanlage gekrönten Hügels; auf den angrenzenden Flanken der Erhebung hatten die Fußkrieger der Catuvellauner, Trinovanten, Kenten, Atrebaten und Corieltauer ihre Feuerstellen errichtet. Im Dun selbst hielten sich lediglich die Adligen der verschiedenen Stämme auf; ihre Rundzelte standen rings um die Druidengräber, und ganz in der Nähe dieser fünf aus Flachsteinen aufgeschichteten, kegelförmigen Grabstätten befand sich das Quartier des Ard Rhi.
Als Prasutax und Boadicea bei diesem besonders geräumigen Zelt ankamen, traten ihnen Cunobelinos, dessen Sohn Caradoc und die Herrscher der Kenten, Atrebaten und Corieltauer entgegen. Mit warmen Worten hießen sie das icenische Königspaar willkommen; dann sagte der Ard Rhi: "Ihr seit gerade rechtzeitig eingetroffen, um der Ratsversammlung beizuwohnen, die soeben beginnen sollte. Nehmt also bitte gleich an meiner Tafel Platz."
Nachdem sich die Herrscher am Eichentisch im Hochkönigszelt niedergelassen und Diener einen Imbiß für Prasutax und Boadicea aufgetragen hatten, erklärte Cunobelinos: "Unser Heer ist jetzt, da alle icenischen Kämpfer zur Stelle sind, beinahe vollzählig. Nur einige Sippenhäuptlinge der Atrebaten und Corieltauer, deren Siedelgebiete sehr weit entfernt liegen, fehlen noch, aber ich hoffe, sie werden ebenfalls bald anlangen."
"Der Rest meiner Leute kommt wahrscheinlich schon im Lauf der Nacht", vermutete der atrebatische Herrscher; der König der Corieltauer sagte: "Und von meinen Nachzüglern traf vorhin ein Reitbote ein. Er meldete, daß die Häuptlinge aus den nördlichsten Gauen meines Landes spätestens morgen nachmittag hier sein werden."
"Wenn es so steht, können wir übermorgen bei Sonnenaufgang abrücken", äußerte der Ard Rhi.
"Und dann werden unsere Schwerter endlich Römerblut schmecken!" fügte Moriand, der kentische Herrscher, grimmig hinzu.
"Wo befinden sich die Legionen?" wollte Prasutax wissen.
"Ungefähr einen halben Tagesmarsch nördlich von Caer Llundain", beschied ihn Caradoc. "Unsere Späher berichteten, daß sie am Saum eines ausgedehnten Forstes ein mächtiges Lager mit Wall und Graben aufgeschlagen haben und dort offenbar unseren Angriff erwarten."
"Und wie stark sind die Römer?" fragte Boadicea. "Sind sie tatsächlich imstande, weit mehr als zwanzigtausend Mann ins Feld zu stellen, wie Maponos sagte, als er Prasutax und mir die Nachricht von der Landung der Legionen brachte?"
Caradoc nickte. "Wir werden es mit etwa fünfundzwanzig Tausendschaften zu tun haben."
Einen Moment blieb es still am Tisch; schließlich nahm neuerlich Cunobelinos das Wort: "Wir wußten von Anfang an, daß wir einer

Übermacht entgegentreten müssen. Doch das darf uns nicht abschrecken, denn das Schicksal ganz Südbritanniens hängt von unserem Mut und unserer Entschlossenheit ab. Und auch wenn wir den Römern unterlegen sind, verfügen wir dennoch über ein ansehnliches Heer."
"Richtig!" rief Moriand und hob seinen Becher, um dem Ard Rhi zuzutrinken. Die übrigen taten desgleichen; danach erkundigte sich Prasutax: "Wie viele Krieger zählt unser gemeinsames Aufgebot nun zusammen mit den rund achthundert Männern, die Boadicea und mich begleiteten?"
Cunobelinos rechnete flüsternd, dann erwiderte er: "Wir haben jetzt ungefähr vierzehntausendsiebenhundert Kämpfer hier, und mit den noch fehlenden Atrebaten und Corieltauern werden es gut fünfzehntausend sein."
"Eine keltische Streitmacht, wie Britannien sie seit langem nicht mehr sah", erklärte Moriand. "Hinzu kommt, daß wir eine Waffe einsetzen können, welche die Feinde nicht kennen: unsere Kampfwagen, die zweifellos Furcht und Schrecken unter den Römern verbreiten werden."
"Das ist auch meine Einschätzung", stimmte der Ard Rhi zu; anschließend tauschten sich die Herrscher noch geraume Zeit über den bevorstehenden Feldzug aus. Erst in der Abenddämmerung fand die Besprechung ihr Ende, und das icenische Königspaar begab sich zu seinem Zelt, welches die Rosselenker inzwischen unweit von Cunobelinos' Quartier aufgeschlagen hatten.
Irgendwann in der Nacht wurde das Herrscherpaar durch Pferdegetrappel und Räderrollen aus dem Schlaf gerissen; Prasutax murmelte: "Es scheint, als seien die Atrebaten angelangt..."
Dem war so, wie sich am nächsten Morgen herausstellte, und in der Nachmittagsmitte trafen auch die restlichen Kampfscharen der Corieltauer ein. Abends fand eine letzte Beratung der Könige statt; bei Sonnenaufgang des folgenden Tages sodann machte sich das Keltenheer zum Abmarsch fertig.
Während die Rosselenker das Zelt abbauten und verpackten, begaben sich Boadicea und ihr Gemahl, ebenso wie etliche andere Könige und Häuptlinge, zu den Druidengräbern. Still betete das Herrscherpaar dort; zuletzt legten Prasutax und seine Gattin je einen Steinbrocken auf einem Cairn inmitten des Kreises der fünf kegelförmigen Grabmäler nieder. Danach bestieg das Königspaar die Streitwagen und verließ zusammen mit den Sippenhäuptlingen seines Volksstammes den Dun.
Am Südwesthang der heiligen Anhöhe von Magio begrüßten die Icenerkrieger, die bereits in Kolonnen angetreten waren, ihre Anführer, indem sie die Schwerter rhythmisch gegen die Schilde schlugen. Ihre Wurfspeere schwingend, setzten sich Prasutax und Boadicea an die Spitze des icenischen Aufgebots; wenig später rückten sie mit ihrem Heerbann gleich hinter den von Cunobelinos und Caradoc geführten Tausendschaften der Catuvellauner und Trinovanten ab; die

Kampfscharen der Kenten, Atrebaten und Corieltauer schlossen sich den Icenern an.
Während der folgenden Tage zog das Keltenheer so rasch wie möglich nach Südosten; von berittenen Spähern erfuhren die Befehlshaber, daß sich die Römer noch immer in ihrem festen Lager nördlich des Llundain aufhielten. Am Spätnachmittag des vierten Marschtages erreichte die britannische Streitmacht, die sich bisher entlang locker bewaldeter Hügelketten vorwärtsbewegt hatte, den Saum einer weiten, nur mit Heidekraut und vereinzelten Buschinseln bewachsenen Hochebene, welche sich mehrere tausend Schritt erstreckte. Im Süden des Flachlandes, wo sich abermals ein Forst ausdehnte, stiegen zahlreiche filigrane Rauchfäden gen Himmel - und sie zeigten den Kelten an, wo sich die Armee ihrer Feinde befand.
Der Ard Rhi entschied sich, sein Heer im Schutz des lichten Buchen- und Eichenwaldes am Nordrand der Ebene halten zu lassen; kaum hatte er die entsprechenden Anordnungen gegeben, preschten kurz hintereinander die Gespanne der übrigen Herrscher zu ihm heran. "Endlich haben wir die Römer vor uns!" rief Moriand voller Kampfbegier, als alle Könige versammelt waren. "Und am liebsten würde ich sie sofort angreifen, um sie für die Greueltaten zu bestrafen, die sie in meinen Gauen verübten!"
"Deine Tapferkeit in Ehren - aber es wäre ein Fehler, überstürzt vorzurücken", wehrte Cunobelinos ab.
"Außerdem wird es bald dunkel werden, und in der Finsternis könnten wir Freund und Feind nicht mehr unterscheiden", äußerte Caradoc.
"Ihr habt ja recht", steckte Moriand zurück. "Vernünftiger ist es, bis morgen abzuwarten."
Der Ard Rhi nickte; gleich darauf kamen die Könige überein, den Forstsaum durch eine starke Postenlinie zu sichern; das Gros des Keltenheeres hingegen sollte die Nacht tiefer im Wald verbringen. Noch ehe die Dunkelheit hereinbrach, hatten sämtliche Kampfscharen ihre Lagerplätze errichtet; nachdem das Heer zur Ruhe gekommen war, versammelten sich die Herrscher und dazu die Häuptlinge erneut bei Cunobelinos. Sie berieten, in welcher Schlachtordnung die Krieger der einzelnen Volksstämme am nächsten Tag aufgestellt werden sollten; erst als der Sichelmond schon hoch am Firmament stand, war alles geklärt.
Die Heerführer kehrten zu ihren Quartieren zurück; ebenso wie die anderen suchte auch das icenische Herrscherpaar sein Zelt auf. Ermüdet von dem langen Tag streckten sich Prasutax und Boadicea auf ihrem Ruhelager aus; eben als der König die Augen schließen wollte, sagte seine Gemahlin: "Die Entscheidung, welche im Rat auf deine Anregung hin gefällt wurde, belastet mich. Ich kann die Vorstellung kaum ertragen, bei der bevorstehenden Schlacht nicht an deiner Seite fechten zu dürfen."
Prasutax setzte sich wieder auf. "Ich will unbedingt, daß du morgen im Hintertreffen bleibst! Und ich bin berechtigt, dies von dir zu verlangen, denn an dem Tag, da wir in den Krieg zogen, hast du versprochen, dich meinen Anweisungen zu fügen!"

"Das tat ich", erwiderte Boadicea. "Doch der Gedanke, du könntest in Todesgefahr kommen, während ich, nutzlos für dich..."
"Ich begreife ja, was in dir vorgeht!" Prasutax nahm seine Gattin in die Arme, küßte sie und fuhr fort. "Aber was glaubst du, welche Angst mich quälen und womöglich lähmen würde, wenn ich auf der Walstatt ständig um dein Leben fürchten müßte?! Deshalb möchte ich, daß du die Tausendschaft befehligst, die wir im Rücken unseres Heeres für den Notfall bereithalten wollen. Und die Aufgabe, die du übernimmst, ist keineswegs unwichtig. Sollten ich und die anderen ernsthaft in Bedrängnis geraten, wärst du die einzige, die uns heraushauen könnte."
Wie schutzsuchend preßte sich Boadicea enger an ihren Gemahl. "Ich weiß nicht mehr, was ich denken soll. Ich weiß nur, daß ich mir wünsche, die Schlacht wäre schon vorüber!"
"Mit Hilfe der Götter werden wir sie durchstehen", antwortete Prasutax leise. "Und jetzt wollen wir versuchen, zu schlafen."
Im Lauf der Nacht wurde Boadicea mehrfach von Alpträumen heimgesucht. Kurz vor Sonnenaufgang erwachte sie jäh; Geräusche, welche durch die Zeltwand drangen, hatten sie geweckt. Verwirrt starrte Boadicea in die Dunkelheit; im nächsten Moment hörte sie Prasutax sagen: "Ein Teil der Männer draußen muß bereits auf den Beinen sein."
Wenig später war auch das icenische Herrscherpaar angekleidet und gerüstet; als Boadicea und Prasutax ins Freie traten, fingerte das erste fahle Morgenrot über die Baumwipfel im Osten. Während das Königspaar am fast erloschenen Feuer vor dem Zelt einen Imbiß aus Rauchfleisch und harten Haferkeksen einnahm, schirrten Prasutax' und Boadiceas Rosselenker die Pferde vor die Streitwagen; allmählich wurde es zwischen den Buchen- und Eichenstämmen heller - dann plötzlich erschollen vom Waldrand her drei röhrende Carynxen-Signale.
"Es geht los!" stieß Prasutax hervor. Gleich darauf hatten er und seine Gattin die Kampfwagen bestiegen; erregt schnaubend zogen die fuchsfarbenen Hengste des Königs und die Schimmelstuten Boadiceas an und trabten zum Saum des Forstes; dem Herrscherpaar folgten die sechs Wagenkrieger seiner persönlichen Bedeckung sowie verschiedene Reitertrupps und Scharen von Fußkämpfern. Als Prasutax und Boadicea die Heide erreichten, sahen sie zur Linken und Rechten Tausende von Bewaffneten aus dem Wald strömen. Ungefähr zweihundert Schritt im Süden warteten Cunobelinos, Caradoc sowie die Sippenhäuptlinge der Catuvellauner und Trinovanten in ihren Streitwagen; bei ihnen befanden sich auch die drei berittenen Adelskrieger, welche die Carynxen geblasen hatten.
Die Rösser des icenischen Königspaares galoppierten zum Standort des Ard Rhi; wenig später hatten sich auch die Häuptlinge der Icener und die Herrscher der Kenten, Atrebaten und Corieltauer mit ihren Wagenkämpfern dort eingefunden. Während die vielen Pferde nervös wieherten und stampften, formierte sich ein Stück hinter den mehr als einhundertfünfzig Streitwagen die Hauptmacht des Keltenheeres. Etwa

fünfhundert Reiter bildeten eine keilförmige Phalanx; in ihrem Rücken traten auf breiter Front und in dreißig Reihen gestaffelt die Massen der Fußkrieger an. Eine Tausendschaft jedoch, die aus hundert trinovantischen Berittenen und neunhundert icenischen Fußkämpfern bestand, war nahe des Forstrandes geblieben; es handelte sich um den Verband, welchen Boadicea befehligen sollte.
Nachdem sich das Heer formiert hatte, rief Cunobelinos den Königen, Sippenhäuplingen und sonstigen Edlen, die ihn auf ihren Wagen umringten, zu: "Ich brauche keinen von euch aufzufordern, heute sein Bestes zu geben und mit äußerstem Einsatz zu fechten! Denn ihr alle wißt, wofür wir streiten: für unsere Freiheit und keltische Lebensart, welcher die Römer uns berauben wollen! Und nun folgt mir in die Schlacht - du aber, Boadicea, hältst dich bereit, uns anderen im Notfall zu Hilfe zu eilen!"
Kaum hatte der Ard Rhi geendet, erklangen neuerlich drei Carynxen-Stöße. Cunobelinos' Rosselenker trieb die Pferde an, desgleichen taten die Krieger in den übrigen Kampfwagen. Die Gespanne gruppierten sich, nach ihrer Stammeszugehörigkeit geordnet, zu sechs Pulks; dann rollten die Streitwagen, den vorausreitenden Carynxen-Bläsern hinterdrein, nach Süden davon. Boadiceas Gespann allerdings blieb zurück; die Königin sah, wie Prasutax ihr noch einmal zuwinkte. Mit brennenden Augen erwiderte Boadicea den Abschiedsgruß, im nächsten Moment wendete ihr Rosselenker den Wagen.
In weitem Bogen trabten die Schimmelstuten der Königin an der jetzt ebenfalls vorrückenden Phalanx der fünfhundert Berittenen vorbei und passierten danach die tiefgestaffelte Schlachtreihe der Fußkämpfer, welche den Reitern im Laufschritt folgten. Eben als Boadiceas Pferdelenker die Stuten vor der Front der am Waldsaum stehenden Tausendschaft zügelte, vernahm die Königin Hufschlag, der sich von hinten näherte. Erstaunt schaute Boadicea über die Schulter und erblickte die Streitwagen, welche zur persönlichen Bedeckung des icenischen Herrscherpaares gehörten und sich vorhin bei Prasutax befunden hatten.
Gleich darauf waren die sechs Gespanne herangekommen; einer der Adligen beschied die Königin, deren Wagen unterdessen gewendet hatte: "Prasutax befahl uns, deinen Kampfverband zu verstärken, damit du zusätzlichen Schutz hast."
"Mein Gemahl bräuchte eure Hilfe doch viel nötiger als ich!" stieß Boadicea hervor.
"Mag sein", lautete die Antwort. "Aber er liebt dich, und deshalb ordnete er wohl auch an, daß wir unter gar keinen Umständen von deiner Seite weichen dürfen - selbst dann nicht, wenn du uns einen gegenteiligen Befehl erteilen solltest."
Die Königin senkte den Kopf, um ihre Rührung zu verbergen. Der Edle, welcher mit ihr gesprochen hatte, nickte seinem Rosselenker zu; der Krieger dirigierte das Gespann neben Boadiceas Streitwagen. Auch die anderen Pferdelenker trieben ihre Tiere wieder an, und ein paar

Herzschläge später hatten je drei und drei der Kampfwagen links und rechts vom Gefährt der Königin Aufstellung genommen.
Lange indessen blieben die Gespanne nicht an Ort und Stelle, denn plötzlich rief Boadicea, ihrer inneren Unruhe nachgebend: "Wir wollen nicht hier ausharren, sondern unserem Heer in einigem Abstand nachrücken. Denn nur so können wir rasch genug eingreifen, sofern die Hauptstreitmacht in Gefahr gerät."
Lauthals stimmten die Reiter und Fußkrieger der Königin zu, und die Tausendschaft setzte sich in Marsch. In einer Entfernung von ungefähr sechshundert Schritt folgte der von Boadicea geführte Verband dem Hauptheer: den mehr als vierzehntausend Kämpfern, welche stetig nach Süden zogen. In breiter Front bewegten sich die Reihen der einfachen Krieger dahin; auf den Speerblättern und Helmen der Berittenen und Streitwagenfahrer vor ihnen blitzte die Morgensonne, welche nun bereits kräftig strahlte. Der Heeresverband der sechs britannischen Volksstämme bot einen höchst eindrucksvollen Anblick, doch die Icener-Königin nahm ihn kaum wahr - vielmehr spähte sie fast ununterbrochen zum jenseitigen Rand der Heide, wo auch heute wieder die filigranen Rauchfäden zum Firmament emporstiegen.
Einige Zeit verstrich; allmählich vermochte Boadicea am südlichen Saum der Ebene Einzelheiten auszumachen: insbesondere den Erdwall und bald auch die Palisaden des mächtigen römischen Armeelagers. Und dann zuckte die Königin erschrocken zusammen. Denn auf einmal öffneten sich im langgestreckten Wall dort drüben eine Reihe Tore und spien Scharen von Legionären aus. Erstaunlich schnell formierten sich die Centurien zu vier Kolonnen, die jeweils mehrere tausend Mann zählten; wenig später preschten Reitertrupps an ihre Spitzen und führten die gewaltigen Heersäulen nach Norden.
Boadicea sah, wie die Legionen näher und näher kamen; bald konnte sie die Adlerstandarten erkennen, welche den verschiedenen Einheiten des Feindheeres vorangetragen wurden. Und wiederum nach einer Weile - die Distanz zwischen der römischen Armee und dem keltischen Heer betrug jetzt vielleicht noch zwölfhundert Schritt - sah die Königin, wie die Legionen Halt machten und sich, erneut unglaublich rasch, umgruppierten. Die Römer bildeten eine zwanzigfach gestaffelte Schlachtreihe, welche die Front der britannischen Fußkämpfer im Osten und Westen weit überflügelte, und in dieser Position verharrten die Feinde, um den Angriff der Kelten zu erwarten.
Die Legionen sind noch gefährlicher, als wir alle dachten! schoß es der Königin durch den Kopf. Ihre Art, zuerst das schnelle Heranmarschieren und nun dieses lauernde Dastehen, hat etwas Widermenschliches, beinahe Seelenloses an sich!
Wie gebannt, ihren Speer umkrampfend, starrte Boadicea zur Phalanx der Feinde hinüber; ihre Beklemmung wuchs, während der britannische Heerbann unaufhaltsam gegen die Römer vorrückte. In ihrer Furcht, vor allem um Prasutax, fühlte sich die Königin halb betäubt; die Zeit schien

schneller, fast rasend zu verfliegen. Plötzlich schrak Boadicea auf, denn der Wind trug dröhnende Carynxen-Signale heran - unmittelbar danach jagten die Streitwagen des Keltenheeres los, und der keilförmige Pulk der fünfhundert berittenen Adelskrieger schloß sich ihnen an.
Es schien, als wollten die Wagenkämpfer und Reiter das Zentrum der römischen Schlachtreihe durchbrechen, um den feindlichen Feldherrn und seine Stabsoffiziere zu attackieren, deren Pferde hinter der Phalanx auf einer Bodenwelle hielten. Aber dann, in Speerwurfweite zur römischen Front, rissen die Rosselenker ihre Tiere nach links und rechts herum. Die eben noch geschlossene Formation der Streitwagen fächerte sich nach beiden Seiten hin auf, und während die Gespanne jetzt in östlicher und westlicher Richtung an der feindlichen Phalanx entlangrasten, schleuderten die Wagenkrieger ihre Fernwaffen.
Da die Könige und Häuptlinge ganze Bündel von Speeren bei sich hatten, erlitten die Legionäre an den Flanken der vordersten Kampflinie beträchtliche Verluste - und ein ähnlich harter Schlag traf gleichzeitig das Zentrum der römischen Phalanx. Denn dort griff nun in direktem Stoß die britannische Reiterei an; die Wurfwaffen der keltischen Adelskrieger hagelten gegen den feindlichen Schildwall, und danach drangen die Berittenen mit geschwungenen Schwertern auf die Legionäre ein.
Die Attacke war so wuchtig, daß das römische Mitteltreffen nicht standzuhalten vermochte; die Legionäre wichen zurück - wenig später gerieten die Centurien im Zentrum der Phalanx in noch größere Bedrängnis. Jetzt nämlich jagten die Verbände der britannischen Streitwagen, die urplötzlich von den Flügeln der feindlichen Schlachtreihe abgelassen hatten, zur Unterstützung der Reiterei herbei. Dutzendfach fällten die Speere der Wagenkämpfer die Römer; zudem fielen zahlreiche Legionäre den mit Eisendornen besetzten hölzernen Wurfkugeln zum Opfer, welche nun ebenfalls geschleudert wurden.
Die Rosselenker wiederum, die jetzt zumeist auf den ellenbreiten, bogenförmig hochgeschwungenen Deichseln der Streitwagen zwischen den Pferderücken knieten und die Tiere mit Griffen ins Zaumzeug dirigierten, bewiesen ihre Waffenkunst auf besondere Weise. Ungeachtet der schwierigen Aufgabe, die hin und her galoppierenden Rösser zu blitzartigen, oft halsbrecherischen Wendungen zu zwingen, schafften diese Krieger es, Wurfpfeile und Kantsteine in die Reihen der Feinde zu senden; manche schnellten auch Lederschlingen um die Nacken von Legionären und zerrten die Römer mit Hilfe dieser Riemen aus der Phalanx, so daß sie von anderen Kämpfern getötet werden konnten.
Als die Wagenkrieger ihre Speere und sonstigen Wurfgeschosse verbraucht hatten, zogen sie ihre Klingen und suchten den Nahkampf. Kurz darauf wich das feindliche Zentrum, welches bereits zuvor gewankt hatte, ein gutes Stück zurück. Erst auf ein gellendes Fanfarensignal hin, das von hinten erklang, ermannten sich die Legionäre wieder und leisteten neuerlich Widerstand - doch ihr Mitteltreffen war nunmehr vierzig Schritt tief eingedrückt.

Die Wagenkämpfer und Reiter attackierten mit äußerster Kraft, um das römische Zentrum ganz zu werfen; verbissen verteidigten sich die Legionäre - dann schien es, als würde den Kelten der Durchbruch gelingen. Denn jetzt griffen die im Laufschritt herankommenden britannischen Fußkrieger in die Schlacht ein; erst zu Hunderten, gleich darauf zu Tausenden bedrängten sie die Römer mit ihren Speeren und Schwertern.
Wenig später erschollen abermals Fanfarenstöße, erneut zogen sich die Legionäre ein beträchtliches Stück zurück. Unter Triumphgeschrei drängten die keltischen Kampfverbände, die sich vor dem Zentrum der feindlichen Phalanx massierten, den Römern nach - und bemerkten in ihrem Überschwang nicht, daß die beiden Flanken der Feindarmee nun auf einmal in einer raschen Zangenbewegung vorrückten.
Boadicea jedoch, die mit ihren Kriegerscharen etwa sechshundert Schritt von der Walstatt entfernt hielt, gewahrte erschrocken, was auf dem Schlachtfeld passierte. "Unser Heer ist in eine Falle gerannt!" rief sie entsetzt aus. "Die Römer legten es gezielt darauf an, unsere Kämpfer in ihr Mitteltreffen einbrechen zu lassen, um sie jetzt zu umzingeln!"
Mit wachsbleichem Antlitz starrte die Königin auf die Walstatt, wo die meisten Britannier offenbar noch immer nichts von der tödlichen Gefahr mitbekommen hatten; dann umklammerte sie den Arm ihres Rosselenkers und stieß hervor: "Wir müssen sofort angreifen! Wir Wagenkämpfer und die hundert Berittenen!"
"Das wäre Selbstmord!" widersprach einer der sechs Streitwagenkrieger, die Boadicea bei sich hatte. "Wollten wir ohne unsere Fußkämpfer vorpreschen, würden wir sinnlos sterben! Unser Verband wäre viel zu schwach, als daß wir der Übermacht der Feinde standhalten könnten!"
Die Königin besann sich und entgegnete: "Du hast recht! Wir müssen die ganze Tausendschaft in die Schlacht führen!" Sie schwang ihren Speer über dem Kopf und rief den Reitern und Fußkriegern zu: "Folgt mir, aber bleibt dicht zusammen!"
Die Pferde der sieben Gespanne trabten davon; die Berittenen schlossen sich an, hinter ihnen rannten die einfachen Kämpfer. Und während sich die tausendköpfige Heerschar auf die Walstatt zubewegte, zerriß es Boadicea beinahe das Herz, denn auf dem Schlachtfeld bahnte sich eine Katastrophe an.
Die Königin sah, wie die Flügel der römischen Armee ihre Umklammerung des keltischen Heeres vollendeten; einzelne Gruppen von Britanniern, die im letzten Moment auszubrechen versuchten, wurden niedergehauen. Dann war die Umzingelung abgeschlossen, und jetzt zogen die Legionäre den Ring enger. Boadicea sah, wie die Kelten trotz ihrer verzweifelten Gegenwehr mehr und mehr zusammengedrängt wurden und zu Hunderten fielen. In wachsender Panik bemühte sich die Königin, ihren Gatten auszumachen, aber es wollte ihr lange nicht gelingen - erst als ihre Tausendschaft die Walstatt fast erreicht hatte und Boadicea auf die

Deichsel ihres Gefährts sprang, um besser zu sehen, erspähte sie den Streitwagen ihres Gemahls.
Prasutax und eine Schar weiterer Kampfwagenkrieger, darunter Cunobelinos und Caradoc, fochten am Nordwestrand des Kessels; augenscheinlich setzten sie alles daran, die Umklammerung zu durchbrechen. Die Römer wiederum verstärkten nun gerade dort ihre Attacken; die Icener-Königin stand unbeschreibliche Angst um ihren Gatten aus - und vielleicht gerade deswegen vermochte sie plötzlich glasklar zu denken.
Mit Hilfe von Handzeichen bedeutete Boadicea ihren Reitern, einen Keil zu bilden. Die Berittenen gehorchten; während ihr Pulk sich zur Angriffsformation auffächerte, sprang die Königin wieder in die Wagenkanzel, wies mit dem Wurfspeer auf eine bestimmte Stelle in der Schlachtlinie der Feinde und befahl ihrem Rosselenker: "Da hinüber!"
Die Schimmelstuten bogen nach Westen ab. Zunächst trabten die Pferde noch; dann, als das Gespann bis auf doppelte Pfeilschußweite an die Einbuchtung in der römischen Phalanx herangekommen war, die Boadicea für ihre Attacke ausgewählt hatte, galoppierten die Stuten los. Der Streitwagen der Königin und die sechs übrigen Gespanne jagten auf die feindliche Schlachtreihe zu; der Reiterkeil folgte ihnen, und die Fußkrieger rannten hinter den Berittenen her, so schnell sie konnten.
Erst kurz bevor die Kampfwagen ihre Phalanx erreicht hatten, reagierten die Römer. Alarmgeschrei erscholl; etwa hundert Legionäre lösten sich aus dem letzten Glied der Schlachtlinie, liefen ein Dutzend Schritte auf die Heide hinaus und pflanzten ihre hohen Viereckschilde in engem Verbund auf die Erde. Gleich darauf zischten den Streitwagen Pili entgegen; eine der Wurflanzen streifte Boadiceas Helm, eine andere bohrte sich in die Brust des Rosselenkers auf dem Gespann links von der Königin.
Boadicea sah, wie der Krieger vom Wagen stürzte; im nächsten Moment schnellte sie ihren eigenen Speer auf einen Römer, der sich eine Blöße gab. Der Legionär fiel, ein zweiter Wurfspeer der Königin traf den Mann neben ihm; einen Augenblick später rasten Boadiceas Schimmelstuten in die Lücke in der Schildmauer. Weil der Rosselenker den Kampfwagen dabei gezielt schleudern ließ, kamen weitere Legionäre zu Fall; mehrere britannische Gespanne preschten über die am Boden liegenden Männer hinweg. Und schon stieß der Reiterkeil in die Bresche, spaltete den römischen Schildwall auf breiter Front und griff, ebenso wie der Streitwagenpulk, die feindliche Hauptmacht an.
Im ersten Ansturm drangen die Kelten tief in die römische Phalanx ein; dann aber rannte sich die Attacke fest, und die Kampfschar der Königin geriet in Gefahr, umzingelt zu werden. Doch eben als die Legionäre den Einkesselungsring schließen wollten, eilten Boadiceas Fußkrieger herbei. In furiosem Angriff verschafften sie der Königin und ihrer Kerntruppe Luft; Hunderte von Römern fanden den Tod, viele andere wandten sich zur Flucht - und damit bot sich den Wagenkämpfern und Berittenen die Chance, auf das eigentliche Schlachtfeld durchzubrechen.

Etliche fliehende Feinde niederrennend, galoppierten Boadiceas Schimmelstuten dorthin, wo Prasutax, Cunobelinos, Caradoc und ein halbes Dutzend anderer Adliger fochten. Die Schar um den Ard Rhi wurde von sechzig, siebzig Römern bedrängt; im Heranjagen sah die Icener-Königin, wie ihr Gemahl, der ohne seinen offenbar gefallenen Rosselenker kämpfte und dessen Wagenpferde getötet worden waren, einen Legionär niederhieb - und wie gleichzeitig zwei Römer in Prasutax' Rücken mit ihren Pili zum Stoß ausholten. Beidhändig schleuderte Boadicea ihre letzten Speere - die Legionäre brachen zusammen.
Die Königin riß das Schwert aus der Scheide und führte einen sausenden Schlag gegen einen Centurio, der plötzlich im Sattel eines Rappen neben ihrem Streitwagen auftauchte. Mit geborstenem Helm flog der Offizier über die Kruppe seines Rosses; ein paar Herzschläge später köpfte Boadicea einen Römer, der seine Lanze zwischen die Speichen ihres Wagens zu rammen versuchte - dann erreichte das Schimmelgespann die Legionärshaufen, die Cunobelinos und seine wenigen Mitkämpfer umringten. Der Streitwagen der Icener-Königin und die ihm folgenden Gespanne preschten, Tod und Verderben säend, mitten in die Feindscharen hinein; der Ard Rhi, welcher erst jetzt aufmerksam wurde, richtete sich hoch auf und stieß einen Freudenschrei aus - im selben Moment durchbohrte ein Pilum seinen Hals.
Boadicea sah, wie eine Blutfontäne aus der zerrissenen Schlagader spritzte und wie Cunobelinos sterbend aus der Wagenkanzel stürzte. Der Schock über den Tod des Ard Rhi wollte die Königin lähmen, aber sie überwand ihre Schwäche und hieb weiter auf die Römer ein - bis ihr Pferdelenker die Stuten in die Hanken riß. Direkt bei Prasutax' Gespann kam Boadiceas Kampfwagen zum Stehen; die Königin rief ihrem Gatten zu: "Spring herüber!" Mit einem mächtigen Satz schnellte sich Prasutax zu ihr in die Wagenkanzel; als der Rosselenker die Schimmelstuten wendete, sah Boadicea, daß ihre Reiter ringsum Dutzende von Legionären niedermachten oder in die Flucht jagten.
Auch die Fußkrieger waren schon nahe, in ziemlich intakter Formation rannten sie auf die Streitwagen zu. Nun, als sie erkannten, daß die Wagenkämpfer vorerst außer Gefahr waren, wurden sie langsamer, teilten sich und bildeten eine Gasse. Nachdem Cunobelinos' Leichnam auf Caradocs Gefährt gehoben worden war, trabten die Gespannpferde zwischen den Scharen der Fußkrieger hindurch nach Norden; die Berittenen lösten sich vom Feind und schlossen sich dem Pulk der Streitwagen an.
Kaum hatten sich die Kampfwagen, Reiter und Fußkrieger erneut in keilförmiger Schlachtordnung formiert, um aus dem Kessel auszubrechen, stellte sich ihnen eine schwergepanzerte Kohorte entgegen. Die sechs römischen Hundertschaften, welche von einem berittenen Tribun in bronzenem Brustharnisch kommandiert wurden, bildeten eine tiefgestaffelte Front; die Legionäre der vordersten Centurie stemmten ihre Viereckschilde auf den Erdboden und zückten lange Stoßlanzen.

Die britannischen Streitwagen und Reiter jagten auf die Phalanx zu - kurz vor dem scheinbar unvermeidlichen Zusammenprall schwenkte die keltische Angriffsspitze, die von Boadiceas Gespann angeführt wurde, in einem halsbrecherischen Manöver nach links ab. Die Kampfwagen und Berittenen jagten an der feindlichen Schlachtreihe entlang; Stachelkugeln hagelten in die Phalanx der Römer, dann rissen die Rosselenker und Reiter ihre Tiere neuerlich herum - und preschten von der Flanke her zwischen die dritte und vierte Kampfreihe der Legionäre. Mit Todesverachtung fechtend, sprengten die Wagenkrieger und Berittenen die römische Phalanx auseinander; nachdem die Reihen der Kohorte aufgerissen worden waren, drangen die britannischen Fußkämpfer auf die Legionäre ein.

In wildem Ansturm wurden die sechs Centurien geworfen, und damit war der Weg in nördlicher Richtung frei. Boadiceas kleine Streitmacht, die jetzt noch ungefähr siebenhundert Krieger zählte, zog sich auf die Heide jenseits des Einkesselungsringes zurück; andere keltische Kampfscharen, denen es gelang, sich vom Feind zu lösen, brachen ebenfalls nach Norden aus. So entkamen insgesamt etwa zweitausend Britannier; dann freilich glückte es den Römern, den Kessel wieder zu schließen.

Von neuem wurden die umzingelten Kelten massenhaft hingeschlachtet. Das icenische Herrscherpaar und Caradoc, deren Streitwagen unterdessen schon ein gutes Stück von der Walstatt entfernt waren, hörten die vielen Todesschreie - plötzlich rief der Sohn des gefallenen Ard Rhi: "Wir müssen umkehren! Müssen den Rest unseres Heeres heraushauen!"

Sofort zügelte Caradocs Rosselenker die Pferde; auch die übrigen Wagenlenker brachten ihre Tiere zum Stehen - da erklang Prasutax' Stimme: "Nein! Wir können nicht noch einmal angreifen! Unsere Rösser sind völlig erschöpft! Ebenso die Fußkrieger, welche den Feinden entrannen! Mit diesen Männern haben wir keine Chance mehr gegen die Römer!"

Es schien, als wollte der Sohn des Ard Rhi zornig widersprechen - doch im selben Moment deutete Boadicea mit ihrem Schwert auf die Ebene hinaus und sagte: "Sieh, Caradoc! Die schwachen Heerhaufen, welche aus dem Kessel entkommen sind, haben nur noch eins im Sinn: die Flucht in die Wälder."

In der Tat befanden sich die bereits zuvor arg zersprengten Scharen mittlerweile in voller Auflösung; kopflos liefen sie auf den Forst im Norden der Heide zu. Und dieser Anblick bewirkte, daß der Sohn des Ard Rhi ernüchtert hervorstieß: "Du hast recht, Boadicea! Es ist alles verloren - zumindest vorerst..."

"Immerhin können wir den Rückzug der Fußkämpfer decken", erwiderte die Königin.

Dies geschah. Während die demoralisierten Krieger in Richtung des Waldsaumes flohen, bildeten die Streitwagen, die Reiter und die siebenhundert Fußkämpfer Boadiceas einen Sperriegel zwischen den Flüchtenden und dem Schlachtfeld. Nach wie vor drangen von der Walstatt

die Todesschreie herüber; Caradoc, das icenische Herrscherpaar und die anderen mußten ohnmächtig mit ansehen, wie die unter ihren Adlerstandarten fechtenden römischen Verbände den Einkesselungsring immer enger zogen und die Kelten gnadenlos niedermetzelten.
Endlich verschwanden die letzten fliehenden Fußkämpfer im Forst; gleich darauf rief Prasutax: "Weg von hier!" Die Pferde trabten davon, die siebenhundert Fußkrieger folgten den Gespannen und Berittenen im Laufschritt. Dann, als Boadiceas Schimmelstuten den Waldrand erreichten und unter den Bäumen langsamer wurden, suchte die Königin aufschluchzend Halt an der Brust ihres Gemahls - im nächsten Augenblick löste sich ihre fürchterliche seelische Anspannung in einem Weinkrampf.
Es dauerte lange, ehe sich Boadicea beruhigte; verwirrt bemerkte sie, daß sich der Streitwagen nun sehr viel tiefer im Forst befand. Eine Weile später gelangten die Gespanne und Reiter auf eine Lichtung; dort bedeutete Prasutax dem Rosselenker, die Stuten anzuhalten. Nachdem auch die übrigen Wagen zum Stehen gekommen waren und die Berittenen sie umringt hatten, wandte sich der icenische Herrscher an Caradoc und sagte: "Hier sind wir zunächst einmal in Sicherheit und können beraten, was jetzt weiter geschehen soll."
"Meine Pflicht ist es, meinen Vater in die Königsfestung der Catuvellauner und Trinovanten heimzuschaffen, damit dort die Totenfeier für ihn stattfinden kann", entgegnete Caradoc.
"Sollen Boadicea und ich dich begleiten?" fragte Prasutax.
Der Sohn des gefallenen Ard Rhi überlegte und antwortete: "Ich danke dir für dein Angebot. Aber besser wäre es, wenn wir uns trennen würden. Denn ich muß Cunobelinos' Leiche aus verständlichen Gründen möglichst rasch in unseren Dun bringen. Deshalb möchte ich, bloß unter kleiner Bedeckung, ohne Verzug aufbrechen. Das freilich kann ich nur tun, wenn ihr euch um unsere versprengten Kämpfer kümmert."
"Wir werden die Scharen sammeln und sie nach Norden führen", erwiderte Boadicea. "Die überlebenden trinovantischen Reiter jedoch, welche während der Schlacht unter meinem Befehl standen, sollen mit dir ziehen, Caradoc."
"Und ebenso werden die icenischen Wagenkämpfer, welche uns geblieben sind, dem Leichnam deines Vaters und dir das Geleit geben", fügte Prasutax hinzu.
Gerührt nickte der Sohn des Ard Rhi; wenig später verließ sein Streitwagen die Lichtung, acht weitere Gespanne und ungefähr sechzig Berittene folgten ihm. Stumm schaute das Herrscherpaar der Icener dem Trupp nach; am Rand der Waldblöße wandte sich Caradoc nochmals um und rief: "Der Tag wird kommen, da ich die Römer erneut angreife! Dann werden Cunobelinos und all die anderen gerächt werden! Dies schwöre ich, und die Geister der Toten haben meinen Bluteid vernommen!"
Erschaudernd tastete Boadicea nach der Hand ihres Gatten; Prasutax murmelte: "Nur allzu verständlicher Schmerz trieb den Erben des Ard Rhi zu seinem Racheschwur."

"Empfindest du ähnlich wie er?" fragte Boadicea.
Prasutax blickte über die Lichtung hin, auf der sich inzwischen um die tausend erschöpfte Krieger eingefunden hatten; schließlich antwortete er: "Ich weiß nicht ... weiß nur eins: Daß ich wohl genau wie der Ard Rhi und die Herrscher der Kenten, Atrebaten und Corieltauer gefallen wäre, wenn du mich nicht unter Einsatz deines eigenen Lebens gerettet hättest. Und dafür bin ich dir zutiefst dankbar. So unendlich dankbar, daß mir die Worte..."
"Still!" unterbrach ihn Boadicea. "Du hättest dasselbe für mich getan!" Sie küßte ihn, dann fuhr sie fort: "Und nun wollen wir uns der Männer annehmen, die unsere Hilfe brauchen. Wir müssen die verstörten Scharen einigermaßen ordnen und sie danach möglichst rasch ins nördliche Hügelland führen."
"Einzig dort könnten wir uns zur Not gegen nachrückende römische Verbände verteidigen", nickte Prasutax; sodann schwang er sein Schwert um den Kopf und rief über die Lichtung hin: "Kommt näher, Leute!"
Die Krieger, die sich auf der Waldblöße befanden, drängten herbei; hinter ihnen kamen andere Kampfhaufen aus dem Forst. Prasutax und Boadicea erteilten den Nächststehenden ihre Befehle und warteten ab, bis ihre Anordnungen die Runde gemacht hatten. Nachdem dies geschehen war, formierten sich die ungefähr zweitausend Britannier, welche dem Grauen der Kesselschlacht entronnen waren, entsprechend ihrer Stammes- und Sippenzugehörigkeit zu Kolonnen und folgten dem Streitwagen des icenischen Herrscherpaares nach Norden.
Stunde um Stunde zogen die fürchterlich dezimierten Einheiten des Keltenheeres durch die Wälder. Erst als sich die Abenddämmerung über die Hügelketten senkte, ließ Prasutax die Kriegerscharen in einer langgestreckten Schlucht anhalten. Die meisten Männer waren jetzt am Ende ihrer Kräfte; wo sie gerade standen, sanken sie zu Boden. Auch Boadicea und ihr Gemahl hielten sich nur noch mühsam in der Wagenkanzel aufrecht - immerhin aber durften sie nun gewiß sein, daß die schlimmste Gefahr gebannt war, denn während des Marsches hatten sich im Rücken des Heerwurmes keine Feinde gezeigt.

Caradocs Kampf

Frühjahr 43 bis Herbst 46

Boadicea hatte den Ringwall der Königsfestung erstiegen; nun, da sie auf die Ebene hinausschaute, wurde ihr plötzlich bewußt, daß sie auch knapp zwei Monate zuvor, kurz nach Alban Ailyr, hier oben gestanden hatte. Damals war das Land ins helle Licht der Frühlingssonne gebadet gewesen; weich hatte der Südwind gepludert, und überall auf den Äckern waren die Bauern zugange gewesen, um die neue Kornsaat in die Erde zu bringen.

An jenem Tag hatte Boadicea, den bukolischen Anblick genießend, heitere Lebenslust verspürt, und ebenso hätte es heute, an diesem Spätfrühlingsmorgen, sein können. Wieder lagen die Felder im strahlenden Sonnenschein da; lindgrün leuchteten die kräftig aufgeschossenen Saaten, und am Firmament trieben schaumweiße Schäfchenwolken dahin. Doch Boadicea konnte sich nicht unbefangen an der Schönheit der Natur erfreuen; allzu beklemmend waren ihre Erinnerungen an das Grauen der Schlacht nördlich des Llundain - selbst jetzt noch: drei Wochen nach der Heimkehr in den Königs-Dun der Icener.

Während Boadicea reglos am Palisadenwall verharrte, wurde ihr das Entsetzliche einmal mehr gegenwärtig: die katastrophale Niederlage des britannischen Heeres, der Tod des Ard Rhi, der Rückzug der von Prasutax und ihr geführten Kampfscharen nach Norden. Abermals glaubte sie zu sehen, wie sich das Restheer an der Südgrenze des catuvellaunischen Stammesgebietes aufgelöst hatte; erneut vermeinte sie die Racheschwüre jener Krieger von den Volksstämmen der Catuvellauner, Trinovanten, Kenten, Atrebaten und Corieltauer zu hören, die vom Grenzfluß aus zur Festung Caradocs weitermarschiert waren.

Von den Icenern hingegen, deren Scharen auf ein Drittel ihrer ursprünglichen Stärke zusammengeschmolzen waren, hatten sich nur sehr wenige entschlossen, Cunobelinos' Sohn Gefolgschaft zu leisten und den Kampf an seiner Seite fortzusetzen. Die allermeisten waren, Prasutax' und Boadiceas Streitwagen hinterdrein, heimwärts gezogen; inständig hatten sich die Krieger nach ihren Familien gesehnt. Als der Heerbann icenisches Land erreicht hatte, war Boadicea Zeugin geworden, wie harte Männer gleich Kindern schluchzten, wenn sie ihre Angehörigen endlich wieder umarmen konnten - zugleich jedoch hatten die Königin und ihr Gemahl unbeschreibliches Leid mit angesehen.

Boadicea erinnerte sich an den unsäglichen Schmerz der vielen Alten, Frauen und Kinder, welche die Nachricht vom Verlust ihrer Söhne, Gatten oder Väter hinnehmen mußten; sie erinnerte sich an die zahllosen Augenpaare, welche sie und Prasutax teils anklagend, teils verzweifelt angestarrt hatten. In jedem Dorf und in jedem Dun, wo das Schimmelgespann Halt gemacht hatte, war dies so gewesen - und am schlimmsten zuletzt in der Königsfestung. Denn von den fast dreißig

berittenen Adelskriegern und einhundertfünfzig Fußkämpfern, welche im Dun oder seinem Umland gelebt hatten, war kaum einer zurückgekehrt; nur eine Handvoll hatte es geschafft, dem römischen Einkesselungsring zu entrinnen.
Mit bleichen Gesichtern hatten Swyedydd und die anderen Druiden ein Totenritual für die Gefallenen zelebriert; noch am selben Tag war nahe des Totenbaumes, der sich zwei Wegstunden nördlich der Festung erhob, ein Cairn zu ihrem Gedächtnis errichtet worden. Danach hatten Boadicea und Prasutax sich nach Kräften bemüht, das Leid der Hinterbliebenen zu lindern. Ungeachtet des eigenen Schmerzes hatten sie den Trauernden Trost zugesprochen und Vorkehrungen getroffen, damit jene Familien, die nun ohne Ernährer waren, künftig nicht darben mußten.
Nach zwei Wochen schließlich hatte es wenigstens einen kleinen Lichtblick gegeben. Zusammen mit einigen versprengten und bereits totgeglaubten Fußkriegern, die sie unterwegs aufgelesen hatten, waren die Wagenkämpfer heimgekommen, welche sich nach der Schlacht vom icenischen Herrscherpaar getrennt hatten, um Caradoc und den Leichnam des Ard Rhi zum Königs-Dun der Catuvellauner und Trinovanten zu geleiten.
In der Großen Halle hatten die Edlen von der Trauerfeier erzählt, die Caradoc für seinen Vater ausgerichtet hatte. Auf dem Anger der Hochkönigsfestung war ein Erdhügel aufgeschüttet worden; sodann hatten Adlige einen prunkvollen Streitwagen auf dessen Kuppe gezogen. In dem Gefährt hatte, von drei emporragenden Eichenstämmen gehalten, der tote Ard Rhi gestanden; Cunobelinos war in ein prächtiges Gewand gekleidet gewesen und hatte Helm, Schild, Schwert und Speer sowie seine goldene Zeremoniallanze getragen. Nachdem Druiden die Mächte von Annwn beschworen hatten, dem dahingegangenen Ard Rhi eine würdige Heimstatt in der Anderswelt zu gewähren, und Barden die Taten des Hochkönigs in Krieg und Frieden besungen hatten, war über dem Kampfwagen ein Scheiterhaufen errichtet worden. Neun greise Druidinnen hatten den Holzstoß in Brand gesteckt, und so war die bis dahin noch ruhelose Seele des Ard Rhi, von der ungestüm gen Himmel fauchenden Lohe getragen, in die jenseitigen Gefilde gereist.
Beeindruckt hatten Boadicea, Prasutax und die übrigen Icener in der Großen Halle der Schilderung gelauscht; danach hatten sie auch einiges über die Entwicklung der Dinge im äußersten Südosten Britanniens erfahren. Späher auf schnellen Pferden, die von Caradoc ausgesandt worden waren, hatten gemeldet, daß die Römer nach ihrem Sieg nicht tiefer ins Landesinnere vorgedrungen waren. Vielmehr hatten sie sich ins Tal der Tamesis zurückgezogen und an den Ufern des Flusses mit dem Bau mehrerer schwerbefestigter Lager begonnen. Das mächtigste sollte offenbar bei der Stromfurt unweit von Caer Llundain entstehen; dort, wo es früher nur die kleine keltische Fischer- und Handelssiedlung gegeben hatte.

Wie die heimgekehrten icenischen Wagenkämpfer zuletzt erzählt hatten, plante Caradoc, ein neues, schlagkräftiges Heer aufzustellen, mit dem er die Feinde angreifen wollte. Dies freilich nicht sofort, sondern erst zum Ende der Erntezeit, denn bis dahin würde angesichts der vielen Toten, die auf der Walstatt geblieben seien, jeder verfügbare Mann auf den Feldern benötigt. Dann aber, so hatte Caradoc zum wiederholten Male geschworen, wolle er desto grausamere Rache an den Römern nehmen; gnadenlos werde er sie schlachten, und das Wasser der Tamesis solle sich rot vom Blut der Legionäre färben.
An dieser Stelle ihrer Erinnerungen schreckte Boadicea auf. Schrittgeräusche, die sich in ihrem Rücken näherten, hatten sie aus ihrer beklommenen Versunkenheit gerissen; als sich die Königin umwandte, erblickte sie ihren Gemahl.
Boadicea löste sich von den Palisaden und ging Prasutax ein Stück entgegen; er zog sie an seine Brust, gab sie wieder frei, musterte ihr Antlitz und sagte leise: "Ich sehe dir an, daß du einmal mehr über die schlimmen Ereignisse der vergangenen Wochen und Monate nachgesonnen und dich um die Zukunft unseres Volksstammes gesorgt hast..."
"Ja", nickte Boadicea. "Soeben dachte ich an Caradoc und seine Absicht, von neuem gegen die Römer in den Krieg zu ziehen."
"Findest du sein Vorhaben falsch?" fragte Prasutax.
"So schroff würde ich es nicht ausdrücken..." Boadicea zögerte, ehe sie fortfuhr: "Auch ich denke oft darüber nach, wie es gelingen könnte, unsere Feinde wieder aus Britannien zu vertreiben. Und wenn ich eine Möglichkeit dazu sähe, würde ich wahrscheinlich nicht zaudern, erneut zu den Waffen zu greifen. Um der Freiheit unserer Insel willen würde ich es tun; ungeachtet des Leids, das wir bereits ertragen mußten. - Doch ich fürchte, derartige Überlegungen sind wirklichkeitsfremd. Denn Tatsache ist, daß die Legionen über ungeheure Kampfkraft verfügen und darüber hinaus auf eine Art und Weise fechten, die uns Kelten völlig fremd ist. Wie gefährlich die Feinde sind, haben wir auf dem Schlachtfeld erlebt. An einem einzigen Vormittag wurde dort fast unser ganzes Heer niedergemetzelt; von den über fünfzehntausend Kriegern, die Cunobelinos auf die Walstatt führte, entkamen höchstens zweitausend..."
Die Königin verstummte, Tränen traten in ihre Augen; erst nach einem tiefen Atemzug faßte sie sich wieder und sprach weiter: "Ich glaube, wir Britannier haben keine Chance mehr, die Römer zu besiegen. Vielleicht hätten wir es schaffen können, wenn wir mit der geballten Macht sämtlicher sechzehn Stämme aus der Südhälfte unserer Insel in die Schlacht gezogen wären. In diesem Fall - sofern alle Herrscher, die sich einst zum Drunemeton im Llundain versammelten, bei uns gewesen wären - hätten wir den Römern dreiundvierzigtausend Kämpfer entgegenzustellen vermocht. Jetzt jedoch, da bereits dreizehntausend Krieger auf der Walstatt geblieben sind, könnte die Gesamtheit der Südstämme gerade noch dreißigtausend Kämpfer aufbieten. Und das würde gewiß nicht ausreichen, um unsere Feinde zu überwinden; noch dazu die Römer

inzwischen Festungen errichtet haben und zu ihrer Verstärkung außerdem sehr rasch frische Legionen aus Gallien nach Britannien bringen könnten."
"Du beurteilst die Situation ähnlich wie ich", murmelte Prasutax. "Auch ich denke, daß ein neuerliches Aufflammen des Krieges unsere ohnehin schon bedrohliche Lage nur noch weiter verschlimmern würde."
"Aber Caradoc erkennt das offenbar nicht!" stieß Boadicea hervor. "Er gibt seinem blinden Haß nach, stellt die Vernunft hintan - und deshalb kann ich letztlich nicht gutheißen, was er plant. Denn ich fürchte, er wird in sein Unglück rennen und zahllose andere Menschen mit ins Verderben reißen!"
Prasutax nagte an seiner Unterlippe, dann wollte er wissen: "Du wärst also dafür, Caradoc die Waffenhilfe zu verweigern, sofern er uns darum bitten würde?"
Boadicea rang mit sich, schließlich erwiderte sie: "Wir sollten ihn nicht in seinem sinnlosen Kampf unterstützen; sollten ihm, falls er Boten sendet, vielmehr klarmachen, wie schrecklich die Folgen für die Catuvellauner und Trinovanten wären, wenn er tatsächlich losschlüge. Und das sage ich, obwohl ich andererseits durchaus Hochachtung vor Caradocs kriegerischem Mut empfinde. Doch es wäre ein Fehler, diesem Gefühl nachzugeben. Denn wollten wir, du und ich, an Caradocs Seite erneut in den Kampf ziehen, so würde dies unweigerlich entsetzliches Leid auch für unseren Volksstamm bedeuten!"
"Du hast recht!" nickte Prasutax. "Wir müssen alles daransetzen, unseren Stamm vor einem solch furchtbaren Schicksal zu bewahren. Dies ist in der derzeitigen fatalen Lage unsere wichtigste Pflicht, und ich bin sehr froh, daß wir uns darin einig sind."
"Wir sollten schon bald eine Ratsversammlung einberufen, um den Druiden und insbesondere den Adligen, von denen einige kaum weniger kurzsichtig als Caradoc sind, unseren Entschluß mitzuteilen", schlug Boadicea vor.
"So wollen wir es halten", erwiderte Prasutax. "Und ich bin sicher, wir werden breite Zustimmung finden - auch deswegen, weil Swyedydd uns bestimmt unterstützen wird."
"Darauf können wir bauen", bestätigte Boadicea; sodann forderte sie ihren Gatten auf: "Nun aber laß uns ins Haus zurückkehren, denn ich habe Eadha und Ailme vorhin versprochen, nicht zu lange wegzubleiben."
Das Königspaar verließ den Wall; als Prasutax und seine Gemahlin das Herrscherhaus erreichten, kamen ihnen die Zwillinge entgegengerannt. Boadicea kniete nieder und nahm die Mädchen in die Arme. Wie stets, wenn sie die innige Nähe ihrer Kinder spürte, wurde ihr warm ums Herz - doch im nächsten Moment fragte sie sich bange, ob es ihr und Prasutax gelingen würde, die Mädchen vor einer dunklen Zukunft zu bewahren.

***

Während sich der Spätfrühling in den Frühsommer drehte, mußte Boadicea ihre Ängste immer wieder einmal unterdrücken; aber wenigstens deutete in dieser Zeit nichts darauf hin, daß das icenische Stammesgebiet unmittelbar bedroht war.

Wie Flüchtlinge aus dem Süden berichteten, begnügten sich die Römer nach wie vor damit, das Tal der Tamesis besetzt zu halten und ihre Befestigungen dort auszubauen. Das Castellum südlich von Caer Llundain, welches die Eroberer in Anlehnung an den Namen des nahegelegenen Heiligtums, das sie nicht zerstört hatten, jetzt als Londinium bezeichneten, hatte offenbar die größte Bedeutung. Es wurde mit mächtigeren Wällen und Gräben als die übrigen Militärlager versehen; zudem residierte dort der Feldheer Aulus Plautius - und beides zusammen wies darauf hin, daß Londinium zu einer jener gewaltigen Städte werden sollte, wie die Römer sie auch in Gallien errichtet hatten.
Wenn Boadicea an den kleinen Fischer- und Handelsort dachte, der einst so beschaulich an der Flußfurt gelegen hatte und dessen Rundhäuser nun wohl längst niedergerissen worden waren, empfand sie seelisches Weh. Noch ärger schmerzte sie die Kunde, welche in der Sommermitte in den Königs-Dun der Icener gelangte: Über mehrere Tage hinweg hatten unablässig römische Trieren und Galeeren an den neuen Hafenanlagen Londiniums angelegt, und Centurie um Centurie war eine weitere Legion an Land gegangen.
Wie Prasutax und Boadicea einige Wochen später erfuhren, wurden die sechstausend Bewaffneten in jenem Marschlager nördlich des Tamesis-Tales stationiert, vor dessen Toren im Frühjahr die Schlacht getobt hatte. Dies war ein ziemlich sicheres Anzeichen dafür, daß Aulus Plautius von dort aus einen militärischen Vorstoß plante, und angesichts dessen entschloß sich das Herrscherpaar, Späher in den Süden zu senden.
Die zwölf Krieger, die von einem der wenigen überlebenden Wagenkämpfer aus der Königsfestung befehligt wurden, brachen einen Monat nach Lughnasad auf. Kurz vor dem Herbstfest Alban Elued kehrten sie zurück, und der Anführer erstattete dem Herrscherpaar und den Edlen in der Großen Halle Bericht. "Unsere Vermutung, wonach die Römer wieder zum Angriff übergehen würden, war richtig!" begann er. "Die frische Legion drang in die südöstlichen Stammesgebiete der Catuvellauner vor. Ganz wie damals im Land der Kenten brannten die Römer jedes Dorf nieder, das auf ihrem Weg lag. Die meisten Ansiedlungen waren zuvor von ihren Bewohnern verlassen worden; einzelne Scharen beherzter Bauern jedoch versuchten Widerstand zu leisten, und diese Männer wurden entweder getötet oder überwältigt und in Ketten geschlagen."
"Erniedrigen sich unsere Feinde jetzt sogar zur Menschenjagd?!" rief einer der Adelskrieger empört aus.
"Sie haben in Londinium einen Sklavenmarkt eingerichtet", lautete die Antwort.
Unwillkürlich umkrampfte Boadiceas Hand den Griff des Dolches, den sie am Gürtel trug; im nächsten Moment fragte Prasutax den Späherführer mit gepreßter Stimme: "Was unternahm Caradoc? Stellte er sich den Römern entgegen?"
Mit grimmiger Miene nickte der Adlige. "Und ob er das tat! Als die Legion drei Tagesmärsche jenseits der catuvellaunischen Grenze stand, lockte er

eine Kohorte in einen Hinterhalt. Die tausend Kämpfer, die Caradoc bei sich hatte, rieben die sechs Centurien nach scharfem Gefecht auf. Kaum einer der Feinde entrann, und um das Gros der Legion in Angst und Schrecken zu versetzen, ließ der junge König der Catuvellauner und Trinovanten nach seinem Sieg die Leichen der gefallenen Römer entkleiden und die nackten Körper in einem Forst nahe der Walstatt mit den Köpfen nach unten an den Bäumen aufhängen."
"So etwas ist eines keltischen Herrschers unwürdig!" stieß Swyedydd betroffen hervor.
"Mag sein", entgegnete der Späherführer. "Aber im Vergleich zu den Römern zeigte Caradoc noch Mäßigung. Denn wie wir alle wissen, machten sich unsere Feinde seit ihrer Landung sehr viel schlimmerer Greueltaten schuldig, indem sie beispielsweise unbewaffnete Druiden ermordeten oder gefangene Krieger bei lebendigem Leibe kreuzigten!"
"Diese unsäglichen Verbrechen sind leider geschehen", erwiderte Swyedydd. "Dennoch hätte sich der junge König nicht zu der Leichenschändung hinreißen lassen dürfen. Dadurch nämlich schüchterte er die Römer gewiß nicht ein, sondern forderte sie statt dessen geradezu heraus, ihrerseits mit gesteigerter Brutalität vorzugehen."
"Das fürchte ich auch", erklärte Boadicea; gleich darauf erkundigte sich Prasutax bei dem Adligen: "Was passierte nach der Vernichtung der Kohorte?"
"Caradoc zog sich mit seinen Kriegern in einen Häuptlings-Dun tief in den Wäldern zurück", antwortete der Späherführer. "Ich und meine Männer begleiteten ihn; gemeinsam feierten wir den Sieg über die Feinde..."
"Sprach der König dich auf icenische Waffenhilfe an?" unterbrach Boadicea.
Der Adlige nickte. "Spät in der Nacht nahm er mich beiseite und wollte wissen, ob er Unterstützung durch uns erwarten könne. Ich teilte ihm mit, daß wir Icener uns entschieden hätten, den Kampf zumindest vorerst nicht wieder aufzunehmen. Nachdem Caradoc das vernommen hatte, sah es für einen Augenblick so aus, als wollte er zum Schwert greifen. Doch plötzlich lachte er verächtlich auf und äußerte, er werde die Römer auch ohne unsere Hilfe zu Paaren treiben. Schließlich gebe es in Britannien noch genug andere Stämme, denen an ihrer Freiheit liege und die ihm nur zu gerne folgen würden, sobald er die Erde erst mit dem Blut weiterer feindlicher Heerhaufen getränkt hätte."
Der Späherführer trank einen Schluck Metheglyn und fuhr fort: "Am nächsten Morgen verließen ich und meine Leute den Dun; der Abschied von Caradoc war frostig. Auf Schleichpfaden begaben wir uns zu dem Forst, wo die toten Feinde in den Bäumen hingen. Das Gros der Legion war inzwischen zur Stelle; wir beobachteten, wie die Leichen geborgen und begraben wurden. Später jagte eine starke Reiterschar nach Süden, und die Hauptmacht der Römer setzte sich wieder in Marsch; allerdings nicht wie bisher in nördlicher, vielmehr in nordöstlicher Richtung. Als die Legion am Nachmittag offenes, von einem Bach durchflossenes Heideland

erreichte, hielten die Kampfverbände zeitiger als gewöhnlich an und begannen mit Schanzarbeiten, um die Erdwälle für ein großes Feldlager aufzuwerfen."
"Die Römer sandten Boten ins Tamesis-Tal, schwenkten gen Sonnenaufgang ab und trafen Vorkehrungen, sich für eine Weile in möglichst unangreifbarer Position einzurichten", sagte Prasutax nachdenklich. "Und das kann nur eins bedeuten: Die Legion wartet auf Verstärkungen und wird danach zusammen mit diesen frischen Truppen die Königsfestung der Catuvellauner und Trinovanten angreifen, welche nur wenige Marschtage von ihrem Standort entfernt liegt."
"Das ist eindeutig die Absicht der Römer", bestätigte der Adlige. "Und als mir klargeworden war, was die Feinde planen, sah ich keinen Grund mehr, noch länger im Süden zu bleiben. Wichtiger erschien es mir, euch hier darüber in Kenntnis zu setzen, was dem mächtigen Dun droht, in dem einst Cunobelinos regierte, und deshalb kehrte ich mit meinen Männern heim."
Nachdem der Späherführer geendet hatte, herrschte bedrücktes Schweigen in der Halle; schließlich sagte Swyedydd: "Vermutlich sind die Hilfstruppen inzwischen im Feldlager der Legion eingetroffen, und möglicherweise zieht das vereinigte Römerheer sogar schon nach Nordosten. Auf jeden Fall wird es nicht mehr lange dauern, bis die Feinde mit der Belagerung von Caradocs wichtigster Festung beginnen - und ich fürchte, wir werden in Bälde die Nachricht erhalten, daß der Königs-Dun der Catuvellauner und Trinovanten gestürmt wurde."
Die Worte des Pendruid bewahrheiteten sich. Zwei Wochen vor Samhain erschien eine Schar catuvellaunischer Flüchtlinge vor dem Tor des icenischen Herrschersitzes; es waren völlig erschöpfte Bauernfamilien, die einige abgetriebene Laströsser bei sich hatten und von einer bereits betagten Sul-Priesterin niedrigen Ranges angeführt wurden. Prasutax und Boadicea ließen die bedauernswerten Männer, Frauen und Kinder in die Versammlungshalle bringen; als sich die Catuvellauner ein wenig erholt hatten, erzählte die grauhaarige Druidin, welche Schrecknisse sie und die anderen überstanden hatten.
"Wir lebten in einem Dorf nahe unseres Königs-Duns, wo ich eine heilige Quelle hütete", begann die Priesterin. "Seit dem Tag, da Caradoc erneut in den Krieg gezogen war, quälten mich schaurige Träume - und dann wurden diese Nachtmahre Wirklichkeit. Aus Südwesten kommend, näherte sich der Festung ein gewaltiges römisches Heer; ein schier endloser, eisenklirrender Kriegswurm von zehntausend Feinden. Aus den Ansiedlungen rings um den Dun flohen die Menschen in die Festung; auch die meisten Familien unseres Dorfes handelten so, obwohl ich sie beschwor, es nicht zu tun. Nur wenige bepackten ihre Pferde mit Kornsäcken und folgten mir in die schützenden Wälder im Norden. Wir verbargen uns auf einer Hügelkuppe im Forst; von dort aus beobachteten wir, wie der römische Kriegsdrache seine eisengepanzerten Glieder um den Königs-Dun schlang..."

Die Druidin starrte ins Leere, besann sich und fuhr fort: "Der Feind umzingelte die Festung; wie es schien, forderte eine Abordnung berittener Römer, welche vor das Haupttor galoppierten, die Verteidiger zur Übergabe auf. Aber von den Wällen hagelten Speere auf die Reiter in den blitzenden Rüstungen hinab; zwei der Feinde stürzten von ihren Rössern, die übrigen jagten davon. Wenig später erfolgte der erste römische Angriff. Er richtete sich gegen ein Nebentor in der Ostflanke des Ringwalls; bis zum Abend beschossen die Feinde den Torbau mit Schleudersteinen, doch die Balken- und Erdwerke hielten stand. Als die Nacht hereinbrach, rollten die Römer ihre Kriegswagen mit den schweren Wurfarmen ein Stück zurück; kaum war die Sonne aufgegangen, flogen abermals Steinbrocken gegen das Tor..."
"Wo war Caradoc?" unterbrach Prasutax die Priesterin. "Befand er sich im Dun oder hielt er sich anderswo auf?"
"Der junge König war noch nicht von seinem Feldzug in den Süden heimgekehrt", antwortete die Druidin. "Doch nun, am Morgen des zweiten Belagerungstages, erschienen er und seine Kämpfer: etwa tausend Mann. Sie strömten aus einem Wald im Osten der Festung hervor; in wildem Ansturm versuchten sie, den Einkesselungsring der Feinde in Höhe des Nebentores zu durchbrechen. Aber der von Caradocs Streitwagen angeführte Keil rannte sich fest; gleich darauf waren der König und seine Krieger von einer Übermacht römischer Hundertschaften eingeschlossen. Entsetzt wurden ich und die mir Anbefohlenen Zeugen, wie Caradocs Heerhaufe hingeschlachtet wurde - und ich glaubte zu sehen, wie die Seelenschatten derer, die schon gefallen waren, in schrecklicher Verstörung über der Walstatt schwirrten..."
Die grauhaarige Priesterin schluchzte auf; Prasutax wartete, bis sie sich wieder beruhigt hatte, sodann fragte er leise: "Starben sie alle ... auch der junge König?"
"Es entrann bloß eine kleine Schar, darunter Caradoc", erwiderte die Druidin. "Zusammen mit vier anderen Wagenkämpfern und vielleicht einem Dutzend Fußkriegern, die auf die Streitwagen gesprungen waren, konnte sich der König retten. In verzweifeltem Gefecht hieben sich die Männer auf den Gespannen eine Gasse durch die Reihen der Feinde; dann preschten die Wagen zum Forst, aus dem sie gekommen waren. An die vierzig römische Reiter galoppierten hinter ihnen her, zügelten ihre Pferde aber am Waldrand; offenbar wagten sie sich nicht in den Forst. So gelang Caradoc die Flucht, doch fast alle seine Kämpfer blieben tot auf dem Schlachtfeld - und ihre geisterhaften Schatten, die ich nun in furchtbarerem Aufruhr denn je gewahrte, verdunkelten das Firmament bis zum Horizont..."
Von neuem starrte die Priesterin wie entrückt ins Leere; es dauerte geraume Zeit, ehe sie weitersprach: "Erst als die vielen Leichen der Kelten in einem tiefen Massengrab beigesetzt und die Körper der gefallenen Römer auf zehn riesigen Scheiterhaufen verbrannt worden waren, was bis zum Abend dauerte, verschwanden die Seelen nach Westen. Die ganze

Nacht erklangen auf den Ringwällen des Duns die Totenklagen für die catuvellaunischen und trinovantischen Krieger; am nächsten Morgen gingen die Feinde wiederum zum Angriff vor. Stunde um Stunde krachten die Schleudersteine gegen den Torbau, nachmittags stürzte das Bollwerk ein. Sofort setzten die Römer zum Sturm an, eine Hundertschaft nach der anderen rannte durch die Torlücke ins Innere der Festung. Wenig später wurde überall zwischen den Häusern gekämpft; die Schlacht im Königs-Dun tobte bis Sonnenuntergang, und am Ende wurden die letzten Verteidiger, die sich beim Weltenbaum auf dem Anger zusammendrängten, niedergemetzelt."
"Es hatte also erneut zahllose Opfer gegeben!" Boadicea sagte den Satz mit bebender Stimme.
"Nicht weniger als beim gescheiterten Angriff Caradocs", bestätigte die Druidin. "Und der folgende Tag war abermals grauenhaft. Denn jetzt sahen ich und meine Gefährten von unserem Waldversteck aus, wie die keltischen Frauen und Kinder, welche das Morden überlebt hatten, von Legionären aus der Festung und nach Südwesten getrieben wurden. Zweifellos wollten die Römer diese Witwen und Waisen zu ihrem Sklavenmarkt an der Tamesis bringen, und angesichts dessen waren wir auf dem Hügel uns einig, daß es besser gewesen wäre, wenn die Bedauernswerten den Tod in der Schlacht gefunden hätten..."
Auf dem Antlitz der Priesterin malte sich derartiger Schmerz, daß Boadicea den Thronsitz verließ und die Druidin tröstend in die Arme nahm. Leise weinte die Grauhaarige an der Schulter der jungen Königin; schließlich fand sie die Kraft, den Rest ihrer Geschichte zu erzählen: "Wir blieben noch bis zum Abend in unserem Versteck und beobachteten, wie ein Teil der Feinde den zerstörten Torbau des Duns wiederherstellte; andere hoben draußen auf freiem Feld neuerlich Massengräber aus und schichteten Scheiterhaufen auf. Kurz vor Sonnenuntergang sodann verschwanden sämtliche Römer in der Festung, die sie nun wohl für sich nutzen wollen. Nachdem die Feinde die Tore geschlossen hatten, verließen ich und meine Gefährten unsere Zufluchtsstätte im Forst und gingen im Schutz der Dunkelheit nach Norden. Wir hatten beschlossen, uns bis zu eurem Königs-Dun durchzuschlagen; mit Hilfe der Götter schafften wir es auch - und jetzt bitten wir euch inständig darum, daß ihr uns hier in der Festung oder in einem eurer Dörfer Obdach gewährt."
"Wir werden nach Kräften für euch sorgen", versprach Boadicea; Prasutax nickte dazu, stieg ebenfalls vom Thronsitz und gesellte sich zu seiner Gemahlin und der Priesterin.
Im nächsten Moment umringten sämtliche Flüchtlinge das Herrscherpaar und die Druidin; mit bewegten Worten dankten sie der Königin und ihrem Gatten. Gleich darauf wurden Speisen und Getränke für die Catuvellauner aufgetragen; während die Flüchtlinge aßen und tranken, beratschlagten die Icener, wo die catuvellaunischen Familien künftig leben könnten. Zuletzt entschied das Herrscherpaar, daß die Flüchtlinge mehrere leerstehende Häuser sowie Acker- und Weidegründe in einer Ansiedlung

drei Wegstunden westlich des Duns erhalten sollten. In diesem Dorf würden sie gerne aufgenommen werden, denn die Menschen dort konnten jeden brauchen, der zuzupacken vermochte; zehn Krieger, die in der Ansiedlung gelebt hatten, waren im Frühjahr nicht mehr aus dem Krieg heimgekommen. Bereits am nächsten Tag sollten die Catuvellauner zu dem Dorf aufbrechen; die Nacht konnten sie in der Großen Halle verbringen, wo man Schlafplätze für sie herrichten würde.
Als Prasutax und Boadicea bei Einbruch der Abenddämmerung ins Herrscherhaus zurückkehrten, durften sie sich sagen, daß sie das Leid der Flüchtlinge zumindest gelindert hatten. Trotzdem war beiden schwer ums Herz; noch immer sahen sie die entsetzlichen Bilder vor sich, welche die Sul-Priesterin heraufbeschworen hatte. Erst als die zweieinhalbjährigen Zwillingsmädchen ihre Eltern mit Beschlag belegten, kamen der König und seine Gemahlin vorübergehend auf andere Gedanken. Später am Abend jedoch, nachdem Eadha und Ailme im Bett waren, begann das Königspaar erneut über die Ereignisse im Süden nachzusinnen; irgendwann sagte Prasutax, der zuvor lange ins Herdfeuer gestarrt hatte: "Angesichts dessen, was die Druidin berichtete, bin ich mir sicherer denn je, daß unser Entschluß, Caradoc nicht in seinem Kleinkrieg zu unterstützen, richtig war."
"Hätten wir uns mit dem Sohn des toten Ard Rhi verbündet, wäre unser Volksstamm ebenso wie die Catuvellauner und Trinovanten in schlimmste Bedrängnis geraten", pflichtete Boadicea ihrem Gatten bei. "Wir hätten einen sinnlosen Kampf gegen eine erdrückende Übermacht geführt; hätten die Römer dadurch unnötig gereizt, und die Folgen wären schrecklich gewesen."
"Ich darf es mir gar nicht ausmalen", murmelte Prasutax. "Unser ohnehin schon furchtbar geschwächtes Heer völlig aufgerieben, die Häuptlingsfestungen erstürmt und verwüstet, unser Dun von den Feinden besetzt und wir samt unseren Kindern tot, in Sklavenketten oder auf der Flucht, so wie Caradoc..."
"Was, denkst du, wird er nun tun?" fragte Boadicea.
"Es bleiben ihm bloß zwei Möglichkeiten", erwiderte Prasutax. "Entweder sucht er zusammen mit den paar Kriegern, die ihm geblieben sind, Schutz bei einem der westlichen oder nördlichen Stämme und begnügt sich damit, dort ein bescheidenes Leben zu führen - oder er bemüht sich, ein Heer aus kampfbegierigen Angehörigen der noch nicht von den Römern bedrohten Volksstämme aufzustellen, um die Feinde abermals anzugreifen."
"Da Caradoc von grenzenlosem Haß auf die Römer erfüllt und zudem tapfer bis zur Selbstaufgabe ist, wird er die Waffen wahrscheinlich nicht strecken", vermutete Boadicea.
"Dieses Gefühl habe ich auch", nickte Prasutax. "Zwar wird er nicht sofort wieder losschlagen können, da er Zeit braucht, um Gefolgsleute zu finden, und außerdem bald der Winter anbricht, doch im Frühjahr wird wohl neuerlich Blut fließen."
Ähnlich wie zuvor ihr Gemahl schaute Boadicea eine ganze Weile stumm ins Feuer, dann sagte sie leise: "Früher freuten wir uns auf den Frühling,

aber jetzt müssen wir uns vor ihm ängstigen. Was wird Caradoc in seiner verzweifelten Wut noch anrichten? Wo werden die Feinde stehen, wenn auf den Feldern die junge Saat keimt? Werden sie dann vielleicht schon bis in unser Stammesgebiet vorgedrungen sein?"
"Ich glaube, wir Icener sind vorerst vor den Römern sicher, sofern wir uns ruhig verhalten und sie nicht herausfordern", versuchte Prasutax seine Gattin zu trösten.
Boadicea griff nach seiner Hand. "Wollen wir hoffen, daß du recht hast. Und daß uns die Götter vor solch grauenhaften Heimsuchungen behüten, wie die Catuvellauner und Trinovanten sie ertragen mußten."

***

Es schien, als hätten Andrasta und die übrigen Gottheiten die Worte der Königin vernommen. Bis zum Frühjahr tauchte keine einzige feindliche Centurie an den Grenzen der icenischen Ländereien auf; wie die Späher berichteten, gaben sich die Römer damit zufrieden, ihren Hauptort Londinium im Tal der Tamesis auszubauen und eine weitere Stadt innerhalb der Ringwälle jener mächtigen Festung zu errichten, in der einst Cunobelinos und Caradoc geherrscht hatten. Diesen Ort bezeichneten die Legionäre nun als Camulodunum; rasch wuchsen dort zahlreiche Ziegelhäuser empor, und die Wege zwischen den Gebäudereihen wurden gepflastert.
Als im Königs-Dun der Icener das Beltane-Fest gefeiert wurde, erfuhren Prasutax und Boadicea von ihren Kundschaftern, daß die in Camulodunum liegenden römischen Tausendschaften mit dem Aufschütten einer dammartigen Fahrstraße begonnen hatten, welche nach Südwesten lief und wohl bis Londinium geführt werden sollte. Lange allerdings konnten die Römer den Straßenbau nicht ungestört vorantreiben - denn kurz nach Beltane brachen auf dem Stammesgebiet der Catuvellauner, ganz wie Prasutax vorhergesagt hatte, erneut schwere Kämpfe aus.
Mit einem starken Heer, das aus mehreren tausend Corieltauern, Dobunniern und Atrebaten bestand, griff Caradoc, der in der Deckung der Wälder von Westen herangezogen war, Teile der in Camulodunum stationierten Legion an. Vier römische Manipel, welche fern der Stadt unterwegs waren, um in den Dörfern catuvellaunischer Bauern Steuern einzutreiben, wurden nacheinander niedergemacht. Anschließend rückte Caradoc mit seiner Streitmacht gegen Camulodunum selbst vor, hielt in Sichtweite der Stadt an und versuchte die Feinde hinter den Wällen hervorzulocken, indem er neun gefangene Römer an schnell aufgestellte Balkenkreuze binden ließ.
Als die Besatzung Camulodunums nicht auf diese Provokation reagierte, wurden die Legionäre wieder von den Kreuzen abgenommen, nackt ausgezogen und mit Peitschenhieben zur Stadt gehetzt. Dies bewirkte, daß jetzt doch sechs Kohorten aus den Toren strömten und sich in Schlachtordnung formierten. Kaum aber hatten sie die Phalanx gebildet und sich in Marsch gesetzt, ergriff Caradocs Heer die Flucht. Die Römer hielten in ihrem Vordringen inne und verhöhnten die davonrennenden

Kelten, welche eilig in den Forsten verschwanden. In der darauffolgenden Nacht jedoch begriffen die Legionäre, daß der vermeintlich kopflose Rückzug der Britannier eine Kriegslist gewesen war. Denn eine Stunde vor Morgengrauen unternahm ein Teil der keltischen Krieger einen Scheinangriff auf das Osttor der Stadt; zugleich schlichen andere Kämpfer von Westen an Camulodunum heran, erklommen die steilen Ringwälle an ihren Schwachstellen, schossen einen Hagel rasch entzündeter Brandpfeile in die Stadt und rutschten die Wälle blitzschnell wieder hinab.
Die im Schlaf überrumpelten Römer hatten größte Mühe, der Feuersbrunst, welche eine Zeitlang ganz Camulodunum zu vernichten drohte, Herr zu werden; als die letzten Brände gelöscht waren, befand sich Caradocs Streitmacht längst in Sicherheit. Einige Tage später schlug der Sohn des toten Ard Rhi von neuem zu; diesmal weit im Südwesten der Stadt. Caradocs Krieger fingen einen Wagenzug von mehr als hundert Gespannen ab, der Nachschub nach Camulodunum bringen sollte. Die sieben Centurien, welche die Fuhrwerke eskortierten, wurden aufgerieben; die Ochsentreiber und Pferdelenker davongejagt. Danach übernahmen Caradocs Kämpfer die Gespanne; die Wagen rollten nach Westen, bis die Britannier schützendes Hügelland erreicht hatten. Dort wurde die Beute, welche aus Korn, Trockenfleisch, Dörrfisch und Wein bestand, in abgelegenen Weilern eingelagert, und die Krieger durften sich sagen, daß sie auf Monate hinaus keinen Mangel an Verpflegung leiden würden.
Den ganzen Frühling und Sommer hindurch nutzte Caradoc die dichtbewaldeten Hügelketten im Grenzland zwischen den Gauen der Catuvellauner und Dobunnier als Ausgangsbasis für weitere Angriffe auf die Römer. Immer wieder brachen starke keltische Kampfverbände oder kleinere Streitscharen aus den wilden Forsten hervor und fügten ihren Feinden Schaden zu.
Zwei von der Tamesis nach Norden marschierende Kohorten, welche das Heiligtum von Magio besetzen sollten, um es zu einem vorgeschobenen Militärlager auszubauen, wurden dermaßen bedrängt, daß die überlebenden Römer sich zuletzt fluchtartig nach Camulodunum zurückziehen mußten. Angesichts dieses neuerlichen Debakels entsandte der dortige Befehlshaber einen Kurier nach Londinium, welcher von Aulus Plautius Ersatztruppen erbitten sollte. Der Bote wurde von einer Centurie Lanzenreiter eskortiert, doch trotz dieser Vorsichtsmaßnahme erreichte er die Stadt an der Tamesis nie, denn die berittene Hundertschaft ließ sich von Caradocs Kriegern in einen Sumpf locken. Als die Reiter im Morast festsaßen, fielen die Britannier über sie her und schlachteten sie ab. Eine Woche später schleuderten einige Keltenkrieger, die auf erbeuteten Rössern in den Süden gejagt waren, die Köpfe des Kuriers, des Centurios und der zehn Decurionen im Schutz der Nacht über die halbfertige Ziegelmauer von Londinium und entkamen ungeschoren; etwa zur selben Zeit machten Caradocs Kämpfer im Norden kurz nacheinander mehrere feindliche Patrouillen nieder, die versucht hatten, Vormarschwege zu

erkunden, auf denen ein römischer Heeresverband ins westliche Hügelland einfallen konnte.
Zu Herbstbeginn war die Situation für die in Camulodunum stationierte Legion bedrohlicher denn je geworden. Angesichts der schweren Verluste, welche die Römer im Lauf der vergangenen Monate erlitten hatten, sah es ganz so aus, als könnte es den Kelten gelingen, den einstigen Königssitz der Catuvellauner und Trinovanten zurückzuerobern. In der Tat plante Caradoc genau das; an Samhain, da die Geister der gefallenen Britannier an seiner Seite kämpfen würden, wollte er den entscheidenden Sturm auf die Stadt wagen. Aber dann, kurz vor dem keltischen Totenfest, wendete sich das Blatt - denn Aulus Plautius führte eine starke Armee zum Entsatz von Camulodunum heran.
Der Feldherr kommandierte zwei Legionen; die sechstausend Mann der einen kamen aus Londinium, die zehn Kohorten der anderen waren von Gallien herübergebracht worden. In Eilmärschen bewegte sich das Heer auf den Dun von Magio zu und traf dort am Vorabend von Samhain ein. Die Römer errichteten Schanzen, um den flachen Ringwall zu verstärken; am nächsten Morgen gingen sie daran, die Druidengräber zu zerstören, welche sich innerhalb des Erdwalles erhoben. Scharen von Legionären rissen die kegelförmigen Grabstätten ein, legten die darunter befindlichen Steinkisten frei und öffneten sie. Danach holten sie die Gebeine der Großen Wissenden heraus, zerschlugen die Schädel und Knochen und warfen sie ins Feuer. Während die zertrümmerten Gebeine von den Flammen verzehrt wurden, tanzten Gruppen römischer Bewaffneter um den Scheiterhaufen herum - und waren sich dabei durchaus im klaren, daß sie vom Kamm eines bewaldeten Hügels aus, der in einer Viertelmeile Entfernung aufragte, beobachtet wurden.
Wenig später verschwanden die keltischen Kundschafter, welche den Frevel mit angesehen hatten. Sie eilten zu Caradoc, der mit seinen Tausendschaften in einem Forst lagerte, welcher sich drei Wegstunden südwestlich des geschändeten Heiligtums ausdehnte. Kaum hatten die Späher dem Sohn des Cunobelinos und dessen Unterführern berichtet, was im Dun von Magio passiert war, schworen Caradoc und die übrigen blutige Rache. In ihrem Grimm kamen sie überein, die Römer so bald wie möglich anzugreifen; nach Einbruch der Nacht wollten sie ungeachtet der Tatsache, daß der Feind vierfach überlegen war, gegen den Ringwall vorstürmen und die Schlacht suchen.
Am Nachmittag verließ das Keltenheer den Wald; als sich die Dunkelheit über das Land senkte, hatten die Krieger den westlichen, vom zerstörten Heiligtum abgewandten Hang jener baumbestandenen Erhebung erreicht, von der aus die Kundschafter am Morgen Zeugen des Grabfrevels geworden waren. Nun beobachteten Caradoc und die Adligen seines Gefolges, die den Hügelkamm erklommen hatten, wie die Römer auf dem Plateau und an den Flanken der von ihnen besetzten Anhöhe zahlreiche Feuer entzündeten: so viele, daß die Kelten gewiß sein konnten, die gesamte feindliche Armee vor sich zu haben.

Caradoc wartete noch zwei Stunden ab; als kein Lärm mehr vom Römerlager herandrang, gab er den Befehl zum Vorrücken. In Gruppen von je hundert Mann huschten die dreitausend Kämpfer des Catuvellauners aus der Deckung des Forstes und schlichen zum Dun von Magio hinüber; nachdem alle in einer ausgedehnten, mit Gestrüpp bewachsenen Bodensenke am Fuß der heiligen Erhebung versammelt waren, begann der eigentliche Angriff. In breiter Front und entgegen ihrer sonstigen Gewohnheit ohne Kriegsgeschrei stürmten die Kelten auf die Feuerplätze an der Hügelflanke zu. Als Speere und Wurfpfeile durch die Luft zu zischen begannen, erklangen entsetzte Rufe aus römischen Kehlen; gleich darauf flohen Scharen von Legionären in Richtung der weiter oben befindlichen Schanzen.
Ungestüm setzten Caradocs Kämpfer ihnen nach. Sie stießen auf keinerlei Widerstand; erst als die vordersten am Saum des Hügelplateaus anlangten, gerieten sie unter Pfeilbeschuß, und einzelne Krieger wurden von Pili getroffen. Doch die römische Verteidigung war schwach; es schien, als wären die aus dem Schlaf gerissenen Legionäre desorientiert und kopflos. Infolgedessen glückte es dem ganzen keltischen Heer, bis zu den Wällen vorzudringen - dann aber erlebten Caradoc und seine Kämpfer einen grausamen Schock.
Urplötzlich schmetterten links und rechts von ihnen Fanfaren - im selben Moment drangen Tausende von Römern, die Aulus Plautius im Schutz der Dunkelheit aus dem Dun abgezogen und im Hinterhalt postiert hatte, auf die Kelten ein. Innerhalb kürzester Zeit geriet Caradocs Streitmacht in äußerste Gefahr; von beiden Seiten attackierten die Feinde, und von den Schanzen und der Krone des Ringwalles herab hagelten jetzt ganze Pfeilschauer und Schwärme von Wurflanzen in die zusammengedrängten Haufen der britannischen Krieger. Im Nu waren Hunderte von ihnen gefallen; gleich darauf rannten auch in ihrem Rücken römische Manipel und Centurien heran und versuchten, die Umklammerung zu schließen.
Im letzten Augenblick erkannte Caradoc, was seinem Heer drohte; ein Carynx-Bläser, den er bei sich hatte, stieß viermal in die Kriegstrompete und gab den Kampfscharen der Kelten damit das Rückzugssignal. Verzweifelt fechtend bemühten sich die Corieltauer, Dobunnier und Atrebaten, den Befehl zu befolgen - doch der Ausbruch gelang kaum einem Drittel der Krieger. Nur ungefähr achthundert Männer, unter ihnen Caradoc, schafften es, die feindliche Front zu durchstoßen und sich aufs freie Feld hinaus zu retten. Die übrigen keltischen Kampfhaufen wurden daraufhin um so schneller niedergehauen - und nachdem die Römer Tabula rasa gemacht hatten, suchten sie die Walstatt nach verwundeten Gegnern ab und erstachen die zahlreichen Britannier, welche sich stöhnend auf der Erde krümmten.
Die Todesschreie dieser Männer verfolgten Caradoc und den Rest seines Heeres; wenig später erreichten die geschlagenen Scharen den bewaldeten Hügel, unter dessen Bäumen sie sich unmittelbar vor der Schlacht verborgen gehalten hatten. Nach hastiger Besprechung mit

denjenigen Unterführern, die nicht gefallen waren, bestieg Caradoc, der am Kopf und am Schildarm verletzt war, seinen Streitwagen, den er vor dem Angriff im Forst zurückgelassen hatte. Gleich darauf trabten die Rösser davon, und während Cunobelinos' Sohn mit seinem schrecklich dezimierten Heerbann durch die Nacht nach Westen zog, war er sich bewußt, daß es viele Monate dauern würde, ehe er den Kampf gegen seine Feinde von neuem aufnehmen konnte.

***

Mehr als sechs Monate waren seit der nächtlichen Schlacht am geschändeten Heiligtum von Magio verstrichen. Kürzlich hatten die Menschen im Königs-Dun der Icener das Beltane-Fest gefeiert; auf dem Anger war der mächtige Holzstoß entzündet worden, und bald darauf hatten auch im Land ringsum die ersten Feuerketten aufgeleuchtet. Wie jedes Jahr waren Prasutax und Boadicea auf den Ringwall gestiegen, um zu verfolgen, wie sich die Lichterkreise ausbildeten. Aber beide hatten den eindrucksvollen Anblick nicht so unbefangen wie früher genießen können; stumm und in sich gekehrt hatten sie auf die Ebene hinausgeschaut - und auch jetzt wieder, in der Abenddämmerung des fünften Tages nach Beltane, wirkte das Herrscherpaar bedrückt.
Prasutax und seine Gemahlin waren seit dem Morgen in einem vierrädrigen Pferdewagen und mit einigen Begleitreitern unterwegs gewesen, um jene Dorfgemeinschaften im Königsgau zu besuchen, die kentische, catuvellaunische oder trinovantische Flüchtlinge aufgenommen hatten. In vielen Gesprächen hatte sich das Herrscherpaar die Sorgen sowohl der entwurzelten Familien als auch der Eingesessenen angehört; häufig war die bange Frage geäußert worden, ob die Legionen wohl auch ins icenische Stammesgebiet einfallen würden - und nun, da der Wagen in der hereinbrechenden Dunkelheit das letzte Wegstück heim zum Festungshügel zurücklegte, sagte Boadicea mit gepreßter Stimme zu ihrem Gatten: "Die Furcht vor den Römern war in den Ansiedlungen allgegenwärtig. Und auch mich quält der Gedanke, daß die Feinde womöglich schon bald die Grenzen unseres Landes überschreiten werden."
"Von Camulodunum aus könnten sie in der Tat in wenigen Tagen auf icenisches Gebiet vorrücken", antwortete Prasutax. "Aber ich glaube, das ist nicht ihre Absicht, denn sie haben während der vergangenen Monate keine Truppenverstärkungen herangeführt. Statt dessen gingen sie kürzlich daran, auf halber Strecke zwischen Londinium und ihrem im Winter erbauten Kohortenlager auf dem Hügel von Magio eine weitere Stadt namens Verulamium zu errichten. Und dies deutet darauf hin, daß es ihnen wichtiger ist, ihre Macht ins Landesinnere hinein auszudehnen, als uns hier in den östlichen Küstengegenden zu bedrohen."
"Ich hoffe, du hast recht", murmelte Boadicea. Sie schwieg einen Moment, dann sprach sie weiter: "Aber selbst wenn es so ist, wie du vermutest, müssen wir damit rechnen, daß die Feinde irgendwann auch in unser Siedelgebiet einmarschieren werden."

"Sofern das geschähe, wäre es unsere Pflicht, alles zu tun, um Blutvergießen zu vermeiden", versetzte Prasutax.
"Das könnten wir nur schaffen, falls wir auf Aulus Plautius zugehen und mit ihm verhandeln würden", entgegnete Boadicea. "Aber ich bin mir nicht sicher, ob ich mich dazu überwinden könnte. Denn er ist ein Unhold, der noch nicht einmal davor zurückschreckt, Druidengräber zu zerstören, die seit Jahrhunderten geheiligt sind!"
"Der Frevel, den der Feldherr im Dun von Magio beging, schreit zum Himmel", stimmte Prasutax ihr zu. "Doch trotz unseres Zorns wegen der gräßlichen Grabschändung und der sonstigen Greueltaten, die Aulus Plautius zu verantworten hat, dürfen wir nicht denselben Fehler wie Caradoc..."
"Das ist mir sehr wohl bewußt!" unterbrach Boadicea ihren Gemahl. "Der Sohn des toten Ard Rhi ist von blindem Haß auf alles Römische besessen; von derartigem Haß, daß es Aulus Plautius ein leichtes war, ihn durch den Grabfrevel fast bis zum Irrsinn aufzustacheln. Deshalb, von blindwütigem Rachedurst getrieben, hetzte Caradoc seine Krieger in der Schlacht von Magio förmlich in den Untergang. Dies war alles, was er erreichte; am Ende lagen mehr als zweitausend niedergemetzelte Kelten an den Hängen des Hügels - und die heilige Erde war durch das sinnlose Blutbad noch zusätzlich geschändet worden."
Boadicea umfaßte die Rechte ihres Gatten und fuhr fort: "Dabei hätte Caradoc bei klarer Überlegung begreifen müssen, daß die Zerstörung der Grabstätten den Geistern der Druiden nichts anhaben konnte. Denn die Seelen der Großen Wissenden weilen in Annwn oder sind mittlerweile wiedergeboren, und die Römer vermochten lediglich die sterblichen Überreste der Druiden zu vernichten - doch dies erkannte Caradoc in seiner haßerfüllten Verblendung leider nicht."
"Aber du, die du das Geheimnis um die Unverletzlichkeit und Unsterblichkeit des ewig von Körper zu Körper wandernden Geistes kennst, bist imstande, den Grabfrevel letztlich abgeklärter zu sehen", sagte Prasutax leise. "Und daher wärst du vielleicht doch fähig, eine Begegnung mit Aulus Plautius durchzustehen, wenn es eines Tages für die Erhaltung des Friedens in unserem Land nötig wäre..."
Die junge Königin rang mit sich; schließlich antwortete sie: "Um der Menschen willen, die uns anvertraut sind, würde ich mich, ebenso wie du, dazu überwinden."
Prasutax drückte ihre Hand; gleich darauf erreichte das Pferdegespann den Festungshügel, wenig später rollte der Wagen durch den Torbau des Duns und fuhr weiter zum Herrscherhaus. Als das Königspaar dort abstieg, kamen die inzwischen vierjährigen Zwillingsmädchen ins Freie gelaufen und hüpften vor Freude über die Heimkehr ihrer Eltern ausgelassen herum. Das Herrscherpaar vergaß seine Sorgen; Boadicea schloß die blonde Eadha in ihre Arme, Prasutax setzte die rothaarige Ailme auf seine Schultern; dann verschwand die Königsfamilie im doppelstöckigen Rundhaus, um das Nachtmahl einzunehmen.

Während der folgenden Monate langten kaum noch Flüchtlinge im Icener-Land an; nur die Späher, die nach wie vor in den Süden und Westen ausgesandt wurden, berichteten in regelmäßigen Abständen, was in den römisch besetzten Gebieten geschah. Kurz vor Alban Heruin erfuhr das Herrscherpaar, daß die Straße von Londinium nach Camulodunum fertiggestellt worden war. Aulus Plautius persönlich hatte den letzten Belagstein auf halber Strecke zwischen den beiden Städten eingefügt - und schon eine Woche später war mit dem Bau einer zweiten Fahrstraße begonnen worden, die von Londinium nach Verulamium und weiter zum Kohorten-Lager auf dem Hügel von Magio führen sollte, welches die Römer jetzt als Magiovinium bezeichneten.
Es sah also ganz so aus, als würde sich Prasutax' Einschätzung, wonach Aulus Plautius seinen Einflußbereich ins Landesinnere statt in die östlichen Küstengegenden ausdehnen wollte, bestätigen. Im Lauf des Sommers wuchs daher die Hoffnung des icenischen Königspaares, den Frieden in seinem Herrschaftsbereich bewahren zu können - und dies auch deswegen, weil Caradoc seit seiner verheerenden Niederlage am geschändeten Heiligtum von Magio keinen neuen Angriff unternommen hatte.
Der Sohn des toten Ard Rhi schien sich irgendwo im Westen zu verbergen; einmal, als Prasutax und Boadicea über ihn sprachen, sagte die Königin: "Vermutlich hat Caradoc bei den Corieltauern, Dobunniern, Atrebaten oder einem noch weiter entfernten Stamm Aufnahme gefunden. Und vielleicht hat er ja aus seinen Fehlern gelernt und ist so klug, an seinem Zufluchtsort zu bleiben und die Waffen künftig ruhen zu lassen."
"Wollte er die Römer abermals herausfordern, stünden seine Chancen noch schlechter als im vergangenen Jahr", pflichtete Prasutax seiner Gemahlin bei. "Denn erst vor kurzem ging im Hafen von Londinium eine weitere, aus Gallien kommende Legion an Land: sechstausend Römer und dazu zwanzig Centurien iberischer Hilfstruppen, welche sodann allesamt ins westliche Grenzgebiet des Kenten-Landes marschierten und dort eine Kette kleinerer Militärlager errichteten."
"Damit hat Aulus Plautius jetzt eine Verteidigungs- oder womöglich auch Angriffslinie aufgebaut, die von Magiovinium im Stammesgebiet der Catuvellauner bis zur kentischen Meeresküste reicht und gleich einem Riegel den ganzen äußersten Südosten Britanniens schützt", sagte Boadicea nachdenklich. "Und ich könnte mir vorstellen, daß der Feldherr von seinen Stützpunkten im Westen aus in breiter Front gegen die Dobunnier, Atrebaten oder Regnier vordringen würde, sobald es diesen Volksstämmen in den Sinn kommen sollte, sich Übergriffe zu erlauben."
Wieder stimmte Prasutax seiner Gattin zu; danach tauschte sich das Paar noch geraume Zeit über die Gefahr aus, welche den genannten Stämmen unter Umständen drohte. Doch während der nächsten Wochen gelangte keine Kunde von irgendwelchen Kriegshandlungen in die Königsfestung - dann aber, als zu Herbstbeginn die Vorbereitungen für das Fest Alban

Elued getroffen wurden, brachten Späher auf schaumbedeckten Rössern die Nachricht, daß neuerlich Kämpfe ausgebrochen waren.
Zwar hatten die Dobunnier, Atrebaten und Regnier stillgehalten, doch starke Streitscharen der weiter nördlich lebenden Corieltauer und Cornovier waren unversehens in die römisch besetzten Landstriche zwischen Magiovinium und Verulamium eingefallen - und ihr Befehlshaber war Caradoc.
Wie die Kundschafter erzählten, hatte es, nachdem Cunobelinos' Sohn mit seinem eineinhalbtausend Mann zählenden Heer auf catuvellaunisches Gebiet vorgedrungen war, innerhalb weniger Tage mehrere scharfe Gefechte gegeben. Anfangs war Caradoc erfolgreich gewesen; seine Kämpfer hatten etliche feindliche Verbände in Hinterhalte gelockt und sie aufgerieben, zudem war bei einem Nachtangriff ein römisches Marschlager gestürmt und die darin eingeschlossene Kohorte niedergemacht worden.
Durch diese Siege ermutigt, hatte Caradoc beschlossen, seine Scharte vom Vorjahr auszuwetzen und einen zweiten Angriff auf Magiovinium zu wagen. Ehe er diese nördlichste Römerfestung aber umzingeln konnte, waren Ersatztruppen von Verulamium herangeeilt: dreitausend Legionäre, welche die Corieltauer und Cornovier in perfektem Zusammenspiel mit der in Magiovinium stationierten Kohorte in die Zange genommen hatten. Nach kurzer und für die Kelten sehr verlustreicher Schlacht war der Sohn des toten Ard Rhi einmal mehr gezwungen gewesen, die Flucht zu ergreifen.
Ganz wie im Herbst des Vorjahres hatte sich Caradoc, dem kaum die Hälfte seiner Männer geblieben war, ins westliche Hügelland gerettet - doch anders als damals waren die Römer ihm diesmal auf den Fersen geblieben und hatten ihn und seine geschlagenen Kriegerscharen tagelang verfolgt, ohne Cunobelinos' Sohn freilich habhaft zu werden.
Was weiter geschehen war, erfuhren Prasutax und Boadicea drei Monate später, als bereits das Winterfest Alban Arthuan vor der Tür stand. In der Großen Halle teilte der Anführer eines Spähtrupps, der sich viele Wochen in den Stammesgebieten der Corieltauer und Cornovier aufgehalten hatte, dem Herrscherpaar und den Edlen bedrückt mit: "Die Volksstämme, zu denen Caradoc und die Überlebenden seines kleinen Heeres flohen, haben ihre Freiheit verloren. Zuerst wüteten die römischen Tausendschaften, welche den Sohn des toten Ard Rhi gejagt hatten, im Grenzland der Corieltauer. Sie brannten Dutzende Dörfer nieder und verkündeten den Bauern, die sie erwischen konnten, dies geschehe zur Strafe für die Waffenhilfe, die Caradoc von ihrem Stamm erhalten habe. Bald darauf marschierte Aulus Plautius selbst an der Spitze zweier Legionen ins Corieltauer-Gebiet ein und unterwarf unglaublich rasch fast alle restlichen Gaue. Zuletzt, als sich das Römerheer dem Königs-Dun der Corieltauer näherte, dessen Umland bislang verschont geblieben war, wurde das Haupttor geöffnet. Die Herrscherfamilie kam Aulus Plautius zu Fuß entgegen, und der König flehte um Frieden."
"Erfüllte der Römer die Bitte des Herrschers?" fragte Swyedydd mit belegter Stimme.

"Aulus Plautius tat sogar mehr", erwiderte der Späherführer. "Er umarmte den König und versicherte ihm in keltischer Sprache, daß kein Legionär nochmals das Schwert ziehen werde und der Herrscher seine Würde behalten solle, sofern auch die Corieltauer die Waffen nicht wieder erheben, sich von nun an der römischen Macht sowie dem römischen Gesetz beugen und insbesondere Caradoc jede weitere Unterstützung verweigern würden. Äußerst erleichtert schwor der König, seinen Volksstamm künftig im Zaum zu halten; bezüglich Cunobelinos' Sohn erklärte er, dieser befinde sich nicht in seinem Land, sondern entweder bei den Cornoviern oder noch weiter im Westen."
"Daraufhin marschierte Aulus Plautius wohl ins cornovische Stammesgebiet ein?" erkundigte sich Prasutax.
"Ja", lautete die Antwort. "Und dort stießen die Römer auf keinerlei Widerstand mehr, denn die Cornovier wußten längst, was bei den Corieltauern passiert war. Angesichts dessen leisteten sich auch die Legionäre nicht den mindesten Übergriff, und als das Heer die Hälfte des Weges bis zum Herrscher-Dun zurückgelegt hatte, fand sich der cornovische König mit einer Schar von Edlen im Lager des römischen Feldherrn ein. Aulus Plautius empfing den Herrscher mit ausgesuchter Höflichkeit; wenig später schwor auch der König der Cornovier Frieden und versicherte bei dieser Gelegenheit, er hätte Caradoc die Freundschaft längst aufgekündigt und ihn des Landes verwiesen."
"Damit erntete der Sohn des toten Ard Rhi bei den Cornoviern denselben schnöden Lohn für seine Tapferkeit wie bei den Corieltauern", bemerkte ein Adelskrieger in bitterem Tonfall.
"Daß Caradoc außergewöhnlichen Mut bewies, wird niemand leugnen können", erwiderte eine Andrasta-Priesterin. "Aber andererseits ließ er sich von blindwütigem Haß leiten, ohne zu bedenken, daß daraus noch nie etwas Gutes entstand."
Boadicea nickte dazu, dann fragte sie den Kundschafter: "Zogen die Römer wieder aus den Gebieten der beiden Stämme ab, nachdem deren Könige sich unterworfen hatten?"
Der Späherführer schüttelte den Kopf. "Zwar kehrte Aulus Plautius mit zweieinhalbtausend Mann nach Londinium zurück, doch sechstausend Legionäre blieben im Herrschergau der Cornovier, und ebenso viele marschierten wieder ins Land der Corieltauer. Unweit der jeweiligen Königs-Duns begannen die Römer mit der Errichtung von Militärlagern, und die Umwallungen dieser Befestigungen auf freiem Feld wurden so weitläufig angelegt, daß die Legionslager später zu Städten ausgebaut werden können."
"Aulus Plautius geht höchst zielstrebig und klug vor", versetzte Prasutax; seine Gesichtszüge drückten dabei so etwas wie widerwillige Achtung aus. "Innerhalb kurzer Zeit und fast ohne Blutopfer schaffte er es, gewaltigen Vorteil aus der neuerlichen Niederlage Caradocs zu ziehen. Jetzt reicht sein Einflußgebiet bis tief in den Westen, und durch die großen Militärlager bei den Herrscher-Duns in den gerade erst unterworfenen

Stammesgebieten besitzt er mächtige Faustpfänder gegenüber den Königen der Corieltauer und Cornovier. Das aber bedeutet, daß diese Herrscher es künftig kaum noch wagen werden, wichtige Entscheidungen ohne Abstimmung mit den Römern zu treffen."
"Die Könige unterstützten Caradocs aussichtslosen Kampf und mußten dafür einen hohen Preis bezahlen", kam es von Swyedydd. "Doch immerhin können die Menschen ihrer Volksstämme nun wieder furchtlos leben; können friedlich ihre Felder bestellen, ihre Herden hüten und ihre Kinder großziehen."
Die meisten Anwesenden pflichteten dem Pendruid bei; einige Adelskrieger aber widersprachen und meinten, die Herrscher der Cornovier und Corieltauer hätten zumindest die Errichtung der Legionslager vor den Toren ihrer Festungen nicht so ohne weiteres dulden sollen. Letztlich mußten jedoch auch die Bedenkenträger unter den Edlen einsehen, daß die Könige keine andere Wahl gehabt hatten; nachdem die Adelskrieger dies zugestanden hatten, kam die Rede auf Cunobelinos' Sohn. Es wurden verschiedene Vermutungen geäußert, wohin Caradoc sich geflüchtet haben könnte. Manche sagten, er habe wohl bei einem der Stämme an der Westküste Asyl gefunden; andere glaubten, er sei in den Norden gegangen.
Prasutax und Boadicea beteiligten sich nicht an den Mutmaßungen; in sich gekehrt saß das Herrscherpaar da und schien seinen eigenen Gedanken nachzuhängen. Erst als die Gespräche ringsum einmal stockten, nahm Boadicea das Wort und erklärte: "Über den Aufenthaltsort von Cunobelinos' Sohn können wir nur rätseln, aber eins wissen wir sicher: Caradoc, der als Erbe seines Vaters einst zwei Volksstämme zugleich regierte und damit trotz seiner Jugend der einflußreichste König Südbritanniens war, hat beinahe alles verloren. Einzig sein Leben in Freiheit ist ihm geblieben - doch ich fürchte, auch das wird er noch einbüßen, falls er den Kampf gegen die Römer nicht aufgibt."

***

Während der ersten Monate des neuen Jahres gelangte keinerlei Kunde über den Sohn des toten Ard Rhi in den icenischen Herrscher-Dun; Boadicea begann zu hoffen, daß Caradoc zur Einsicht gekommen war. Dann aber, zweieinhalb Wochen nach Beltane und nur wenige Tage nach Eadhas und Ailmes fünftem Geburtstag, wurde sie schmerzlich eines Besseren belehrt.
An der Spitze silurischer Kriegerscharen war Cunobelinos' Sohn ins südwestliche Grenzland der Cornovier eingefallen und hatte dort ein kleines Legionärslager gestürmt. Nachdem etwa zweihundert Römer niedergemacht worden waren, hatte sich Caradoc sofort wieder in die Berge im Südosten Cymrus zurückgezogen. Zehn Tage später war er im nördlichen Stammesgebiet der Dobunnier aufgetaucht, deren König gerade mit einem von Aulus Plautius gesandten Legaten über eine friedliche Unterwerfung verhandelte. Die silurischen Kämpfer hatten einen aus sechzig Ochsengespannen bestehenden römischen Handelszug

überfallen, welcher durch die dobunnische Grenzgegend zur Herrscherfestung der Corieltauer unterwegs war; die Begleitreiter waren getötet und die Fuhrleute davongejagt worden. Anschließend hatten Caradocs Krieger ihre Beute an die Bewohner verschiedener Dörfer im Süden des Corieltauer-Landes verteilt und die Bauern dazu aufgerufen, die Feinde Britanniens zu erschlagen und zu berauben, statt Handel mit ihnen zu treiben.

Ehe Legionäre zur Stelle gewesen waren, hatten der Sohn des Cunobelinos und seine Silurer erneut Zuflucht in den urweltlichen Bergwäldern Cymrus gesucht. Zwar waren vier römische Kohorten den ungefähr tausend keltischen Kämpfern auf den Fersen geblieben, doch schon bald hatten sich die Legionäre in der Wildnis verirrt, so daß sie gezwungen waren, die Verfolgung abzubrechen. Caradoc hatte abermals eine Zeitlang stillgehalten und war danach neuerlich auf cornovisches Gebiet vorgedrungen, um ein weiteres Römerlager anzugreifen. Diesmal hatten die siegreichen Silurer die Köpfe ihrer hingeschlachteten Feinde auf die brandgeschwärzten Palisaden des zerstörten Kastells gespießt; einige Legionäre jedoch waren verschont worden, und Caradoc hatte sie mit der Botschaft, daß der Krieg zwischen ihm und Aulus Plautius noch lange kein Ende finden würde, ins Legionslager beim Herrscher-Dun der Cornovier geschickt.

Boadicea und Prasutax empfanden wenig Freude, als sie diese Nachrichten vernahmen; im Lauf der folgenden Monate sodann hörte das icenische Königspaar noch mehrmals von Kämpfen im Landesinneren. Immer wieder attackierte Cunobelinos' Sohn, dem sich unterdessen auch ordovicische und demetische Kriegerscharen angeschlossen hatten, die Römer. Aus dem Schutz der westlichen Urwälder heraus stießen Caradocs Heerhaufen vor, griffen feindliche Einheiten an und zogen sich so schnell, wie sie gekommen waren, in die unwegsame Bergwildnis Cymrus zurück. Hunderte von Legionären starben; so mancher Wagenzug, der Lebensmittel oder Militärgüter transportierte, wurde weggenommen. Letztlich aber konnte der Sohn des toten Ard Rhi den Römern, von denen mittlerweile um die sechzigtausend in Südbritannien stationiert waren, bloß Nadelstiche versetzen; ernsthaft vermochte er die Legionen nicht zu treffen.

Aulus Plautius hingegen baute seine Macht in diesem Sommer und Herbst ständig weiter aus. Nachdem sich ihm der dobunnische Herrscher friedlich unterworfen hatte, verhandelte der römische Feldherr mit den Königen der Atrebaten, Regnier und Belger, deren Stammesgebiete westlich und südwestlich von Londinium lagen. Bis zur Erntezeit war Aulus Plautius auch mit diesen Herrschern einig geworden; sie sollten ihre Königswürde behalten und in ihren regionalen Rechten nicht eingeschränkt werden, mußten sich jedoch römischer Oberhoheit beugen und die Errichtung von Militärstädten auf ihren Territorien akzeptieren.

Kaum waren diese Abkommen beschworen worden, sandte Aulus Plautius einen Unterhändler, der von zweitausend Legionären begleitet wurde, ins

östliche Grenzland der Durotrigen. Der Legat sollte diesen Volksstamm, welcher in den südwestlichen Küstengegenden Britanniens lebte, dazu auffordern, sich ebenfalls zu unterwerfen. Die durotrigischen Adligen aber, mit denen der hohe Offizier im Frühherbst auf dem Anger eines Häuptlings-Duns zusammentraf, lehnten dieses Ansinnen im Namen ihres Herrschers strikt ab. Sie schworen, daß sie lieber im ehrenvollen Freiheitskampf untergehen wollten, als sich versklaven zu lassen; unmittelbar darauf bestiegen sie ihre Streitwagen wieder und preschten unter Schmährufen auf den Legaten davon.
Der Gesandte des Aulus Plautius zog sich mit seinen zwanzig Centurien ein Stück hinter die Grenze zurück und schickte einen Kurierreiter ab. Während der Bote mit seiner Bedeckung nach Osten galoppierte, begannen die Legionäre zu schanzen, um die Wälle für ein Feldlager aufzuwerfen. Hinter dessen Palisaden harrte die Truppe des Legaten eine knappe Woche aus; dann marschierten weitere viertausend Legionäre heran, welche in den Gauen der Belger bereitgestanden hatten.
Am nächsten Morgen brannte das Römerheer, dessen Verstärkungstruppen schwere Troßwagen mitgebracht hatten, die längst von ihren Bewohnern verlassenen Häuser im nahen durotrigischen Grenz-Dun nieder; sodann drang die Armee entlang der Küstenhügel nach Westen vor. Jedes Dorf, auf das die Römer stießen, wurde zerstört; Flüchtlinge, die man aufgreifen konnte, wurden in Ketten geschlagen und wie Vieh mitgetrieben.
Nach fünftägigem Marsch erreichte das Heer die Königsfestung der Durotrigen: einen der gewaltigsten Duns Südbritanniens, der von vierfachen Ringwällen und zwei labyrinthisch angelegten Erdwerken, die als Zugangsbastionen dienten, geschützt war. Die Festung, in der sich etwa dreitausend Krieger mit ihren Familien drängten, besaß derartige Ausmaße, daß es den Legionären trotz ihrer großen Zahl schwergefallen wäre, sie völlig einzuschließen. Doch das hatte der Legat gar nicht vor; vielmehr ließ er lediglich die westlichen Torwälle abriegeln und das Gros seiner Armee knapp außer Pfeilschußweite vor der ein wenig niedrigeren Zugangsbastion im Osten Aufstellung nehmen.
Die keltischen Kämpfer, welche sich auf dem mächtigen östlichen Torturm und den angrenzenden, schlangenartig gewundenen Wallkronen sicher fühlten, verhöhnten die Römer und machten ihnen durch derbe Gesten deutlich, was sie von ihnen hielten; wenig später jedoch verging ihnen der Übermut. Denn plötzlich teilte sich die Phalanx der Legionäre in der Mitte; fahrbare Katapulte, die sich auf den Fuhrwerken des Trosses befunden hatten, wurden nach vorne gerollt, und im nächsten Moment krachten Dutzende kantiger Steinbrocken gegen das Balkenwerk des Turmes und die Palisaden auf den Wällen.
Hilflos mußten die Kelten, welche keine vergleichbaren Waffen besaßen, den Beschuß ertragen. Mit ihren Pfeilen und Speeren konnten sie die Legionäre nicht erreichen; andererseits durften sie den Torturm und die Labyrinthwälle nicht räumen, weil die Römer sonst sofort zum Sturm

geblasen hätten. So fielen immer mehr Durotrigen; dann, als auch noch eine Ecke des Balkenturmes niederbrach, versuchten ungefähr tausend keltische Kämpfer, das Blatt durch einen verzweifelten Ausfall zu wenden. Sie sprangen über die Palisaden und rannten die Wallflanken hinab - aber der Angriff scheiterte. Aufgrund der römischen Übermacht hatten die Durotrigen keine Chance; viele wurden sofort getötet, die Überlebenden flohen zurück zu den Erdwällen und waren dabei einem mörderischen Pfeilhagel der Legionäre ausgesetzt, so daß es zuletzt nur etwa vierhundert Kriegern glückte, sich wieder hinter die Palisaden zu retten.
Eine halbe Stunde später krachte der Torturm ganz zusammen. Die Trümmer begruben an die zwanzig Durotrigen unter sich; kaum waren ihre Körper zerschmettert worden, drang eine römische Centurie, die ein Schilddach gebildet hatte, bis zu der Einsturzstelle vor. Die Legionäre warfen Eisenkrallen, die an Seilen hingen, zwischen die zerbrochenen Balken und zerrten die Tortrümmer weg. Etliche unvorsichtige Römer wurden von Speeren oder Pfeilen getroffen, doch bald war eine Gasse freigeräumt - und jetzt formierte sich im Rücken des Räumkommandos eine Manipel im Keil, um den weitgehend von Hindernissen befreiten Toreinschnitt zu stürmen.
Ungefähr fünfzig Keltenkrieger hasteten von den Wällen herab und besetzten die Bresche. Die Vordersten stemmten ihre hohen Ovalschilde auf die Erde und zückten Stoßlanzen, die Männer hinter ihnen schwangen drohend ihre Wurfspeere und Schwerter. Gleich darauf wich die Centurie, welche die Holztrümmer weggeräumt hatte, beiseite; im nächsten Augenblick attackierten die dreihundert Legionäre der Manipel. Die Durotrigen im Toreinschnitt fochten mit äußerster Tapferkeit, konnten sich aber gegen die Römer, welche sechsfach in der Überzahl waren, nicht behaupten. Rasch wurden die Kelten hingeschlachtet; über ihre Leichen hinweg stießen die Legionäre der Manipel und unmittelbar nach ihnen weitere römische Einheiten in den Dun vor.
Damit war die Niederlage der Durotrigen besiegelt. Obwohl sich die keltischen Krieger - teils sogar von ihren Frauen unterstützt - verbissen verteidigten, wurden sie immer weiter ins Innere der Ringwallfestung zurückgedrängt und schließlich beim Westtor in die Enge getrieben. Es wäre den Legionären nun ein leichtes gewesen, sämtliche Durotrigen niederzumetzeln - aber das lag nicht in der Absicht des Legaten. Vielmehr sorgte der römische Befehlshaber jetzt dafür, daß sich seine Truppen von den Kelten lösten und in einiger Distanz von ihnen eine halbkreisförmige Formation bildeten; sodann lenkte der Legat sein Roß durch die Legionärsreihen, brachte das Pferd im ersten Glied der Phalanx zum Stehen und rief, deren Sprache benutzend, zu den Durotrigen hinüber: "Ihr habt nun die Macht des Imperium Romanum kennengelernt! Die Hälfte eurer Kämpfer ist gefallen, ihr anderen seid mir auf Gnade und Ungnade ausgeliefert! Ich könnte euch, um meinen Sieg zu krönen, ebenfalls töten lassen! Statt dessen aber biete ich euch das Leben an! Sofern euer König vortritt und sich mir unterwirft, sollt ihr verschont werden!"

Dort wo der keltische Herrscher stand, schien es einen erregten Wortstreit zu geben; nach einer Weile schritt der König, der aus mehreren Wunden blutete und helmlos war, auf den Legaten zu, kniete vor dessen Roß nieder und sagte: "Ich und meine Krieger haben eingesehen, daß es sinnlos ist, euch Römern Widerstand zu leisten."
"Schön", schmunzelte der Legat. "Ihr werdet die Waffen also nie wieder gegen uns erheben?"
"Mein Volksstamm wird Frieden halten", beteuerte der durotrigische Herrscher.
"Da du das versprochen hast, ist der Kampf beendet", erklärte der römische Befehlshaber. "Allerdings muß ich, um die Waffenruhe zu sichern, gewisse Bedingungen stellen."
"Was verlangst du?" fragte der König.
"Du übergibst deinen Dun an mich, damit hier oben ein Legionslager errichtet werden kann", lautete die Antwort. "Ihr Kelten sollt künftig an dem Fluß siedeln, der einige Meilen nordöstlich von hier strömt. Dort werdet ihr eine unbefestigte Stadt erbauen, und sie soll einen römischen Namen tragen."
"Welchen?" erkundigte sich der Stammesherrscher kleinlaut.
Der Legat überlegte und erwiderte: "Durotriga Novaria, was auf keltisch 'Erneuerter Hauptsitz der Durotrigen' bedeutet, klänge nicht schlecht. Bloß ein wenig zu lang vielleicht ... deshalb besser Durnovaria."
"Durnovaria", wiederholte der König unbehaglich; im nächsten Moment gab er sich einen Ruck und äußerte: "Es wird so geschehen, wie du gesagt hast. Noch heute will ich mit meinen Leuten ins Flußtal hinabziehen."
"Angesichts der zahlreichen Verletzten, die ihr versorgen müßt, wäre das zuviel von euch verlangt", entgegnete der römische Befehlshaber. "Bleibt deshalb vorerst hier im Dun, bis die Verwundeten das Ärgste überstanden haben. Meine Legionäre können zunächst auch auf den Ringwällen lagern."
"Ich danke dir für dein Verständnis", murmelte der Stammesherrscher; sodann schritt er zurück zu den keltischen Scharen, um ihnen mitzuteilen, was er mit dem Legaten vereinbart hatte.

***

Im Frühherbst war die Königsfestung der Durotrigen gefallen; kurz vor Samhain gelangte die Kunde davon in den Herrscher-Dun der Icener. Prasutax und Boadicea erfuhren jedoch noch mehr: Kaum hatte sich der durotrigische König den Römern unterworfen, war eine Abordnung der weiter westlich auf der Halbinsel von Kernow lebenden Dumnonier bei dem siegreichen Legaten aufgetaucht, und die Edlen hatten dem hohen Offizier mitgeteilt, daß ihr Herrscher gerne Verhandlungen mit ihm aufnehmen würde. Nur wenige Tage später waren der Legat und der König in einer Festung an der durotrigischen Südwestgrenze zusammengetroffen, und auch der Dumnonier hatte die römische Oberhoheit über seinen Volksstamm anerkannt.

Nachdem das icenische Herrscherpaar diese Nachricht vernommen hatte, sagte Prasutax bedrückt zu seiner Gattin: "Als wir südbritannischen Könige uns damals zum Drunemeton in Caer Llundain versammelten, waren wir sicher, uns im Notfall gegen die Macht des Imperium Romanum behaupten zu können. Aber nun, dreieinhalb Jahre nach der Landung der Legionen auf unserer Insel, haben die meisten der sechzehn südlichen Stämme ihre Freiheit verloren. Einzig die Deceanglier, Ordovicen, Demetier und Silurer, die in Cymru leben, konnten ihre Unabhängigkeit bewahren - und dazu wir, was fast ein Wunder ist."
"Daß die Römer uns bisher in Ruhe ließen, hat meiner Ansicht nach zwei Gründe", antwortete Boadicea. "Einerseits verhielten wir uns seit der Schlacht, in der Cunobelinos fiel, stets friedlich. Andererseits sind wir durch die Legionen eingekreist, die in den Gebieten der Corieltauer, Catuvellauner und Trinovanten stehen, und stellen auch von daher keine Gefahr für die Römer dar."
"Trotzdem wird Aulus Plautius uns nicht auf Dauer unbehelligt lassen", gab Prasutax zu bedenken.
"Das ist zu befürchten", erwiderte Boadicea. "Und wenn es soweit ist, können wir nur hoffen, daß der Einmarsch der Römer in unser Stammesgebiet ohne Blutvergießen vonstatten geht!"

Der Imperator

Frühjahr bis Sommer 47

Als Boadicea, ihre jetzt schon sechsjährigen Töchter an den Händen, aus dem Herrscherhaus trat, erschienen ihr die Ängste, die sie seit dem vergangenen Herbst ausgestanden hatte, beinahe abwegig. Die Frühlingssonne badete die Gebäude des Duns in strahlendes Licht; beim Teich inmitten des Angers, wo eine Woche zuvor das Beltane-Feuer gelodert hatte, tollten Kinder in fröhlichem Spiel herum. Angesichts dessen konnte die Königin kaum glauben, daß die Bedrohung durch die Römer nach wie vor bestand; die Welt, in der Aulus Plautius regierte und wo die Legionen marschierten, schien ihr unendlich weit entfernt. Gleich darauf vergaß Boadicea, was ihr eben durch den Kopf gegangen war, denn Eadha und Ailme rissen sich von ihr los und rannten jauchzend davon, um sich den Jungen und Mädchen drüben am Weiherufer anzuschließen.

Die sechsundzwanzigjährige Königin mußte über das Ungestüm der Zwillinge lachen; als sie Eadha und Ailme zum Teich folgen wollte, trat Swyedydd von der Seite an sie heran, zwinkerte ihr zu und sagte: "Laß deine Sprößlinge ruhig eine Weile unbeaufsichtigt. Die Gesellschaft der anderen Kinder ist ihnen im Moment zweifellos lieber als deine oder meine."

"Willst du mir damit durch die Blume zu verstehen geben, ich sei eine allzu besorgte Glucke?" scherzte Boadicea.

"Aber nein!" beteuerte der Pendruid schmunzelnd. "Ich möchte bloß die Gelegenheit nutzen, für ein kleines Schwätzchen mit der bezauberndsten Frau unseres Volksstammes allein zu sein."

"Eigentlich solltest du dich mit ernsthaften Dingen beschäftigen, statt mir so verführerisch zu schmeicheln", ging Boadicea auf den Spaß ein. "Was, wenn ich schwach werde und in meiner Verwirrung vergesse, daß ich glücklich verheiratet bin?"

Swyedydd öffnete den Mund zu einer Antwort - doch plötzlich stutzte er, weil auf der Wehrplattform der Torbastion Unruhe entstand. Im nächsten Augenblick erscholl der Alarmruf eines Wächters: "Zu den Waffen, ihr Krieger! Ein starker Reitertrupp jagt von Süden herbei! Möglicherweise sind es Römer, und vielleicht folgt ihnen ein Heer!"

Boadicea erbleichte; der Pendruid stieß hervor: "Besser, du bringst die Mädchen wieder ins Haus!"

Die Königin hastete zum Weiher, wo sich gleichzeitig mit ihr andere aufgestörte Mütter einfanden. Als sie mit Eadha und Ailme zurück zum Herrscherhaus eilte, kam ihr eine Dienerin entgegen. Boadicea überließ ihr die Zwillinge, dann lief sie zum Torbau. Dort waren unterdessen zahlreiche Bewaffnete versammelt; bei ihnen stand Swyedydd, und nun rannten auch Prasutax und etliche Edle heran, die in der Großen Halle gewesen waren.

Gerade als der König den Befehl geben wollte, das Tor zu schließen und die Sperrbalken vorzulegen, erklang neuerlich ein Ruf des Wächters: "Ich

kann jetzt erkennen, daß die Berittenen von einem Wagenkämpfer angeführt werden!"
"Wenn ein Streitwagenkrieger bei ihnen ist, sind es Kelten, und es besteht keine Gefahr", wandte sich Prasutax erleichtert an seine Gemahlin.
"Trotzdem befürchte ich etwas Unangenehmes", versetzte Boadicea. "Warum sonst sollten der Adlige und seine Männer so schnell über die Ebene preschen?"
Der König nagte an seiner Unterlippe, nickte und entgegnete: "Ja, da könntest du recht haben. Gute Nachrichten scheint der Wagenkämpfer nicht zu bringen..."
Während der folgenden Viertelstunde beobachteten die Icener vom Torschlund aus, wie der Streitwagen und die Reiter unaufhaltsam näher kamen; schließlich jagte der ungefähr vierzigköpfige Pulk die Hügelflanke herauf und hielt vor der Bastion an.
Bei dem Adligen im Kampfwagen handelte es sich um einen jungen Häuptling mit rotblondem Haar, dessen Festung im südlichsten Gau des icenischen Stammesgebietes lag. Prasutax trat auf ihn zu und fragte mit belegter Stimme: "Du, Arberdd? Was ist der Grund deines überfallartigen Auftauchens?"
"Eine äußerst wichtige und keineswegs erfreuliche Kunde!" antwortete der Häuptling. "An der Grenze meiner Ländereien sind dreitausend Legionäre aufmarschiert!"
Wie haltsuchend griff der König nach dem Rand der Wagenkanzel. "Heißt das, die Römer wollen uns angreifen?!"
Etwas zögerlich erwiderte Arberdd: "Nicht unbedingt..." Er räusperte sich und fuhr fort: "Zumindest besteht keine unmittelbare Gefahr. Vielmehr schickt der Legat, welcher die Legionäre befehligt und mich vor drei Tagen zu einer Unterredung in sein Lager bat, dir und Boadicea eine Botschaft. Und ich denke, ihr solltet sie ernstnehmen, denn der römische Befehlshaber..."
"Wer ist es?" unterbrach die Königin, welche inzwischen neben ihrem Gatten stand.
"Der Legat heißt Tullius Vedius", antwortete Arberdd. "Und falls euch der Name nichts sagt: Er führte die Truppen, welche letzten Herbst den Herrscher-Dun der Durotrigen stürmten."
Prasutax und Boadicea tauschten einen zutiefst betroffenen Blick; mit dem nächsten Lidschlag ermannte sich der König und wollte wissen: "Was läßt Tullius Vedius uns ausrichten?"
Der Häuptling reichte Prasutax eine Wachstafel, auf der ein Text in Ogham-Buchstaben eingeritzt war. "Lies selbst. Die Botschaft stammt von der Hand des Legaten, welcher unsere Sprache in Wort und Schrift ausgezeichnet meistert."
Stumm überflog der König die wenigen Sätze, dann brachte er ihren Inhalt auch den anderen zur Kenntnis: "Ich, Tullius Vedius, Legat in der Armee des Aulus Plautius und enger Vertrauter des Feldherrn, an den icenischen Herrscher Prasutax und dessen Gemahlin Boadicea. - Wie ihr von

Arberdd, dem Sippenhäuptling, erfahren habt, stehe ich mit drei Tausendschaften an der Südgrenze eures Stammesgebietes. Ich werde noch einige Zeit hier ausharren und nicht weiter vordringen, sondern eure Ankunft in meinem Feldlager erwarten. Es ist eure Entscheidung, ob ihr mit einem kriegsstarken Heer zu mir kommen oder die Männer, die euch folgen sollen, auf klügere Weise auswählen wollt - ich rate euch aber, so zu handeln, daß daraus das Beste für den Volksstamm der Icener erwächst."

Nachdem der König geendet hatte, blieb es einen Moment still in der Runde; schließlich nahm Swyedydd das Wort: "Der Römer drückt sich ein wenig gewunden, doch unmißverständlich aus. Er will unsere Unterwerfung, läßt uns aber die Wahl, wie sie vonstatten gehen soll - entweder gewaltsam oder friedlich."

"Diese Frage stellt sich uns schon längst nicht mehr", murmelte Prasutax. "Es wäre schierer Wahnsinn, wenn wir Tullius Vedius auf dem Schlachtfeld entgegentreten wollten."

"Es bleibt uns gar nichts anderes übrig, als das zu tun, was offenbar auch der Legat möchte", pflichtete Boadicea ihrem Gatten bei. "Wir müssen Tullius Vedius zusammen mit einer Abordnung von Druiden und Adligen aufsuchen und mit ihm verhandeln."

"Allein auf diese Art können wir den Schaden für unseren Stamm so gering wie möglich halten", nickte Swyedydd. "Und nun sollten wir uns über die Einzelheiten unseres Vorgehens beraten."

Bis in die Nacht hinein saß das Herrscherpaar mit den Edlen in der Großen Halle; als alles geklärt war, beschied der König den jungen Häuptling aus dem Süden: "Du eilst also bereits morgen an die Grenze zurück und teilst dem Legaten mit, daß er Boadicea, mich und unser Gefolge in Bälde erwarten kann."

Bei Sonnenaufgang verließen Arberdd und seine Reiter die Herrscherfestung wieder; eine Woche danach brach auch das Königspaar, das zuvor noch eine Reihe weiter entfernt lebender Adliger in den Dun entboten hatte, nach Süden auf. Die Reise der ungefähr dreißig Edelleute und Druiden, die lediglich von sechzig berittenen Kriegern begleitet wurden, verlief ereignislos; am Spätnachmittag des vierten Tages erreichte der Streitwagen- und Reiterzug die Ringwallfestung Arberdds. Der Häuptling teilte dem Herrscherpaar mit, daß sich die Römer, welche nur eine Stunde entfernt am Grenzfluß lagerten, keinerlei Übergriffe erlaubt hätten; statt dessen sei mittlerweile ein reger Tauschhandel zwischen den Legionären und zahlreichen icenischen Bauernfamilien in Gang gekommen.

Bei der Ankunft im Dun hatte Boadicea, ebenso wie ihr Gemahl, bedrückt gewirkt; doch jetzt, als sie Arberdds Worten lauschte, wurde ihr ein wenig leichter ums Herz. Sie genoß den Spießbraten, welchen der Häuptling zubereiten ließ; nach dem Mahl, als sie mit Prasutax im Schlafgemach allein war, sagte sie zu ihrem Gatten: "Morgen müssen wir uns bemühen, in Tullius Vedius und seinen Offizieren nicht unversöhnliche Feinde,

sondern Menschen zu sehen, die vielleicht sogar einiges mit uns gemeinsam haben. Dies müssen wir um unserer selbst, unserer Kinder und unseres Volksstammes willen schaffen; ungeachtet der Tatsache, daß die Römer in den vergangenen Jahren so viel Leid über Britannien brachten." Prasutax stimmte ihr zu - und am nächsten Vormittag machte sich das Herrscherpaar mit diesem Vorsatz zum Feldlager des Legaten auf den Weg.
Kurz bevor das Königspaar, die Druiden und Adligen bei der Stromfurt anlangten, die in den nördlichsten Gau der Trinovanten hinüberführte, erblickten sie das mit Erdwällen und Palisaden bewehrte Legionärslager, das auf einer Hügelkuppe im Schutz eines Waldriegels errichtet worden war. Wenig später, als die Pferde durch das seichte Wasser des Flußüberganges trabten, erschollen vom Römerlager herab Fanfarenstöße; gleich darauf galoppierte eine Reiterschar aus dem offenstehenden Tor.
Rasch kamen die Berittenen, deren Rüstungen im Sonnenlicht blitzten, näher; auf halber Strecke zwischen der Furt und dem Feldlager trafen die keltischen Edlen und die römischen Offiziere aufeinander. Boadiceas Rosselenker brachte die Schimmelstuten zum Stehen; auch die Wagen von Prasutax und Swyedydd, die zu beiden Seiten der Königin fuhren, hielten an. Im selben Augenblick zügelten die Römer ihre Pferde; ein feuriger Rappe ganz vorne, in dessen Sattel ein Offizier in silbernem Brustpanzer saß, stampfte ungebärdig - und Boadicea vermutete: Dieser Hengst trug den Legaten.
Im nächsten Moment bekam sie Gewißheit, denn der kräftig gebaute, im mittleren Alter stehende Römer auf dem schwarzen Roß hob grüßend den rechten Arm und sagte im britannischen Idiom: "Ich bin Tullius Vedius, und es ist mir eine Freude, das Herrscherpaar und den Pendruid der Icener kennenzulernen!"
"Du gebrauchst die keltische Sprache und erweist uns damit Ehre", erwiderte Prasutax. "Wie kommt es, daß du dich so gewandt im Britannischen auszudrücken vermagst?"
Ein feines Lächeln spielte um die Lippen des Legaten. "Ich könnte antworten: Seit ich vor vier Jahren mit den ersten Legionen auf eurer Insel landete, war ich an etlichen Feldzügen in die Siedelgebiete verschiedener hiesiger Stämme beteiligt und hatte daher ausreichend Gelegenheit, mich in der keltischen Sprache zu üben. - Aber ich möchte nicht schlafende Hunde wecken und betone daher: Der tiefste Grund, warum ich mich bemühte, das Britannische zu erlernen, war sehr persönlicher Art. Ich schätze eure Sprache, denn sie ist von großem Wohlklang und in vielem reicher und anschaulicher als das Lateinische."
"Mit dem, was du eben sagtest, hast du eine Brücke zwischen uns geschlagen", nahm nunmehr Swyedydd das Wort.
"Das war meine Absicht", erwiderte Tullius Vedius. "Ihr habt die Grenzfurt ohne Heeresmacht in friedlicher Absicht überschritten - deshalb ist es mir

ein Anliegen, mich verständnisvoll und in gegenseitiger Achtung mit euch auszutauschen."
"Um dies zu tun, sind auch wir hier", erklärte Boadicea. "Und ich denke, es ist uns geglückt, einen guten Anfang zu machen."
"Dank unseres gemeinsamen Willens, eine für beide Parteien annehmbare Übereinkunft zu erreichen, gelang uns das", bestätigte der Legat; sodann forderte er das Königspaar und den Pendruid auf: "Und jetzt folgt mir bitte in mein Lager, wo Wein und ein Imbiß auf euch warten."
Während die keltischen Streitwagen und Reiter, von Tullius Vedius und seinen Offizieren geleitet, das letzte Wegstück zu der befestigten Hügelkuppe zurücklegten, verspürte Boadicea erregende Neugier; noch nie hatte sie ein Legionärslager von innen gesehen oder an einem römischen Gastmahl teilgenommen. Als die Gespanne das Balkentor im viereckigen Palisadenwall erreichten, stießen die Fanfarenbläser, welche auf der Wehrplattform der Torbastion standen, erneut in ihre Instrumente. Die Stuten vor Boadiceas Wagen warfen die Köpfe und begannen zu tänzeln; unmittelbar darauf bot sich der Königin ein höchst eindrucksvoller Anblick.
In schnurgeraden, schier endlosen Reihen waren die großen, oben in einer stumpfen Spitze zulaufenden Zehnmannzelte der dreitausend Legionäre ausgerichtet; vor jedem Zelt gab es eine Kochstelle, und bei diesen Feuerplätzen waren die Männer jeweils in Decurien-Stärke angetreten. Zwischen den Behausungen der Legionäre verliefen breite, sauber planierte Wege, die sich in regelmäßigen Abständen rechtwinklig kreuzten; hier und da waren an ihren Rändern Fuhrwerke abgestellt und Zugochsen, Mulis oder Reitpferde angepflockt. Im Zentrum des Militärlagers schließlich war ein freier Platz ausgespart geblieben, in dessen Mitte sich die prächtigen Unterkünfte der Offiziere erhoben - und dorthin führte Tullius Vedius nun seine Gäste.
Vor dem Zugang zum haushohen Prunkzelt des Legaten war eine Standarte mit einem Legionsadler aufgepflanzt; als Tullius Vedius das Herrscherpaar und den Pendruid ins Innere seiner Unterkunft geleitete, hatte Boadicea das Empfinden, unversehens in eine völlig andere Welt geraten zu sein.
Schuld daran trugen weniger der riesige, aus einem Dutzend einzelner quadratischer Tafelsegmente zusammengefügte Bronzetisch und die vielen, aus Ebenholz gefertigten Sedilen, die ihn umgaben; auch nicht das Räucherbecken, das exotische Düfte verströmte, oder die mit silbernen Schüsseln, Tellern, Weinmischgefäßen und Krügen bedeckte Anrichte im Raumhintergrund, bei der vier junge, dunkelhäutige Frauen warteten - Auslöser für das befremdliche Gefühl, welches die Königin beschlich, waren vielmehr die Wirkteppiche, die an den Zeltwänden hingen. Sie zeigten nämlich Wesen, offenbar Gottheiten, die im keltischen Glauben unbekannt waren; besonders zwei Götterdarstellungen, die sich mehrmals wiederholten, fielen Boadicea auf: ein Überirdischer mit goldenem Helm,

Schild und Schwert sowie ein Gott mit Zeremonialstab und geflügelten Schuhen.
Der Legat bemerkte, wie die Königin erstaunt auf diese beiden Gottheiten schaute; er begab sich an Boadiceas Seite und beschied sie: "Die Überirdischen, die du hier siehst, tragen die Namen Mars und Merkur. Der kämpferische Mars steht uns Römern im Krieg bei; Merkur wiederum, dessen Natur friedlich ist, übermittelt den Auserwählten unter uns Sterblichen die Botschaften der Götter und sorgt zudem dafür, daß der Handel im Imperium Romanum gedeiht und reiche Gewinne abwirft."
Tullius Vedius ließ der Königin, Prasutax und Swyedydd Zeit, die Bildnisse der Gottheiten genauer zu betrachten; dann fügte er hinzu: "Heute, da bin ich gewiß, wird der freundliche Merkur den Geist unseres Zusammenseins bestimmen - und in diesem Sinne darf ich euch nun bitten, an meiner Tafel Platz zu nehmen."
Das Herrscherpaar und der Pendruid folgten dem Legaten zu dem prachtvollen Bronzetisch; nachdem Tullius Vedius und seine drei hochrangigen Gäste es sich auf den Sedilen am Kopfende der Tafel bequem gemacht hatten, traten auch die icenischen Edlen und die römischen Offiziere an den Tisch heran und ließen sich auf den Ruhelagern an seinen Längsseiten nieder. Als alle ihre Plätze gefunden hatten, gab der Legat den Frauen bei der Anrichte einen Wink. Die dunkelhäutigen Dienerinnen trugen Trinkschalen und Schnabelkrüge herbei, stellten die flachen Mischgefäße auf der Bronzetafel ab und füllten sie mit Wein und frischem Quellwasser aus den Krügen. Danach, während die vier Frauen wieder im Zelthintergrund verschwanden, hob Tullius Vedius seine Schale in Richtung des Königspaares und sagte: "Bevor wir mit unseren Verhandlungen beginnen, wollen wir zunächst diesen erlesenen Falerner und dann ein paar Leckerbissen genießen."
Ebenso wie ihr Gemahl und Swyedydd tat Boadicea dem Legaten Bescheid; die Königin stellte fest, daß der Wein, obwohl er verdünnt war, köstlich schmeckte. Dasselbe galt für die Speisen, welche im Anschluß an den ersten Umtrunk von den Dienerinnen serviert wurden: Schnitten von gebratenem Wildfleisch in aromatischen Soßen; Geflügelhappen, die offenbar vor ihrer Zubereitung in besonderen Beizen gelegen hatten; dazu Fladen duftenden Weizenbrotes, in das Kräuter eingebacken waren. Mehrmals lobte Boadicea die römische Kochkunst; gegen Ende des Mahls allerdings wurde ein Gericht aufgetragen, das ihrem Geschmack weniger entsprach. Es handelte sich um geröstete Hähnchenschenkel, die mit einer sämigen Paste bestrichen waren - und als die Königin diese Speise versuchen wollte, stieg ihr ein derart strenger Geruch in die Nase, daß sie unwillkürlich zurückfuhr.
Tullius Vedius, der Boadicea beobachtet hatte, schmunzelte. "Wie es scheint, schätzt du das Aroma des Liquamen, mit dem das Hühnerbein gewürzt ist, nicht sonderlich."

"Nein", antwortete die Königin in aller Offenheit; Prasutax, der seinen Teller ganz wie Swyedydd gleichfalls wieder weggeschoben hatte, fragte: "Woraus besteht dieses, äh ... Liquamen?"
"Unsere Köche stellen es aus dem feingehackten Fleisch und den Innereien von Fischen her", erwiderte der Legat. "Diese Grundsubstanz wird mit viel Salz und anderen Ingredienzen vermengt und muß sodann für einige Wochen in Gärtöpfen gelagert werden. Danach, wenn das Liquamen sein volles Geschmacksaroma entfaltet hat, wird es dick eingekocht, wodurch die Gewürzpaste, die zuletzt in kleine Gläser oder Tonbehälter abgefüllt wird, monatelang genießbar bleibt."
"Ihr Römer pflegt euch ungewöhnliche Gaumenfreuden zu verschaffen", äußerte der Pendruid. "Aber wie wir alle wissen, sind die Eßsitten der Völker oft recht unterschiedlich - und auch wenn wir Britannier dem Genuß des Liquamen im Gegensatz zu euch Südländern eher abgeneigt sind, so soll daraus gewiß keine Zwietracht zwischen uns erwachsen."
"Mir will scheinen, daß du ein Meister der diplomatischen Rede bist, Swyedydd", entgegnete Tullius Vedius aufgeräumt. "Und was die Fischpaste angeht, so möchte ich sie euch selbstverständlich nicht aufzwingen..."
Der Legat klatschte in die Hände; sofort kamen die dunkelhäutigen Frauen herbei, um die Teller mit den Hähnchenschenkeln, die von keinem einzigen Kelten angerührt worden waren, abzuräumen. Erleichtert atmeten die Britannier auf; wenig später servierten die Dienerinnen den Nachtisch: honigkandierte Datteln sowie getrocknete Orangen- und Pomeranzenstücke, welche in Schälchen mit Süßwein schwammen. Als diese Früchte verzehrt waren, sorgte Tullius Vedius dafür, daß die Trinkgefäße mit unvermischtem ägyptischen Rotwein gefüllt wurden; nachdem der Legat dem Herrscherpaar und dem Pendruid zugeprostet hatte, sagte er: "Jetzt, denke ich, sollten wir über das künftige Zusammenleben von euch Icenern und uns Römern sprechen."
"Welche Vorschläge willst du uns machen?" fragte Prasutax.
Tullius Vedius nahm eine bequemere Position auf seiner Sedile ein, sodann erwiderte er: "Grundsätzlich muß eines klargestellt werden: Der gesamte Süden eurer Insel soll nach dem Wunsch unseres Imperators Claudius zu einer blühenden Provinz des Imperium Romanum werden. Dazu ist es unabdingbar, daß ihr Icener, die ihr bislang noch unabhängig seid, euch ebenso wie die übrigen Stämme der römischen Oberherrschaft beugt."
"Dieser Notwendigkeit sind wir uns bewußt", erklärte Prasutax.
"Gut", nickte der Legat. "Und nun, da wir uns soweit einig sind, zum Konkreten: Angesichts eures Friedenswillens und der Tatsache, daß ihr seit der Landung der Legionen vor vier Jahren nicht mehr gegen uns gekämpft und auch Caradoc nicht unterstützt habt, kann ich euch ein beträchtliches Stück entgegenkommen - doch bestimmte Zugeständnisse muß ich in Aulus Plautius' Namen unbedingt von euch verlangen."
"Äußere dich genauer", forderte Prasutax.

"Es geht zunächst um die Errichtung einiger Militärlager", beschied ihn Tullius Vedius. "Normalerweise werden mindestens fünf Kohorten, also dreitausend Mann, in einem von uns abhängigen Stammesgebiet stationiert. In eurem Fall aber erscheint mir das nicht nötig, so daß ich euch anbieten möchte, es bei drei Kohorten an verschiedenen Standorten zu belassen."
"Wo sollen diese Legionärslager entstehen?" fragte Boadicea.
"Eines an der Südgrenze eures Landes, das zweite auf halbem Weg von dort zu eurem Herrscher-Dun und das dritte unweit eurer Ringwallfestung", erwiderte der Legat. "Auf diese Weise können die Kohorten die Handelsstraße sichern, welche später von Camulodunum aus bis zu eurem Dun geführt werden soll."
Boadicea tauschte Blicke mit ihrem Gatten und Swyedydd, dann wandte sie sich wieder Tullius Vedius zu und erklärte: "Wir sind mit dieser Regelung einverstanden."
"Ich hoffte es", lächelte der Legat. "Und genauso hoffe ich, daß ihr uns Römern erlauben werdet, in der Nähe des Militärlagers bei eurem Königs-Dun eine unbefestigte Stadt zu erbauen."
"Ihr habt wahrlich große Pläne!" entschlüpfte es Prasutax.
"Ihre Verwirklichung wird zu unserem beiderseitigen Nutzen sein", entgegnete Tullius Vedius. "Denn sowohl ihr Icener als auch wir Römer werden vom lebhaften Handel in der neuen Marktstadt profitieren."
"Ich fürchte allerdings, wir Kelten werden euch Römern als Gegenleistung für die Geschäfte, die ihr uns ermöglicht, Steuern bezahlen müssen", kam es von Boadicea.
"Die Abgaben, deren genaue Höhe wir später noch festlegen können, sollen auf jeden Fall maßvoll angesetzt werden", versprach der Legat.
"Das wird auch nötig sein", nahm neuerlich Prasutax das Wort. "Sonst nämlich wären unsere Händler, Handwerker, Viehzüchter und Bauern kaum imstande, die Steuern zu verkraften." Der König trank einen Schluck Wein, besann sich kurz und fuhr fort: "Nach allem, was du bisher sagtest, Tullius Vedius, wollt ihr Römer die Oberherrschaft in unserem Stammesgebiet mit Milde ausüben. Ihr werdet das Volk nicht unterdrücken und die einfachen Menschen nicht mehr als unbedingt nötig in ihrer Freiheit schmälern. Doch wie verhält es sich damit in Bezug auf meine Gemahlin und mich, die Druiden und Adligen? Dürfen wir Edlen darauf bauen, daß Aulus Plautius unsere besonderen Rechte achtet und unsere Macht nicht beschneidet?"
"Was euch angeht, so sollt ihr in keinster Weise in euren Adelsrechten eingeschränkt werden", beteuerte der Legat. "Es gibt schließlich nicht den mindesten Grund, etwas am Bewährten zu ändern, denn wie wir Römer wissen, habt ihr bisher klug und mit Weitsicht regiert. Daher wünscht Aulus Plautius lediglich, daß ihr ihn gewissermaßen als Oberherrn über den Volksstamm der Icener anerkennt. Gelegentlich möchte er sich dann entweder selbst oder durch Gesandte beratend mit euch austauschen -

ganz so, wie dies früher euer Ard Rhi tat. Und sofern ihr damit einverstanden seid, sollt ihr den Status römischer Foederaten erhalten."
"Was heißt das?" erkundigte sich Swyedydd.
"Es bedeutet, daß ihr als Verbündete Roms geltet", antwortete Tullius Vedius. "Ihr steht sozusagen im Rang gleichberechtigter Freunde und könnt daraus Vorteile ziehen."
"Vorteile welcher Art?" fragte Boadicea.
"Ihr bekommt das römische Bürgerrecht und genießt damit den Schutz des Imperiums, den wir als Pax Romana bezeichnen", erwiderte der Legat. "Konkret: Solltet ihr von Feinden angegriffen werden, so würde Aulus Plautius euch Waffenhilfe gewähren, und ihr könntet auf den Beistand seiner Legionen zählen. Aber der Nutzen, den euch Foederatenstatus und Bürgerrecht bringen, erschöpft sich nicht darin. Als Verbündete und Freunde Roms seid ihr befugt, überall im Imperium uneingeschränkt Handel zu treiben oder in völliger Freiheit zu reisen. Ebenso sind Eheschließungen zwischen Angehörigen icenischer und römischer Adelsfamilien möglich, und falls die Söhne keltischer Edler in unser Heer eintreten wollen, um dem Imperium als Offiziere zu dienen, wird man sie gerne aufnehmen und fördern."
"Da die Wunden, welche der Krieg unserem Stamm schlug, noch allzu frisch sind, wird wohl zumindest vorerst kaum einer unserer jungen Adelskrieger von diesem Angebot Gebrauch machen wollen", murmelte Prasutax. "Schließlich haben sehr viele von ihnen in der großen Schlacht vor vier Jahren ihre Väter oder andere nahe Verwandte verloren..." Sinnend schaute der König vor sich hin, ehe er weitersprach: "Doch was die übrigen Dinge anbelangt, die du erwähntest, Tullius Vedius, so muß ich zugestehen, daß der Status römischer Foederaten für uns Icener in der Tat höchst vorteilhaft wäre."
Der Legat hob seine Weinschale. "Dann können wir das Freundschaftsbündnis also besiegeln?"
Prasutax nickte zustimmend und wollte gleichfalls nach seinem Trinkgefäß greifen - aber Boadicea gab ihm ein Zeichen, noch zu warten. Der König hielt in seiner Bewegung inne; Boadicea wiederum wandte sich nun an Tullius Vedius und beschied ihn: "Bevor wir auf unser Abkommen anstoßen, müssen wir eine letzte Sache klären!"
"Und die wäre?" versetzte der Legat leicht verwundert.
Statt ihm direkt zu antworten, deutete die Königin auf die dunkelhäutigen Frauen im Hintergrund des Zeltes. "Dies sind keine gewöhnlichen Dienerinnen, sondern Sklavinnen, nicht wahr?"
"Ja", bestätigte Tullius Vedius arglos. "Ich erwarb die Frauen kürzlich von einem griechischen Händler, der mit einer ganzen Schiffsladung prächtig gewachsener Ägypterinnen und Nubierinnen nach Londinium..." Er unterbrach sich. "Doch was rede ich da... Du hast dich bestimmt nicht nach den Frauen erkundigt, um zu erfahren, wie sie in meinen Besitz gelangten. Vielmehr willst du grundsätzlich über die Sklavenhaltung sprechen, oder?"

"Richtig", entgegnete Boadicea. "Wir Kelten lehnen es ab, Menschenhandel zu betreiben. Nie in unserer Geschichte versklavten wir unterworfene Feinde, höchstens mußten besiegte Gegner für einige Zeit als Knechte auf unseren Bauernhöfen arbeiten. Ihr Römer jedoch habt in allen von euch eroberten Ländern Sklavenmärkte eingerichtet, und auch auf unserer Insel habt ihr bereits Tausende von Britanniern in Sklavenketten geschlagen."
"Gerade das aber erzeugte bei manchen Volksstämmen hierzulande derart böses Blut, daß sie euren Heeresverbänden selbst dann noch Widerstand leisteten, als der Kampf längst aussichtslos geworden war," sprang Prasutax seiner Gattin bei.
"Was während der Kriegsjahre passierte, läßt sich nicht mehr ungeschehen machen", sagte der Legat in fast bedauerndem Tonfall. "Doch wir können uns bemühen, die Zukunft lichter zu gestalten. Ich bin bereit, alles in meinen Kräften Stehende dafür zu tun, und dieselbe Absicht verfolgt Aulus Plautius. Zwar sah der Feldherr unmittelbar nach unserer Landung in Britannien in euch Kelten nichts weiter als - verzeiht! - Barbaren, weshalb er teilweise mit äußerster Härte vorging. So kam es, daß er Kriegsgefangene hinrichten oder versklaven ließ und sogar wehrlose Druiden getötet wurden. Aber im Lauf der Zeit änderte der Feldherr seine Meinung über euch Britannier, und heute ist er - ähnlich wie ich - imstande, eure Wesensart und Kultur besser zu verstehen. Vor allem deshalb sucht er jetzt den Ausgleich - und bezüglich der Sklaverei kann ich euch eins versichern: Künftig muß kein Kelte, der einem Foederatenstamm angehört, mehr befürchten, auf einen Sklavenmarkt verschleppt zu werden."
"Das ist unabdingbare Voraussetzung für ein gedeihliches Miteinander von Britanniern und Römern", erklärte Swyedydd. "Und den Göttern am wohlgefälligsten wäre es, wenn der Menschenhandel nicht nur in den Stammesgebieten der Foederaten, sondern überall auf unserer Insel unterbunden würde."
Tullius Vedius spielte mit seiner Weinschale. "Vielleicht wäre dies tatsächlich wünschenswert... Doch ich will euch nichts vormachen. Der Sklavenmarkt in Londinium wird bestehen bleiben ... zumindest so lange, bis Caradoc die Waffen streckt und Südbritannien völlig befriedet ist. Aber ihr Icener braucht deshalb, wie gesagt, keinerlei Befürchtungen zu hegen. Denn in eurem Land wird die Menschenjagd verboten sein, und es wird sich auch kein Sklavenhändler in jener Stadt niederlassen dürfen, welche nahe eures Königs-Duns gegründet werden soll."
Für einen Moment herrschte Schweigen an der Tafel; ehe die Stille lastend werden konnte, ergriff erneut Boadicea das Wort: "Du hast zugestanden, daß unser Volksstamm unbeeinträchtigt vom Joch der Sklaverei leben kann, Tullius Vedius. Und nachdem dies geklärt ist, hindert uns nichts mehr daran, auf unser Bündnis anzustoßen." Die Königin hob ihr Trinkgefäß in Richtung des Legaten. "Möge das Abkommen sowohl euch Römern als auch uns Icenern Segen bringen!"

"In beiderseitigem Vertrauen werden wir reichen Gewinn aus unserem Freundschaftspakt ziehen!" erwiderte der Legat. Sodann beugte er sich auf seiner Sedile vor und ließ seine Weinschale gegen die Trinkgefäße von Boadicea, Prasutax und Swyedydd klingen; gleich darauf prosteten sich auch die icenischen Edlen und römischen Offiziere zu, welche weiter unten am Bronzetisch Platz genommen hatten.
Als wieder Ruhe an der Tafel eingekehrt war, sagte Tullius Vedius: "Soeben haben wir unseren Bund nach altem Brauch mit einem guten Tropfen besiegelt - doch der eigentliche Friedensvertrag soll im Rahmen eines großen Festes geschlossen werden, das in drei Monaten in Camulodunum stattfinden wird. Im Namen des Imperators Claudius und seines Feldherrn Aulus Plautius lade ich euch, Prasutax, Boadicea und Swyedydd, samt eurem Adelsgefolge in die genannte Stadt ein - und ebenso werden bei der Feier in Camulodunum die Könige und Edlen all jener anderen südbritannischen Stämme anwesend sein, welche in Zukunft den Status von Foederaten genießen sollen."
"Eine derart bedeutende Zusammenkunft gab es letztmals vor sieben Jahren, als sich die Herrscher von sechzehn Volksstämmen zum Drunemeton in Caer Llundain trafen", äußerte Prasutax beeindruckt; gleich darauf wollte er wissen: "Wird denn auch Aulus Plautius zugegen sein, wenn die Friedensabkommen beschworen werden?"
"Ihr werdet nicht bloß den Feldherrn, sondern auch denjenigen, von dem Aulus Plautius seine Befehle empfängt, persönlich kennenlernen", antwortete Tullius Vedius. Lächelnd weidete er sich am verblüfften Begreifen seiner Gäste, dann fügte er hinzu: "Claudius, der Imperator des Römischen Reiches, wird zu jener Jahreszeit, da ihr Kelten das Lughnasad-Fest begeht, im Hafen von Londinium eintreffen und sich danach unverzüglich nach Camulodunum aufmachen, um mit den Königen der südbritannischen Stämme Freundschaft zu schließen."
"Es wird meiner Gemahlin, mir und Swyedydd eine Ehre sein, uns mit dem Herrscher des Imperium Romanum auszutauschen", murmelte Prasutax. "Freilich sollten wir zuvor wenigstens die eine oder andere römische Redewendung erlernen."
"Das wäre in der Tat von Nutzen", nickte der Legat. "Und vielleicht darf ich euch einen Vorschlag machen..." Tullius Vedius wies auf einen etwa vierzigjährigen Centurio am unteren Ende der Tafel. "Dieser Mann heißt Sergius Callus. So manchen Abend übten wir uns zusammen im Keltischen, das Sergius nicht schlechter als ich meistert. Und falls ihr ihm gestatten würdet, bis zum Sommer in eurer Ringwallfestung zu leben, könnte er euch im Lateinischen unterrichten."
"Wärst du denn willens, uns in den Norden zu folgen, Sergius Callus?" fragte Boadicea den Centurio.
"Es würde mir außerordentliches Vergnügen bereiten, dir, deinem Gatten und dem Pendruid die römische Sprache näherzubringen", antwortete der Offizier in fehlerfreiem Britannisch.

"Dann ist es abgemacht", entschied Prasutax. Er trank dem Centurio zu, desgleichen taten Boadicea und Swyedydd.
Nachdem das Königspaar und der Pendruid ihre Weinschalen wieder abgestellt hatten, sagte der Legat zu ihnen: "Ich denke, damit haben wir nun alles Wesentliche geklärt. Das soll aber beileibe nicht heißen, daß ich unser Gastmahl beenden möchte. Vielmehr würde es mir Freude machen, wenn ich euch jetzt mit weiteren Speisen und Getränken bewirten dürfte - wobei wir allerdings auf den Genuß von Liquamen verzichten wollen."
"Wir danken dir für deine Großzügigkeit und mehr noch für dein Feingefühl", scherzte Prasutax; während der folgenden Stunden sodann wurde die Stimmung an der Tafel immer heiterer und zuletzt beinahe ausgelassen.
Erst gegen Abend nahmen die Icener Abschied von Tullius Vedius und seinen Offizieren und kehrten in den Häuptlings-Dun jenseits der Grenzfurt zurück. Als sich das Herrscherpaar und dessen Gefolge am nächsten Vormittag auf dem Anger der Festung für die Heimreise fertigmachten, traf Sergius Callus ein, welcher die Nacht noch im Römerlager verbracht hatte. Der Centurio saß im Sattel eines kräftigen Braunen; mit einem keltischen "Bora da!" begrüßte er die Icener, aufgeräumt wünschten ihm das Königspaar und die anderen ebenfalls einen guten Morgen.
Wenig später bestiegen Prasutax, Boadicea und Swyedydd ihre Streitwagen; die übrigen Rossegespanne und Reiter, zu denen sich Sergius Callus gesellt hatte, formierten sich hinter den Kampfwagen des Herrscherpaares und des Pendruid. Dann trabten die Pferde durch den Torbau des Duns, folgten dem Weg, der vom Festungshügel in die Ebene hinabführte, und galoppierten nach Norden davon.

***

Beinahe ein Vierteljahr war seit dem Zusammentreffen des Königspaares mit Tullius Vedius verstrichen. Kürzlich hatten die Menschen im Herrscher-Dun der Icener Lughnasad gefeiert; die Zeremonien zu Ehren des Sonnengottes hatten unter makellos blauem Himmel stattgefunden - und auch heute wieder, eine knappe Woche nach dem Sommerfest, war nicht eine Wolke am Firmament zu sehen.
Angesichts des zauberhaft schönen Wetters beschlossen Prasutax und Boadicea beim Mittagsmahl, einen Ausflug mit den Zwillingen zu unternehmen. Im vierrädrigen Wagen fuhr die Königsfamilie etwa eine Stunde weit zu einem Flüßchen, das sich im Südosten des Duns durch eine mit Kopfweiden bestandene Niederung schlängelte; mit im strohgepolsterten Wagenkasten saß der Centurio Sergius Callus, welcher das Herrscherpaar und dessen sechsjährige Töchter während der vergangenen Monate regelmäßig in der römischen Sprache unterrichtet hatte.
Nun, als das Pferdegespann den Flußlauf erreichte und bei einer teichartigen Ausbuchtung des Gewässers zum Stehen kam, erklärten Eadha und Ailme dem Centurio in fast schon fehlerlosem Latein, daß man hier wunderbar baden könne. Bald planschten die Mädchen fröhlich in der

seichten Flußbucht; die Erwachsenen machten es sich am Ufer unter einer schattenspendenden Weidenkrone bequem und labten sich an Wein und Früchten aus einem Korb, den Boadicea mitgebracht hatte.
Langsam verging der Nachmittag; teils im römischen, teils im britannischen Idiom plauderten das Herrscherpaar und Sergius Callus miteinander, und einmal äußerte Prasutax: "Ich wundere mich immer wieder, wie ähnlich viele keltische und lateinische Wörter doch klingen."
"Beispielsweise euer Dun, der sein Äquivalent in unserem Dunum oder auch Durum hat", nickte der Centurio. "Und derartige Übereinstimmungen können eigentlich nur eins bedeuten: Beide Sprachen müssen, zumindest in manchen Bereichen, dieselben alten Wurzeln besitzen."
"Diese Gemeinsamkeit schenkt uns Hoffnung für die Zukunft", sagte Boadicea versonnen - gleich darauf stieß sie einen spitzen Überraschungsschrei aus, denn die tropfnassen Zwillinge hatten sich von hinten an ihre Mutter herangepirscht und unversehens Boadiceas Nacken umschlungen.
Lachend rief Prasutax die Mädchen zur Ordnung; eine Zeitlang spielten Eadha und Ailme brav in der Nähe der Erwachsenen, dann begannen sie von neuem im Wasser herumzutollen. Später unternahmen das Königspaar und Sergius Callus mit den Kindern einen Spaziergang am Flüßchen entlang; zwei Stunden vor Sonnenuntergang traten die Ausflügler die Heimfahrt zur Ringwallfestung an. Als sie den Dun beinahe schon erreicht hatten, gewahrte Boadicea, die mit dem Rücken zu den Zugrössern im Wagenkasten saß, in der Ferne eine Staubwolke. Die Königin legte die Hand über die Augen, um schärfer zu sehen; im nächsten Moment warnte sie die anderen: "Von Süden scheinen Streitwagen oder Reiter heranzujagen!"
Nachdem auch Prasutax in die angegebene Richtung gespäht hatte, befahl er dem Kutscher, die Pferde in Galopp zu setzen. Kaum waren die Rösser in die Festung geprescht, bezog eine starke Kriegerschar Posten bei der Torbastion - aber diese Vorsichtsmaßnahme war unbegründet, wie sich bald herausstellte. Denn als die vermeintlich Fremden - ein Wagenkämpfer und drei Dutzende Berittene - dem Dun näher kamen, erkannten die Männer am Torbau den Streitwagenkrieger: Es war Arberdd, der junge Häuptling von der Grenze.
Wenig später geleiteten das Herrscherpaar und die Edlen aus der Königsfestung Arberdd in die Große Halle; dort berichtete der rotblonde Häuptling dem Herrscherpaar: "Tullius Vedius, der sich seit Sommeranfang in Camulodunum aufhält, läßt euch durch mich folgende Nachricht überbringen: Einige Tage vor dem Lughnasad-Fest landete der römische Imperator Claudius im Hafen von Londinium. Demnächst wird er in Camulodunum eintreffen, wo der Friede mit den südbritannischen Herrschern geschlossen werden soll, und daher ersucht euch Tullius Vedius, so rasch wie möglich in diese Stadt zu reisen."
"Da die meisten Druiden und Adligen, die uns begleiten sollen, bereits hier im Dun versammelt sind und die übrigen durch Reitboten schnell

verständigt werden können, werden wir es wohl schaffen, schon übermorgen aufzubrechen", erklärte Boadicea.
"Das denke ich auch", pflichtete Prasutax ihr bei; sodann zwinkerte er Arberdd zu und fragte schmunzelnd: "Wäre es in deinem Sinn, wenn wir die Kunde, die du uns brachtest, mit einem kleinen Gelage feiern würden?"
"Es darf ruhig etwas üppiger ausfallen, denn ich und meine Männer sind außerordentlich hungrig und durstig vom langen Weg", erwiderte der Häuptling grinsend.
Daraufhin ordnete der König an, die Bratspieße mit drei feisten Hammeln zu bestücken und ausreichend Wein und Metheglyn in die Halle zu bringen; danach fertigte er die Boten ab, welche den im weiteren Umland der Festung lebenden Edlen mitteilen sollten, daß sie spätestens bis zum Mittag des übernächsten Tages im Herrscher-Dun erwartet würden. Ohne Verzug jagten die Reiter davon; in der Großen Halle wiederum verbreiteten die brutzelnden Hammelhälften bald höchst appetitanregende Düfte, und als die Bratenstücke gar waren, schmausten die Icener nach Herzenslust und sprachen zwischendurch fleißig den anregenden Getränken zu.
Am folgenden Abend langten die ersten jener Druiden und Adligen an, welche von den Reitboten verständigt worden waren; bis zum nächsten Vormittag war das Geleit des Königspaares vollzählig. Nach einem gemeinsamen Mittagsmahl der icenischen Edlen verließ der von Prasutax, Boadicea und Swyedydd angeführte Wagen- und Reiterzug, bei dem sich auch diesmal wieder der Centurio Sergius Callus befand, die Ringwallfestung. Vier Tage später passierte man die Grenzfurt unweit von Arberdds Dun, und als sich die Sonne am siebten Reisetag zu neigen begann, kam südwestlich eines bewaldeten Hügelrückens die ehemalige Herrscherfestung der Catuvellauner und Trinovanten und nunmehrige Römerstadt Camulodunum in Sicht.
Als Boadicea die gewaltigen Erdwälle des Duns erblickte, in dem einst Cunobelinos und nach dessen Schlachtentod Caradoc regiert hatten, krampfte sich ihr Herz zusammen. Eben noch hatte sie sich auf die Ankunft in Camulodunum gefreut; jetzt plötzlich, da ihr einmal mehr bewußt wurde, wie sehr die meisten südbritannischen Volksstämme während der letzten Jahre gelitten hatten, verspürte sie wehmütige Trauer. Für einen Moment hatte die Königin das Empfinden, als sei die alte keltische Welt, in der sie und Prasutax so glücklich gelebt hatten, bereits weitgehend zerstört - im nächsten Augenblick freilich sagte sich Boadicea in einer trotzigen Aufwallung: Bei uns Icenern und bestimmt auch anderswo wird das britannische Erbe ungeachtet der einen oder anderen äußerlichen Veränderung bewahrt werden!
Gleich darauf wurde die Königin abgelenkt. Denn aus dem Schlund der nördlichen Torbastion Camulodunums löste sich eine Schar Berittener, und Prasutax rief seiner Gattin zu: "Ich schätze, es ist Tullius Vedius, der uns schon hier draußen auf freiem Feld begrüßen will."
Dem war so. An der Spitze einer Gruppe von Offizieren galoppierte der Legat herbei, hieß das Herrscherpaar und den Pendruid mit warmen

Worten willkommen und teilte ihnen mit, daß sowohl der Imperator und Aulus Plautius als auch die allermeisten keltischen Könige bereits in der Stadt eingetroffen seien.
Danach eskortierten Tullius Vedius und seine Männer den icenischen Wagen- und Reiterzug nach Camulodunum hinein. Als die Rösser das Nordtor passierten, das offenbar erst kürzlich neu aus Steinquadern erbaut worden war, schmetterten auf der Turmplattform Fanfaren; jenseits der Bastion sodann erblickten Prasutax, Boadicea, Swyedydd und die übrigen Icener erstmals in ihrem Leben römische Straßenzüge und Wohngebäude. Der Hufschlag der Pferde hallte auf dem Pflaster eines breiten, schnurgerade verlaufenden Fahrweges wider, der in regelmäßigen Abständen von anderen, rechtwinklig heranführenden Gassen gekreuzt wurde. An den Straßenrändern erhoben sich ein- und zweistöckige, solide gemauerte Häuser mit viereckigen Grundrissen; ihre Dächer waren nicht mit Stroh oder Reet, sondern mit Ziegeltaschen gedeckt. An manchen Stellen ragten zwischen diesen kleineren Gebäuden hohe Lagerhallen empor; da und dort gab es aber auch Tavernen mit hölzernen Frontarkaden, unter denen Wein ausgeschenkt wurde.
Viele der Zecher an den Brettertischen, zumeist dienstfreie Legionäre mit ihrem weiblichen Anhang, winkten den vorüberziehenden Britanniern zu; so mancher unter den Icenern, der sich in der Stadt anfangs beklommen gefühlt hatte, taute daraufhin auf und rief seinerseits Grußworte zu den Römern hinüber. Schließlich erreichten die Kelten das Forum von Camulodunum: einen quadratischen, von gediegenen, teils palastartigen Bauwerken umsäumten Platz, der sich im Zentrum der Stadt ausdehnte und auf dem im rötlichen Schein der Abendsonne zahlreiche Menschen in kleineren oder größeren Gruppen flanierten.
Dies war früher der Anger des Herrscher-Duns, schoß es Boadicea durch den Kopf; unwillkürlich schaute sie sich nach dem Erdhügel um, auf dem vor vier Jahren Cunobelinos' Leichnam verbrannt worden war. Doch von der damals aufgeschütteten Erhebung war nichts mehr zu sehen; offenbar hatten die römischen Baumeister den Hügel, von dessen Kuppe aus die Seele des Ard Rhi nach Annwn gereist war, abtragen lassen. Erneut verspürte die Königin seelisches Weh - und abermals wurde sie im nächsten Moment abgelenkt, denn nun trieb Tullius Vedius, der sich soeben noch mit Swyedydd unterhalten hatte, seinen Rappen an Boadiceas Streitwagen heran, deutete auf ein dreistöckiges Gebäude am südlichen Ende des Forums und beschied die Königin: "In dem Haus da drüben haben bereits die Herrscher und Obersten Druiden der Regnier, Belger, Durotrigen, Atrebaten, Corieltauer, Cornovier und Dobunnier Quartier bezogen, und auch für dich, deinen Gatten und Swyedydd wurden dort bequeme Räume vorbereitet."
Boadicea musterte das prachtvolle Bauwerk, dann erkundigte sie sich: "Haben der Imperator und Aulus Plautius ebenfalls in diesem Haus Wohnung genommen?"

"Nein", erwiderte der Legat. "Claudius und der Feldherr residieren in dem Palast, den du hier zu unserer Rechten siehst."
Die Königin blickte in die angegebene Richtung; das Bauwerk, welches Tullius Vedius ihr bezeichnet hatte, wirkte noch imposanter als das Gästehaus für die britannischen Herrscher. Es besaß vier Stockwerke und über der breiten, im Halboval ausgeführten Portaltreppe ein flaches Vordach, das auf Marmorsäulen ruhte. Links und rechts des Eingangs standen je fünf Wachtposten in bronzenen Brustharnischen; die Männer trugen Lanzen mit geflammten Stoßblättern, Langschwerter und silbern schimmernde Rundschilde - und während Boadicea erstaunt die so ungewöhnlich bewaffneten Legionäre betrachtete, vernahm sie Tullius Vedius' Erklärung: "Bei diesen Posten handelt es sich um Prätorianer: Angehörige der Leibgarde des Imperators."
Wenig später zügelte der Legat seinen Hengst vor dem dreistöckigen Gebäude am Südrand des Forums und saß ab; auch die Gespanne des Königspaares und Swyedydds kamen zum Stehen. Boadicea stieg vom Streitwagen, schaute auf die Schar der icenischen Edlen und Krieger und wandte sich an Tullius Vedius: "Wo sollen unsere Gefolgsleute untergebracht werden?"
Der Legat wies auf einen Gewölbebogen an der Ostseite des Hauses. "Durch dieses Tor gelangen eure Adligen und Druiden über einen Innenhof in den rückwärtigen Trakt des Gebäudes, wo bereits ranggleiche Angehörige einiger anderer Volksstämme einquartiert sind. Doch es gibt in den Zimmerfluchten rings um das Atrium noch genügend freie Räume; die Diener dort werden dafür sorgen, daß es euren Edlen an nichts mangelt. Und was die einfachen Krieger angeht, so wird sich einer meiner Offiziere, dem Sergius Callus dolmetschen kann, um sie kümmern und ihnen Unterkünfte in der Nachbarschaft zuweisen."
"Du hast alles bestens organisiert", äußerte Prasutax, der sich unterdessen ebenfalls vom Wagen geschwungen hatte.
"Das ist die bewährte römische Art", schmunzelte Tullius Vedius; sodann forderte er das Herrscherpaar und Swyedydd auf: "Und jetzt laßt euch bitte ins Haus geleiten."
Boadicea, Prasutax und Swyedydd folgten dem Legaten in die Erdgeschoßhalle des Gebäudes. Die Wände des großen Gewölberaumes waren mit farbenfrohen Malereien geschmückt; die Bilder zeigten Nymphen, Faune und Zentauren, welche sich in bukolischen Landschaften vergnügten. Dicke Bienenwachskerzen, die auf Dutzenden von Kandelabern steckten, beleuchteten die Gemälde sowie die verschwenderisch gedeckte Tafel in der Mitte der Halle, an welcher die schon früher eingetroffenen Könige und Obersten Druiden saßen. Mit lauten Zurufen begrüßten sie die Neuankömmlinge und rückten am Tisch zusammen, damit sich die Icener und Tullius Vedius bei ihnen niederlassen konnten. Nachdem Boadicea und ihre Begleiter Platz genommen hatten, fühlte sich die Königin für einen Augenblick an das Drunemeton erinnert, welches vor sieben Jahren in Caer Llundain

stattgefunden hatte. Im nächsten Moment aber wurde ihr schmerzlich bewußt, daß mehrere der Herrscher, welche zu jener Zeit mit im Rat gesessen hatten, heute fehlten.
Boadicea vermißte die damaligen Könige der Atrebaten und Corieltauer, welche in der großen Schlacht gleich nach der römischen Invasion gefallen waren; nun saßen die Nachfolger der Toten an der Tafel: blutjunge Männer, die Boadicea nie zuvor gesehen hatte. Aus der Königsfamilie der Kenten wiederum war überhaupt niemand anwesend. Auch Moriand, der ehemalige Herrscher dieses Stammes, war in der fürchterlichen Kesselschlacht vor vier Jahren ums Leben gekommen, und da Aulus Plautius das Kentengebiet entlang der Tamesis kurz darauf völlig vereinnahmt hatte, war dort kein neuer König mehr erwählt worden. Ähnliches galt für die Volksstämme der Catuvellauner und Trinovanten, die einst von Cunobelinos regiert worden waren. Zwar hatte Caradoc das Erbe seines Vaters noch angetreten; doch jetzt verbarg er sich in der Bergwildnis von Cymru, unternahm von dort aus nach wie vor seine verzweifelten Angriffe auf kleinere römische Grenzposten - und war sich dabei vermutlich im klaren, daß er und seine Nachkommen den angestammten Thron für immer verloren hatten, denn die Römer, welche ihre Stadt Camulodunum im ehemaligen Herrscher-Dun der Catuvellauner und Trinovanten errichtet hatten, würden hier nie wieder einen keltischen König dulden.
Angesichts all dessen war es wirklich am besten, daß Prasutax, ich und die anderen Herrscher, welche in dieser Halle versammelt sind, Frieden mit unseren ehemaligen Feinden schlossen, überlegte Boadicea - und das war auch der Tenor der Gespräche, welche während der nächsten Stunden an der reichgedeckten Tafel geführt wurden. Die düsteren Erinnerungen an die vergangenen Jahre hintanstellend, tauschten sich die Könige und Druiden untereinander und mit dem Legaten über die Zukunft Südbritanniens aus. In zahlreichen Trinksprüchen wurde die Versöhnung zwischen Kelten und Römern gefeiert, und nicht nur ein Herrscher beteuerte, daß die Stammesgebiete nun, da man gewillt sei, gemeinsam mit den einstigen Gegnern an einem Strang zu ziehen, ganz gewiß wieder aufblühen würden.
Gerade als sich auch der König der Durotrigen, welcher im letzten Herbst noch gegen das Heer von Tullius Vedius gekämpft hatte, in diesem Sinne äußerte, entstand unter der Tür des Gewölberaumes Unruhe. Gleich darauf führte ein Offizier den grauhaarigen Herrscher und die ebenfalls schon betagte Oberste Druidin der Dumnonier herein. Beide wirkten erschöpft; nachdem sie sich am Tisch niedergelassen hatten, erklärte der König aus dem äußersten Südwesten Britanniens: "Wir hatten gehofft, bis Sonnenuntergang hier in Camulodunum einzutreffen. Doch dann brach ein Rad des Fuhrwerks, auf dem die Pendruid und ich reisten. Und weil es geraume Zeit dauerte, bis der Schaden behoben war, kamen wir erst so spät in der Nacht an."

"Hauptsache, ihr seid da und könnt euch jetzt ausruhen", tröstete der Legat den dumnonischen Herrscher.
Der König, mit dem die Versammlung der Stammesfürsten nun vollzählig war, nickte. Bald darauf, nachdem der Dumnonier und seine Begleiterin noch einen Imbiß zu sich genommen hatten, suchten sie ihre Unterkünfte auf - und eine Weile danach erhoben sich auch die übrigen Herrscher und Druiden, um sich ebenfalls in ihre Schlafgemächer zu begeben.
Der Raum, welcher für Prasutax und Boadicea vorbereitet worden war, lag im obersten Geschoß des Gästehauses. Das Gemach war mit einem breiten Bett sowie einem Rundtisch mit mehreren Sitzgelegenheiten ausgestattet; außerdem gab es eine Kommode, auf der ein silbernes Wasserbecken und eine Kanne standen. Beleuchtet wurde der Schlafraum von bronzenen Öllampen, welche in Wandnischen angebracht waren; in ihrem Schein entkleidete und wusch sich das Königspaar, sodann legten Boadicea und ihr Gemahl sich nieder und waren gleich darauf, ermüdet von dem langen Tag, eingeschlummert.
Früh am nächsten Morgen erwachte die Königin jäh; polternde Geräusche, die durch das offenstehende Fenster von draußen hereindrangen, hatten sie geweckt. Boadicea glitt vom Ruhelager, schlüpfte in ihr Untergewand, ging zur Fensterbank und schaute auf das Forum hinab. Der weite Platz war noch ziemlich menschenleer; nur vor dem einen Steinwurf entfernten Palast, in welchem der Imperator und Aulus Plautius Quartier genommen hatten, herrschte bereits reges Treiben - und von dort kam auch der Lärm, der Boadicea aus dem Schlaf gerissen hatte.
Er wurde von wenigstens zwanzig Männern verursacht, die unter Aufsicht etlicher Prätorianer große, weiß schimmernde Quadersteine von einem mit vier Rindern bespannten Frachtwagen abluden. Ein Teil der Arbeiter zog die Blöcke über eine Holzrutsche von der Ladefläche des Gefährts; andere zerrten die Marmorquader mit Hilfe von Seilen einige Schritte weiter zu einer flachen, viereckigen Grube seitlich der Palasttreppe, über der eine seltsame Balkenkonstruktion emporragte: ein Dreibein von mindestens fünfzehn Ellen Höhe, welches oben mit verschiedenen Holzrollen, über die dicke Taue liefen, versehen war.
Verwundert verfolgte die Königin das ungewöhnliche Geschehen; nach einer Weile trat Prasutax neben sie, blickte ebenfalls auf das Forum hinunter und murmelte: "Was treiben die Römer da bloß?"
"Es scheint, als wollten sie in der Erdgrube irgendein Bauwerk errichten", erwiderte Boadicea. "Doch der Zweck dieses Vorhabens ist mir genauso rätselhaft wie dir."
"Laß uns später Tullius Vedius danach fragen", sagte der König - und eine Stunde darauf, als sich der Legat zu den Stammesherrschern und Druiden gesellte, die nun in der Halle des Gästehauses beim Frühmahl saßen, erkundigte sich Prasutax nach dem Sinn der Baumaßnahme.
Kaum hatte der Icener-König seine Frage gestellt, malte sich auf Tullius Vedius' Antlitz so etwas wie Unbehagen. Er zögerte mit der Antwort, schließlich äußerte er reichlich dunkel: "Was vor dem Palast im Gange ist,

geschieht auf Anweisung des Imperators und gegen den Rat von Aulus Plautius... Mehr darf ich nicht verraten, das Geheimnis wird aber schon bald gelüftet werden... Und wenn es soweit ist, solltet ihr Könige Haltung bewahren und vielleicht nicht ganz so ernst nehmen, was Claudius in seiner manchmal recht eigenwilligen Art in die Wege leitete..."
Damit mußten sich die Kelten, von denen am frühen Morgen auch einige andere auf das Fuhrwerk mit den Steinquadern und die Baugrube aufmerksam geworden waren, notgedrungen zufriedengeben. Der Legat wiederum wechselte jetzt das Thema und sagte: "Doch nun zu dem, was heute wirklich wichtig ist. Ich darf euch mitteilen, daß ihr den Imperator in Kürze persönlich kennenlernen und zusammen mit ihm den Frieden in seiner neuen Provinz Britannien besiegeln werdet. Um die Mittagszeit wird Claudius euch und eure Gefolgschaften in einem feierlichen Akt auf dem Forum empfangen und zu euch sprechen; danach, wenn ihr den Foederatenstatus erhalten habt, wird euch zu Ehren ein Fest stattfinden, bei dem die gesamte Bevölkerung Camulodunums auf Kosten des Imperators bewirtet werden soll."
Diese Ankündigung bewirkte, daß die Könige und Druiden auf das befremdliche Verhalten vergaßen, das Tullius Vedius zuvor an den Tag gelegt hatte. Vielmehr tauschten sie sich jetzt angeregt über das schon in wenigen Stunden anstehende Treffen mit dem Herrscher des Imperium Romanum aus; als sie ihr Frühstück beendet hatten, begaben sich die meisten Könige zu ihren adligen Gefolgsleuten, um sich mit ihnen wegen eines möglichst eindrucksvollen Auftretens auf dem Forum zu besprechen.
Auch Prasutax und Boadicea handelten so; am Spätvormittag suchten sie noch einmal ihr Schlafgemach auf und kleideten sich dort für das feierliche Ereignis an. Sie schnallten ihre Schwertgurte um und warfen sich Zeremonialmäntel mit kunstvollen Webmustern über die Schultern, welche von icenischen Adelsfrauen eigens für diesen Tag angefertigt worden waren. Zudem flochten sie sich kostbare Bänder in den Farben der Dreifachen Göttin ins Haar und legten ihre Torques um: die schweren goldenen Halsringe, welche die Abzeichen ihrer gemeinsamen Herrscherwürde waren.
Zuletzt fragte Boadicea ihren Gatten augenzwinkernd, ob er mit ihrem Aussehen zufrieden sei. "Du wirst beim Empfang alle anderen weiblichen Wesen in den Schatten stellen", antwortete Prasutax schmunzelnd; danach schlug er vor: "Laß uns nun zurück in die Halle gehen."
"Gleich", erwiderte die Königin. "Ich will zuvor bloß noch sehen, was sich inzwischen vor dem Palast des Imperators getan hat."
Boadicea trat ans Fenster, Prasutax folgte ihr. Als sie zu dem vierstöckigen Gebäude mit dem Säulenvorbau hinüberschauten, erkannten sie, daß die Arbeiten dort erstaunlich rasch fortgeschritten waren. Seitlich der Palasttreppe erhob sich jetzt ein fast fertiger Steinsockel von halber Mannshöhe; soeben fügten die Handwerker die letzten Marmorquader in seine Oberfläche ein, und der leere Frachtwagen, auf dem am Morgen die Steine herangebracht worden waren, polterte über den Platz davon.

"Irgend etwas soll dort drüben aufgestellt werden", murmelte Boadicea; im nächsten Moment gewahrte sie ein Fuhrwerk, welches dem wegfahrenden Rindergespann entgegenkam. Dieser andere Wagen wurde von vier stämmigen Rössern gezogen; auf seiner Ladefläche war ein mächtiger, länglicher Gegenstand festgezurrt - aber das Königspaar vermochte nicht auszumachen, um was es sich handelte, denn das Frachtstück war mit einer Plane verhüllt. Prasutax und Boadicea konnten lediglich beobachten, wie sich das Pferdegespann der Marmorplattform näherte und unmittelbar neben dem aus Balken gezimmerten Dreibein anhielt, welches über dem Steinsockel emporragte. Weiter geschah vorerst nichts; weder die Fuhrleute noch die Arbeiter bei der Plattform machten Anstalten, den gewaltigen, übermannslangen Gegenstand vom Wagen zu hieven.
"Es ist, wie der Legat sagte", äußerte Prasutax. "Das Geheimnis wird erst gelüftet werden, wenn Claudius es anordnet."
"Sicher geschieht das im Lauf des Festaktes", entgegnete Boadicea. Sie blickte zum Firmament. "Und bis zum Beginn der Zeremonie wird es nicht mehr lange dauern, da die Sonne ihren Höchststand beinahe schon erreicht hat."
"Dann sollten wir zusehen, daß wir nach unten zu unseren Leuten kommen", erwiderte Prasutax - gleich darauf verließ das Königspaar den Raum.
Swyedydd und die übrigen icenischen Edlen warteten bereits im Innenhof des Gästehauses; auch die meisten anderen Herrscher und ihre Adelsgefolgschaften hatten sich unterdessen im Atrium versammelt. Bald waren die keltischen Delegationen vollzählig; wenig später tauchte Tullius Vedius im Sattel seines Rappen auf, ließ den Hengst steigen und rief den Britanniern zu: "Es wird Zeit für euch, auf das Forum hinauszuziehen!"
Im nächsten Moment trabte der Legat, der deutlich erregt wirkte, wieder davon. Auch die Gruppen der keltischen Edlen, die von ihren Herrschern und Pendruids angeführt wurden, begaben sich nach draußen auf den Stadtplatz; dort schlossen sich ihnen die Trupps der einfachen Stammeskrieger an. Gemessenen Schritts überquerten die Britannier das Forum, dessen Ränder von Tausenden römischer Legionäre und Zivilisten gesäumt waren, und bewegten sich auf den Palast zu, wo Tullius Vedius sowie die übrigen in Camulodunum stationierten Offiziere inzwischen zu beiden Seiten des Säulenvordaches Ehrenformationen hoch zu Roß gebildet hatten.
Die keltischen Könige und Obersten Druiden nahmen nunmehr gegenüber der breiten, im Halboval geschwungenen Portaltreppe Aufstellung; hinter ihnen scharten sich die Häuptlinge und sonstigen Adligen zusammen, und die gewöhnlichen Krieger gruppierten sich im Rücken der Edlen in einem tief gestaffelten Halbkreis. Boadicea, Prasutax und Swyedydd befanden sich ziemlich weit rechts in der Reihe der Herrscher und damit nahe bei der dreibeinigen Balkenkonstruktion, welche - halb von dem einen römischen Reitertrupp verdeckt - gen Himmel ragte. Erneut überlegte die Königin, was es mit dem Holzgerüst und dem daneben stehenden

Fuhrwerk mit der verhüllten Last auf sich haben könnte - eben als sie glaubte, die Zusammenhänge zu begreifen, wurde sie von Fanfarenstößen abgelenkt.
Die schmetternden Signale klangen vom Flachdach des Palastes herab; kaum hatten die Bläser, welche plötzlich an der Dachbrüstung aufgetaucht waren, ihre Instrumente wieder abgesetzt, erschien unter dem Portalbogen des Gebäudes der Imperator.
Der siebenundfünfzigjährige Claudius, dem sechs Prätorianer in bronzenen Brustharnischen folgten, trug über der weißen, mit Goldfäden durchwirkten Tunika eine purpurrote Toga; um seine Stirn war ein Kranz aus dunkelgrün belaubten Lorbeerzweigen geschlungen, und in der Rechten hielt er einen ellenlangen, mit reichem Schnitzwerk verzierten Zeremonialstab aus Elfenbein. Dank seiner prunkvollen Kleidung und des Zepters wirkte der Imperator sehr eindrucksvoll - doch als Boadicea ihn genauer musterte, stellte sie fest, daß Claudius' Haupt fast kahl war und seine Gesichtszüge eingefallen erschienen; der Gang des Imperators wiederum war ein wenig unsicher, und Claudius' flackernder Blick irrte unstet hin und her.
Es ist etwas Krankhaftes an ihm, durchfuhr es die Königin; während sie es dachte, hörte sie Swyedydd flüstern: "Dieser Mann, der eine Macht wie niemand sonst besitzt, ist vor der natürlichen Zeit gealtert und befindet sich im Widerstreit mit sich selbst."
Der Pendruid hatte ausgedrückt, was instinktiv auch Boadicea empfand; jetzt beobachtete sie, wie der Imperator seinen Zeremonialstab fahrig zum Gruß hob und sich dann in einem Thronsessel niederließ, welcher auf dem obersten Absatz der Portaltreppe stand. Die Prätorianer postierten sich, je drei und drei, seitlich von Claudius; nachdem sie ihre Plätze eingenommen hatten, kam ein Dutzend hochrangiger Höflinge aus dem Palast. Sie waren kaum weniger prächtig gewandet als der Imperator und stellten sich schräg hinter dem Thronstuhl auf; so blieb neben ihnen noch Raum - und dorthin schritt nun ein Mittvierziger in silbernem Harnisch, welcher von fünf Centurionen, darunter Sergius Callus, begleitet wurde: der Feldherr Aulus Plautius.
Er war hochgewachsen und kräftig gebaut; sein Antlitz mit den beinahe groben Zügen und den ungewöhnlich dicht wuchernden, pechschwarzen Brauen schien rücksichtslosen Machtwillen auszustrahlen. Zumindest hatte Boadicea diesen Eindruck im ersten Moment; aber dann, als Aulus Plautius den britannischen Fürsten einen Willkommensgruß in keltischer Sprache zurief und dabei auf erstaunlich sympathische Weise lächelte, wurde der Königin klar, daß sie den Feldherrn falsch eingeschätzt hatte. Er mochte durchsetzungswillig bis hin zur Brutalität sein und hatte dies im Krieg nicht nur einmal bewiesen - doch er besaß zweifellos auch angenehmere, menschlichere Wesenszüge.
Jetzt beugte sich Aulus Plautius zu Claudius nieder und wechselte einige Worte mit ihm; nachdem der Imperator genickt hatte, gab der Feldherr dem Centurio Sergius Callus einen Wink.

Der Hundertschaftsführer trat an Claudius' linke Seite - und dolmetschte für diejenigen unter den Britanniern, welche das Lateinische noch nicht ausreichend beherrschten, was der Imperator ihnen zu sagen hatte: "Ich, Claudius Tiberius Caesar Nero Germanicus, dem die Götter die Gewalt über das Imperium Romanum übertragen haben, grüße euch Könige und Edlen der südbritannischen Stämme... Ihr, die ihr noch vor wenigen Jahren gegen meine Legionen gekämpft habt, seid nunmehr nach Camulodunum gekommen, um Frieden mit Rom zu schließen... Und ich will euch die Hand gerne zum Freundschaftsbund reichen und den Herrschern unter euch den Status römischer Foederaten mit allen damit verbundenen Privilegien gewähren... Dies will ich tun, sofern ihr Könige bereit seid, mich als euren Oberherrn anzuerkennen und mir hier und jetzt Treue zu schwören..."
Gemäß einer Vereinbarung, welche die Keltenfürsten untereinander getroffen hatten, schritt zunächst der Älteste unter ihnen - der betagte dumnonische Herrscher - zur Portaltreppe vor und leistete den Eid mit folgenden Worten: "In Abstimmung mit der Pendruid meines Volksstammes, die mir an Würde nicht nachsteht und mich in allen wichtigen Angelegenheiten berät, schwöre ich dir, Claudius, daß wir Dumnonier künftig verläßliche Verbündete Roms sein werden!"
Der König hatte die britannische Sprache benutzt. Nachdem Sergius Callus den Satz für den Imperator übersetzt hatte, nickte dieser dem dumnonischen Herrscher wie geistesabwesend zu; gleich darauf wandte er den Kopf und schaute, die Lippen zu einem seltsam zuckenden Feixen verziehend, zu der dreibeinigen Balkenkonstruktion hinüber. Erst als sich Aulus Plautius demonstrativ räusperte, richtete der Imperator den Blick wieder auf den Dumnonier und bedeutete ihm mit einer fast hektischen Bewegung seines Zepters, von der Treppe zurückzutreten.
Ein wenig konsterniert gehorchte der König. Auch die Herrscher der Regnier, Belger und Cornovier, welche ihren Friedenswillen anschließend beeideten, schienen angesichts der starren Miene, mit der Claudius ihnen lauschte, peinlich berührt. Dann jedoch, als der durotrigische König seinen Schwur leistete, wirkte der Imperator plötzlich wie verwandelt. Mit außerordentlich freundlichem Lächeln betrachtete er den Herrscher aus dem Südwesten; ähnlich aufgeräumt verhielt er sich gegenüber dem König der Dobunnier, und nachdem das icenische Herrscherpaar seinen Eid in fließendem Latein gesprochen hatte, machte Claudius der Königin sogar ein Kompliment, welches allerdings arg schwülstig ausfiel. Am Ende, als die jungen Herrscher der Corieltauer und Atrebaten zur Freitreppe schritten, benahm sich der Imperator erneut wenig diplomatisch; abermals schien Claudius das hölzerne Dreibein seitlich des Palastportals ungleich interessanter als die Friedensschwüre der beiden Könige zu finden.
Kaum hatte sich der atrebatische Herrscher, der seinen Eid als letzter abgelegt hatte, wieder zu den übrigen Stammesfürsten gesellt, ließ der Imperator den Britanniern durch Sergius Callus dolmetschen: "Wir alle werden von nun an in brüderlicher Eintracht unter dem Schutz der Pax

Romana zusammenleben... Ich, meine Freunde, will mich euer wie ein sorgender Vater annehmen... Und damit ihr erkennt, wie sehr es mich danach drängt, euch durch meine Zuwendung zu erfreuen, sollt ihr in dieser Stunde ein überaus wertvolles Geschenk von mir erhalten... Eine äußerst kostbare, ja göttliche Gabe, welche euch stets daran erinnern wird, daß ihr meine geliebten Kinder seid..."

Der Centurio hatte die Sätze mit etwas belegter Stimme verkündet; jetzt rief Claudius den berittenen Offizieren, welche rechts der Portaltreppe hielten, einen Befehl zu. Die Reiter lenkten ihre Pferde ein Stück beiseite, so daß der Blick auf die Balkenkonstruktion und das neben ihr stehende Fuhrwerk frei wurde.

Im nächsten Moment eilten jene Arbeiter heran, die am Morgen den Marmorsockel errichtet hatten, und schlangen die Seile, welche von der Spitze des Dreibeins herabhingen, um die verhüllte Last auf der Ladefläche des Frachtwagens. Nachdem sie die Taue festgezurrt hatten, begann die Hälfte der Männer an den Seilenden zu ziehen, welche über die Holzrollen im oberen Teil der Balkenkonstruktion liefen. Langsam, das eine Ende höher als das andere, schwebte das in die Plane eingeschlagene Objekt empor und schwang, vom Rest der Arbeiter dirigiert, über die Steinplattform. Danach hievten die Männer, indem sie bestimmte Taue weiter strafften und andere lockerten, die schwere Last in die Senkrechte; als sie es geschafft hatten, ließen sie das Fußende des länglichen Objekts auf den Sockel nieder.

Schwankend kam die Last zur Ruhe; nachdem sie unbeweglich dastand, lösten die Arbeiter die Seile von ihrer Umhüllung. Anschließend zerlegten die Männer erstaunlich rasch das Dreibein, luden die Balken, Holzrollen und Taue auf das Fuhrwerk und verschwanden zusammen mit dem Rossegespann in einer Gasse hinter dem Palast. Der Imperator, welcher jeden einzelnen Handgriff der Arbeiter gespannt beobachtet hatte, wartete ab, bis das Räderrollen und der Hufschlag der vier Pferde leiser wurden; sodann gab er Aulus Plautius einen Wink.

Der Feldherr verließ die Treppenplattform, schritt zum Marmorsockel und zog das Schwert. Vorsichtig durchtrennte er zwei dünne Seile, welche noch um die Hülle des rätselhaften Objekts geschlungen waren, und schaute danach mit auffällig verspanntem Gesichtsausdruck zu Claudius empor. Der Imperator hingegen wirkte mit einem Mal überaus erregt; neuerlich verzerrte sich sein Antlitz zu einem zuckenden Feixen, einen Lidschlag später stieß er sein Zepter mit hektischer Bewegung in die Luft.

Aulus Plautius schob die Klinge in die Scheide, packte die Plane, die nun lose über dem geheimnisvollen Gebilde hing, und zerrte an ihr. Die Hülle glitt zu Boden und gab eine marmorweiße Statue frei. Es handelte sich um die Gestalt einer jungen Frau mit entblößten Brüsten; auf dem Kopf trug sie einen Lorbeerkranz, in der Rechten hielt sie ein Kurzschwert, und den linken Fuß hatte sie auf den abgeschlagenen Schädel eines Mannes gesetzt.

Während die Britannier unbehaglich auf das Bildwerk starrten, brachten viele jener Römer, welche an den Rändern des Forums standen, Hochrufe auf Claudius aus. Der Imperator ließ die Legionäre und Bürger eine Weile gewähren; dann gebot er durch eine herrische Geste Stille und veranlaßte den Centurio Sergius Callus, den Kelten folgendes zu verkünden: "Die Göttin, welche diesen Platz jetzt heiligt, trägt den Namen Victoria... Sie steht für die Unbesiegbarkeit Roms und die Unüberwindlichkeit der von mir befehligten Heere... Ich ließ die römische Siegesgöttin über das Meer bringen, damit sie von nun an über euch, meine britannischen Kinder, wacht... Ehrt sie immerdar und denkt daran, daß Victoria und ich, Claudius Tiberius Caesar Nero Germanicus, aufgrund göttlichen Ratschlusses Verbündete sind..."
Die Keltenkönige tauschten betroffene Blicke; Prasutax raunte seiner Gemahlin zu: "Mehr und mehr habe ich den Eindruck, als sei dieser alte Mann nicht ganz richtig im Kopf! Warum nur legt er es darauf an, uns derart zu provozieren?!"
Boadicea wollte etwas erwidern, doch da scholl erneut die Stimme des dolmetschenden Centurio von der Freitreppe herab: "Innig sind ich, der gottgleiche Beherrscher des Imperium Romanum, und die Siegesgöttin miteinander verbunden; beinahe so, als seien wir Mann und Weib... Aber vorerst genug davon, zumindest für den Moment... Zunächst nämlich, ehe ich noch einmal auf meine Gottähnlichkeit zu sprechen komme, muß ich eine Pflicht erfüllen... Eine sehr wichtige Pflicht, die meinen vertrauten Freund Aulus Plautius betrifft... Komm zu mir, mein verdienter Feldherr, damit du den Lohn für die heldenhaften Taten empfangen kannst, welche du auf dieser Insel vollbracht hast..."
Aulus Plautius trat vor den Imperator hin und kniete nieder. Claudius griff unter seine purpurne Toga, holte eine schwere Goldkette hervor und legte sie dem Feldherrn um den Nacken. Dann richtete er einige leise Sätze an Aulus Plautius und bewog ihn am Ende dazu, sich wieder zu erheben.
Während der Feldherr zur Rechten des Imperators Aufstellung nahm, wandte sich Claudius einmal mehr an Sergius Callus; gleich darauf übersetzte der Centurio die Ausführungen des Imperators für die Kelten: "Als einfacher Truppenbefehlshaber sank Aulus Plautius vor mir auf die Knie, als Statthalter Britanniens erhob er sich wieder... Künftig wird er als mein direkter Stellvertreter auf dieser Insel wirken und sie von Londinium aus regieren... In seiner Gestalt werde ich, ihr Könige, stets bei euch sein; quasi ist der Statthalter hier in Britannien ein Abbild meiner selbst... Daher schuldet ihr Aulus Plautius den gleichen Gehorsam wie mir, der ich euch unterwarf und der ich zum Zeichen meiner unbezwingbaren Macht, die jeden Feind vernichtet, die Statue der Siegesgöttin vor euren Augen aufrichten ließ..."
Die Stammesherrscher wirkten noch betroffener als zuvor; in den Reihen der Edlen hinter ihnen entstand Unruhe. Ehe es freilich zum Eklat kommen konnte, ergriff der soeben ernannte Statthalter, der Claudius' letztem Satz mit deutlich erkennbarem Mißfallen gelauscht hatte, das Wort und sagte in

keltischer Sprache zu den Königen: "Ganz wie unser Imperator vorhin erklärte, steht die Göttin Victoria für den Sieg - doch beileibe nicht nur für jenen Triumph, der mit Waffen errungen wird. Vielmehr liebt es die Überirdische ebenso, uns Menschen geistige Siege zu schenken, und das tat sie auch hier in dieser Stadt. Denn Victoria sorgte dafür, daß wir - Britannier und Römer gemeinsam - die Zwietracht überwanden, die früher zwischen uns herrschte, und uns durch den heutigen Friedensschluß endgültig miteinander aussöhnten. Über einen solchen Triumph aber, den Sieg der lichten Vernunft und der Lebensbejahung über die finstere Zwietracht, freut sich die Göttin am meisten - und insbesondere deshalb ließ unser Imperator Claudius ihre hell schimmernde Statue auf dem Forum von Camulodunum enthüllen."
Angesichts dieser begütigenden Darlegung beruhigten sich die Kelten. Claudius wiederum, für den Sergius Callus die Rede des Statthalters ins Lateinische übertragen hatte, verkündete nun höchst aufgekratzt: "Verbi Auli Plautii sapientissimi sunt!"
"Die Worte des Statthalters sind von höchster Weisheit!" dolmetschte der Centurio; im nächsten Moment übersetzte er den Britanniern weitere Ausführungen des Imperators: "Meine Absicht war es, die hiesige Stadt durch ein Marmorbildnis von größter Schönheit zu schmücken, und dies ist geschehen... Doch damit erschöpfen sich die Liebestaten nicht, die ich den Bürgern Camulodunums erweise... Victoria und ich nämlich, die wir - wie ich vielleicht schon erwähnte - gleich Mann und Weib innig verbunden sind, haben uns entschlossen, diese Stadt und damit auch ihre Bewohner noch mehr auszuzeichnen... Denn obwohl Camulodunum während der vergangenen Jahre prachtvoll emporwuchs, besitzt die Stadt dennoch einen Makel... Es fehlt ihr ein heiliges Bauwerk, in dem Opfer zu Ehren ihres gottähnlichen Schöpfers dargebracht werden können: ein Tempel, welcher mir, Claudius Tiberius Caesar Nero Germanicus, geweiht werden soll... Aber dieser Mangel kann leicht behoben werden, indem ich nun den Grundstein zu besagter Tempelhalle lege..."
Nachdem Sergius Callus den letzten Satz verkündet hatte, erhob sich der Imperator und tappte, flankiert von den Prätorianern, die Freitreppe hinab; die Höflinge, Aulus Plautius und dessen Centurionen folgten ihm. Unten auf dem Platz schlossen sich dem Zug die berittenen Offiziere an, welche die Ehrenwache vor dem Portal gebildet hatten. Die Gruppen der keltischen Herrscher und Edlen teilten sich; nach kurzem Zögern reihten sich die Könige, Druiden und Adligen hinter den Reitern ein. In dieser Ordnung begab sich die Prozession der Römer und Britannier an den zur Seite weichenden keltischen Kriegern vorbei zum Zentrum des gepflasterten Forums. Dort gebot Claudius Halt; gleichzeitig erschienen in der Gassenmündung neben dem Palast acht der Arbeiter, welche die Victoria-Statue aufgestellt hatten.
Im Laufschritt eilten die Handwerker herbei; vier von ihnen trugen Schaufeln, die anderen schleppten auf einer Art Bahre einen Marmorquader. Als sie die Stelle erreicht hatten, wo der Imperator wartete,

knieten sie nieder und grüßten Claudius durch ein atemloses "Salve!" Ungeduldig fuhr der Imperator die Männer an, mit ihrer Arbeit zu beginnen; sofort machten sie sich daran, das Pflaster aufzureißen. Nachdem sie ein Geviert von etwa zwei Ellen Seitenlänge freigelegt hatten, fingen die Männer mit den Schaufeln zu graben an. Mit nervös zuckenden Lippen und flackernden Augen beobachtete Claudius die Arbeiter; als das quadratische Loch ungefähr eine Elle tief war, raunzte er die Männer an, aufzuhören.
Die Arbeiter mit den Schaufeln wichen zurück; die übrigen trugen das Gestell, auf dem der Marmorstein lag, bis zum Grubenrand. Plötzlich wieder sehr aufgeräumt wirkend, nickte der Imperator ihnen zu; dann trat er an die Bahre, bückte sich, berührte den weißen Quader mit der Rechten und rief auf Latein: "Ich, Claudius Tiberius Caesar Nero Germanicus, gottgleicher Beherrscher des Imperium Romanum, lege hiermit den Grundstein für den Tempel, welcher künftig meiner Anbetung dienen soll!"
Kaum war der Satz erklungen, kippten die Arbeiter das Gestell; der Marmorquader polterte in das Loch und blieb, mit einer Ecke in die Erde gekantet, in reichlich unglücklicher Position liegen. Doch Claudius stieß sich nicht daran. Vielmehr erhob er sich mit strahlendem Antlitz, schaute triumphierend in die Runde, fixierte sodann Aulus Plautius und befahl ihm: "Du, mein Sohn, sorgst dafür, daß die Weihestätte, welche Zeichen meiner Unsterblichkeit sein wird, so schnell wie möglich emporwächst!" Danach richtete er den Blick wieder auf die Handwerker und raunzte: "Deckt die Grube jetzt schleunigst mit Brettern ab, damit sich niemand den Hals bricht!" Anschließend beorderte er Sergius Callus an seine Seite und forderte den Centurio auf: "Sage meinen sehr geschätzten britannischen Untertanen folgendes: Ich, ihr gnädiger Oberherr, habe meine Pflichten für heute erfüllt! Und nun steht mir der Sinn danach, mit ihnen und den Bürgern von Camulodunum ein ausgelassenes Fest zu feiern!"
Sergius Callus dolmetschte den Keltenfürsten die Sätze des Imperators; kaum hatte der Centurio geendet, wandte sich Claudius abrupt ab. Von seinen Höflingen gefolgt, hastete er gesenkten Kopfes und mit verkniffener Miene zurück zum Palast. Auf der Portaltreppe drehte sich der Imperator noch einmal um, richtete sich hoch auf, winkte den verblüfften Britanniern und den ebenfalls ziemlich konsternierten römischen Offizieren feixend zu, zog das lorbeerumkränzte Haupt neuerlich zwischen die Schultern - und verschwand, fast rennend, im Inneren des Gebäudes.
Für den Rest des Tages ließ sich Claudius nicht mehr sehen - die Lustbarkeiten zu Ehren der nunmehrigen Foederaten-Könige mußten ohne ihn stattfinden. Boadicea, Prasutax und die übrigen Herrscher waren deswegen nicht gram; das seltsame Benehmen des Imperators hatte ihnen ohnehin schon genug Kopfzerbrechen verursacht, und jetzt, wo Claudius sich in seinen Gemächern verkrochen hatte, konnten sie das Friedensfest in der Stadt immerhin unbefangen genießen.
Zunächst speisten die keltischen Könige und Edlen gemeinsam mit Aulus Plautius und dessen Offizieren unter freiem Himmel auf dem Forum;

ringsum saßen die britannischen Krieger zusammen mit den Legionären und den zivilen Bewohnern Camulodunums an langen Tafeln. Bald kam es an diesen Tischen zu ersten Verbrüderungen, später fanden auf dem ausgedehnten Platz Wettkämpfe zwischen Kelten und Römern statt. Junge Männer maßen ihre Kräfte im Speerweitwurf oder versuchten sich im Bogenschießen zu übertreffen; zudem wurden Reiterspiele veranstaltet, bei denen an Pfählen hängende Strohringe mit stumpfen Lanzen herabgestochen werden mußten. Vor und in den Tavernen der Stadt wiederum wurde ausgiebig gebechert; der Wein, welcher heute für alle kostenlos war, floß in Strömen.
Auch die britannischen Adligen und römischen Offiziere taten den erlesenen Tropfen, die ihnen kredenzt wurden, fleißig Ehre an. Mehr und mehr löste der Wein ihre Zungen - und am Spätnachmittag brachte Aulus Plautius, der bislang kaum ein Wort über Claudius verloren hatte, nun aber nicht länger an sich halten konnte, das Gespräch auf den Imperator.
"Ihr werdet euch euren Teil über Claudius' Benehmen gedacht haben", wandte er sich an Prasutax, Boadicea und den betagten Herrscher der Dumnonier, die ihm gegenübersaßen.
"Wir wunderten uns in der Tat über den Imperator", gab die icenische Königin zu. "Könnte es sein, daß er bisweilen etwas ... verwirrt ist?"
Der Statthalter lachte mit bitterem Unterton auf. "Du drückst dich sehr höflich aus. In Wahrheit ist Claudius..." Er unterbrach sich, tauschte einen Blick mit seinem Sitznachbarn Tullius Vedius und murmelte: "Erkläre du unseren Freunden, welches Leid dem Imperator zuzeiten die Sinne verdunkelt..."
Im ersten Moment schien es, als wollte der Legat ablehnen; doch dann nahm er einen tiefen Schluck Falerner, beugte sich vor und sagte mit verschwörerischer Miene: "Die Krankheit, die Claudius quält, trägt den Namen Messalina. So nämlich heißt seine Gattin, die fünfunddreißig Jahre jünger als er ist und darüber hinaus einen äußerst verworfenen Charakter besitzt. Seit der Imperator sie in dritter Ehe heiratete, nutzt sie ihre Macht, um eine mörderische Intrige nach der anderen zu spinnen. Dutzende römischer Adliger fielen ihren bösartigen Ränken und teils auch ihren Giftanschlägen zum Opfer; darunter die meisten von Claudius' früheren Ratgebern. Außerdem gefällt sich Messalina darin, ihren Gatten bei jeder sich bietenden Gelegenheit zu betrügen und wilde Orgien auf ihren Landgütern zu veranstalten..."
"Ich könnte euch von Dingen erzählen, die ihr in eurer keltischen Unschuld nicht für möglich halten würdet", ließ sich erneut Aulus Plautius vernehmen. "Beispielsweise munkelt man, daß die hehre Gemahlin des Imperators zur Steigerung ihrer eigenen perversen Lust blutjunge Sklavinnen und Eselhengste..."
"Ja, es ist abscheulich!" unterbrach Tullius Vedius den Statthalter. "Und angesichts dessen braucht man sich über Claudius' Zustand wahrlich nicht zu wundern. Der Imperator, welcher schon seit seiner Kindheit von eher schwacher Gesundheit ist, leidet unsäglich unter der Ehe mit Messalina

und wurde zweifellos deshalb zu einem Schatten seiner selbst. Von daher rührt sein geistiger und körperlicher Verfall - und heute mittag, als er gezwungen war, zu repräsentieren, was er insgeheim haßt, wurde seine innere Zerrüttung einmal mehr deutlich..."
Neuerlich stärkte sich der Legat mit einem kräftigen Trunk; Prasutax tastete nach Boadiceas Hand und äußerte zutiefst betroffen: "Trotz seiner Machtfülle scheint Claudius einer der ärmsten Menschen im Römischen Reich zu sein."
"So denken viele, die ihn näher kennen", nickte Aulus Plautius. "Und weil er dermaßen vom Schicksal geschlagen ist, solltet ihr Könige ihm auch nachsehen, daß er euch durch die Errichtung der Siegesstatue brüskierte."
"Nicht er wird in Britannien regieren, sondern du", erwiderte Prasutax. "Und ich glaube, mit dir werden wir gut auskommen können. Denn du hast ganz offensichtlich ein Herz für uns Kelten und bemühst dich, unsere Wesensart zu verstehen."
"Vor viereinhalb Jahren, als ich mit meinem Heer in Britannien landete, war ich dazu noch nicht fähig und beging deshalb arge Fehler, die ich jetzt bereue", antwortete der Statthalter. "Aber im Lauf der Zeit lernte ich, euch Kelten zu achten - eure Tapferkeit, eure Wahrhaftigkeit, eure Menschlichkeit, euren edlen Stolz..." Er hob seine Weinschale. "Und daher will ich für euch Stammesherrscher weniger Oberhaupt als vielmehr wohlwollender Verbündeter und vielleicht irgendwann sogar Freund sein."
Das icenische Königspaar und der dumnonische Herrscher stießen mit Aulus Plautius und Tullius Vedius an; während der folgenden Stunden gelang es dem Statthalter in verschiedenen Einzelgesprächen, auch die anderen Stammesfürsten für sich einzunehmen. Gegen Mitternacht, als das Friedensfest endete und die Könige und Obersten Druiden ins Gästehaus zurückkehrten, waren die Stammesführer sich einig, daß sie durchaus hoffnungsvoll in die Zukunft blicken durften; auf das krankhafte Verhalten des Imperators hatten die meisten von ihnen beinahe schon vergessen.
Am nächsten Morgen dann verließ Claudius die Stadt Camulodunum fast fluchtartig. Im Galopp jagten die sechs Pferde, welche seine prunkvolle Raeda zogen, auf der gepflasterten Straße nach Londinium davon; der Hofstaat folgte dem Gefährt in drei weiteren Kutschen, und zwei berittene Kohorten bildeten die Bedeckung des Imperators.
Aulus Plautius hingegen blieb noch in der Stadt, um sich mit den britannischen Fürsten über das künftige Miteinander zu beraten; während dies geschah, waren auf dem Forum Scharen von Arbeitern zugange, um die Fundamente für den Claudius-Tempel zu errichten. Am Morgen des vierten Tages nach dem Friedensfest schließlich nahmen die keltischen Könige und Edlen Abschied vom Statthalter und dessen Offizieren und machten sich danach für die Heimreise fertig.
In der Vormittagsmitte sodann bestiegen das icenische Herrscherpaar und Swyedydd ihre Streitwagen - und als die Rösser entlang der schnurgeraden Häuserzeilen zum Nordtor Camulodunums trabten, dachte

Boadicea daran, daß schon in Bälde eine ähnliche römische Stadt unweit des Königs-Duns der Icener erbaut werden würde.

Venta Icenorum

Frühjahr 48 bis Sommer 51

Weitgehend ereignislos waren Herbst und Winter verstrichen, kaum etwas hatte das friedliche Gleichmaß der Tage im icenischen Stammesgebiet gestört. Nur einmal, kurz nach Imbolc des neuen Jahres, war die Kunde in den Königs-Dun gelangt, daß Caradoc abermals mit Heeresmacht aus der Bergwildnis von Cymru hervorgebrochen war und den Römern im Westen des Cornovier-Gebietes mehrere Scharmützel geliefert hatte, ehe er wieder in den Urwäldern verschwunden war. Fünf Wochen später dann, um die Zeit von Alban Ailyr, hatten Prasutax und Boadicea eine andere Nachricht erhalten. Sie war aus Camulodunum gekommen, wo nach wie vor Tullius Vedius - jetzt als offizieller Vertreter des Statthalters - residierte, und der Bote des Legaten hatte das Herrscherpaar darüber informiert, daß die drei Kohorten, welche aufgrund des Friedensvertrages im Land der Icener stationiert werden sollten, in der Woche nach Beltane von Camulodunum aus in Marsch gesetzt würden.

Mitte Mai hatten die achtzehnhundert Legionäre die Grenzfurt im Süden überschritten. Wie im Foederaten-Abkommen vereinbart, war ein Drittel von ihnen in der Nähe der dortigen Häuptlingsfestung geblieben und hatte mit der Errichtung einer Garnison begonnen; die Männer der zweiten Kohorte hatten wenige Tage später einen gleichgroßen Bauplatz auf halbem Weg zwischen der Grenze und dem Herrscher-Dun abgesteckt. Die restlichen sechshundert Legionäre waren weiter nach Norden gezogen - und nun, da ihr Ziel nur noch wenige Meilen entfernt war, konnte der Offizier, welcher diese dritte Kohorte kommandierte, die Ankunft in der icenischen Königsfestung kaum mehr erwarten.

Auch Prasutax und Boadicea, die regelmäßig Nachrichten über das Vorrücken der Truppen erhalten hatten und wußten, daß die sechs Centurien heute eintreffen würden, verspürten schon seit dem Morgen erregte Unruhe. Schließlich würden sie in enger Nachbarschaft mit den Legionären leben und insbesondere mit deren Befehlshaber auskommen müssen; deshalb war das Königspaar sehr gespannt, den Kohorten-Kommandeur kennenzulernen. Im Lauf des Nachmittags hatten Prasutax und seine Gemahlin daher mehrmals den Palisadenwall erklommen - und auch jetzt wieder, da die Sonne allmählich sank, standen sie auf dem Wehrgang und spähten nach Süden.

Plötzlich beugte sich Boadicea vor und beschattete die Augen mit der Hand.

"Siehst du etwas?" fragte Prasutax.

Die Königin nickte. "Ja - einen Staubschleier am Horizont!"

Gleich darauf scholl vom Torturm der Ruf eines Wächters herüber: "Wenn ich mich nicht täusche, nähern sich die Römer!"

"Ich beneide dich um deinen scharfen Blick", sagte Prasutax beeindruckt zu seiner Gattin; wenig später vermochte auch er die aufgewirbelte

Staubfahne zu erkennen. Während der folgenden Stunde wurde sie stetig größer, und schließlich konnten das Herrscherpaar und die Edlen, die sich unterdessen zu Boadicea und Prasutax gesellt hatten, auch die lange Kolonne ausmachen, welche unter der Staubwolke dahinzog. Eine Weile vor Sonnenuntergang ließen sich die Gestalten der einzelnen Legionäre unterscheiden - und damit wurde es nun Zeit für die icenischen Adligen, den Ringwall zu verlassen und sich zur Torbastion zu begeben, um die Kohorte dort zu empfangen.

Im letzten Tageslicht kamen die Römer den Festungshügel herauf. An der Spitze der Marschkolonne, die mehrere Dutzend Ochsenwagen bei sich hatte, ritt eine Gruppe von Offizieren - und der vorderste, bei dem es sich zweifellos um den Befehlshaber der Kohorte handelte, erschien dem Königspaar und Swyedydd, die jetzt aus dem Torschlund traten, irgendwie bekannt. Doch die drei Icener vermochten sein Antlitz nicht zu erkennen, denn er hatte den Kopf gesenkt und die Kapuze seines Reitmantels tief in die Stirn gezogen. Erst als er die Zugangsbastion des Duns fast schon erreicht und sein Roß gezügelt hatte, hob er das Haupt und warf gleichzeitig die Mantelkapuze zurück - im selben Moment stieß Boadicea hervor: "Du?"

"Ich und kein anderer!" antwortete Sergius Callus lachend. "Ich freue mich von Herzen, euch wiederzusehen - und wie ich an euren verblüfften Gesichtern ablesen kann, ist mir die Überraschung, die ich euch bereiten wollte, bestens geglückt."

"Das kann man wohl sagen", erwiderte die Königin schmunzelnd; Prasutax fragte: "Bist du etwa befördert worden, da du nun anstelle einer Centurie eine ganze Kohorte kommandierst?"

Sergius Callus schwang sich vom Pferd. "Du vermutest richtig. Weil ich bereits früher bei euch lebte und wir uns damals gut verstanden, dachte Aulus Plautius, ich sei genau der richtige Verbindungsmann zwischen euch und ihm. Daher ernannte er mich zum Tribun und übertrug mir den Befehl über die sechs Hundertschaften, die ich heranführte."

"Eine bessere Entscheidung hätte der Legat nicht treffen können", erklärte Swyedydd.

Prasutax und Boadicea stimmten ihm zu; dann erkundigte sich der König: "Wie geht es Aulus Plautius? Ist er wohlauf?"

"Er ist gesund und läßt euch freundschaftlich grüßen", entgegnete Sergius Callus. "Außerdem soll ich euch von ihm ausrichten, daß er eigentlich plante, mich zu begleiten. Er hätte euch, so seine Worte, sehr gerne wiedergesehen, um mit euch beim Wein über die Frage zu disputieren, warum sich die Einfuhr von Liquamen nach Britannien bislang noch arg in Grenzen hält. Aber letztlich gab es wieder einmal Probleme beim Bau des verflixten Claudius-Tempels, den wir wahrhaftig nicht in Camulodunum gebraucht hätten, und deshalb mußte Aulus Plautius in der Stadt bleiben. Doch immerhin beauftragte er mich, euch ein Dutzend Amphoren mit edlem Falerner mitzubringen und sie euch mit der Bitte zu übergeben, auf sein Wohl zu trinken."

"Das soll noch heute geschehen", versprach Prasutax lächelnd. "In der Großen Halle ist schon alles für ein Fest vorbereitet, und sobald deine Legionäre ihre Zelte aufgeschlagen haben, wird die Willkommensfeier für dich und deine Offiziere beginnen."
"Wo können meine Leute lagern?" fragte der Tribun.
"Auf dem Anger des Duns ist ausreichend Platz für sie", antwortete der König. "Du selbst bist natürlich Boadiceas und mein Gast, und deine Centurionen sollen in den Häusern von Adelskriegern untergebracht werden."
"Meine Hundertschaften werden euch nicht lange zur Last fallen", erwiderte Sergius Callus. "Denn schon morgen will ich den Ort auswählen, wo das Kohortenlager und später auch die Zivilstadt entstehen sollen."
"Wir werden dir dabei behilflich sein", erklärte Boadicea.
"Darauf hoffte ich", entgegnete der Tribun; sodann folgten er und seine Offiziere dem Herrscherpaar und dem Pendruid in die Ringwallfestung.
Es dauerte kaum eine Stunde, bis die Zeltreihen der Legionäre errichtet, die Zugochsen und Reitpferde versorgt und die sechzig Decurien an ihren Kochfeuern zur Ruhe gekommen waren. Nunmehr inspizierte Sergius Callus, der sich zuvor im Königshaus mit Prasutax, Boadicea und Swyedydd unterhalten hatte, zusammen mit seinen Gastgebern das provisorische Lager, wo sich mittlerweile auch zahlreiche neugierige Kelten eingefunden hatten. Eadha und Ailme, die kürzlich sieben Jahre alt geworden waren, hatten darum gebettelt, mitkommen zu dürfen, und tollten neben den Erwachsenen her. Nach dem Kontrollgang mußten die Zwillinge ins Bett; ihre Eltern und der Pendruid wiederum geleiteten den Tribun sowie dessen Centurionen und Decurionen jetzt zur Großen Halle, wo die icenischen Edlen warteten.
Das Begrüßungsfest für die Römer dauerte bis spät in die Nacht; eifrig sprachen die keltischen Adligen und ihre Gäste dem Spießbraten, dem Wein und dem Metheglyn zu. Auf dem Höhepunkt der Feier trug Duncann, der Penbardd der Icener, einen humorvollen Gesang vor, in dem er sich auf launige Weise über das zukünftige und anfangs womöglich nicht völlig problemlose Miteinander von Britanniern und Römern ausließ. In seinen Text flocht Duncann zahlreiche lateinische Redewendungen ein; dies und die heitere Qualität seines vielstrophigen Liedes begeisterten die Zuhörer über die Maßen - und am Ende würdigte das Königspaar die Kunstfertigkeit des Penbardd, indem es Duncann drei der mit köstlichem Falerner gefüllten Amphoren, die Tullius Vedius gesandt hatte, zum Geschenk machte.
Großherzig ließ der Penbardd die Weinkrüge sofort öffnen; freudige Zurufe dankten es ihm - und als schließlich der letzte Trinkspruch des Festes ausgebracht wurde, war es schon eine ganze Weile nach Mitternacht. Teils beschwingt, teils mit etwas schweren Schritten strebten die icenischen Edlen und römischen Offiziere ihren Schlafstätten zu, und auch auf dem Anger, wo die Legionäre und das einfache Volk aus dem Dun ebenfalls gefeiert hatten, wurde es nun allmählich still.

Am nächsten Vormittag dann brachen das Herrscherpaar, Swyedydd und Sergius Callus zu Pferde auf, um den Ort zu bestimmen, wo das Kohorten-Lager und die Zivilstadt erbaut werden sollten. Prasutax schlug vor, zunächst ein Stück nach Norden zu reiten, und der Tribun war einverstanden. Nachdem die drei Männer und Boadicea ungefähr zwei Meilen zurückgelegt hatten, gelangten sie an ein Flüßchen, das sich gemächlich durch das Marschland schlängelte. Jenseits des Gewässers und nur einen Pfeilschuß von seinem binsengesäumten Nordufer entfernt erstreckte sich eine etwa achthundert Schritt lange Bodenwelle, die mit Gebüsch sowie einzelnen Erlen und Birken bewachsen war. Prasutax zügelte sein Roß, deutete über das Flüßchen und sagte zu Sergius Callus: "Diesen Platz wollte ich dir zeigen."
Der Tribun nickte anerkennend. "Der Ort sieht vielversprechend aus. Laß ihn uns näher in Augenschein nehmen."
Gleich darauf durchquerten die Pferde das Gewässer; es war einfach, weil die Flut den Tieren lediglich bis zu den Bäuchen reichte. Drüben lenkten die Reiter ihre Rösser auf die flache Anhöhe und saßen ab. Sergius Callus untersuchte den Boden und fand heraus, daß er aus festem Lehm bestand. Nachdem der Tribun, die Erhebung abschreitend, eine Reihe weiterer Stichproben gemacht hatte, erklärte er seinen Begleitern. "Die Anhöhe ist offenbar überall aus solidem Material gebildet und kann deshalb problemlos zwei große Ansiedlungen tragen."
"Ohne Zweifel", bestätigte der König; Swyedydd, der bis dahin aufmerksam die Bäume gemustert hatte, fügte hinzu: "Außerdem wirken an diesem Platz keine gefährlichen Erdkräfte, denn das Holz der Birken und Erlen zeigt nirgendwo krankhafte Wucherungen."
"Das fiel mir ebenfalls auf", bekräftigte Boadicea.
"Von solchen Dingen ahnte ich bisher nichts", murmelte Sergius Callus; sodann wollte er von den Icenern wissen: "Ihr ratet mir also, das Truppenlager und die Stadt hier zu erbauen?"
"Einen besseren Ort wirst du, auch im Hinblick auf die Wasserversorgung, weit und breit nicht finden", entgegnete der Pendruid; Prasutax und seine Gemahlin pflichteten ihm bei.
Der Tribun lächelte. "Damit ist es entschieden. Das Kohorten-Lager wird auf der östlichen, schmaleren Hälfte dieser Erhebung entstehen, und im Westen, wo mehr Raum ist, soll die Zivilstadt Venta Icenorum emporwachsen."
"Venta Icenorum?" versetzte der König. "Der Name klingt zwar gut, aber ich kann ihn, obwohl ich das Lateinische doch leidlich beherrsche, nicht genau übersetzen. Was bedeutet Venta?"
"Die Aufstrebende oder Aufblühende", erklärte Sergius Callus.
"Jetzt begreife ich!" kam es von Prasutax. "Venta Icenorum heißt in etwa: Die aufstrebende oder aufblühende Stadt der Icener."
"Du sagst es", nickte der Tribun. "Und ich würde die Neugründung gerne so nennen, weil ich denke, daß der Name Venta Icenorum ein hoffnungsträchtiges Omen für sie sein wird."

"Er hört sich wirklich schön und verheißungsvoll an", nahm Boadicea das Wort. Sinnend schaute sie über die Anhöhe hin und fügte hinzu: "Fast vermag ich die künftige Stadt mit ihren Hunderten von Gebäuden schon vor mir zu sehen..."
"Mir ergeht es genauso", bekannte Sergius Callus. "Und ich kann es kaum erwarten, mit der Erbauung von Venta Icenorum zu beginnen. Am liebsten würde ich meinen Legionären befehlen, gleich heute mit den Rodungsarbeiten anzufangen."
"Deine Männer wären dir bestimmt dankbar, wenn du ihnen nach dem langen Marsch noch einen Ruhetag gönnen würdest", gab Prasutax zu bedenken.
"Sie sollen ihn haben", erwiderte der Tribun. "Aber morgen werden sich die Legionäre mit frischen Kräften ans Werk machen!"

***

Während der folgenden Wochen und Monate bewiesen die Römer, welch meisterliche Bauleute sie waren. Nachdem sie den Ostabschnitt der Erhebung von Bäumen und Buschwerk befreit hatten, errichteten die Legionäre zunächst das Kohorten-Lager. Die Männer schütteten eine rechteckige Umwallung mit vier Zugangsschneisen auf und bewehrten sie mit einem Palisadenzaun sowie hölzernen Tortürmen. Danach brannten die Legionäre, welche bis jetzt noch in ihren Zelten schliefen, Unmengen von Ziegeln und mauerten mit diesen Backsteinen ein halbes Dutzend einstöckiger Langhäuser auf, deren aus Balken gezimmerte Dächer mit Ziegeltaschen gedeckt wurden. Jedes dieser Gebäude besaß zu beiden Seiten eines durchgehenden Flurs zehn große Räume, in denen jeweils eine Decurie untergebracht werden konnte; insgesamt fand in jedem der sechs Mannschaftshäuser, welche zusätzlich mit Gemeinschaftsküchen und an den Rückfronten mit Latrinen, Wagenschuppen und Ställen ausgestattet waren, also eine ganze Centurie Platz.
Zuletzt entstand im Zentrum des Militärlagers ein siebtes, doppelstöckiges Ziegelgebäude, das als Offiziersunterkunft dienen sollte. Um die Zeit der Sommersonnenwende siedelten Sergius Callus und seine Centurionen, welche bis dahin täglich vom Königs-Dun zur Baustelle geritten waren, in ihr neues Quartier über. Der Abschluß der Bauarbeiten, die kaum fünf Wochen in Anspruch genommen hatten, wurde mit einem Festmahl gefeiert, zu dem auch die icenischen Edlen geladen waren - gleich am darauffolgenden Tag begannen die Römer mit der Errichtung der Zivilstadt Venta Icenorum im Westen der Anhöhe.
Erneut rodeten die Legionäre; danach warfen sie am Rand des diesmal ovalen, den natürlichen Gegebenheiten angepaßten Baugeländes einen Umfassungswall mit verschiedenen Torschneisen auf. Da dieses Erdwerk weniger als Verteidigungsanlage, sondern eher als Windschutz für die spätere Stadt gedacht war, bekam es keine Palisadenbewehrung. Nach Fertigstellung des Walles wurden abermals Zehntausende von Ziegeln gebrannt; sodann fingen die Männer an, die Häuser von Venta Icenorum zu errichten.

Die Legionäre gingen dabei nach einem Plan vor, den Sergius Callus gezeichnet hatte. Auf diesem Pergamentbogen war das künftige Aussehen der Stadt in allen Details zu erkennen: das kreisrunde Forum in der Mitte von Venta Icenorum mit den Grundrissen mehrerer repräsentativer Gebäude an seiner Peripherie; entlang der beiden sich rechtwinklig kreuzenden Hauptstraßen zweistöckige Handwerkerhäuser, Herbergen, Lagerhallen und Tavernen; zu beiden Seiten der Gassen dazwischen Reihen bescheidenerer, ebenerdiger Wohnbauten.
Den ganzen Sommer und Frühherbst hindurch gönnten sich die Römer und ihre zahlreichen keltischen Helfer, welche alsbald aus den Dörfern und von den Bauernhöfen der Umgebung zu ihnen gestoßen waren, kaum eine Pause. Die Hausmauern wuchsen empor; die Balken für die Zwischengeschosse wurden zugerichtet und eingezogen, die Dachstühle gezimmert und gedeckt. Drei Wochen nach Alban Elued, als die Nächte kälter wurden und morgens manchmal schon Rauhreif auf den Binsen am Flußufer lag, war bereits gut die Hälfte der Gebäude, darunter sämtliche Handwerkerhäuser, fertiggestellt - und nun besprach sich der Tribun mit dem Königspaar und sandte sodann einen seiner Offiziere nach Camulodunum.
Unter dem Schutz von dreißig icenischen Kriegern ritt der Centurio nach Süden; vier Tage nach Samhain kehrte der Trupp in Begleitung Dutzender Handwerkerfamilien zurück. Es waren Schreiner, Drechsler, Schmiede, Bronzegießer, Stellmacher, Sattler, Töpfer, Weber, Tuchwalker, Schneider, Bäcker und Fleischhauer; auf Fuhrwerken und Karren führten sie ihr Hab und Gut mit sich. Agenten von Aulus Plautius hatten die Handwerker teils in Londinium und teils sogar jenseits des Meeres in Gallien angeworben und ihnen ein gesichertes Fortkommen in Venta Icenorum versprochen - und jetzt brannten sie darauf, ihre sehr günstig erworbenen Häuser in der neugegründeten Stadt zu beziehen und ihre Geschäfte aufzunehmen.
Während die Bauarbeiten innerhalb der ovalen Umwallung ungeachtet des trüben Herbstwetters zügig weitergingen, richteten die römischen oder gallorömischen Familien ihre Wohnräume und Werkstätten ein - und schon bald konnten die keltischen Bauern und Viehzüchter aus dem Umland von Venta Icenorum, welche neugierig in die Stadt kamen, die ersten fremdartigen Waren erwerben.
Einen Monat nach dem Samhain-Fest, die Witterung war noch einmal mild geworden, unternahmen auch Prasutax und Boadicea zusammen mit ihren Töchtern einen Gang durch die nun bereits ziemlich geschäftig wirkende Ansiedlung - und waren von dem reichhaltigen Angebot an ungewöhnlichen Erzeugnissen in den Verkaufsräumen der Handwerkerhäuser begeistert. Für einige britannische Silbermünzen erstand das Königspaar je einen hübsch gedrechselten Kinderstuhl für Eadha und Ailme; außerdem kaufte Prasutax seiner Gemahlin einen kunstvoll gestalteten Bronzearmreif, und Boadicea schenkte ihrem Gatten einen römischen Dolch, dessen Griff mit Ebenholz eingelegt war.

Am Ende des Rundganges gesellte sich Sergius Callus zu der Herrscherfamilie; in einer Taverne, die mittlerweile ebenfalls eröffnet worden war, genoß man eine Schale Wein. Dabei fragte der König den Tribun, ob er nicht Lust hätte, einen Abstecher in den Dun zu machen; im Herrscherhaus dort könne man sich bei einem guten Abendessen weiter unterhalten. Sergius Callus stimmte gerne zu; wenig später begleitete er die Königsfamilie, die im vierrädrigen Wagen nach Venta Icenorum gekommen war, hoch zu Roß zur Ringwallfestung. Am Herdfeuer des Herrscherhauses machte man es sich bequem; kaum jedoch hatte eine Dienerin Metheglyn und eine Vorspeise aufgetragen, entstand draußen Unruhe - und gleich darauf platzte ein Centurio, der offensichtlich einen langen Ritt hinter sich hatte, herein.
"Du, Titus?!" rief der Tribun aus. "Was führt dich so überraschend von Camulodunum hierher?"
"Tullius Vedius schickt mich mit einer höchst wichtigen Botschaft!" erwiderte der Offizier. "Und dank des Rates eines meiner Männer fragte ich am Tor der hiesigen Festung nach dir, statt nach Venta Icenorum weiterzureiten, wie ich eigentlich..."
"Welche Nachricht bringst du?!" unterbrach Sergius Callus den Centurio.
"Die Kunde von einem spektakulären Todesfall, der sich im Palast des Imperators in Rom ereignete", lautete die Antwort.
Für einen Moment herrschte Stille; dann wies Prasutax auf einen Stuhl und forderte den Offizier auf: "Setz dich und berichte!"
Der Centurio nahm Platz, musterte Eadha und Ailme, blickte zu Boadicea und murmelte: "Vielleicht ist es besser, wenn du zuvor die Kinder..."
"Du hast recht." Die Königin rief nach einer Magd und befahl ihr, die Zwillinge wegzubringen.
Schweigend warteten die Erwachsenen ab, bis Eadha und Ailme verschwunden waren; sofort danach drängte der Tribun: "Jetzt aber raus mit der Sprache, Titus! Was geschah in Rom?"
"Claudius, unser aller Herr, raffte sich endlich dazu auf, seine verworfene Gemahlin Messalina für ihren unsittlichen Lebenswandel zu bestrafen", erwiderte der Centurio.
Sergius Callus beugte sich gespannt vor. "Verstieß er sie von seiner Seite? Annullierte er gar die Ehe mit ihr?"
Titus schüttelte den Kopf. "Claudius griff bedeutend härter durch, und das ist nur zu verständlich! Denn es wurde ihm zugetragen, daß seine Gattin das Weinerntefest auf einem ihrer Landgüter dazu genutzt hatte, ein schamloses Bacchanal zu veranstalten. Zunächst hatten Messalina und ihre Freundinnen, in obszöne Fellkostüme gekleidet, vor den anwesenden Männern, sowohl Adligen als auch Sklaven, getanzt und sich dabei gegenseitig aufgereizt. Danach hatten sich die Frauen in aller Öffentlichkeit mit ihren Liebhabern gepaart - und Messalina hatte es mit einem gewissen Silius getrieben: einem jungen Edelmann, den sie zu allem Überfluß zuvor in einer blasphemischen Zeremonie zum Bacchanten-Gemahl genommen hatte. Von dieser Orgie also wurde Claudius in Kenntnis gesetzt, und daß

ihn daraufhin rasender Zorn ergriff, ist wahrlich kein Wunder! In seiner Wut schickte er eine Abteilung Prätorianer unter Führung seines Freigelassenen Narcissus zum Landgut Messalinas. Als die Bewaffneten herannahten, flohen die Freunde der Verruchten; auch Silius schwang sich aufs Roß und galoppierte ungeachtet des Flehens seiner Bacchantinnen-Gattin davon. Allein blieb Messalina zurück; dann teilte Narcissus ihr mit, daß Claudius sie zum Tod verurteilt habe - und überreichte ihr sein Kurzschwert, damit sie sich mit eigener Hand das Leben nehmen sollte..."
"Tat sie es?" fiel Sergius Callus dem Centurio ins Wort.
Verächtlich lachte Titus auf. "Nein, Messalina zeigte sich feige! Zitternd und zwischendurch immer wieder um Gnade winselnd, setzte sie die Waffe bald an ihre Brust, bald an ihren Hals, hatte jedoch nicht den Mut, sich zu töten. Schließlich wurde es einem Offizier der Prätorianer zu dumm - fluchend zog er blank und erstach die nichtswürdige Gemahlin des Imperators."
Entsetzt hatte das Königspaar dem Centurio gelauscht; nun flüsterte Boadicea: "Wie konnten sich Messalina und Claudius nur zu derartigen Wahnsinnstaten hinreißen lassen?!"
"Manche Leute behaupten, die Atmosphäre in Rom brüte das Unheil geradezu aus", murmelte Sergius Callus. Einen Moment starrte er ins Herdfeuer, dann zuckte er die Achseln und äußerte: "Immerhin ist der Imperator die hochwohlgeborene Hure, die ihm das Dasein vergiftete, jetzt los - und wahrscheinlich wird er sich so schnell nicht wieder verheiraten."
"Ich fürchte, da täuschst du dich", widersprach Titus. "Es sieht nämlich ganz so aus, als sei Claudius bereits in die Fänge der nächsten Irrsinnigen geraten."
"Nicht möglich!" stieß Prasutax hervor.
"Doch!" beteuerte der Centurio. "Der Bote, welcher die Nachricht von Messalinas Tod aus Gallien nach Londinium brachte, berichtete noch mehr: Kaum war die dritte Gattin des Imperators gestorben, machte sich eine gewisse Agrippina unter Aufbietung all ihrer Verführungskünste an Claudius heran..."
"Die Nichte des Imperators?!" fragte Sergius Callus entgeistert.
"Keine andere als die ausnehmend schöne, aber eiskalte Tochter seines Bruders!" bestätigte Titus. "Agrippina, die dreiunddreißigjährige Urenkelin des göttlichen Augustus und Witwe des edlen Cnaeus Ahenobarbus, den sie, wie man munkelt, vorzeitig unter die Erde gebracht hat. Sie becircte Claudius ohne jegliche Scham und siedelte schon am zweiten Tag nach dem Ableben Messalinas zusammen mit ihrem zehnjährigen Sohn Nero aus erster Ehe in seinen Palast über. Seither, so der Gewährsmann aus Gallien, sind der Imperator und seine neueste Eroberung unzertrennlich - und es könnte durchaus passieren, daß Claudius nunmehr seine nahe Verwandte heiratet."
"Das wäre doch Blutschande!" kam es von Boadicea.
"Daran pflegt man sich in den höchsten Kreisen Roms nicht unbedingt zu stoßen", erklärte der Centurio ironisch.

Mit verkniffenen Lippen nickte Sergius Callus, dann sagte er: "Agrippina war stets machthungrig und bereit, über Leichen zu gehen, wenn es ihren ehrgeizigen Plänen diente. Und jetzt, wo sich ihr die Chance eröffnet, an der Seite des Imperators zu herrschen, wird sie Claudius bestimmt nicht mehr aus ihren Krallen lassen. Der Imperator wiederum, der beinahe sechzig Jahre zählt und bekanntlich unter Verwirrungen leidet, ist seiner Nichte offenbar mit Haut und Haaren verfallen. Von daher ist es tatsächlich nicht auszuschließen, daß es zur Vermählung kommt - wenn das aber geschieht, könnten die Folgen angesichts von Agrippinas Charakter nicht weniger schrecklich als im Fall ihrer Vorgängerin sein."
Titus stimmte dem Tribun zu; danach tauschten sich das Königspaar und die beiden Offiziere noch geraume Zeit über die Ereignisse in Rom aus. Erst spät in der Nacht verabschiedeten sich Sergius Callus und der Centurio, um nach Venta Icenorum zu reiten; als Boadicea und Prasutax allein waren, schmiegte sich die Königin wie schutzsuchend an ihren Gemahl und flüsterte: "Die entsetzlichen Geschehnisse, von denen wir erfuhren, machen mir Angst. Es ist alles so krankhaft..."
Behutsam strich ihr Prasutax eine Locke ihres kupferfarbenen Haars aus der Stirn. "Ich fühle mich von dem Treiben am Hof des Imperators ebenso wie du abgestoßen. Doch Rom ist weit weg, und die Würdenträger des Reiches, mit denen wir es hier zu tun haben, sind von völlig anderer Art als Claudius und die Hochadligen in seiner Umgebung. Aulus Plautius regiert den Süden Britanniens gerecht und klug, und Tullius Vedius hat mittlerweile viel Gutes im Stammesgebiet der Catuvellauner und Trinovanten getan; hat so manche Wunde, die der Krieg und Caradocs aussichtsloser Kampf dort schlugen, geheilt. Und auch Sergius Callus, der uns fast wie ein Freund ist, leistete seit seiner Ankunft im vergangenen Frühling eine Menge für das Wohl unseres Volksstammes. Erst heute wieder, als wir in der von ihm gegründeten Stadt weilten, konnten wir uns davon überzeugen."
"Du hast ja recht", murmelte Boadicea. "Venta Icenorum ist wirklich etwas Besonderes. Ich spürte es auf Schritt und Tritt, obwohl die Stadt noch gar nicht fertiggebaut ist."
"Im neuen Jahr wird sie vollendet sein, und dann werden sich dort Kelten und Römer friedlich vermischen", sagte Prasutax. "Aber jetzt genug davon - sonst kommen wir gar nicht mehr ins Bett, und das wäre doch jammerschade..."
Boadicea schmiegte sich enger an ihn. "Was meinst du damit?"
"Das weißt du genau, mein Schatz", erwiderte Prasutax schmunzelnd; im nächsten Moment hob er seine Gattin ungeachtet ihres lachenden Protestes hoch und trug sie ins Schlafgemach.

***

Im Lauf des Winters gingen die Arbeiten in Venta Icenorum langsamer voran - aber nachdem zu Imbolc des neuen Jahres der Frost aus der Erde gewichen war, machte die Fertigstellung der Stadt erstaunlich rasche Fortschritte. Um Beltane herum wurden die letzten Hausdächer eingedeckt

und die Pflasterarbeiten auf dem Forum abgeschlossen - und schließlich, zwei Wochen nach dem Frühlingsfest, lud Sergius Callus die Herrscherfamilie, Swyedydd und die übrigen Edlen aus dem Königsfestung und deren Umland nach Venta Icenorum ein, um zusammen mit ihnen die Beendigung der Bauarbeiten zu feiern.
Als die Icener im Zentrum der Stadt anlangten, trafen sie einen alten Bekannten. Auf dem Forum nämlich wurden sie nicht nur von Sergius Callus und dessen Offizieren - sondern außerdem von Tullius Vedius erwartet. Aufgeräumt begrüßte der Legat das Herrscherpaar und den Pendruid; auf Prasutax' Frage, wie es ihm gelungen sei, unbemerkt nach Venta Icenorum zu kommen, antwortete Tullius Vedius: "Ich hatte bei den Corieltauern im Nordwesten zu tun und ritt mit meiner Eskorte von dort aus her, weshalb ich euren Dun nicht passierte. Doch ich gebe zu, daß mein Eintreffen in der vergangenen Nacht kein Zufall war, denn Sergius Callus hatte mich über die heutige Feier informiert."
"Ihr habt eine Verschwörung ins Werk gesetzt und uns dadurch eine freudige Überraschung bereitet", lächelte Boadicea.
"Und ihr würdet uns und den Bewohnern der jüngsten Stadt Britanniens eine Freude machen, wenn wir euch nun durch Venta Icenorum führen dürften, ehe wir uns an der Festtafel niederlassen", erwiderte der Legat.
Das Königspaar und Swyedydd waren gerne damit einverstanden; während des gemeinsamen Stadtrundganges dann konnten sie sich davon überzeugen, daß Venta Icenorum jetzt wirklich alle erforderlichen Einrichtungen besaß, um zu einer blühenden Metropole des Icenerlandes zu werden.
Besonders eindrucksvoll wirkten die repräsentativen, erst kürzlich vollendeten Gebäude am Rand des Forums. Im Norden des kreisrunden Platzes stand ein dreistöckiges palastähnliches Bauwerk, in dem künftig Sergius Callus residieren würde; östlich davon gab es ein Gästehaus für hochgestellte Besucher der Stadt, welches ebenfalls drei Geschosse besaß. Im südlichen Bereich des Forums erhob sich ein rechteckiger Umgangstempel, welcher dem Gott Merkur geweiht war; in einem Seitentrakt des Heiligtums hatten sich bereits ein Devotionalienhändler, der unter anderem symbolische Opfertiere aus gebranntem Ton und Amulette anbot, sowie ein Geldwechsler niedergelassen.
Der Pendruid zeigte sich etwas erstaunt über diese Verbindung von Sakralem und Profanem, welche in der keltischen Religion unbekannt war; ähnlich erging es Prasutax und Boadicea. Wenig später aber, als die Icener das öffentliche Badehaus im Westen des Stadtplatzes besichtigten, waren sie aufrichtig begeistert. Denn die Therme besaß nicht nur ein aus glasierten Ziegeln gemauertes Kaltwasserbecken, in dem sich ein Dutzend Menschen zugleich aufhalten konnten, sondern auch ein ebenso großes Badebecken mit angenehm temperiertem Wasser, welches durch Öfen in einem Kellergeschoß unterhalb des Bassins erwärmt wurde, wie Sergius Callus erklärte. Darüber hinaus verfügte die Therme über Kammern, in denen die Besucher Schwitzbäder nehmen konnten, sowie über einen

gefällig ausgestatteten Umkleide- und Ruheraum, wo der Betreiber des Badehauses leichte Speisen servierte und Wein ausschenkte.
Nachdem die keltischen Edlen und römischen Offiziere in diesem Apodyterium einen kleinen Imbiß genossen hatten, verließen sie die Therme und das Forum und nahmen nun die umliegenden Viertel von Venta Icenorum in Augenschein. Das Königspaar stellte fest, daß es entlang der Straßen und Gassen jetzt keinerlei Baulücken mehr gab; dicht an dicht standen die Handwerkerhäuser, die Herbergen für Kaufleute und sonstige Reisende, die Lagerhallen, die Tavernen und die ebenerdigen Unterkünfte für das einfache Volk da. Und es waren bei weitem nicht nur Römer, welche diese Gebäude bewohnten oder frequentierten; vielmehr hatten sich im Lauf der vergangenen Monate immer mehr britannische Neubürger in der Stadt angesiedelt.
Es waren zumeist junge Männer aus dem Umland, welche beim Bau von Venta Icenorum Arbeit und Brot gefunden hatten und sodann, häufig mit ihrem weiblichen Anhang, geblieben waren. Außerdem hatten sich icenische Vieh- und Getreidehändler in der Stadt etabliert, die - wie einer von ihnen gegenüber dem Königspaar beteuerte - ausgezeichnete Geschäfte mit den römischen Fleischhauern und Bäckern machten, welche die Bevölkerung von Venta Icenorum und die Legionäre im benachbarten Kohorten-Lager versorgten. Doch auch keltische Handwerker waren in der Stadt ansässig geworden; friedlich wetteiferten sie mit ihren römischen Konkurrenten, und speziell die farbenfrohen, oft phantastisch gemusterten Webwaren sowie die kunsthandwerklichen Erzeugnisse, welche einige der Icener herstellten, waren - wie das Herrscherpaar erfuhr - bei den Römern, die solche Produkte bisher kaum gekannt hatten, sehr gefragt.
Insgesamt bewies der Rundgang durch Venta Icenorum dem Königspaar und dessen Gefolge, daß sich das Miteinander von keltischer und römischer Einwohnerschaft bestens entwickelte. In diesem Bewußtsein kehrten die icenischen Edlen, angeregt mit den sie begleitenden Offizieren plaudernd, zum Forum zurück. Vor dem Palastgebäude dort war unterdessen eine lange Tafel aufgestellt worden; zusammen mit Tullius Vedius und Sergius Callus nahmen Prasutax, Boadicea und Swyedydd auf den Ehrensitzen Platz, und nachdem sich auch die übrigen Adligen, Druiden und Offiziere niedergelassen hatten, trugen hübsche römische und keltische Dienerinnen, die Sergius Callus für diesen Tag engagiert hatte, den ersten Gang des Festmahls auf.
Bis Sonnenuntergang schmauste und trank man unter freiem Himmel. Erst in der Abenddämmerung verabschiedeten sich die Icener von ihren Gastgebern; Prasutax sagte bei dieser Gelegenheit augenzwinkernd zu Tullius Vedius und Sergius Callus: "Heute haben wir Britannier es uns bei euch in der neugegründeten Stadt gutgehen lassen - und von daher ist es eine Frage der keltischen Ehre, daß wir morgen bei uns im Königs-Dun weiterfeiern. Ich hoffe also inständig, ihr werdet euch mit euren Leuten pünktlich um die Mittagsstunde einfinden."

"Da der Spießbraten, den man in der Großen Halle eurer Festung zu rösten pflegt, einen wirklich ausgezeichneten Ruf genießt, können wir diese hochherzige Einladung unmöglich abschlagen", erwiderte Tullius Vedius schmunzelnd.
"Sehr gut", lächelte Boadicea; auf dem Heimweg sodann beratschlagte sie mit ihrem Gatten, auf welche Weise sie ihre Gäste verwöhnen wollten.
Als die Römer am nächsten Tag die Halle im Herrscher-Dun der Icener betraten, schlug ihnen ungemein köstlicher Bratenduft entgegen. Denn über dem Feuerplatz brutzelten sechs Jungschweine, die schon seit dem Morgen an den Spießen gedreht und dabei in regelmäßigen Abständen mit Olivenöl und einem Sud aus südländischen Gewürzkräutern eingerieben worden waren. Ihr Fleisch war bereits herrlich kroß; schon kurze Zeit später konnten die Spanferkel angeschnitten werden, und nachdem die römischen Offiziere die ersten Bissen versucht hatten, rief Sergius Callus hingerissen aus: "Solch schmackhaften Schweinebraten genoß ich, Jupiter ist mein Zeuge, noch nie!"
Tullius Vedius und die übrigen Römer stimmten ihm zu; danach bat Sergius Callus die Königin: "Verrate mir das Rezept, damit ich es meinem Koch in Venta Icenorum weitergeben kann."
Boadicea beschrieb ihm, auf welche Art die Spanferkel zubereitet worden waren, und schloß: "Prasutax und ich überlegten gestern, wie wir euch mit etwas Besonderem überraschen könnten. Zuletzt sagten wir uns, daß es sich eigentlich anbieten würde, römische und keltische Kochkunst zu verbinden - und wie eure Begeisterung zeigt, war dies offenbar keine schlechte Idee."
"Euer Einfall war göttlich!" beteuerte Tullius Vedius. "Und das nicht nur wegen der Gaumenfreuden, die ihr uns verschafft, sondern außerdem quasi in politischer Hinsicht. Wenn sich nämlich britannische Jungschweine dermaßen gut mit römischen Gewürzen und Olivenöl vertragen, ist dies doch zweifellos auch ein positives Omen für die Verschmelzung unserer Völker."
"Darauf sollten wir trinken", kam es von Swyedydd. "Denn dein Ausspruch war von druidischer Weisheit geprägt - von jener Weisheit, welche uns lehrt, daß sich philosophische Erkenntnis am besten aus der Betrachtung des Alltäglichen und dessen tieferer geistiger Durchdringung entwickeln kann."
Ehe der Legat etwas zu erwidern vermochte, verlangten Eadha und Ailme, die bei ihren Eltern saßen und ihre Portionen schon verzehrt hatten, lautstark nach weiteren Bratenstücken. Die Erwachsenen mußten lachen; während der folgenden Stunden sodann sorgten die achtjährigen Zwillinge immer wieder einmal für Heiterkeit an der Tafel, bis sie schließlich bei Einbruch der Dunkelheit zu Bett gebracht wurden. Die icenischen Edlen und römischen Offiziere hingegen blieben noch lange beisammen - und um Mitternacht nahmen die weinschweren Gäste des Königspaares dessen Einladung, im Dun zu schlafen, gerne an.

Am nächsten Morgen machten sich Tullius Vedius und seine Eskorte für den Heimritt nach Camulodunum fertig; Sergius Callus und seine Centurionen sattelten ihre Pferde, um nach Venta Icenorum zurückzukehren - aber ehe die Römer aufbrachen, teilte der Legat, nachdem er sich kurz mit dem Tribun ausgetauscht hatte, dem Herrscherpaar noch mit: "In Kürze wird bei der neuen Stadt eine Steinbrücke über den Fluß errichtet werden, damit man künftig trockenen Fußes nach Venta Icenorum gelangen kann. Sobald die Brücke steht, werden die hiesigen Legionäre mit dem Bau einer befestigten Fahrstraße nach Süden beginnen, und gleich nach meiner Ankunft in Camulodunum soll der Straßenbau auch von dort aus vorangetrieben werden."
"Das heißt, wir werden schon in Bälde bedeutend bequemer als früher zu dir reisen können", freute sich Prasutax.
"So wird es sein", bestätigte Tullius Vedius. "Und ich hoffe, ihr werdet mich dann öfter einmal besuchen."
Der König und seine Gemahlin versprachen es; wenig später begleiteten sie ihre römischen Freunde zum Torbau der Festung und nahmen dort herzlichen Abschied von ihnen.

***

In der Woche nach Alban Heruin wurde der letzte Steinquader in die Flußbrücke südlich von Venta Icenorum eingefügt; von da an bildete das hochgewölbte Bauwerk mit seinen wuchtigen Stützpfeilern und den überflutungssicheren Auffahrtsrampen einen markanten Orientierungspunkt in der Landschaft. Kaum war die Brücke im Rahmen einer kleinen Feier eingeweiht worden, nahmen Sergius Callus' Legionäre den Straßenbau in Angriff. Zunächst führten sie die Trasse bis nahe an den Königs-Dun heran und verbanden sie über eine Abzweigung mit der Festung; danach leiteten sie den Hauptstrang der Straße in einigem Abstand westlich um den Dun herum und führten die Trasse nach Süden weiter. An Lughnasad waren bereits acht Meilen des Verbindungsweges nach Camulodunum fertiggestellt - und in den folgenden Monaten wuchsen die Straßenzüge, die von Venta Icenorum und zugleich von Tullius Vedius' Residenzstadt aus vorangetrieben wurden, stetig aufeinander zu.
Nichts störte die Bauarbeiten; sowohl im Stammesgebiet der Icener als auch in den Ländereien der Catuvellauner und Trinovanten herrschte tiefer Friede - und dasselbe galt für die Territorien der Foederaten-Könige an der Grenze zu Cymru, wo Caradoc während der vergangenen Jahre so oft für Unruhe und Blutvergießen gesorgt hatte. Nun jedoch schien es, als sei Cunobelinos' Sohn der Kämpfe müde geworden; den ganzen Sommer, Herbst und Winter hindurch hielt er still. Gelegentlich sprachen Boadicea und Prasutax über ihn; jedesmal gab die Königin dann ihrer Hoffnung Ausdruck, daß Caradoc die Waffen nicht wieder ergreifen und sich vielleicht irgendwann sogar zu Verhandlungen mit den Römern bereit finden würde. Und tatsächlich sah es so aus, als könnte dieser Wunsch Boadiceas in Erfüllung gehen, denn auch im Frühling des neuen Jahres

langten keinerlei Nachrichten von kriegerischen Zusammenstößen in der icenischen Herrscherfestung an.
Statt dessen brachte Sergius Callus dem Königspaar kurz nach Alban Ailyr die frohe Kunde: "In zehn Tagen werden die Bautrupps aus Venta Icenorum und Camulodunum auf halber Strecke zwischen den beiden Städten zusammentreffen und im Rahmen einer festlichen Zeremonie gemeinsam die letzten Meter der Verbindungsstraße fertigstellen. Bei dieser Feier wird Tullius Vedius anwesend sein; auch ich will natürlich hinreiten - und ich hoffe sehr, ihr werdet mich begleiten."
Prasutax und Boadicea sagten gerne zu; eineinhalb Wochen später erreichten das Herrscherpaar, der Tribun und ihre jeweiligen Gefolgschaften nach sehr bequemer Reise auf der neuen Straße, welche die beiden Kohorten-Lager in der Südhälfte des Icenerlandes berührte, ihr Ziel. Bewegt stellten Prasutax und seine Gattin fest, daß der Ort, an dem das Abschlußstück der Trasse gepflastert werden sollte, besondere Bedeutung für sie besaß. Der Platz lag nämlich nur ein kleines Stück jenseits der ehemaligen, jetzt überbrückten Grenzfurt zwischen den icenischen und trinovantischen Stammesgebieten; fast genau dort, wo das Königspaar knapp drei Jahre zuvor erstmals Tullius Vedius und Sergius Callus begegnet war und das Foederaten-Abkommen mit dem Legaten ausgehandelt hatte.
Nun kam es zu einem freudigen Wiedersehen mit Tullius Vedius, bei dessen Offiziersstab sich auch etliche Adlige von den Volksstämmen der Catuvellauner und Trinovanten befanden. Nachdem die keltischen Edlen und römischen Offiziere einen Umtrunk genossen hatten, erteilte der Legat einer ausgewählten Schar von Legionären den Befehl, die Verbindungsstraße zwischen Camulodunum und Venta Icenorum zu vollenden. Unter Fanfarenmusik wurden die letzten hundert Belagsteine auf dem Fahrdamm eingefügt; anschließend begab man sich zu einem großen Festzelt, welches auf einer Wiese am Straßenrand stand. Dort feierten die Offiziere und die britannischen Edlen bis zur Abenddämmerung; für die Nacht nahmen sie die Gastfreundschaft des jungen Icenerhäuptlings Arberdd in Anspruch, dessen Dun sich nur eine kurze Wegstrecke nördlich der Grenzbrücke erhob.
Am nächsten Morgen entschloß sich das Königspaar, Tullius Vedius nach Camulodunum zu begleiten. Rasch und mühelos trabten die Pferde auf der neuerbauten Straße nach Süden; als die Reisegesellschaft in der Residenz des Legaten anlangte, sahen Prasutax und Boadicea, daß mittlerweile auch der Claudius-Tempel fast fertiggestellt war. Das massige, aus Ziegelwerk aufgeführte Hauptgebäude war bereits mit Kalk getüncht und mit farbigen Ornamentfriesen bemalt; ebenso waren die meisten Marmorsäulen des außen umlaufenden Wandelganges aufgerichtet und einzelne Teile ihrer Überdachung angebracht.
Die Handwerker, welche mit der Erbauung des Tempels betraut waren, hatten Beachtliches geleistet; trotzdem konnte sich das icenische Herrscherpaar des Eindrucks nicht erwehren, als sei auf dem Forum von

Camulodunum etwas Blasphemisches entstanden, das die Götter beleidigte. Tullius Vedius schien die unausgesprochenen Vorbehalte von Prasutax und Boadicea zu teilen; nachdem er der Königin vor seinem Palast behilflich gewesen war, vom Streitwagen zu steigen, wies er auf die Victoria-Statue seitlich des Portals und sagte: "Schon die Aufstellung dieses Monstrums war ein unglücklicher Akt, und was den Tempelbau angeht, so ist der Imperator noch mehr zu tadeln. Allein der Transport der Säulen von Italien hierher verursachte immense Kosten; von dem übrigen sinnlosen Aufwand, der einzig Claudius' Größenwahn dient, gar nicht zu reden."
Prasutax und Boadicea stimmten dem Legaten zu; im nächsten Moment wechselte dieses das Thema: "Aber wir wollen uns die Zeit, die wir miteinander verbringen werden, nicht durch die seltsamen Launen eines alten Mannes verderben lassen - noch dazu man Claudius ohnehin bloß bedauern kann, da er in seiner vierten Ehe mit Agrippina vermutlich ähnlich unglücklich wie in seiner dritten mit Messalina sein wird."
"Der Imperator hat also tatsächlich seine eigene Nichte geheiratet?!" stieß Boadicea hervor.
Tullius Vedius nickte. "Die Botschaft aus Rom traf an dem Tag ein, da ich nach Norden aufbrach, um euch zu treffen. Im Dun von Arberdd sprach ich mit Sergius Callus darüber, doch ihr habt es wohl überhört. - Wie auch immer: Claudius vermählte sich bereits im vergangenen Jahr mit Agrippina; zunächst allerdings nur heimlich, weil beide den Vorwurf der Blutschande fürchteten. Erst nachdem der Imperator die Mehrheit der Patrizier im Senat durch Bestechung willfährig gemacht hatte, wurde die widernatürliche Ehe auch öffentlich geschlossen und das bis dahin mehr oder weniger illegale Verhältnis nachträglich sanktioniert. Dies geschah vor ungefähr zweieinhalb Monaten; seitdem sitzt die Witwe des Cnaeus Ahenobarbus neben ihrem Onkel auf dem Thron und bemüht sich in auffälliger Weise, die Zuneigung des Imperators für ihren halbwüchsigen Sohn Nero zu wecken."
"Strebt sie womöglich an, daß Claudius ihren und Ahenobarbus' Sprößling zu seinem Nachfolger ernennt?" fragte Prasutax.
"Das ist angesichts ihres berechnenden Charakters und ihrer Machtgier keineswegs ausgeschlossen", erwiderte der Legat. "Doch jetzt genug von diesen unerfreulichen Dingen. - Laßt uns nun in den Palast gehen, damit wir uns bei einem guten Essen, Wein und angenehmeren Gesprächen von den Anstrengungen der Reise erholen können."
Das Königspaar blieb eine volle Woche zu Gast bei Tullius Vedius, und der Legat bemühte sich, seinen Besuchern den Aufenthalt so angenehm wie möglich zu machen. Jagdausflüge in die Wälder westlich von Camulodunum, lukullische Tafelgenüsse und entspannende Stunden in der Therme der Stadt wechselten einander ab; als Boadicea und Prasutax schließlich Abschied von Tullius Vedius nahmen, sagte dieser zu ihnen: "Ihr wißt, daß ihr bei mir jederzeit wieder herzlich willkommen seid - und sofern ihr euch einmal nach Verulamium oder auch Londinium begeben

wollt, um diese Städte anzusehen, wird man euch dort ebenfalls mit Freuden empfangen."
Während der Heimfahrt tauschten sich Boadicea und ihr Gemahl mehrmals über dieses Angebot des Legaten aus; zuletzt kamen sie überein, die genannten römischen Metropolen später im Jahr aufzusuchen. Vorerst indessen stand etwas sehr viel Wichtigeres an - nämlich der neunte Geburtstag von Eadha und Ailme, welcher nach keltischer Tradition einen besonderen Einschnitt im Dasein der Mädchen darstellte. In der Maimitte würden die Zwillinge, welche bis dahin drei mal drei Jahre gelebt hätten, ihre Kindheit beenden und mit Swyedydds Hilfe auf ihre künftigen Aufgaben eingestimmt werden - und als das Königspaar in die Ringwallfestung zurückkehrte und die Mädchen den Gespannen winkend entgegenliefen, dachte Boadicea bewegt: Nur noch kurze Zeit, bis ihr im Ring der heiligen Steine die Weisungen Andrastas vernehmen werdet!

***

Der Maimorgen war strahlend schön. Am tiefblauen Himmel zeigte sich kaum eine Wolke; die Felder, Weidekoppeln, Waldinseln, Dörfer und Einzelgehöfte, an denen die Prozession auf ihrem Weg zum Cromlech vorüberkam, lagen in warmem, goldenem Sonnenlicht da.
An der Spitze des Zuges fuhren der Pendruid und das Herrscherpaar der Icener in ihren prächtig geschmückten Streitwagen; neben Prasutax stand die rothaarige Ailme in der Wagenkanzel, Boadicea hatte die blondgelockte Eadha bei sich. Die Mädchen, welche heute ihr neuntes Lebensjahr vollendeten, trugen hellbeige Gewänder; Halsausschnitte und Ärmel der Kleider waren mit roten Borten besetzt. Den Gespannen Swyedydds und der Königsfamilie folgten fünf Sakralwagen, die von weißen Rindern gezogen wurden. Auf dem vordersten Gefährt saßen dreizehn Andrasta-Priesterinnen; in den übrigen Ritualwagen fuhren weitere Druidinnen und Druiden, die aus sämtlichen Gauen des Icenerlandes angereist waren. Den Rindergespannen schlossen sich Gruppen von Häuptlingen auf Kampfwagen und von Adelskriegern hoch zu Roß an; die Frauen dieser Edlen standen mit in den Wagenkanzeln oder saßen hinter ihren Männern auf den Kruppen der Pferde, und den Adligen folgte eine vielhundertköpfige Menge einfacher Menschen aus der Herrscherfestung und ihrer Umgebung.
An die zwei Stunden war die Prozession nach Norden unterwegs. Der Zug passierte Venta Icenorum und durchquerte das fruchtbare Agrarland jenseits der Stadt - schließlich kam das Ziel in Sicht: der uralte Steinkreis, in dessen Mitte Prasutax und Boadicea fast genau elf Jahre zuvor von Swyedydd vermählt worden waren. Jetzt sollten die Zwillingstöchter des Königspaares im Rund der Menhire ihre unbeschwerte Kindheit beenden und den Schritt in eine verantwortungsvollere Jugend hinein tun - aber ehe dies geschehen konnte, mußten zunächst die Geister der verstorbenen Herrscher des Volksstammes geehrt werden.
Daher bog die Prozession am Fuß des heiligen Hügels, auf dem sich der Cromlech erhob, nach links ab. Dreimal umkreiste man den Totenbaum

und die Königsgrabstätten am westlichen Ausläufer der Erhebung; erst danach führten der Pendruid und die Herrscherfamilie den Zug der Icener zur Hügelkuppe hinauf. Dort angekommen, lagerten sich die Edelleute und in ihrem Rücken die Scharen der Bauern und Handwerker rings um die Menhire; die Großen Wissenden, welche auf den Rinderfuhrwerken gesessen hatten, gruppierten sich ein Stück im Inneren des Cromlech im Halbrund - und nachdem alle ihre Plätze gefunden hatten, begaben sich Swyedydd, das Königspaar und die beiden neunjährigen Mädchen ins Zentrum des Steinkreises.
Mit leiser Stimme wies der Pendruid Eadha und Ailme an, sich mit Blick nach Osten aufzustellen. Die Zwillinge gehorchten; als sie ihre Position eingenommen hatten, sagte Swyedydd: "Noch schaut ihr dorthin, wo sich am Morgen die Sonne über den Erdsaum erhebt; noch schaut ihr damit in die Gefilde eurer Geburt und eurer Kindheit. Doch dieser Abschnitt eures gegenwärtigen irdischen Daseins ist nun an sein von den Göttern gewolltes Ende gelangt; deshalb solltet ihr jetzt den Blick wenden..." Der Pendruid bedeutete den Mädchen, sich nach Südosten zu drehen; nachdem sie es getan hatten, beschied er sie: "Nunmehr schaut ihr dorthin, wo am Vormittag die Kraft der Sonne aufblüht; damit schaut ihr jetzt in die Gefilde eurer Jugend, welche nach dem Willen der Götter in dieser Stunde beginnt!"
"Eadhas und Ailmes Seelen haben die Kinderkleider abgestreift und die Gewänder der Jugend angelegt!" riefen Prasutax und Boadicea den Icenern zu; danach umarmten sie ihre Töchter.
Swyedydd wiederholte den Satz, die übrigen Druiden fielen ein; im nächsten Moment erklangen die bedeutungsvollen Worte auch aus den Mündern derer, welche außerhalb des Steinkreises lagerten.
Der Pendruid wartete ab, bis wieder Stille eingekehrt war; dann wandte er sich an die blonde, blauäugige Eadha: "Du bist nach Andrastas Ratschluß die Erstgeborene. Deshalb frage ich dich als erste, welches Jugendschicksal die Göttin dir wohl zugewiesen hat? Kennst du die Antwort, Königstochter der Icener?"
"Ich erspüre sie in meinem Herzen - aber du wirst den Willen Andrastas verkünden", entgegnete Eadha.
"Seid ihr damit einverstanden?" wollte Swyedydd von Prasutax und Boadicea wissen.
"Du bist der Vertraute der Götter, und daher haben wir unabdingbares Vertrauen zu dir", erklärte Boadicea.
"Ich danke euch dafür!" erwiderte Swyedydd; sodann wandte er sich erneut an Eadha: "Seit deiner Geburt habe ich dich, dein Benehmen und deine Vorlieben beobachtet und deinetwegen oft Zwiesprache mit Andrasta gehalten. Auf diese Weise wurde mir klar, wohin dein Lebensweg dich führen soll. In deinem Wesen schlägst du deiner druidisch ausgebildeten Mutter nach; schlägst auch Llyniam und Sarhaed nach, deinen Großeltern mütterlicherseits, welche ebenfalls Große Wissende waren - und deshalb solltest auch du den druidischen Pfad beschreiten."

Eadha lächelte versonnen. "Ich bin der Göttin und dir dankbar für diesen Rat und will ihn gerne annehmen."
Swyedydd legte dem neunjährigen Mädchen die Rechte auf das lichte Haar. "Von morgen an wirst du meine Schülerin sein. Ich werde dich während der kommenden Jahre in der Weisheit derer, die zwischen den Welten wandeln, unterrichten. Später wirst du nach Môn gehen und deine Ausbildung zur Druidin in einer der dortigen Schulen vollenden."
"So soll es geschehen", nickte Eadha sehr ernsthaft. Mit dem nächsten Lidschlag machte sie einen Schritt beiseite; zugleich trat ihre Schwester Ailme, die bereits ein wenig ungeduldig geworden war, vor Swyedydd hin.
Der Pendruid unterdrückte ein Schmunzeln, dann redete er das rothaarige Mädchen mit den graugrünen Augen an: "Du bist nach Andrastas Ratschluß die Zweitgeborene. Daher frage ich dich als zweite, welches Jugendschicksal die Göttin dir wohl zugewiesen hat? Kennst du die Antwort, Königstochter der Icener?"
"Ja!" entgegnete Ailme keck. "Und ich wünsche mir sehr, daß du allen hier den Willen Andrastas verkündest!"
Neuerlich zuckte es um Swyedydds Mundwinkel; nachdem er sich geräuspert hatte, wollte er von Prasutax und Boadicea wissen: "Seid ihr damit einverstanden?"
"Du bist der Vertraute der Götter, und deshalb haben wir unabdingbares Vertrauen zu dir", erklärte Prasutax.
Swyedydd dankte dem Herrscherpaar und wandte sich wieder Ailme zu: "Seit deiner Geburt habe ich dich, dein Benehmen und deine Vorlieben beobachtet und deinetwegen oft Zwiesprache mit Andrasta gehalten. Auf diese Weise wurde mir klar, wohin dein Lebensweg dich führen soll. In deinem Wesen schlägst du denjenigen unter deinen Vorfahren nach, welche aufgrund ihrer besonderen Tatkraft und ihres unerschütterlichen Mutes auf dem Thron saßen; schlägst damit sowohl deinem Vater als auch deiner Mutter und ebenso den früheren Königen der Icener nach - und daher solltest du dereinst, wenn die Zeit dafür gekommen ist, über unseren Volksstamm herrschen."
Ailme strahlte den Pendruid an. "Das habe ich mir schon immer ersehnt, und ich schwöre der Göttin und dir, daß ich alles tun werde, um eine gute Königin zu werden!"
"Davon bin ich überzeugt", erwiderte Swyedydd. Er tauschte einen Blick mit Prasutax und Boadicea; danach legte er dem Mädchen die Rechte auf den Scheitel und fuhr fort: "Von morgen an werden deine Eltern dich in der Regierungskunst unterrichten. Zudem werden der Penbardd Duncann, welcher die Geschichte der Icener seit ihren Anfängen in grauer Vorzeit kennt, sowie ausgewählte Ovaten und Richter-Druiden deine Lehrer sein. Und wenn du die Grundzüge des Herrscherwissens verinnerlicht hast, wirst du an den Ratsversammlungen der Edlen teilnehmen."
"So soll es geschehen!" erklärte Ailme mit fester Stimme. Unmittelbar darauf drehte sie sich zu ihrer Schwester um und sagte in warmherzigem Tonfall: "Zwar werde ich einst Königin sein, doch das bedeutet nicht, daß

ich dann höher stehen werde als du. Denn du wirst bestimmt einmal eine Pendruid werden und damit den gleichen Rang wie ich besitzen."
Eadha schloß Ailme in die Arme. "Wir werden nie aufeinander eifersüchtig sein, sondern uns immer gegenseitig helfen."
Lächelnd kniete Boadicea nieder und zog die beiden Mädchen an sich. "Gerade habt ihr bewiesen, daß ihr für die großen Aufgaben, die später auf euch zukommen werden, geeignet seid. Denn nur wenn ihr fest zusammenhaltet und gemeinsam an einem Strang zieht, werdet ihr unseren Volksstamm dereinst in eine gute und friedliche Zukunft führen können."
"Das Miteinander, von dem eure Mutter sprach, ist im Sinne Andrastas", äußerte Swyedydd. "Sie nämlich hat die vielfältigen Erscheinungsformen des Daseins - und damit auch eure Lebenspfade - aus sich geschaffen und sie innig verflochten. Dies ist das liebevolle Werk, das die Göttin von Ewigkeit zu Ewigkeit vollbringt - und dafür wollen wir Andrasta und den übrigen Gottheiten, deren Wesen eng mit ihrem verknüpft ist, nun danken!"
Langsam umschritten der Pendruid und die Herrscherfamilie das Innenrund des Cromlech; sie erfühlten die pulsende Ausstrahlung der Hohen Steine und fanden auf diese Weise seelischen Zugang zum Geist der verschiedenen Götter. Danach verließen Swyedydd und die Königsfamilie den Ring der Menhire; die Druidinnen und Druiden, welche bis dahin im Halbkreis dagestanden und leise gebetet hatten, folgten ihnen.
Jetzt brachen jene, welche außerhalb des Cromlech gewartet hatten, in jubelnde Hochrufe auf Eadha und Ailme aus. Lachend winkten die Mädchen den Adligen und einfachen Menschen zu; nachdem der Begeisterungssturm abgeebbt war, formierte sich die Prozession von neuem. Bevor die Streitwagen, Rindergespanne, Reiter und Fußgänger den Heimweg antraten, umrundeten sie noch einmal den Totenbaum und die Grabstätten der früheren Herrscher; erst dann führten der Pendruid und die Königsfamilie den Zug wieder nach Süden.
Als die Prozession Venta Icenorum passierte, galoppierten Sergius Callus und seine Offiziere herbei. Sie begleiteten den Zug zum Dun und nahmen an dem Fest teil, das in der Großen Halle zu Ehren von Eadha und Ailme veranstaltet wurde. Die Feier verlief ausgelassen, endete aber aus Rücksicht auf die Mädchen zeitiger als bei anderen Gelegenheiten. Bereits eine Stunde nach Einbruch der Nacht hob das Herrscherpaar die Tafel auf; augenzwinkernd beschied Boadicea ihre Töchter: "Zwar seid ihr nun keine Kinder mehr, trotzdem braucht ihr euren Schlaf."
Zunächst wollte Ailme aufbegehren, doch nachdem Eadha ihr flüsternd ins Gewissen geredet hatte, fügte sie sich ihrer Mutter. Gehorsam ließen sich die Mädchen von einer Magd aus dem Königshaus zu Bett bringen; wenig später erhoben sich auch die erwachsenen Festgäste von den Bänken und verließen die Halle. Die Römer machten sich für den Ritt nach Venta Icenorum fertig; danach geleitete das Herrscherpaar die Offiziere zum Torbau des Duns, und ehe sich Sergius Callus dort in den Sattel schwang,

sagte er zu Prasutax und Boadicea: "Ihr könnt stolz auf eure Sprößlinge sein! Es sind äußerst aufgeweckte Mädchen, die zudem das Herz auf dem rechten Fleck haben - und deshalb braucht ihr euch hinsichtlich ihrer weiteren Entwicklung ganz bestimmt nicht zu sorgen."

***

Während der folgenden Frühlings- und Sommermonate bereiteten Eadha und Ailme ihren Eltern in der Tat viel Freude, denn sie lernten - jede auf ihre Art - sehr fleißig. Ailme löcherte Prasutax, Boadicea, den Penbardd Duncann sowie die Ovaten und gesetzeskundigen Druiden beim Unterricht mit tausend wißbegierigen Fragen. Eadha, die jetzt täglich mit Swyedydd zusammen war, lauschte dem, was der Pendruid ihr zu sagen hatte, mit gespannter Aufmerksamkeit und bewies zwischendurch, daß sie durchaus schon imstande war, selbständig zu denken und entsprechende Überlegungen klar zu formulieren.

An Alban Elued dann, als die Ernte eingebracht war und sich der Spätsommer allmählich in den Frühherbst drehte, bekamen die Mädchen den Lohn für ihren Eifer. Das Königspaar beschloß nämlich, die Römerstädte Verulamium und Londinium zu besuchen und die Zwillinge mitzunehmen. Eadha und Ailme waren außer sich vor Freude; sie konnten den Morgen, an dem die Reisegesellschaft aufbrechen sollte, kaum erwarten. Endlich, zu Beginn der letzten Septemberwoche, war es soweit; bei milder, fast noch sommerlicher Witterung verließ die Herrscherfamilie den Dun. Hinter ihren Eltern fuhren die beiden Mädchen zusammen mit ihrem Pferdelenker im eigenen Streitwagen; den drei Gespannen folgten hoch zu Roß fünfzig icenische Krieger und ebenso viele Legionäre, die Sergius Callus als Ehreneskorte für die Königsfamilie abkommandiert hatte.

Erstes Reiseziel war Camulodunum; als der Wagen- und Reiterzug auf dem dortigen Forum eintraf, eilte Tullius Vedius aus seinem Palast und begrüßte die Herrscherfamilie aufs herzlichste. Das Königspaar und seine Töchter verbrachten vier kurzweilige Tage in der Residenz des Legaten; anschließend setzte man die Reise in westlicher Richtung nach Verulamium fort. Die Römerstraße, welche dorthin führte, war nicht weniger gut ausgebaut als jene, die Venta Icenorum mit Camulodunum verband; rasch kamen die Pferde voran, und schon nach einer knappen Woche tauchte die Silhouette von Verulamium am Horizont auf.

Da Tullius Vedius dem Herrscherpaar ein Empfehlungsschreiben an den Tribun mitgegeben hatte, der in Verulamium residierte, fand die Königsfamilie auch in dessen Palast freundliche Aufnahme. Am nächsten Tag dann zeigte der hohe Offizier, welcher Arius Valerius hieß, seinen icenischen Gästen die Sehenswürdigkeiten der Stadt und ihres näheren Umlandes.

Verulamium erinnerte Prasutax und Boadicea an Venta Icenorum, denn auch hier gab es eine unbefestigte Zivilsiedlung und nördlich von ihr ein mit Palisadenwällen und vier Tortürmen bewehrtes Kohorten-Lager. Der Tempel auf dem Forum der Zivilstadt wirkte wegen seiner dunklen, in

schwarzen und braunen Farben gehaltenen Bemalung fremdartig; im Inneren stand eine übermannshohe hölzerne Statue, welche einen Krieger zeigte, der mit seinem Schwert einen mächtigen Stier tötete.
Bei dem Bewaffneten handelte es sich laut Arius Valerius um einen Gott namens Mithras; das Herrscherpaar mußte zugeben, daß es von ihm bislang bloß gerüchteweise gehört hatte. Daraufhin erklärte der Tribun dem Königspaar und dessen aufmerksam lauschenden Töchtern, daß der Gott ursprünglich nur im fernen Osten des Imperiums verehrt worden sei; in jüngster Zeit aber hätte sich sein Kult über Italien und Gallien bis hierher in den äußersten Westen des Reiches ausgebreitet. Mithras, so Arius Valerius weiter, würde vor allem von Legionären angebetet, die seine besonderen Eigenschaften schätzten: nämlich Kraft und Treue. Der Gott hätte diese Tugenden von einem anderen überirdischen Wesen erhalten: dem ihm zugeordneten göttlichen Stier. Dieses gewaltige, eigentlich unbesiegbare Tier hätte Mithras in einer Höhle aufgespürt und überwunden; dadurch seien die Eigenschaften des Gottstieres auf ihn übergegangen.
Nachdem der Tribun ein paar Opfermünzen in eine Bronzeschale zu Füßen der Statue gelegt hatte, führte er die Herrscherfamilie an der Therme von Verulamium vorbei zum westlichen Stadtrand. Dort zeigte er seinen Besuchern eine fabrikmäßig betriebene Töpferei, die erst vor einigen Monaten eingerichtet worden war. In einer Ziegelhalle von vierzig Schritt Länge und der halben Breite waren an die hundert Männer und Frauen tätig; teils handelte es sich um römische, teils um catuvellaunische Arbeiter. Etwa die Hälfte von ihnen saß an Tischen mit Töpferscheiben, die in zwei Reihen angeordnet waren; unentwegt wuchsen zwischen den geschickten Händen der Werkleute Schüsseln, Becher und Krüge aus weichem Ton empor. Andere Arbeiter waren damit beschäftigt, die ausgeformten Gefäße auf Trockengestellen aufzureihen oder sie in kuppelförmigen Öfen zu brennen; ganz am Ende der Halle schließlich verpackten mehrere Frauen die fertigen Tonwaren in strohgepolsterte Kisten.
Wie Arius Valerius der Königsfamilie erläuterte, versorgte die Töpferei nicht nur die Bevölkerung von Verulamium mit Terra Sigillata, sondern das preiswerte Geschirr wurde von ambulanten Händlern auch im Umland der Stadt in den keltischen Dörfern und Gehöften vertrieben. Ebenso schätzten die Bewohner der römischen Landgüter, welche während der letzten Jahre rings um Verulamium entstanden waren, die ziegelroten Tonwaren - und nachdem der Tribun davon gesprochen hatte, schlug er seinen Gästen vor, eine derartige Villa Rusticana zu besuchen.
Prasutax und Boadicea willigten ein; der kleine Ausflug führte, am Kohorten-Lager vorüber, drei Meilen nach Norden. Bald kam das Landgut, das Arius Valerius ausgewählt hatte, in Sicht: ein zweistöckiges Backsteinhaus mit Ecktürmchen und einer Veranda an der Vorderfront, um das sich mehrere Wirtschaftsgebäude gruppierten. Der Besitzer des Anwesens, ein Veteran, empfing die Herrscherfamilie freundlich. Der im

besten Alter stehende Gutsherr erzählte, daß er zwei Jahrzehnte in der Armee gedient hatte und vor vierzehn Monaten als Centurio ausgeschieden war. Mit Hilfe seiner Abfindung hatte er vierhundert Morgen Acker- und Weideland erworben und die Villa Rusticana errichtet; außerdem hatte er - wie er schmunzelnd hinzufügte - kürzlich eine hübsche atrebatische Großbauerntochter geehelicht.
Als Boadicea fragte, ob sie seine Frau kennenlernen dürfe, erwiderte der ehemalige Offizier, dies sei leider nicht möglich, denn sie halte sich zu Besuch bei ihrer Familie auf. Es würde ihm jedoch Vergnügen bereiten, dem Königspaar seinen Gutshof zu zeigen - und dies tat er im Verlauf der folgenden Stunden auch. Die Icener bewunderten die schönen Pferde und kräftigen Zugochsen, die in den Ställen standen; sie lobten das Milchvieh auf der Hausweide und die prächtige Schafherde, welche auf einer anderen Koppel graste. Besonders interessierten sich Boadicea und ihre Töchter für ein Bienenhaus, das der Veteran und dessen zumeist atrebatische Gutsknechte an einem sonnigen Platz aufgestellt hatten. Im Wohngebäude sodann, das mit römischen und keltischen Möbeln eingerichtet war, fiel der Herrscherfamilie ein spezielles Gelaß auf: ein Badezimmer, das ähnlich einer Therme über eine Fußbodenheizung verfügte und dessen Rundwanne mit farbenfrohen Mosaiken ausgelegt war.
Erst gegen Abend kehrten die Ausflügler nach Verulamium zurück; während der nächsten beiden Tage genossen sie die Abwechslungen der Stadt, ehe sie sich wieder von Arius Valerius verabschiedeten, um nach Londinium weiterzureisen. Abermals kam der Wagen- und Reiterzug auf der fast schnurgeraden Römerstraße dorthin schnell voran; auf halber Strecke übernachtete die Königsfamilie in einem Rasthof, der von einem geschäftstüchtigen Kenten betrieben wurde. Am Nachmittag darauf passierte die Reisegesellschaft in ungefähr fünf Meilen Entfernung den Hügel, auf dem sich Caer Llundain erhob; sehnsüchtig schaute Boadicea hinüber und nahm sich vor, das Heiligtum später aufzusuchen.
Eine weitere Stunde trabten die Pferde dahin; dann erblickten Prasutax und seine Gemahlin Londinium - und trauten ihren Augen nicht. Zehn Jahre zuvor, als das Herrscherpaar anläßlich des Drunemetons in der Ansiedlung an der Tamesis gewesen war, hatte es dort nur etwa fünfzig Fischerhütten, einige größere Rundhäuser und eine Lagerhalle gegeben - jetzt war von dem einstigen Dorf nichts mehr zu erkennen; es schien spurlos verschwunden, und an seiner Stelle war im Stromtal eine riesige Römerstadt emporgewachsen.
Boadicea schätzte, daß Londinium wenigstens die doppelte Ausdehnung von Camulodunum oder Verulamium besaß, und der imposante Eindruck wurde noch durch die mächtigen Mauerzüge verstärkt, welche die Stadt umgrenzten. In der Nordmauer gab es mehrere Tortürme; die Straße, auf der sich die Königsfamilie näherte, mündete in die nordwestlichste Zugangsbastion. Zu beiden Seiten des Tores stand je eine Decurie mit Lanzen und Kurzschwertern bewaffneter Legionäre; als die icenischen

Rosselenker ihre Tiere zügelten, trat ein Centurio vor die Streitwagen hin, grüßte das Herrscherpaar, indem er den rechten Arm hob, und sagte: "Im Namen des Statthalters heiße ich euch willkommen, König Prasutax und Königin Boadicea!"
"Woher weiß Aulus Plautius von unserer Ankunft?" fragte Prasutax verwundert.
Der Offizier lächelte. "Bereits vor vier Tagen traf ein Reitbote des Tribuns Arius Valerius ein, welcher dem Statthalter euren bevorstehenden Besuch meldete. - Und nun erlaubt, daß ich zu Pferde steige und euch zum Palast von Aulus Plautius geleite."
Auf ihrem Weg quer durch Londinium kamen die Icener aus dem Staunen kaum heraus. Entlang der Einfallstraße jenseits der Torbastion ragten mehrstöckige Wohngebäude gen Himmel; sie dienten, wie der Centurio erklärte, als Mietshäuser für Arbeiterfamilien. Einige hundert Schritt weiter im Stadtinneren wies der Offizier auf ein gewaltiges Bauwerk zur Linken, welches einen rechteckigen Platz dominierte, und beschied das Herrscherpaar: "Dies ist das Amphitheater von Londinium, in dem Theaterstücke aufgeführt und Zirkusspiele veranstaltet werden."
Wenig später kamen im Osten das steile Giebeldach und die Säulen eines Tempels in Sicht; ehe der Wagen- und Reiterzug ihn jedoch erreichte, bedeutete der Centurio den Rosselenkern der Königsfamilie, nach rechts abzubiegen. Der Zug schwenkte in eine nach Süden führende Prachtstraße ein, an der sich inmitten gepflegter Gärten schöne, teils palastähnliche Wohnhäuser erhoben; der Offizier erläuterte Prasutax und Boadicea: "Hier leben die hochgestellten Verwaltungsbeamten und Militärkommandeure, welche zum Stab des Statthalters gehören."
Ziemlich am Ende der alleeartigen Straße gewahrten die Icener einen weiteren Tempelbau, der von einem Park umgeben war. Die polierten Steinplatten seiner Außenverkleidung glänzten schwarz; die Königin erkundigte sich, ob es sich um ein Heiligtum des Gottes Mithras handeln würde. "Richtig geraten", bestätigte der Centurio; nach einer Weile deutete er auf einen Palast mit hellem Mauerwerk, welcher nun jenseits einer Baumgruppe auszumachen war, und erklärte: "Dort vorne seht ihr den Regierungssitz von Aulus Plautius."
Kaum waren die Pferde vor der Freitreppe des Palastportals zum Stehen gekommen, schwangen die Torflügel auf, und der Statthalter trat ins Freie. Mit herzlichen Worten begrüßte er das Herrscherpaar und dessen Töchter, sodann bat er die Königsfamilie in seine Residenz und zeigte Prasutax, Boadicea und den Mädchen persönlich die Räume, die für sie vorbereitet worden waren. Später, beim gemeinsamen Abendessen, kündigte Aulus Plautius an, daß er seine Gäste am nächsten Tag durch Londinium führen und sie zudem, falls die Witterung die Aufführung eines Schauspiels gestatten sollte, ins Amphitheater begleiten würde. Der Rest des Abends verstrich unter Gesprächen in gelöster Atmosphäre, bei denen unter anderem Erinnerungen an das Friedensfest in Camulodunum aufgefrischt wurden.

Am folgenden Morgen strahlte die Sonne von einem makellos blauen Himmel; im Lauf des Vormittags wurde es in der Stadt mit ihren windgeschützten Straßenzügen und Plätzen beinahe noch einmal spätsommerlich warm. In einer Raeda, die von vier edlen Rössern gezogen wurde, fuhren der Statthalter und die icenische Königsfamilie durch Londinium. Zunächst besichtigten sie das Mithras-Heiligtum in der Nähe des Palastes; danach jenen Säulentempel mit dem steilen Giebeldach, den Prasutax und Boadicea am Vortag im Ostteil der Stadt erspäht hatten. In dieser Weihestätte stand eine gigantische Statue des römischen Göttervaters Jupiter; in einem dritten Tempel schließlich, der sich im Südwesten Londiniums erhob, wurde Merkur verehrt.
Ein Stück nördlich des Merkur-Heiligtums gab es, ähnlich wie in Verulamium, eine Fabrikhalle, in der Terra Sigillata hergestellt wurde; unweit davon waren rings um einen ovalen Platz zahlreiche Waffen- und Werkzeugschmieden sowie mehrere Bronzegießereien in Betrieb. In einem anderen Stadtviertel, dessen Gassen sich in kurzen Abständen rechtwinklig kreuzten, hatten sich Hunderte von Handwerkern niedergelassen; in den Ladengewölben ihrer Häuser boten sie ihre vielfältigen Erzeugnisse feil. Nicht weniger reichhaltig war das Warenangebot auf dem ausgedehnten Forum von Londinium. Auch dort wurde um handwerkliche Produkte geschachert; zudem konnten sich die Stadtbewohner hier mit Lebensmitteln versorgen: mit Fleisch, Fischen, Eiern, Getreide sowie weiteren landwirtschaftlichen Produkten. Und in einer Ecke des Platzes fand sogar ein Viehmarkt statt; lautstark feilschten Bauern und Bürger miteinander; dazu brüllten Mastrinder, grunzten Schweine, lärmten und flatterten Gänse, Enten und Hühner.
Geraume Zeit verweilten Aulus Plautius und die icenische Herrscherfamilie auf dem Forum; danach befahl der Statthalter dem Kutscher, zum Hafen von Londinium zu fahren. Als sich die Raeda dem Gestade der Tamesis näherte, wurde jenseits mehrerer vierstöckiger Lagerhallen eine mächtige, mit einem Schindeldach versehene Balkenbrücke sichtbar. Sie überspannte den Strom etwas unterhalb jener Furt, welche früher den einzigen Flußübergang weit und breit dargestellt hatte; jetzt konnte man sehr viel bequemer von einem Ufer der Tamesis zum anderen gelangen - und über die Brücke eine Straße erreichen, die, wie Aulus Plautius erklärte, bis zur Meeresküste im Südosten führte.
Östlich der Balkenbrücke, wo das Wasser ausreichend tief war, lagen an einem Steinkai sechs hochseetüchtige Segelschiffe, die nach den Worten des Statthalters Fracht aus Gallien gebracht hatten. Zwei von ihnen wurden soeben entladen; die Königsfamilie sah Gruppen von Schauermännern, die Kisten und Fässer an Land schleppten; schwerere Lasten wurden mittels eines Holzkranes auf die Kaimauer gehievt. Ailme war hingerissen von den Schiffen; sie schaute und schaute, und um ihr eine Freude zu machen, ermöglichte Aulus Plautius einen Besuch auf dem größten Segler. Ailme löcherte den römischen Handelskapitän mit Fragen; schmunzelnd gab er ihr Auskunft über seine Reisen und die Abenteuer, die

er auf See erlebt hatte - bis es schließlich Zeit für den Statthalter und die icenische Herrscherfamilie wurde, zum Mittagsmahl in den Palast zurückzukehren.
Angesichts des herrlichen Wetters speiste man unter den Arkaden im Atrium der Residenz; in der Nachmittagsmitte sodann bestiegen Aulus Plautius und seine Gäste die Raeda erneut, um nunmehr zum Amphitheater zu fahren. Da ein Ausrufer des Statthalters bereits am Morgen auf dem Forum bekanntgegeben hatte, daß nachmittags zu Ehren des Königspaares der Icener ein Schauspiel aufgeführt werden sollte, strömten die Menschen jetzt in Scharen zu dem gewaltigen Rundbau im Nordwesten Londiniums. Als Aulus Plautius und seine Begleiter vor dem mächtigen Portal eintrafen, jubelten die Bürger - Römer und Kelten bunt gemischt - ihnen zu; gleich darauf führte der Statthalter seine Gäste durch eine Seitenpforte und einen Treppengang in der Außenmauer des Amphitheaters zur Ehrenloge.
Von dort oben hatten Boadicea und ihre Familie einen optimalen Blick auf die mit einer Rundbühne ausgestattete Arena im Zentrum des riesigen Bauwerks, um die herum sich die schräg ansteigenden Sitzreihen für die einfachen Besucher zogen. Rasch füllte sich das Theater bis auf den letzten Platz; zutiefst beeindruckt sagte Eadha zu ihrer Mutter: "Es müssen mindestens fünftausend Menschen sein!"
Geistesabwesend nickte Boadicea. Im selben Moment nämlich, da ihre Tochter sie angesprochen hatte, war ihr etwas, das ihr Beklemmung verursachte, durch den Kopf geschossen - und nun wandte sie sich deshalb an Aulus Plautius: "Wie ich hörte, werden in den Amphitheatern manchmal auch blutige Schaukämpfe auf Leben und Tod ausgetragen. Ist das hier ebenfalls so?"
Der Statthalter schüttelte den Kopf. "Ich erlaube keine Gladiatorenkämpfe in Britannien, denn ich halte sie für barbarisch. Doch anderswo, insbesondere in Rom, gibt es sie leider häufig. Der Pöbel verlangt danach; zuzeiten lechzt die Masse förmlich nach öffentlichem Blutvergießen, und deshalb könnte es noch nicht einmal der Imperator wagen, diese Metzeleien zu verbieten."
Konsterniert preßte Boadicea die Lippen aufeinander; um sie abzulenken, wechselte Aulus Plautius das Thema: "Aber jetzt laß uns das Schauspiel genießen! Wie es aussieht, haben mittlerweile alle Bürger ihre Sitzplätze eingenommen - und daher will ich das Zeichen geben lassen, daß die Mimen mit dem Theaterstück beginnen sollen."
Mit den letzten Worten nickte der Statthalter einem Fanfarenbläser zu, welcher seitlich der Loge hinter einer Balustrade stand. Der Mann blies ein schmetterndes Signal; kaum waren die Fanfarenstöße erklungen, erschienen die Schauspieler in der Arena und schritten zur Rundbühne.
Die Mimen führten eine Komödie des römischen Dichters Terentius auf, welche den Titel "Das Mädchen von Andros" trug. Die Zuschauer genossen das heitere Stück über die Maßen; öfter spendeten sie Zwischenapplaus, und am Ende kam es zu stehenden Ovationen. Auch

die icenische Königsfamilie war begeistert; auf dem Heimweg zum Palast sodann ließen sich Prasutax und Boadicea von Aulus Plautius einiges über das Leben des Poeten erzählen - und zwischendurch rezitierten Eadha und Ailme immer wieder lachend ein besonders gelungenes Wortspiel aus der Komödie, das sie sich gemerkt hatten.
Bei einem Festmahl, das der Statthalter am Abend für seine icenischen Gäste ausrichten ließ, wurde noch einmal über das Theaterstück und seinen Autor gesprochen, denn auch viele Offiziere und Verwaltungsbeamte hatten die Aufführung gesehen. Später drehte sich die Unterhaltung um politische Angelegenheiten und die jüngsten Geschehnisse in Rom; unter anderem erfuhr das Königspaar, daß es in der erst kürzlich geschlossenen vierten Ehe des Imperators bereits Spannungen gab. "Die überaus ehrgeizige Agrippina", so äußerte Aulus Plautius, "will Claudius dazu bewegen, ihren Sohn Nero zu adoptieren und ihn dadurch quasi zum Thronfolger zu machen. Da der zwölfjährige Sprößling der Imperatorengattin und des verblichenen Cnaeus Ahenobarbus jedoch einen reichlich zwielichtigen Charakter besitzt, weigert sich Claudius, ihn zu erhöhen, und aus diesem Grund gab es am Tiber schon mehrmals arge Zerwürfnisse."
"Irgendwann wird die ränkereiche Agrippina ihren wankelmütigen Gemahl soweit bringen, daß er Nero an Sohnes Statt annimmt", vermutete der Tribun, welcher die im Nordwesten von Londinium stationierten Militäreinheiten kommandierte - und wahrscheinlich wäre das Thema noch eine ganze Weile weitergesponnen worden, wenn es jetzt nicht Zeit für den Auftritt einer iberischen Gauklertruppe geworden wäre, welche der Statthalter zur Krönung des Festes engagiert hatte. So aber vergaßen Aulus Plautius' Gäste auf die unerfreulichen Nachrichten aus Rom und erfreuten sich an den Kunststücken der Feuerschlucker, Jongleure, Possenreißer und Schlangenmenschen. Im Anschluß an die Darbietungen der südländischen Gaukler wurde ausgelassen weitergezecht, und als der Statthalter schließlich die Tafel aufhob, war es bereits nach Mitternacht.
Auch während der folgenden vier Tage erlebte die Herrscherfamilie viel Kurzweil in der Stadt an der Tamesis; dann freilich mußten die Icener an den Aufbruch denken, denn sie wollten zu Samhain wieder in ihrer Heimat sein. Eineinhalb Wochen vor dem keltischen Herbstfest nahmen Prasutax, Boadicea und ihre Töchter herzlichen Abschied von Aulus Plautius. Bei nach wie vor milder Witterung verließ der Wagen- und Reiterzug Londinium - allerdings nicht auf der Straße, welche nordöstlich nach Camulodunum führte, sondern auf dem nördlich verlaufenden Fahrweg Richtung Verulamium.
Nach einigen Meilen bogen die Rösser nach rechts ab; wenig später erreichten sie den Hügel, auf dem Caer Llundain lag. Das Königspaar hatte die Weihestätte unbedingt noch besuchen wollen; nun, da die Streitwagen die Schneisen in den Ringwällen passierten, erkannten Boadicea und Prasutax, daß die Römer das Heiligtum, nach welchem die nahegelegene Stadt Londinium benannt worden war, nicht angetastet

hatten. Die Tore und die Gebäude zwischen den Wällen waren unzerstört; ganz oben beim Dreiecksportal, welches den Zugang zur eigentlichen Weihestätte bildete, standen wie früher Wächter. Zusammen mit Eadha und Ailme stieg das Herrscherpaar zur Hügelkuppe hinauf; als Boadicea mit den Bewachern des Heiligtums sprach, stellte sich heraus, daß es sich um junge catuvellaunische Druiden handelte, die es sich nach dem Zusammenbruch von Cunobelinos' und Caradocs Königsherrschaft zur Aufgabe gemacht hatten, den Llundain zu behüten.
Prasutax schenkte den Wächtern einen Goldreif, den er vom Unterarm streifte; dann durchschritt die Königsfamilie das Portal und begab sich zu den drei Teichen. Am Ringbach und an den Wassern der heiligen Weiher wurden für Boadicea und Prasutax Erinnerungen an eine der erfülltesten Nächte ihres Lebens wach. Lange saß das Herrscherpaar versonnen am Rotwasserteich; Boadicea hatte sich eng an ihren Gemahl geschmiegt. Die Mädchen schienen zu spüren, was in ihren Eltern vorging; still hielten sie sich ein wenig abseits, ließen den Zauber des Heiligtums auf sich wirken und flüsterten gelegentlich miteinander.
An die drei Stunden verweilte die Königsfamilie in Caer Llundain; erst gegen Mittag verließ der Wagen- und Reiterzug den von der Sakralstätte gekrönten Hügel wieder. Über sanft gewelltes Heideland trabten die Rösser nach Osten, bis sie zur Römerstraße von Londinium nach Camulodunum gelangten. Fünf Tage später traf die Reisegesellschaft in der Residenz von Tullius Vedius ein und genoß für eine weitere Nacht die Gastfreundschaft des Legaten. Am Vorabend von Samhain schließlich kehrte die Herrscherfamilie, die während ihrer Aufenthalte in den römischen Metropolen eine Menge unvergeßlicher Eindrücke gewonnen hatte, in den Königs-Dun der Icener heim.

***

Im Verlauf der nächsten Monate, da die Herbstnebel über den Feldern, Weiden und Wäldern brüteten und der Winterfrost die Erde erstarren ließ, ereignete sich nichts Ungewöhnliches in der Ringwallfestung und der benachbarten Stadt Venta Icenorum. In ruhigem Gleichmaß verstrichen die Tage; an Imbolc sodann feierten die Menschen wie jedes Jahr das Ende der kalten Jahreszeit, und in den Tagen nach dem Fest unternahmen die Bauern Rundgänge um ihre Äcker, um sich auf die nun bald anstehende Frühlingsaussaat einzustimmen. Kurz vor Alban Ailyr schließlich war es warm genug, damit das Saatgut in den Boden gebracht werden konnte; angesichts dessen herrschte allgemein frohe Stimmung - doch in der Woche darauf kam ein Reitbote aus Camulodunum mit einer Nachricht an, welche das Königspaar und dessen Untertanen zutiefst erschreckte.
Caradoc, der seit über zwei Jahren stillgehalten hatte, war unversehens mit starken Kampfscharen silurischer Krieger aus der Bergwildnis im Südosten Cymrus hervorgebrochen. Gleich im ersten Ansturm hatte das Keltenheer ein Kohorten-Lager im Grenzgebiet der Dobunnier erobert und die Legionäre allesamt über die Klinge springen lassen; wenige Tage später war es zu einer offenen Feldschlacht zwischen den Silurern und

diesmal vier römischen Kohorten gekommen. Abermals hatte Caradoc gesiegt; neuerlich war kaum einer der Legionäre entronnen - und nach ihrem Triumph hatten die Silurer zudem ein großes Versorgungslager ihrer Feinde geplündert, ehe sie wieder im westlichen Waldgebirge verschwunden waren.
So berichtete der Kurier - und in den folgenden beiden Monaten trafen noch mehrere andere Boten von Tullius Vedius ein, welche das icenische Herrscherpaar und Sergius Callus über die weiteren kriegerischen Ereignisse auf dem laufenden hielten.
Um die schwere römische Niederlage im dobunnischen Stammesgebiet zu rächen, ließ Aulus Plautius die silurische Streitmacht, die Caradoc in den Kampf geführt hatte, gnadenlos jagen. Zehntausend Legionäre, die unter dem Kommando eines Legaten namens Ostorius aus Londinium standen, drangen in die Berge von Cymru vor und trieben die etwa dreitausend Silurer nach Norden. In einer Reihe von Scharmützeln erlitten die keltischen Kriegshaufen empfindliche Verluste; dann jedoch stießen ungefähr zweieinhalbtausend ordovicische Kämpfer zu ihnen, so daß Caradocs Heer jetzt rund fünftausend Mann zählte.
Damit war die Streitmacht von Cunobelinos' Sohn größer denn je; allerdings kamen auf einen Keltenkrieger noch immer zwei Legionäre. Trotzdem suchte Caradoc nun die Entscheidungsschlacht; er suchte sie im südwestlichen Stammesgebiet der Ordovicen, wo die mit Felstrümmern bedeckten Bergflanken schroff anstiegen und in den schmalen Taleinschnitten dazwischen ungebärdige Wildbäche schäumten. In einer dieser Gebirgsschluchten verschanzte sich das Keltenheer; die rechte Flanke der silurischen und ordovicischen Kämpfer wurde durch ein steiles, nur mühsam zu erklimmendes Steinkar gedeckt; die linke durch ein tosendes Gewässer, das über Felsklippen herabstürzte. Um sich zusätzlich zu schützen, errichteten die Kelten vom Kar bis zum Wildbach einen Steinwall - und hinter dieser Mauer erwarteten sie den Angriff der Römer.
Als die feindlichen Tausendschaften herangezogen waren, erklomm Caradoc den Wall und hielt seinen Kriegern eine zündende Rede. Er beschwor die Geister jener Könige und Helden, welche in früheren Zeiten gegen die Legionen Caesars gefochten und die Freiheit Britanniens verteidigt hatten. Danach machte er seinen Kämpfern mit bewegten Worten deutlich, daß die bevorstehende Schlacht zutiefst schicksalsträchtig sei; entweder werde man die keltische Unabhängigkeit wiedergewinnen - oder aber unter das Joch ewiger Knechtschaft geraten. Zuletzt rief er die britannischen Krieger dazu auf, mit äußerstem Einsatz zu fechten, denn nur so könnten sie das schändliche und menschenunwürdige Los der Sklaverei von sich und ihren Familien abwenden.
Nachdem Caradoc geendet hatte, hämmerten die Silurer und Ordovicen ihre Schwerter gegen die Schilde und bekundeten dadurch ihren Willen, entweder zu siegen oder zu sterben. Wenig später, als die vordersten

Centurien zum Sturm auf die Steinmauer ansetzten, griffen die Kelten zu ihren Speeren und Bogen. Mit Hilfe ihrer Fernwaffen fällten sie zahlreiche Feinde; bald war die Erde von den Leibern Hunderter toter oder verwundeter Legionäre bedeckt. Doch dann befahl der römische Feldherr Ostorius den Männern seiner Angriffsspitze, Schilddächer zu bilden und in ihrem Schutz gegen den Wall vorzugehen. Heftig tobte der Nahkampf; schließlich glückte es den Legionären, die Mauer an einer Stelle niederzureißen.
Kaum war der Steinwall eingestürzt, stürmten die Römer in Massen durch die Bresche, formierten sich zur Schlachtreihe und attackierten die Kelten auf breiter Front. Geraume Zeit hielten die Silurer und Ordovicen stand; zuletzt aber mußten sie, jetzt bloß noch etwa dreitausend Mann stark, der feindlichen Übermacht weichen. Ein Teil der arg dezimierten keltischen Kampfhaufen, darunter Caradoc mit seiner Bedeckung, zog sich auf das Steinkar zurück; andere Scharen flohen oberhalb des Wasserfalles durch den Wildbach und retteten sich auf einen Berghang dahinter. Hier wie dort versuchten die Britannier, neue Verteidigungslinien zu bilden; die Legionäre jedoch drangen ihnen ungestüm nach und umzingelten die Kelten sowohl auf dem Kar als auch auf der gegenüberliegenden Bergflanke.
Verzweifelt fochten die Britannier; viele bewiesen todesverachtenden Mut und kämpften selbst mit schweren Verwundungen noch - trotzdem hatten die Kelten keine Chance mehr. Zuerst wurden die, welche sich auf den Hang jenseits des Gewässers geflüchtet hatten, zu Paaren getrieben und fast bis auf den letzten Mann niedergemacht; kurz darauf erlitten die zusammengeschmolzenen Scharen um Caradoc auf dem Steinkar dasselbe Schicksal. Nur ungefähr dreihundert Britannier, unter ihnen Cunobelinos' Sohn, überlebten; als sie erkannten, daß alles verloren war, streckten sie die Waffen, sanken völlig erschöpft zu Boden und ließen sich von den Römern in Fesseln schlagen.
All dies erfuhren Prasutax, Boadicea und Sergius Callus von den Boten, die Tullius Vedius während der beiden Monate nach Alban Ailyr aus Camulodunum sandte; zudem hörten sie um die Zeit von Alban Heruin, daß der Legat Ostorius mit seinen Gefangenen in Londinium eingetroffen war. Dort hatte man die keltischen Überlebenden der grauenhaften Schlacht in den Bergen von Cymru auf Kriegsschiffe gebracht und sie in den Laderäumen angekettet; eine knappe Woche später war auch Ostorius an Bord gegangen, dann hatten die Trieren Anker gelichtet. Ziel der Flottille war Rom, wo Caradoc und seine Leidensgenossen von ihrem Überwinder Ostorius im Triumphzug durch die Straßen geführt werden sollten - um danach entweder hingerichtet zu werden oder langsamer im Kerker zu sterben.
Als die Kunde davon in den Königs-Dun der Icener gelangte, empfanden Prasutax und Boadicea tiefes Mitleid mit Cunobelinos' Sohn. Zwar hatten sie den aussichtslosen Kampf Caradocs schon lange nicht mehr gebilligt; dennoch schmerzten sie die Gedanken an das, was ihm nun drohte, über

die Maßen. Tagelang blieb insbesondere Boadicea in sich gekehrt - schließlich aber fand sie, trotz allem, Trost in dem Wissen, daß das sinnlose Blutvergießen jetzt endlich vorüber war und künftig Frieden in Britannien herrschen würde.

Drittes Buch
Die Kriegerkönigin

Der heilige See

Frühherbst 54 bis Spätwinter 55

Mehr als drei Jahre waren seit der Gefangennahme Caradocs vergangen; Jahre, in denen sich Boadiceas Hoffnung auf Frieden erfüllt hatte. Der Süden Britanniens war in dieser Zeit endgültig zur Ruhe gekommen; gemeinsam hatten die Foederaten-Könige und Aulus Plautius sich bemüht, das bereits bestehende Miteinander zwischen Kelten und Römern noch zu vertiefen.

Darüber hinaus war es dem Statthalter gelungen, mit den Herrschern der vier in Cymru ansässigen Volksstämme Verhandlungen aufzunehmen. Zuletzt hatte man sich darauf geeinigt, daß die Silurer, Ordovicen, Demetier und Deceanglier politisch unabhängig bleiben würden; römische Kaufleute aber sollten in den westlichen Stammesgebieten Niederlassungen errichten dürfen, und um den Handel zu fördern, sollte Cymru durch Römerstraßen erschlossen werden. Bald nach Abschluß der Friedensgespräche sodann waren Arbeitertrupps aus den Territorien der Cornovier und Dobunnier nach Westen gezogen, um mit den Straßenbauten zu beginnen - und mittlerweile führten die ersten Trassen schon weit nach Cymru hinein.

Als Boadicea an diesem Septembermorgen aus dem Königshaus trat, dachte sie, daß die Römerstraßen ihr und Eadha die Reise nach Môn beträchtlich erleichtern würden. Im nächsten Moment wurde sie durch einen Ruf abgelenkt, der in ihrem Rücken erklang: "Mama, du hast deinen Schminkbeutel vergessen!"

Die Königin wandte sich um. Den hübsch bestickten Lederbeutel schwenkend, kam Ailme aus dem Haus gerannt; Boadicea scherzte: "Obwohl ich erst dreiunddreißig Lenze zähle, scheine ich meine fünf Sinne schon nicht mehr beisammen zu haben."

"Unsinn!" erwiderte Ailme lachend. "Eher macht dir das Reisefieber ein bißchen zu schaffen."

"Das kann gut möglich sein", gab die Königin zu. Sie nahm ihrer zweitgeborenen Tochter den Beutel ab, dann ging sie zusammen mit Ailme zum Weltenbaum. Dort wartete bereits Eadha, bei ihr standen Prasutax und Swyedydd. Eben als sich Boadicea und Ailme zu ihnen gesellten, erscholl von der Roßstallung her schmetterndes Wiehern; gleich darauf erschienen unter dem Stalltor die Pferdegespanne der Königin und ihrer erstgeborenen Tochter und näherten sich in leichtem Trab.

Boadicea griff nach der Hand ihres Gemahls. "Wir müssen Abschied nehmen, mein Schatz!"

Prasutax zog sie an sich, schaute ihr tief in die Augen und sagte leise: "Die lange Trennung von dir wird mir schwerfallen!"

"Auch ich werde dich sehr vermissen", flüsterte Boadicea. Sie küßte ihn zärtlich und fügte hinzu: "Aber Eadha braucht mich nun einmal während ihrer ersten Monate auf Môn. Sie muß dort innerlich Wurzeln schlagen,

und wer könnte ihr dabei besser helfen als ich? Schließlich war ich selbst Druidenschülerin auf der heiligen Insel und bin deshalb bis heute seelisch mit den Weihestätten von Môn verbunden."
"Du hast ja recht", antwortete Prasutax. Behutsam strich er seiner Gattin eine kupferfarbene Locke aus der Stirn, dann gab er Boadicea fast abrupt frei. "Und jetzt laß es uns bitte schnell und schmerzlos machen! Fahrt los, ihr beiden!"
Die Königin nickte, drehte sich zu Ailme um, nahm sie ein letztes Mal in die Arme und wechselte danach noch ein paar Worte mit Swyedydd. Anschließend bestieg sie ihren Streitwagen, verstaute den Schminkbeutel im Reisesack, der sich schon in der Kanzel befand, und schaute zu Eadhas Gespann hinüber. Gerade half Prasutax seiner blonden Tochter auf den Wagen; Ailme, die sonst so Unbekümmerte, stand wie verloren daneben. Boadicea atmete tief durch, um ihrer eigenen Beklemmung Herr zu werden - mit dem nächsten Lidschlag gab sie ihrem Rosselenker den Befehl, die Schimmelstuten anzutreiben.
Boadiceas und Eadhas Pferdegespanne trabten zum Torbau; dort reihten sich fünfzig berittene Krieger hinter den beiden Streitwagen ein. Die zurückbleibenden Icener wiederum, darunter auch der König, Ailme und Swyedydd, erklommen nun den Ringwall und blickten dem Wagen- und Reiterzug nach, bis er im Westen jenseits einer Waldinsel verschwand.
Während der zweieinhalbwöchigen Reise nach Môn, die teils über gut ausgebaute neue Römerstraßen, teils entlang der uralten keltischen Wege führte, hatte Boadicea manchmal das Gefühl, ihrer dreizehnjährigen Tochter noch nie so nahe gewesen zu sein. Ein Kreis schien sich zu schließen; bald würde Eadha auf denselben Pfaden wandeln, die Boadicea in ihrer Jugend beschritten hatte: den dreifach vernetzten Pfaden der Erdkräfte, der Hingabe an die Gottheiten und des Trachtens nach druidischer Erkenntnis, welche sich als heiliges Knotenwerk über das Eiland im äußersten Nordwesten Cymrus knüpften.
Seit ihrem neunten Geburtstag war Eadha von Swyedydd darauf vorbereitet worden, auf Môn in die Fußstapfen ihrer Mutter zu treten, und die erstgeborene Tochter des icenischen Königspaares hatte unter der Anleitung des Pendruid Jahr für Jahr größere geistige und spirituelle Fortschritte gemacht. So beachtliche Fortschritte, daß Swyedydd vor einem Monat erklärt hatte, Eadha sei nunmehr reif für den Eintritt in eine der Druidengemeinschaften auf der innig mit den Gefilden von Annwn verbundenen Insel. Angesichts dessen hatten der Pendruid, das Herrscherpaar und die übrigen Großen Wissenden der Icener beratschlagt, welche der Weihestätten von Môn den Anlagen Eadhas am besten entsprechen würde; auch die blonde Königstochter selbst war dazu angehört worden. Zuletzt war man übereingekommen, daß Eadha ihre Studien im Heiligtum von Llyn Cerrig Bach fortsetzen und zusammen mit ihrer Mutter am Morgen nach Alban Elued dorthin aufbrechen sollte.
Jetzt, während der Reise nach Cymru, sprachen Boadicea und Eadha oft über diese Weihestätte: den heiligen, von kleinen Felsen umrahmten See,

in dem seit Jahrhunderten Opfergaben versenkt wurden. Doch auch von anderen Sakralorten erzählte die Königin: von Bryn Celli Ddu, dem Hügel des Dunklen Heiligtums, dessen uralte Grabkammer eine Pforte in die Anderswelt war, und von Barclodiad y Gawres, wo Boadicea einst als Jungpriesterin der Dreifachen Göttin gelebt hatte.
Ebenso tauschten sich die Königin und ihre Tochter häufig über Llyniam und Sarhaed aus: Eadhas Großeltern mütterlicherseits, welche als hochgeachtete Druiden auf Môn gewirkt hatten, ehe sie, noch jung an Jahren, dem Ruf der Götter nach Annwn gefolgt waren. "Jetzt wirst du ihr Werk auf deine Weise fortführen", sagte Boadicea einmal zu ihrer Tochter, als sie - bereits tief in den Bergen von Eryri Gwyn - abends am Lagerfeuer saßen. Eineinhalb Tage später rollten die Streitwagen durch den letzten Gebirgspaß hinab zur Küste - und jenseits einer schmalen Meerenge, deren Wasser unter leicht verhangenem Firmament graugrün schimmerte, erblickte Eadha das Eiland, welches zu ihrer neuen Heimat werden sollte.
Flach, nur von wenigen sanften Erhebungen gegliedert, lag die heilige Insel, welche nicht allein wegen ihrer Druidenhaine, sondern auch wegen der ungewöhnlichen Fruchtbarkeit ihrer Äcker berühmt war, da; ihre westlichsten Ausläufer verschmolzen mit dem diesigen Horizont. Der Eigner eines breitbordigen Lastschiffes, das an diesem Morgen Korn aus einem der großen Getreidelager von Môn aufs Festland gebracht hatte, erklärte sich bereit, die Icener überzusetzen. Dreimal steuerten die Schiffsleute, welche dem Volksstamm der Deceanglier angehörten, den Segler über den Sund; nachdem die letzte Gruppe der icenischen Krieger auf der Insel von Bord gegangen war, setzte der Wagen- und Reiterzug seinen Weg entlang des Gestades von Môn in südwestlicher Richtung fort und bog nach zwei Stunden ins Landesinnere ab.
Am Spätnachmittag erreichten die Icener Bryn Celli Ddu. Der kreisrunde, doppelt mannshohe Hügel des Dunklen Heiligtums erhob sich nahe eines Baches auf einer Heidefläche; Eadha sah, daß die Weihestätte von einem niedrigen Ringwall mit Graben umgeben war und direkt bei dem Rundhügel ein weißer Menhir aufragte. Vor allem dieser Hohe Stein schien die Dreizehnjährige auf geheimnisvolle Art zu locken; Eadha brannte förmlich darauf, ihn genauer betrachten zu dürfen - aber gerade als sie ihre Mutter darum bitten wollte, tauchten am Rand eines Wäldchens, das etwas weiter nördlich lag, neun Männer und Frauen auf.
Gemessenen Schritts kamen die Druiden, die fußlange schwarze Gewänder mit breiten hellen Gürteln trugen, den Streitwagen entgegen. Plötzlich begann eine der weisen Frauen, deren Haar bereits ergraut war, zu winken; im selben Moment rief Boadicea ihr zu: "Du, Cerdda! Welche Freude, dich wiederzusehen!"
Gleich darauf trafen die Icener und die Großen Wissenden aufeinander. Die Königin sprang vom Wagen, um Cerdda an ihre Brust zu ziehen; nachdem die beiden Frauen sich umarmt und einige Sätze gewechselt hatten, machte Boadicea die betagte Druidin mit ihrer Tochter bekannt und beschied Eadha sodann: "Früher lebte Cerdda in Barclodiad y Gawres und

war dort eine meiner liebsten Lehrerinnen. Doch nun wirkt sie im hiesigen Hain, und ihr besonders geformter Torques verrät dir, daß sie den Rang der Pendruid von Bryn Celli Ddu bekleidet."
"Letzteres ist nicht so wichtig, denn wir alle hier sind Schwestern und Brüder im Dienst an der dunklen, verschleierten Göttin, welche zugleich strahlendes Licht ist", erklärte Cerdda. Augenzwinkernd fügte sie hinzu: "Aber heute bin ich trotzdem froh über die Vorrechte, die ich dank meiner Stellung genieße - weil sie mir nämlich erlauben, euch im Namen unserer Druidengemeinschaft herzliche Gastfreundschaft anzubieten."
Gerne nahmen Boadicea und Eadha die Einladung an. Cerdda und die übrigen Großen Wissenden geleiteten die Königin und ihre Tochter zu einer Lichtung im nahen Wald, auf der etwa zwei Dutzend Rundhäuser standen. Ein Teil davon gehörte den weisen Frauen und Männern; in den anderen lebten Druidenschüler oder Dienstleute, welche jetzt allesamt herbeikamen, um die Reisenden zu begrüßen. Danach führten einige Mägde die icenischen Reiter zu einer Gruppe von Gebäuden, welche für die Unterbringung von Besuchern vorgesehen waren; Boadicea und Eadha wiederum begaben sich zusammen mit den neun Großen Wissenden in Cerddas behaglich eingerichtetes Heim.
Während des Abendessens im Haus der Pendruid befragte Eadha ihre Tischgenossen eingehend über den Hügel des Dunklen Heiligtums. Die weisen Frauen und Männer freuten sich über die Wißbegier der Dreizehnjährigen, die eines Tages ihresgleichen sein würde, und gaben ihr umfassende Auskunft.
So erfuhr Eadha, daß Bryn Celli Ddu schon lange vor der Ankunft der ersten Kelten in Britannien existiert hatte; Menschen, die noch kein Metall gekannt hatten, jedoch Meister der Steinbearbeitung gewesen waren, hatten den Erdhügel über einem Menhir sowie einer Grabkammer aus Großsteinen errichtet. Seit Urzeiten, so hörte Eadha, war das Heiligtum der Göttin Dana geweiht: der ältesten Erscheinungsform Ceridwens. "Von Ewigkeit zu Ewigkeit berühren sich in ihrem Schoß Geburt, Tod und Wiedergeburt", sagte Cerdda ehrfurchtsvoll. "Sie hütet das Geheimnis des immerwährenden Übergangs allen Lebens von der Diesseitswelt nach Annwn und der Rückkehr allen Daseins aus der Anderswelt ins Diesseits, und deshalb ist der Hügel des Dunklen Heiligtums auch ein Ort, wo sich die Nebel, welche zwischen dem Hier und dem Dort weben, lichten."
Nachdem sie dies vernommen hatte, saß Eadha einen Moment schweigend da; ihr Blick wirkte verschleiert, dann murmelte sie: "Und der weiße Menhir außerhalb der Begräbniskammer öffnet den geistigen Pfad in die Gefilde von Annwn, nicht wahr?"
"So ist es", bestätigte die Pendruid. "Dies ist eine seiner beiden Bestimmungen. Und wenn du möchtest, begleite ich dich und deine Mutter morgen zur Weihestätte, damit du - vielleicht - die Kraft des Hohen Steins erspüren kannst."
"Ich danke dir, Cerdda!" flüsterte Eadha. Im weiteren Verlauf des Abends blieb sie in sich gekehrt, und in der Nacht, die Boadicea und ihre Tochter

im Rundhaus der Pendruid verbrachten, hatte die Dreizehnjährige außergewöhnlich aufwühlende Träume.
Am nächsten Tag konnte Eadha es kaum erwarten, zum Heiligtum aufzubrechen. Endlich war es soweit; als die Dreizehnjährige, ihre Mutter und Cerdda bei der Weihestätte anlangten, erblickten sie ein seltsames Bild. In friedlichem Miteinander kreisten Raben und Möwen über dem Hügel; dreimal schwirrte der Schwarm der schwarzen und weißen Vögel um die Kuppe der Erhebung, sodann verschwand er nach Westen.
"Ein Zeichen der Göttin Dana!" raunte die Pendruid. Still verharrten die beiden Frauen und das Mädchen; schließlich bedeutete Cerdda ihren Begleiterinnen, weiterzugehen.
Die Pendruid führte Boadicea und ihre Tochter zum Eingang des Grabhügels: einem archaischen Steinportal. Mit angehaltenem Atem betrat Eadha das Heiligtum; nachdem sich ihre Augen an das Halbdunkel drinnen gewöhnt hatten, betrachtete sie mit ehrfürchtiger Scheu den einzelnstehenden Menhir sowie die Wand- und Decksteine der ansonsten leeren Begräbniskammer. Nach einer Weile fühlte sie die leise pulsende Gegenwart der Erdmutter; die Schwingungen, welche den Sakralraum erfüllten, teilten sich zuerst ihrem Körper und wenig später auch ihrer Seele mit. Eadha empfand leichte Trance; in ihrem Entrücktsein glaubte sie, Szenen aus längst vergangener Zeit zu sehen.
Ein Toter wurde in die Kammer gebracht; ein Toter, der nackt wie ein neugeborenes Kind war... Sanft wurde er von greisen Priesterinnen niedergelegt; das, was unsterblich an ihm war, löste sich von seinem Fleisch und Gebein... Löste sich; schwebte durch einen lichten, dreieckigen Spalt im Hintergrund des Raumes ins Freie... Der vergängliche Leib aber zerfiel; zerfiel, bis nur noch Schädel und Knochen übrig waren... Und erneut erschienen Priesterinnen; sie brachten die Gebeine hinaus, um sie nunmehr der Erde zu übergeben...
Viele Male vermeinte Boadiceas Tochter, diese Bildfolge wahrzunehmen; Jahrtausende schienen darüber zu verstreichen und schienen zuletzt die Gegenwart zu berühren. Irgendwann schließlich drang Cerddas Stimme in Eadhas Bewußtsein: "Komm zu dir! Öffne die Augen und schau!"
Die Dreizehnjährige gehorchte - zutiefst erstaunt stellte sie fest, daß der Dreieckspalt in der Rückwand der Grabkammer tatsächlich vorhanden war. Beim Betreten des Raumes war er Eadha überhaupt nicht aufgefallen; nun jedoch schien es ihr, als wäre die Öffnung von überirdisch leuchtendem und lockend pulsendem Licht durchflossen. Wie gebannt starrte die Dreizehnjährige auf das strahlende Dreieck; im nächsten Moment hörte sie die Pendruid sagen: "Laß uns nun dem Pfad, den der göttliche Schein uns aufzeigt, folgen!"
Damit verließ Cerdda die Begräbniskammer und führte Eadha und Boadicea um den Erdhügel herum zum weißen Menhir. Neuerlich empfand die Dreizehnjährige ungläubige Überraschung, denn von drinnen hatte sie nicht bemerkt, daß sich der Hohe Stein direkt außerhalb des dreikantigen Spalts erhob. Aber da stand er und ragte in schimmernder Helligkeit vor

der dunklen Öffnung empor - und als die Frauen und das Mädchen jetzt nahe an den Menhir herantraten, schienen auf seiner Oberfläche magische Muster lebendig zu werden.
Eadha erkannte Wellenlinien und labyrinthisch anmutende Spiralkurven, die unter den schräg einfallenden Sonnenstrahlen als Licht- und Schattenrisse sichtbar wurden. Die Dreizehnjährige machte Anstalten, die geheimnisvollen Gravuren genauer zu betrachten - doch es war ihr vorerst nicht möglich. Denn die Pendruid legte Eadha die Hand auf die Schulter, hielt sie auf diese Weise zurück und erklärte: "All die Seelen, die aus der Finsternis des Grabmals in die Helligkeit Annwns reisten, fanden ihren Weg dank des weißen Steins. Er leitete die Geister der Verstorbenen in die Anderswelt, von wo sie wiederkehrten oder noch wiederkehren werden, um ein neues Dasein im Diesseits zu leben. Dies war und ist bis heute die eine der beiden Bestimmungen des Menhirs, der auch Seelenstein genannt wird - und die andere sollst du nun, so Dana will, ebenfalls kennenlernen."
Cerdda umarmte den weißen Menhir, um ihren Geist mit seinem in Einklang zu bringen; Boadicea und ihre Tochter taten es ihr nach. Dann öffnete die Pendruid einen Lederbeutel, der an ihrem Gürtel hing, und holte eine Handvoll zerkleinertes Harzholz heraus. Sie häufte die Holzstückchen, die nach Kräutern dufteten, am Sockel des Hohen Steins zu einem kleinen Kegel auf und entzündete diesen mit Hilfe von Eisen und Feuerstein. Rasch schlug die Flamme empor und bildete rötliche Rauchfäden aus - im nächsten Augenblick geschah etwas Wundersames.
Die Wellenlinien im unteren Teil des Menhirs schienen den Rauch anzusaugen; die Rotfäden verschmolzen mit den geschwungenen, nach oben verlaufenden Gravuren und glitten gleich Schlangen am Stein hinauf. Drei Wellenbahnen, die sich in schier magischer Bewegung wiegten, formten sich - ein paar Herzschläge später erreichten die Rauchfäden die Kuppe des Menhirs, welche ein wenig eingetieft war. In dieser flachen Mulde, wo Eadha zuvor die labyrinthischen Spiralkurven ausgemacht hatte, begann der Rotrauch jetzt zu wirbeln; teils waberte er in verwirrend hin und her pulsenden Kreisen, teils floß er über die Steinkanten und zerfächerte.
Wie entrückt schaute Eadha auf die Rauchbahnen; eben als sie eine ganz bestimmte Gesetzmäßigkeit in ihrem Verhalten zu erkennen glaubte, vernahm sie Cerddas Stimme: "Folge mit deinem Finger und zugleich mit deiner Seele dem mittleren Faden des Rauches."
Die Dreizehnjährige trat nahe an den Menhir heran und tat, was die Pendruid von ihr verlangt hatte. Vom Rotrauch geführt, glitt ihre Fingerkuppe in weichen, wellenförmigen Schwüngen am Stein empor; Eadha hatte dabei das Empfinden, körperlich und geistig immer leichter zu werden. Dann, als ihre Hand auf der abgeflachten Kuppe des Menhirs labyrinthisch verschlungene, letztlich jedoch stets kreisförmige Bewegungen beschrieb, geriet sie abermals in Trance. Es war ihr, als würde ihre Seele den Körper verlassen; als würde sie mit dem rötlichen

Rauchfaden, der sie trug, entlang der hin und her pulsenden, sich mehr und mehr verengenden Spiralbahn schweben.
Eadhas Geist durchwanderte ein irdisches Dasein von der Geburt über die Reife bis zum Tod - der Tod erfolgte in der Geborgenheit des innersten Spiralkerns, im Schoß Danas, und wurde augenblicklich zu unendlich erfüllender Jenseitsgeburt. Ein diesseitiges Leben kehrte heim nach Annwn; dort - in Seelenlandschaften von unsäglicher Schönheit und den Göttern sehr nahe - reifte das andersweltliche Dasein seinem Entschluß entgegen, neuerlich in die irdischen Gefilde einzutreten. Und von neuem umgab sich der unsterbliche Geist mit Fleisch und Blut, wurde sowohl aus Danas Schoß als auch aus dem Leib einer Mutter geboren; war Säugling, wurde zum Kleinkind, war Mädchen - und blühte nun, dreizehnjährig, dem Erwachsensein entgegen...
Eadha kam wieder zu sich; sie sank vor dem Hohen Stein in die Knie, schluchzte in heiliger Erschütterung.
Boadicea, die ahnte, was ihre Tochter erschaut hatte, ließ sich neben Eadha nieder und barg sie in ihren Armen; Cerdda, jetzt ebenfalls auf der Erde kauernd, sagte leise zu der Dreizehnjährigen: "Die Göttin erwies dir ungeachtet deiner Jugend sehr große Gnade. Auf dem Pfad, den dir der Seelenstein öffnete, hast du die Nebel durchdrungen. So konntest du lange vor der gewöhnlichen Zeit tiefe Erkenntnis über das Wesen von Annwn, den ewigen Kreislauf des Daseins - und über dich selbst gewinnen."
Eadha erwiderte nichts; der Nachhall dessen, was sie erlebt hatte, war noch immer zu stark. Erst allmählich fand sie zur Ruhe; schließlich - im selben Moment, da das Feuer am Sockel des Menhirs erlosch - löste sie sich von der Brust ihrer Mutter und flüsterte: "Swyedydd lehrte mich bereits einiges über Annwn und die Wege dorthin, die zugleich in unser verborgenes Innerstes führen. Doch ich wußte nicht, daß der Blick in die Anderswelt derart beglückend sein würde..."
Boadicea streichelte ihrer Tochter über das Haar. "Annwn ist unsere wahre Heimat, mein Kind!"
"Und um denjenigen zu danken, welche uns das ewige Heim bereiteten, sollten wir nun ein Ritual zu Ehren Danas und der übrigen Gottheiten zelebrieren", kam es von der Pendruid.
Dreimal umrundeten Cerdda, Boadicea und Eadha den Hohen Stein, dreimal den Hügel des Dunklen Heiligtums, dreimal die gesamte Weihestätte entlang des Ringwalles; dabei priesen sie die Göttinnen und Götter in einem sakralen Sprechgesang. Nach der neunten Umkreisung verließen die grauhaarige Pendruid, die im besten Lebensalter stehende Königin und das Mädchen den heiligen Ort; plötzlich begriff Eadha: Dana hatte in ihnen Weisheit des Alters, Mütterlichkeit und aufblühende Jugend zusammengeführt; sie waren nicht zufällig zu dritt - und in ihrer Dreiheit waren sie ein dreifaltiger Funke der Göttin selbst.
Von tiefer, stiller Freude erfüllt, kehrten Cerdda, Boadicea und Eadha in den Druidenhain zurück. Die restlichen Vormittagsstunden verbrachten sie

geruhsam; nachmittags unternahm die Dreizehnjährige zusammen mit einigen Druidenschülerinnen einen Spaziergang durch die lichten Wälder und über die abgeernteten Kornfelder, welche sich nördlich des Hains erstreckten. Die Königin und Cerdda nutzten die Abwesenheit Eadhas, um sich ihren Erinnerungen an Barclodiad y Gawres hinzugeben; den Abend verbrachten die Großen Wissenden, Boadicea und ihre Tochter wie tags zuvor im Rundhaus der Pendruid - zeitig am folgenden Morgen nahmen die Icener herzlichen Abschied von ihren Gastgebern und setzten ihre Reise fort.
Es herrschte sonniges Herbstwetter, vom Meer her wehte ein erfrischender Windhauch; rasch kamen die Rösser voran. Der Wagen- und Reiterzug durchquerte die südwestlichen Ausläufer der Insel; zwei Stunden vor Sonnenuntergang tauchten am Horizont silbern schimmernde Dünenzüge auf. Jenseits der Sandhügel sodann - die Sonnenscheibe hing jetzt schon tief - erkannte Boadicea die Küstenlandschaft wieder, wo sie während ihrer Ausbildung zur Druidin gelebt hatte; kurz vor Einbruch der Abenddämmerung schließlich langten die Icener bei der Bucht von Barclodiad y Gawres an.
Schmal, aber tief schnitt die See hier ins Land; Schwarzfelsen säumten die Förde: bizarr geformte Klippen, zwischen denen es da und dort höhlenartige Klüfte gab. Auf dem nördlichen Uferriff der Bucht erhob sich die Weihestätte, welche ebenso alt wie der Hügel des Dunklen Heiligtums war: ein mächtiger, mit Steinquadern umsäumter Erdkegel, der etwa die dreifache Ausdehnung von Bryn Celli Ddu besaß.
Als die Streitwagen an der Förde vorbeifuhren, ließ Boadicea den Blick nicht von der Weihestätte; sie riß sich erst los, als der Rosselenker ihr fragend zurief: "Dort vorne in das Seitental hinein?"
Die Königin nickte; gleich darauf bogen die Pferde ab und trabten durch eine locker mit Birken und Haselbäumen bewachsene Schlucht. Dahinter öffnete sich ein von felsbesetzten Randhöhen geschützter Talboden; über die Senke verteilten sich fünf kleine Waldinseln, aus denen die Strohdächer von Rundhäusern hervorschauten: die Druidenhaine von Barclodiad y Gawres.
Boadicea wies ihren Wagenlenker an, zum zentralen Hain zu fahren; kaum hatte der Krieger die Schimmelstuten auf der Lichtung inmitten des Wäldchens gezügelt, eilten drei Große Wissende herbei. Es handelte sich um zwei ungefähr vierzigjährige Frauen und einen älteren, bereits weißbärtigen Mann, der jedoch noch rüstig wirkte; als er an den Streitwagen der Königin herantrat, leuchtete tiefe Freude aus seinen Augen. Mit bewegter Stimme begrüßte er Boadicea, dann fügte er hinzu: "Vergangene Nacht träumte ich, daß du kommen würdest. Du und deine erstgeborene Tochter, die auf Môn den heiligen Pfad der Erkenntnis beschreiten soll. Und jetzt wurde mein Traumgesicht wahr."
Die Königin stieg vom Wagen und umarmte den betagten Druiden; danach erwiderte sie: "Schon immer vermochtest du im Schlaf oder auch wachend in die Zukunft zu schauen, Hefeydd. Oft verblüfftest du mich durch diese

Fähigkeit, als ich in den hiesigen Hainen Druidenschülerin und später Jungpriesterin der Dreifachen Göttin war. Und nun hast du es einmal mehr geschafft, mich kraft deiner besonderen Gabe zu überraschen."
Der weißbärtige Pendruid von Barclodiad y Gawres schmunzelte. "Sofern mir das gelang, Boadicea, ist es zwischen uns fast wieder so wie in den alten Zeiten, nicht wahr?"
"Die Jahre, die ich unter deiner weisen Obhut verbringen durfte, waren sehr wertvoll für mich", antwortete die Königin versonnen. "Und ich werde nie vergessen, wie du mich zuletzt, ehe ich ins icenische Stammesgebiet abreiste, um Prasutax zu heiraten, auf meine Pflichten als Herrschergemahlin vorbereitet hast."
"Längst sitzt du gleichberechtigt neben deinem Gatten auf dem Thron", sagte Hefeydd; Anerkennung schwang in seinem Tonfall mit. "Und wie man hört, regiert ihr beiden selbst in schweren Zeiten klug und zum Wohl der euch anvertrauten Menschen."
"Wir bemühen uns, in Frieden mit den Römern auszukommen", entgegnete Boadicea. "Aber darüber können wir uns später austauschen. Jetzt sollst du zunächst meine Tochter Eadha kennenlernen."
Die Dreizehnjährige, die unterdessen ebenfalls von ihrem Streitwagen gesprungen war und abwartend dagestanden hatte, kam näher. Der Pendruid ergriff ihre Hände, betrachtete ihr anziehendes Gesicht mit den blauen, bereits um die andersweltlichen Geheimnisse wissenden Augen und erklärte: "Es ist unübersehbar, daß du die Schönheit deiner Mutter geerbt hast. Doch ich erkenne - und auch darin gleichst du der, die dich unter ihrem Herzen trug - mehr als bloß äußerlichen Reiz auf deinem Antlitz. Innere Anmut strahlt aus deinen Zügen; geistige und seelische Schönheit, wie die Götter sie Auserwählten schenken."
Eadha neigte das Haupt; wie segnend berührte Hefeydd mit der Rechten ihren Scheitel, sodann stellte er der Königin und ihrer Tochter seine beiden Begleiterinnen vor. Es handelte sich um Druidinnen, die erst seit wenigen Jahren bei der Weihestätte von Barclodiad y Gawres lebten; Boadicea war ihnen noch nie begegnet - wenig später aber, als sich auch die Großen Wissenden aus den übrigen Hainen einfanden, um die icenischen Besucher willkommen zu heißen, konnte die Königin eine ganze Reihe alter Bekannter begrüßen.
Lange saß man in dieser Nacht an der Tafel des Pendruid beisammen; zahlreiche Erinnerungen an früher wurden aufgewärmt. Erst als draußen der Mond hinter den Bäumen versank, gingen Boadicea und Eadha in einem gemütlich möblierten Schlafraum, den ihnen Hefeydd zur Verfügung gestellt hatte, zu Bett.
Am nächsten Morgen begleiteten der Pendruid und mehrere andere Große Wissende die Königin und ihre Tochter zum Heiligtum über der Schwarzklippenbucht. Nachdem die Gruppe das mächtige Grabmal dreimal umschritten hatte, begab man sich in dessen Innenraum. Boadicea war tiefbewegt, als sie die drei unter dem Erdhügel verborgenen Grabkammern wiedersah. Sie waren in Form eines Kleeblattes um einen

Zentralraum angeordnet und bestanden aus gewaltigen Großsteinen; auf den Blöcken traten im Licht einer Fackel, die Hefeydd bei sich hatte, sakrale Gravuren zutage. Die Linien bildeten kunstvoll verwobene Dreiecke und Rauten: Symbole für den Lebenskreislauf und den ewig neues Dasein gebärenden Schoß der Großen Göttin.
Ähnlich wie in Bryn Celli Ddu fiel Eadha in leichte Trance, als sie sich in die Betrachtung der heiligen Sinnbilder versenkte. Diesmal jedoch erlebte sie keine Entrückung und wußte instinktiv, es war richtig so. Denn sie hatte ihr vorgestriges andersweltliches Erlebnis am weißen Menhir noch nicht völlig verarbeitet und wäre deshalb durch eine weitere Vision überfordert gewesen.
Boadicea hingegen betrat die Brücke nach Annwn, während sie in der westlichen Steinkammer kniete. Genau an der Stelle, wo sie einst, als Mädchen und junge Frau, alljährlich an Samhain Zwiesprache mit ihren frühverstorbenen Eltern gehalten hatte, begegnete sie den Seelen von Llyniam und Sarhaed. Für einen Moment, der nicht länger als einen Herzschlag und zugleich eine kleine Ewigkeit währte, blickte die Königin ins Jenseits. Sie erschaute ihre Eltern in Sídhe-Schönheit und fühlte, wie die Liebe Llyniams und Sarhaeds sie durchdrang; Liebe, die durch den Tod nicht gebrochen, sondern vielmehr gesteigert worden war. Dankbar empfing Boadicea die überirdische, unendlich wärmende Zuwendung ihrer Eltern und gab sie, so gut sie es in ihrem schwachen Menschsein vermochte, zurück - nachdem sie wieder Abschied von den beiden Seelen genommen und sich aus ihrer Trance gelöst hatte, stand sie langsam auf, ging zu Eadha und zog sie an ihre Brust.
Später, als die Königin, ihre Tochter und die Druiden draußen vor dem Heiligtum im Gras saßen, die auch an diesem Tag warme Herbstsonne genossen und aufs Meer hinausblickten, sagte Hefeydd zu Boadicea: "Die Göttin freute sich über deine Rückkehr nach Barclodiad y Gawres. Deshalb lüftete sie die Schleier für dich und schenkte dir etwas sehr Wertvolles. Und sie wird auch in Llyn Cerrig Bach mit dir und Eadha sein - allerdings", der Pendruid zwinkerte schalkhaft, "erwartet sie nicht unbedingt, daß ihr schon morgen oder übermorgen dort eintrefft..."
"Soll das heißen, du willst uns nicht weglassen?" fragte die Königin lächelnd.
"Ich wäre froh, wenn ihr einige Zeit bleiben könntet", antwortete Hefeydd. "Und damit spreche ich keineswegs bloß für mich."
"Es tut mir wohl, das zu hören." Boadicea lehnte sich an die Schulter des Pendruid, der einst so etwas wie Vaterstelle an ihr vertreten hatte. "Und deine Einladung nehme ich gerne an, denn nach den vielen Jahren, in denen wir uns nicht sahen, würde mir eine allzu schnelle Trennung ebenso schwerfallen wie dir."
So kam es, daß die Königin und ihre Tochter eine volle Woche an der Meeresküste verbrachten. In Begleitung Hefeydds oder anderer Druiden, die Boadicea von früher vertraut waren, unternahmen die Königin und Eadha ausgedehnte Spaziergänge oder Wagenfahrten. An vielen

landschaftlich schönen Orten, die sie aufsuchten, erinnerte sich Boadicea an Erlebnisse aus ihrer Jugend; dasselbe geschah an kleineren Heiligtümern - Menhiren, Quellen und Grotten - im Umland von Barclodiad y Gawres.
Erst zehn Tage vor Samhain verabschiedeten sich die Königin und ihre Tochter. Der Wagen- und Reiterzug verließ das Tal mit den fünf Hainen; noch einmal erblickte Boadicea die Weihestätte auf den Schwarzklippen, gleich darauf trabten die Rösser in einen Eichenwald nördlich des mächtigen Grabheiligtums. Während der folgenden Stunden machte die Königin einen etwas bedrückten Eindruck; mittags, als die Icener an einer Flußfurt auf halber Wegstrecke nach Llyn Cerrig Bach rasteten, gestand Boadicea ihrer Erstgeborenen: "Die Trennung von Hefeydd und den anderen kam mich härter an, als ich dachte."
"Ich kann dich gut verstehen", antwortete Eadha. "Aber auf deiner Rückreise wirst du die Druiden ja wiedersehen."
"Dann wirst du nicht mehr bei mir sein", seufzte Boadicea und legte den Arm um die Schultern ihrer Tochter.
Eine Weile saßen beide schweigend da, schließlich sagte Eadha leise: "Innerlich werden wir doch immer verbunden bleiben..."
Boadicea atmete tief durch. "Du hast recht. - Außerdem sollst du ja nur bis zum Abschluß deiner Ausbildung auf Môn leben und kannst zwischendurch auch zu Besuch nach Hause kommen."
Später, während der Weiterfahrt nach Norden, wirkte die Königin wieder ausgeglichen; manchmal scherzte sie sogar mit ihrer Tochter. Zuletzt, als die Sonne sich neigte, kam Llyn Cerrig Bach in Sicht: das Ziel von Boadiceas und Eadhas langer Reise quer durch die Südhälfte Britanniens.
Der See der Kleinen Felsen erstreckte sich zwischen sanften Höhenrücken; seine Gestalt erinnerte an die Sichel des Halbmondes. Flache Bodenwellen, welche da und dort von niedrigen Steinformationen gekrönt waren, säumten die Ufer des Gewässers; an verschiedenen Stellen rings um das Seegestade gab es Bauminseln.
Der Wagen- und Reiterzug näherte sich dem ausgedehntesten dieser Druidenhaine; knorrige Eichen, Tannen mit tief herabhängenden Bärten und uralte Eiben schienen eine undurchdringliche Pflanzenmauer zu bilden. Aber seitlich eines Bachlaufes öffnete sich ein Pfad in das Waldstück; die Rösser folgten dem schattendunklen, seltsam gewundenen Weg und erreichten einen Anger, an dessen Rändern sich dreißig Rundhäuser mit vom Alter silbergrau gefärbten Reetdächern erhoben.
Auf der Lichtung wurden die Icener bereits von den neun hier lebenden Großen Wissenden sowie deren Schülern und Dienern erwartet. Nachdem die Königin und Eadha von den Streitwagen gestiegen waren, traten die Druiden auf sie zu; an ihrer Spitze schritt eine schwarzhaarige, sehr schöne Frau von höchstens vierzig Jahren, die einen Umhang mit beigen, roten und blauen Webmustern sowie einen schweren goldenen Torques trug.

Forschend betrachtete diese Große Wissende zuerst Boadicea und dann Eadha; die Dreizehnjährige spürte die außerordentlich starke geistige Kraft, welche von der dunkelhaarigen Frau ausstrahlte - gleich darauf hörte sie die Druidin sagen: "Du bist die erstgeborene Tochter des icenischen Herrscherpaares. Ceridwen, die von deinem Volksstamm in Gestalt Andrastas verehrt wird, sandte dich nach Môn. Daher heiße ich dich in Liebe willkommen, Eadha, und ebenso", sie wandte sich Boadicea zu, "gilt mein herzlicher Willkommensgruß dir, Königin der Icener."
"Wir danken dir, Bronwen, und es ist uns eine besondere Freude, dir zu begegnen", antwortete Boadicea. Sie drückte die Hände der Schwarzhaarigen, sodann fügte sie unter feinem Lächeln hinzu: "Überall in Britannien preisen die Barden deine herausragenden Gaben, Pendruid von Llyn Cerrig Bach. Deshalb weiß ich, daß du nicht allein Priesterin der Dreifachen Göttin und meisterliche Heilkundige, sondern auch Ovatin bist - dennoch bin ich verblüfft. Denn obwohl wir uns nie zuvor sahen, genügte dir ein einziger Blick, um Eadha und mich zu erkennen und herauszufinden, warum wir zum heiligen See gereist sind."
"Ich brauche dir, die du selbst auf Môn geschult wurdest, nicht zu erklären, auf welche Weise alles Dasein miteinander verflochten ist - und welche Verbindungen von daher auch zwischen deinem, Eadhas und meinem Bewußtsein bestehen", erwiderte Bronwen. "Doch ich bekenne, daß es mir soeben ungewöhnlich leichtfiel, die Gedankenbrücke zu dir und deiner Tochter zu schlagen. Denn ihr wart vom ersten Moment unseres Zusammentreffens an bereit, mir eure Seelen wie gute Freundinnen zu öffnen."
Die Pendruid umarmte die Icenerinnen; danach sagte sie: "Nun aber kommt in mein Haus, damit ihr euch nach der langen Fahrt von Barclodiad y Gawres her erholen könnt."
Boadicea und Eadha verbrachten einen angenehmen Abend in der Gesellschaft Bronwens und der übrigen Großen Wissenden; beim Frühstück am nächsten Morgen bot die Pendruid ihren Gästen an, sie zu den Weihestätten von Llyn Cerrig Bach zu führen.
Zu Fuß verließen die Königin, ihre Tochter und Bronwen den Hain; Eadha brannte förmlich darauf, die berühmte Opferstätte am Gestade des Sees zu besuchen. Doch die Pendruid, welche auch jetzt wieder genau zu wissen schien, was die Dreizehnjährige dachte, beschied Eadha augenzwinkernd: "Ehe wir zu dem Ort gehen, der allen Gottheiten gemeinsam gewidmet ist, sollten wir den einzelnen Göttinnen und Göttern Ehre erweisen."
Wenig später standen die beiden Frauen und das Mädchen unweit des Wäldchens, in dem sie genächtigt hatten, vor einer Gruppe von drei schlanken Menhiren. Sie waren aus hellem, rotem und schwarzem Gestein; Ceridwens Geist erfüllte den idyllischen Platz und teilte sich den Besucherinnen mit, als diese still zur Dreifachen Göttin beteten.
Weitere Heiligtümer, die sich stets nahe eines ihnen zugeordneten Druidenhains befanden, waren verschiedenen anderen Gottheiten geweiht.

Am Sockel einer wuchtigen Felsformation, die in ihrer Gestalt an einen gewaltigen Stier erinnerte, stand ein Altar für Taranis; in der Opfermulde des dunklen Kantsteins lagen Getreidekörner und Donnerkeile, welche, wie Bronwen erklärte, da und dort auf Môn zu finden waren. Ein Lochfelsen, durch dessen runde Öffnung nach den Worten der Pendruid an Lughnasad der erste Strahl der Morgensonne fiel, diente der Verehrung Lughs; in einem Kreis aus neun, von Misteln umschlungenen Eichen wiederum, deren Stämme sich allesamt in gleicher Höhe gabelten, konnte Hu-He-Su angebetet werden.
An einem malerischen Quellteich, wo der Wind in den Zweigen von Birken spielte, war das heitere Wesen der Göttin Brigid spürbar; ebenso gab es einen Schrein für Dana: eine aus weißen und schwarzen Steinplatten gebildete höhlenartige Kluft, in deren Wände Bitten an die Toten in Ogham-Schrift eingeritzt waren. Geraume Zeit verweilten Bronwen und die Icenerinnen bei einer Felsgruppe, die über und über mit Mondsymbolen bedeckt war; nachdem die Pendruid, Boadicea und Eadha dort Zwiesprache mit Andrasta gehalten hatten, begaben sie sich zu einem letzten Heiligtum. Es handelte sich um ein Gehege unter Buchen mit weitausladenden Ästen, in dem ein riesiger Hirsch mit auffallend hellem, fast beigem Fell und mächtigem Geweih äste; Bronwen erläuterte: "In diesem Tier verehren wir Cernunnos, und jedes Mal, wenn der alte Gotthirsch nach Annwn gewandert ist, erscheint ein Jungtier von gleicher lichter Art im Umland von Llyn Cerrig Bach."
Als die Pendruid den Hirsch durch einen leisen, melodischen Zuruf lockte, kam er zutraulich herbei. In seinen Augen, die von rötlichem Braun waren, erkannte Eadha andersweltliche Weisheit: tiefes Wissen um die unendliche Vielfalt des Lebens. Ähnlich wie in den Grabmälern von Bryn Celli Ddu und Barclodiad y Gawres fühlte die Dreizehnjährige leichte Trance - irgendwann machte der Gotthirsch eine Bewegung und löste sich vom Gehegezaun; im selben Moment vernahm Eadha Bronwens Stimme: "Nun sollten wir zur Opferstätte am Seegestade gehen."
Der heilige Platz, der Llyn Cerrig Bach in ganz Britannien berühmt gemacht hatte, lag an einer kleinen Bucht des Gewässers. Uralte Eiben überschatteten ihn; ihr dunkel benadeltes Astwerk spiegelte sich im Uferwasser des Sees, und der auf der Flut zitternde Widerschein der Eibenäste verbarg zunächst, was auf dem sandigen Seegrund ruhte. Aber als die beiden Frauen und das Mädchen am Gestade niederknieten, entschleierte sich ihnen das Geheimnis - und sie erblickten einen Opferhort, der so reichhaltig war, daß Eadha, welche den Schatz im Gegensatz zu Bronwen und Boadicea noch nie gesehen hatte, das Wunder kaum zu fassen vermochte.
Sieben Streitwagen, teils noch gut erhalten, teils in sich zusammengesunken, standen auf dem Grund des Gewässers; das von oben einfallende Licht irisierte auf ihren Rad-, Deichsel- und Kanzelbeschlägen aus Edelmetall. Zwischen den Kampfwagen und um sie herum war eine Menge prächtiger Waffen verstreut: Schwerter mit

goldenen oder silbernen Griffzungen, Dolche von ähnlich schöner Arbeit; dazu Speere, deren bronzene Blätter grünlich schimmerten. Außerdem lagen Dutzende Leder- und Holzschilde dort unten; die Metallbuckel und Spangen, mit denen sie besetzt waren, trugen kunstvolle Verzierungen. Doch nicht nur Waffenstücke waren im See versenkt worden; es häuften sich auch zahlreiche wertvolle Schmuckstücke auf dem Gewässergrund: Ringe, Gewandfibeln, Arm- und Fußreife, Haarnadeln, Gürtelschnallen sowie mehrere schwere Torques, welche einst Adligen oder Druiden gehört haben mußten.
Lange schaute Eadha wie gebannt auf den Hort hinab; schließlich riß sie sich los, erhob sich fast taumelnd und flüsterte: "Es ist einfach großartig... So viele Menschen brachten Opfergaben hierher..."
Auch Boadicea und Bronwen standen jetzt wieder auf; nachdem die Pendruid ein paar verwelkte Grashalme von ihrem Kleid abgeklopft hatte, erklärte sie der Dreizehnjährigen: "Seit Jahrhunderten kommen Pilger von allen britannischen Stämmen nach Llyn Cerrig Bach. Und früher, ehe die Römer Gallien eroberten, reisten selbst von dort Kelten an, um die Göttinnen und Götter durch ihre Weihegeschenke zu ehren."
"Die sieben Streitwagen..." murmelte Eadha. "Sie haben Deichselformen, wie man sie bei uns nicht kennt. Handelt es sich womöglich um Gespanne gallischer Wagenkrieger?"
"Das hast du gut beobachtet", lobte Bronwen das Mädchen. "Die Kampfwagen und Waffen, die direkt bei ihnen liegen, wurden von Häuptlingen geopfert, die über das Meer kamen. Es geschah vor dreieinhalb Menschenaltern; zu jener Zeit, da der Widerstand der Gallier gegen Caesars Legionen endgültig zusammenbrach. Als alles verloren war, gelang es den sieben Fürsten mit knapper Not, aus ihrer Heimat zu flüchten; mit den wenigen Gefolgsleuten, die ihnen geblieben waren, segelten sie nach Britannien. Und hier, im See der Kleinen Felsen, versenkten sie ihre Streitwagen, Schilde, Schwerter und Speere; sie taten es, weil die Gottheiten sie vor dem Verlust ihrer Freiheit bewahrt hatten."
Sinnend blickte die Pendruid über das Wasser hin; nach einem tiefen Atemzug fuhr sie fort: "Und auch andere gallische Krieger statteten den Andersweltlichen hier ihren Dank ab; Männer, welche zuvor das schrecklichste Schicksal erlitten hatten, das einem Menschen zustoßen kann..."
"Wovon sprichst du?" fragte Eadha leise.
Bronwen deutete auf einen schmalen Einschnitt der Bucht, welcher einen Steinwurf entfernt lag. "Laß uns da hinüber gehen, dann wirst du begreifen."
Die beiden Frauen und das Mädchen begaben sich zu der Ufermulde, wo eine einzelne Eibe stand; als sie sich dort erneut auf die Knie niederließen, erkannten sie auf dem Gewässergrund Eisenketten, an denen breite Schellen befestigt waren.
Eadha fühlte, wie ihr ein Schauer das Rückgrat entlangrieselte; im nächsten Moment hörte sie die Pendruid sagen: "Dies sind Sklavenfesseln,

und die gallischen Kriegsgefangenen, welche sie trugen, waren damit an den Ruderbänken einer römischen Galeere angekettet. Über Jahre hinweg mußten sie sich auf dem Schiff bis aufs Blut schinden, ehe es ihnen während eines Seegefechts vor der iberischen Küste glückte, ihre Bewacher zu überwältigen. Anschließend machten sie auch die Legionäre oben an Deck nieder, brachten die Galeere auf diese Weise in ihre Gewalt und entkamen mit ihr aus der Schlacht. Nach wochenlanger Fahrt landeten sie an der Westküste Britanniens, wo sie Aufnahme bei den Ordovicen fanden - und später pilgerten sie hierher zum heiligen See, um ihre Sklavenketten unter Dankgebeten an die Gottheiten in seinen Fluten zu begraben."

Schweigend gedachten Boadicea, Eadha und Bronwen der Gallier, welche ihre Freiheit mit Hilfe der Andersweltlichen wiedergewonnen hatten. Nach einer Weile dann öffnete die Königin einen Lederbeutel, der an ihrem Gürtel hing, holte einen goldenen, noch nie getragenen Torques heraus und erklärte: "Diesen Reif möchten meine Tochter und ich an diesem Platz opfern."

"Warum hier?" erkundigte sich Eadha mit beklommenem Unterton. "Warum nicht dort drüben, wo wir vorhin waren?"

"Weil wir mit unserer Gabe ein besonderes Anliegen an die Götter verbinden wollen", antwortete Boadicea. "Die Bitte, daß es uns und allen anderen, die für den Ausgleich mit den Römern eintreten, auch weiterhin gelingen möge, die Menschen Britanniens vor Erniedrigung oder gar Sklaverei zu bewahren."

Eadha verstand und nickte; Bronwen sagte: "Für dieses Anliegen ist die Stelle hier wahrlich am besten geeignet."

Gleich darauf streiften die beiden Frauen und das Mädchen ihre Schuhe ab, hoben die Säume ihrer Kleider hoch und traten drei Schritte in den See hinein. Still beteten sie zu den Andersweltlichen; schließlich ließ Boadicea den Torques ins Wasser gleiten. Der Goldreif sank in die Tiefe und blieb ein Stück oberhalb der Ketten auf dem abfallenden Sandgrund liegen; noch einmal riefen die Königin, ihre Tochter und Bronwen stumm die Gottheiten an, danach begaben sie sich ans Ufer zurück.

Die Sonne stand mittlerweile beinahe im Zenit, weshalb es Zeit wurde, zum Mittagsmahl in Bronwens Rundhaus heimzukehren. Während des Essens, bei dem auch die übrigen acht Druiden aus dem Hain anwesend waren, erfuhr Eadha noch so manches über die Heiligtümer und die Opferstätte von Llyn Cerrig Bach; während sie sich mit den Großen Wissenden austauschte, hatte die Dreizehnjährige zunehmend das Empfinden, unter mütterlichen und väterlichen Freunden zu weilen.

Nachmittags lernte Eadha auch jene Druiden kennen, die in den anderen Waldinseln rings um den See der Kleinen Felsen lebten; abends sprachen Bronwen und Boadicea mit der Dreizehnjährigen über ihre künftige Ausbildung. Die Pendruid bot Eadha an, sie auf Dauer in ihrem Haus aufzunehmen und sie die nächsten Jahre so weit wie möglich persönlich zu unterrichten; gerne stimmten das Mädchen und seine Mutter zu.

Außerdem wurde abgemacht, daß Boadicea noch bis Alban Arthuan bei ihrer Tochter bleiben würde, um ihr während der ersten Zeit in Llyn Cerrig Bach zur Seite zu stehen; nachdem all dies geregelt war, plauderten Bronwen, die Königin und Eadha noch eine Weile über dies und das und begaben sich schließlich zu Bett.
Die folgenden eineinhalb Wochen verliefen beschaulich. Problemlos lebte Eadha sich am See der Kleinen Felsen ein; sie lauschte den Lehren der Pendruid und einiger weiterer Großer Wissender, die sie unter ihre Fittiche genommen hatten, und schloß Freundschaft mit den übrigen Druidenschülern.
In der Samhain-Nacht dann nahmen Boadicea und Eadha an einer zutiefst beeindruckenden Zeremonie zu Ehren der Sídhe teil. In einer langen Prozession umrundeten die Bewohner der Haine von Llyn Cerrig Bach das heilige Gewässer; die Flammen der Fackeln fauchten im Herbstwind; der liegende Sichelmond, welcher immer wieder von jagenden Wolkenfetzen verhüllt wurde, schien gleich einer geisterhaften Barke über das Firmament zu gleiten. Auf einer Hügelkuppe, die von einem mächtigen, schräg emporragenden Menhir gekrönt wurde, beschworen Bronwen und acht ihrer druidischen Schwestern in feierlichem Sprechgesang die Dreifache Göttin in ihrer schwarzen Erscheinungsform; danach riefen sie die Toten, welche im vergangenen Jahr in Ceridwens Schoß heimgekehrt waren.
Kaum war der letzte Ton verhallt, schien es, als würde der See in seiner Mitte aufwallen. Das Wasser begann auf anderweltliche Weise zu wirbeln; Nebel, die wie aus dem Nichts entstanden, bildeten sich und schwebten gleich filigranen menschlichen Gestalten über der vom zuckenden Mondlicht bestrahlten Flut. Es war, als entstünde eine Seelenbrücke zwischen den hellen, wie in leisem Tanz sich wiegenden Schatten der Sídhe und denen, die sich auf dem Hügel versammelt hatten; wie alle anderen auch erspürten Boadicea und ihre Tochter einen Anhauch grenzenloser jenseitiger Liebe, der sie unbeschreiblich warm und beglückend umhüllte.
Zuletzt, nach einer zeitlos verfließenden Spanne Zeit, verschwanden die lichtdunklen Nebelleiber wieder; nur noch die Wellen kräuselten und riffelten sich unter den pluderigen Windstößen, welche über die Seeoberfläche fuhren. Abermals sangen die Druidinnen eine Hymne; sie priesen die Dreifache Göttin, priesen Ceridwens ewige, Diesseits und Annwn umfassende Macht. Danach trennten sich die Teilnehmer der Prozession und kehrten in einzelnen Gruppen zu ihren Hainen zurück, wo sie bis zum Morgengrauen gemeinsam an den Herdfeuern der größten Häuser wachten und dabei stille Zwiesprache mit der Göttin und den Geistern der Toten hielten, welche ihnen dank Ceridwens Gnade begegnet waren.
Bis zur Wintersonnenwende tauschten sich Boadicea und Eadha noch öfter über das anderweltliche Geschehnis in der Samhain-Nacht aus; an Alban Arthuan sodann erlebten sie ein weiteres eindrucksvolles Ritual. Neun hohe Feuer, welche in dieser längsten Nacht des Jahres rings um

Llyn Cerrig Bach loderten, sollten die Sonne in ihrem Wiedererstarken unterstützen; als das Tagesgestirn am nordöstlichen Horizont aufstieg, begrüßten es die Druiden, welche bei den flammenden Holzstößen gewartet hatten, durch neunfache Trommelwirbel - und der donnernde Schall der Bodhrans schien die matte Sonnenscheibe ganz plötzlich zu ungewöhnlich kraftvollem Erglühen zu bringen.
Am Tag nach Alban Arthuan nahm die Königin bewegten Abschied von ihrer Tochter. Lange hielten sich Boadicea und Eadha umschlungen; endlich löste sich die Königin behutsam von der Dreizehnjährigen, streichelte ihr noch einmal über das blonde Haar und bestieg den Streitwagen. Als die Schimmelstuten anzogen, verspürte Boadicea jähen seelischen Schmerz - doch sie schaffte es, sich nichts anmerken zu lassen. Lächelnd winkte sie Eadha, Bronwen und den übrigen Großen Wissenden ein letztes Mal zu; wenig später allerdings, während die Pferde über das mit Rauhreif bedeckte Heideland südlich von Llyn Cerrig Bach trabten, kämpfte die Königin mit den Tränen.
Kurz vor Sonnenuntergang erreichte der Wagen- und Reiterzug Barclodiad y Gawres; das Wiedersehen mit Hefeydd linderte Boadiceas Herzweh. Ähnlich war es am nächsten Abend in Bryn Celli Ddu, wo Cerdda alles tat, um ihre einstige Schülerin auf andere Gedanken zu bringen. Wiederum einen Tag später setzten die Icener aufs Festland über, lenkten die Rösser danach aber nicht in die Berge von Eryri Gwyn hinauf, sondern folgten einem Weg, der entlang der Küste nach Südwesten führte.
In der Zeit zwischen Samhain und Alban Arthuan nämlich war ein Bote von Etayna, der Königin der Deceanglier, nach Llyn Cerrig Bach gekommen und hatte Boadicea folgende Botschaft seiner Herrin ausgerichtet: "Etayna hat von deinem Aufenthalt auf Môn erfahren und würde sich sehr freuen, wenn du sie besuchen könntest, ehe du in den Osten Britanniens heimkehrst." Boadicea, welche die rotblonde Herrscherin der Deceanglier vom Drunemeton in Caer Llundain her in angenehmster Erinnerung hatte, war gerne bereit gewesen, die Einladung anzunehmen - und deshalb war das Ziel der Icener jetzt Dinas Dinlle: der Dun, von dem aus Etayna ihr Land regierte.
Als die Ringwallfestung nach einem Reisetag in Sicht kam, war Boadicea tief beeindruckt. Denn Dinas Dinlle besaß nicht nur mächtige Erdwälle mit gewaltiger Ausdehnung; der Dun erhob sich zudem direkt über dem Meeresgestade. Schroff brach die Steilküste an der westlichen Festungsflanke zum Strand hinunter ab; da gerade Abendflut herrschte, schäumten die Wogen dort in wildem Anprall empor. Dunkle, niedrig hängende Winterwolken, die am Himmel brodelten, verstärkten die archaische Atmosphäre noch; für einen Moment hatte die Königin das Empfinden, als wäre Dinas Dinlle eine Wohnstätte von Fomoriern.
Doch dann, während sich die Pferde dem Dun im Galopp näherten, erschienen vor dem Nordtor Menschen: Etayna und ihre Edlen, welche die Icener ausgemacht hatten - und Boadicea und deren Begleiter wenig später aufs herzlichste begrüßten.

Freundschaftlich umarmten sich die beiden Königinnen; danach sagte Etayna augenzwinkernd: "Eigentlich müßte ich dich ja tadeln, weil du mit der Reise zu den Stätten deiner Jugend und damit auch mit dem Besuch bei mir so lange gewartet hast - obwohl du schon damals beim Drunemeton im Llundain vorhattest, wieder einmal nach Gwynedd zu kommen."
"Ja, wir sprachen darüber", erinnerte sich Boadicea. "Aber wie du weißt, gab es nach der großen Schlacht gegen die Römer noch jahrelang Unruhen, die es mir verwehrten, das icenische Stammesgebiet zu verlassen. Und auch später, als wir wieder Frieden hatten, konnte ich wegen der tiefgreifenden politischen Veränderungen, die sich nun bei uns ereigneten, nicht weg."
Etaynas Miene war ernst geworden. "Es stürmte wahrlich viel auf euch ein. Auf dich und deinen Gemahl..."
"Sehr viel", nickte Boadicea, dann wechselte sie das Thema. "Da du gerade meinen Ehemann erwähntest - wo steckt eigentlich deiner? Du erzähltest mir doch in Caer Llundain von ihm."
Die Königin der Deceanglier preßte die Lippen zusammen. "Mein Gatte kam vor eineinhalb Jahren ums Leben, es geschah kurz nach meinem dreiundvierzigsten Geburtstag. In jener Zeit landeten Piraten auf der Lleyn-Halbinsel südwestlich von hier; sie überfielen Dörfer, mordeten und raubten. Gyllgidd, mein Gemahl, zog mit einem starken Aufgebot aus, um die Feinde zu bekämpfen. Es gelang ihm und seinen Kriegern auch, die Piratenhorden zu der Meeresbucht zu treiben, wo ihre Schiffe ankerten - aber als die Feinde auf ihre Segler flohen und Gyllgidd ihrem Anführer nachsetzen wollte, wurde er von einem Speer durchbohrt."
Um Etayna ihr Mitgefühl auszudrücken, umarmte Boadicea sie noch einmal. Einen Moment standen die beiden Frauen schweigend da; nachdem sie sich wieder voneinander gelöst hatten, warf Etayna ihr langes, rotblondes Haar über die Schultern zurück und sagte: "Doch jetzt genug von diesen traurigen Dingen. Gyllgidd lebt in Annwn, wo ich ihm, wenn die Zeit gekommen ist, von neuem begegnen werde - und wir wollen unser Wiedersehen nun in der Großen Halle von Dinas Dinlle feiern."
Bis tief in die Nacht hinein tafelten die Icener und Deceanglier unter dem hohen Reetdach der Balkenhalle. Etayna und Boadicea hatten sich viel zu erzählen; zwischendurch erfreute die Penbardd der Deceanglier - eine von den Göttern gesegnete, noch junge Frau namens Diarwya - die Teilnehmer am Festmahl durch meisterliche Gesänge, welche den Zauber der himmelstürmenden Felsenberge, verträumten Gebirgsseen, verwunschenen Wälder, bukolischen Weidegründe und klippenumsäumten Küstenbuchten von Eryri Gwyn heraufbeschworen.
Während der folgenden Woche fuhren die Königinnen zu mehreren jener Orte, die Diarwya besungen hatte; das ungewöhnlich milde Wetter zu Beginn des neuen Jahres lud förmlich zu derartigen Ausflügen ein. An anderen Tagen tauschten sich die beiden Herrscherinnen im Rundhaus Etaynas über persönliche oder politische Dinge aus. Was das künftige

Schicksal Britanniens anging, waren sie sich einig, daß sie auch weiterhin die Zusammenarbeit mit den Römern suchen, zugleich aber, wo immer möglich, die keltische Eigenständigkeit bewahren wollten.
Schließlich kam die Stunde des Abschieds; bevor Boadicea ihren Streitwagen bestieg, versprach ihr Etayna noch einmal: "Wenn ich demnächst zu den Imbolc-Ritualen nach Llyn Cerrig Bach fahre, werde ich Eadha von dir grüßen und mich ihrer auch sonst annehmen." Dann, nachdem sich die Königinnen ein letztes Mal umarmt hatten, trabten Boadiceas Schimmelstuten an, und der Wagen- und Reiterzug verließ die mächtige, direkt über der Steilküste aufragende Ringwallfestung Dinas Dinlle.
Auf der knapp dreiwöchigen Heimreise der Icener-Königin ereignete sich kein einziger unliebsamer Zwischenfall. Zügig durchquerten die Rösser den nördlichen Teil Cymrus, die Hügelregionen und Ebenen im Inneren Britanniens und das Tiefland, welches sich im Osten der Insel erstreckte - zuletzt, acht Tage vor Imbolc, tauchten Venta Icenorum und die südlich der Stadt gelegene Ringwallfestung, wo Boadicea von ihrem Gatten und ihrer zweitgeborenen Tochter erwartet wurde, am Horizont auf.
Vier Monate war die Königin von Prasutax und Ailme getrennt gewesen; jetzt, da Boadicea beim Torbau des Duns vom Streitwagen sprang, empfand sie um so größere Wiedersehensfreude. Überglücklich küßte sie zuerst ihre rothaarige Tochter und gleich darauf ihren Gemahl; als sie an Prasutax' Brust lag und seine männliche Kraft und Wärme spürte, fragte sie sich in einer zutiefst sehnsüchtigen Aufwallung, wie sie es nur so lange ohne ihn hatte aushalten können. Für einen Augenblick fühlte sie den beinahe unwiderstehlichen Drang, sich ihm sofort hinzugeben - und Prasutax schien ähnlich zu brennen wie sie.
"Ich kann es kaum erwarten, mit dir allein zu sein", flüsterte er ihr zu - doch eben als sie ihm gestehen wollte, daß es ihr genauso erging, kam die Ernüchterung.
Denn einer der Wächter oben auf der Torbastion rief: "Von der Römerstadt jagt ein Reiter heran!"
"Ich fürchte, das bedeutet nichts Gutes", murmelte Prasutax. "Vor zwei Stunden nämlich sahen wir einen Kurier aus dem Süden nach Venta Icenorum galoppieren."
Wenig später preschte der von der Stadt kommende Offizier in die Ringwallfestung. Es handelte sich um Sergius Callus, und als er seinen Hengst vor dem Königspaar und Ailme in die Hanken riß und sich aus dem Sattel schwang, begriff Boadicea: Ihr Gatte hatte sich in seiner Einschätzung nicht getäuscht!
Der sonst so umgängliche Tribun wirkte verstört; sein Gesicht war trotz des scharfen Ritts bleich, seine Lippen verspannt.
"Was ist passiert?!" fragte Prasutax mit belegter Stimme. "Hast du schlimme Nachrichten aus Camulodunum erhalten?"
Sergius Callus nickte knapp. "Das kann man wohl sagen!"
"Rede schon!" drängte Boadicea.

Der Tribun schaute die Königin an, als würde ihm erst in diesem Moment bewußt, daß sie anwesend war; dann schluckte er krampfhaft und sagte: "Ein Eilbote von Tullius Vedius brachte die Kunde von einem abscheulichen Verbrechen, das sich in Rom ereignete!"

Die Blutorgie

Spätwinter 55 bis Sommer 59

Noch unter freiem Himmel hatte Sergius Callus das Herrscherpaar kurz über die grauenhafte Untat informiert, welche in der Hauptstadt des Imperiums geschehen war. Nun saßen der Tribun, die Königsfamilie und die icenischen Edlen in der Großen Halle des Duns, und Sergius Callus berichtete den Versammelten ausführlicher von dem unsäglichen Verbrechen.
"Viele im Reich hatten ja schon lange befürchtet, daß die Ehe zwischen Claudius und Agrippina in einer Katastrophe enden müßte", sagte der Tribun soeben. "Doch daß es zu einem derart infamen Meuchelmord kommen würde, hätte kaum einer für möglich gehalten..." Sergius Callus stürzte einen halben Becher Wein hinunter, schüttelte sich und fuhr fort: "Es ist so gräßlich, so widerwärtig, was vor einem Vierteljahr am Tiber passierte: die Gemahlin des Imperators im Komplott mit einer bereits zum Tode verurteilten Venefica! Diese Giftmischerin, eine zutiefst verworfene Person namens Locusta, hatte schon Dutzende von Menschenleben auf dem Gewissen und sollte auf Claudius' Befehl hingerichtet werden. Aber böse Mächte wollten es anders; sie stifteten Agrippina dazu an, sich mit der Massenmörderin zu verbünden. So entkam die Venefica dem Kerker und braute im Auftrag der Imperatorengattin einen tödlichen Sud, den die beiden Weiber sodann in ein Pilzgericht mischten, welches Claudius aufgetragen werden sollte..."
Erneut unterbrach sich der Tribun, leerte seinen Pokal ganz und sprach stockend weiter: "Der nichtsahnende Imperator aß die vergiftete Speise... Wenig später brach er zusammen, krümmte sich unter furchtbaren Leibschmerzen... Die rasch herbeigerufenen Ärzte waren ratlos; schon sah es so aus, als gäbe es keine Rettung mehr für den vierundsechzigjährigen Claudius... Doch da bäumte sich seine Natur gegen den Tod auf; der Imperator erbrach sich in heftigen Krämpfen und erlitt zugleich einen schweren Anfall von Diarrhöe... Vielleicht hätte er dank dieser Reaktion seines Körpers noch eine gewisse Aussicht gehabt, zu überleben, aber Agrippina machte auch sie zunichte..."
"Was tat sie?!" stieß Prasutax hervor.
Mit zitternder Hand füllte Sergius Callus seinen Weinbecher wieder und trank hastig, ehe er antwortete: "Die Verfluchte gab vor, ihren Gemahl bei weiterem Erbrechen unterstützen zu wollen... Sie führte eine Reiherfeder in seinen Rachen ein, um ihn scheinbar zu kitzeln... Doch es kann kein Zweifel daran bestehen, daß sie die Feder zuvor heimlich mit dem Giftsud bestrichen hatte... Denn kurze Zeit nachdem sie Claudius auf die beschriebene Weise traktiert hatte, begann er sich abermals unter unsäglichen Qualen zu winden - und gleich darauf starb er..."
Als der Tribun geendet hatte, blieb es eine Weile totenstill in der Halle; dann äußerte Swyedydd mit rauher Stimme: "Das Motiv für Agrippinas

Gattenmord ist wohl klar. Nach allem, was wir über diese Frau wissen, muß ihre skrupellose Machtgier sie dazu getrieben haben, das abscheuliche Verbrechen zu begehen."

"Du sagst es", bestätigte Sergius Callus, der sich mittlerweile wieder gefaßt hatte. "Die Mänade räumte ihren Gemahl aus dem Weg, um selbst nach der Herrschaft zu greifen. Freilich konnte sie den Thron nicht persönlich besteigen, weil die römischen Gesetze dies einer Frau verbieten - doch das stellte kein ernsthaftes Hindernis für Agrippinas Machthunger dar. Denn während die Palastdiener noch damit beschäftigt waren, Claudius zu waschen und ihn in Leichentücher zu hüllen, sorgte die Mörderin dafür, daß ihr sechzehnjähriger Sohn Nero, den sie in ihrer ersten Ehe mit Cnaeus Ahenobarbus geboren hatte, zum neuen Imperator ausgerufen wurde. Zunächst huldigte ihm die Prätorianergarde, die offenbar von Agrippina bestochen worden war; danach begaben sich Nero, seine Mutter und die schwerbewaffneten Gardisten in den Senat, wo die verängstigten Patrizier die Wahl des Ahenobarbus-Sprosses notgedrungen billigten."

"Aber hatte Claudius denn aus seinen früheren ehelichen Verbindungen nicht Kinder, die mehr als sein Stiefsohn zur Thronfolge berechtigt gewesen wären?" erkundigte sich Boadicea.

Sergius Callus nickte. "Der ermordete Imperator hinterließ zwei Töchter, Antonia und Octavia, sowie einen dreizehnjährigen Sohn namens Britannicus. Ihre Mutter war Claudius' dritte Gattin Messalina, und ursprünglich sollte Britannicus, der einzig legitime männliche Nachkomme des Imperators, dessen Erbe antreten. Doch kurz bevor sie den tückischen Giftmord an Claudius inszenierte, brachte Agrippina ihren Gemahl dazu, Nero in einem feierlichen Staatsakt zu adoptieren und ihn damit hinsichtlich des Thronrechts auf die gleiche Stufe wie Britannicus zu stellen. Und nur deshalb war es der Verbrecherin nach Claudius' Tod möglich, ihren Sprößling als neuen Imperator durchzusetzen."

"Sie scheint ihr dämonisches Spiel ganz genau und Zug um Zug geplant zu haben", knurrte Prasutax.

Der Tribun lachte bitter auf. "Zweifelsohne war es so! Claudius nährte fünf Jahre lang eine Schlange an seiner Brust, und vermutlich strebte die Mänade die Heirat mit ihm bloß aus einem Grund an: ihren zwielichtigen Sohn auf den Thron zu bringen, um dadurch selbst größere Macht denn je zu erlangen."

"Du bezeichnest Nero als zwielichtig", nahm neuerlich Swyedydd das Wort. "Was meinst du damit?"

"Agrippinas Sohn besitzt einen gespaltenen Charakter", antwortete Sergius Callus. "Zuzeiten unterscheidet sich Nero kaum von anderen jungen Adligen; er sucht sein Vergnügen in den Armen der Frauen, bei Weingelagen und in den Thermen. Aber dann wieder, oft ganz plötzlich, gewinnt etwas Abgründiges Gewalt über ihn, und wenn das passiert, ist Nero, ähnlich wie seine Mutter, zu schrecklichen Verbrechen fähig. So kann es beispielsweise geschehen, daß er Sklaven zu Tode foltern läßt

und ihre Schmerzensschreie mit dilettantischen Gesängen begleitet, die er in seinem Wahn für geniale Dichtungen hält - und ebenso findet er perverse Lust daran, zuzuschauen, wie Sklavinnen gezwungen werden, sich mit Tieren zu paaren..."
"Hör auf!" unterbrach Boadicea den Tribun entsetzt.
Verlegen senkte Sergius Callus den Blick. "Verzeih", murmelte er. "Ich hätte über diese Dinge, in denen ihr Kelten mit Recht eine Beleidigung der Götter seht, besser schweigen sollen."
"Nein", lenkte die Königin ein. "Es war nötig, daß du darüber gesprochen hast. Denn jetzt wissen wir, woran wir mit dem neuen Imperator sind..." Sie legte den Arm um die Schultern Ailmes, die kreidebleich neben ihr saß, und schenkte ihrer verstörten Tochter dadurch Halt; dann fuhr sie fort: "Und nachdem du uns informiert hast, Sergius, stellt sich natürlich die Frage: Welche Auswirkungen wird die Herrschaft Neros und Agrippinas im Reich - und insbesondere in Britannien haben?"
"Das Imperium wird vermutlich leiden", entgegnete der Tribun. "Doch die schlimmen Folgen der Despotie, welche von der Giftmörderin und ihrem Sohn zu erwarten ist, werden wohl in erster Linie Italien, nicht so sehr die Provinzen betreffen. Und wir hier auf unserer Insel im äußersten Nordwesten des Reiches haben bestimmt am wenigsten zu befürchten."
"Ich hoffe, du behältst recht!" kam es von Prasutax.
"Solange Aulus Plautius als Statthalter in Londinium sitzt, dürfen wir uns sicher fühlen", beteuerte Sergius Callus. "Wie ihr wißt, liegt ihm an Gerechtigkeit und Menschlichkeit; dasselbe verlangt er von den Offizieren, welche ihn in den Stammesgebieten vertreten. Und sollten Nero oder seine Mutter negativen Einfluß auf die Verhältnisse in Britannien zu nehmen versuchen, so würde Aulus Plautius ihnen gewiß Widerstand leisten."
"Falls es soweit käme, könnte der Statthalter auf die uneingeschränkte Unterstützung von uns Foederaten-Herrschern bauen!" erklärte Boadicea kämpferisch; ihr Gatte nickte dazu.
"Und auch die Druiden der Volksstämme würden hinter ihm stehen", versicherte Swyedydd.
"Gut zu hören!" versetzte der Tribun. "Aber derzeit gibt es meiner Einschätzung nach wirklich keinen Anlaß, die Pferde scheu zu machen. Dies um so mehr, als der mißratene Sohn Agrippinas unter Umständen ebenso schnell wieder gestürzt werden könnte, wie er an die Macht kam."
Prasutax beugte sich gespannt vor. "Du meinst, die Parteigänger von Britannicus könnten gegen Nero putschen?"
"Claudius' leiblicher Sohn hätte das größere Recht gehabt, den Thron zu besteigen", antwortete Sergius Callus. "Außerdem besitzt er im Gegensatz zu seinem Halbbruder einen anständigen Charakter, weshalb er beim römischen Adel ungleich beliebter als Nero ist - und von daher würde ich eine Palastrevolution in der Tat nicht ausschließen."
"Wenn es sich so verhält, dürfen wir zusätzliche Hoffnung hegen, daß unsere Insel vom Wüten des Irrsinnigen und seiner bösartigen Mutter verschont bleibt", äußerte Boadicea aufatmend.

"Vielleicht ist der Alptraum ja in ein paar Monaten wirklich schon vorüber", stieß Prasutax ins selbe Horn; anschließend sprachen die icenischen Edlen und der Tribun noch geraume Zeit über die Ereignisse in Rom und tauschten sich dabei vor allem über die Frage aus, ob es dem Adel in der Tiberstadt glücken könnte, Nero zu beseitigen und Britannicus an die Macht zu bringen.

***

Als im weiteren Verlauf des Jahres Nachrichten auf die Insel gelangten, wonach sich in Rom eine immer stärkere Opposition gegen Nero herausbildete, wuchs im Königs-Dun der Icener die Hoffnung auf einen Staatsstreich; ähnlich empfanden Sergius Callus und die Offiziere im Kohorten-Lager von Venta Icenorum. Doch bis zum Winter kam kein Bote aus Camulodunum oder Londinium, der von einem Umsturz in Italien berichtet hätte; während der kalten Jahreszeit dann, als kaum noch Schiffsverkehr zwischen Gallien und Britannien möglich war, konnten Prasutax und Boadicea über die Entwicklung am Tiber nur rätseln.

Kaum aber waren die ersten tosenden Frühlingsstürme abgeflaut, traf ein Kurier von Tullius Vedius in Venta Icenorum ein. Völlig verschwitzt vom langen Ritt sprang er vor dem Palasthaus des Tribuns aus dem Sattel und wurde sofort zu Sergius Callus geführt, der gerade mit dem icenischen Königspaar tafelte. Instinktiv spürte Boadicea, daß die Botschaft, welche der Centurio brachte, mit Nero und dessen Halbbruder zu tun hatte - im nächsten Moment bekam sie Gewißheit, denn der Kurier sagte mit rauher Stimme: "In Rom geschah erneut ein grauenhafter Mord! Der Imperator..."

"Nero - ist er tot?!" fiel Sergius Callus dem Offizier ins Wort.

Der Centurio schüttelte den Kopf. "Nicht er, sondern Britannicus!"

Entgeistert starrte der Tribun den Boten an, dann stieß er hervor: "Was ist passiert?! Setz dich und berichte!"

Mit verspanntem Gesicht nahm der Kurier Platz, atmete tief durch und begann: "Claudius' leiblicher Sohn starb vor knapp vier Monaten, am Tag nach dem Saturnalienfest. Während der Feiern selbst leistete sich Britannicus einen kleinen Affront gegenüber seinem Halbbruder; im Familienkreis trug er ein Lied vor und klagte in seinem Gesang, daß er sich durch Neros Thronbesteigung zurückgesetzt fühle. Zunächst nahm der Imperator dies scheinbar humorvoll auf - doch bis zum nächsten Morgen steigerte er sich offenbar in mörderischen Zorn auf Britannicus hinein. Und infolgedessen kamen sodann einmal mehr Agrippina und deren Vertraute Locusta, die Venefica, ins Spiel..."

"Entsetzlich!" stöhnte Boadicea.

"Wie gingen sie diesmal vor?" ächzte Sergius Callus.

"Sie bestachen zuerst den Erzieher des vierzehnjährigen Britannicus", antwortete der Centurio. "Dieser Mann, dem Claudius' Sohn blind vertraut hatte, kredenzte seinem Schützling den von Locusta gebrauten Gifttrank. Aus irgendeinem Grund aber wirkte der Sud nicht sofort tödlich und verursachte lediglich Übelkeit bei Britannicus. Daraufhin brachten ihn seine Diener zu Bett; einige Stunden später, als sich der Halbwüchsige langsam zu erholen schien, schlugen Nero und seine beiden bestialischen Helferinnen ein zweites Mal zu. Nunmehr sandten sie einen Arzt zu Britannicus, welcher den Halbwüchsigen schon öfter erfolgreich behandelt hatte, jetzt jedoch ebenfalls mit im Komplott war. Dieser Nichtswürdige drängte Britannicus, eine besondere Medizin einzunehmen; angeblich sollte sie ihm rasch wieder auf die Beine helfen. Der Halbwüchsige aber, der nun verständlicherweise niemandem mehr traute, weigerte sich anfangs, das Gebräu zu schlucken. Erst als der Medicus ihm anbot, den Sud selbst vorzukosten, gab Britannicus nach. Der Arzt trank ein wenig von dem Gebräu und reichte den Becher sodann dem Halbwüchsigen. Kaum jedoch hatte Britannicus an dem Pokal genippt, erklärte er, der Sud sei viel zu heiß. Auf diese Reaktion aber hatte der Medicus nur gewartet; er hatte das Gebräu nämlich mit voller Absicht fast noch kochend ins Schlafgemach seines Opfers gebracht. Jetzt beeilte er sich, den Sud mit Wasser zu kühlen; er benutzte dazu Flüssigkeit aus einer Kanne, die kurz zuvor aus einem scheinbar harmlosen Grund auf einer Anrichte des Raumes abgestellt worden war. Ahnungslos nahm der Halbwüchsige das Gebräu nun zu sich; wenig später wirkte das Gift, das sich in der Wasserkanne befunden hatte - und innerhalb kürzester Zeit verstarb Britannicus unter gräßlichen Krämpfen."

"Zuerst Claudius, dann sein einziger leiblicher Sohn..." sagte Sergius Callus tonlos, nachdem der Centurio verstummt war. Einen Moment schaute er wie hilfesuchend auf Prasutax und Boadicea, die zutiefst betroffen dasaßen; nach einem heftigen Atemzug fuhr er fort: "Damit sind vermutlich alle Hoffnungen zunichte geworden, daß die Terrorherrschaft Neros und seiner Mutter durch einen Umsturz beendet werden könnte..." Fahrig griff er nach seiner Weinschale, führte sie jedoch nicht zum Mund, sondern faßte jetzt erneut den Kurier ins Auge und fragte: "Woher weiß man eigentlich so genau, wie sich der Meuchelmord im einzelnen abspielte?"

"Verschiedene Diener der Imperatorenfamilie hatten hautnah mitbekommen, was im Palast passiert war, und konnten sich daher zusammenreimen, wie Nero, Agrippina, Locusta sowie der Erzieher und der Arzt des Mordopfers vorgegangen waren", entgegnete der Centurio. "Nach dem Tod des Britannicus sprachen sie mit Freunden und Bekannten über ihre Beobachtungen, und so gelangten die schauerlichen Details an die Öffentlichkeit."

"Und wie reagierten Adel und Volk von Rom?" erkundigte sich nunmehr Prasutax. "Kam es denn angesichts des abscheulichen Verbrechens nicht zu Unruhen oder gar einem Aufruhr?"

Der Kurier schüttelte den Kopf. "Die Patrizier hielten völlig still, und auch von den einfachen Bürgern wagten es nur wenige, ihrer Empörung über die Freveltat Ausdruck zu geben. Jene aber, die es in den Thermen oder Tavernen riskierten, bezahlten teuer dafür, denn der Imperator ließ sie sofort einkerkern."

"Es ist kein Wunder, daß die Römer kuschten", murmelte Sergius Callus. "Jetzt, wo Britannicus tot ist, gibt es niemanden mehr, der die gegen Nero gerichteten oppositionellen Kräfte vereinen und den Despoten stürzen könnte."
"Der Brudermörder und seine verworfene Mutter besitzen nun die unanfechtbare Herrschaftsgewalt im Reich", nickte der Centurio. "Und uns bleibt nur ein Trost: ein Ausspruch Neros kurz nach der schändlichen Tat, demzufolge er jetzt unsterblichen Kriegsruhm erwerben und zu diesem Zweck die Parther und die Juden bekämpfen wolle."
Sergius Callus schien sich zu entspannen. "Das ist wahrhaftig ein Lichtblick. Wenn Agrippinas meuchelmörderischer Sohn sein Augenmerk auf die Ostgrenzen des Imperiums richten möchte, um dort die raubgierigen parthischen Reiterstämme sowie die ewig für Ärger sorgenden Zeloten in Judäa zu züchtigen, wird er uns hier in Britannien wohl in Ruhe lassen müssen."
"So schätzt Tullius Vedius die Lage auch ein", bestätigte der Kurier - und nachdem Prasutax und Boadicea noch einige Fragen hinsichtlich der bevorstehenden Kriegszüge im Osten gestellt hatten, kamen sie ebenfalls zu dem Schluß, daß die politische Entwicklung in Rom keine gravierenden Folgen für die britannische Reichsprovinz haben würde.
Trotzdem wirkte das Königspaar, als es schließlich Abschied von Sergius Callus und dem Centurio nahm, bedrückt. Wieder in der Ringwallfestung, teilten Prasutax und Boadicea den Edlen mit, was sie in Venta Icenorum erfahren hatten; zuletzt sagte Swyedydd, wobei sein Blick etwas seltsam Entrücktes an sich hatte: "Es ist mir, als könnte ich sehen, wie unter dem Dach des Palastes, in dem die Götterfeinde herrschen, eine weitere gräßliche Mordtat geplant wird!"
Diese Äußerung des Pendruid gab Boadicea noch tagelang zu denken - dann jedoch geschah etwas, das sie alles andere vergessen ließ. Denn gut eine Woche nach dem Besuch in Venta Icenorum erspähte die Königin, als sie in der Stunde vor Sonnenuntergang vom Palisadenwall auf das in frischem Frühlingsgrün prangende Land hinausschaute, in der Ferne einen Streitwagen, der von einer Reiterschar begleitet wurde. Eine Weile später erkannte Boadicea, wer neben dem Rosselenker in der Kanzel des Gefährts stand; mit einem Gefühl unsäglicher Freude im Herzen eilte die Königin die Stiege des Wehrganges hinab, rannte zum Festungstor, lief den Hügelpfad hinunter - und am Fuß der Erhebung konnte sie ihre erstgeborene Tochter, die lachend vom Wagen sprang, in die Arme schließen.
"Vor drei Wochen entschloß ich mich, meinen fünfzehnten Geburtstag im Familienkreis zu feiern", erklärte Eadha, nachdem ihre Mutter sie wieder freigegeben hatte. "Und jetzt bin ich, wie du siehst, wohlbehalten angelangt - was ich nicht zuletzt meinen deceanglischen Begleitreitern verdanke, die mir teils von Bronwen und teils von Etayna, welche dich beide ganz lieb grüßen lassen, zur Verfügung gestellt wurden."

Boadicea winkte den Kriegern zu; sodann fragte sie ihre Tochter: "Du warst also auch zu Besuch in Dinas Dinlle?"
"Ja", erwiderte Eadha. "Aber das und vieles mehr, was ich auf meiner Reise und zuvor auf Môn erlebt habe, erzähle ich dir besser in Ruhe oben im Dun."
"Recht hast du", lächelte Boadicea; gleich darauf schlenderten Mutter und Tochter Arm in Arm zur Festung empor.
Auf halbem Weg trafen sie auf Prasutax und Ailme; erneut kam es zu einer ausgelassenen Begrüßungsszene, und als die Königsfamilie den Dun betrat, wurde von allen Seiten Eadhas Name gerufen. Wenig später hatten es sich Prasutax, Boadicea und ihre beiden Töchter im Herrscherhaus bequem gemacht, und nun berichtete Eadha ausführlich, wie es ihr seit der Trennung von ihrer Mutter im vorletzten Winter ergangen war.
Die Druidenschülerin sprach über ihre Ausbildung in den Hainen von Llyn Cerrig Bach; rasch wurde ihren Eltern klar, daß sie unter der Obhut Bronwens und der übrigen Großen Wissenden sehr beachtliche spirituelle, geistige und charakterliche Fortschritte gemacht hatte. Doch Prasutax, Boadicea und Ailme hörten auch von unbeschwerten, oft heiteren Erlebnissen Eadhas. Fröhlich erzählte sie von etlichen lustigen Streichen, die sie und einige ihrer Freundinnen sich geleistet hatten; außerdem berichtete Eadha begeistert von einer mehrtägigen Meerfahrt, an der sie im vergangenen Sommer teilgenommen hatte.
Zusammen mit sieben anderen Halbwüchsigen und unter Führung eines auf hoher See erfahrenen Priesters des Gottes Taranis war sie in einem neunsitzigen Curragh nach Manx gesegelt: dem großen Eiland nördlich von Môn, wo es ebenfalls bedeutende Weihestätten und weithin berühmte Haine gab. Drei Wochen hatten Eadha und ihre Gefährten auf der Insel Manx verbracht und hatten Freundschaft mit zahlreichen dort lebenden Druidenschülern geschlossen: mit Jugendlichen aus dem Norden Britanniens sowie Halbwüchsigen, welche von Erinn auf das Eiland gekommen waren, um heiliges Wissen zu erwerben.
Nachdem Eadha eine Reihe wißbegieriger Fragen ihrer Schwester über Manx und die Meerfahrt im Curragh beantwortet hatte, erzählte sie neuerlich von ihren Studien auf Môn; später am Abend kam sie auf die Königin der Deceanglier zu sprechen. "Etayna besuchte Llyn Cerrig Bach anläßlich mehrerer Jahreskreisfeste", sagte sie, "und immer wenn sie in Bronwens Haus zu Gast war, verbrachten wir viel Zeit miteinander. So lernte ich die Herrin von Dinas Dinlle, die ihren Volksstamm seit dem Tod ihres Gemahls ganz allein regiert, als eine wirklich bewundernswerte Frau kennen. Deshalb wollte ich ihr gerne einmal einen Gegenbesuch abstatten, und daher machte ich auf meiner Reise zu euch den Umweg über Etaynas Küstenfestung."
"Wie geht es der Königin?" erkundigte sich Boadicea. "Ist sie wohlauf?"
Eadha nickte. "Sie erfreut sich bester Gesundheit, was sich unter anderem darin zeigte, daß wir zusammen von Dinas Dinlle aus drei Stunden weit nach Caer Arianrhod hinausruderten."

"Caer Arianrhod?" murmelte Ailme. "Irgendwie kommt mir der Name bekannt vor, aber im Moment wüßte ich echt nicht..."
"Vielleicht solltest du besser zuhören, wenn Swyedydd dich unterrichtet", tadelte Boadicea ihre Zweitgeborene augenzwinkernd; dann forderte sie Eadha auf: "Erkläre Ailme, was es mit der Felseninsel südwestlich von Etaynas Dun auf sich hat."
"Die schwarzen, von hellen Adern durchzogenen Klippen des kleinen Eilandes wirken ganz seltsam, fast andersweltlich", beschied Eadha ihre Schwester. "Und an bestimmten Felsen sind Symbole zu sehen, welche, wie Etayna mir sagte, vor Urzeiten eingegraben wurden: sichelförmige Barken, Stierhörner und verschlungene Voll- und Halbkreise. Meister der Steinmetzkunst schufen sie zu Ehren der Mondgöttin, die in Cymru nicht Andrasta, sondern Arianrhod genannt wird. Und ebenso errichteten diese Priesterhandwerker an jenem Platz der Insel, welcher am stärksten von den Kräften des Himmels, der Erde und der See erfüllt ist, ein dreifach gegliedertes Bogentor aus nachtdunklen Felsblöcken, das eine Pforte nach Annwn darstellt..."
"Hast du es etwa gar durchschritten?!" unterbrach Prasutax seine Tochter.
"Nein", erwiderte Eadha. "Ich durfte es nicht wagen, denn noch bin ich Druidenschülerin und keine Große Wissende. Doch Bronwen und andere Eingeweihte von Môn betraten die jenseitigen Gefilde durch das Rundtor. Die Pendruid sprach mit mir darüber, ehe ich nach Dinas Dinlle abreiste, und warnte mich zugleich davor, leichtsinnig zu sein."
"Also sah Bronwen voraus, daß Etayna dich zum Meeresheiligtum der Mondin bringen würde", stellte Boadicea fest.
"Natürlich", antwortete Eadha. "Einer Ovatin wie ihr bleibt nichts Wichtiges verborgen."
"Und wie beurteilt sie deine Chance, irgendwann Pendruid der Icener zu werden?" fragte Prasutax unter feinem Schmunzeln.
"Bronwen ist durchaus zufrieden mit meinen Leistungen", entgegnete Eadha, wobei sie ganz wie ihr Vater leise lächelte.
Prasutax konnte nicht anders, er mußte seine Erstgeborene an sich ziehen. Danach saß die Königsfamilie noch stundenlang beisammen; erst gegen Mitternacht begaben sich das Herrscherpaar und dessen Töchter, die in Kürze ihr fünfzehntes Lebensjahr vollenden sollten, zu Bett.
Eine Woche später, als der Mai zur Hälfte verstrichen war, fand ein großes Fest anläßlich des Geburtstages der Zwillingsschwestern statt. Am Morgen wurde auf Ailmes Wunsch hin ein Streitwagenrennen auf dem Anger des Duns veranstaltet. Neunmal jagten die Rösser über die Bahn, die in weitem Bogen um den Teich und den Weltenbaum führte; zuletzt gingen kurz hintereinander Prasutax, ein junger Adelskrieger namens Gwydion - und die ausgelassen jauchzende Ailme durchs Ziel. Die rothaarige Königstochter freute sich unbändig über ihr gutes Abschneiden - und das mit Recht, denn Ailme hatte mehr als ein Dutzend Konkurrenten ausgestochen, die sehr viel größere Wettkampferfahrung als sie besaßen.

Mittags tafelten die keltischen Edlen gemeinsam mit Sergius Callus und den anderen römischen Offizieren in der Großen Halle; das einfache Volk tat sich im Freien an Braten und Metheglyn gütlich. Nachmittags vergnügten sich sämtliche Festgäste beim Tanz unter dem strahlend blauen Maienhimmel. Eadha und Ailme, die beide lindgrüne, mit roten Borten besetzte Kleider trugen und darin entzückend aussahen, konnten sich vor Verehrern kaum retten. Wieder und wieder drehten sie sich mit jungen Adligen oder den Söhnen der wohlhabenden Bauern, die im Umland des Duns saßen, im Paarreigen. Eadha lag zumeist mit verträumtem Gesichtsausdruck in den Armen ihrer Tänzer; Ailme hingegen genoß es, mit ihren Partnern zu scherzen und sie zu necken - und insbesondere mit Gwydion, dem sie beim Wagenrennen nur knapp unterlegen war, schien die rothaarige Königstochter außerordentlich viel Spaß zu haben.
Kurz vor Sonnenuntergang sodann spielten die Musikanten eine letzte Weise; danach verkündete Prasutax mit launigen Worten, daß jetzt zu Ehren Eadhas und Ailmes fünfzehn feiste Hammel verspeist werden müßten: fünf unter dem Dach der Versammlungshalle und zehn auf dem Anger. Wenig später drehten sich die Bratenstücke an den Spießen und verbreiteten bald köstliche Düfte - und während der folgenden Stunden schmausten sowohl die icenischen Edlen und römischen Offiziere in der Halle als auch die einfachen Menschen im Freien nach Herzenslust. Erst tief in der Nacht endete das Geburtstagsfest; als Boadicea mit ihrem Gatten im Schlafgemach des Herrscherhauses allein war, sagte sie: "Ich glaube, es ist uns heute gelungen, unseren Töchtern einen wirklich schönen Tag zu schenken."
"Sie waren beide restlos glücklich", nickte Prasutax. "Und was Eadha angeht, so hoffe ich, sie wird es uns danken, indem sie noch einige Zeit bei uns bleibt."
Dies war der Fall. Die erstgeborene Tochter des Königspaares verbrachte zweieinhalb Monate im Kreis ihrer Familie; gemeinsam feierte man Alban Heruin und Lughnasad, und erst am Morgen nach dem Erntefest nahm Eadha wieder Abschied. Prasutax und Boadicea schauten ihr vom Torbau des Duns aus nach; Ailme hingegen hatte sich entschlossen, ihre Schwester auf dem ersten Wegstück zu begleiten. Seite an Seite fuhren die Streitwagen der Königstöchter dahin; da die Pferde in leichtem Trab gingen, konnten sich Eadha und Ailme problemlos unterhalten. So verstrich der Vormittag; schließlich erreichte der Wagen- und Reiterzug den westlichen Grenzfluß des Herrschergaus - und dort wollten sich nun auch die Schwestern trennen.
Bei einer ehemaligen Flußfurt, die seit dem Vorjahr von einer Römerbrücke überspannt wurde, kamen die Rösser zum Stehen. Ailme, die ihre Stuten selbst gelenkt hatte, machte die Zügel fest und stieg aus der Wagenkanzel, um Eadha ein letztes Mal zu umarmen. Als sie sich wieder von ihrer Schwester löste, murmelte sie: "Du hast es gut, denn auf Môn

warten viele Freunde auf dich. Und darunter auch hübsche Druidenschüler..."
"Möglich", lächelte Eadha. "Aber deshalb brauchst du nicht neidisch zu sein. Wo du doch selbst jede Menge Verehrer hast."
Ailme machte eine wegwerfende Geste. "Keiner von denen bedeutet mir etwas!"
"Keiner?" schmunzelte Eadha. "Auch nicht Gwydion, mit dem du seit unserem Geburtstagsfest so oft zusammen warst?"
"Mit ihm hätte es vielleicht mehr werden können..." gestand Ailme errötend. "Aber Gwydion verläßt uns, genau wie du. Vorgestern sagte er es mir, schon in drei Tagen wird er abreisen. Gwydion wird sich bis zum kommenden Frühling in der Häuptlingsfestung seines Onkels im Süden unseres Landes aufhalten. Er soll sich dort in der Waffenkunst vervollkommnen, denn sein Verwandter ist ein Meister des Schwertkampfes."
"Du Arme!" stieß Eadha halb mitleidig, halb amüsiert hervor.
"Mach dich bloß nicht lustig über mich!" schnappte Ailme - im nächsten Moment wischte sie sich über die Augen, schluckte und sagte mit bebender Stimme: "Verzeih... Ich hätte überhaupt nicht davon anfangen sollen... Dieser Gwydion kann doch machen, was er will... Ich trauere ihm ganz bestimmt nicht nach..."
Eadha griff nach der Hand ihrer Schwester. "In einem dreiviertel Jahr siehst du ihn wieder. Und die Zeit wird schneller vorübergehen, als du denkst."
"Glaubst du wirklich?" fragte Ailme kleinlaut.
Statt zu antworten, nahm Eadha ihre Schwester nochmals in die Arme; Ailme begann zu schluchzen - gleich darauf wandte sie sich abrupt ab, sprang auf ihren Wagen, wendete das Gespann und rief Eadha unter Tränen zu: "Danke für deine lieben Worte... Komm heil nach Môn... Und denk manchmal an mich..."
Bevor Eadha etwas erwidern konnte, trieb Ailme ihre Stuten zum Galopp an. Die Druidenschülerin schaute dem davonjagenden Gespann nach, bis es in der Ferne verschwunden war; dann gab sie ihrem Rosselenker ein Zeichen, über die Brücke zu fahren.

***

Während der folgenden Wochen verzehrte sich Ailme in heimlicher Sehnsucht nach Gwydion; Boadicea, die ahnte, was mit ihrer Tochter los war, gab sich alle Mühe, Ailme auf andere Gedanken zu bringen. Im ausgehenden Sommer schließlich schien die Fünfzehnjährige den jungen Adelskrieger allmählich zu vergessen; im Frühherbst stellte die Königin erleichtert fest, daß Ailme wieder so unbeschwert wie früher wirkte.
Erleichterung empfanden Boadicea und ihr Gemahl in jener Zeit aber auch hinsichtlich der Entwicklung in Rom. Ein Bote von Aulus Plautius, der kurz nach Alban Elued in Venta Icenorum eintraf, berichtete, daß Nero bei einem Gelage geäußert hätte, Britannien sei eine bedeutungslose Provinz,

die man getrost sich selbst überlassen könne; ungleich wichtiger sei es, die Feldzüge gegen die Parther und Juden mit aller Macht voranzutreiben.
Im Frühling des neuen Jahres sodann erfuhr die icenische Herrscherfamilie von schweren Kämpfen, welche in den östlichen Grenzländern des Imperiums tobten. Prasutax, Boadicea und Ailme bemitleideten die Menschen, welche dort starben; durften sich jedoch andererseits sagen, daß die britannischen Stammesgebiete zumindest in nächsten Zeit von despotischen Heimsuchungen durch Nero verschont bleiben würden.
Eine Heimsuchung sehr viel menschlicherer Art indessen mußte das Königspaar während der Wochen nach Beltane durchstehen. Zum Frühlingsfest nämlich war Gwydion in die Ringwallfestung heimgekehrt; kaum hatten Ailme und der junge Adelskrieger sich wiedergesehen, war die mittlerweile fast sechzehnjährige Tochter des Herrscherpaares erneut in heißer Liebe zu Gwydion entbrannt - und hatte bei ihm offene Türen eingerannt, denn von da an waren die beiden ein Herz und eine Seele gewesen. Boadicea und ihr Gatte hatten auch gar nichts dagegen einzuwenden gehabt; es war ihnen klar, daß Ailme jetzt beinahe schon eine junge Frau war und nur ihrer Natur gehorchte. Aber dann, drei Tage nach ihrem Geburtstag, kam Ailme in Tränen aufgelöst ins Königshaus gelaufen, wo das Herrscherpaar gerade beim Fidchell saß; schluchzend warf sie sich in die Arme ihrer Mutter und stieß hervor: "Der treulose Schuft ... hat mich ... aufs allergemeinste verraten!"
Danach erlitt die Sechzehnjährige einen Weinkrampf; erst als sie sich einigermaßen wieder beruhigt hatte, vermochte sie ihren Eltern zu erzählen, was sich zugetragen hatte: "Gwydion und ich waren in der Roßstallung verabredet, weil wir einen Ausflug in seinem Streitwagen unternehmen wollten... Doch als ich hinkam, erwischte ich ihn mit einer anderen... Sie lagen im Heu unter dem Stalldach, und sie..."
"Wenn der leichtsinnige Kerl so etwas fertigbringt, ist er nicht der Richtige für dich!" unterbrach die Königin ihre Tochter.
"Das weiß ich selber..." schluchzte Ailme. "Am liebsten würde ich ihm die Augen auskratzen... Aber trotzdem... Ich kann nicht verstehen ... warum er mir das antat!"
"Manche Männer benehmen sich leider so", sagte Boadicea leise. "Sie spielen nur mit uns Frauen, weil sie zu einer tieferen Beziehung unfähig sind."
"Und du, das hübscheste Mädchen weit und breit, hast es gewiß nicht nötig, einem solch treulosen Burschen nachzuweinen", versuchte Prasutax die Sechzehnjährige zu trösten. "Ich an deiner Stelle würde mir einfach einen Besseren suchen; einen, der zu schätzen weiß, was er an dir hat."
"Ich will keinen anderen!" fuhr Ailme auf ihren Vater los. "Ich will überhaupt keinen mehr! Nie wieder! Die Kerle können mir alle gestohlen bleiben! Für immer und ewig!"

Prasutax senkte den Kopf, um ein Schmunzeln zu verbergen; Boadicea zog ihre Tochter neuerlich an die Brust, streichelte ihr Haar und redete besänftigend auf sie ein.
Nach einer Weile dann ließ sich die Sechzehnjährige von ihrer Mutter nach oben bringen; in Ailmes Schlafgemach sprachen beide noch lange miteinander, bis die Sechzehnjährige, deren Tränen nun versiegt waren, bat: "Laß mich jetzt bitte allein..."
Während der folgenden Tage verließ Ailme das Herrscherhaus nur selten; gegen Ende der Woche jedoch steckte sie plötzlich völlig um. Hocherhobenen Hauptes schritt sie zur Pferdestallung, wo sie Gwydion mit der Nebenbuhlerin ertappt hatte. Dort spannte sie ihre Stuten vor den Streitwagen, lenkte das Gespann, einen Speer schwingend, dreimal im Galopp um den Anger und jagte danach durch das Festungstor davon.
Erst bei Einbruch der Dunkelheit kehrte die Sechzehnjährige in den Dun zurück; auf ihrem Wagen lag ein kapitaler Hirsch, den sie in einem Auwald drei Wegstunden südöstlich der Festung zur Strecke gebracht hatte. Als Ailme ihre prachtvolle Jagdbeute unter dem Weltenbaum vom Streitwagen hievte, jubelten ihr zahlreiche Bewohner des Duns zu. Gwydion hingegen stand beschämt abseits; nachdem die Königstochter ihm einen vernichtenden Blick zugeworfen hatte, verschwand er eilig - und mußte sich dabei Spottworte anderer Adelskrieger anhören.
Im Verlauf der nächsten Monate brachte Ailme noch so manches Stück Wild heim; die Jagdausflüge, welche sie zumeist allein, gelegentlich aber auch mit jungen Edlen - doch nie mit Gwydion - unternahm, halfen ihr, wieder zu sich selbst zu finden. Dasselbe galt für die Waffenübungen, welche die Sechzehnjährige in diesem Sommer und Herbst mit größerem Eifer denn je betrieb; wenn Ailme ihre Scheinkämpfe mit Schild und Schwert oder der kurzen Stoßlanze gegen erprobte Krieger austrug, konnte sie alles andere vergessen.
Als sich schließlich der Winter ankündigte und Gwydion kurz vor Alban Arthuan erneut zu seinem Onkel in den Süden reiste, um künftig ganz in dessen Häuptlings-Dun zu leben, trauerte die Königstochter ihm kein bißchen nach; am Tag der Wintersonnenwende sagte sie zu ihrer Mutter: "Ich vermag beim besten Willen nicht mehr zu begreifen, warum mir der Taugenichts früher einmal so viel bedeutete."
"Irgendwann wirst du bestimmt einem Mann begegnen, der dich glücklich macht", antwortete Boadicea.
"Das wäre schön..." murmelte Ailme - aber vorerst schien sie keinerlei Interesse daran zu haben, sich nochmals auf eine Liebschaft einzulassen. Statt dessen setzte sie auch im neuen Jahr ihre Jagdausflüge fort und vervollkommnete sich im Gebrauch der Waffen; sie konnte es unbeschwert tun, weil der innere Friede in der römischen Provinz Britannien gewahrt blieb.
Nero mischte sich nicht im mindesten in die auf Ausgleich zwischen Kelten und Römern bedachte Politik des nach wie vor in Londinium residierenden Statthalters Aulus Plautius ein. Vielmehr führte der Imperator weiterhin

Krieg im Osten des Reiches; darüber hinaus mußte er sich, wie das icenische Herrscherpaar und Swyedydd im Frühling anläßlich eines Besuches bei Sergius Callus in Venta Icenorum erfuhren, mit den fanatischen Anhängern einer bislang unbekannten Religion herumschlagen.

Diese religiöse Bewegung war von Judäa nach Griechenland und Italien vorgedrungen, und ihre Mitglieder bezeichneten sich als Chrestoi; sie glaubten - was Swyedydd aufgrund seines druidischen Wissens um die wahre Natur des Göttlichen als lachhaft empfand - nur an einen einzigen und zudem rein männlichen Gott. Jener Jahwe, so lehrten die Priester der Chrestoi weiter, hätte jedoch einen Sohn von ebenfalls göttlichem Wesen gezeugt und ihn auf die Erde gesandt, um die Menschheit von allen Übeln zu erlösen; zu diesem Zweck sei der Gottessohn in der jüdischen Hauptstadt Jerusalem am Kreuz gestorben, danach wieder lebend aus seiner Grabeshöhle herausgestiegen und in den Himmel aufgefahren. Damit sei die Befreiung der Erde von allem Bösen vollbracht gewesen; freilich hätte die Erlösung vorerst noch nicht tatsächlich wirksam werden können, weil die Menschheit auf unsägliche Weise verderbt sei. Und deshalb wäre es nun nötig, den Sumpf des Bösen rigoros auszutrocknen, indem man all sein Hab und Gut den Bettlern vermache - und die gräßlich wuchernde Sünde insbesondere auch dadurch bekämpfe, daß man in Rom und sämtlichen anderen Städten des Imperiums die Tempel zerstöre sowie die Hurenhäuser und Weintavernen niederbrenne.

"Wie ihr unschwer erkennen könnt, sind diese Chrestoi völlig verrückt", sagte Sergius Callus, nachdem er Prasutax, Boadicea und Swyedydd die Grundzüge der neuen Religion dargelegt hatte. "Und Nero ist von daher gezwungen, gegen sie vorzugehen, denn sie lassen es leider nicht bei ihren obskurantistischen Irrlehren bewenden, sondern setzen das, was ihre Priester predigen, häufig auch in die Tat um."

"Verschenken sie ihre Besitztümer etwa wirklich an die Armen?" fragte Prasutax ungläubig.

"Das weniger", erwiderte der Tribun. "Aber fanatische Horden der Chrestoi dringen immer wieder in die Weihestätten der wahren Gottheiten ein, bedrohen diejenigen, welche dort opfern, und richten, sofern sie können, schreckliche Verwüstungen an. Ebenso sorgen die Anhänger dieses seltsamen Götzen Jahwe und seines noch seltsameren Sohnes ständig für Schlägereien in den Bordellen und Weinschenken der griechischen und italienischen Metropolen, und in einigen Fällen steckten sie des Nachts tatsächlich schon Hurenhäuser in Brand."

Fassungslos schüttelte Swyedydd den Kopf. "Sie behaupten, das Los der Menschen verbessern zu wollen - dabei fehlt ihnen ganz offenbar jegliches Verständnis für das Menschliche. Und was ihren haßerfüllten Kampf gegen die ewig existierenden Göttinnen und Götter angeht, so kann ich nur sagen: Von schlimmerer geistiger Verirrung hörte ich nie!"

"Noch nicht einmal Claudius leugnete das Wirken der wahren Gottheiten, obwohl er in seiner Vermessenheit Tempel für sich selbst erbauen ließ", kam es von Boadicea.
"Erinnere mich bloß nicht an seinen lächerlichen Auftritt in Camulodunum", seufzte Sergius Callus; dann wechselte er das Thema: "Doch jetzt laßt uns von erfreulicheren Dingen reden. Habt ihr etwas von Eadha gehört? Wird sie bald wieder einmal heimkommen?"
Prasutax nickte. "Vorletzte Woche brachte ein römischer Händler, der Gwynedd und auch Môn bereist hatte, einen Brief von ihr. Darin schrieb Eadha, sie werde uns im Sommer besuchen."
"Und wenn sie erst da ist, wird hoffentlich eines eurer berühmten Feste steigen!" schmunzelte der Tribun.
"Darauf kannst du dich verlassen", antwortete Prasutax augenzwinkernd - worauf Sergius Callus einen Diener hereinrief und ihn anwies, einen besonders guten Tropfen aus dem Keller zu holen, damit man schon ein wenig vorfeiern könne.
Als das Herrscherpaar und Swyedydd in die Ringwallfestung zurückkehrten, durften sie sich sagen, daß bis zur Ankunft Eadhas nur noch ein Vierteljahr verstreichen würde - kurz vor Lughnasad sodann rollte der Streitwagen der mittlerweile siebzehnjährigen Druidenschülerin in den Dun. Wie bei ihrem ersten Besuch zwei Jahre zuvor wurde Eadha von einer Schar berittener deceanglischer Krieger begleitet; nachdem die nun schon erstaunlich reif wirkende Druidenschülerin ihre Eltern und Ailme umarmt hatte, richtete sie herzliche Grüße von Etayna und Bronwen aus.
Während der folgenden acht Wochen genossen es Boadicea und Prasutax, ihre beiden Töchter um sich zu haben. Die Königsfamilie unternahm verschiedene Tagesausflüge und besuchte dieselben malerischen Orte wie damals, als Eadha und Ailme noch Kinder gewesen waren; einmal fuhren alle vier auch nach Camulodunum und verbrachten einige kurzweilige Tage im Palast des Legaten Tullius Vedius.
Erst in der Woche nach Alban Elued nahm Eadha wieder Abschied; diesmal gaben ihr Prasutax, Boadicea und Ailme gemeinsam das Geleit bis zur Flußbrücke an der Westgrenze des Herrschergaus. Als sie den Wagen- und Reiterzug in der Ferne verschwinden sah, verspürte die Königin einen Stich im Herzen und empfand etwas wie bedrohliche Beklommenheit - unwillkürlich hatte sie das Gefühl, als würde das nächste Wiedersehen mit ihrer Erstgeborenen unter traurigen Umständen erfolgen.
Aber dann sagte sich Boadicea, daß ihre Anwandlung wohl bloß vom Trennungschmerz ausgelöst worden war - und im Lauf der nächsten Monate geschah in der Tat nichts Schlimmes. Herbst und Winter verstrichen weitgehend ereignislos; im Vorfrühling des neuen Jahres schließlich durften sich Prasutax und seine Gemahlin auf ein besonderes Datum freuen, das jetzt allmählich herannahte: den zwanzigsten Jahrtag ihrer Vermählung.
Am Morgen von Beltane suchte das Herrscherpaar den großen, zwei Wegstunden nördlich des Königs-Duns liegenden Cromlech auf, in dessen

Rund genau zwei Jahrzehnte zuvor die Hochzeitszeremonie stattgefunden hatte. Niemand, noch nicht einmal Ailme, begleitete Boadicea und ihren Gatten zum Steinkreis; beide hatten sich gewünscht, an diesem Vormittag miteinander allein sein zu können.
Langsam näherte sich der Streitwagen des Herrscherpaares dem von der Maisonne in helles Licht gebadeten Cromlech; mit der Linken lenkte Prasutax die Rösser, den rechten Arm hatte er um Boadiceas Schultern gelegt. Beim Ring der Menhire angelangt, half der zweiundvierzigjährige König seiner achtunddreißigjährigen Gemahlin vom Wagen; sodann betrat das Paar Hand in Hand den Steinkreis. Prasutax und Boadicea schritten bis zur Mitte des Cromlech; dort dankte der König seiner Gattin für all die Liebe, die sie ihm während der vergangenen zwanzig Jahre geschenkt hatte, und schloß: "Keinen einzigen Tag, den ich mit dir verbringen durfte, möchte ich missen."
Tiefbewegt, mit feuchten Augen, küßte Boadicea ihren Gemahl und flüsterte: "Ich habe dir zu danken, mein Herz. Für so unendlich viel liebevolle Zuwendung, für so viel Verständnis und Güte."
Danach blieben sie noch eine Weile in leisem, vertrautem Gespräch an dem Platz stehen, wo Swyedydd sie einst zusammengegeben hatte; anschließend umrundeten sie den Steinkreis auf dem heiligen Pfad entlang der Menhire. Später suchten sie auch den Totenbaum und die Grabstätten der verstorbenen Könige auf, um die Geister derer zu ehren, die vor ihnen über den Volksstamm der Icener geherrscht hatten; gegen Mittag dann machten sie sich auf den Heimweg zur Ringwallfestung.
Auf dem Anger des Duns wurden Prasutax und Boadicea mit Musik empfangen; Ailme hatte heimlich dafür gesorgt, daß die Männer und Frauen mit den Carynxen, Sistren und Bodhrans beim Eintreffen des Jubelpaares unter dem Weltenbaum zur Stelle waren. Noch einmal fühlten sich die Königin und ihr Gatte an ihre Hochzeit erinnert; auch damals hatten die Bronzetrompeten geschmettert, waren die Schellenbäume und Trommeln erklungen. Und als die Musikanten das Herrscherpaar nun in die Große Halle geleiteten, hatten Prasutax und Boadicea neuerlich das Empfinden, in die Vergangenheit zurückversetzt worden zu sein, denn der hohe Raum war nicht weniger prächtig als vor zwei Jahrzehnten geschmückt - und über der Feuerstelle drehten vier Knechte einen ganzen Mastochsen am Spieß.
Bis Einbruch der Dunkelheit feierten das Jubelpaar und dessen fast schon achtzehnjährige Tochter mit den icenischen Edlen und den römischen Offizieren, die sich am Nachmittag ebenfalls eingefunden hatten; draußen auf dem Anger schmausten, tranken und tanzten die einfachen Menschen aus der Ringwallfestung, ihrem Umland und teils auch aus Venta Icenorum.
Als am Nachthimmel die Sterne erschienen waren und der Mond aufstieg, versammelten sich sämtliche Icener und ihre römischen Gäste um den Teich inmitten des Duns, und wie jedes Jahr entfachten dreizehn Andrasta-Priesterinnen das mächtige Beltane-Feuer. Turmhoch loderten

die Flammen des riesigen Scheiterhaufens empor; nahebei wurden mehrere kleinere Holzstöße entzündet, und junge Paare sprangen jauchzend durch die aufstiebenden Funkengarben. Eine Weile später bildeten sich auch draußen auf der Ebene glühende Lichterketten aus; erst eine, dann eine zweite und dritte, so daß sich die roten Feuergirlanden zuletzt bis zum Horizont erstreckten.
Auf dem Palisadenwall stehend, schauten Boadicea und Prasutax über das Land hin, welches von den heiligen Flammen befruchtet wurde. Irgendwann trat Swyedydd neben das Königspaar - kaum hatte er sich zu Boadicea und ihrem Gemahl gesellt, schossen kurz hintereinander vier Sternschnuppen über das Firmament; sie kamen von Südosten und waren von seltsam fahler, schwefliger Farbe. Die Königin verspürte jähe Angst; sie bemerkte, daß auch Prasutax erschrocken zusammenzuckte - unmittelbar darauf hörte sie, wie der Pendruid hervorstieß: "Ich fürchte, diese Himmelserscheinung kündet Unheil an!"
Stockend fragte der König: "Kannst du uns ... mehr sagen?!"
"Rom..." flüsterte der Pendruid. "Die schwefelfahlen Zeichen kamen aus der Richtung, in welcher die Tiberstadt liegt... Von Rom, wo die Götterfeindin und ihre Ausgeburt herrschen..."
Im nächsten Moment war Swyedydd in der vom rötlichen Feuerschein durchglühten Dunkelheit verschwunden; beklommen rätselten Boadicea und Prasutax über seine Worte, ehe schließlich auch sie den Wall verließen.
Während der folgenden Tage und Wochen dachte das Königspaar noch oft an das Himmelszeichen und die Sätze des Pendruid - doch es kam kein Bote von Camulodunum oder Londinium, der schlimme Nachrichten aus der Hauptstadt des Imperiums gebracht hätte. Friedlich verstrich der Frühling und drehte sich langsam in den Sommer; Alban Heruin ging vorüber, und allmählich erschienen Boadicea und ihrem Gatten die Ängste, die sie in der Beltane-Nacht befallen hatten, als unwirklich.
Dann aber, zwischen Alban Heruin und Lughnasad, bewahrheitete sich Swyedydds Vision. Denn ein Kurier, der auf schaumbedecktem Roß anlangte, brachte eine entsetzliche Kunde nach Venta Icenorum. Zuerst erfuhr Sergius Callus von den ungeheuerlichen Verbrechen, die sich in Rom und am Golf von Puteoli weiter im Süden Italiens ereignet hatten - wenig später erschien der Tribun im Königs-Dun der Icener, um der Herrscherfamilie und dem Pendruid zu berichten, zu welch grauenhaften Geschehnissen es im Herzen des Reiches gekommen war.
"Agrippina und Nero müssen von Dämonen besessen gewesen sein!" brach es aus Sergius Callus heraus, nachdem er an der Feuerstelle des Königshauses Platz genommen hatte. "Anders lassen sich ihre Freveltaten, die Rom mit unsäglicher Schande beschmutzten und die Götter beleidigten, nicht erklären!"
"Was ist passiert?! Rede schon!" drängte Prasutax den Tribun. "Kam es etwa erneut zu einem Meuchelmord?!"

"Das auch!" nickte Sergius Callus. "Doch bevor die Bluttat geschah, machten sich Nero und seine Mutter eines nicht weniger abscheulichen Verbrechens schuldig. Einer Untat, die so widermenschlich, so abstoßend ist, daß..." Der Tribun verstummte, rang nach Luft, fuhr mit gepreßter Stimme fort: "Bisweilen lassen sich Tiermütter von ihren männlichen Nachkommen begatten... Aber daß diejenige, die den Imperator gebar..."
"Agrippina?!" stieß Boadicea hervor. "Willst du uns zu verstehen geben, sie hätte ... mit ihrem eigenen Sohn?!"
"Ja!" bestätigte Sergius Callus. "Sie scheute noch nicht einmal vor dieser äußersten Perversität zurück, um ihre Machtgier zu befriedigen. Bei verschiedenen Gelagen bot sie sich Nero, wenn er vom Wein enthemmt war, auf schamloseste Weise an. Gleich einer Dirne entblößte sie ihre Brüste und ihren Schoß vor seinen Augen und verlockte ihn auf diese Art dazu, sie in Gegenwart der übrigen Festgäste zu begatten. Und während sie es mit ihrem betrunkenen, vor Wollust willenlosen Sohn trieb, brachte sie ihn dazu, ihr schwerwiegende politische Zugeständnisse zu machen, die Nero später einhalten mußte, weil er seine Versprechungen vor Zeugen abgegeben hatte..."
Fassungslos starrten Prasutax, Boadicea und Ailme auf den Tribun; Swyedydd äußerte mit bebenden Lippen: "Aus solch krankhafter Bosheit Agrippinas kann nur ähnliche Bösartigkeit ihres widernatürlichen Sprosses erwachsen sein!"
"Du hast recht", antwortete Sergius Callus. "Nachdem die Mänade ihren Sohn über Monate hinweg mißbraucht hatte, wurde Nero von dermaßen heftiger Abneigung gegen sie befallen, daß er seine Mutter zwang, Rom zu verlassen. Notgedrungen begab sich Agrippina auf eines ihrer Landgüter, das in der Nähe der Stadt Antium an der Westküste Mittelitaliens liegt. Kaum war seine Mutter aus dem Imperatorenpalast verschwunden, traf sich Nero mit einigen Vertrauten, um mit ihnen zu beratschlagen, wie Agrippina möglichst unauffällig ermordet werden könnte..."
"Und das wurde publik?" warf Prasutax erstaunt ein.
"Nicht sofort", erwiderte der Tribun. "Doch als seine Mutter zuletzt den Tod gefunden hatte, rühmte sich Nero - abermals betrunken - in Gesellschaft mehrerer Patrizier seines Verbrechens und sprach auch über dessen heimliche Vorbereitung."
Boadicea wandte sich an Swyedydd. "Du hast schon damals, nachdem wir vom Giftmord an Britannicus erfahren hatten, gesagt, daß im römischen Herrscherhaus eine weitere gräßliche Bluttat geplant werden würde..."
Verblüfft musterte Sergius Callus den Pendruid; sodann berichtete er weiter: "Der Imperator tauschte sich also mit etlichen Vertrauten aus - und schließlich riet ihm ein Freigelassener namens Anicetus, Agrippina auf ein Schiff zu locken, welches ihr zur tödlichen Falle werden solle. Zu diesem Zweck müsse man die prunkvoll ausgestattete Pentere oder Triere, die man benutzen wolle, lediglich so präparieren, daß sie zwar in ruhigen Küstengewässern, jedoch nicht auf offenem Meer seetüchtig sei. Dieser infame Vorschlag fand Neros Billigung; er befahl Anicetus, eine Triere

entsprechend umbauen zu lassen, und sofort machte sich der Freigelassene im Hafen von Ostia, welcher vor den Toren Roms liegt, ans Werk. Einige Wochen danach waren die Arbeiten auf dem Schiff beendet. Die Spanten in der Mitte des Rumpfes waren mit künstlichen Bruchstellen versehen worden; mit Hilfe eines verborgenen Hebelwerks konnte ein Teil jener Balken völlig zersprengt werden - und sofern einige Mordhelfer dies auf hoher See erledigten, würden die mächtig anrollenden Wogen den Rest besorgen und auch die übrigen präparierten Spanten bersten lassen, so daß die Triere unweigerlich auseinanderbrechen und sinken mußte."

"Ekelhaft - diese tückische Hinterlist!" rief Ailme empört aus.

Der Tribun pflichtete ihr bei und fuhr fort: "Als das Schiff für den Mordanschlag vorbereitet war, ließ der Imperator es entlang der Küste nach Süden in den Hafen der Stadt Baiae am Golf von Puteoli bringen. Auch Nero selbst reiste nach Kampanien - und zwar zu seinem Landgut Bauli, das sich ganz in der Nähe von Baiae befindet. Von dort aus sandte er seiner in Antium weilenden Mutter einen Brief, in dem er sie bat, zu ihm zu kommen, damit er sich mit ihr aussöhnen könne. Agrippina ging ihrem Sohn auf den Leim; in einer Sänfte und mit großem Gefolge begab sie sich nach Bauli, wo sie zwölf Tage nach dem Quinquatrusfest eintraf. Nero empfing sie mit scheinbar überschwenglicher Freude; während der darauffolgenden Woche spielte er seiner Mutter den liebenden Sohn vor und erweckte bei ihr den Eindruck, daß er das frühere Zerwürfnis bitter bereue und sie künftig wieder an der Herrschaft beteiligen würde. Zuletzt dann - am Morgen des Tages, an dem Agrippina die Rückreise antreten wollte - sagte Nero seiner Mutter, sie hätte es nicht nötig, erneut den Landweg zu nehmen, denn im Hafen von Baiae liege eine prachtvolle Triere, die er ihr schenken wolle und auf der sie sehr viel bequemer nach Antium gelangen könne."

Sergius Callus trank einen Schluck Wein und erzählte weiter: "Ahnungslos willigte Agrippina ein - und ließ sich außerdem von ihrem Sohn dazu überreden, tagsüber noch bei ihm zu bleiben und das Schiff erst am Abend zu besteigen. Als schließlich die Sonne sank, begleitete Nero seine Mutter nach Baiae. Bei Einbruch der Nacht nahmen beide Abschied voneinander; Agrippina ging an Bord der Triere - und angesichts der Tageszeit waren die Voraussetzungen für das Gelingen von Neros Mordplan ideal, denn jetzt konnte das Schiff von den Helfershelfern des Imperators im Schutz der Finsternis versenkt werden..."

"Und der Anschlag glückte?" unterbrach Prasutax den Tribun.

"Nicht völlig", antwortete Sergius Callus. "Zwar schafften es diejenigen Matrosen, welche mit im Komplott waren, die präparierten Spanten zum Bersten zu bringen und sich, während die Triere auseinanderbrach, in ein Beiboot zu retten. Doch das Schiff sank nur langsam, weshalb es auch vielen anderen - darunter Agrippina - gelang, Boote auszuschwenken und sie zu besteigen. Letztlich fanden deshalb im wesentlichen bloß die auf den Unterdecks angeketteten Rudersklaven den Tod; Neros Mutter hingegen sowie ein Großteil ihres Gefolges und die meisten Seeleute, die

sich auf dem Oberdeck befunden hatten, entrannen dem Verderben und erreichten nach zweistündiger Bootsfahrt wieder die Küste. Nördlich von Baiae gingen sie an Land; Bauern brachten Agrippina und die Mitglieder ihres Hofstaates auf Fuhrwerken zu einer Villa, die zu den Besitztümern der Imperatorenfamilie gehört. Dort wollten sich Agrippina und ihre Begleiter von den ausgestandenen Schrecken erholen - kaum aber hatte Nero erfahren, daß seine Mutter noch lebte, holte er eiskalt zu einem zweiten mörderischen Schlag gegen sie aus..."
"Man möchte es nicht glauben!" stieß Boadicea hervor.
"Wie versuchte er es diesmal?" wollte Prasutax wissen.
"Auf die Art eines brutalen Despoten, der weder Recht noch Gesetz achtet", erwiderte der Tribun. "Nero befahl seinem Vertrauten Anicetus, sich mit Bewaffneten zu der Villa zu begeben, wo Agrippina Unterschlupf gefunden hatte, und sie dort zu töten."
Neuerlich stärkte sich Sergius Callus durch einen Schluck Wein, dann berichtete er, was weiter passiert war: "Anicetus fuhr mit einer Galeere, die im Hafen von Baiae lag, nach Norden. An Bord des Schiffes befanden sich hundert Legionäre, die unter dem Kommando eines Centurios namens Obaritus standen. Abends warf die Galeere unweit von Agrippinas Zufluchtsort Anker; danach führten Anicetus, Obaritus und der Schiffskapitän Herculeius die Militäreinheit zu der bewußten Villa. Die Legionäre umstellten das Landgut und sorgten dafür, daß die dort lebenden Sklaven in ihren Hütten blieben; anschließend drangen Anicetus, Obaritus und Herculeius mit einer Schar Bewaffneter ins Haupthaus ein. Etliche Adlige aus Agrippinas Gefolgschaft, die sich ihnen entgegenstellten, wurden niedergemacht; andere, welche es nicht wagten, zum Schwert zu greifen, sperrte man in verschiedene Kammern. Sodann stürmten der Freigelassene, der Centurio und der Schiffskapitän in das Gemach von Neros Mutter; die einzige Dienerin, die noch bei ihrer Herrin ausgeharrt hatte, floh. Agrippina wiederum kauerte auf dem Bett und flehte um Gnade, doch ihre Mörder kannten kein Erbarmen. Zuerst hieb ihr Herculeius einen Knüppel über den Kopf; als sie mit zertrümmertem Schädel, aber noch lebend, zusammengebrochen war, stachen Anicetus und Obaritus mit ihren Dolchen auf Agrippina ein, bis ihr Leib völlig zerfleischt war..."
Nachdem der Tribun geendet hatte, herrschte für eine Weile Schweigen am Herdfeuer; schließlich sagte Swyedydd: "Eine Bestie ließ die andere hinschlachten - doch besser wäre es gewesen, wenn sie alle beide den Tod gefunden hätten!"
"So denken viele in Rom", nickte Sergius Callus. "Aber das Schicksal fügte es leider anders..." Mit verkniffenem Mund starrte er in die leise knisternde Glut, dann setzte er hinzu: "Und das unergründliche Fatum schien Nero für seinen Muttermord sogar noch belohnen zu wollen..."
"Wieso das?!" kam es von Prasutax.
"Weil nur wenige Tage nach der fürchterlichen Bluttat ein Kurier des Feldherrn Domitius Corbulo auf dem Landgut des Imperators eintraf und

Nero die Nachricht von einem großen Sieg an der Ostgrenze des Reiches brachte", antwortete der Tribun.
"Domitius Corbulo - ist das nicht der Oberbefehlshaber des Heeres, das Nero gegen die Parther aufbot?" fragte Boadicea.
"Richtig", bestätigte Sergius Callus. "Und der Bote des Feldherrn meldete dem Imperator, daß sich die parthischen Fürsten nach dem Fall ihrer letzten Festungen Artaxata und Tigranocerta bedingungslos unterworfen hätten."
"Könnte dies irgendwelche Folgen für uns hier in Britannien haben?" erkundigte sich Boadicea mit belegter Stimme.
"Angesichts der Unberechenbarkeit Neros ist alles möglich..." murmelte der Tribun. "Und jetzt, wo der Imperator im Osten nur noch die jüdischen Zeloten bekämpfen muß, könnte er in der Tat darauf verfallen, sein verderbliches Augenmerk auf die hiesige Reichsprovinz zu richten..."
Abermals blieb es eine Weile still in der Runde; endlich erklärte Prasutax: "Wir müssen abwarten und sehen, was geschieht - die Pferde vorzeitig scheu zu machen, hat wenig Sinn. Wenn Nero jedoch wirklich versuchen sollte, seine bösartige Tyrannei auf Britannien auszudehnen, könnten wir ihm immerhin entschlossenen Widerstand leisten, sofern Römer und Kelten auf unserer Insel an einem Strang ziehen würden."
"Darüber sprachen wir schon einmal", entgegnete Sergius Callus. "Und ich sagte euch damals, daß Aulus Plautius genauso denkt."
"Dieses Wissen schenkt uns Hoffnung", äußerte Boadicea; anschließend tauschten sich die Königsfamilie, Swyedydd und der Tribun noch lange über die schrecklichen Ereignisse in Italien aus - und konnten dabei nicht ahnen, zu welch einschneidenden politischen Veränderungen es bereits wenige Monate später in Britannien kommen sollte.

Die Waffenspiele

Herbst 59 bis Frühjahr 60

Kalter, regenschwangerer Novemberwind fegte über die Dächer von Londinium hinweg; auf der Straße, die zum Palast des Statthalters führte, trieben die Böen Staubfahnen und von den Alleebäumen abgefallenes Laub vor sich her. Immer wieder wirbelten die toten Blätter unter die Hufe der Rösser, welche die Streitwagen von Prasutax und Boadicea zogen; als die Pferde beim Palastportal zum Stehen kamen, stiegen der König und seine Gemahlin mit verspannten Gesichtern aus den Wagenkanzeln.
Schmerzlich berührt erinnerte sich Boadicea an ihren ersten Besuch in Londinium. Damals, vor neun Jahren, hatte Aulus Plautius sie, Prasutax und ihre noch kindlichen Töchter gleich auf der Portaltreppe mit gewinnender Herzlichkeit willkommen geheißen - heute hingegen waren auf dem obersten Treppenabsatz lediglich acht schwerbewaffnete Legionäre zu sehen.
Langsam schritt das Königspaar die Stufen empor; plötzlich öffnete sich knarrend einer der beiden eisenbeschlagenen Torflügel, und der Statthalter trat heraus. Die Bewegungen des Mittfünfzigers wirkten unsicher, sein Antlitz war ähnlich verkrampft wie die Gesichter von Boadicea und Prasutax. Als Aulus Plautius das Königspaar mit leiser, zittriger Stimme begrüßte, durchfuhr es Boadicea: Der Ärmste ist seelisch und körperlich am Ende, ist bloß noch ein Schatten seiner selbst!
Im nächsten Moment hörte die Königin ihren Gatten sagen: "Es tut uns unendlich leid, Aulus, daß wir uns unter solch traurigen Umständen wiederbegegnen."
Mit gequältem Lächeln nickte der Statthalter, dann forderte er Prasutax und Boadicea auf: "Kommt mit in den Palast."
Er wollte sich umwenden, aber die Königin hielt ihn zurück und fragte: "Was geschieht mit unseren Begleitreitern?"
"Ach richtig", murmelte Aulus Plautius. "Sie brauchen ja ein Quartier..." Er winkte einen der Legionäre heran. "Kümmere dich um die icenischen Krieger. Bring sie bitte ... irgendwo unter."
Erneut verspürte Boadicea Mitleid mit dem Statthalter, der einst so tatkräftig und voller Energie gewesen war - und nun, da Nero ihm den infamen Tort angetan hatte, selbst bei einfachen Entscheidungen Schwierigkeiten zu haben schien.
Die Königin unterdrückte einen Seufzer, gleich darauf folgte sie Aulus Plautius und ihrem Gemahl in das Gebäude. Der Statthalter führte das Herrscherpaar durch ein Vorzimmer, wo sich vier bekümmert wirkende Diener aufhielten, in die Festhalle des Palastes. An der Prunktafel dort saßen bereits mehrere andere keltische Könige; Boadicea erkannte die Stammesherrscher der Regnier, Belger, Durotrigen, Dumnonier, Atrebaten und Corieltauer. Mit ernsten Mienen begrüßten sie das icenische Königspaar; nachdem sich auch Prasutax, Boadicea und Aulus Plautius an

der Tafel niedergelassen hatten, erklärte der Statthalter: "Jetzt sind wir beinahe vollzählig. Bloß die Herrscher der Dobunnier und Cornovier fehlen noch."
"Und derjenige, der diese Zusammenkunft zu unser aller Leidwesen nötig machte!" stieß der König der Belger erbittert hervor.
"Du meinst Suetonius Paulinus, den so hoch in der Gunst Neros stehenden Intriganten!" Unvermittelt schien Aulus Plautius seine Spannkraft wiedergewonnen zu haben. "Er wird sich gewiß nicht eher zu uns gesellen, als er muß. Erst wenn die Stunde seines schändlichen Triumphes gekommen ist, wird er auftauchen..."
Der Statthalter verstummte, weil zwei Bedienstete, die aus dem Vorzimmer hereingekommen waren, Trinkschalen vor dem icenischen Herrscherpaar abstellten und sie mit Wein füllten; als die Diener wieder verschwunden waren, fuhr Aulus Plautius fort: "Doch bis Suetonius Paulinus erscheint, können wir es uns immerhin noch gutgehen lassen. Tut also dem Falerner Ehre an, meine Freunde! Es ist der beste Tropfen, den ich im Keller habe - erfreut euch an seinem Geschmack und nehmt den Genuß als kleine Entschädigung dafür, daß ich euch aus solch schlimmem Anlaß nach Londinium entbieten mußte."
Damit hob der Statthalter seine Weinschale und trank den Foederaten-Königen zu; schweigend taten die Stammesherrscher ihm Bescheid, dann sagte Prasutax: "Meine Gattin und ich waren zutiefst erschrocken, als wir deine Nachricht erhielten. Und wir können noch immer kaum glauben, daß Nero..."
"Er pflegt bekanntlich über Leichen zu gehen, wenn ihm der Sinn danach steht", unterbrach Aulus Plautius den König. "Und in meinem Fall gefiel es ihm eben einmal mehr, genau das zu tun!"
"Gab es denn gar keine Möglichkeit, das Verhängnis abzuwenden?" erkundigte sich Boadicea.
Wie geistesabwesend starrte der Statthalter ins Leere, besann sich, schüttelte den Kopf. "Nein! Jeder Widerstand wäre aussichtslos gewesen. Der Imperator und seine Kreatur hatten alles perfekt geplant; sie ließen mir keine Chance. Zwar erfuhr ich von der Einschiffung sehr starker Truppenverbände drüben in Gallien, erhielt aber gleichzeitig irreführende Meldungen, wonach die Legionen ins nördliche Germanien gebracht werden sollten, um dort zu kämpfen. Auf diese Weise wurde ich genarrt, und dann kam der verheerende Schlag. Im Schutz der Nacht setzte Suetonius Paulinus mit sechzigtausend Mann auf unsere Insel über. Innerhalb weniger Stunden landeten seine zehn Legionen an der Küste des kentischen Stammesgebietes. Und was hätte ich da noch unternehmen können?! Meine eigenen Truppen mobilisieren und einen Verzweiflungskrieg führen?! Euch Foederaten mit hineinreißen?! All das, was wir gemeinsam aufgebaut haben, unter Bergen von Leichen begraben?!"
Boadiceas Augen weiteten sich vor Schreck. "Das wäre unverantwortlich gewesen!"

"Eben!" versetzte Aulus Plautius. "Und deshalb blieb mir nichts übrig, als vor der Bosheit meiner Feinde zu kapitulieren..."
Der Statthalter griff nach seiner Weinschale und trank gierig; auch während der folgenden Stunden, in denen sich die Stammesherrscher und ihr Gastgeber weiter über die katastrophale Entwicklung der Dinge austauschten, sprach Aulus Plautius dem Alkohol kräftig zu. Am Spätnachmittag schließlich trafen kurz hintereinander die Könige der Dobunnier und Cornovier ein - und bald nachdem die Dämmerung hereingebrochen war und ein Diener die Öllampen im Saal entzündet hatte, erschien der Mann, welcher einige Wochen zuvor mit zehn Legionen aus Gallien gekommen war: Suetonius Paulinus, der Günstling Neros.
Der Vertraute des Imperators zählte ungefähr fünfundvierzig Jahre; er war von athletischer Statur, besaß ein markantes Gesicht und trug unter dem purpurroten Feldherrnmantel einen goldbronzierten Brustpanzer. Im ersten Moment dachte Boadicea überrascht: Er sieht erstaunlich gut aus - dann jedoch fielen ihr sein stechender Blick und der verschlagene Zug um seinen Mund unangenehm auf. Zudem hatte Suetonius Paulinus etwas provozierend Arrogantes an sich, wie Boadicea und die übrigen Foederaten-Könige jetzt feststellten: Ohne sie oder den mitten unter ihnen sitzenden Aulus Plautius zu begrüßen, schritt Neros Günstling zum Kopfende der Tafel und ließ sich auf einem thronartigen Sessel dort nieder.
Die zehn Legionäre, welche das Gefolge von Suetonius Paulinus bildeten, stellten sich in zwei Reihen hinter ihm auf; erst als sich die Bewaffneten exakt ausgerichtet hatten, schien der Vertraute des Imperators Notiz von den Stammesherrschern und Aulus Plautius zu nehmen. Mit hochmütigem Ausdruck in den dunkelbraunen, durchdringenden Augen musterte er die Versammelten; plötzlich feixte er und sagte: "Ich nehme an, ihr Foederaten Roms, daß ihr durch meinen verehrten Vorgänger bereits ausführlich über meine Person, meine militärische Schlagkraft und den Zweck meines Hierseins informiert wurdet."
Keiner der Könige antwortete; Aulus Plautius aber, vom Falerner enthemmt, knurrte: "Ich konnte es mir in der Tat nicht verkneifen, meinen Gästen reinen Wein über dich einzuschenken!"
"Es sind wohl eher meine als deine Gäste", erwiderte Suetonius Paulinus mit zynischem Unterton; gleich darauf feixte er erneut und fuhr fort: "Doch lassen wir das - und was deine möglicherweise defätistische Redseligkeit angeht, so konnte sie mir nur nützen, statt mir zu schaden. Denn aufgrund deiner Tiraden wurde den Foederaten vermutlich sehr klar, was sie von mir zu erwarten haben, falls sie gegen den Stachel löcken."
"Das sind Töne, wie wir britannischen Herrscher sie bisher nicht unter dem Dach dieses Hauses vernahmen!" rief der König der Atrebaten empört aus.
"Dann wird es Zeit, daß ihr euch an meine Art gewöhnt!" gab ihm Suetonius Paulinus scharf heraus. "Denn ich bin der Herr hier im Palast, in der Stadt Londinium und in sämtlichen unter römischer Oberhoheit stehenden Stammesgebieten Britanniens! Ich habe hier auf dieser Insel

das Sagen, weil Nero, unser aller Imperator, Aulus Plautius von seinem Amt entband und mich zum neuen Statthalter ernannte! Und ganz wie Nero es mir befahl, werde ich Britannien auf Vordermann bringen! Ich werde die Insel, auf der bislang noch eine Menge im argen liegt, zu einer der ertragreichsten Provinzen des Imperiums machen - und dies, sofern es notwendig ist, auch gegen euren Widerstand!"

"Wenn es dir um ein Aufblühen unseres Landes geht, wirst du das Miteinander und nicht die Konfrontation mit uns Foederaten-Herrschern suchen müssen", meldete sich Boadicea zu Wort. "Auf diese Weise regierte Aulus Plautius, dessen große Leistungen du soeben zu Unrecht herabgewürdigt hast. Er erreichte, was Frieden und Wohlfahrt der Menschen hier im südlichen Britannien angeht, nämlich sehr viel - und ich rate dir dringend, seinem Beispiel zu folgen!"

"Richtig!" - "Gut gesprochen!" - "Dies ist der bewährte Weg, auf dem wir weitergehen müssen!" erklang es in der Runde der Könige; Aulus Plautius, der nahe bei Boadicea saß, beugte sich zu ihr hinüber und raunte ihr zu: "Hab Dank für das, was du sagtest. Aber ich fürchte, deine Ermahnung ist bei meinem so unendlich selbstherrlichen Nachfolger auf taube Ohren gestoßen."

Der entmachtete Statthalter hatte sich nicht getäuscht. Kaum war wieder Ruhe unter den Stammesherrschern eingekehrt, fixierte Suetonius Paulinus die Icener-Königin auf beinahe beleidigende Art und äußerte: "Ich wüßte nicht, daß ich dich um deinen Ratschlag gebeten hätte! Und außerdem bin ich höchst verwundert darüber, daß du, die du doch nur ein Weib bist..."

"Was soll das heißen?!" fuhr Prasutax auf. "Willst du etwa behaupten, meine Gemahlin besäße weniger Rechte als ein Mann?! Dem ist beileibe nicht so! Boadicea regiert den Volksstamm der Icener gemeinsam mit mir; wir tragen beide den goldenen Torques, und keiner von uns steht höher oder niedriger als der andere!"

Zwischen den Augenbrauen des neuen Statthalters hatte sich eine tiefe Zornfurche gebildet; nun schien es, als wollte er den König schroff angehen. Aber mit dem nächsten Lidschlag fand er seine Beherrschung wieder, feixte ein drittes Mal und erklärte: "In Rom wäre so etwas nicht möglich. Dort herrschen allein die von den Göttern dazu auserwählten Männer, und die Frauen begnügen sich damit, ihre Pflichten im Haushalt und bei der Erziehung der Kinder zu erfüllen."

"Falls sie nicht gerade Agrippina oder Messalina heißen und sich spezielleren Aktivitäten widmen", murmelte Aulus Plautius.

"Es wäre besser für dich, wenn du deine Zunge bezähmen würdest!" wies ihn Suetonius Paulinus zurecht; dann wandte er sich neuerlich Prasutax zu: "Selbstverständlich kannst du es mit deiner Gattin halten, wie du willst - doch was die Reformen betrifft, die ich hier in Britannien durchführen werde, verlange ich von dir und den anderen Foederaten unbedingte Loyalität!" Der Reihe nach fixierte er die konsternierten Stammeskönige. "Ich hoffe, ihr habt mich verstanden!"

Boadicea, die innerlich kochte, war versucht, sich abermals mit dem Statthalter anzulegen. Doch sie wußte, daß jedes weitere Wort angesichts der Verblendung dieses Mannes sinnlos gewesen wäre; deshalb schwieg sie. Ähnlich reagierten Prasutax und die meisten übrigen Herrscher; lediglich der König der Belger stieß, nachdem er kurz mit dem an seiner Seite sitzenden Atrebatenherrscher geflüstert hatte, hervor: "Reformen - was verstehst du darunter, Suetonius Paulinus?"
"Ich dachte, das machte ich euch bereits hinreichend klar", erwiderte der neue Statthalter. "Aber", wiederum das zynische Feixen, "ich will es euch gerne nochmals erläutern. - Die römische Provinz Britannien wirft viel zu niedrige Erträge an Gold, Silber, Getreide, Vieh, Bodenschätzen und sonstigen Naturalien ab, und dies muß sich schleunigst ändern!"
"Du möchtest also die Steuern erhöhen, welche die Volksstämme zu leisten haben?" fragte der Belger mit belegter Stimme.
"Unter anderem", entgegnete Suetonius Paulinus.
"Und was noch?!" erkundigte sich nun der atrebatische König.
"Es müssen zusätzliche Profitquellen erschlossen werden", antwortete der Statthalter. "Beispielsweise im Stammesgebiet der Dumnonier. Dort gibt es, wie ich hörte, reichhaltige Zinnvorkommen, die energischer als bisher ausgebeutet werden können."
"Wir haben einige Bergwerke, welche den Bedarf der südbritannischen Volksstämme gut decken", meldete sich jetzt der dumnonische Herrscher das Wort. "Doch weitere Schächte zu graben, wäre sehr aufwendig und auch gefährlich, denn das unterirdische Felsgestein in meinem Land ist häufig..."
"Unsinn!" unterbrach ihn Suetonius Paulinus. "Erfahrene römische Prospektoren werden die richtigen Plätze ausfindig machen und die Erschließung der neuen Minen beaufsichtigen."
"Und wer soll in diesen Gruben arbeiten?" fragte der Dumnonier.
"Sklaven", erwiderte der Statthalter.
Nun vermochte sich Boadicea beim besten Willen nicht mehr zurückzuhalten. "Wir Kelten lehnen die Sklaverei ab, denn sie ist unmenschlich und beleidigt die Götter!" rief sie aus. "Zudem gibt es eine Abmachung zwischen deinem Vorgänger und uns Foederaten-Königen, wonach Sklavenhandel und Sklavenarbeit in unseren Stammesgebieten verboten sind!"
"Das ist richtig", bestätigte Aulus Plautius. "Diese Vereinbarung war wesentliche Voraussetzung für die Friedensverträge, welche vor dem Britannien-Besuch des Imperators Claudius abgeschlossen wurden."
"Jetzt herrscht Nero!" schnappte Suetonius Paulinus. "Und wenn es ihm, respektive mir als seinem Stellvertreter auf dieser Insel beliebt, Bergwerkssklaven einzusetzen, wird niemand etwas dagegen unternehmen können!" Drohend starrte er Aulus Plautius und Boadicea an, dann richtete er den Blick wieder auf den dumnonischen Herrscher. "Du jedoch kannst beruhigt sein. Ich habe nämlich nicht vor, die neuen Erzgruben in deinem Land von britannischen Sklaven ausbeuten zu

lassen. Vielmehr sollen kriegsgefangene Germanen und gallische Kettensträflinge das Zinn abbauen - und damit bist du gewiß einverstanden, oder?!"
Der Dumnonier senkte den Kopf; Suetonius Paulinus schaute in die Runde und wollte wissen: "Sonst noch Fragen?!"
Die Könige blieben stumm; der Statthalter feixte, kaum merklich, ein weiteres Mal - im nächsten Moment stand er mit abrupter Bewegung von seinem Thronsessel auf und sagte: "Sehr gut - offenbar ist alles geklärt! Ich danke euch für eure Einsicht und werde mich nun, wenn ihr gestattet, wieder in meine Gemächer zurückziehen."
Von den Legionären eskortiert, verließ Suetonius Paulinus den Saal; die Foederaten-Herrscher blieben noch einige Zeit mit Aulus Plautius zusammen. Bedrückt tauschten sie sich mit dem entmachteten Statthalter über das Benehmen und die Pläne von Suetonius Paulinus aus; schließlich suchten auch sie ihre Schlafräume in den oberen Stockwerken des Palastes auf.
Schon am nächsten Morgen verließen die Könige Londinium wieder, keiner von ihnen wollte länger als unbedingt nötig in der Römerstadt an der Tamesis bleiben. Ungeachtet dessen empfanden Prasutax und Boadicea beim Abschied von Aulus Plautius Wehmut; der Mittfünfziger spürte es und versuchte das icenische Herrscherpaar auf etwas unbeholfene Art zu trösten. "Wie ihr ja wißt, werde ich Londinium ebenfalls bald verlassen", sagte er. "Ich und das Gros meiner Truppen setzen vorerst nach Gallien über; wohin uns der Imperator später sendet, werden wir sehen. Vielleicht ins Partherreich, vielleicht nach Judäa, vielleicht ins nordwestliche, noch kaum befriedete Germanien. Und so betrachtet, habt ihr beiden es bedeutend besser als ich, denn ihr könnt weiterhin hier in eurer Heimat leben."
Mit verspannten Lippen nickte Boadicea; wortlos umarmte sie den Mann, der einst, auf dem Schlachtfeld, ihr Todfeind gewesen war und sich im Lauf der folgenden sechzehn Jahre dank seiner auf Ausgleich und Versöhnung bedachten Politik ihre Achtung erworben hatte. Auch Prasutax zog den Mittfünfziger an seine Brust; danach bestieg das Königspaar die Streitwagen, und die Rösser trabten davon - die Alleestraße entlang, über deren Pflaster der naßkalte Herbstwind auch heute wieder das abgestorbene Laub fegte.

***

Als der icenische Wagen- und Reiterzug nach eineinhalbwöchiger Reise im Heimatgau anlangte und am diesigen Horizont die Silhouette des großen Duns sichtbar wurde, atmete Boadicea tief und wie erlöst durch. Die seelische Beklommenheit, welche sie seit jenem Abend mit Suetonius Paulinus nie ganz abzuschütteln vermocht hatte, schien endlich von ihr zu weichen; froh rief sie Prasutax, der schräg hinter ihr fuhr, zu: "Bald sind wir zuhause!"
"Ich kann es kaum mehr erwarten", antwortete ihr Gemahl. "Und wenn ich daran denke, wie Ailme sich freuen..."

Unvermittelt brach er ab, beschattete die Augen mit der Hand und spähte nach Norden; gleich darauf stieß er hervor: "Auf der Römerstraße südlich der Festung bewegt sich etwas! Es müssen zahlreiche Menschen und Tiere sein, eine lange Kolonne..."
Jetzt, da Prasutax sie aufmerksam gemacht hatte, erkannte auch Boadicea die Marschsäule in der Ferne. Einen Moment starrte sie verblüfft in die Richtung des Duns, dann sagte sie zu ihrem Gatten, dessen Gespann mittlerweile zu ihrem aufgeschlossen hatte: "Es kann sich eigentlich nur um Legionäre handeln."
"Höchstwahrscheinlich", erwiderte Prasutax. "Es muß die Kohorte sein, die in Venta Icenorum stationiert ist."
Nach einer halben Stunde stellte sich heraus, daß der König richtig vermutet hatte. Etwa drei Meilen vom Dun entfernt traf der Wagen- und Reiterzug auf die sechs Centurien aus dem örtlichen Militärlager, die von Sergius Callus angeführt wurden.
Als der Tribun sein Pferd zwischen den beiden Streitwagen zügelte, kehrte Boadiceas innere Beklemmung mit einem Schlag zurück. Denn Sergius Callus, der bei ihrer letzten Begegnung vor gut drei Wochen trotz des politischen Umschwungs ausgeglichen und besonnen gewesen war, wirkte nun - ähnlich wie Aulus Plautius - resigniert und müde. Seine Augen lagen tief in den Höhlen, an seinen Mundwinkeln hatten sich bittere Furchen eingegraben, und als er sagte: "So sehen wir uns also doch noch einmal...", klang seine Stimme brüchig.
"Was ist passiert?!" erkundigte sich Prasutax. "Warum ziehst du mit deinen Männern ab?"
"Weil gestern ein Eilkurier von Suetonius Paulinus mit einem entsprechenden Befehl ankam", entgegnete der Tribun.
"Das muß der Reiter gewesen sein, der vor vier Tagen wie ein Irrer an uns vorbeijagte", warf der Rosselenker des Königs ein.
Prasutax nickte, dann erinnerte er sich an die Abschiedssätze von Aulus Plautius, begriff die Zusammenhänge und fragte Sergius Callus: "Du marschierst mit deiner Truppe nach Londinium, wo ihr eingeschifft werden sollt, nicht wahr?"
"Ja", bestätigte der Tribun. "Und bestimmt haben Tullius Vedius in Camulodunum und die übrigen kommandierenden Offiziere in den Städten und Militärlagern Britanniens unterdessen dieselbe Order erhalten..." In einem Anfall ohnmächtiger Wut umkrampfte er seinen Schwertgriff. "Wir alle, die wir mit Aulus Plautius an einem Strang zogen, werden jetzt abgeschoben! Und mit uns die Mannschaften, die Suetonius Paulinus nicht mehr benötigt, weil er seine eigenen Legionen ins Land brachte." Er löste die Hand wieder vom Griff seiner Waffe, umklammerte statt dessen wie haltsuchend das Sattelhorn. "Nur ein paar meiner Leute, fünf Decurien, durften in Venta Icenorum bleiben, um dort die Stellung zu halten, bis die neuen Truppen eintreffen. Wir anderen aber werden über das Meer nach Gallien gebracht und gehen von dort aus einem ungewissen Schicksal entgegen..."

"Aulus Plautius sprach vom Partherreich, Judäa oder Germanien", murmelte Prasutax.
"Und der Bote von Suetonius Paulinus deutete etwas von Moesien im Nordosten des Imperiums an", versetzte Sergius Callus. "Es wird gemunkelt, daß Nero dort verschiedene Volksstämme zwangsweise umsiedeln lassen möchte..." Der Tribun starrte einen Moment wie geistesabwesend vor sich hin und fuhr fort: "Doch lassen wir das. Erzählt mir lieber, wie es euch in Londinium erging. Ich hoffe, der neue Statthalter brüskierte wenigstens euch nicht allzusehr."
"Er legte es eindeutig darauf an", antwortete Boadicea; sodann berichtete sie Sergius Callus kurz, was sich in der Stadt an der Tamesis zugetragen hatte, und schloß: "Wenn Suetonius Paulinus glaubt, die Oberherrschaft in Britannien wie ein Despot ausüben zu müssen, wird es in den Stammesgebieten viel böses Blut geben - und es könnte sogar zu Aufständen kommen!"
"Laßt euch nicht provozieren!" warnte der Tribun. "Womöglich beabsichtigt Suetonius Paulinus nämlich genau das!"
"Wir werden deinen Rat beherzigen", versprach Prasutax.
"Tut das bitte! Um eurer selbst willen! Das sage ich euch als Freund, der..." Sergius Callus verlor die Beherrschung; ein rauher, schluchzender Ton drang aus seiner Kehle, wie verstört schüttelte er den Kopf. Dann stieß er noch hervor: "Lebt wohl!", riß sein Pferd herum, trieb es zum Galopp an und sprengte zur Spitze seiner Kohorte, deren vorderste Einheiten unterdessen am Wagen- und Reiterzug der Icener vorbeimarschiert waren. Prasutax, Boadicea und ihre Krieger verharrten an Ort und Stelle, bis auch die übrigen Truppenteile und der Troß des Militärverbandes vorüber waren; erst danach wies der König seinen Rosselenker an: "Fahr weiter!"
Eine halbe Stunde später erreichte der icenische Wagen- und Reiterzug die Ringwallfestung; am Tor warteten Ailme sowie die im Dun lebenden Druiden und Adelskrieger. Nachdem Prasutax und Boadicea ihre Tochter umarmt hatten, wandte sich der König an Swyedydd und beschied ihn: "Wir müssen sofort eine Ratsversammlung abhalten!"
Der Pendruid, dessen Antlitz trotz der Wiedersehensfreude sorgenvoll wirkte, nickte; gleich darauf schritten die Herrscherfamilie und die Edlen zur Großen Halle. Dort erzählten Prasutax und Boadicea ausführlich von den Geschehnissen in Londinium. Betroffen lauschten ihnen die Druiden und Adelskrieger; zuletzt, als das Königspaar mit seinem Bericht zu Ende gekommen war, äußerte sich Swyedydd ähnlich wie zwei Stunden zuvor der scheidende Sergius Callus: "Suetonius Paulinus hat gleich bei der ersten Zusammenkunft mit euch Foederaten-Herrschern bewiesen, daß er kein Freund von uns Britanniern ist. Er ist offenbar nicht gewillt, das Miteinander zwischen Kelten und Römern zu suchen, sondern sein Benehmen und seine Ankündigungen zielten zweifellos auf Konfrontation ab. Auf gar keinen Fall jedoch dürfen wir uns dadurch zu unüberlegten Schritten verleiten lassen; vielmehr müssen wir gerade jetzt kühles Blut bewahren, sonst könnten die Folgen verheerend für uns sein!"

"Was genau könnte der neue Statthalter durch sein Verhalten bezwecken?" fragte einer der Edlen.
"Wenn irgendwo Unruhen ausbrechen würden, wäre Suetonius Paulinus gewiß schnell mit übermächtigen Militäreinheiten zur Stelle", erwiderte der Pendruid. "Im Zuge einer solchen Strafexpedition würde es ihm leichtfallen, den betreffenden Volksstamm unter direkte römische Herrschaft zu bringen - und für die Stammesangehörigen würde dies Knechtschaft unter der Knute irgendeines hohen Offiziers oder sogar Sklaverei bedeuten!"
Swyedydd schaute sinnend vor sich hin, dann fuhr er fort: "Womöglich plant der Günstling Neros aber auch, zumindest anfangs etwas weniger brutal vorzugehen. Seine Absicht, weitere Bergwerke auf den Ländereien der Dumnonier zu erschließen und kriegsgefangene Germanen sowie gallische Kettensträflinge als Zwangsarbeiter in den Erzgruben einzusetzen, könnte darauf hindeuten. Auf diese Weise führt er die Sklaverei dort, wo es sie bisher nicht gab, zunächst einmal ein - und sollten die entrechteten fremdländischen Arbeitskräfte nicht mehr ausreichen, was Suetonius Paulinus problemlos steuern könnte, wäre seine nächste infame Maßnahme wohl die, dumnonische Bauern zu versklaven und sie in die Bergwerke zu verschleppen."
Für eine Weile herrschte bedrücktes Schweigen in der Halle; schließlich sagte Boadicea: "Durch den Machtwechsel in Londinium sind wir in eine außerordentlich prekäre Lage geraten. Denn einerseits dürfen wir uns von dem neuen Statthalter nicht provozieren lassen - andererseits wäre es unverantwortlich, feige stillzuhalten, wenn Suetonius Paulinus Verbrechen in der Art begeht, wie du, Swyedydd, sie eben angesprochen hast."
"So ist es", stimmte ihr der Pendruid zu. "Und je mehr ich über unsere Situation nachdenke, desto klarer wird mir: In Zukunft werden wir schwierige Gratwanderungen meistern müssen!"
Neuerlich blieb es für einen Moment still, dann kam es von Ailme: "Wie schwer der Weg für uns wird, hängt sicher auch vom Charakter der Offiziere ab, die künftig in den Kohorten-Lagern unseres Landes stationiert sein werden."
"Richtig", pflichtete Prasutax seiner Tochter bei. "Und insbesondere wird es auf den Nachfolger von Sergius Callus ankommen. Wenn dieser Mann ähnlich bösartig wie der Statthalter ist, haben wir das Schlimmste zu befürchten. Zeigt er aber Vernunft, so dürfen wir vielleicht doch noch hoffen."
"Laßt uns also abwarten, wie sich die Dinge entwickeln", äußerte Boadicea, die sich nach den Worten ihres Gatten ein wenig leichter fühlte. "Lange wird es ja vermutlich nicht dauern, bis die Ersatztruppen eintreffen; danach werden wir weitersehen..."
Die Königin sollte mit ihrer Einschätzung recht behalten. Schon kurz vor Alban Arthuan langten die drei Kohorten, welche die abgezogenen Militäreinheiten ersetzen sollten, im icenischen Stammesgebiet an. Sechs Centurien blieben im Armeelager an der Grenze zu den trinovantischen Ländereien; sechs Hundertschaften bezogen die in Reih und Glied

angeordneten Ziegelhäuser der römischen Befestigungsanlage, die auf halbem Weg zwischen der Südgrenze und dem Herrscher-Dun lag; die dritte Kohorte schließlich quartierte sich in den Gebäuden der Militärstadt am Rand von Venta Icenorum ein.
Der Befehlshaber dieser am besten ausgerüsteten Einheit übernahm den kleinen Palast auf dem Forum der Zivilstadt, in dem bis vor kurzem noch Sergius Callus residiert hatte - und bereits am nächsten Tag kam ein Bote des neuen Tribuns in die Ringwallfestung, um das Königspaar zu einer Unterredung nach Venta Icenorum zu entbieten.
Prasutax und Boadicea ritten in Begleitung Ailmes zu dem Treffen; alle drei wirkten in sich gekehrt, denn sie wußten um die Schicksalhaftigkeit der Zusammenkunft. Als die Stute der achtzehnjährigen Königstochter auf dem Marktplatz der Stadt vor einer plötzlich hinter einem Karren aufflatternden Krähe scheute, schoß es Prasutax durch den Kopf: Das könnte ein böses Omen gewesen sein! Aber wenig später, als der König und seine Begleiterinnen vor dem Palastgebäude absaßen, erlebten sie eine angenehme Überraschung - denn die beiden Offiziere, die im selben Moment ins Freie traten, um die Herrscherfamilie zu begrüßen, erweckten einen durchaus freundlichen Eindruck.
Der Ältere - er war von fülliger Gestalt, auffallend dunkelhäutig und um die vierzig Jahre alt - stellte sich als Flavius Caecina vor und fügte hinzu: "Ich bin der Tribun, den Suetonius Paulinus zum Nachfolger von Sergius Callus hier in Venta Icenorum bestimmt hat - und ich hoffe, wir werden konstruktiv zusammenarbeiten."
Bevor Prasutax oder Boadicea etwas erwidern konnten, sagte der jüngere, ungefähr fünfundzwanzigjährige Offizier, der mit seinem lockigen braunen Haar, den eher keltisch als römisch anmutenden blauen Augen und den markanten Gesichtszügen ausnehmend gut aussah, mit strahlendem Lächeln zu Ailme: "Mit dir könnte ich mich stundenlang über gewisse Dinge austauschen! Denn du bist dermaßen hübsch, daß ich mich frage, ob du vielleicht eine Fee..."
"Und du bist der frechste Kerl, der mir je begegnet ist!" fiel ihm Ailme ins Wort; zugleich errötete sie bis über beide Ohren.
"Nimm meinem Centurio sein Verhalten nicht übel!" wandte sich nunmehr Flavius Caecina an die Königstochter. "Verticus Gallus ist eben so, und man sollte..."
"Er ist ein gewissenloser Frauenheld, kein Zweifel!" unterbrach Ailme den Tribun.
"Davon ist mir nichts bekannt!" beteuerte Flavius Caecina schmunzelnd. "Doch das Herz liegt Verticus oft auf der Zunge, und deshalb tappt er zuweilen ins Fettnäpfchen."
"So..." kam es zögerlich von Ailme, wobei sie den Blick verstohlen auf den jungen Centurio richtete - und die Augen, als er ihr zuzwinkerte, blitzschnell wieder abwandte.
Jetzt mischte sich Boadicea ein: "Vielleicht, Tribun, sollten wir nicht weiter hier vor dem Palast..."

"Verzeih!" erwiderte Flavius Caecina. "Ich hätte euch längst hereinbitten müssen..." Er machte eine einladende Geste. "Kommt ins Haus, wo bereits alles für ein Gastmahl vorbereitet ist."
Das Essen der Königsfamilie mit den beiden Offizieren verlief in angenehmer Atmosphäre. Flavius Caecina und Verticus Gallus, der als Adjutant und Stellvertreter des Kohorten-Kommandeurs fungierte, kümmerten sich aufmerksam um ihre Gäste und bemühten sich, ihr Vertrauen zu gewinnen; mehrmals beteuerten sie, daß ihnen sehr daran gelegen sei, das zu bewahren, was Prasutax, Boadicea und Sergius Callus in gedeihlichem Miteinander aufgebaut hätten. Auf diese Weise zerstreuten der Tribun und der Centurio einen Teil der Befürchtungen, welche das Königspaar und dessen Tochter seit Wochen gehegt hatten - und als Flavius Caecina beim Nachtisch sogar kaum verhohlene Kritik am Charakter des neuen Statthalters äußerte, gab auch Boadicea ihre bisherige Zurückhaltung in diesem Punkt auf und fragte ganz offen: "Wie es scheint, bist du nicht gerade ein Freund von Suetonius Paulinus, oder?"
"So könnte man es ausdrücken", antwortete der Tribun.
"Und wieso übertrug der Statthalter dann gerade dir den wichtigen Posten hier in Venta Icenorum?" erkundigte sich nunmehr Prasutax.
"Weil er recht wenig über mich weiß", erwiderte Flavius Caecina mit feinem Lächeln. "Ihm ist lediglich bekannt, daß ich als Militärführer und Verwaltungsfachmann bereits einiges auf der Iberischen Halbinsel leistete. Dort nämlich war meine Legion, deren Kohorten jetzt in eurem Stammesgebiet sowie bei den Trinovanten und Catuvellaunern stationiert sind, ursprünglich beheimatet. Erst vor einigen Monaten wurden wir nach Gallien beordert und Suetonius Paulinus unterstellt, um mit ihm nach Britannien überzusetzen - und als der neue Statthalter mich kürzlich zum Befehlshaber in Venta Icenorum ernannte, ahnte er nicht, daß er den Posten einem Verwandten seines von Nero so rüde zurückgesetzten Vorgängers anvertraut hatte..."
"Nicht möglich!" entfuhr es Boadicea. "Du bist..."
"Ein Großneffe von Aulus Plautius aus dem iberischen Zweig unserer Familie", nickte der Tribun. "Und nun begreift ihr wohl, warum ich nicht gut auf Suetonius Paulinus zu sprechen bin."
Prasutax hob seine Weinschale. "Meine Gemahlin, meine Tochter und ich kamen mit gewissen Vorbehalten gegen dich und deine Offiziere in die Stadt - doch jetzt sind sie restlos ausgeräumt. Laßt uns darauf trinken!"
Nachdem man miteinander angestoßen hatte, erklärte Flavius Caecina: "Ich versichere euch, daß die Menschen hier in den icenischen Nordgauen keinerlei Übergriffe durch meine Truppen zu befürchten haben. Dasselbe gilt für die Gaue im Südteil eures Stammesgebietes, denn die Kohorten-Kommandeure, welche dort das Sagen haben, stehen unter meinem Oberbefehl."
"Wenn es sich so verhält, werden wir mit dir ebenso freundschaftlich wie mit Sergius Callus zusammenarbeiten können", kam es von Boadicea; in der Folge dann verlief die Unterhaltung völlig ungezwungen und manchmal

fast heiter. Letzteres galt insbesondere für Ailme und den jungen Centurio Verticus Gallus; die beiden vertrugen sich nun immer besser und schienen großen Gefallen daran zu finden, einander zu necken. Als sich die Königsfamilie kurz vor Anbruch der Abenddämmerung verabschiedete, nahm Ailme sogar ein kleines Geschenk von Verticus Gallus an, das er für sie aus seinem Quartier im Oberstock des Palastes geholt hatte: eine hübsche gallische Gewandfibel aus Bronze, die er vor drei Monaten aus einer Laune heraus in Lutetia erstanden hatte, wie er ihr erklärte.
Während des Heimritts zur Ringwallfestung tastete die rothaarige Königstochter mehrmals nach der Bronzefibel in ihrer Gürteltasche; Prasutax und Boadicea wiederum tauschten sich angeregt über das erfreuliche Ergebnis ihres ersten Treffens mit Flavius Caecina aus. In der Großen Halle des Duns sodann erfuhren auch die Druiden und Adelskrieger, was in Venta Icenorum vereinbart worden war - und nachdem das Herrscherpaar die Edlen informiert hatte, sagte Swyedydd: "Das oft unergründliche Schicksal sorgte dafür, daß uns allen eine schwere Last von der Seele genommen wurde. In Gestalt des neuen Tribuns wird der versöhnliche Geist von Aulus Plautius und Sergius Callus fortwirken. Er wird weiterleben, und damit kann - zumindest in unserem Land - der innere Friede bewahrt bleiben."

***

Im Lauf der folgenden Monate bewahrheiteten sich die Worte des Pendruid. Im Stammesgebiet der Icener gingen die Dinge ihren gewohnten Gang - anderswo aber kam es aufgrund der aggressiven Politik von Suetonius Paulinus sehr bald zu schweren Spannungen.
Kurz nach Imbolc des neuen Jahres berichtete ein trinovantischer Händler, der drei Frachtwagen voller Wein- und Ölamphoren von Londinium nach Venta Icenorum gebracht hatte, von römischen Übergriffen in Dutzenden catuvellaunischer Dörfer. Steuereintreiber des Statthalters, die stets in Begleitung starker Militäreinheiten aufgetreten waren, hatten den keltischen Bauern vorgeworfen, in der Vergangenheit zu niedrige Abgaben geleistet zu haben; anschließend waren die Getreidespeicher der Höfe gewaltsam ausgeräumt worden, und die Steuerbeamten hatten den Bauernfamilien gerade so viel Korn gelassen wie für die Frühlingsaussaat nötig war.
Als Prasutax, Boadicea und Ailme davon erfuhren, waren sie schockiert; sie konnten sich ausmalen, welch bitteren Hunger die Catuvellauner, die jetzt kein Brotgetreide mehr besaßen, bis zur neuen Ernte leiden mußten. Und bald trafen weitere Nachrichten über Willkürakte ein, die Suetonius Paulinus zu verantworten hatte; immer schlimmere Botschaften, welche das Entsetzen und damit den Unmut der icenischen Königsfamilie noch steigerten.
Im äußersten Südosten Britanniens, wo die Kenten seit der Römerinvasion vor einem halben Menschenalter ohne eigenen Stammesherrscher lebten, ließ der Statthalter ausgedehnte Ländereien beschlagnahmen. Bis dahin hatten sich diese Güter noch im Besitz von Verwandten des letzten

Kentenkönigs Moriand befunden, der ebenso wie Cunobelinos in der großen Schlacht nördlich von Londinium gefallen war; nun wurden diese Adligen vertrieben und ihre Latifundien als Reichseigentum deklariert, so daß Suetonius Paulinus die Ländereien und die auf ihnen ansässigen Bauern, Fischer und Handwerker ganz nach seinem Gutdünken ausbeuten konnte.

Ähnlich ging der Statthalter in den Stammesgebieten der Catuvellauner und Trinovanten vor. Ausgerechnet am Frühjahrsfest Alban Ailyr, als niemand etwas Böses ahnte, drangen römische Offiziere an der Spitze schwerbewaffneter Hundertschaften in die Duns von mehr als dreißig Häuptlingen und Adelskriegern ein und bezichtigten diese Edlen, heimlich einen Aufstand gegen das Imperium vorbereitet zu haben. Obwohl die Adligen ihre Unschuld beteuerten und die Götter zu Zeugen für die Wahrheit ihrer Worte anriefen, wurden sie und ihre Familienangehörigen festgenommen und nach Londinium gebracht. Dort ließ Suetonius Paulinus die keltischen Adelsfamilien für einige Tage einkerkern und sie anschließend nach Gallien deportieren; die ehemaligen Untertanen der entrechteten Edlen stöhnten zu dieser Zeit bereits unter den Knuten der vom Statthalter eingesetzten Aufseher und Steuerbüttel.

Kaum war die Kunde von der Entmachtung der catuvellaunischen und trinovantischen Adligen im icenischen Königs-Dun eingetroffen, ritten Prasutax, Boadicea und Ailme nach Venta Icenorum, um mit Flavius Caecina und Verticus Gallus über den neuesten Willkürakt von Suetonius Paulinus zu sprechen.

"Die Schandtat, zu der sich der Statthalter diesmal verstiegen hat, stellt alles bisherige in den Schatten!" stieß Prasutax hervor, nachdem die Königsfamilie und die beiden römischen Offiziere an der Tafel im Palast des Tribuns Platz genommen hatten.

Verticus Gallus, der neben Ailme saß, nickte bedrückt; Flavius Caecina erwiderte: "Suetonius Paulinus und sein Helfershelfer Catus Decianus werden noch die ganze Provinz Britannien in Aufruhr versetzen, wenn sie so weitermachen."

"Catus Decianus?" erkundigte sich Boadicea. "Wer ist das?"

"Ein korrupter Günstling Neros, ganz wie der Statthalter", antwortete Flavius Caecina. "Bis vor kurzem fungierte er als Oberster Steuereintreiber Nordgalliens; dann ernannte ihn Nero zum Procurator hier in Britannien, und seit etwa einem Monat residiert Catus Decianus als Oberhaupt der römischen Zivilverwaltung und damit als Stellvertreter von Suetonius Paulinus in Londinium." Der Tribun trank einen Schluck Wein, verzog wie angewidert den Mund und fuhr fort: "Sowohl der Statthalter als auch sein Procurator sind Männer, die, wie die Ereignisse der letzten Zeit beweisen, nur eins im Sinn haben: die Foederaten-Stämme mehr und mehr zu verknechten und die britannische Provinz zu ihrem eigenen und natürlich auch zu Neros Vorteil auszusaugen. Und weil dies ganz eindeutig ihre Absicht ist, befürchte ich, daß alles zerstört werden könnte, was mein Großonkel Aulus Plautius aufgebaut hat."

Nachdem Flavius Caecina geendet hatte, herrschte bedrücktes Schweigen an der Tafel; schließlich fragte Boadicea: "Besteht deiner Einschätzung nach auch für uns Icener Gefahr?"
Der Tribun nagte an seiner Unterlippe, dann erwiderte er: "Vor einem Vierteljahr versprach ich euch, mich nach Kräften für die Erhaltung des inneren Friedens im hiesigen Stammesgebiet einzusetzen - und mein Wort gilt nach wie vor. Die von mir befehligten Truppen werden sich keinerlei Übergriffe erlauben, das versichere ich euch hiermit noch einmal. Doch falls Suetonius Paulinus und Catus Decianus es darauf anlegen und womöglich zusätzliche Militäreinheiten unter dem Kommando skrupelloser Offiziere hierher verlegen..."
"Sollten sie das wagen, werden wir uns zu wehren wissen!" unterbrach Prasutax den Tribun. "Der Foederaten-Vertrag, den wir mit Aulus Plautius abschlossen und der von Neros Vorgänger Claudius bestätigt wurde, besagt, daß nicht mehr als drei Kohorten in unserem Stammesgebiet stationiert werden dürfen! Und von Steuerbütteln, Willkürmaßnahmen, Einschränkung der Königsmacht, Verknechtung unseres Volksstammes oder gar Sklaverei ist in dem Abkommen mitnichten die Rede!"
"Richtig!" pflichtete Boadicea ihrem Gemahl bei; Ailme wiederum beteuerte mit blitzenden Augen: "Wenn nötig, würden wir die Waffen ergreifen und für unsere Freiheit kämpfen!"
Im nächsten Moment schien die Königstochter ihren Ausspruch zu bereuen. Sie warf dem neben ihr sitzenden Verticus Gallus einen entschuldigenden Blick zu und lenkte ein: "Aber ich hoffe inständig, so weit wird es nicht kommen. Denn ein Krieg würde grausames Leid über uns alle bringen."
"So ist es!" stimmte Prasutax seiner Zweitgeborenen zu. "Und deshalb müssen wir einen anderen Weg finden, um uns zu schützen. Die Frage ist nur, wie wir das schaffen könnten..."
Verstohlen tastete Verticus Gallus unter der Tischplatte nach Ailmes Hand; während sich seine und ihre Finger zärtlich verflochten, sagte er: "Vielleicht würde ja schon eine kleine Demonstration der icenischen Kampfkraft genügen, um den Statthalter und den Procurator von unüberlegten Schritten abzuhalten."
Prasutax beugte sich vor. "Wie meinst du das? Erkläre dich genauer!"
"Ich denke an Kampfspiele, welche den besten Kriegern eures Stammes die Gelegenheit geben würden, ihre Waffenkunst unter Beweis zu stellen", beschied ihn der Centurio. "Insbesondere eure Wagenkämpfer und Reiterkrieger sollten dabei ihr Können zeigen; ihre überragenden Fähigkeiten im Einzelkampf, welche den Legionären in der Vergangenheit oft genug Furcht und Schrecken einjagten. Und wenn die Kunde von den Waffenspielen nach Londinium gelangt, müßten Suetonius Paulinus und Catus Decianus doch eigentlich zur Vernunft kommen."
"Das ist eine ausgezeichnete Idee!" unterstützte Flavius Caecina den Vorschlag seines Adjutanten. "Bestimmt würden der Statthalter und sein Helfershelfer die Botschaft verstehen..." Er besann sich. "Allerdings dürfte

die Machtdemonstration keinen allzu provokativen Charakter tragen, müßte vielmehr aus scheinbar unverfänglichem Anlaß heraus erfolgen..."
"An Beltane ergäbe sich eine solche Möglichkeit", kam es von Boadicea. "Denn an diesem Fest wurden früher häufig Kampfspiele zu Ehren der Götter veranstaltet, und wir könnten diese alte Tradition ohne weiteres wiederaufleben lassen."
"Genau das werden wir tun!" nickte Prasutax. "Bis Beltane haben wir noch vier Wochen - ausreichend Zeit, um die gewandtesten Wagen- und Reiterkrieger unseres Volkstammes zum Wettkampf in unseren Dun zu entbieten. Und dann sollt ihr römischen Offiziere, die ihr selbstverständlich ebenfalls eingeladen seid, keltische Waffenkunst in höchster Vollendung zu sehen bekommen. Denn unsere Häuptlinge und Adelskrieger werden angesichts der Tatsache, daß ich mich persönlich mit ihnen messen werde, zweifellos ihr Bestes geben."
"Sie sollen nicht nur mit dir, sondern auch mit mir wetteifern!" rief Ailme aus. "Bitte schlage es mir nicht ab! Du weißt, was ich mit meinem Rossegespann leiste!"
"Ich denke, du wirst dich im Kampfspiel bewähren", antwortete Prasutax lächelnd. "Und du, Verticus", er zwinkerte dem Centurio zu, "teilst vermutlich meine Einschätzung, oder?"
"Unbedingt!" beteuerte Verticus Gallus schmunzelnd. "Schon allein durch ihre Schönheit nämlich wird deine Tochter alle ihre Gegner heillos verwirren."
"Du bist ein ganz schrecklicher Schmeichler", tadelte Ailme den jungen Centurio in zärtlichem Tonfall. "Aber ich sehe es dir noch einmal nach, weil du uns den wirklich hilfreichen Vorschlag mit den Waffenspielen machtest."
"Wollen wir hoffen, daß wir mit unserer friedlichen Machtdemonstration Erfolg haben", äußerte Boadicea; anschließend tauschten sich die Königsfamilie und die beiden Offiziere noch geraume Zeit über die Einzelheiten ihres Vorhabens aus - und zuletzt versprach Flavius Caecina, dem Statthalter nach den Wettkämpfen einen Bericht zu senden, in dem er die Waffenkunst der Icener entsprechend herausstellen wollte, um Suetonius Paulinus auf diese Weise indirekt vor etwaigen Übergriffen zu warnen.
Erst in der Abenddämmerung verabschiedeten sich Prasutax, Boadicea und Ailme von ihren Gastgebern und kehrten in die Ringwallfestung zurück. Am folgenden Morgen sodann verließen zahlreiche Reitboten den Dun, um die Häuptlinge und Adelskrieger aus den verschiedenen Gauen des Icenerlandes zu den Waffenspielen zu laden. Das Königspaar schaute den Kurieren vom Palisadenwall aus nach; als die letzten Berittenen am Horizont verschwanden, sagte Boadicea zu ihrem Gatten: "Irgendwie habe ich das Gefühl, daß bis Beltane noch weitere schlimme Nachrichten eintreffen werden."
Darin hatte sich die Königin nicht getäuscht. Denn schon eineinhalb Wochen später tauchte nachts eine Schar völlig verstörter Catuvellauner vor dem Festungstor auf; es handelte sich um Bauernfamilien, die aus der

Gegend nordöstlich von Verulamium geflohen waren - und was ihr Sprecher kurz darauf in der Großen Halle erzählte, löste bei den icenischen Edlen tiefe Betroffenheit und Zorn aus.
"Wir lebten auf mehreren Einödhöfen, die auf dem bewaldeten Kamm eines Höhenzuges stehen", berichtete der grauhaarige Catuvellauner. "Zu Füßen des Hügels liegt das ausgedehnte Dorf mit dem verwaisten Dun, in dem bis vor kurzem unser Häuptling regierte. An Alban Ailyr verschleppten die Römer ihn und die Seinen, und jetzt fielen sie erneut über die Ansiedlung her. Von unseren Waldhöfen aus sahen wir, wie die Kolonnen der Legionäre scheinbar friedlich in einiger Entfernung an dem Dorf vorüberzogen - dann jedoch plötzlich ausschwärmten und die Ansiedlung umzingelten. Als die Römer angriffen, wurden einzelne Krieger, die Widerstand zu leisten versuchten, erbarmungslos niedergemacht; die übrigen Dorfbewohner wurden von den Legionären auf dem Anger zusammengetrieben. Anschließend sonderten die Römer alle alten und schwachen Menschen aus und jagten sie weg; die anderen schlugen sie in Ketten und führten sie samt ihren Kindern nach Südwesten davon."
"Vermutlich wurden sie nach Londinium gebracht, um dort auf dem Sklavenmarkt verkauft zu werden", stieß Prasutax hervor.
"Das glaube ich auch", bestätigte der Catuvellauner. "Und wahrscheinlich haben die Legionäre auf ihrem Marsch zur Tamesis noch weitere Ansiedlungen heimgesucht..." Mit tränenfeuchten Augen blickte der Bauer in die Runde, dann fügte er hinzu: "Auf jeden Fall ist unser Häuptlingsdorf, das seit vielen Generationen blühte, nun verwaist. Nur die Greise und Kranken, die von den Menschenjägern zurückgelassen wurden, fristen dort noch ihr ärmliches Dasein. Und wir, die wir unsere Einödhöfe bewirtschafteten, sind kaum besser als sie dran, da uns die Furcht vor künftigen römischen Übergriffen zu Landflüchtigen machte..."
"Wir werden alles tun, damit ihr im icenischen Stammesgebiet eine neue Heimat finden könnt", versprach Boadicea.
"Und hier dürft ihr euch sicher fühlen", fügte Prasutax hinzu. "Denn der Befehlshaber der bei uns stationierten Legionäre verabscheut die Sklaverei ebenso wie wir Britannier - und aufgrund einer Übereinkunft mit ihm werden wir denen, welche die Menschenwürde mißachten und damit die Götter beleidigen, schon bald eine nachdrückliche Lehre erteilen."
Als die Catuvellauner Genaueres wissen wollten, erzählte der König von den Kampfspielen, die anläßlich des Beltane-Festes stattfinden sollten, und schloß: "Bereits in zweieinhalb Wochen werden wir icenischen Edlen unsere Waffenkunst unter Beweis stellen. Und sobald die Kunde davon nach Londinium gelangt, wird der Statthalter gewiß zu der Einsicht kommen, daß er unseren Volksstamm besser in Ruhe läßt!"

***

Nur noch zweieinhalb Wochen bis Beltane, dachte Eadha, als sie im ersten Schein der Morgensonne Bronwens Rundhaus verließ. Bloß achtzehn Tage noch, dann werden die heiligen Feuer entzündet. Neunfach, einen magischen Kreis bildend, werden sie hier in Llyn Cerrig Bach die Nacht

erleuchten, und ähnlich wird es an all den anderen Weihestätten auf Môn sein...
Im Geiste glaubte Eadha, die sakralen Flammenringe zu erblicken, welche überall auf dem Eiland glühten; das Bild blieb ihr gegenwärtig, während sie den Hain durchquerte, in dem sie seit mehr als fünf Jahren lebte. Erst als die junge Druidin den Waldrand erreichte, verflüchtigte sich ihre Imagination; unter den Eichen, Tannen und Eiben sodann, welche die Lichtung umsäumten, erinnerte sich Eadha wieder an die Aufgabe, die sie an diesem Morgen zu erfüllen hatte.
Bronwen hatte sie vorgestern gebeten, die Geister jener sieben gallischen Häuptlinge zu ehren, welche vor dreieinhalb Menschenaltern, nachdem der Widerstand gegen die Legionen Caesars in ihrem Heimatland endgültig zusammengebrochen war, über das Meer nach Britannien geflohen waren. Um den Göttern für den Erhalt ihrer Freiheit zu danken, hatten die sieben Fürsten damals ihre Streitwagen, Schilde, Schwerter und Speere im See der Kleinen Felsen versenkt. Heute jährte sich der Tag dieses Opferrituals zum einhundertundachten Mal, und deshalb sollte Eadha die spirituelle Verbindung mit den jetzt in Annwn weilenden Seelen der Häuptlinge suchen.
Während die junge Druidin durch den Forst und danach über die Heide schritt, stimmte sie sich innerlich auf die Begegnung mit den Geistern der gallischen Fürsten ein; als Eadha das Seeufer erreichte, befand sie sich bereits in leichter Trance. Die Erde unter ihren Füßen schien sanft zu schwingen; der Windhauch, der sie umfächelte, schien ihr anderweltliche Geheimnisse zuzuraunen; die Strahlen der schräg am Firmament stehenden Morgensonne schienen ihre Haut intensiver als gewöhnlich zu wärmen. Diese Empfindungen verstärkten sich noch, als die junge Druidin an jene Stelle des Seegestades herantrat, von wo aus sie die Opfergaben auf dem Gewässergrund erblicken konnte - und kaum war Eadha dort auf die Knie gesunken und hatte die Arme ausgebreitet, wurde sie völlig entrückt.
Sie sah die teils noch gut erhaltenen, teils in sich zusammengesunkenen Streitwagen; sah das Sonnenlicht auf ihren Beschlägen aus Edelmetall irisieren; sah die Waffen, die ringsum verstreut lagen, unter den sich leise bewegenden Wellen funkeln - zugleich sah sie, wie filigran leuchtende Schatten heranschwebten: dunkelhell pulsende Schemen, welche nun deutlichere, festere Konturen gewannen und zu menschenähnlichen Gestalten wurden. Wiederum einen Moment später sah die junge Druidin, wie sich die Seelenkörper der sieben Häuptlinge auf die Kampfwagen schwangen; urplötzlich hielten sie ihre Schilde, Schwerter und Speere in Händen - und unvermittelt stampften an den Deichseln der Streitwagen feurige Rosse.
Dann auf einmal wallte das Wasser wild empor; die Gespanne durchbrachen seine Oberfläche, jagten gen Himmel, kehrten zurück, umkreisten Eadha rasend schnell - und dabei war es der jungen Druidin, als würden die Fürsten ihr etwas zurufen. Aber Eadha verstand die lautlos

hallenden Worte nicht; sie verspürte nur bedrohliche Beklemmung - und dieses angstvolle Gefühl wuchs und wurde im selben Augenblick, da die Pferde und Kampfwagen wieder in die Fluten eintauchten, übermächtig.
Die junge Druidin schrie auf; ihr Schrei fand siebenfaches Echo aus den Mündern der Häuptlinge - und jetzt, da die Fürsten mit beschwörenden Gesten nach Osten deuteten, begriff Eadha den Inhalt der Botschaft, die ihr aus Annwn zuteil wurde. Sie verstand die Warnung der Häuptlinge; sie begriff, daß einem, der ihr unendlich nahestand, tödliche Gefahr drohte - und während sich ihr Innerstes unter dem Nachhall der lautlos gellenden Rufe zusammenkrampfte, verschatteten sich die Seelengestalten der Fürsten und entschwanden.
Am ganzen Leib zitternd kam die junge Druidin zu sich; durch einen Tränenschleier sah sie, daß die Streitwagen und Waffenstücke reglos und in derselben Anordnung wie stets auf dem Seegrund ruhten - und doch schien sich irgend etwas verändert zu haben. Noch immer schien andersweltliches Beben von dort unten emporzudringen; ein Vibrieren und Pulsen, das nach wie vor auf Eadha einzuwirken schien - und ihr unverbrüchliche Gewißheit über die Pflicht verschaffte, die sie zu erfüllen hatte.
Deshalb hielt es die junge Druidin nun nicht länger am Seegestade; vielmehr gehorchte sie der Macht, die sie davontrieb: zurück zum Hain, wo sie sich Bronwen anvertrauen konnte - und wo ihr eigener Kampfwagen, in dem sie einst nach Môn gekommen war, auf sie wartete.
Nachdem Eadha der Pendruid von ihrer Vision berichtet hatte, erhob sich Bronwen von ihrem Platz bei der Feuerstelle. Sie zog ihre jetzt schluchzende Schülerin an die Brust und schenkte ihr auf diese Weise Halt, bis Eadha sich beruhigt hatte. Dann sagte sie leise: "Du mußt sofort in deine Heimat aufbrechen!"
"Ja!" antwortete Eadha; wenig später schirrte sie mit Bronwens Hilfe die Rösser vor den Streitwagen, umarmte die Pendruid ein letztes Mal und stieg in die Wagenkanzel. An den übrigen Großen Wissenden vorbei, die sich unterdessen ebenfalls zum Abschied eingefunden hatten, lenkte Eadha das Pferdegespann zum Waldrand. Jenseits des Forstes ließ sie die Zügel knallen; unter schrillem Aufwiehern fielen die Rösser in Galopp und preschten über die Heide davon.

***

Am Beltane-Morgen hatte böiger Ostwind dunkle Wolken vom Meer herangeweht; zeitweise war Regen gefallen und hatte die Königsfestung in diesige Schleier gehüllt. Doch vormittags war Südwind aufgekommen; er hatte die Regenbänke vertrieben - und nun, am frühen Nachmittag, zeichneten sich nur noch einige faserige Zirrusstreifen am blaßblauen Firmament ab.
Als Prasutax zusammen mit Boadicea und Ailme aus dem Herrscherhaus trat, warf er einen Blick zum Himmel, zwinkerte danach seiner Tochter zu und scherzte: "Da die Sonne jetzt wieder kräftig wärmt und die Glieder geschmeidig macht, wirst du beim Wettstreit zweifellos zu ganz großer

Form auflaufen. So kannst du allen, welche die Kampfspiele verfolgen, Bewunderung abnötigen - und insbesondere dein römischer Verehrer wird vermutlich einmal mehr total von dir hingerissen sein."
Ailme versetzte ihrem Vater einen spielerischen Rippenstoß. "Wie du nur zu gut weißt, ist Verticus kein Römer, sondern gebürtiger Gallier. Er entstammt sogar einem sehr bedeutenden keltischen Häuptlingsgeschlecht, das beim Volksstamm der Parisier bis heute hohes Ansehen genießt, und wenn Verticus derzeit als Offizier im römischen Heer dient, so ist dies..."
"Nicht verwerflich, denn derlei ist unter jungen gallischen Edlen, die Karriere machen wollen, schon seit Jahrzehnten Brauch", bremste Boadicea den Redefluß Ailmes. "Außerdem gehört Verticus zu jenen Offizieren, die auf friedlichen Ausgleich zwischen Kelten und Römern bedacht sind, und vor allem das zählt."
"Du kannst gewiß sein, daß deine Mutter und ich deinen geliebten Gallier kaum weniger schätzen als du, und daher hättest du ihn keineswegs so vehement in Schutz nehmen müssen", neckte Prasutax seine Tochter erneut. "Allerdings frage ich mich, ob er dir womöglich untreu geworden sein könnte, da weit und breit nichts von ihm zu sehen ist..."
Ailme blickte ihren Vater strafend an; im nächsten Moment rief sie mit leuchtenden Augen aus: "Da kommt Verticus ja!"
In der Tat trabten der gallische Centurio, der Tribun Flavius Caecina und die übrigen Offiziere aus Venta Icenorum soeben durch den Torschlund des Duns. Ailme lief dem Reitertrupp entgegen; Verticus sprang vom Pferd und zog die Königstochter in seine Arme. Gleich darauf kamen auch Prasutax und Boadicea heran; nachdem das Herrscherpaar die römischen Offiziere willkommen geheißen hatte, sagte der König zu Flavius Caecina: "Wenn es dir recht ist, können wir sofort zur Kampfarena aufbrechen."
"Gerne", erwiderte der Tribun. "Ich freue mich sehr auf die Waffenspiele und kann ihren Beginn kaum erwarten."
"Du wirst dich bestimmt nicht langweilen", versprach Prasutax lächelnd; sodann winkte er einen Diener heran und befahl ihm: "Laß meinen und Ailmes Streitwagen herbringen!"
Der Mann eilte in Richtung der Pferdestallung davon; wenig später waren die Gespanne zur Stelle. Das Herrscherpaar bestieg den einen Kampfwagen, Ailme den anderen; hinter den beiden Gespannen reihten sich nun elf weitere Streitwagen ein. Zugleich formierten sich die dreißig berittenen Adligen, die an den Waffenspielen teilnehmen sollten, zum Pulk; als die Rösser ordentlich in Reih und Glied standen, forderte Prasutax seinen Wagenlenker auf: "Fahr los!"
Die dreizehn Kampfwagen voran, die Reiterkrieger und die römischen Offiziere hinterdrein, verließ der Zug den Dun. Drei mit Blumenkränzen behängte Rindergespanne, auf denen Swyedydd und die übrigen Druiden aus dem Königsgau saßen, schlossen sich an; dann kamen weitere Edle hoch zu Roß, und ihnen folgten zahlreiche Fußkrieger sowie Scharen einfachen Volks.

Mit mäßiger Geschwindigkeit bewegte sich der lange Zug den Festungshügel hinab. Unten auf der Ebene schlugen die Wagen, Reiter und Fußgänger die Richtung gen Sonnenuntergang ein; sie überquerten die Römerstraße, welche in einiger Entfernung am Dun vorbeiführte, und erreichten etwa eine Viertelmeile westlich des Dammweges die Kampfarena.
Es handelte sich um einen ausgedehnten Wiesenplan am Fuß einer sanften Erhebung, welche mit Heidekraut und vereinzelten Büschen bewachsen war. Rings um den ovalen Wiesengrund, in dessen Zentrum drei mächtige Menhire emporragten, standen in regelmäßigen Abständen schwarzweiß bemalte Holzpfosten, welche durch dicke rotgefärbte Wollschnüre miteinander verbunden waren. Im Osten dieser Abgrenzung war ein Durchgang freigelassen worden; ein Torbogen aus Weidengeflecht überspannte den Einlaß, und vor ihm hielt der Zug jetzt an.
Boadicea wechselte einige Worte mit Prasutax und machte danach Anstalten, vom Streitwagen zu steigen - plötzlich besann sie sich anders, drehte sich noch einmal um, umschlang ihren Gemahl und bat ihn: "Sei vorsichtig beim Waffenspiel! Denk daran, daß du nicht mehr der Jüngste bist!"
Ailme, die sich in unmittelbarer Nähe befand, hatte den Eindruck, als schwänge ein angstvoller Unterton in Boadiceas Stimme mit; es drängte sie, ihre Mutter zu beruhigen - aber Prasutax kam ihr zuvor. "Mach dir keine Sorgen, ich werde schon auf mich aufpassen", sagte er zu seiner Gattin und küßte sie zärtlich.
Boadicea schien sich an seiner Brust verkriechen zu wollen; im nächsten Moment löste sie sich beinahe abrupt von ihm, wandte sich ab und sprang aus der Wagenkanzel. Mit hastigen Schritten eilte die Königin zu dem Rindergespann, auf welchem der Pendruid sie erwartete; kaum hatte Boadicea im Stroh neben Swyedydd Platz genommen, knallte der Fuhrmann auf dem Bock mit der Peitsche. Unter lautem Gebrüll zogen die Stiere wieder an, schwenkten seitlich ab und trotteten in Richtung des flachen Hügels, welcher sich jenseits der Kampfarena erhob; die beiden anderen mit Druiden besetzten Gespanne, die römischen Offiziere und das Gros der Icener reihten sich hinter dem Gefährt, auf dem die Königin und Swyedydd saßen, ein.
Nur die dreizehn Wagenkrieger, die dreißig berittenen Edlen, welche sich bei den Waffenspielen bewähren sollten, und ein Dutzend Knechte blieben am Einlaß des ovalen Wiesengrundes zurück. Sie harrten dort aus, bis sich die vielhundertköpfige Menge der Zuschauer am Hang der sanften Erhebung gelagert hatte; schließlich, als die Menschen auf der Hügelflanke zur Ruhe gekommen waren, ergriff Prasutax einen der Speere, die in einer Halterung an der Seitenwand seines Streitwagens steckten, und wirbelte ihn dreimal um den Kopf.
Auf der Kuppe der Anhöhe, wo sich Boadicea und die Druiden sowie die römischen Offiziere und adligen Icener befanden, trat ein Carynx-Bläser vor. Dreimal stieß er in seine Bronzetrompete; die röhrenden Töne

bewirkten, daß die Wagenrösser und Reitpferde am Zugang zum Kampfplatz erregt die Köpfe warfen oder schmetternd wieherten. Und dann, während der letzte Trompetenstoß verhallte, gaben die dreißig berittenen Edlen ihren Rössern die Zügel frei und preschten in die Arena.
In rasendem Galopp jagten die Reiterkrieger zur Mitte des ausgedehnten Ovals, wo sich die Menhire erhoben. Eben als es schien, als würden die vordersten Pferde im nächsten Augenblick gegen die Steine prallen, trennte sich der Pulk; fünfzehn Rösser bogen scharf nach rechts ab, fünfzehn nach links. Nach etwa fünfzig Metern rissen die Männer beider Trupps ihre Pferde in die Hanken, wendeten, fächerten aus und sprengten wieder aufeinander zu. Ungefähr zwanzig Meter vor den Menhiren schleuderten sie ihre Speere hoch in die Luft; gleich darauf ballten sich die Pulks zusammen, jagten zu beiden Seiten an den Steinen vorüber, fächerten erneut aus - und dann fingen die icenischen Edlen die herniedersausenden Wurfspeere des jeweils anderen Trupps mit unglaublicher Geschicklichkeit auf.
Nachdem sie diesen ersten Beweis ihrer herausragenden Waffenkunst geliefert hatten, zeigten die Adelskrieger ihr ganzes reiterliches Können. Einzeln oder in kleinen Gruppen galoppierten sie über den Wiesenplan; sie ließen ihre Rösser dabei halsbrecherische Wendungen vollführen, ließen die Pferde zwischendurch steigen oder kapriolen, ließen sie wild nach hinten und vorne auskeilen. Auch sprangen manche Männer, während ihre Rösser in schnellem Lauf dahinjagten, aus dem Sattel; sich an die Mähne ihres Tieres klammernd, hetzten sie neben ihm her und schwangen sich behende wieder auf dessen Rücken.
Andere Krieger brachten es sogar fertig, sich auf die Kruppen ihrer galoppierenden Rösser zu knien oder zu stellen und dabei Speere oder Wurfkugeln zu schleudern. Ebenso konnten die begeisterten Zuschauer beobachten, wie verschiedene Edle, die kurze Reiterbogen bei sich hatten, ihr Tier aus vollem Lauf heraus zügelten und es mittels einer einzigen raschen Kraftanstrengung auf den Erdboden niederzwangen. Kaum lag das Roß, hielt der in seinem Körperschutz kauernde Reiter den Bogen in der Hand und schnellte blitzschnell hintereinander drei, vier Pfeile ab; gefiederte Geschosse, welche sich mit unfehlbarer Sicherheit in die Schilde von Adelskriegern bohrten, die furiose Scheinangriffe gegen den Bogenschützen durchführten.
Geraume Zeit faszinierten die icenischen Edlen die Menschenmenge auf dem Hügel durch ihre überragende Waffenkunst; zuletzt versammelten sie sich bei den Menhiren und verharrten dort reglos. Die Zuschauer ahnten, daß ihnen nun ein ganz besonderes Finale geboten werden sollte - und dem war so. Denn jetzt schritten die zwölf Knechte, die sich bislang bei den Wagenkriegern am Einlaß der Kampfarena aufgehalten hatten, durch das Weidentor und näherten sich den Hohen Steinen.
Jeder dieser Männer trug über Kopf und Schultern ein seltsames Gestell: einen bogenförmigen, mit Lederriemen am Körper befestigten Holzrahmen, auf dem oben drei Kugeln aus rotgebranntem Ton befestigt waren. Diese

Tonkugeln waren so groß wie Menschenschädel und besaßen ringsum jeweils drei aufgemalte Gesichter, und während sich die Knechte in Richtung der Menhire bewegten, schienen die wippenden irdenen Köpfe auf beinahe dämonische Weise zu nicken.
Unter den Zuschauern wurde es totenstill; wie gebannt starrten die Menschen auf die Schar der Schädelträger - dann, als die Knechte den halben Weg bis zu den Hohen Steinen zurückgelegt hatten, griffen die dort wartenden Berittenen plötzlich an. Mit geschwungenen Wurfspeeren jagten sie auf die Schädelträger zu; in gespielter Panik wandten diese sich zur Flucht - gleich darauf schleuderte ein Dutzend der Edlen seine Speere.
Die Wurfwaffen zerspellten die zwölf Tonköpfe, welche über den linken Schultern der Knechte befestigt waren. Gellende Schreie ausstoßend, sanken die Schädelträger zu Boden und wanden sich in scheinbar agonischen Verrenkungen; die Reiter rissen ihre Pferde herum, galoppierten davon und versammelten sich erneut bei den Menhiren.
Nach einer Weile erhoben sich die Knechte wieder; abermals schritten sie in Richtung der Hohen Steine, dann attackierten die Adelskrieger von neuem. Diesmal sandten zwölf der Berittenen Stachelkugeln gegen die auseinanderstiebenden Schädelträger - sämtliche Tonköpfe, die über den rechten Schultern der Knechte saßen, zerbarsten. Wie zuvor fielen die Schädelträger auf die Erde nieder, und die Reiter trabten zu den Menhiren zurück.
Kurz danach drangen die Knechte ein drittes Mal vor. Reglos warteten die Adelskrieger ab; erst als die Schädelträger bis auf dreißig Meter an die Hohen Steine herangekommen waren, preschte ein Dutzend Berittener mit geschwungenen Schwertern auf die Knechte zu. Die Schädelträger flohen; sie rannten wild durcheinander, schlugen jähe Haken, vollführten groteske Sprünge. Im nächsten Moment hatten die Reiter sie eingeholt und umzingelt; die Klingen der Adelskrieger beschrieben blitzende Bögen - und die zwölf Tonköpfe, die über den Häuptern der Knechte emporragten, zersplitterten alle zugleich wie unter einem einzigen mächtigen Hieb.
Die Männer, an deren Oberkörpern nun bloß noch die nackten Holzgerüste festgeschnallt waren, warfen sich zu Boden und krümmten sich gleich Sterbenden. Ein paar Augenblicke später waren alle Reiter bei ihnen; sie trieben die Knechte hoch und jagten sie unter tosendem Beifall der Zuschauer aus der Arena - so daß der Wiesenplan für die Wagenkrieger frei wurde.
Als erstes preschte das Gespann von Prasutax durch das Weidentor; dichtauf folgte der Streitwagen Ailmes, hinter ihm kamen die übrigen Rossegespanne. Mit halsbrecherischer Geschwindigkeit und im geschlossenen Pulk fegten die dreizehn Kampfwagen dreimal um den ovalen Wiesengrund, danach schwenkten sie zu den Menhiren ab und hielten dort an.
Unterdessen waren die Reiterkrieger und Knechte damit beschäftigt gewesen, die schwarzweiß bemalten Holzpfähle, welche die Arena umzirkelten, mit jeweils einem Tonschädel zu bestücken. Jetzt zogen sich

die Berittenen und ihre Helfer von den Pfosten zurück; im selben Moment rief Prasutax den Wagenkämpfern zu: "Laßt uns unsere Waffenkunst mit dem Schlachtbogen unter Beweis stellen!"
Sofort galoppierten die Pferde wieder los und jagten nun hintereinander in weitem Kreis um die Hohen Steine. Während die Rösser dahinpreschten, schnellten die Streitwagenkrieger in rascher Folge Pfeilgarben von den Bogensehnen; hundertfaches Fauchen erfüllte die Luft - gleich darauf zerplatzten sämtliche Tonköpfe am Rand des Wiesenplans.
Nachdem die Wagenkämpfer ihre tödliche Treffsicherheit mit den Schlachtbögen demonstriert hatten, versammelten sie sich neuerlich bei den Menhiren. Sie warteten ab, bis frische Tonschädel auf die Pfähle gesteckt worden waren; sodann befahl Prasutax: "Laßt uns zeigen, was wir mit Wurfkugeln und Schwertern zu leisten vermögen!"
Kaum war die Aufforderung erklungen, fegten die Gespanne nach allen Richtungen davon. In gestrecktem Galopp rasten die Pferde auf dreizehn verschiedene Punkte am Saum der Arena zu; als die Kampfwagen nahe genug bei den Pfosten waren, schleuderten der König, dessen Tochter und die anderen Wagenkrieger Stachelkugeln. Die meisten Tonköpfe in ihrer Reichweite wurden zerschmettert; während die Scherben zur Erde regneten, zogen die Wagenkämpfer ihre Klingen. Die Rosselenker wiederum trieben die Pferde jetzt an jene Pfähle heran, die noch Tonschädel trugen; unmittelbar vor diesen Pfosten rissen sie die Tiere nach links oder rechts herum - zugleich beugten sich die Wagenkrieger weit aus den Kanzeln, und ihre Schwerter zerspellten die bislang unversehrt gebliebenen Tonköpfe.
Abermals fanden sich die Gespanne bei den Hohen Steinen zusammen, und berittene Edle bestückten nunmehr dreizehn ausgewählte Begrenzungspfähle mit Tonschädeln. Als die Reiter fertig waren, rief Prasutax: "Laßt uns jetzt, jeder für sich, das Kunststück vorführen, welches die Barden als Angriff des todbringenden Adlers bezeichnen!"
Die Wagenkämpfer jubelten dem König zu; nachdem sie wieder verstummt waren, bat Ailme ihren Vater mit ehrgeizig blitzenden Augen: "Erlaube, daß ich mein Können als erste beweise!"
"Dein Mut ehrt dich!" antwortete Prasutax. "Daher will ich dir deinen Wunsch nicht abschlagen."
Kaum hatte der König seine Zustimmung gegeben, riß Ailme einen Speer mit bronzebeschlagenem Schaft aus der Halterung an ihrer Wagenkanzel und befahl ihrem Rosselenker: "Los!"
Der Mann setzte die Pferde in Galopp; das Gespann preschte über den Wiesengrund und hielt auf einen der Pfosten mit den Tonköpfen zu. Etwa hundert Meter vor diesem Pfahl sprang Ailme auf die Wagendeichsel und schwang sich auf eines der Rösser; im nächsten Moment stand sie, den Wurfspeer nach wie vor in der Rechten haltend, federnd auf den Kruppen beider Pferde. Die Rösser legten die Ohren an, jagten jedoch mit unverminderter Geschwindigkeit weiter. Schnell schmolz die Distanz zwischen dem Streitwagen und dem Pfosten zusammen; aus ungefähr

fünfzig Metern Entfernung schleuderte die Königstochter den Speer - und der Aufprall der schweren Wurfwaffe ließ den über dem Pfahl steckenden Tonschädel zerbersten.
Ailme hielt die Balance auf den Pferdekruppen, bis der Rosselenker die Tiere bei den Menhiren zügelte; erst dort sprang die Achtzehnjährige, während Prasutax und die anderen sie hochleben ließen, wieder in die Kanzel ihres Streitwagens. Gleich darauf galoppierten die Hengste des Königs an; in voller Karriere näherten sie sich einem der Schädelpfosten - und trotz seiner dreiundvierzig Jahre meisterte Prasutax das schwierige Waffenkunststück ähnlich gewandt wie seine Tochter. Auch die elf übrigen Wagenkrieger verfehlten ihre Ziele beim Speerwurf von den Kruppen ihrer Rösser aus nicht; nachdem der letzte Adlige zu den Hohen Steinen zurückgekehrt war, brach unter den Zuschauern auf dem Hügel frenetischer Beifall aus, der alles bisherige in den Schatten stellte.
Es dauerte geraume Zeit, ehe die Menschenmenge wieder zur Ruhe kam; dann auf einmal erklang ein Ruf, der rasch vielhundertfaches Echo fand: "Zeigt uns den Scharkampf, ihr Edlen!"
"Bist du bereit?" wandte sich Prasutax an seine Tochter; Vorfreude auf den Höhepunkt der Waffenspiele leuchtete dabei aus seinen blauen Augen.
"Und ob!" entgegnete Ailme. "Ich kann es kaum erwarten, mich im Kampf aller gegen alle zu bewähren."
"Mir geht's ebenso", nickte der König; sodann gab er seinem Rosselenker das Zeichen, die Hengste erneut anzutreiben.
Dreimal donnerten die dreizehn Gespanne um die Arena; nach der letzten Runde bogen die Streitwagen von Prasutax und Ailme, die an der Spitze fuhren, scharf ab und preschten schräg über den Wiesengrund. Die anderen Wagen fächerten aus und rasten den Gespannen des Königs und seiner Tochter hinterher; die Pferdelenker der elf Adligen setzten alles daran, Prasutax und Ailme zu umzingeln - und als ihnen dies gelungen war, entwickelte sich aus der Verfolgungsjagd der Scharkampf.
Es schien, als seien die Streitwagen plötzlich in einem wilden Mahlstrom gefangen. Der Strudel der einander umkreisenden Gespanne bewegte sich hierhin und dorthin; die Rosselenker zwangen ihre Tiere zu jähen, oft halsbrecherischen Wendungen, um Vorteile für die Edlen in den Wagenkanzeln zu gewinnen. Diese wiederum lieferten sich furiose Scheingefechte; da kreuzten drei, vier Gegner zugleich ihre Klingen; dort maßen sich zwei Kontrahenten im Kampf mit Stoßlanzen; anderswo krachten Schlachtbeile gegen Schildwehren oder wurden Ringkämpfe von Streitwagen zu Streitwagen ausgetragen.
Manche der Adligen glänzten durch außergewöhnliche Waffenkunststücke. So schwang sich etwa einer der Edlen unvermittelt auf die Kruppen der Rösser eines hart neben ihm befindlichen Gespanns und bedrängte seinen Gegner, welcher ihm vom Deichselansatz aus Widerstand leistete, beidhändig mit Schwert und Langdolch; nicht minder spektakulär war ein Duell, bei dem sich zwei Wagenkrieger, ebenfalls von den Rücken ihrer Pferde aus, im Speerkampf maßen.

Dann, nachdem der Streit jeder gegen jeden eine Weile getobt hatte, stellte Ailme einmal mehr ihr herausragendes Können als Kriegerin unter Beweis. Zuerst focht sie mit einem hochgewachsenen Adligen und führte schließlich einen solch meisterlichen Schwertstreich auf dessen Schildrand, daß dieser gespalten wurde; danach schleuderte sie blitzschnell hintereinander fünf Stachelkugeln in Richtung eines Edlen, der Anstalten machte, sie von schräg hinten zu attackieren, und zerschmetterte auch ihm die Schildwehr.
Prasutax, welcher die Bravourstücke seiner Tochter beobachtet hatte, rief ihr ein anerkennendes Wort zu - einen Moment später freilich vergaß er auf Ailme, denn unversehens geriet er in schwere Bedrängnis. Sein Gespann wurde von zwei anderen in die Zange genommen; der Adelskrieger zur Rechten bedrohte den König mit einer gegabelten Stoßlanze, der Kämpfer zur Linken hatte es offenbar auf Prasutax' Rosselenker abgesehen. Mit wuchtigen Schwerthieben verteidigte sich der König gegen den Krieger mit der Gabellanze; nach hartem Zweikampf glückte ihm ein Kernschlag, welcher den Lanzenschaft zersplittern ließ.
Prasutax stieß einen Triumphschrei aus - unmittelbar darauf vernahm er einen Hilferuf in seinem Rücken. Im Herumfahren sah der König, wie sein Pferdelenker, der eben noch mit dem anderen Angreifer gerungen hatte, von diesem aus der Wagenkanzel gezerrt wurde. Sich überschlagend, landete der Rosselenker im Streitwagen zur Linken; zugleich brachen die Hengste, die Prasutax' Gefährt zogen, erschrocken wiehernd nach rechts aus. Der König bemerkte, daß die Zügel, welche der Pferdelenker beim Ringkampf verloren hatte, neben dem Gespann herschleiften - wenn er die Herrschaft über die Hengste wiedergewinnen wollte, mußte es ihm gelingen, die Leitriemen zu ergreifen.
Tief beugte sich Prasutax aus der Kanzel, aber trotz aller Anstrengung schaffte er es nicht, die hin und her peitschenden Zügelenden zu packen. Infolgedessen blieb dem König nur die Möglichkeit, auf die Wagendeichsel zu springen, um von dort aus an die Leitriemen der Rösser heranzukommen. Federnd landete Prasutax auf der hochgeschwungenen Deichsel; nun schien es, als könnte er die von den Pferderücken herabhängenden Zügel erhaschen - doch eben als der König die Hand nach den Riemen ausstreckte, scheuten die Hengste vor einem Gespann, das jäh ihren Weg schnitt; sie bäumten sich auf und rissen den Streitwagen abrupt nach links herum.
Prasutax verlor den Halt; er stürzte rücklings von der Deichsel, prallte mit der Schulter gegen den Rand der Wagenkanzel, versuchte verzweifelt, sich festzuhalten, rutschte im nächsten Augenblick ganz ab - und geriet unter den dahinrasenden Kampfwagen. Eines der eisenbeschlagenen Räder rollte über den Oberkörper des Königs hinweg; Rippen splitterten, Armknochen wurden zermalmt; ein unsäglich qualvolles Stöhnen drang aus Prasutax' Kehle - dann, während die verstörten Rösser wild kapriolend davonpreschten, verlor der König die Besinnung.

Prasutax bemerkte nicht mehr, wie die übrigen, zutiefst schockierten Wagenkrieger ihre Zweikämpfe einstellten und ihre Gespanne zum Stehen brachten; wie Ailme heranrannte; wie einige Reiter, die vom Einlaß der Arena herbeigaloppierten, die durchgegangenen Hengste einfingen. Blutüberströmt und reglos lag der König da; als Ailme seinen Kopf zwischen ihre Hände nahm und ihn unter Tränen anflehte, etwas zu sagen, gab er kein Lebenszeichen von sich. Und Prasutax reagierte auch nicht, als plötzlich ein Streitwagen auf den Wiesengrund jagte, der offensichtlich eine sehr lange Fahrt hinter sich hatte: ein Kampfwagen, welcher von der heiligen Insel Môn kam.
Eadha zügelte ihre schaumbedeckten Pferde so hart, daß sie stiegen; im nächsten Moment kniete sie neben Ailme bei ihrem Vater, betastete seine Stirn, seine Wangen, seine Oberarme, seine Brust - und stieß schluchzend hervor: "Ich wußte es... Ich sah das Unglück, das ihm drohte, in einer Vision... Noch in derselben Stunde brach ich auf, aber ich konnte das Grauenhafte nicht verhindern..."
"Du hast es erschaut..." murmelte Ailme tonlos; gleich darauf wurden sie und Eadha abgelenkt, weil Boadicea, Swyedydd und etliche andere Druiden herbeirannten. Als die Königin instinktiv begriff, wie es um ihren Gemahl stand, brach auch sie in Tränen aus und sank auf die Erde; Swyedydd und die übrigen Großen Wissenden unterzogen Prasutax einer hastigen Untersuchung - dann sagte der Pendruid mit rauher Stimme: "Laßt uns den König heimbringen."

Das Edikt Neros

Frühjahr bis Herbst 60

Tiefe Stille herrschte in der Großen Halle der Ringwallfestung; nur gelegentlich war aus den Reihen derer, die sich um die Bahre versammelt hatten, unterdrücktes Schluchzen zu vernehmen.
Mit geschlossenen Lidern lag Prasutax auf dem mit einem schwarzen Tuch verhängten Schragen. Soeben hatte eine Arztdruidin das Gesicht des Königs vom Blut gereinigt; Boadicea, die mit Ailme, Eadha und Swyedydd direkt bei der Bahre stand, starrte stumm und wie betäubt auf das Antlitz ihres Gatten. Die Gedanken der Königin räderten; wieder und wieder dachte sie: Warum mußte das Schicksal uns derart schlagen?! Und warum ausgerechnet heute?! Heute, an unserem einundzwanzigsten Hochzeitstag...
Für einen Moment hatte Boadicea das Empfinden, als würde die Zeit dreimal sieben Jahre zurückrasen. Prasutax und sie waren jung, strahlend schön war der Beltane-Morgen; der Steinkreis, in dessen Mitte Swyedydd das Brautpaar erwartete, war in helles, warmes Sonnenlicht gebadet. Von Norden schritt Prasutax in den Cromlech, von Süden sie selbst; dann sprach der Pendruid die heiligen Worte, mit denen die Ehe besiegelt wurde.
Noch einmal glaubte Boadicea, die feierlichen Sätze zu vernehmen - plötzlich schienen sie von einem anderen Geräusch überlagert zu werden: einem kaum hörbaren Röcheln. Die Königin schreckte aus ihrer Entrückung hoch; sie sah, daß die Lippen ihres Gemahls zuckten - gleich darauf wurden die röchelnden Laute deutlicher. Boadicea kniete neben Prasutax nieder; ihre Töchter und Swyedydd taten dasselbe - nach einer Weile artikulierte der tödlich verletzte König den Namen seiner Gattin.
Boadicea tastete nach Prasutax' Hand; die Lider des Königs flatterten, dann öffnete er die Augen. Boadicea hatte den Eindruck, als würde Prasutax sie erkennen; einen Moment später bekam sie Gewißheit, denn er flüsterte: "Ich gehe von dir... Andrasta ruft mich nach Annwn... Doch ehe ich dich verlasse..."
"Nein!" stieß Boadicea hervor. "Du darfst nicht sterben! Du mußt leben! Die Arztdruiden werden..."
Sie unterbrach sich, weil Swyedydd ihre Schulter umfaßte; als die Königin sich ihm zuwandte, sah sie, wie er mit einem Ausdruck unendlichen Mitleids den Kopf schüttelte. Boadicea erinnerte sich wieder an das, was ihr der Pendruid schon kurz nach der Ankunft im Dun zu verstehen gegeben hatte; ihr Schmerz drohte übermächtig zu werden - mit dem nächsten Lidschlag vernahm sie erneut die Stimme ihres Gemahls.
"Ich muß von dir gehen..." röchelte Prasutax. "Aber ehe ich dich verlasse, habe ich noch eine Pflicht zu erfüllen... Meine letzte Königspflicht... Um der Wohlfahrt unseres Volksstammes willen muß die Erbfolge geregelt werden... Nach keltischem Recht soll es geschehen..." Er suchte den

Blickkontakt mit Swyedydd. "Und du, mein Freund, mußt wegen der Römer..."
Der Pendruid nickte, drehte sich um und winkte den in der Nähe stehenden Flavius Caecina heran.
Prasutax, der jetzt etwas kräftiger wirkte, wartete ab, bis der Tribun an die Bahre getreten war; sodann fuhr er, neuerlich zu Boadicea sprechend, fort: "Seit langem trugen wir gemeinsam den goldenen Torques... Miteinander herrschten wir über den Stamm der Icener... Du, mein Herz, hast dabei stets große Weisheit bewiesen... Große Weisheit und grenzenlose Liebe zu den uns anvertrauten Menschen... Und deshalb sollst du von nun an alleinige Königin sein... Bis Andrasta auch dich in die Anderswelt ruft, wirst du unseren Volksstamm mit uneingeschränkter Macht regieren... Und wenn du mir dereinst nach Annwn nachgefolgt bist, soll unsere Tochter Ailme den Thron erben... Eadha wiederum wird ihrer Schwester mit druidischem Rat zur Seite stehen..."
Der Schwerverletzte erlitt einen Hustenanfall. Sein Gesicht verzerrte sich dabei vor Schmerzen; nachdem die Attacke abgeklungen war, rang er keuchend nach Luft, und die Umstehenden sahen, daß Blut aus seinem Mund sickerte. Gegen ihre Tränen ankämpfend, säuberte Boadicea das Antlitz ihres Gemahls, der jetzt erneut gequält röchelte und einer Ohnmacht nahe zu sein schien. Schon befürchtete die Königin, ihr Gatte würde nicht mehr zu sich kommen - doch dann erholte er sich ein wenig und flüsterte: "Noch etwas muß geregelt werden, mein Herz... Du und ich, wir haben in unserem Leben viel Gold und Silber gehortet... Gold, Silber und andere Kleinodien... Und dieser Königsschatz soll nach meinem Tod aufgeteilt werden... Die eine Hälfte ist für dich und unsere Töchter bestimmt... Die zweite Hälfte müßt ihr nach Londinium bringen... Übergebt sie dem Statthalter... Als Geschenk für den Imperator... So wird Nero erkennen, daß ihr loyal seid... Daß ihr den Frieden wollt..."
Haltlos schluchzte Boadicea auf; Swyedydd beugte sich über den König und versprach ihm: "Es wird alles so geschehen, wie du es angeordnet hast."
"Schreib meinen letzten Willen nieder..." röchelte Prasutax. "Damit die Römer..."
Der Pendruid nickte; einer der anderen Großen Wissenden reichte ihm eine Wachstafel und einen Griffel. Zuerst in Ogham-Zeichen, anschließend in lateinischen Buchstaben hielt Swyedydd die einzelnen Punkte des königlichen Vermächtnisses fest und ritzte das heilige Symbol der Göttin Andrasta darunter ein; nachdem er fertig war, übergab er die Tafel an Flavius Caecina und bat ihn: "Sei so gut, die Richtigkeit des Testaments durch deine Unterschrift zu bestätigen."
Sorgfältig las der Tribun die römische Textfassung durch und unterzeichnete sie - kaum hatte er die Wachstafel wieder in die Hände des Pendruid gelegt, bäumte sich der Körper des Königs im Todeskampf auf.
Boadicea stieß einen erstickten Schrei aus und umschlang ihren sterbenden Gemahl. Es war ihr, als versuchte er noch einmal, ihren

Namen zu artikulieren; im nächsten Moment erstarrten seine Augen, sein Leib erschlaffte - und vor grenzenlosem Schmerz wimmernd brach die Königin über dem Toten, den sie so unsäglich geliebt hatte, zusammen.

***

Am darauffolgenden Morgen gab eine riesige Menschenmenge, darunter auch zahlreiche Römer, dem allzu früh Verstorbenen das letzte Geleit zum Cromlech nördlich der Ringwallfestung.

Boadicea, Eadha und Ailme schritten hinter dem von drei weißen Rindern gezogenen Wagen her, auf welchem der König lag. Prasutax war in einen kostbaren Totenmantel gehüllt; an seinem Hals glänzte der goldene Torques, seine Hände hielten Schwert und Speer, und sein Kopf war auf einen silbernen Rundschild gebettet. Boadicea konnte den Blick nicht von ihrem Gatten abwenden; den ganzen zweistündigen Weg über hielt sie stumme Zwiesprache mit ihm und schien in ihrer tiefen Trauer selbst die dumpf röhrenden Töne der Carynxen zu überhören, die immer wieder an der Spitze der Prozession geblasen wurden.

Erst als der Leichenzug den Steinkreis erreichte, schreckte die Königin aus ihrer Versunkenheit auf und flüsterte mit bebender Stimme: "Hier begann alles... Unser gemeinsames Leben... Und nun..."

Ailme biß sich auf die Lippen, um ihre Tränen zu unterdrücken; Eadha versuchte ihre Mutter zu trösten: "Dereinst, in Annwn, werden wir von neuem mit ihm vereint sein. Und du weißt, daß dann jeglicher Schmerz..."

"Ja..." murmelte Boadicea; danach, während die Prozession den Cromlech dreimal in Richtung des Sonnenlaufes umrundete, wirkte sie etwas gefaßter. Und dies blieb auch anschließend so, als sich der Leichenzug zum westlich des Steinkreises aufragenden Totenbaum bewegte; bei der dort stattfindenden Zeremonie freilich wurde die Königin von schlimmerer Seelenpein denn je gequält, so daß sie sich kaum noch auf den Beinen zu halten vermochte und ihre Töchter sie stützen mußten.

Schluchzend verfolgte Boadicea das Ritual, das Swyedydd und die übrigen Druiden jetzt durchführten. Sie hörte, wie die Großen Wissenden die Dreifache Göttin anriefen und sie baten, den Leib des verstorbenen Herrschers in ihren Schoß aufzunehmen und seinen Geist in der Anderswelt zu behüten; sie sah, wie die Bahre, auf der Prasutax im vollen Schmuck seiner Waffen lag, vom Wagen gehoben und in das dem Himmel zugewandte Wurzelnest des uralten Baumes gehievt wurde; zuletzt hörte sie die Druiden neuerlich beten: diesmal zu den Ahnen des toten Königs, damit die Sídhe ihm das Geleit auf dem verschleierten Pfad geben sollten, den er nun beschreiten mußte.

Als die Großen Wissenden verstummten, fühlte Boadicea, wie sich Hingabe an das Unabänderliche und damit Frieden in ihr Herz senkten. Ihre Tränen versiegten, ihre innere Kraft kehrte zurück; sie schaffte es, mit festen Schritten an den Totenbaum heranzutreten und, allein unter dem heiligen Wurzelstrunk stehend, stillen Abschied von ihrem Gemahl zu nehmen. Nach ihr taten Eadha und Ailme das gleiche; als sich ihre Töchter

wieder zu ihr gesellt hatten, wandte sich die Königin an Swyedydd und sagte leise zu ihm: "Laß uns gehen..."
Während sich jetzt neun Andrasta-Priesterinnen beim Totenbaum niederließen, um drei Tage und Nächte bei Prasutax' Leichnam auszuharren, formierte sich die Prozession von neuem und zog zu dem nahen Gräberfeld, wo die grauen Steinkegel aufragten: die Cairns, welche im Lauf der Jahrhunderte zum Gedenken an die verstorbenen Herrscher errichtet worden waren. Dreimal umrundeten die Trauernden den Begräbnisplatz; dann schlugen die voranschreitenden Carynxen-Bläser den Heimweg nach Süden ein, und als die Sonne im Zenit stand, löste sich die Prozession innerhalb der Wälle des Königs-Duns auf.
Am Morgen des vierten Tages nach Prasutax' Tod - in der Ringwallfestung hatten bis dahin alle profanen Tätigkeiten geruht - versammelte sich erneut eine riesige Menschenmenge auf dem Anger des Duns. Neben den icenischen Edlen, Bauern und Handwerkern fanden sich auch wieder die römischen Offiziere sowie zahlreiche Bewohner von Venta Icenorum ein, und bald setzte sich abermals eine vielhundertköpfige Trauerprozession nach Norden in Bewegung.
In der Vormittagsmitte erreichte der Zug den westlichen Saum des vom Cromlech gekrönten Hügels, wo der Totenbaum stand und sich die Cairns erhoben. Die einfachen Kelten und Römer bildeten in einigem Abstand von den Sakralstätten einen Halbkreis; die Druiden, icenischen Adligen und römischen Offiziere folgten Boadicea, Eadha und Ailme zum heiligen Wurzelstrunk.
Die Königin wirkte an diesem Tag gefaßt; mit ruhigen Worten dankte sie den Andrasta-Priesterinnen für die Totenwache, danach forderte sie die Druidinnen auf: "Beginnt nun mit dem letzten Ritual zu Ehren meines verstorbenen Gatten."
Wenig später hatten die Priesterinnen Räucherwerk entzündet; während die hellgrauen, rötlichen und schwarzen Rauchfäden zum Wurzelnest emporstiegen, in welchem der dahingegangene Herrscher lag, intonierten die Druidinnen einen Sprechgesang. Sie priesen die Dreifache Göttin und beschworen ihre Macht, den Tod über die Wiedergeburt in neues Leben umzuwandeln; noch einmal baten sie Andrasta, den jetzt in Annwn weilenden Geist des Königs zu behüten; schließlich richteten sie dieselbe Anrufung an alle anderen Gottheiten.
Nachdem die Priesterinnen ihren Gesang beendet hatten, traten Swyedydd und acht männliche Druiden an den Totenbaum heran und nahmen die Bahre mit dem verstorbenen Herrscher herunter. Gemessenen Schritts trugen sie den König zum Gräberfeld; Boadicea, Eadha und Ailme schlossen sich ihnen an; hinter den drei Frauen gingen die übrigen Großen Wissenden, die icenischen Edlen sowie die römischen Offiziere.
Auf dem Begräbnisplatz hatten die Andrasta-Priesterinnen bereits im Morgengrauen eine drei Ellen tiefe Grube ausgehoben; daneben war ein Steinhaufen aufgeschichtet, und auf ihm lagen drei aus schwarzen und

weißen Strängen geflochtene Seile. Mit deren Hilfe senkten die Druiden um Swyedydd die Leichenbahre nun behutsam hinab; als Prasutax seine letzte irdische Ruhestätte gefunden hatte, wurde das Grab mit Erde verfüllt. Danach legte Boadicea drei Steine auf den flachen Hügel; ebenso handelten ihre Töchter, die Großen Wissenden, die keltischen Adligen und die Offiziere aus Venta Icenorum.
Auf diese Weise wurde das Fundament des Cairns errichtet, welcher künftig an den König erinnern sollte - und im Verlauf der folgenden Stunden wuchs der Felskegel höher und höher empor, denn auch die einfachen Menschen brachten jetzt Steine herbei und legten sie unter stummen Gebeten für Prasutax nieder. Gegen Mittag schließlich war der Cairn vollendet; mehr als mannshoch ragte er nun auf und würde noch in Jahrhunderten oder gar Jahrtausenden an den verstorbenen Herrscher erinnern.
Dies ging Boadicea durch den Kopf, während sie den Steinkegel abschiednehmend berührte; gleich darauf hörte sie Swyedydd sagen: "Nach dem Willen des Toten bestimmst du das Los unseres Volksstammes jetzt als alleinregierende Königin - und eine bessere Entscheidung hätte Prasutax nicht treffen können!"
"So denke ich ebenfalls!" bekräftigte Flavius Caecina, der in diesem Moment an Boadiceas Seite trat. "Ich könnte mir keine geeignetere Herrscherin als dich vorstellen. Gewiß wirst du sehr viel Positives bewirken - doch um unangefochten regieren zu können, solltest du dich möglichst rasch um die Legitimation deines Königtums bemühen."
"Was meinst du damit?" fragte Boadicea, die in Gedanken eben noch bei dem Toten gewesen war, verblüfft. "Ich bin die rechtmäßige Herrscherin der Icener, weil mein Gemahl es auf seinem Sterbebett so bestimmte und keiner der Druiden oder Edlen ihm widersprach. Dadurch wurde ich nach keltischem Gesetz zur alleinregierenden Königin erhoben, und ich wüßte nicht, welche Legitimation ich sonst noch benötigen sollte."
"Nach icenischem Recht bist du fraglos Herrscherin", erwiderte der Tribun. "Nach römischem Gesetz hingegen mußt du vom Imperator, respektive dessen Stellvertreter, in deinem Amt bestätigt werden. Erst dann kannst du unangefochten regieren, und deshalb rate ich dir, schon bald nach Londinium zu reisen und dich dort mit dem Statthalter ins Einvernehmen zu setzen."
Unangenehm berührt preßte Boadicea die Lippen aufeinander; Ailme wollte von Flavius Caecina wissen: "Könnte Suetonius Paulinus denn irgendwelche Schwierigkeiten machen?"
Der Tribun schüttelte den Kopf. "Nein, das glaube ich nicht. Die Legitimation ist wohl lediglich eine Formsache. - Außerdem hat Prasutax ja verfügt, daß Nero die Hälfte des icenischen Königsschatzes erhalten soll, und schon deshalb wird sich der Statthalter nicht gegen den letzten Willen des verstorbenen Herrschers sperren."
Nachdenklich nickte Boadicea; mit dem nächsten Lidschlag gab sie sich einen Ruck und beschied Flavius Caecina: "Da Prasutax es so wollte,

hätte ich Suetonius Paulinus ohnehin einen Besuch abstatten müssen. Und weil es wenig Sinn hat, Unerfreuliches auf die lange Bank zu schieben, werde ich zusammen mit Swyedydd und meinen Töchtern gleich nach Ablauf des Trauermonats in die Stadt an der Tamesis aufbrechen."

***

Es war Mitte Juni, eine knappe Woche vor Alban Heruin, und wie häufig um diese Jahreszeit fiel kräftiger Sprühregen auf die Dächer von Londinium hernieder. Die Wassertropfen zerplatzten an den bleigefaßten Fensterscheiben des Prunkgemachs, in dem Suetonius Paulinus und sein Procurator Catus Decianus saßen. Der Nachmittag war bereits weit fortgeschritten; die beiden Männer tranken Falerner und unterhielten sich dabei hämisch über die Königin der Icener und ihre Begleiter, welche tags zuvor im Gästetrakt des Palastes Quartier genommen hatten und nun zur Audienz vorgelassen werden sollten.
Soeben hatte der ungefähr vierzigjährige und fast schon kahlköpfige Catus Decianus, dessen hagerer Leib in eine kostbare, mit Silberfäden bestickte Toga gehüllt war, einen derben sexuellen Witz zu Lasten der Kelten gerissen. Suetonius Paulinus, der ein ähnlich protziges Gewand wie der Procurator trug, feixte und setzte noch eins drauf: "Diese Barbaren können froh sein, daß wir Römer sie gnädigerweise unterworfen haben. Denn wären unsere Legionen nicht in Britannien gelandet, würden diese Halbwilden sich im Schutz ihrer Urwälder vermutlich nach wie vor mit Wildschweinen paaren."
"Du drückst es äußerst treffend aus!" wieherte Catus Decianus. Er führte seine Weinschale zum Mund und trank; kaum hatte er das Gefäß auf die Tafel zurückgestellt, betrat ein halbnackter, sehr muskulöser nubischer Sklave das Gemach, kniete nieder und meldete: "Die Icener warten im Vorzimmer."
"Dort sind sie im Prinzip gut aufgehoben", grinste der Statthalter; dann aber besann er sich und befahl dem Nubier: "Laß sie herein!"
Wenig später kamen Boadicea, Eadha, Ailme und Swyedydd in den Raum; sechs Adelskrieger, die eine schwere bronzebeschlagene Truhe schleppten, folgten ihnen. In der Mitte des Gemachs blieben die Icener stehen; Suetonius Paulinus und Catus Decianus musterten sie schweigend; erst als die Stille lastend zu werden drohte, sagte der Statthalter zu Boadicea: "Du bist also nach Londinium gereist, um mir und dem Procurator, den du hier neben mir siehst, vom Tod deines Gatten zu berichten. Es geschah auf dem Höhepunkt der Waffenspiele, die ihr an eurem Beltane-Fest durchführtet, nicht wahr?"
Die Königin faßte Catus Decianus genauer ins Auge und dachte: Der Hagere wirkt abstoßend, ebenso arrogant und verschlagen wie Suetonius Paulinus. Sie blickte wieder auf den Statthalter und antwortete ihm: "Nachdem du offenbar schon über die Einzelheiten des Unglücks informiert bist, möchte ich dich bitten..."
"Ich achte deine Trauer", nickte Suetonius Paulinus; sein Gesichtsausdruck blieb dabei jedoch reserviert. "Dein Schmerz über den

Verlust deines Eheherrn ist noch zu frisch, weshalb du nicht von dem tragischen Ereignis sprechen magst. - Aber was führt dich dann zu mir?"
"Das Vermächtnis meines Gemahls", entgegnete Boadicea. "Erlaube, daß Swyedydd, der Pendruid der Icener, welcher hier an meiner Seite steht, dir den letzten Willen des verstorbenen Königs zur Kenntnis bringt."
"Selbstverständlich", erwiderte der Statthalter. "Doch ehe der Druide spricht, solltet ihr Platz nehmen."
Den beiden Römern gegenüber ließen sich Boadicea, ihre Töchter und Swyedydd am Tisch nieder; die Adelskrieger blieben bei der Truhe, die sie in der Raummitte abgestellt hatten. Die Königin wartete darauf, daß Suetonius Paulinus ihr und ihren Begleitern Wein anbieten würde; als der Statthalter nicht dergleichen tat, bat Boadicea den Pendruid: "Sei so gut, das Testament von Prasutax zu verlesen."
Swyedydd öffnete ein schwarzes Holzkästchen, auf dessen Oberfläche heilige Symbole eingeschnitzt waren, und entnahm ihm die Wachstafel, die er eineinhalb Monate zuvor am Sterbelager des Königs beschrieben hatte. Punkt für Punkt verkündete er den Römern die Verfügungen des toten Herrschers; danach zeigte er dem Statthalter und dem Procurator die Subscriptio von Flavius Caecina, die am Ende des Textes eingegraben war, und erklärte: "Wie ihr seht, hat der Tribun, welcher die in unserem Stammesgebiet stationierten Kohorten kommandiert, die Richtigkeit des Testaments durch seine Unterschrift bezeugt."
"Ein bemerkenswertes Dokument", äußerte Suetonius Paulinus; während der Pendruid die Wachstafel wieder verwahrte, fügte Catus Decianus hinzu: "Insbesondere der Schlußpassus, wo das Schatzgeschenk erwähnt wird, klingt höchst erfreulich."
"So ist es!" pflichtete ihm der Statthalter bei; gleich darauf fixierte er die sechs icenischen Edlen und befahl ihnen: "Bringt die Lade her und öffnet sie, damit wir ihren Inhalt betrachten können."
Die Adelskrieger schauten zu Boadicea; erst als die Königin ihre Zustimmung signalisierte, gehorchten sie der Anordnung von Suetonius Paulinus. Sie schleppten die zentnerschwere Truhe zum Tisch und hoben den Deckel ab - im nächsten Moment starrten der Statthalter und der Procurator wie gebannt auf den Schatz, den die Lade enthielt.
Die Truhe besaß drei gleich große Abteilungen, welche durch senkrechte Zwischenwände abgetrennt waren. Im linken Fach häuften sich Tausende keltischer und römischer Silbermünzen, im rechten waren Goldbarren gestapelt; in der Mitte befand sich eine Fülle von Kleinodien aus Edelmetall: kostbare Halsringe, kunstvoll verzierte Arm- und Fußspangen, erlesene Gewandfibeln und Gürtelbeschläge; dazu wertvolle Schildbuckel und Dolche in aufwendig gearbeiteten Scheiden.
Geraume Zeit betrachteten der Statthalter und Catus Decianus den Hort mit gierigen Augen; sie schafften es nicht, sich loszureißen - bis Boadicea sagte: "In dieser Truhe liegt die Hälfte des icenischen Königsschatzes, und nach dem Wunsch meines verstorbenen Gatten sollen das Gold, das Silber und alles andere an den Imperator gesandt werden. Dies soll

geschehen, damit Nero die Loyalität des Volksstammes der Icener erkennt und zugleich einen Beweis dafür erhält, daß ich, die ich nunmehr allein regiere, eine treue Verbündete des Römischen Reiches bleiben will. Damit ich aber meine Pflichten als Foederaten-Herrscherin optimal erfüllen kann, ersuche ich dich, Suetonius Paulinus, mich im Namen des Imperators auch nach römischem Recht als Königin zu legitimieren - und außerdem zu bestätigen, daß meine und Prasutax' Töchter dereinst die Macht erben sollen: Ailme als Herrscherin und Eadha als ihre druidische Beraterin."
Nachdem Boadicea ihr Anliegen vorgetragen hatte, blieb es eine Weile still an der Tafel; endlich räusperte sich der Statthalter und erklärte: "Was den Schatz angeht, so nehme ich ihn in Vertretung Neros mit Dank entgegen und werde ihn unverzüglich nach Rom auf den Weg bringen. Hinsichtlich deiner Legitimation jedoch kann ich leider nicht so handeln, wie du dir das vorstellst, Königswitwe der Icener. Denn es steht keineswegs in meinem Ermessen, dich als Alleinherrscherin zu bestätigen und deinen beiden Töchtern die spätere Machtausübung zu garantieren."
"Warum nicht?" mischte sich Swyedydd ein. "Flavius Caecina sagte uns, du wärst als Repräsentant des Imperators in Britannien dazu befugt!"
"Darin irrt der Tribun", erwiderte Suetonius Paulinus. "Die Angelegenheit ist viel zu kompliziert, als daß ich sie nach eigenem Gutdünken entscheiden könnte."
"Wieso kompliziert?!" protestierte Boadicea. "Fast zwanzig Jahre saß ich gleichberechtigt neben meinem Gemahl auf dem Thron! Niemand wagte es, mir meinen Rang streitig zu machen oder die Ansprüche Eadhas und Ailmes zu leugnen! Und jetzt..."
"Beruhige dich bitte!" fiel Catus Decianus der Königin ins Wort. "Offenbar denkst du, wir wollten deine Rechte beschneiden, während wir es in Wahrheit doch nur gut mit dir meinen!"
Ehe Boadicea etwas entgegnen konnte, stieß Suetonius Paulinus ins gleiche Horn wie der Procurator. "Du mußt uns und unserer Erfahrung im Umgang mit Nero vertrauen ... Herrscherin der Icener", sagte er. "Würde ich dich und deine Töchter ohne Einwilligung des Imperators legitimieren, könnte es leicht passieren, daß Nero, der in diesem Falle womöglich das Gefühl hätte, übergangen worden zu sein, meine Entscheidung wieder umstoßen würde. Deshalb ist es zweifellos günstiger für dich, wenn ich einen Brief nach Rom sende, in dem ich den Imperator über dein Anliegen informiere und es meinerseits unterstütze. Am besten sorge ich dafür, daß Nero das Schreiben gleichzeitig mit der Schatztruhe erhält, was ihn bezüglich deines Wunsches gewiß gnädig stimmen wird. Sicherlich wird er das Testament deines Gatten dann bestätigen, und du bist aller Sorgen ledig. Einige Monate freilich wirst du dich gedulden müssen, bis die Antwort des Imperators eintrifft - aber sobald ich Neros Erlaß in Händen habe, werde ich dich unverzüglich verständigen."
Die Königin kämpfte mit sich; schließlich gab sie sich einen Ruck und erklärte: "Es bleibt mir wohl nichts anderes übrig, als auf deinen Vorschlag einzugehen, Suetonius Paulinus."

"Ich bewundere deine Klugheit", antwortete der Statthalter. "Doch nun wollen wir die Politik vergessen und uns angenehmeren Dingen zuwenden." Er wies auf die Weinkaraffe und die Schalen, die in der Mitte der Tafel standen. "Darf ich euch und vielleicht auch den Adelskriegern eures Gefolges, die vorhin schwer genug zu tragen hatten, einen Schluck Falerner anbieten?"
Obwohl es Boadicea widerstrebte, länger als nötig mit Suetonius Paulinus und Catus Decianus zusammenzubleiben, stimmte sie zu. Der Statthalter rief den nubischen Sklaven herein, damit dieser die Trinkgefäße füllen sollte; anschließend tauschten sich die Icener und die beiden Römer noch etwa eine Stunde über eher belanglose Themen aus. Zuletzt, als die Abenddämmerung hereinbrach und der Nubier die Öllampen an den Wänden des Gemachs entzündete, nutzte Boadicea die Gelegenheit und äußerte: "Es ist schon spät, und ich denke, wir sollten jetzt in unser Quartier zurückkehren. Denn wir wollen morgen bereits in aller Frühe die Heimreise antreten."
Weder Suetonius Paulinus noch der Procurator versuchten die Icener zum Verweilen zu bewegen. Nach kurzem Abschied verließen Boadicea und ihre Begleiter den Raum; die Schatztruhe blieb in der Nähe des Tisches stehen.
Die beiden Römer warteten ab, bis die Tür hinter den Icenern ins Schloß geglitten war; dann sagte der Statthalter feixend zu Catus Decianus: "In den nächsten Tagen werden wir einen Teil des Hortes, so ungefähr vier Zehntel, nach Rom schicken. Dazu den Brief an den Imperator, dessen Text freilich ein wenig anders lauten wird, als ich Prasutax' Witwe weismachte. Und wenn Nero sodann in meinem und deinem Sinn entschieden hat, werden die rothaarige Barbarin und ihre Töchter aus allen Wolken fallen..."

***

Zehn Tage nach Alban Heruin langten Boadicea und ihre Begleiter wieder in der icenischen Königsfestung an; noch für den gleichen Abend berief die Herrscherin eine Zusammenkunft der Edlen ein und ließ dazu auch den Tribun Flavius Caecina und den Centurio Verticus Gallus aus Venta Icenorum laden.
Unter dem Dach der Großen Halle berichtete Boadicea den Versammelten von der Audienz in Londinium; nachdem die Königin geendet hatte, erklärte Swyedydd: "Wir müssen also auf den Erlaß des Imperators warten, was nicht sehr erfreulich ist - andererseits aber versprach uns der Statthalter, sich für die Legitimation von Boadicea, Eadha und Ailme einzusetzen. Ferner sagte er, daß es bloß einige Monate dauern würde, bis die Angelegenheit nach unserem Wunsch geregelt sei - und im Grunde können wir daher mit der Entwicklung der Dinge zufrieden sein."
"Außer Suetonius Paulinus und Catus Decianus legten es darauf an, euch hinters Licht zu führen!" rief einer der Adligen.
"Dieser Verdacht beschlich mich während der Unterredung auch einige Male, und den anderen erging es ähnlich", antwortete der Pendruid. "Denn

der Statthalter und der Procurator zeigten sich zunächst nicht gerade freundlich. Doch letztlich klang alles, was sie bezüglich der Anerkennung von Prasutax' Testament sagten, überzeugend - und darüber hinaus hatten wir aufgrund der politischen Umstände, so wie Suetonius Paulinus sie uns darstellte, ohnehin nur die Wahl, seine Vorschläge zu akzeptieren."
"Aber hieß es denn nicht ursprünglich, daß der Statthalter das Vermächtnis unseres toten Herrschers bestätigen könnte?" beharrte der Edle. Er wandte sich Flavius Caecina zu. "Das erklärtest du Boadicea doch nach der Beisetzung von Prasutax, und später habt ihr, soweit ich weiß, nochmals darüber geredet."
"Richtig", nickte der Tribun. "Aber wie es scheint, war ich damals schlicht falsch informiert. Die Regelung, die ich im Kopf hatte, war zu Aulus Plautius' Zeiten gültig. Er hätte aufgrund eines Erlasses von Claudius das Recht besessen, eure Königin und ihre Töchter ohne Rücksprache mit dem Imperator zu legitimieren. Doch nun will Nero das wohl anders handhaben. Es sieht so aus, als hätte er die Befugnisse des neuen Statthalters in Sachen der Foederaten-Herrscher eingeschränkt - und daher tat Suetonius Paulinus zweifellos gut daran, den bekanntermaßen jähzornigen Imperator nicht zu übergehen."
"Du bist also auch der Meinung, daß wir Suetonius Paulinus und Catus Decianus trauen können?" fragte die Königin.
"Ich denke schon", erwiderte Flavius Caecina. "Die beiden sind zwar durchaus mit Vorsicht zu genießen und haben bereits öfter für böses Blut bei den Stämmen gesorgt - aber in deinem Fall planen sie meiner Ansicht nach keine Intrige. Und dies glaube ich auch deshalb, weil sie dank des Berichts, den ich dem Statthalter nach den Waffenspielen schickte, genau wissen, welch herausragende Krieger du notfalls ins Feld stellen könntest."
"Zudem erhält Nero ja die Hälfte des icenischen Königsschatzes", warf Verticus Gallus ein. "Das wird den Imperator sehr für dich und deine Töchter einnehmen, Boadicea, und auch von daher dürfen Suetonius Paulinus und der Procurator es nicht wagen, Ränke gegen euch zu spinnen."
"Wahrscheinlich wird das Schatzgeschenk sogar der ausschlaggebende Grund dafür sein, daß Nero uns schon bald legitimiert", kam es von Ailme. "Schließlich hört man immer wieder, wie raffgierig er ist, und jetzt kann er den Reichtümern, die er bereits besitzt, noch eine Menge weiteren Goldes, Silbers und kostbarer Kleinodien hinzufügen. Unsere Familie hingegen, die es früher nicht nötig hatte, Tribute zu entrichten..."
"Zählt nach wie vor zu den wohlhabendsten in Britannien", unterbrach die Königin ihre Zweitgeborene. "Wir behalten mehr als genug übrig - und so gesehen, ist der Preis, mit dem wir unsere Herrschaft gesichert haben, nicht zu hoch, oder?"
Dem mußte Ailme vernünftigerweise zustimmen - doch später in der Nacht, nachdem die Versammlung beendet war, ließ die Neunzehnjährige ihrem Unmut noch einmal die Zügel schießen.

Sie und Verticus hatten den Ringwall erklommen, um dort oben ungestört ihr Wiedersehen zu feiern. Eng umschlungen stand das Paar da, flüsterte miteinander und verlor sich zwischendurch in seinen Zärtlichkeiten - plötzlich aber verspannte sich Ailme.
"Was hast du denn?" fragte der junge Centurio ernüchtert.
Ein paar Atemzüge lang schwieg die Neunzehnjährige, starrte auf die vom Mondlicht beschienene Ebene hinaus; erst dann stieß sie hervor: "Bei der Audienz in Londinium fühlte ich mich gedemütigt! Vorhin, während der Zusammenkunft, kehrte die Erinnerung daran jäh zurück. Und jetzt eben erneut..."
"Es war sicher unangenehm für euch alle", murmelte Verticus. "Und ich kann gut verstehen, was du empfunden hast, da ich den Statthalter und den Procurator genau wie du verachte." Er tastete nach ihrer Rechten. "Doch nun bist du wieder daheim, weit von den Günstlingen Neros entfernt, und in den nächsten Jahren wirst du den beiden kaum wieder begegnen."
Abrupt entzog ihm Ailme ihre Hand. "Das ist es nicht! Es geht nicht um mich allein oder meine Familie! Es geht auch um unseren Volksstamm! Um die Icener und alle anderen Kelten, die in Britannien leben! Um unsere Selbstachtung, um die Freiheit, die wir verloren haben..." Sie begann zu schluchzen, klammerte sich an den Geliebten und barg ihr Gesicht an seiner Brust.
Behutsam streichelte Verticus ihr Haar; nach einer Weile, als sie sich beruhigt hatte, sagte er leise: "Ich hatte keine Ahnung, wie sehr du unter der römischen Herrschaft leidest..."
Die Neunzehnjährige wischte sich die Tränen ab. "Es war nicht immer so. Als Aulus Plautius unsere Insel eroberte, war ich noch ein Kleinkind, so daß ich nichts vom Krieg mitbekam. Deshalb verspürte ich später auch keinen Haß gegen die Römer, die in unserem Stammesgebiet stationiert waren. Dies um so weniger, als die Offiziere, mit denen wir es zu tun hatten, stets anständig zu uns waren. Sergius Callus, der bis zum vergangenen Herbst den Befehl in Venta Icenorum führte, war sogar so etwas wie ein Freund für meine Familie. Auch mit Catus Decianus konnten wir sofort ein gutes Verhältnis aufbauen, und was uns angeht..."
Sie suchte seine Lippen; zärtlich erwiderte der Centurio ihren Kuß und hoffte dabei, sie auf andere Gedanken zu bringen - aber im nächsten Moment löste sich Ailme wieder von ihm und fuhr fort: "Bis vor kurzem hatte ich keine wirklich schwerwiegenden Vorbehalte gegen die römische Oberherrschaft in Britannien. Doch nach der Audienz in Londinium wurde mir mehr und mehr bewußt, wie viel wir Kelten durch die Eroberung verloren haben. Tausende Britannier wurden verknechtet oder in die Sklaverei verschleppt; so mancher Herrscher-Dun ist verwaist - und meine Mutter, meine Schwester und ich mußten als Bittsteller beim Statthalter vorstellig werden und ihm die Hälfte des icenischen Königsschatzes überlassen, damit Nero gnädigerweise unsere Herrschaftsrechte bestätigt; Rechte, die im Einklang mit den uralten keltischen Gesetzen stehen und

deshalb noch vor wenigen Jahren ganz selbstverständlich gewesen wären."
"Das klingt beinahe so, als wünschtest du dir die Unabhängigkeit eurer Insel zurück", äußerte Verticus.
"Ja", bekannte Ailme. "Aber ich weiß natürlich, daß dies wirklichkeitsfremd ist. Die früheren Zeiten werden nicht wiederkehren, daher muß ich mich mit der römischen Hegemonie abfinden. Doch seit dem Aufenthalt in Londinium leide ich zunehmend unter dem Gefühl der Unfreiheit..."
Der Centurio strich ihr eine ihrer kastanienroten Haarlocken aus der Stirn. "Vor hundert Jahren, nachdem Gaius Julius Caesar Gallien unterworfen hatte, empfanden verschiedene meiner Vorfahren und viele andere gallische Edle ähnlich wie du. Gerade beim Volksstamm der Parisier, wo mehrere meiner Ahnen als Gauhäuptlinge regierten, gab es noch lange nach der Eroberung Widerstand gegen die neuen Herren. Als der Kampf aussichtslos geworden war, flüchteten Teile des Stammes sogar über das Meer und siedelten sich im nordöstlichen Britannien an, wo sie, den Briganten und Pikten benachbart, bis heute leben. Mein Urgroßvater aber blieb im Häuptlings-Dun seines Heimatgaus - und fuhr dabei nicht schlecht. Er arrangierte sich mit den Römern, und dasselbe taten seine Nachkommen, so daß Macht und Einfluß unserer Familie weitgehend bewahrt wurden. Darüber hinaus brachte die Pax Romana, unter deren Schutz wir jetzt schon in der vierten Generation stehen, uns beachtlichen Nutzen. Wir pflegen heutzutage bedeutend lukrativere Fernhandelsbeziehungen als ehedem, sind mit wichtigen römischen Adelsgeschlechtern verschwägert - und was mich angeht, so bietet mir die Armee hochinteressante Aufstiegschancen."
"Mag sein!" schnappte Ailme. "Doch du bist gezwungen, unter dem Oberkommando eines Suetonius Paulinus zu dienen, von dem du vorhin selbst sagtest, daß du ihn verachtest."
"Ich verabscheue ihn, das stimmt", erwiderte Verticus. "Aber der Statthalter repräsentiert nicht das wahre Rom. Ebensowenig wie Catus Decianus oder der derzeitige Imperator. Zuweilen kommen Männer wie sie an die Macht; sie werden emporgeschwemmt - doch meist erfolgt ihr Sturz ebenso schnell wie ihr Aufstieg. Auf Dauer nämlich erweist sich das, was Rom wirklich ausmacht, stets als stärker: jener kühne, altruistische Geist, welcher dem gesamten Erdkreis Frieden und damit Wohlfahrt und Fortschritt wie nie zuvor bringen will."
Abwehrend, fast empört schüttelte die Königstochter den Kopf. "Ich fürchte, du siehst die Dinge allzu idealistisch! Oder willst du leugnen, daß der römische Eroberungsdrang unsägliches Leid über Europa, Afrika und Asien brachte. So viele Völker wurden gewaltsam unterworfen, so viele Menschen vertrieben, versklavt oder getötet. Allein in deiner gallischen Heimat starben Hunderttausende, als Caesars Legionen dort einfielen; Zehntausende waren es vor siebzehn Jahren auch hier auf unserer Insel - und nun ist die alte keltische Welt, die einst so frei und herrlich blühte, womöglich schon bald dem Untergang geweiht."

"Hatte diese Welt denn nicht ebenfalls ihre Schattenseiten?" wandte Verticus ein. "Gab es in früheren Zeiten etwa keine Differenzen in Gallien und Britannien? Keine Intrigen in den Festungen der Fürsten, keine Machtkämpfe, keine blutigen Rivalitäten unter den Stammesherrschern?"
"Natürlich passierte das", gestand Ailme zu. "Aber die Streitigkeiten hielten sich in Grenzen, und wenn es doch einmal zu einem Krieg zwischen zwei Volksstämmen kam, dann verzichteten die Sieger darauf, die Unterlegenen zu verknechten oder gar zu massakrieren. Oft wurden Schlachten sogar ganz vermieden, weil die Könige beider Seiten Zweikämpfe austrugen, um eine Entscheidung herbeizuführen, und sobald diese gefallen war, versöhnten sich die Stammeskrieger noch auf der Walstatt wieder. So handelten unsere Vorfahren, während die römischen Feldherren immer von neuem danach trachteten, die Erde mit Strömen von Blut zu tränken; unsere keltischen Könige und Druiden hingegen sorgten dafür, daß Menschenleben so weit wie möglich geschont wurden. Zudem versuchten wir Kelten im Gegensatz zu den Römern niemals, fremden Völkern unsere Sitten und Gesetze aufzuzwingen, um sie auf diese Weise ihrer Eigenart und Eigenständigkeit zu berauben. Denn es war uns stets bewußt, daß die Gottheiten das menschliche Dasein in reicher Vielfalt geschaffen haben - und daß es die Pflicht von uns Sterblichen ist, diese so wertvolle Fülle des Lebens zu bewahren..."
Die Königstochter verstummte; auch der Centurio schwieg eine Weile, schließlich sagte er leise: "Deine letzten Worte berührten mich im Innersten. Und ebenso gibt mir manches andere, wovon du sprachst, zu denken..."
Ailme verflocht ihre Finger mit seinen. "Dann verstehst du mich also? Kannst nachempfinden, was mich bewegt?"
"Ich fühle schon deshalb mit dir, weil ich dich liebe", antwortete Verticus. "Außerdem bin ich selbst keltischer Abstammung, und auch von daher begreife ich nur zu gut, was in dir vorgeht. Aber andererseits habe ich einen Eid auf das Imperium geleistet und bin deshalb gezwungen, die Interessen Roms zu vertreten..."
"Ich weiß, daß du das mußt..." Die Königstochter schmiegte sich an ihn. "Und wenn du es auf so anständige Art wie bisher tust, belastest du unsere Liebe nicht..." Sie küßte ihn, sehr sanft, sehr zärtlich; danach flüsterte sie: "Und jetzt laß uns das Imperium und alles andere vergessen..."
Erneut suchte sie seine Lippen - und dann geschah, was Ailme sich ersehnt hatte: In den Armen ihres Geliebten fand sie einmal mehr tiefe Geborgenheit - und wenig später, nachdem sich beide ins Herrscherhaus zurückgezogen hatten, berauschende Lust.

***

Auch während der folgenden Sommerwochen verbrachten die rothaarige Königstochter und der Centurio viel Zeit miteinander. Wenn sie sich nicht in der Ringwallfestung oder in Venta Icenorum aufhielten, unternahmen sie Jagdritte oder Ausflüge zu landschaftlich schönen Plätzen im Herzen des

Icenerlandes, und das Glück, das sie mit Verticus teilen durfte, half Ailme, die Trauer über den tragischen Tod ihres Vaters zu überwinden.
Gelegentlich begleitete Eadha, die sich nach der Heimkehr von Londinium ebenfalls mit dem Centurio angefreundet hatte, das Paar; eines Tages, kurz vor Lughnasad, sagte die junge Druidin zu ihrer Schwester: "Anfangs befürchtete ich, du könntest mit Verticus den Falschen gewählt haben. Doch nun bin ich sicher, daß ihr sehr gut zusammenpaßt - und das nicht zuletzt deswegen, weil der Mann, den du liebst, sich tief in seiner Seele viel vom keltischen Geist bewahrt hat."
Nur zu gerne vernahm Ailme diese Worte; zusätzlichen Grund, sich zu freuen, hatten sie und Boadicea einige Tage später, als Eadha, welche ursprünglich geplant hatte, die Rückreise nach Môn gleich nach dem Sommerfest anzutreten, ihnen mitteilte: "Ich habe mich entschlossen, noch zu bleiben, bis die Nachricht von der Bestätigung unserer Herrschaftsrechte eintrifft."
Die Königin schenkte ihrer Erstgeborenen einen dankbaren Blick. "Deine Entscheidung macht mich sehr froh. Denn so werden wir dich mindestens noch bis Herbstbeginn bei uns haben."
Auch Ailme gab ihrer Freude über Eadhas Entschluß Ausdruck; dann fragte sie ihre Mutter: "Du glaubst also, die Botschaft könnte uns schon um die Zeit von Alban Elued erreichen?"
"Meiner Einschätzung nach wäre das durchaus möglich", nickte Boadicea, und Eadha stimmte ihr, obzwar etwas zögerlich, zu.
Im Verlauf der nächsten sieben Wochen gingen die Dinge in der Ringwallfestung und im benachbarten Venta Icenorum ihren gewohnten Gang. Die Königin nahm, ungeachtet der noch fehlenden Legitimation durch Nero, ihre Herrscherpflichten wahr, und ihre Töchter unterstützten sie darin nach Kräften. Manchmal kamen die drei Frauen mit Flavius Caecina zusammen, um sich in gewissen Angelegenheiten mit ihm abzuklären; stets wurden die nötigen Regelungen in gutem Einvernehmen getroffen.
Auf diese Weise verstrich der Sommer und drehte sich allmählich in den Frühherbst; ab Alban Heruin sodann erklomm Boadicea häufiger als sonst den Torwall des Duns und spähte in Erwartung einer Delegation aus Londinium nach Süden. Aber es erschien kein Abgesandter von Suetonius Paulinus; Tag für Tag schaute die Königin vergeblich nach einem von Camulodunum kommenden römischen Reitertrupp aus. Vier weitere Wochen zogen darüber ins Land - schließlich, acht Tage vor Samhain, als Boadicea, Eadha und Ailme gerade beim Mittagsmahl saßen, stürzte ein Torwächter ins Herrscherhaus und meldete: "Auf der Römerstraße zieht eine starke Schar Berittener heran!"
"Das wird der Bote des Statthalters mit seiner Bedeckung sein", vermutete die Königin.
"Es sieht so aus", bestätigte der Wächter; gleich darauf begleitete er Boadicea und ihre Töchter zur Torbastion.

Dort hatten sich bereits zahlreiche Adelskrieger und Druiden, darunter Swyedydd, eingefunden. Gemeinsam beobachteten die Edlen und die königlichen Frauen, wie der Reitertrupp allmählich näherkam; plötzlich rief Ailme aus: "Es müssen mindestens hundert Mann sein - viel zu viele für die Eskorte eines Kuriers!"
"Es sei denn, Suetonius Paulinus gibt uns höchstpersönlich die Ehre", murmelte Boadicea - doch nach einer Weile wurde klar, daß dem nicht so war. Jetzt nämlich konnten die Icener an der Spitze der Kavalkade einen Offizier ausmachen, welcher den Helmbusch eines Legaten trug; bei den einhundertzwanzig Legionären wiederum, die ihm in Viererreihen folgten, handelte es sich, den Feldzeichen nach zu schließen, um die schwere Kavallerie der von dem hohen Offizier befehligten Legion.
Der Grund für das Auftauchen dieser Eliteeinheit war völlig rätselhaft und gab den icenischen Adligen sehr zu denken; mit gerunzelter Stirn äußerte Swyedydd: "Ich fürchte, der Legat kommt nicht mit den besten Absichten."
"Wir werden bald erfahren, was er im Schilde führt", sagte die Königin mit belegter Stimme - aber darin täuschte sie sich erneut. Denn als die Römer auf Höhe der Ringwallfestung angelangt waren, bogen sie nicht in die Seitenstraße ein, welche zum Dun führte, sondern trabten, am Festungshügel vorbei, weiter in Richtung Venta Icenorum.
Eine Viertelstunde später sahen die icenischen Edlen, die nun auf dem nördlichen Palisadenwall standen, wie die Kavalleristen ins Kohorten-Lager nahe der Stadt einzogen. Nachdem die letzten Legionäre im Torschlund des Kastells verschwunden waren, schlug Eadha ihrer Mutter vor: "Vielleicht wäre es sinnvoll, wenn wir uns ebenfalls nach Venta Icenorum begeben würden."
"Ich weiß nicht..." entgegnete Boadicea zögernd. "Der fremde Offizier könnte dies als allzu aufdringlich empfinden..."
"Warum solche Rücksichtnahme?" widersprach Ailme. "Der Legat benahm sich auch nicht gerade höflich, als er an unserem Dun vorüberritt, ohne uns seine Aufwartung zu machen."
Die Königin wandte sich an Swyedydd. "Was meinst du dazu?"
"Ich bin ähnlich hin und her gerissen wie du", antwortete der Pendruid. "Einerseits wäre es natürlich wichtig, Informationen zu erhalten; andererseits..." Er unterbrach sich, beschattete die Augen mit der Hand und spähte nach Norden; im nächsten Moment gewahrten auch die übrigen Icener den Reiter, der vom Kohorten-Lager zur Stadt preschte.
"Offenbar ein Bote, der zu Flavius Caecina und Verticus Gallus unterwegs ist, um sie ins Kastell zu beordern", rief einer der Adligen aus; unmittelbar darauf erklärte Ailme: "Jetzt bin ich gewiß, daß sich unser Problem von selbst lösen wird. Denn sobald es Verticus möglich ist, wird er uns aufsuchen und uns berichten, aus welchem Grund der Legat nach Venta Icenorum kam."
"Darauf können wir uns verlassen", nickte Boadicea; anschließend verließen die Königin und ihre Begleiter den Wall und begaben sich in die Große Halle, um dort auf den Centurio zu warten. Die icenischen Edlen

rechneten damit, daß bis zur Ankunft von Verticus Gallus einige Stunden verstreichen würden, und stellten sich darauf ein - doch dann erlebten sie neuerlich eine Überraschung. Bereits am frühen Nachmittag nämlich kam ein Torwächter in die Halle gerannt und meldete: "Der Legat und seine berittenen Legionäre ziehen schon wieder ab!"
Abermals erklommen Boadicea und ihr Gefolge den Ringwall; vom Wehrgang aus beobachteten sie, wie die Kavalleristen am Dun vorübertrabten und nach Süden verschwanden. Kaum war die Einheit außer Sicht, tauchten im Norden erneut Reiter auf: zwei Männer, die sich der Königsfestung im Galopp näherten. Bald erkannten die Icener Flavius Caecina und Verticus Gallus; wenig später jagten die beiden Offiziere in den Dun, zügelten ihre Rösser und schwangen sich aus den Sätteln.
Im Nu waren der Tribun und der Centurio von den Adligen umringt; Ailme umklammerte den Arm ihres Geliebten und stieß hervor: "Was ist passiert?! Was wollte der Legat von euch?!"
Verticus gab ihr eine kurze Auskunft; Ailme erbleichte - im selben Augenblick rief Boadicea, die unterdessen einige hastige Sätze mit Flavius Caecina gewechselt hatte: "Laßt uns zurück in die Große Halle gehen! Dort wird der Tribun zu uns sprechen!"
Nachdem sich die icenischen Edlen wieder in der Versammlungshalle niedergelassen hatten, erklärte Flavius Caecina, der zusammen mit seinem Adjutanten bei der Königin, deren Töchtern und Swyedydd auf dem Hochsitz Platz genommen hatte: "Der Legat, der mich und meine Offiziere in Venta Icenorum aufsuchte, heißt Petilius Cerialis. Er kam im direkten Auftrag des Statthalters aus Londinium und überbrachte mir einen Befehl von Suetonius Paulinus, wonach ich mich mit meiner Kohorte morgen bei Tagesanbruch nach Süden in Marsch setzen muß. Unterwegs soll ich die beiden anderen Kohorten, die in eurem Stammesgebiet stationiert sind, an mich ziehen und die vereinigten Militäreinheiten sodann nach Camulodunum führen..."
"Warum denn das?" unterbrach einer der Adligen den Tribun.
"Weil es bei den Catuvellaunern zu Rebellionen gekommen ist und womöglich sogar ein allgemeiner Aufstand droht", antwortete Flavius Caecina.
Auf Swyedydds Antlitz malten sich Zweifel. "Ich weiß nicht recht... Wenn es tatsächlich Unruhen gegeben hätte, wäre die Kunde davon doch längst zu uns gedrungen! Bist du dir sicher, Flavius, daß der Legat kein falsches Spiel mit dir trieb?"
"Welchen Grund hätte er haben sollen?!" schnappte der Tribun.
"Vielleicht sollst du aus irgendeinem infamen Grund nach Camulodunum gelockt werden", erwiderte der Pendruid.
"Unsinn!" versetzte Flavius Caecina verärgert. "Du unterstellst Petilius Cerialis, welcher immerhin einer der ranghöchsten Offiziere der römischen Armee ist, Dinge, die..."
"Streitet euch bitte nicht!" fiel Boadicea dem Tribun ins Wort; gleich darauf richtete Eadha, ebenfalls im Bestreben, die Wogen zu glätten, die Frage

an Flavius Caecina: "Wie lange wirst du voraussichtlich mit deinen Truppen weg sein?"
"Ich hoffe, es ist mit ein paar Wochen abgetan", knurrte der Tribun; in moderaterem Tonfall fügte er hinzu: "Wahrscheinlich genügt ja bereits die verstärkte Militärpräsenz im Süden, um die Catuvellauner wieder zur Vernunft zu bringen."
Ailme, die bislang verspannt dagesessen hatte, atmete erleichtert auf und wandte sich an ihren Geliebten: "Wie es aussieht, wird die Gefahr für dich nicht allzu groß sein. Aber dennoch mußt du dich in acht nehmen!"
"Ich verspreche es dir", antwortete Verticus; danach tauschten er und Flavius Caecina sich noch eine Weile mit den Icenern aus - bis der Tribun schließlich äußerte: "Es wird Zeit für mich und meinen Adjutanten, nach Venta Icenorum zurückzukehren. Denn dort gibt es noch eine Menge für uns zu tun, wenn die Kohorte morgen früh bei Sonnenaufgang marschbereit sein soll."
Rasch nahmen Ailme und Verticus bewegten Abschied voneinander; wenig später galoppierten die beiden Offiziere davon. Die icenischen Edlen wiederum blieben bis zum Abend in der Halle beisammen und stellten die verschiedensten Vermutungen über die Ereignisse im Stammesgebiet der Catuvellauner an. Nach wie vor zweifelten einige Adelskrieger und Druiden daran, daß es tatsächlich zu einer größeren Rebellion im Süden gekommen war; die meisten jedoch waren der Meinung, daß die Römer möglicherweise übervorsichtig, aber nicht grundlos handelten.
Am nächsten Morgen sodann zog die Kohorte aus Venta Icenorum an der Ringwallfestung vorüber und marschierte weiter in Richtung Camulodunum. Boadicea, ihre Töchter und die Edlen schauten der Kolonne vom Wehrgang des Duns aus nach; als der Heerbann der sechshundert Legionäre am Horizont verschwand, sagte Swyedydd zur Königin: "Vielleicht sollten wir der Kohorte sicherheitshalber ein paar Späher nachsenden."
"Nein!" erwiderte Boadicea. "Das wäre ein Vertrauensbruch, den Flavius Caecina und seine Offiziere nicht verdient haben. Sie benahmen sich uns gegenüber stets anständig, und daher bin ich gewiß, daß sie auch jetzt nichts Böses im Schilde führen."
"Darin stimme ich dir zu", erklärte der Pendruid. "Doch Suetonius Paulinus und Catus Decianus könnten durchaus etwas Übles planen - und deshalb für den Abzug der Militäreinheiten gesorgt haben, die unter dem Befehl von Flavius Caecina stehen."
"Du siehst Gespenster!" fuhr die Königin auf; im nächsten Moment bereute sie ihren Ausbruch. "Verzeih", bat sie. "Ich weiß, du meinst es nur gut. Und wenn ich es recht bedenke, so könnte es womöglich wirklich nicht schaden, vorsichtig zu sein..."
"Heißt das, du billigst meinen Vorschlag?" fragte Swyedydd.
Es schien, als wollte Boadicea bejahen - aber dann murmelte sie lediglich: "Ich werde darüber nachdenken... Und dir noch heute Bescheid geben..."

Dazu jedoch fand die Königin keine Gelegenheit mehr, denn bereits wenige Stunden später, um die Mittagszeit, überstürzten sich die Ereignisse.
Wieder saßen Boadicea und ihre Töchter beim Essen, als derselbe Torwächter wie tags zuvor hereinhastete und meldete: "Ein Römerheer nähert sich dem Dun! Viele hundert Mann stark!"
"Das kann nur Flavius Caecina sein, der mit seiner Kohorte zurückkehrt", vermutete Ailme; Hoffnung auf ein schnelles Wiedersehen mit Verticus leuchtete dabei aus ihren Augen.
"Ausgeschlossen!" widersprach der Wächter. "Die Legionäre kommen von Südwesten, nicht von Süden!"
"Hatte Swyedydd etwa recht?!" stieß die Königin hervor; gleich darauf rannten sie und ihre Töchter nach draußen.
Von der Torbastion aus beobachteten die drei Frauen und die Edlen, die sich rasch zu ihnen gesellt hatten, wie der Heerwurm heranmarschierte. Nach einer halben Stunde konnten die Icener bereits die Feldzeichen des Militärverbandes erkennen - und der Pendruid, der trotz seines fortgeschrittenen Alters noch außerordentlich scharfe Augen besaß, rief aus: "Es handelt sich um zwölf Hundertschaften, also zwei Kohorten!"
"Ein Römerheer, wie wir es nie zuvor in unserem Königsgau sahen", sagte Boadicea gepreßt; Eadha fügte in unbehaglichem Tonfall hinzu: "Der Offizier, welcher das Kommando hat, muß große Macht besitzen..."
Während der folgenden Viertelstunde wuchs die Beklommenheit der Icener noch; etliche Adelskrieger rieten sogar, die Ringwallfestung in Verteidigungszustand zu versetzen. Die Königin jedoch weigerte sich, da sie die Römer nicht leichtfertig provozieren wollte - und dann war der Militärverband auch schon auf Höhe des Duns angelangt.
In einer jähen Aufwallung hoffte Boadicea, daß die Legionäre an der Festung vorüber nach Venta Icenorum marschieren würden - aber der Vortrab bog auf die Seitenstraße ein, welche zum Dun führte. Zwei Centurien zu Fuß folgten den etwa vierzig Reitern zur Ringwallfestung; die übrigen zehn Hundertschaften hielten seitlich der Hauptstraße an, richteten sich zu Karrees aus und machten dabei allesamt Front gegen den Dun.
Gleich darauf kam die Schar der Berittenen den Hügelweg empor. Die Königin sah, daß der Mann an der Spitze, von dessen Helmkamm ein silberweißer Roßschweif wehte, eine auffallend hagere Gestalt besaß - mit dem nächsten Lidschlag erkannte sie ihn: Es war der Procurator Catus Decianus.
Ein eisiger Schauer rieselte Boadiceas Rückgrat entlang. Wie betäubt trat die Königin aus dem Torschlund; sie nahm kaum wahr, daß ihre Töchter und Swyedydd sie begleiteten - dann stand Boadicea vor dem grauen Hengst des Procurators und hörte Catus Decianus sagen: "Sei gegrüßt, Königswitwe der Icener. Ich bringe dir eine wichtige Botschaft von Suetonius Paulinus. Eine Botschaft, welche deine Legitimation durch den Imperator betrifft. Führe mich und meine Bedeckung also in die

Versammlungshalle; dort wirst du erfahren, wie Nero in deiner Angelegenheit entschieden hat."
Die Worte des Procurators hatten Boadiceas Unbehagen noch gesteigert; gepreßt erwiderte sie: "Sei willkommen im Königs-Dun der Icener, Catus Decianus." Danach wandte sie sich beinahe abrupt ab, richtete den Blick auf Swyedydd, Eadha und Ailme, die neben ihr standen, und sagte tonlos: "Laßt uns den Procurator zur Großen Halle geleiten."
Als sich Catus Decianus und die Reiter seiner Eskorte vor dem Hallentor aus den Sätteln schwangen, eilten icenische Stallknechte herbei. Sie wollten die Rösser der Römer zu einem Gehege beim östlichen Wallabschnitt bringen und sich dort um die Tiere kümmern - doch der Centurio, welcher die Berittenen befehligte, verwehrte den Knechten dieses Vorhaben, indem er sie schroff anfuhr: "Die Pferde bleiben hier stehen!"
Verprellt zogen sich die Stallknechte zurück; Boadicea sah, wie die Legionäre ihre Tiere an den Recks festbanden, die sich links und rechts des Halleneinganges befanden. Zugleich formierten sich die beiden Hundertschaften zu Fuß, welche den Reitern in die Festung gefolgt waren, nahe der Versammlungshalle zu Karrees; empört dachte die Königin: Sie benehmen sich beinahe wie Okkupanten! Boadicea war versucht, den Procurator darauf anzusprechen - aber dann unterdrückte sie die Anwandlung und schritt Catus Decianus in die Große Halle voran.
Drinnen forderte die Königin den Procurator auf, neben ihr, ihren Töchtern und Swyedydd auf dem Hochsitz Platz zu nehmen. Doch Catus Decianus lehnte mit dem brüsk hervorgestoßenen Satz: "Ich bin Römer, kein Kelte!" ab - und ließ sich direkt gegenüber der Balkenplattform mit der Thronbank nieder. Der Centurio der Eskorte und zwanzig von dessen Männern, die mittlerweile ebenfalls hereingekommen waren, nahmen hinter dem Procurator Aufstellung; die icenischen Edlen wiederum setzten sich, erregt untereinander flüsternd, in einigem Abstand von Catus Decianus und den Legionären.
Als allgemeine Stille eingekehrt war, tauschte Swyedydd einen Blick mit Boadicea; nachdem sie genickt hatte, richtete der Pendruid das Wort an den Procurator: "Sage uns nun, welche Entscheidung der Imperator in Rom bezüglich der Erbrechte unserer Königin und ihrer Töchter Eadha und Ailme getroffen hat."
Catus Decianus erhob sich. "Ich fürchte, ihr werdet mit Neros Edikt nicht zufrieden sein!"
"Wieso?!" stieß Boadicea hervor.
"Weil der Imperator dir und deinen Töchtern zwar für das Schatzgeschenk danken läßt - aber ansonsten der Meinung ist, daß ihr keinerlei Herrschaftsansprüche geltend machen könnt", antwortete der Procurator.
"Das ist unerhört!" rief die Königin aus; die zutiefst aufgebrachten Adligen und Druiden stimmten ihr lautstark zu.
Der Tumult dauerte eine Weile an; dann verschaffte sich Swyedydd Gehör und wollte von Catus Decianus wissen: "Hat Nero seine unsägliche, die

Götter beleidigende Entscheidung, die wir niemals hinnehmen werden, denn auch irgendwie begründet?!"
"Ihr werdet euch dem Erlaß des Imperators sehr wohl beugen!" entgegnete der Procurator. "Und was die Gründe für Neros Entscheidung angeht, so stehen sie im Einklang mit den römischen Gesetzen, denen ihr als Foederaten Roms auf Gedeih und Verderben unterworfen seid!"
"Von welch seltsamen Gesetzen sprichst du?!" kam es wütend von Boadicea.
"Sie sind ungeschrieben, haben jedoch im Römischen Reich seit jeher Gültigkeit", erwiderte Catus Decianus. "Und sie besagen, daß einzig Männer politische Ämter bekleiden dürfen. Frauen hingegen, selbst solche von höchster Geburt, besitzen nicht das Recht, öffentliche Aufgaben wahrzunehmen."
"Aber ich regierte viele Jahre in voller Gleichberechtigung an der Seite meines Gemahls!" protestierte die Königin. "Und auch damals war der Foederaten-Vertrag schon in Kraft!"
"Zu jener Zeit, da das römische Rechtswesen in Britannien erst allmählich eingewurzelt wurde, lag es mehr oder weniger im Ermessen des früheren Statthalters Aulus Plautius, deine Mitregentschaft zu dulden oder nicht zu dulden", antwortete der Procurator. "Doch jetzt hat sich der Imperator entschlossen, den Gesetzen des Reiches auch auf dieser Insel unabdingbare Gültigkeit zu verschaffen. Und deshalb wirst du auf den Thron verzichten müssen, Boadicea!"
Die Hand der Königin zuckte zum Dolch, den sie am Gürtel trug; Eadha und Ailme starrten entgeistert auf Catus Decianus, und unter den icenischen Edlen brach erneut Tumult aus. Erst als Swyedydd den Arm hob, legte sich der Aufruhr jäh wieder - und in die gespannte Stille hinein sagte Boadicea mit gepreßten Lippen: "Nie werde ich abdanken! Nie werde ich hinnehmen, daß das ehrwürdige keltische Recht, aufgrund dessen ich herrsche, in den Schmutz getreten wird! Dies schwöre ich bei Andrasta und allen anderen Gottheiten!"
Schweigend, scheinbar ungerührt, musterte der Procurator die Königin - dann wiederholte er: "Du wirst auf den Thron verzichten müssen, Königswitwe der Icener! Und dasselbe gilt für deine beiden Töchter, denn auch ihre diesbezüglichen Erbschaftsansprüche wurden von Nero nicht anerkannt. Was schließlich das Vermögen deines verstorbenen Gatten betrifft, Boadicea, so ziehe ich es hiermit zugunsten des Imperators ein. Da dein dahingegangener Gemahl Prasutax nämlich in seiner Ehe mit dir keine männlichen Nachkommen zeugte, ist die legitime Erblinie seines Geschlechts nach römischem Gesetz erloschen. Und damit fällt der gesamte Königsschatz - nicht nur die Hälfte, die Nero bereits erhalten hat - an das Reich!"
"Ihr von den Göttern verfluchten Räuber!" brüllte ein Adelskrieger; ein zweiter schrie: "Wir werden die Rechte unserer Königin und ihrer Töchter mit dem Schwert zu verteidigen wissen!"

Gleich darauf brach zum drittenmal ein Tumult aus; einige icenische Edle waren nahe daran, auf die Römer loszugehen - aber da griff neuerlich Swyedydd ein, verschaffte sich wie zuvor durch eine gebieterische Geste Gehör und beschied die wutentbrannten Adligen: "Ich werde Catus Decianus die Antwort geben, die er angesichts seines unverschämten Auftretens verdient!"
Damit erhob sich der Pendruid, faßte den Procurator scharf ins Auge und sagte: "Sechzig Sommer und Winter sah ich in meinem gegenwärtigen Dasein bereits kommen und gehen. Viel Leid, viel Unrecht, viel Bösartigkeit begegneten mir in dieser langen Zeit; darin erging es mir wie allen Sterblichen, die auf den Pfaden der irdischen Welt wandeln. Niemals aber traf ich bisher auf einen derart verworfenen Menschen wie dich, Catus Decianus. Denn du trittst im Auftrag deines nicht weniger nichtswürdigen Herrn, des römischen Imperators, das Wertvollste mit Füßen, das auf Erden existiert. Vom Miteinander des Weiblichen und des Männlichen spreche ich; von jenem heiligen Miteinander, aus welchem nach dem Willen der Großen Göttin jegliches Leben entsteht. Ceridwen war es, welche dieses daseinsspendende Miteinander und damit die völlige Gleichberechtigung von Frau und Mann schuf - und weil dies so ist, machten wir Kelten nie in unserer Geschichte irgendeinen Wertunterschied zwischen den Geschlechtern. Stets achteten wir das Weibliche und das Männliche gleich hoch, und von daher regieren bei uns seit alters her sowohl Königinnen als auch Könige und ebenso Druidinnen und Druiden. Immer war dies in sämtlichen, von keltischen Volksstämmen bewohnten Ländern eine Selbstverständlichkeit; eine Selbstverständlichkeit, die auf dem göttlichen Gesetz Ceridwens vom Miteinander der Geschlechter beruht. Und wer dieses eherne Gebot der Gleichberechtigung von Frau und Mann, das über jedem von Menschen gemachten Gesetz steht, mißachtet, beleidigt die Große Göttin und alle übrigen Gottheiten, Catus Decianus!"
Nachdem Swyedydd geendet hatte, herrschte schier atemloses Schweigen in der Halle. Mit gesenktem Haupt stand der Procurator da; schon dachte Boadicea, er würde einlenken - doch plötzlich hob Catus Decianus den Kopf, feixte und verspottete den Pendruid: "Ceridwen, auf die du dich eben so fleißig berufen hast, mag bei euch Icenern etwas gelten - bei uns Römern aber ist diese seltsame Göttin absolut unbekannt!"
"Jetzt hast du von ihr gehört - und ich rate dir dringend, ihrem Gebot zu gehorchen und entsprechend zu handeln!" erwiderte Swyedydd.
"Ich gehorche allein dem Edikt des göttlichen Nero!" versetzte der Procurator; mit dem nächsten Lidschlag wandte er sich an die Königin und deren Töchter und forderte sie barsch auf: "Erklärt nun gefälligst, daß ihr auf eure vermeintlichen Rechte verzichten und den Schatz, der sich noch in eurem Besitz befindet, an den Imperator herausgeben wollt!"
Boadicea sprang auf. "Ich gab dir meine Antwort bereits, Römer! Doch ich wiederhole sie noch einmal, damit du endlich begreifst! Gestützt auf die

uralten keltischen Gesetze weise ich dein Ansinnen mit aller Entschiedenheit zurück!"
Eadha und Ailme erhoben sich ebenfalls und erklärten wie aus einem Mund: "Dasselbe gilt für uns!"
Mit ausdruckslosem Gesicht, in dem sich kein Muskel regte, fixierte Catus Decianus die drei Frauen; dann auf einmal verzogen sich die Lippen des Procurators zu einem kaum sichtbaren Grinsen. "Ihr wollt es nicht anders..." sagte er gefährlich leise - unmittelbar darauf drehte er sich um und gab dem Centurio seiner Leibwache ein Zeichen.
Der Offizier griff unter seinen Umhang, brachte eine Trompete zum Vorschein und stieß, in Richtung des Hallenportals gewandt, viermal hinein. Während die schmetternden Signale erklangen, erklommen acht Legionäre den Hochsitz, drängten den Pendruid beiseite und überwältigten die Königin sowie deren Töchter; die übrigen Leibwächter stellten sich, ihre Schwerter zückend, schützend vor Catus Decianus und den Centurio. Dies war auch nötig, denn schon machten die ersten icenischen Adligen Anstalten, die Römer anzugreifen. Ehe sie aber an die Leibwächter des Procurators herangekommen waren, stürmte eine volle römische Hundertschaft in die Halle: eine der beiden Centurien, welche zuvor draußen Aufstellung genommen hatten.
Der Kampf, der jetzt entbrannte, war heftig, jedoch nur kurz. Die keltischen Edlen, die deutlich in der Minderzahl waren, hatten keine Chance gegen die Legionäre. Schnell waren die meisten Adelskrieger und Druiden entwaffnet; diejenigen, welche sich nicht ergeben wollten, wurden gnadenlos niedergemacht.
Als Boadicea, Eadha und Ailme - alle drei mit Handschellen gefesselt - zum Hallenausgang gezerrt wurden, sahen sie an die zehn tote Icener in ihrem Blut liegen. Im Freien sodann bot sich der Königin und ihren Töchtern ein Anblick, der sie zusätzlich schockierte. Die Legionäre der zweiten Hundertschaft, welche nach dem Eintreffen von Catus Decianus im Karree auf dem Anger angetreten waren, hatten die einfachen Bewohner des Duns zum Viehgehege beim östlichen Wallabschnitt getrieben und hielten sie nun in diesem Pferch gefangen.
Beim Torbau der Ringwallfestung wiederum waren die keltischen Wachtposten hingemetzelt worden: sechs Krieger, deren verkrümmte Körper schreckliche Hieb- und Stichwunden aufwiesen. Als Boadicea und ihre Töchter, die jetzt von je zwei Legionären an Halsstricken geführt wurden, bei den Leichen vorüberkamen, vermochte die Königin nicht länger an sich zu halten. Von ohnmächtigem Zorn übermannt, rief sie dem ein Stück rechts von ihr reitenden Procurator zu: "Der Tag wird kommen, da die Götter dich für deine Verbrechen bestrafen werden, Catus Decianus!"
"Du irrst, Königswitwe der Icener", entgegnete der Procurator höhnisch. "Die Götter sind mir vielmehr außerordentlich gewogen, denn sie gaben heute dich, deine Brut, deine Festung und damit auch deine Schatztruhen in meine Hand."

"Du wirst den Königs-Dun, der seit Jahrhunderten Herrschaftssitz unserer Familie ist, niemals halten können!" fuhr nunmehr Ailme auf. "Die Krieger unseres Volksstammes werden es nicht dulden, daß sich Römer in ihm breitmachen!"
"Sie werden es dulden müssen", erwiderte Catus Decianus. "Noch in dieser Stunde nämlich werden sowohl eure überlebenden adligen Gefolgsleute, die ihre Lektion vermutlich gelernt haben, als auch alle anderen Icener aus der Festung verjagt - und die Legionäre, denen ich den Befehl erteilte, dies zu besorgen und den Dun zu besetzen, kommen da unten bereits heran!"
Boadicea und ihre Töchter schauten ins Tal und erkannten, daß sich vier der dort befindlichen zehn Centurien in Marsch gesetzt hatten. Rasch näherten sich die Hundertschaften dem Festungshügel; auf halbem Weg zwischen dem Dun und der Römerstraße passierten sie den Trupp, bei dem sich die drei gefesselten Frauen befanden. Boadicea, Eadha und Ailme mußten Spottrufe und Zoten der Legionäre ertragen; wenig später erreichte der Zug mit den gefangenen Frauen die Straße und bog in Richtung Venta Icenorum ab. Die sechs Centurien, die neben dem Fahrdamm gewartet hatten, reihten sich hinter den Reitern und den Männern, welche die Königin und ihre Töchter mit sich zerrten, ein - nach kurzem Marsch sodann langten die Römer und die von ihren Halsstricken gewürgten Frauen vor der Stadt an.
Als die Spitze der Kolonne die Flußbrücke überquerte, eilten zahlreiche Bewohner von Venta Icenorum herbei; es handelte sich um keltische und römische Bürger gleichermaßen. Fassungslos starrten sie auf Boadicea, Eadha und Ailme, die jetzt wie benommen zwischen den Rössern dahinstolperten. Nachdem sie ihren ersten Schrecken überwunden hatten, riefen viele der Icener und auch manche römische Zivilisten die Namen der Königin und ihrer Töchter; einzelne Gruppen drängten sich bis zu den Reitern vor und flehten den Procurator um Gnade für die Gefangenen an. Aber Catus Decianus achtete nicht darauf; mit abweisender Miene saß er im Sattel seines grauen Hengstes und führte die Kolonne zum Militärlager östlich der Stadt - kaum war die letzte Hundertschaft ins Kastell einmarschiert, wurde das eisenbeschlagene Balkentor geschlossen.
Die verstörten Bürger von Venta Icenorum sahen sich ausgesperrt; sie bekamen nicht mehr mit, wie Boadicea, Eadha und Ailme im Inneren des Kohorten-Lagers zu einem etwas abseits stehenden Gebäude geschleppt wurden: dem Kerkerbau des Kastells. Dort, in einem unterirdischen, aus Bruchsteinen gemauerten Gewölbe, ließ der Procurator die Königin und ihre Töchter anketten. Als die drei Frauen hilflos auf dem nackten Boden kauerten, musterte Catus Decianus sie eine Weile schweigend; dann, ehe er sich zum Gehen wandte, sagte er mit bösartigem Feixen: "Nässe und Kälte hier im Verlies werden euch vermutlich schon bald arg zu schaffen machen! Doch das ist nur ein kleiner Vorgeschmack dessen, was euch morgen, wenn die Sonne am höchsten steht, erwartet..."

***

Der neue Tag war angebrochen; ein Tag, an dem die Natur den Menschen zu grollen schien. Heftige Windstöße fauchten vom Meer heran; sie trieben dunkle, regenschwangere Wolken über den Himmel und wühlten in den Baumwipfeln des Auenwäldchens, das sich eine knappe Wegstunde westlich von Venta Icenorum in eine Bodensenke duckte. Inmitten des verfilzten und scheinbar unzugänglichen Forstes gab es eine Lichtung mit einem moorbraunen Quellteich - und auf dieser Waldblöße hatten sich die icenischen Edlen, die nach der Festnahme Boadiceas, Eadhas und Ailmes aus dem Königs-Dun verjagt worden waren, auf Swyedydds Veranlassung hin zusammengefunden.
Seit geraumer Zeit beratschlagten die Druiden und Adligen bereits; soeben erklärte eine Andrasta-Priesterin: "Daß wir das unsägliche Unrecht, welches unserer Herrscherfamilie angetan wurde, nicht tatenlos hinnehmen werden, ist klar. Darin stimme ich mit allen anderen überein, die vor mir sprachen. Aber ich frage mich nach wie vor, ob wir nicht versuchen sollten, mit dem Procurator zu verhandeln, statt Gewalt anzuwenden?"
"Catus Decianus ist ein Götterfeind!" rief ein Adelskrieger. "Dasselbe gilt für Suetonius Paulinus und Nero! Und derartige Ausgeburten des Bösen verstehen nur eine einzige Sprache: die der Waffen!"
"Wenn Kämpfe ausbrechen, werden nicht nur Römer, sondern auch Kelten sterben!" beharrte die Andrasta-Priesterin. "Daher müssen wir alles tun, um Blutvergießen zu vermeiden. Vielleicht wäre es sinnvoll, einen Boten mit der Bitte um Vermittlung zu Flavius Caecina und Verticus Gallus zu senden. Beide benahmen sich uns gegenüber stets anständig; der junge Centurio ist zudem in Ailme verliebt, und wenn sie uns beispringen würden, könnte das Schlimmste womöglich noch verhindert werden."
Swyedydd machte eine ablehnende Geste. "Ein Hilfeersuchen an Flavius Caecina wäre sinnlos! Der Tribun wurde von dem Legaten Petilius Cerialis, der vorgestern aus dem Süden auftauchte und eindeutig mit dem Procurator unter einer Decke steckt, ganz gezielt aus Venta Icenorum weggelockt. Flavius Caecina sollte von dem Anschlag auf Boadicea und ihre Töchter nichts mitbekommen; deshalb machte Petilius Cerialis ihm weis, daß bei den Catuvellaunern Unruhen ausgebrochen seien. Nachdem der uns wohlgesonnene Tribun mit seiner Truppe nach Camulodunum abgezogen war, konnte der Procurator sein Verbrechen ohne unliebsame römische Zeugen ausführen. So hatte er es von allem Anfang an geplant - und zweifellos haben er und der Statthalter auch dafür Sorge getragen, daß Flavius Caecina nie mehr nach Venta Icenorum zurückkehren wird. Entweder werden der Tribun und seine Kohorten künftig im catuvellaunischen Stammesgebiet stationiert bleiben, oder man versetzt sie in eine noch weiter entfernte Gegend - auf jeden Fall aber wird man Flavius Caecina jede Möglichkeit verbauen, uns beizuspringen. Und daher bleibt uns nur ein Ausweg: Wir müssen die Krieger unseres Volksstammes zu den Waffen rufen und uns an ihre Spitze stellen, um Boadicea, Eadha und Ailme zu befreien!"

Die allermeisten Umstehenden pflichteten Swyedydd bei; schon sah es so aus, als würde die Versammlung der Edlen den Kampf gegen die Römer beschließen - plötzlich raschelte es im Gestrüpp am östlichen Saum der Lichtung. Im nächsten Moment erschienen drei Druidenschüler auf der Waldblöße; der vorderste rief: "Auf dem Wall des Kastells von Venta Icenorum geschieht etwas Bedrohliches! Die Legionäre errichten dort ein hohes Balkengerüst!"
"Das bedeutet in der Tat nichts Gutes!" stieß Swyedydd hervor; gleich darauf hasteten er und die übrigen Edlen zu dem verborgenen Pfad, der durch das Gebüsch führte, und folgten den Halbwüchsigen, welche bereits wieder kehrtgemacht hatten, in Richtung der Stadt.
Als die Druiden und Adligen auf dem Brachfeld vor dem Militärlager eintrafen, war der Vormittag schon weit fortgeschritten. Noch immer fauchten Windböen über die Ebene und jagten dunkle Wolken am Firmament dahin; gelegentlich fegten kurze Regenschauer hernieder. Doch ungeachtet des schlechten Wetters hatten sich mehrere tausend Menschen beim Kohorten-Kastell versammelt: praktisch die gesamte Einwohnerschaft von Venta Icenorum und dazu viele hundert Bauern aus dem Umland der keltischen Königsfestung.
Mühsam drängten sich Swyedydd und seine Begleiter durch die Menge. Nachdem sie es geschafft hatten, erblickten sie das Gerüst, von dem der Druidenschüler gesprochen hatte, aus der Nähe. Wuchtig ragte es ein Stück neben der westlichen Torbastion des Militärlagers über den Wehrgang empor; mächtige Holzstützen trugen eine quadratische Plattform von sechs Schritt Seitenlänge - und in ihrer Mitte schickten sich acht Legionäre soeben an, eine schwere Balkenkonstruktion aufzurichten: zwei doppelt mannslange Stämme, die einander x-förmig kreuzten.
Voll schlimmer Vorahnungen starrten der Pendruid und die übrigen icenischen Edlen zu der Holzplattform hinauf. Sie sahen, wie die Römer das Schrägkreuz in die Senkrechte hievten und es verkeilten - als die letzten Hammerschläge verhallten, stand die trübe, wolkenverhangene Sonne fast im Zenit. Nun verließen die sechs Legionäre das Gerüst; sie kletterten die seitlich am Balkenwerk lehnenden Leitern hinab, die teilweise von der Brüstung des Wehrganges verdeckt waren. Einen Moment tat sich nichts weiter auf dem Wall - dann plötzlich erschienen andere Bewaffnete auf den Steigleitern: zehn Decurionen, die Spangenhelme, Kettenpanzer und blutrote Umhänge trugen. Sie stellten sich in einer Doppelreihe im Hintergrund der Plattform auf; kaum hatten sie Position bezogen, erklomm ein weiterer Mann das Gerüst.
Es war Catus Decianus. Der silberweiße Roßschweif, der an seinem Helmkamm befestigt war, peitschte im Wind; silbern schimmerte auch der Brustpanzer des Procurators, sein Mantel hingegen war tiefschwarz. Jetzt trat Catus Decianus vor das Schrägkreuz hin und ließ den Blick über die Menschenmenge auf dem Brachfeld schweifen. Beinahe schlagartig wurde es draußen vor dem Militärlager still - und nun erscholl die Stimme des Procurators: "Ich, Catus Decianus, teile der Bevölkerung von Venta

Icenorum und dem Volksstamm der Icener folgendes mit: Nero Claudius Caesar Augustus Germanicus, der göttliche Beherrscher des Imperium Romanum, hat ein Edikt erlassen, wonach die Königswitwe Boadicea und deren Töchter Ailme und Eadha all jener Rechte entkleidet werden sollen, die sie sich nach dem Tod des Foederaten-Herrschers Prasutax unter Mißachtung der römischen Gesetze angemaßt haben. Diesen Erlaß Neros verkündete ich gestern den genannten drei Frauen und hoffte dabei, daß sie sich dem Edikt des Imperators gutwillig und friedlich beugen würden. Dies war jedoch nicht der Fall; vielmehr rebellierten die Königswitwe und ihre Töchter auf schändliche und verbrecherische Weise gegen den Willen des göttlichen Nero. Daher ließ ich die Insurgentinnen im hiesigen Kohorten-Lager einkerkern - und jetzt, in dieser Stunde, werden sie die verdiente Strafe für ihre Unbotmäßigkeit erhalten!"
Auf dem Platz vor dem Kastell brach wilder Lärm aus. Wütend protestierten insbesondere die Kelten; da und dort machten Gruppen zutiefst entrüsteter Icener Anstalten, das Tor des Militärlagers anzugreifen. Schon hofften Swyedydd und die Edlen, die sich bei ihm befanden, daß es zu einem allgemeinen Sturm auf das Kastell kommen würde - aber da erschienen unvermittelt Hunderte von Bogenschützen auf den Wehrgängen und bedrohten die Menschen mit ihren Schlachtpfeilen.
Jäh verstummte die Menge wieder. Gleich darauf erklommen zwei grobschlächtige Schergen mit nackten Oberkörpern die Holzplattform; sie zerrten Boadicea mit sich und schleppten die gefesselte Königin, die verzweifelten Widerstand leistete, zu dem Schrägkreuz. Dort ketteten sie Boadicea fest; zuletzt wand sich die Königin mit erhobenen Armen und mit dem Rücken zum Brachfeld an den Schandbalken. Nun rissen ihr die Büttel das Gewand vom Leib; danach griffen die Schergen nach den Lederknuten, die in ihren Gürteln steckten, und schauten fragend auf den Procurator, der zuvor ein wenig zur Seite getreten war. Catus Decianus nickte - im nächsten Moment holten die Büttel aus und begannen mit der brutalen Züchtigung Boadiceas.
Wieder und wieder bissen sich die Lederriemen ins bloße Fleisch der Königin; bald war ihr Körper blutüberströmt, und am Ende hing Boadicea ohnmächtig in ihren Fesseln. Erst jetzt hielten die Schergen inne und lösten die Bande der Königin. Am Fuß des Schrägkreuzes sank Boadicea nieder; die Büttel packten die besinnungslose Königin, hoben sie hoch, trugen sie zum Rand der Plattform und ketteten sie dort an einen Eisenring.
Während die Schergen noch mit Boadicea beschäftigt waren, kamen zwei Legionäre die Steigleitern herauf. Sie hatten Eadha bei sich, zerrten die junge Druidin zu ihrer Mutter und zwangen sie neben der ohnmächtigen Königin in die Knie. Wenig später brachten zwei weitere Bewaffnete auch Ailme empor. Anders als ihre Schwester wurde die rothaarige Königstochter jedoch zu den Schandbalken geschleppt und mit weit ausgebreiteten Armen und gespreizten Schenkeln so an das Schrägkreuz

gefesselt, daß sie in Richtung der wie gelähmt dastehenden Menschenmenge blickte.
Nachdem die Legionäre ihr Opfer festgekettet und sich zurückgezogen hatten, kam einer der beiden Büttel herbei. Mit lüsternem Grinsen betrachtete er Ailme; als die Neunzehnjährige ihn anspuckte, verstärkte sich sein abstoßendes Feixen noch. Plötzlich griff er nach Ailmes Brüsten und quetschte sie grob; im selben Moment erklang die Stimme des Procurators: "Nimm dir die Keltendirne!"
Mit einem einzigen Ruck zerfetzte der Scherge Ailmes Kleid. Gierig starrte er auf den nackten Leib der Neunzehnjährigen; ein geiles Stöhnen drang aus seiner Kehle, wurde lauter und brünstiger - dann entblößte der Büttel sein erigiertes Glied. Dumpf keuchend und zwischendurch in seinem abartigen Lustrausch gleich einem Raubtier aufknurrend, schändete der Scherge die Königstochter, die ihm in ihren Fesseln hilflos ausgeliefert war. Als der Büttel mit einem gurgelnden Aufschrei fertig wurde, johlten die auf der Plattform postierten Decurionen und klatschten Beifall. Sadistisch grimassierend trat der Scherge einen Schritt zurück und verhüllte sich wieder. Anschließend ohrfeigte er Ailme, die wimmernd an den Schandbalken hing; nachdem er mehrmals hart zugeschlagen hatte, wandte er sich ab und rief dem zweiten, bei Boadicea und deren erstgeborener Tochter wartenden Büttel zu: "Jetzt bist du an der Reihe!"
Der andere Scherge gab den Legionären, welche Eadha festhielten, einen Wink. Die beiden Bewaffneten zerrten die blonde Königstochter, die sich mit aller Kraft wehrte, zum Schrägkreuz; während dies geschah, lösten die Legionäre, die zuvor Ailme dort angekettet hatten, die Bande der nun in einem Weinkrampf schluchzenden und schreienden Rothaarigen und brachten sie zu ihrer noch immer ohnmächtigen Mutter. Wenig später war Eadha an die Schandbalken gefesselt und sah sich, ähnlich wie vorher ihre Schwester, der widernatürlichen Brunst ihres Vergewaltigers ausgeliefert. Auch sie wurde unter dem jetzt frenetischen Gejohle der Decurionen und der auf den Wehrgängen stehenden Bogenschützen geschändet und danach geohrfeigt; als alles vorbei war, schleppten die Bewaffneten Eadha wieder zum Rand der Plattform und ketteten sie an demselben Eisenring fest, an dem bereits Ailme und Boadicea hingen.
Fassungslos, vor Entsetzen wie versteinert, hatten Swyedydd, die icenischen Edlen und die mehrtausendköpfige Menschenmenge, die sich auf dem Brachfeld vor dem Militärlager drängte, das gräßliche, von Catus Decianus inszenierte Schauspiel beobachtet. Nun, da der letzte viehische Akt sein Ende gefunden hatte, ließ es sich der Procurator nicht nehmen, noch einmal das Wort zu ergreifen.
Neuerlich baute er sich vor dem Schrägkreuz auf, gebot der Menge durch eine herrische Geste Schweigen und verkündete: "Ihr habt erlebt, was mit denen geschah, die gegen Nero Claudius Caesar Augustus Germanicus, den göttlichen Beherrscher des Imperium Romanum, rebellierten. Laßt euch die Strafe, welche die Witwe des verstorbenen Prasutax und ihre Brut traf, zur immerwährenden Warnung dienen! Jeder Kelte, der es wagen

sollte, gegen den Stachel zu löcken, wird ebenso wie Boadicea und ihre Töchter, die jetzt für den Rest ihres Lebens im Kerker schmachten werden, mit unnachsichtiger Härte zur Rechenschaft gezogen! Derjenige, den ich hier und heute im Auftrag Neros und des britannischen Statthalters Suetonius Paulinus zum Nachfolger des verstorbenen Foederaten-Königs Prasutax und damit zum neuen Oberhaupt des Volkstammes der Icener einsetze, wird mit stählerner Faust dafür sorgen! Und damit ihr erkennt, wie groß die Macht eures künftigen Zwingherrn ist, solltet ihr eure Aufmerksamkeit nunmehr nach Süden wenden..."

Catus Decianus hob den Arm und wies in die angegebene Richtung. Als die Menschen auf dem Brachfeld ebenfalls dorthin schauten, trauten sie ihren Augen nicht - denn auf der Römerstraße zog eine mächtige Militärkolonne heran. Obwohl der Heerwurm noch ungefähr eine Meile entfernt war und Teile von ihm gelegentlich in die Nebelschwaden eintauchten, welche über dem Tiefland hingen, ließen sich die einzelnen Kampfeinheiten bereits unterscheiden: zwölf Centurien, an deren Spitze eine starke Reiterschar trabte.

"Das können unmöglich die Legionäre sein, welche den Dun okkupierten!" stieß einer der bei Swyedydd stehenden Adelskrieger erschrocken hervor. "Dort befand sich gestern nur eine Kohorte, auf der Straße aber marschieren zwei!"

Ehe der Pendruid antworten konnte, scholl erneut die Stimme des Procurators von der Balkenplattform herab: "Die zwölf Hundertschaften, die ihr herbeikommen seht, werden von dem Legaten Petilius Cerialis, einem höchst kriegserfahrenen Offizier, kommandiert. Ab sofort hat er im hiesigen Stammesgebiet das Sagen - und in seiner Eigenschaft als Militärbefehlshaber in den icenischen Gauen gebietet er über eine sehr schlagkräftige Streitmacht. Es handelt sich um die beiden Kohorten dort draußen; dazu um jene, welche die ehemalige Herrscherfestung besetzt hat; ferner um die jeweils sechs Hundertschaften, welche als Ersatz für die mit Flavius Caecina abgezogenen Truppen in den Lagern an der Grenze und auf halbem Weg nach Venta Icenorum stationiert wurden, und schließlich um sechs der zwölf Centurien, die ich selbst hierher führte. Insgesamt kommandiert Petilius Cerialis also dreitausendsechshundert Legionäre - und dies wird diejenigen unter euch, welche vorhin möglicherweise an einen Aufstand gegen uns Römer gedacht haben, hoffentlich von unüberlegten Schritten abhalten!"

"Dreieinhalb Tausendschaften, die bis an die Zähne bewaffnet sind", murmelte der Adlige neben Swyedydd. "Und das Gros davon hier im Kastell und im Dun. Wir haben nicht die geringste Chance, die Königin und ihre Töchter durch einen Überraschungsangriff auf das Militärlager zu befreien..."

Mit Tränen in den Augen nickte der Pendruid; gleich darauf verspürte er noch größeren Seelenschmerz, denn nun befahl Catus Decianus den Bütteln und Legionären auf der Plattform, Boadicea, Eadha und Ailme wegzubringen. Swyedydd und die übrigen Edlen wurden Zeugen, wie man

die drei Frauen, welche wie zerbrochen in den Armen ihrer Peiniger hingen, zu den Steigleitern zerrte; im nächsten Moment waren die Königin und ihre Töchter hinter dem Wall außer Sicht geraten.
Die Bogenschützen jedoch blieben auf dem Wehrgang, um die Menschenmassen draußen weiterhin auf Abstand zu halten - und auch der Procurator harrte noch eine Weile auf dem Balkengerüst aus. Mit zusammengekniffenen Brauen spähte er in die Ebene zu den rasch herannahenden Truppen hinab; erst als der Vortrab des Heerwurms die Flußbrücke im Süden der Stadt erreicht hatte, verließ Catus Decianus die Plattform. Gleichzeitig tauchten der Pendruid und seine Gefährten, welche bis dahin erregt untereinander geflüstert hatten, in der Menschenmenge unter - und als der Legat Petilius Cerialis mit seinen zwölf Centurien in das Kastell einzog, war von den icenischen Edlen weit und breit nichts mehr zu sehen.
Swyedydd hatte seine Begleiter aufgefordert, ihm wieder zum Auenwäldchen westlich von Venta Icenorum zu folgen. Am frühen Nachmittag langte die Schar dort an; während der nächsten Stunden beratschlagten die Druiden und Adelskrieger auf der verborgenen Lichtung mit dem moorbraunen Quellteich. Sie zerbrachen sich die Köpfe darüber, was sie jetzt, nach der totalen Machtübernahme der Römer, noch für die drei königlichen Frauen und den Volksstamm tun konnten - kurz vor Anbruch der Abenddämmerung sodann erschienen, ganz wie am Morgen, drei Druidenschüler am Rand der Waldblöße.
Atemlos vom langen Lauf, der ihn und seine Gefährten von der Ringwallfestung zum Auenwäldchen geführt hatte, berichtete der älteste Halbwüchsige den Edlen: "In der Nachmittagsmitte ritt der Procurator an der Spitze einer Kohorte zu unserem Herrscher-Dun... Die Legionäre hielten sich einige Zeit in der Festung auf... Als Catus Decianus und seine Männer wieder herauskamen, hatten sie ein Dutzend Fuhrwerke bei sich... Und mit diesen Gespannen, die jeweils von einer halben Centurie flankiert wurden, verschwanden unsere Feinde in Richtung Camulodunum..."
"Der Procurator raubte den Königsschatz!" stieß einer der Adelskrieger hervor.
"Und außerdem ließ er offenbar auch alles, was sonst von Wert war, aus dem Dun fortschleppen!" fiel ein anderer ein.
Für eine Weile war auf der Lichtung nur das Rauschen des Windes in den Baumwipfeln zu hören; schließlich sagte Swyedydd mit fester Stimme: "Gold und Silber sind verloren - aber unser Kampfesmut ist nicht gebrochen!" Der Reihe nach musterte er die umstehenden Edlen, dann wandte er sich an die Druidenschüler: "Besorgt auf den Höfen hier in der Gegend dreizehn ausdauernde Sattelrösser und bringt sie her!"
Sofort machten sich die Halbwüchsigen auf den Weg. Drei Stunden vor Mitternacht kehrten sie mit den Pferden und einigen Bauern, die ihnen beim Treiben geholfen hatten, zurück. Der Pendruid und die zwölf Adelskrieger, welche ihn begleiten sollten, nahmen bewegten Abschied von den übrigen Edlen; danach bestiegen sie die Rösser und ritten im

ungewissen Licht des Mondes, der immer wieder von jagenden Wolken verdeckt wurde, nach Westen davon.

Das Stieropfer

Herbst 60 bis Frühjahr 61

Die ganze Nacht hatte die Königin, deren Rücken eine einzige blutverkrustete Wunde war, unter fürchterlichen Schmerzen gelitten. Eadha und Ailme hatten sich, ihre eigene seelische und körperliche Pein hintanstellend, so gut wie möglich um ihre Mutter gekümmert. Trotz der Ketten, die sie bei jeder Bewegung behinderten, waren sie bemüht gewesen, Boadicea wenigstens ein bißchen Erleichterung zu verschaffen. Im spärlichen Licht der Ölfunzel, die an der Kerkermauer hing, hatten sie ihrer Mutter immer wieder einen Schluck Wasser aus dem Tonkrug eingeflößt, den ihnen der Gefangenenwärter irgendwann - vielleicht noch am Tag, vielleicht erst am Abend - zusammen mit einem Brotfladen gebracht hatte. Das Brunnenwasser hatte es den beiden jungen Frauen auch erlaubt, Boadiceas Peitschenstriemen zumindest notdürftig zu reinigen und zu kühlen. Dennoch hatte die Königin, halb ohnmächtig auf dem nackten Zellenboden liegend, Stunde um Stunde in ihren Qualen gestöhnt und war kaum ansprechbar gewesen. Nun jedoch, da sich durch das Luftloch oben an der Gewölbedecke ein grauer Schein stahl, welcher den neuen Tag ankündigte, kehrten Boadiceas Kräfte zurück.
Die Neununddreißigjährige setzte sich mühsam auf, griff nach dem Wasserkrug und trank. Dann richtete sie den Blick auf ihre Töchter, die zu ihrer Linken kauerten, und flüsterte: "Ich bekam nichts mehr von dem mit, was nach meiner Auspeitschung auf dem Gerüst geschah... Kann mich nur dunkel daran erinnern, wie man uns von der Plattform schleppte und hierher brachte... Aber ich ahne, was man euch angetan hat... Es muß unsagbar schrecklich für euch gewesen sein... Doch ihr dürft nicht daran zerbrechen, dürft euch auf gar keinen Fall selbst aufgeben... Denn sonst hätte euch der Procurator endgültig besiegt..."
Eadha begann zu schluchzen; Ailme stieß hervor: "Sorge dich nicht um uns! Wir haben ... es überlebt, sind nicht ernsthaft verletzt. Aber du, deine schlimmen Wunden..."
"Sie werden verheilen", murmelte Boadicea. "Ebenso wie eure... Und sobald wir uns erholt haben, werden wir einen Weg finden, aus diesem Verlies zu entfliehen."
Ailme nickte stumm; Eadha tastete nach der Hand ihrer Mutter und sagte mit tränenerstickter Stimme: "Wenn die Götter es wollen, wird es uns gelingen... Doch zunächst mußt du das Wundfieber überstehen, das schon bald kommen wird..."
Die junge Druidin behielt recht. Noch ehe der schwache Lichtschein im Gewölbebogen wieder verblaßte, wurde die Königin vom ersten Fieberschub heimgesucht. Während der Nacht erlebte sie grauenhafte Angstphantasien; ähnlich war es am darauffolgenden Tag. Erst gegen Abend wurde Boadicea ruhiger und fiel in tiefen Erschöpfungsschlaf. Bis zum Morgen wachten Eadha und Ailme bei ihr; als schließlich der dritte

Tag nach dem Zusammenbruch der Königin unter den Knuten der Schergen heraufdämmerte und Boadicea die Lider aufschlug, war ihr Blick einigermaßen klar.
"Ich glaube, du hast das Ärgste hinter dir", beschied Eadha ihre Mutter - und auch diesmal hatte sich die junge Druidin nicht getäuscht. Denn von da an machte Boadiceas Genesung rasche Fortschritte; die Königin blieb von weiteren Fieberanfällen verschont, und ihre Peitschenstriemen fingen an, zu vernarben.
Ansonsten aber besserte sich die Lage der drei Frauen in keinster Weise. Nach wie vor litten sie unter der Nässe und Kälte im Kerker, und was ihre Ernährung anging, so mußten sie sich mit einem Krug Wasser und einem Brotfladen täglich begnügen. Nie sprach der Wärter, der sie mit den Lebensmitteln versorgte und das Öl in der Wandfunzel nachfüllte, ein Wort mit ihnen - zumindest nicht bis zu jenem Abend, da Ailme ihn bestach.
Zwar hatte man der Königin und deren Töchtern gleich nach ihrer Festnahme sämtlichen Schmuck abgenommen; doch Ailme war es damals gelungen, einen kleinen goldenen Fingerring im Mund zu verbergen und ihn so ins Verlies zu schmuggeln, wo sie ihn in einer Mauerritze versteckt hatte. Diesen Ring holte sie zu Beginn der Woche nach Samhain hervor, zeigte ihn dem Gefangenenwärter und bot ihm an: "Wenn du uns saubere und warme Gewänder bringst, sollst du das Schmuckstück haben."
Es war riskant, denn der Mann hätte sie schlicht berauben können - aber er ging auf den Handel ein. Tags darauf erschien er mit drei langärmligen schafwollenen Kleidern und öffnete zuerst Boadiceas, dann Eadhas und zuletzt Ailmes Handschellen, damit die Frauen sich ihrer zerrissenen Fetzen entledigen und die Wollkleider anlegen konnten. Allerdings mußten sie dabei hinnehmen, daß der Wärter widerwärtige Zoten riß - doch schließlich, nachdem er mit dem Ring verschwunden war, durften die Königin und ihre Töchter sich sagen, daß sie es von jetzt an wenigstens ein bißchen leichter haben würden.
In der Tat vermochten sie die Feuchtigkeit und den Frost nun besser zu ertragen; von ihren mentalen Ängsten, dem quälenden Bewußtsein ihrer Hilflosigkeit und den traumatischen Erinnerungen an ihre abgrundtiefe Erniedrigung aber wurden die drei königlichen Frauen auch weiterhin gepeinigt.
Schon bald hatten sie begriffen, daß sie es aus eigener Kraft unmöglich schaffen konnten, aus dem Kerker und dem Kastell zu entrinnen. Das Gefühl, der Willkür ihrer Feinde total ausgeliefert zu sein, trieb sie zuzeiten, vor allem nachts, beinahe in den Wahnsinn; während solcher Stunden wurden sie von den gräßlichsten Zwangsvorstellungen heimgesucht: Wie plötzlich die Verliespforte aufgerissen wurde, wie Bewaffnete hereinstürzten; wie die Meuchelmörder Schwerter und Dolche zückten, um sie abzuschlachten... In anderen, von namenloser Furcht erzeugten Panikattacken erlebten sie noch Schlimmeres: Wie sie erneut geschändet, neuerlich aufs viehischste mißbraucht wurden, ehe die Römer ihr bestialisches Werk vollendeten...

An anderen Tagen wieder bäumten sich Boadicea, Ailme und Eadha innerlich wie manisch gegen die bittere Realität auf. Sie schmiedeten irrationale Fluchtpläne, obwohl sie um deren Aussichtslosigkeit wußten; sie malten sich Situationen aus, in denen sie über ihre Todfeinde triumphierten und schreckliche Vergeltung an ihnen übten. Insbesondere Ailme konnte sich in derartige Rachephantasien hineinsteigern - doch ebenso oft geschah es, daß die Rothaarige wie versteinert auf dem Boden kauerte und unentwegt an den römischen Offizier dachte, mit dem sie einst glücklich gewesen war: an Verticus Gallus. Sie sah dann sein markantes Antlitz vor sich; seine blauen Augen, sein lockiges braunes Haar - und war dabei hin und her gerissen zwischen ihrer keineswegs erloschenen Liebe zu ihm und dem wilden Haß auf das, was der Centurio, der Offizier des Imperium Romanum, ebenfalls verkörperte. Grausam litt Ailme unter diesem seelischen Zwiespalt; auf andere Weise, aber nicht weniger, litten Eadha und Boadicea. Doch schließlich, nachdem die dritte Woche der Kerkerhaft vorüber war, ereignete sich etwas, das den verzweifelten Frauen Hoffnung schenkte.
Es passierte bei Tagesanbruch; eben war die Königin erwacht und hatte den Blick auf das Luftloch oben in der Gewölbedecke gerichtet. Plötzlich schien es ihr, als würde sich der graue Schimmer dort verändern; als würde sich in der fahlen Lichtbahn ein menschlicher Kopf herausbilden. Gleich darauf erkannte Boadicea die Gesichtszüge; es waren die von Swyedydd - und abermals einen Herzschlag später vernahm sie die Stimme des Pendruid, die lautlos hallend von weither an ihr Ohr drang: Verliere nicht den Mut, Königin der Icener! Die Finsternis, welche dich und deine Töchter umgibt, wird weichen! Bald werdet ihr das Licht der Sonne wiedersehen!
Die letzten Worte verklangen, das Antlitz verblaßte. Einen Moment lag Boadicea wie erstarrt da; dann weckte sie Eadha und Ailme, teilte ihnen aufgeregt mit, was sie erschaut hatte, und schloß: "Swyedydd hat einen Weg zu unserer Befreiung gefunden, deshalb sandte er mir die geistige Botschaft! Gewiß wird unsere Gefangenschaft schon in Kürze beendet sein!"
Von da an hofften die drei Frauen inständig darauf, daß sich die Vision bewahrheiten würde - doch nichts geschah. Tag um Tag verstrich ereignislos; aus den Tagen wurden Wochen, und als die Wintersonnenwende herannahte, schmachteten die Königin und deren Töchter noch immer in ihrem Verlies.

***

Die von Schwarzfelsen umsäumte Meeresbucht, über welcher der Erdkegel der uralten Begräbnisstätte aufragte, lag in fahlem Zwielicht da. Reglos stand die Druidenschar vor dem Heiligtum; etwas abseits warteten mehrere Dutzend Krieger, die einen kolossalen Stier mit schwarzweiß geschecktem Fell bei sich hatten. Sowohl die Bewaffneten als auch die Großen Wissenden spähten nach Nordosten; still harrten sie aus, dann auf einmal sprachen die Druiden im Chor: "Dank sei den Göttern! Dank sei

Ceridwen, die Dunkelheit, Tod und Kälte von Ewigkeit zu Ewigkeit in Helligkeit, Leben und Wärme verwandelt! Dank sei den Andersweltlichen, denn der Morgen von Alban Arthuan bricht an!"
Im nächsten Augenblick erschienen am Horizont die ersten dünnen Sonnenstrahlen, wurden kräftiger und tauchten die Weihestätte von Barclodiad y Gawres in ihren rötlichen Schein. Der Erdhügel schien aufzuglühen; zugleich war es, als würde ringsum die Natur aus einem Bann erlöst: Das Meer schien stärker zu rauschen, der Wind aufzufrischen, und mit heiseren Schreien schwangen sich Seevögel von den Klippen empor.
Wild schwirrten die Gefiederten über den Felsen durcheinander; plötzlich schoß von Westen, wie aus dem Nichts auftauchend, ein Dohlenschwarm heran und begann über dem Heiligtum zu kreisen. Eine Weile beobachteten Swyedydd und die anderen Großen Wissenden - unter ihnen Bronwen, die Pendruid von Llyn Cerrig Bach, Boadiceas ehemalige Lehrerin Cerdda aus Bryn Celli Ddu und Hefeydd, der Oberste Hüter der Weihestätte von Barclodiad - die schwarzen Vögel; im selben Moment, da die Dohlen wieder abstrichen, rief Swyedydd den Kriegern zu: "Bringt den Opferstier herbei!"
Drei Bewaffnete führten das Tier zu der Stelle, wo die Druiden warteten; die übrigen Krieger folgten mit gemessenen Schritten. Direkt vor Swyedydd kam der Stier zum Stehen; leise, wie beschwörend, redete der Pendruid der Icener auf das kolossale Tier ein, bis es ganz so, als wollte es sich in sein Schicksal ergeben, den Schädel senkte.
Jetzt deutete Swyedydd auf die Sonnenscheibe, die sich mittlerweile bereits ein Stück über den Horizont erhoben hatte, und verkündete in feierlichem Tonfall: "Am heutigen Tag der Wintersonnenwende, an welchem das leuchtende Himmelsgestirn wieder erstarkt, soll auch die alte Kraft Britanniens erneuert werden! Zum Zeichen dafür wird die Erde mit Blut getränkt werden; aus diesem Blutopfer soll den freiheitsliebenden Volksstämmen unserer Insel unbezwingbarer Kampfesmut erwachsen! Und von diesem Mut beseelt, werden wir die Feinde Britanniens angreifen, um sie für die Verbrechen zu bestrafen, welche sie an der icenischen Königin Boadicea, ihren Töchtern Eadha und Ailme sowie zahllosen anderen Kelten begangen haben!"
"So soll es geschehen!" erklang es aus den Mündern der Druiden und Krieger; kaum war der Satz verhallt, zog Swyedydd einen Ritualdolch mit sichelförmiger Klinge aus seinem Gürtel und setzte die Spitze an die Halsschlagader des Stiers.
Das kolossale Tier regte sich nicht - und es leistete auch keinerlei Widerstand, als der Pendruid ihm die Ader öffnete. Bewegungslos verharrte der Stier, während ein pulsender Blutstrahl aus seiner Wunde schoß und langsam eine Erdgrube füllte, welche die Großen Wissenden zuvor ausgehoben hatten. Erst ganz zuletzt begann das Tier zu röcheln, den Kopf zu werfen und mit den Hufen zu stampfen. Aber da legte ihm

Swyedydd wie besänftigend die Hand auf den Nacken; erneut wurde der Stier ruhig - und gleich darauf brach er tot nieder.
Mit einem getragenen Sprechgesang dankten die Druiden dem Tier, dessen Seele nun nach Annwn unterwegs war. Danach winkte Swyedydd die Bewaffneten zu sich heran; als sie einen Halbkreis vor ihm gebildet hatten, kniete der icenische Pendruid bei der blutgefüllten Grube nieder. Drei andere Große Wissende stellten eine Lade aus Rotholz neben ihm ab; Swyedydd öffnete sie, nahm einen Kampfdolch heraus, tauchte ihn in das Stierblut und überreichte die Klinge dem nächststehenden Krieger.
Auf diese Weise machte er weiter, bis jeder der Bewaffneten einen mit Blut geweihten Dolch erhalten hatte; dann richtete sich der Pendruid wieder auf und befahl den Kriegern: "Besteigt jetzt eure Pferde und reitet zu den verschiedenen Stämmen des Westens! Überbringt den Königen und Häuptlingen der Deceanglier, Ordovicen, Demetier und Silurer die geröteten Klingen zum Zeichen, daß in den Hainen von Môn der Krieg gegen die Römer beschlossen wurde! Außerdem teilt ihr den Führern der Volksstämme folgendes mit: Keiner von ihnen darf losschlagen, bevor nicht diejenige, die von den Göttern dazu auserwählt wurde, an die Spitze des britannischen Heeres getreten ist!"
Die Bewaffneten verwahrten die Dolche und begaben sich zu ihren Rössern, die jenseits der Weihestätte angepflockt waren. Wenig später galoppierten die Krieger davon; die Großen Wissenden wiederum begruben den Opferstier, um danach zu den Druidenhainen von Barclodiad y Gawres zurückzukehren, wo sie sich tags zuvor zusammengefunden hatten.
In der darauffolgenden Nacht suchte Swyedydd noch einmal das Heiligtum über den Schwarzklippen auf. An der Erdgrube, in welcher das Stierblut versickert war, meditierte er; als seine Trance tief genug geworden war, richtete er eine Frage an die Sídhe. Die Andersweltlichen gaben ihm Antwort; anschließend wachte der Pendruid bis zum Morgengrauen an der Weihestätte.
Mit dem ersten Tageslicht begab er sich wieder zu den Hainen, wo ihn die zwölf Adelskrieger erwarteten, die ihn im vergangenen Herbst nach Môn begleitet hatten. Als Swyedydd die Unterkunft der Edlen betrat, verstummte deren Gespräch schlagartig - und in die gespannte Stille hinein sagte der Pendruid: "In einer Stunde brechen wir auf!"

***

Die Stadt Venta Icenorum, in der einst lebhafter Handel und Wandel und dazu oft überschäumende, aus dem anregenden Miteinander von Kelten und Römern geborene Daseinsfreude geherrscht hatten, war nicht wiederzuerkennen. Etwas Lähmendes schien über dem Ort zu lasten; die Menschen, insbesondere die Icener, welche in den Gassen oder auf dem Forum unterwegs waren, wirkten zutiefst bedrückt. Und das war kein Wunder, denn das Balkengerüst, welches die Legionäre am Morgen dieses frostigen Wintertages auf dem zentralen Platz errichtet hatten, erinnerte fatal an jenes andere, auf dem zweieinhalb Monate zuvor

Boadicea und ihre Töchter geschändet worden waren. Es gab nur einen einzigen Unterschied: Die Schandplattform war bedeutend größer - so groß, daß sie für die Auspeitschung von mehr als zwanzig Delinquenten zugleich ausreichte.
Soeben wurden diejenigen, welche die grausame Tortur erleiden sollten, herangetrieben: gut zwei Dutzend keltische Ackerbauern und Viehzüchter aus einem Dorf südwestlich der Stadt, die sich geweigert hatten, die maßlos überhöhten Abgaben zu entrichten, welche die römischen Steuereintreiber neuerdings überall im icenischen Stammesgebiet forderten. Unter handfesten Drohungen hatten die Dörfler einen Steuerbüttel und dessen bewaffnete Begleiter aus ihrer Ansiedlung verjagt; anschließend war auf dem Dorfanger eine Strohpuppe verbrannt worden, welche den seit einem knappen Vierteljahr im Palast von Venta Icenorum residierenden Legaten Petilius Cerialis dargestellt hatte. Für die Bauern war der vermeintliche Sieg über die Römer Anlaß zu einem Freudenfest gewesen - doch bereits wenige Tage später hatten sie ihren Übermut bitter bereut, denn im Morgengrauen war eine zweihundert Mann starke Militäreinheit über die Ansiedlung hergefallen. Die Legionäre hatten die icenischen Familien wie Vieh in einen außerhalb des Dorfes liegenden Pferch gesperrt; danach waren die Höfe geplündert und angezündet worden, und zuletzt hatten die Römer alle keltischen Männer in Ketten geschlagen und sie bei ihrem Abzug mitgeschleppt.
Jetzt wurden die icenischen Bauern über die Steigleitern auf das Schandgerüst gezerrt und an die Pfähle gefesselt, welche die Plattform überragten. Nachdem die Männer festgebunden waren, trat Petilius Cerialis, gefolgt von einer Offiziersgruppe, aus dem Palastportal. Der Legat und seine Eskorte nahmen auf der Freitreppe vor dem Gebäude Aufstellung; drüben beim Balkengerüst drängten sich mittlerweile Schaulustige, zumeist dienstfreie Legionäre und römische Zivilisten der untersten Schicht. Nun hielt Petilius Cerialis eine kurze Rede; er verkündete noch einmal das Urteil, welches er tags zuvor über die Bauern gefällt hatte, und drohte jedem Kelten, der sich künftig gegen die Steuergesetze auflehnen würde, die Todesstrafe an. Dann, nach einem herausfordernden Blick in Richtung einer großen Schar icenischer Stadtbewohner, die verstört am Rand des Forums standen, gab der Legat den vier Schergen auf der Schandplattform das Zeichen, mit der Auspeitschung zu beginnen.
Das fürchterliche Schauspiel dauerte etwa eine Stunde; nachdem auch der letzte Bauer die Tortur erlitten hatte, wurden die blutüberströmten Männer zum Kastell gebracht. Dort trieb man die Bauern zum Kerkerhaus, prügelte sie hinab in den unterirdischen Gewölbetrakt und warf sie in verschiedene Verliese. Als die Büttel und Legionäre mit ihrer schmutzigen Arbeit fertig waren, schlossen sie hohnlachend die Kerkerpforten und stießen die Riegel vor; einer der Schergen brüllte dabei: "Jetzt könnt ihr in euren Löchern verfaulen, ihr keltischer Abschaum!"

Der haßerfüllte Ruf war auch in der Zelle, wo Boadicea und ihre Töchter auf dem nackten Boden kauerten, zu vernehmen. Erschrocken fuhren die drei Frauen zusammen; im nächsten Moment flüsterte die Königin: "Die Verbrechen der Römer nehmen kein Ende! Die Menschen unseres Volksstammes werden aufs erbärmlichste geknechtet, werden zu rechtlosen Sklaven erniedrigt! Und wir können nichts, nicht das mindeste für sie tun..."
Eadha und Ailme blieben eine Weile stumm; schließlich faßte die junge Druidin nach der Hand ihrer Mutter und sagte: "Ja, es ist kaum zu ertragen, so hilflos zu sein. Aber wir dürfen die Hoffnung nicht aufgeben! Denk an die Vision, die du hattest."
"Seitdem sind beinahe zwei Monate verstrichen!" brach es aus Boadicea heraus. "Und womöglich war es gar keine Schauung, sondern nur Einbildung. Einbildung, die meiner Verzweiflung und Furcht entsprang. - Nein, ich glaube nicht mehr daran, daß Rettung kommen wird. Wir sind verloren! Ebenso verloren wie jene Unglücklichen, die man gerade in die anderen Kerker schleppte. Sie werden dort elend zugrunde gehen, werden langsam verschmachten - und dasselbe Schicksal steht uns bevor..."
Die Königin begann haltlos zu schluchzen; es schien, als sei sie einem Weinkrampf nahe. Eadha und Ailme bemühten sich um ihre Mutter; hielten sie, so gut es ihnen angesichts der hinderlichen Ketten möglich war, in den Armen und redeten beruhigend auf sie ein. Endlich fand Boadicea ihre Fassung wieder - doch den ganzen restlichen Tag über blieb sie in sich gekehrt und sprach kaum ein Wort. Abends, als der Gefangenenwärter mit dem Wasserkrug und dem Brotfladen erschien, wich die Königin mit einem Aufschrei und wie in Panik vor ihm zurück. Daran erkannten Eadha und Ailme, daß ihre Mutter nach wie vor von tiefen, fast schon irrationalen Ängsten gepeinigt wurde; neuerlich taten sie alles, um Boadicea auf andere Gedanken zu bringen. Die Königin aber litt, bis sie schließlich vor Erschöpfung einschlief, sichtlich weiter unter ihrer übersteigerten, beinahe manischen Furcht - und dann, spät in der Nacht, wurden Boadiceas angstvolle Ahnungen Realität.
Die Königin schrak aus einem Alptraum hoch; im nächsten Moment erwachten auch Eadha und Ailme - und wiederum einen Augenblick später wurde allen drei Frauen klar, was sie geweckt hatte: ein leise kreischendes Reiben von Eisen gegen Eisen an der Zellenpforte. Instinktiv suchten Boadicea und ihre Töchter Schutz beieinander; am ganzen Leib zitternd flüsterte Eadha: "Es kann nicht der Wärter sein! Nicht zu dieser Stunde!"
Gleich darauf öffnete sich knarrend die Pforte. Fackelschein flackerte ins Verlies; im Licht der draußen im Gang brennenden Pechkerze wurde die Gestalt eines Mannes kenntlich: eines Mannes, der etwas Dämonisches an sich hatte. Er trug einen schwarzen Kapuzenmantel; die weit in die Stirn gezogene Haube verhüllte sein Gesicht - und in der Rechten hielt er ein blankes Schwert.

Ailme schrie unterdrückt auf - kaum war der erstickte Laut erklungen, warf sich der Vermummte über die junge Frau und preßte ihr brutal die freie Hand auf den Mund.

***

Tief über die Hälse ihrer Rösser gebeugt, jagten Swyedydd und die zwölf Adelskrieger seiner Bedeckung durch die Winternacht. Die Pferde gaben ihr Letztes, Schaum flockte von ihren Mäulern; die Tierleiber waren naß vom Schweiß und vom Eisregen, der vor einiger Zeit eingesetzt hatte.

Eben hatte der Reitertrupp eine mit Kopfweiden bewachsene Bodensenke passiert; nun lenkte der Pendruid, der trotz seines fortgeschrittenen Alters unentwegt die Spitze hielt, seinen Hengst die Flanke einer flachen Erhebung hinauf. Oben angelangt, spähte Swyedydd angestrengt nach Osten; undeutlich vermochte er die dunkle Silhouette eines anderen Hügelzuges vor dem etwas helleren Nachthimmel auszumachen.

Venta Icenorum! schoß es ihm durch den Kopf. Er peitschte den Hals des Rosses mit den Zügelenden; während er den Hengst auf diese Weise zu noch größerer Eile antrieb, rief er den hinter ihm dahinpreschenden Edlen zu: "Schneller! Wir müssen das Äußerste aus unseren Tieren herausholen, wenn wir die Königin und ihre Töchter retten wollen!"

***

"Kein Laut, sonst seid ihr alle drei des Todes!" zischelte der Vermummte.

Vor Furcht wie gelähmt starrte Ailme direkt in seine Augen - einen Lidschlag später erkannte sie ihn. Mit einem Seufzer unendlicher Erleichterung entspannte sie sich; im selben Moment gab Verticus, ihr Geliebter, sie frei.

"Du?" raunte die Rothaarige. "Wie bist du...?"

"Leider ist es mir erst jetzt gelungen, Camulodunum zu verlassen", flüsterte der Centurio. "Ich jagte hierher, schlich mich ungesehen ins Kastell. Und nun bringe ich euch nach draußen, wo ich Pferde versteckt habe. Doch bitte seid leise..."

Damit richtete sich Verticus auf, lehnte das Schwert gegen die Mauer und holte einen Eisenschlüssel unter seinem Mantel hervor. Rasch öffnete er die Handschellen der drei Frauen; nachdem sie ihrer Ketten ledig waren, nahm der Centurio seine Waffe wieder an sich, huschte zur Pforte und schaute vorsichtig hinaus. Gleich darauf gab er der Königin und ihren Töchtern einen Wink. Die Frauen folgten Verticus nach draußen - dort, in dem vom Fackelschein erleuchteten Gang, griff Boadicea, weil sie ein Geräusch gehört hatte, plötzlich nach dem Arm des Centurios.

"Was ist los?!" stieß Verticus alarmiert hervor.

Die Königin deutete auf eine Kerkertür, durch die jetzt abermals ein Stöhnen drang. "Da drinnen sind Bauern, die heute ausgepeitscht wurden. Ebenso in anderen Zellen..."

Verticus machte eine abwehrende Geste. "Wir können nichts für sie tun! Viel zu gefährlich für uns! Wenn Lärm entsteht..."

Boadicea mußte sich fügen; wenig später hatten der Centurio und die drei Frauen die Stiege erreicht, welche ins Erdgeschoß des Kerkerhauses

hinaufführte. Droben gab es eine geräumige Wohnkammer; auf dem Bett dort lag der Gefangenenwärter, den Verticus im Schlaf überrumpelt, betäubt, gefesselt und geknebelt hatte. In einer Raumnische befand sich eine Pforte, durch die gedämpftes Schnarchen zu vernehmen war; flüsternd erklärte der Centurio den Icenerinnen: "Die Kammer der Schergen..."
So leise wie möglich schlichen Verticus und die Frauen zur Ausgangstür der Wohnkammer und gelangten in einen Vorraum. Im nächsten Moment waren sie im Freien und eilten im Schutz der Finsternis und des prasselnden Regens davon. Sie umgingen einige langgestreckte Legionärsunterkünfte, passierten die Roßstallung des Kohorten-Lagers und kamen ungesehen zur nördlichen Umwallung des Kastells. Über eine schmale Nebentreppe brachte der Centurio die Icenerinnen auf den Wehrgang; oben machte er sie auf eine Strickleiter aufmerksam und raunte ihnen zu: "Ich bleibe hier, bis ihr draußen hinabgeklettert seid."
Als erste hangelte sich Eadha an der Außenfront des Walles nach unten; Boadicea und Ailme folgten ihr, zuletzt glitt auch Verticus herab. Obwohl der Regen mittlerweile fast aufgehört hatte und zwischen den schnell dahintreibenden Wolkenbänken Sterne blinkten, gab es noch immer kein Anzeichen dafür, daß die Wachtposten auf den vier Tortürmen des Militärlagers die Flüchtenden bemerkt hatten; unbehelligt konnten der Centurio und die drei Frauen den Graben jenseits der Umwallung überwinden. Anschließend liefen sie, jede Deckung durch Buschinseln ausnutzend, in Richtung eines Waldstücks, welches sich einige hundert Schritt nordöstlich des Kastells ausdehnte.
Schon hatten sie die halbe Strecke bis zu dem Gehölz zurückgelegt; Verticus, der mit seiner Geliebten vorausrannte, wies auf das Wäldchen und beschied Ailme: "Dort stehen die Pferde!"
"Gleich haben wir es geschafft", frohlockte die Rothaarige - doch kaum hatte sie es gesagt, riß die Wolkendecke ganz auf. Mondlicht strahlte vom Firmament und beleuchtete die Fliehenden - einen Augenblick später erschollen vom Nordturm des Kohorten-Lagers schmetternde Trompetensignale.
"Man hat uns entdeckt!" rief Boadicea aus; ohne jetzt noch auf Sichtschutz zu achten, hetzten sie und die anderen weiter. Völlig außer Atem erreichten sie den Waldrand; dann waren sie bei den Rössern und bemühten sich, die Zügel der Tiere von den Ästen eines umgestürzten Baumes zu lösen. Es war schwierig, weil die jäh aufgestörten Pferde scheuten und auszubrechen versuchten; endlich gelang es dem Centurio und den Icenerinnen, der Rösser Herr zu werden und aufzusitzen.
Die Pferde preschten aus dem Waldstück; ihre Reiter lenkten sie am Forstsaum entlang nach Westen - aber noch ehe Verticus und die drei Frauen auf offenes Heideland gekommen waren, sprengten berittene Legionäre mit Fackeln aus dem nördlichen Kastelltor. Erst waren es nur einzelne, im nächsten Moment folgte ein Pulk von sechs, sieben Mann;

insgesamt handelte es sich offenbar um eine komplette Decurie, und diese Truppe galoppierte den Flüchtenden nun in voller Karriere hinterdrein.
Die Hetzjagd führte an der Stadt Venta Icenorum vorbei; als Boadicea jenseits der Ansiedlung einmal mehr über die Schulter schaute, hatte sie das Gefühl, als wären die Verfolger deutlich nähergerückt. Ihre Tiere sind unseren überlegen! durchfuhr es sie. Bald werden sie uns eingeholt haben! Sie verspürte Panik und kämpfte verzweifelt gegen ihre Furcht an - da plötzlich schien die Nacht dämonische Schemen auszugebären.
Aus der Dunkelheit, seitlich von vorne her, rasten Rösser heran. Die Königin hörte das wilde, stoßartige Schnauben der Tiere; sie sah die Umhänge der Reiter flattern und Klingen in ihren Fäusten blitzen. Gleich darauf waren die Berittenen, mindestens ein Dutzend, an ihr und den anderen vorüber - und preschten jetzt auf die herangaloppierenden Legionäre zu.
Boadicea zügelte ihr Pferd und riß es herum; ihre Begleiter taten dasselbe. So wurden die Icenerinnen und der Centurio Zeugen, wie die Reiterschar, welche von Westen gekommen war, auf die römische Decurie eindrang und sie in ein heftiges Gefecht verwickelte. Im Nu gewannen die geheimnisvollen Angreifer die Oberhand über die Legionäre; die meisten Römer stürzten aus den Sätteln, die restlichen, nicht mehr als drei oder vier Mann, warfen ihre Fackeln weg und suchten ihr Heil in der Flucht.
"Weiter!" rief Verticus und jagte davon. Die Königin und ihre Töchter preschten ihm hinterher; ungefähr eine Meile galoppierten die Rösser auf weichem Heideboden dahin, schließlich erreichten sie erneut ein Waldstück. In einer Schneise am Forstrand hielten der Centurio und die Icenerinnen ihre Pferde an und spähten erwartungsvoll nach Osten - tatsächlich dauerte es nicht lange, bis die Berittenen, die sie vor den Legionären gerettet hatten, bei ihnen waren.
Es handelte sich um dreizehn Männer in britannischen Gewändern - und nun erkannte Boadicea den Grauhaarigen an ihrer Spitze. "Swyedydd!" stieß sie hervor. "Dich und deine Begleiter schickten die Götter! - Aber wie kam es, daß ihr genau zum richtigen Zeitpunkt zur Stelle wart?!"
"Am Heiligtum von Barclodiad y Gawres befragte ich die Sídhe, und sie teilten mir mit, was geschehen würde", antwortete der Pendruid. "Daher wußten ich und die Adelskrieger meines Gefolges sowohl um die Gefahr, die euch durch die Legionäre drohte, als auch um die mutige Tat des Römers mit dem keltischen Herzen." Er wandte sich Verticus zu. "Ich danke dir für die Befreiung unserer Königin und ihrer Töchter!"
Boadicea griff nach der Rechten des Centurios, der neben ihr hielt. "Nimm auch meinen innigsten Dank, Verticus! Ich, Eadha und Ailme versäumten es bisher, dir zu sagen, wie sehr wir in deiner Schuld stehen!"
"Ich wollte, ich hätte früher kommen können", erwiderte der Centurio. "Doch es war mir nicht möglich, weil eure Feinde alles daransetzten, mich und ebenso Flavius Caecina sowie die übrigen Offiziere, die früher in Venta Icenorum stationiert waren, von euch fernzuhalten. Nachdem Petilius Cerialis uns mit der Lüge, wonach bei den Catuvellaunern eine

Rebellion ausgebrochen sei, nach Camulodunum gelockt hatte, wurde Flavius Caecina dort seines Kommandos enthoben. Der Procurator, welcher dem Tribun den Befehl über seine Kohorten entzog, rechtfertigte diese Maßnahme mit der Unterstellung, Flavius Caecina hätte Verrat an Rom geübt, da er Suetonius Paulinus verschwiegen habe, daß er mit dessen Vorgänger Aulus Plautius verwandt sei..."
"Als ob das ein Verbrechen wäre!" schnaubte Ailme empört.
Verticus nickte ihr zu, sodann fuhr er fort: "Der Tribun wurde also seiner militärischen Würden entkleidet und mußte auf Anordnung des Procurators hin nach Italien abreisen, um sich wegen seiner angeblichen Verfehlung vor Nero zu verantworten. Ferner wurden zwei der drei Kohorten, die Flavius Caecina unterstellt gewesen waren, nach Gallien verlegt. Nur eine blieb in Camulodunum, und ich wurde, was eine weitere Infamie war, einer ihrer Centurien als Stellvertreter des regulären Hundertschaftsführers zugeteilt. Mittlerweile hatte ich erfahren, was euch zugestoßen war - und ihr könnt euch vorstellen, wie sehr es mich drängte, euch zu Hilfe zu kommen. Aber der in Camulodunum residierende Legat ließ mich überwachen, weshalb es mir unmöglich war, die Stadt zu verlassen. Erst als meine Kohorte vor einer Woche den Befehl erhielt, aus Camulodunum abzurücken und ins nordöstliche Stammesgebiet der Atrebaten zu marschieren, wo wir künftig stationiert sein werden, glückte es mir, mich abzusetzen. Ich machte meinem Vorgesetzten weis, daß ich eine Privatsache in Londinium zu regeln hätte; so erhielt ich Urlaub und konnte endlich tun, worauf ich die ganze Zeit gebrannt hatte: verkleidet nach Venta Icenorum zu reiten, um euch zu befreien."
Ailme strahlte den Centurio an. "Du hast dein Leben für uns gewagt, hast dadurch deine Liebe zu mir unter Beweis gestellt!" Sie trieb ihr Pferd nahe genug an seines heran, damit sie sich zu ihm hinüberbeugen und ihn küssen konnte; danach fügte sie hinzu: "Du hast nicht wie ein Römer, sondern wie ein Kelte gehandelt - und deshalb gehörst du von jetzt an zu uns!"
"Ja, ich handelte aus Liebe zu dir!" bekannte Verticus. "Doch..." Er rang mit sich, biß sich auf die Lippen, fuhr in gequältem Tonfall fort: "Doch ich bleibe römischer Offizier! Mein Eid auf das Imperium bindet mich!"
"Du willst ... willst mich wieder verlassen?!" stammelte Ailme.
Ein rauh schluchzender Laut drang aus der Kehle des Centurios; dann nickte er, trieb sein Roß zum Galopp an und sprengte nach Süden davon.
Fassungslos starrte Ailme ihm nach, bis die Finsternis ihn verschluckt hatte - sodann richtete sie den Blick mit einem Ausdruck tiefsten Schmerzes und äußerster Ratlosigkeit auf ihre Mutter.
Boadicea suchte nach Worten, um ihre Tochter zu trösten - aber Swyedydd kam ihr zuvor. "Verzweifle nicht!" wandte er sich an Ailme. "Nur selten sind wir imstande, die Ratschlüsse der Götter zu begreifen, doch alles in unserem Dasein hat seinen Sinn! Sofern die Anderweltlichen es wollen, wirst du den Mann, den du liebst, wiedersehen. Aber in dieser

Nacht mußt du ihn reiten lassen - und auch wir müssen nun schleunigst weiter!"
Gleich darauf galoppierte der Pendruid los; die Frauen und Adelskrieger folgten ihm. Bis zum Morgengrauen gönnten die Icener sich und ihren Tieren kaum eine Verschnaufpause; erst als der Tag anbrach, lagerten sie am Ufer eines kleinen Sees. Im Schutz des hohen Schilfgürtels, welcher das Gewässer säumte, schliefen sie ein paar Stunden. Danach setzten sie ihren Weg nach Westen fort, wo ihr fernes Ziel lag: die von Urwäldern umgebenen Schwarzen Berge im südöstlichen Cymru.

***

Zwei Wochen nach Imbolc war der Heerbann der Deceanglier von der Klippenfestung Dinas Dinlle aufgebrochen; jetzt, zwölf Tage später, führte Königin Etayna ihre Krieger durch den nördlichsten Zugangspaß in die Schwarzen Berge hinein. Dunkel und schroff wuchsen die Felsen und Steinkare seitlich des Pfades empor; Raben, Dohlen und gelegentlich ein Adler kreisten über den Gipfeln. Da und dort erhoben sich an den Bergflanken Dolmen - und immer wenn Etayna eine dieser uralten Weihestätten erblickte, berührte sie unwillkürlich den Dolch, den sie im Gürtel trug: die ins Blut des Opferstiers getauchte Klinge, welche ihr der Bote von Môn kurz nach Alban Arthuan überbracht hatte.
Während die Sonnenscheibe langsam über das Firmament wanderte, drang der Heerwurm tiefer und tiefer in das Gebirge vor. Kurz ehe sich die Abenddämmerung über das Land senkte, erreichten die Deceanglier ein Hochtal, welches am jenseitigen Ende von einem breiten, kegelförmigen Hügel beherrscht wurde. Dessen Fuß war locker bewaldet; um die Kuppe der Anhöhe schlangen sich Ringwälle: die Wehranlagen des Häuptlings-Duns, in welchem Boadicea ihre Verbündeten erwartete.
Im letzten Tageslicht langte der Heerbann unterhalb der Festung an. Die meisten Krieger blieben im Forst am Saum der Erhebung, wo sich schon viele tausend ordovicische, demetische und silurische Bewaffnete gelagert hatten; die Streitwagen der Königin und ihres Adelsgefolges hingegen fuhren zum Dun hinauf.
Als die Rossegespanne vor der Versammlungshalle der Ringwallfestung zum Stehen kamen, eilten der Häuptling und zahlreiche weitere Edle herbei, um die Deceanglier willkommen zu heißen. Gleich darauf erschienen unter dem Hallenportal die bereits anwesenden Stammesherrscher: die Könige der Ordovicen, Demetier und Silurer samt ihren engsten Beratern sowie Boadicea, Eadha, Ailme und Swyedydd.
Etayna sah, daß die icenische Herrscherin einen außergewöhnlich schweren rotgoldenen Torques trug; sie wußte: Der prachtvolle Halsreif stammte von Môn, und Swyedydd hatte ihn Boadicea nach ihrer Flucht aus dem Kerker im Namen der Druiden des heiligen Eilands als Ersatz für jenen Torques überreicht, den die Icener-Königin einst von ihrem Gemahl erhalten hatte und den die Römer ihr bei ihrer Festnahme geraubt hatten.
Die deceanglische Herrscherin winkte ihrer alten Freundin zu; dann rief sie, an alle Adligen gewandt, mit blitzenden Augen: "Es drängt mich sehr

danach, mit euch in den Krieg zu ziehen, um unsere Feinde für ihre Verbrechen zu bestrafen!" Danach sprang sie vom Wagen und umarmte zunächst Boadicea, sodann auch Eadha und Ailme. Wenig später hatte Etayna ihren Platz zwischen den übrigen Königen auf dem Hochsitz in der Halle eingenommen, und nachdem der Häuptling ihr Metheglyn eingeschenkt und Etayna den anderen zugetrunken hatte, sagte der demetische Herrscher: "Nun sind wir vollzählig und können uns ein genaues Bild über unsere Kampfstärke machen. Wie viele Krieger hast du uns zugeführt, Königin der Deceanglier?"

"Zweitausendreihundert Fußkämpfer, fast zweihundert Berittene und sechsundzwanzig Wagenkrieger", antwortete Etayna.

Der Demetier rechnete, dann erklärte er: "Damit verfügen wir zusammen über neuneinhalbtausend einfache Kämpfer, gut siebenhundert Reiter und einhundertacht Adelskrieger auf Streitwagen." Er wandte sich Boadicea zu. "Die Götter, welche dich zur Befehlshaberin unseres Heeres erwählten, haben dir mehr als zehntausend zu allem entschlossene Kämpfer anvertraut!"

"Ich werde diese Männer mit eurer Hilfe zum Sieg führen, so daß Britannien das römische Joch abschütteln kann!" erwiderte die Königin der Icener.

Die übrigen Herrscher und die Edlen, welche auf den Bänken der Versammlungshalle saßen, brachen in Hochrufe aus; als die Ovationen wieder verklungen waren, fragte Etayna: "Wann willst du abmarschieren, Boadicea?"

"Schon morgen", entgegnete die icenische Königin. "Wenn die Sonne aufgegangen ist, werde ich zu den Kriegern sprechen. Danach ziehen wir nach Osten, um Furcht und Schrecken unter unseren Feinden zu verbreiten!"

Erneut erschollen stürmische Beifallsrufe; gleich darauf wurden Boten zu den außerhalb des Duns lagernden Kämpfern gesandt, um diese über Boadiceas Entscheidung zu informieren. In der Folge dann besprachen die Herrscher und ihre Vertrauten noch eine Reihe von Einzelheiten, die für das Gelingen des Feldzuges von Wichtigkeit waren. Später am Abend, nachdem alles geregelt war, tauschten sich Boadicea und ihre Töchter lange mit Etayna aus; zuletzt sagte die Icener-Königin zur Herrin von Dinas Dinlle: "Bereits beim Drunemeton in Caer Llundain wurden wir Freundinnen. Jahre danach, als ich Eadha nach Môn begleitete, frischten wir diese Freundschaft auf und verlebten miteinander eine erfüllende Zeit in deiner Festung, wo du seit dem allzu frühen Tod deines Gemahls allein regiertest. Und jetzt werden wir Seite an Seite und auf Gedeih und Verderben gegen die Römer kämpfen - wir beiden Witwen, die wir für das geheiligte Herkommen des weiblichen Herrschertums in Britannien stehen."

Etayna ergriff Boadiceas Hand. "Du nennst den wichtigsten Grund, warum dieser Krieg geführt werden muß! Es geht nicht nur um die Befreiung von der unerträglich gewordenen Fremdherrschaft; es geht noch mehr um die

Durchsetzung des unverbrüchlichen Gebotes der Großen Göttin, wonach Männer und Frauen ihr Dasein in gleichberechtigtem Miteinander verbringen sollen! Und deshalb müssen wir siegen; wir müssen unsere Feinde niederwerfen, damit zumindest auf unserer Insel das heilige Gesetz von der ebenbürtigen Verflechtung des Weiblichen und Männlichen auch weiterhin Achtung erfährt!"
Boadicea und ihre Töchter pflichteten der deceanglischen Königin bei; Eadha fügte hinzu: "Der Kampf, den ihr austragen werdet, ist wahrlich von größter Bedeutung für Britannien - um so mehr schmerzt es mich, daß ich nicht an ihm teilnehmen darf!"
"Die Aufgabe, die du auf Môn zu erfüllen hast, ist ebenfalls sehr wichtig", erwiderte Boadicea. "Zusammen mit den anderen Druiden dort wirst du uns, die wir in den Schlachten fechten werden, geistig unterstützen. So wird uns die Kraft zufließen, die wir benötigen, um uns gegen die Übermacht der Römer zu behaupten - und falls ich und Ailme fallen sollten, wird der Anspruch unserer Familie auf die icenische Königswürde in dir weiterleben."
Eadha nickte wortlos; anschließend wechselte Etayna feinfühlig das Thema, und die vier Frauen unterhielten sich noch eine Weile über allgemeinere Dinge. Dann wurde es für sie und die übrigen Edlen Zeit, ihre Nachtlager aufzusuchen. Bis zum Morgengrauen schliefen Boadicea und ihre Töchter ungestört im Häuptlingshaus; als die ersten Sonnenstrahlen über den Wall des Duns fingerten, bestiegen die Stammesherrscher und Adelskrieger ihre Streitwagen, verließen die Festung und fuhren durch den Wald am Fuß des Hügels ein Stück auf die Heide hinaus.
Hier warteten bereits die Kampfscharen der einfachen Krieger sowie die Reiter; sie waren rings um eine Bodenwelle angetreten, und auf diese flache Erhebung führte die Icener-Königin nun den Streitwagenpulk. Als alle Gespanne zum Stehen gekommen waren, gab Boadicea ihrem Rosselenker - einem der icenischen Edlen, die sie, Eadha und Ailme nach der Flucht aus dem Kastell beschützt hatten - ein Zeichen. Der Mann nahm die Pferde straffer an die Zügel; im nächsten Moment schwang sich die Königin aus der Wagenkanzel und sprang auf die Kruppen der beiden Schimmelstuten.
Nachdem sie sicheren Stand gefunden hatte, zog Boadicea ihr Schwert, deutete mit der Waffe nach Osten und rief: "Dort, jenseits der Grenzen Cymrus, leiden unsere keltischen Brüder und Schwestern aufs schlimmste unter der Knute Roms! Überall werden britannische Bauern, Handwerker und Händler von römischen Steuerbütteln ausgeraubt, werden Unschuldige von römischen Schergen in Ketten geschlagen und versklavt! Abertausende unserer keltischen Brüder und Schwestern wurden schon aus ihren Häusern und von ihren Höfen vertrieben, viele andere schmachten in den Verliesen der römischen Militärlager! Männer werden öffentlich ausgepeitscht, Frauen vor aller Augen geschändet - und ich weiß sehr genau, wovon ich spreche, denn auch ich und meine Töchter waren der abgrundtiefen Bösartigkeit Roms ausgeliefert..."

"Tod den Römern!" gellte ein wütender Schrei über die Heide hin. Einer der Berittenen hatte nicht länger an sich zu halten vermocht und die wilde Drohung ausgestoßen; unmittelbar darauf stimmten alle zehntausend Krieger in den Ruf ein. Gleich tosendem Sturmbrausen erschollen die Racheschreie und schwollen immer noch lauter an; die Icener-Königin ließ das Heer eine Weile gewähren, dann stieß sie ihr Schwert dreimal in die Luft - und sofort legte sich der Aufruhr.
"Ja, tausendfachen Tod unseren Feinden!" rief Boadicea jetzt. "Euer Wille ist der meine, ihr Kämpfer der Deceanglier, Cornovier, Demetier, Silurer und Icener! Wir werden die Römer wie tollwütige Hunde erschlagen, werden ihre Festungen niederbrennen, werden die Überlebenden von unserer Insel verjagen! Und nun, ihr Krieger, bereitet euch auf den Abmarsch vor! Dorthin", die Königin reckte ihre Klinge neuerlich nach Osten, "wo die feindlichen Legionen stehen!"
Die Heermänner hämmerten ihre Waffen gegen die Schilde, ohrenbetäubendes Dröhnen erklang; danach schwang sich Boadicea wieder in die Wagenkanzel, und die Kampfscharen begannen sich in Marschordnung aufzustellen.
Während sich der Heerwurm - die einzelnen Verbände nach Stammeszugehörigkeit gegliedert - formierte, nahmen die Icener-Königin, Ailme, Swyedydd und Etayna Abschied von Eadha. Dann, nachdem sie ihre blondhaarige Tochter ein letztes Mal umarmt hatte, wies Boadicea ihren Rosselenker an, loszufahren. Von den übrigen Gespannen gefolgt, setzte sich der Streitwagen der Icener-Königin an die Spitze der Armee; wenig später zogen die zehntausend Bewaffneten zum Ausgang des Hochtales - allein Eadhas Kampfwagen blieb zurück, und die junge Druidin schaute dem Heer nach, bis es nicht mehr zu sehen war.
Erst dann bat Eadha ihren Pferdelenker, das Gespann zu wenden. Im Dun machte sich die junge Druidin für die Fahrt nach Môn fertig; danach verließ ihr Streitwagen das Tal in Richtung Norden - und von der Höhe eines Bergrückens aus erblickte Eadha in der Ferne noch einmal die Armee ihrer Mutter.
Den ganzen Tag marschierte das Keltenheer gen Osten; als der Abend dämmerte, befand es sich bereits in den Urwäldern, welche die Ausläufer der Schwarzen Berge bedeckten. Drei Tage später erreichte die Armee das Grenzland des silurischen Stammesgebietes, wo römische Kaufleute während der vergangenen Jahre eine Reihe von Handelsposten errichtet hatten. Diese Niederlassungen, deren Bewohner beim Herannahen der Britannier geflohen waren, wurden geplündert und verbrannt; dasselbe geschah in den südwestlichen Grenzgauen der Dobunnier, wohin Boadiceas Heer anschließend vordrang.
Nachdem sie Dutzende von Handelsposten verwüstet hatten, stießen die Kampfscharen der Icener-Königin tiefer ins Gebiet des dobunnischen Foederaten-Stammes vor. Ihr Ziel war das schwerbefestigte römische Militärlager Glevum, in dem volle vier Kohorten lagen. Eine Woche vor Alban Ailyr langte das Heer dort an; zunächst sah es für die Legionäre so

aus, als wollten die Kelten lediglich in einiger Entfernung am Kastell vorübermarschieren - doch dann vollführte die britannische Armee plötzlich einen überraschenden Schwenk und schloß Glevum ein.
Damit saßen die knapp zweieinhalbtausend Bewaffneten, die in dem Militärlager stationiert waren, in der Falle. Im Lauf der folgenden beiden Tage verteidigten sie sich verbissen gegen die wieder und wieder anstürmenden Kelten; schließlich glückte es einer Kriegerschar, die von Ailme angeführt wurde, den südlichen Torbau des Kastells in Brand zu stecken. Nachdem die Bastion eingestürzt war, stürmte das Heer der Britannier Glevum. Fast alle Römer wurden hingeschlachtet; der Legat, welcher das Kommando über die vier Kohorten gehabt hatte, stürzte sich in sein eigenes Schwert - und nur wenigen Berittenen gelang nach verzweifeltem Ausbruchsgefecht die Flucht.
Boadicea ließ sie nicht verfolgen; als etliche Edle dagegen protestierten, erklärte sie ihnen: "Suetonius Paulinus und Catus Decianus sollen von Augenzeugen erfahren, was hier geschah!"
Anschließend befahl Boadicea, Glevum in Schutt und Asche zu legen; nachdem sämtliche Gebäude des Militärlagers bis auf die Grundmauern niedergebrannt waren, zog die Keltenarmee weiter. Fünfundzwanzig Meilen nördlich von Glevum machten die Britannier die römische Ansiedlung Vertis dem Erdboden gleich: einen Ort, wo zahlreiche ehemalige Legionäre als Gutsbesitzer und Sklavenhalter gelebt hatten. Um die einhundertvierzig Veteranen - alle, die nicht rechtzeitig geflohen waren - wurden getötet; die Witwen und Waisen von ihren zerstörten Heimstätten vertrieben. Wehklagend suchten die Frauen und Kinder das Weite; die befreiten keltischen Zwangsarbeiter hingegen jubelten - und viele schlossen sich dem Heer der Icener-Königin an.
Dessen nächstes Ziel war das Kohorten-Lager Salinae, das einen halben Tagesmarsch nordöstlich von Vertis lag. Die sechshundert Legionäre dort hatten nicht die geringste Chance gegen die Britannier. Das Kastell fiel innerhalb weniger Stunden und wurde ebenso wie Glevum und Vertis verbrannt. Ungefähr vierzig Römern, die nach dem Tod des in Salinae kommandierenden Tribuns die Waffen gestreckt hatten, schenkte Boadicea das Leben. Dies allerdings nur unter einer bestimmten Bedingung, welche die Königin - wobei sie den Legionären einen Ledersack entgegenhielt - so formulierte: "Ihr werdet verschont, sofern ihr euch bereiterklärt, den Kopf eures Befehlshabers, der in diesem Sack steckt, nach Londinium zu bringen und dem Statthalter sowie dem Procurator mitzuteilen, daß ich ihre Paläste genauso verwüsten werde wie die Festungen hier im Westland!"
Zitternd schworen die Römer, den Willen Boadiceas zu erfüllen; danach zogen sie waffenlos nach Osten ab, und der Ranghöchste, ein Decurio, trug den Ledersack mit dem Schädel des Tribuns über der Schulter. Das Keltenheer wiederum lagerte die Nacht über unweit des Ruinenfeldes von Salinae. Am folgenden Morgen sodann führte die Icener-Königin ihre Armee ebenfalls gen Sonnenaufgang, und während der nächsten Tage

und Wochen attackierten die Britannier - jedesmal erfolgreich - eine ganze Reihe weiterer Militärlager und Zivilsiedlungen ihrer Feinde im Stammesgebiet der Dobunnier und bald auch auf den Ländereien der Atrebaten.

***

"Du bist viel zu nachsichtig mit diesem verdammten Weib und seiner Brut umgesprungen!" schrie Suetonius Paulinus den Procurator Catus Decianus an. "Warum hast du diese Megären denn nicht kreuzigen lassen?! Wären sie auf diese Weise verreckt, hätten wir jetzt Ruhe vor ihnen! So aber treiben sie noch halb Britannien in den Aufruhr!"
"Bislang beschränkt sich die Rebellion auf einen relativ kleinen Teil der westlichen Territorien", versuchte der Procurator abzuwiegeln. "Und wenn wir eine Legion in Marsch setzen würden..."
"Eine?!" schnappte der Statthalter. "Hast du schon vergessen, was die aus Glevum entflohenen Legionäre uns vorhin berichteten?! Daß das Barbarenheer mindestens zehntausend Mann stark ist?! - Nein, eine einzige Legion reicht da hinten und vorne nicht aus! Ich werde zwei oder drei benötigen, um die verfluchten Insurgenten zu Paaren zu treiben!"
"Heißt das, du willst selbst am Feldzug teilnehmen?" fragte Catus Decianus verblüfft.
"Begreifst du denn nicht, was auf dem Spiel steht?!" fuhr der Statthalter erneut auf ihn los. "Falls ich im Westen nicht schleunigst Tabula rasa mache, kann sich der Aufstand ungehindert ausbreiten - womöglich sogar bis hierher nach Londinium!"
Abrupt wandte sich Suetonius Paulinus ab, starrte auf eine Straßenkarte, die an der Wand hing, drehte sich wieder um und fuhr fort: "Ich werde den Garnisonen hier an der Tamesis noch heute Marschbereitschaft befehlen. Zusätzliche Truppen ziehe ich auf meinem Weg in die westlichen Stammesgebiete an mich - und so kann ich den Kelten an der Spitze von fünfzehn- bis sechzehntausend Mann entgegentreten."
"Mit dieser Übermacht wirst du sie zweifellos vernichtend schlagen", äußerte Catus Decianus.
"Hoffentlich!" knurrte der Statthalter. "Doch das wird nicht genügen. Ich muß auch jene treffen, welche die Weststämme zur Rebellion und zum Bündnis mit der irren Icenerin anstachelten."
"Wen meinst du?" erkundigte sich der Procurator.
"Die Druiden, die zu Aberhunderten auf der sogenannten heiligen Insel Môn hausen", erwiderte Suetonius Paulinus. "Ich bin sicher, daß sie hinter dem Aufstand stecken. Denn noch nie trafen keltische Anführer weitreichende Entscheidungen, ohne sich mit ihrer götzenanbeterischen Priesterschaft abzustimmen."
"Wenn es so steht, solltest du diese Druiden alle töten lassen!" kam es von Catus Decianus.
"Ich werde sie samt den Dämonen, denen sie dienen, in ihren Hainen verbrennen!" entgegnete der Statthalter; dann starrte er neuerlich auf die Wandkarte und erklärte nach einer Weile: "Übermorgen breche ich auf,

und in eineinhalb Wochen sollte ich die Gegend erreichen, wo sich das Feindheer befindet."
Zwei Tage später marschierte Suetonius Paulinus an der Spitze einer um tausend Mann verstärkten Legion aus Londinium ab. Unterwegs stießen, wie geplant, weitere Truppenverbände aus verschiedenen Militärlagern zu ihm - darunter auch die Kohorte aus dem nordöstlichen Stammesgebiet der Atrebaten, welcher Ailmes einstiger Geliebter, der Centurio Verticus Gallus, angehörte. Als die Armee des Statthalters am Abend des dritten Marschtages ihr Nachtlager errichtete, war sie bereits auf rund zwölf Tausendschaften angewachsen; Suetonius Paulinus empfand Genugtuung darüber - doch kurz darauf schlug seine eben noch gelöste Stimmung in maßlosen Zorn um.
Ein Tribun nämlich meldete dem in seinem Zelt sitzenden Statthalter, daß eine Schar von etwa vierzig abgerissenen Legionären eingetroffen sei, und fügte hinzu: "Es handelt sich um Männer aus Salinae. Das Kohorten-Lager dort wurde von den Britanniern erobert und zerstört, das Gros der Besatzung ist tot. Die vierzig überlebenden Legionäre aber wurden von unserer Feindin Boadicea beauftragt, dir eine Botschaft zu überbringen."
Zähneknirschend hatte Suetonius Paulinus den Tribun angehört; nun stieß er hervor: "Herein mit dem Sprecher des Trupps!"
Gleich darauf betrat der Decurio, welchem die Icener-Königin den Ledersack gegeben hatte, das Feldherrnzelt. Der Legionär öffnete den Sack, zeigte dem Statthalter den darin befindlichen Schädel und richtete Suetonius Paulinus aus, was Boadicea ihm aufgetragen hatte.
Daraufhin erlitt der Statthalter einen Tobsuchtsanfall. Vor Wut schäumend, befahl er, den Decurio sowie alle übrigen Legionäre aus Salinae auszupeitschen. Wenig später wohnte er dem bestialischen Schauspiel persönlich bei, und während die vierzig Männer vor Schmerzen brüllten, schwor Suetonius Paulinus der Frau, die ihm die Schmach angetan hatte, grausame Rache.

***

Zwei Wochen nach Alban Ailyr näherte sich das Keltenheer, nachdem es drei Tage zuvor die befestigte römische Marktstadt Cunetio im äußersten Nordwesten des atrebatischen Stammesgebietes zerstört hatte, dem Kastell Corinium Dobunnorum, das an der Südgrenze des Dobunnier-Landes lag. In dem Militärlager hatten sich acht reguläre Centurien und dazu ungefähr zweihundert Veteranen aus der Umgebung von Corinium Dobunnorum verschanzt; die meisten der ehemaligen Legionäre hatten ihre Familien bei sich.
Gegen Mittag erreichten die britannischen Kampfscharen das Kastell und umzingelten es. Eben als Boadicea, die zusammen mit Ailme, Swyedydd und ihrer engsten Gefolgschaft dreihundert Schritt vor dem Haupttor der Festung hielt, den Angriffsbefehl geben wollte, rief Ailme ihr zu: "Dort drüben, auf dem Höhenzug, jagen Reiter herbei! Es scheint sich um einige der Späher zu handeln, die wir nach Osten sandten."

Daraufhin entschied sich die Icener-Königin, mit dem Sturm auf das Militärlager zu warten, und gab die entsprechenden Anordnungen. Kurze Zeit danach rissen die Männer des Spähtrupps, neun ordovicische Krieger, ihre Rösser neben den Streitwagen Boadiceas, ihrer Tochter und des Pendruid in die Hanken, und der Anführer meldete der Königin: "Ganz wie du es vorausgesehen hast, zieht eine große römische Armee gegen uns heran!"
"Wie weit ist sie noch entfernt?" fragte Boadicea.
"Etwa einen Tagesmarsch", erwiderte der Späher.
"Und wie stark ist das Heer genau?" erkundigte sich Swyedydd.
"Um die sechzehntausend Mann", lautete die Antwort.
Die Königin nagte an ihrer Unterlippe, dann sagte sie nachdenklich: "Obwohl sich uns während der vergangenen Wochen zusätzliche dobunnische und atrebatische Kämpfer anschlossen, verfügen wir über kaum dreizehntausend Krieger..."
"Trotzdem könnten wir die Feinde mit dem Beistand der Götter schlagen!" rief Ailme aus.
Boadicea wiegte den Kopf. "Zumindest hier, vor dem Kastell, in dem sich eine weitere römische Streitmacht befindet, wäre eine Schlacht allzu riskant für uns. Wir könnten sehr leicht zwischen zwei Fronten geraten!"
"Du willst dich also zurückziehen?" murmelte Ailme.
Die Königin wechselte einen Blick mit Swyedydd und nickte. "Wir werden den Feinden zunächst ausweichen und uns ihnen später an einem geeigneteren Ort zum Kampf stellen."
"Und wo soll das sein?" fragte Ailme.
"Das werden wir mit den übrigen Heerführern besprechen", entgegnete die Königin; sodann befahl sie den Spähern: "Entbietet die Stammesherrscher und ihre Druiden zu mir!"
Die Ordovicen galoppierten davon, um die Genannten, die sich an verschiedenen anderen Stellen des Belagerungsringes aufhielten, zu verständigen. Bald darauf kamen die Könige und Großen Wissenden herbei, und während die Kampfverbände in ihren Angriffspositionen ausharrten, berieten die Stammesherrscher und Druiden - teils mit leidenschaftlicher Erregung und widerstreitenden Argumenten - untereinander. Schließlich wurden sich die Könige und Großen Wissenden einig, und Boadicea faßte noch einmal zusammen, was - letztlich auf ihre und zudem Etaynas Initiative hin - beschlossen worden war: "Wir verschonen das hiesige Militärlager also, treten unverzüglich den Rückweg in die westlichen Berge an und locken die Römer auf diese Weise nach Cymru hinein. Und dort, an sehr viel besserer Stelle als hier, werden wir unseren Feinden die Schlacht liefern."
Wenig später öffneten die Britannier den Einkesselungsring; rasch formierten sich die Kampfscharen wieder in Marschordnung und zogen unter dem Freudengeschrei der Römer, die auf den Wällen des Kastells standen und ihr Glück kaum zu fassen vermochten, nach Nordwesten ab.

Am darauffolgenden Tag passierte das Keltenheer die Ruinen von Glevum und verschwand jenseits der weiten Flußebene, die einst von dem mächtigen Militärlager beherrscht worden war, in den Urwäldern, welche das südöstliche Grenzland von Cymru schützten. Am Saum dieses Waldgebietes ließ Boadicea eine größere Anzahl Späher mit schnellen Pferden zurück, und im Lauf der nächsten neun Tage, in denen die Armee der Britannier stetig in Richtung des heiligen Eilandes Môn marschierte, trafen regelmäßig des Abends einige der Kundschafter im Heerlager ein und erstatteten der Icener-Königin und den übrigen Anführern der keltischen Streitmacht Bericht über die jeweilige Position der Feinde. Aus diesen Meldungen ging hervor, daß die römische Armee dem britannischen Heer mit gleicher Geschwindigkeit und damit stets im Abstand einer Tagesetappe folgte - und dies blieb so, bis Boadiceas Streitmacht zwei Wochen vor Beltane die Meeresküste südlich von Môn erreichte.
Sehr zielbewußt hatte die Icener-Königin ihre Armee nach Dinas Dinlle, dem Herrscher-Dun der Deceanglier, geführt. Gewaltig ragten die Ringwälle der Festung direkt über dem Meeresgestade empor; schroff brach die Steilküste an der Westflanke des Duns zum Strand hinunter ab, und da gerade die Nachmittagsflut herandrang, schäumten die Wogen wild an den Klippen hoch.
Am Fuß des Festungshügels hielten die Streitwagen der Könige an; gleich darauf sprengten Dutzende berittener Adelskrieger herbei, und in Absprache mit Boadicea gab Etayna jedem einzelnen der Reiter bestimmte Anweisungen. Danach galoppierten die Edlen wieder zurück zum Gros des Heeres, und wenig später lösten sich dreitausend einfache Krieger, darunter mehrere hundert einheimische Deceanglier, von der Hauptmacht der Armee. Diese Männer umgingen den Dun und suchten sich Lagerplätze zwischen den mit Buschwerk und Adlerfarn bewachsenen Dünenkuppen, die sich unmittelbar südlich der Ringwallfestung am Küstensaum entlang erstreckten und bei einem keilförmig vorspringenden Felsenkap endeten. Während sich die dreißig Hundertschaften in den Dünentälern verbargen, zogen die übrigen zehntausend Kämpfer den Streitwagen hinterdrein zum Dun hinauf. Dort verteilten sich die Streitscharen; etwa die Hälfte fand Platz auf dem weitläufigen Anger, die anderen besetzten die Palisadengänge oder lagerten sich im Windschutz der Wälle.
Die Stammesherrscher und Adelskrieger wiederum begaben sich in die Große Halle der Klippenfestung. Es dauerte nicht lange, bis Etaynas Dienerschaft Metheglyn ausgeschenkt und einen Imbiß aufgetragen hatte; nachdem die Edlen ihren ersten Hunger und Durst gestillt hatten, wandte sich die deceanglische Königin an Boadicea, die zu ihrer Rechten auf dem Hochthron saß, und sagte: "Morgen werden unsere Feinde ungefähr zur selben Stunde wie wir heute von den Küstenbergen herabkommen."
Boadicea nickte. "So wird es sein. Und in der Paßschlucht, die aus den Bergen herausführt, werden die Römer eine böse Überraschung erleben,

die sie daran hindern wird, noch am Nachmittag oder Abend zum Dun vorzudringen. Aber übermorgen dann werden wir unseren Feinden die Schlacht antragen."

"Das jedoch wird genau zur richtigen Stunde geschehen", erklärte Etayna mit bedeutungsvollem Unterton.

Verschwörerisch lächelten die beiden Frauen einander an; im nächsten Moment wandte sich die Herrscherin der Deceanglier an die übrigen Könige, welche das kurze Gespräch schmunzelnd mit angehört hatten, und erkundigte sich aufgeräumt bei ihnen: "Was würdet ihr davon halten, zur Feier unserer Ankunft in Dinas Dinlle und des bevorstehenden Kampfes gegen die Römer einen Spießbraten zu genießen?"

"Zwei oder drei Hammel wären gut - ein feister Mastochse aber noch besser!" erwiderte der Stammesherrscher der Demetier augenzwinkernd.

"Aus deinen Worten spricht reiche Lebenserfahrung!" lachte Etayna; danach rief sie einen Diener heran und befahl ihm: "Laß den fettesten Ochsen, den wir im Dun haben, schlachten und über dem Feuer hier in der Halle rösten!"

Das Festmahl dauerte bis tief in die Nacht hinein. Trotzdem waren die Könige und Edlen schon früh am Morgen wieder auf den Beinen und sorgten dafür, daß die Ringwallfestung in Verteidigungszustand versetzt wurde. Die Krieger schleppten Bündel von Speeren und Körbe mit Pfeilen auf die Wehrgänge; zusätzlich wurden überall auf den Wällen Pyramiden aus Wurfsteinen aufgehäuft. Ferner legten die Britannier an bestimmten Stellen des Festungshügels Fußangeln aus oder rammten kurze, oben zugespitzte Pfähle in die Erde und tarnten die betreffenden Plätze mit Grasbüscheln oder Moos; zudem wurden die hölzernen Torflügel in der Zugangsbastion des Duns außen mit einer dicken Schicht von Lederplanen beschlagen, um sie gegen Rammbockstöße und Brandgeschosse zu schützen.

Die Hauptarbeit jedoch wurde in jener Paßschlucht geleistet, über die Boadicea am Abend zuvor mit Etayna gesprochen hatte. Diese Klamm zog sich, eineinhalb Meilen von Dinas Dinlle entfernt, durch die letzten Ausläufer der Küstenberge; auf ihrem Grund schäumte, da und dort in Katarakten, ein Wildbach, und die von Felstrümmern durchsetzten lehmigen Schluchtwände, welche das Gewässer und den an seinem Ufer entlangführenden Weg flankierten, waren fast überall unersteigbar. An einer Engstelle der Kluft betrug die Distanz zwischen den Steilwänden nur dreißig Schritt - und dort errichteten fünfhundert deceanglische Krieger innerhalb weniger Stunden einen doppelt mannshohen Verhau aus Baumstämmen und Dornengestrüpp.

Als die Sonne im Zenit stand, war das Bollwerk vollendet. Es sperrte die Klamm völlig, lediglich für den Gießbach hatten die Deceanglier einen Durchlaß ausgespart. Die Männer hatten diese mit Steinbrocken umbaute Öffnung aber so bemessen, daß nicht alles Wasser abfließen konnte und sich der Bach daher in der Folge langsam vor der Barrikade staute. Am frühen Nachmittag, als Boadicea, Ailme und die kleine Schar ihrer

icenischen Adelskrieger bei dem Bollwerk eintrafen und dessen breiten Wehrgang erklommen, war der Schluchtboden oberhalb der Barrikade bereits grundlos geworden. Zufrieden betrachtete die Königin den Morast, der sich schon zwanzig Schritt ausdehnte; dann wandte sie sich an den Anführer der Deceanglier und lobte ihn: "Du hast mit deinen Männern sehr gut gearbeitet!"
"Bis die Römer auftauchen, wird der Sumpf noch viel größer und tiefer sein", grinste der deceanglische Edle. "So werden es unsere Feinde bei einem Sturmlauf gegen das Bollwerk arg schwer haben, und wir können sie um so leichter zurückschlagen!"
"Ja, wir haben alle Vorteile auf unserer Seite", nickte Boadicea. "Die Römer können sich nicht entfalten, und wollten sie uns außerhalb der Kluft umgehen, so würden sie dazu angesichts des schwierigen Geländes und ihrer riesigen Zahl mindestens einen Tag benötigen. Deshalb bleibt ihnen nichts übrig, als auf engstem Raum gegen uns anzurennen, was bedeutet, daß sie ihre Übermacht nicht ausspielen können. Trotzdem könnte der Kampf wider Erwarten sehr hart für uns werden und uns möglicherweise das Äußerste abverlangen. Doch wir dürfen auf gar keinen Fall weichen, sondern müssen unsere Stellung um jeden Preis bis in die Nacht hinein halten, wenn unser Plan gelingen soll!"
"Wir werden uns behaupten, so daß die Feinde heute keinen Blick mehr auf den Strand werfen können!" versprach der Deceanglier; anschließend rief er seinen Kriegern zu: "Nehmt nun eure Plätze ein! Denn bald werden die Römer kommen!"
Daraufhin besetzten zweihundert Kämpfer den Wehrgang der Barrikade; weitere hundert Mann erklommen die Steilwände der Klamm und verschanzten sich hinter den Felstrümmern oberhalb des Bollwerks; die übrigen zweihundert Krieger blieben als Eingreifreserve für den Notfall hinter der Barrikade.
Etwa eine Stunde verstrich; plötzlich schwirrte in einer Viertelmeile Entfernung, wo die Paßschlucht eine Biegung machte, ein Vogelschwarm hoch. Gleich darauf wurden dort die ersten Reiter des römischen Vortrabs sichtbar; mehr und mehr Berittene, eine ganze Centurie, folgten ihnen - und danach kamen Fußtruppen: eine Hundertschaft um die andere.
Unaufhaltsam, scheinbar völlig unbeeindruckt von dem Hindernis, das ihnen den Weg versperrte, näherten sich die Legionäre dem Bollwerk. Erst als die Vorhut nur noch einen Pfeilschuß vom Rand des Morastes entfernt war, der sich mittlerweile auf fünfzig Schritt ausgedehnt hatte, brachten die Reiter ihre Pferde zum Stehen. Boadicea, Ailme und die übrigen keltischen Kämpfer sahen, wie die Römer zu ihnen herüberspähten; sodann sprengte einer der Legionäre zurück.
Nach einer Viertelstunde tauchte aus der Paßbiegung ungefähr ein Dutzend weiterer Berittener auf. Im Galopp, rücksichtslos vorwärtspreschend, passierten sie die zehn Centurien, die sich unterdessen in der Klamm drängten. Rasch erkannten die Britannier an den prächtigen Rüstungen und Helmbüschen dieser Reiter, daß es sich

bei ihnen um hohe Offiziere handeln mußte - und als die Legaten und Tribunen ihre Rösser am Saum des Sumpfes zügelten, stieß Boadicea, an den deceanglischen Edlen gewandt, hervor: "Der Großgewachsene dort drüben, der im goldenen Brustpanzer - das ist Suetonius Paulinus!"
"Wenn wir Glück haben, führt er seine Männer persönlich zum Angriff und rennt dabei in unseren Speerhagel", knurrte der Adelskrieger.
"Soviel Mut traue ich dem Statthalter nicht zu", versetzte Boadicea. "Aber ich kann immerhin versuchen, ihn zu einer unüberlegten Tat herauszufordern..."
Damit richtete sie sich hoch auf, schwang ihren Wurfspeer über dem Kopf und rief zu den Römern hinüber: "Hier stehe ich, die rechtmäßige Königin der Icener, Suetonius Paulinus! Und ich rate dir, mit deinem Heer sofort wieder abzuziehen! Denn sonst werden wir Kelten euch zu Tausenden hinschlachten!"
Für einen Augenblick blieb es jenseits des Morastes still, dann erklang die Stimme des Statthalters: "Du nimmst den Mund sehr voll, Boadicea! Dabei solltest du doch eigentlich wissen, daß du gnadenlos gezüchtigt wirst, wenn du dich gegen die Macht des Imperiums auflehnst! Oder hast du bereits vergessen, was die Schergen in Venta Icenorum mit dir und deinen Töchtern anstellten?! Wie sie dich auspeitschten und deine Brut..."
"Götterfeind, verfluchter!" Ailme hatte den Schrei ausgestoßen und in einer Aufwallung wilden Zorns ihren Speer geschleudert. Die Wurfwaffe sauste über den Sumpf hinweg, streifte Suetonius Paulinus' Helm und durchbohrte einen hinter ihm haltenden Tribun, der es nicht mehr rechtzeitig geschafft hatte, sich hinter seinem Rundschild zu decken.
Während die Römer ihre Pferde herumrissen und sich ein Stück zurückzogen, erscholl vom Bollwerk herab Jubel - gleich darauf aber verstummten die Britannier wieder, denn nun ließ der Statthalter sein Roß steigen und brüllte zur Barrikade hinüber: "Da ihr es nicht anders wollt, sollt ihr bitter für eure Frechheit büßen!"
Wenig später - die hohen Offiziere hielten jetzt zweihundert Schritt vom Bollwerk entfernt - gingen vier Centurien zu Fuß gegen die Barrikade vor. Die Legionäre schleppten Sturmleitern mit sich; so schnell sie konnten, rannten sie in den Morast - und gerieten im selben Moment, da ihre Bewegungen auf dem trügerischen Untergrund langsamer wurden, in einen mörderischen Pfeil- und Speerhagel. Im Nu waren siebzig, achtzig Mann tot oder verwundet; die übrigen wurden von Panik ergriffen, warfen die Leitern weg und flohen, wobei zahlreiche weitere Legionäre den Fernwaffen der Kelten zum Opfer fielen.
Nach diesem ersten gescheiterten Angriff versuchten die Römer es mit einer anderen Taktik. Nunmehr bildeten hundert Mann, die Dutzende lodernder Fackeln bei sich hatten, eine Schildkröte. Die Legionäre stellten sich in quadratischer Formation auf und schützten sich an den Flanken und über den Köpfen mit ihren großen Viereckschilden; sodann marschierten sie in den Sumpf. Während die Römer gegen die Barrikade vordrangen, prallten die Pfeile und Speere der Britannier von ihrer

geschlossenen Schildbedeckung ab - doch plötzlich hagelten von den Schluchtwänden, wo sich ein Teil von Boadiceas Kriegern hinter den Felsen verborgen hatte, Steinbrocken auf die Legionäre herunter. Der Aufprall dieser Geschosse war so verheerend, daß die römische Kampfformation auseinandergesprengt wurde und jetzt auch die Bogenschützen und Speerwerfer auf dem Bollwerk bessere Ziele fanden. Abermals hielt der Tod reiche Ernte unter den Legionären, die sich vergeblich bemüht hatten, die Barrikade in Brand zu stecken; nur ein Drittel von ihnen vermochte sich zuletzt wieder auf festen Boden zu retten.
Angesichts dieser neuerlichen Niederlage schäumte Suetonius Paulinus vor Wut und gab nunmehr Befehl, ein Katapult auf Schußweite an das Bollwerk heranzubringen. Ehe die schwere Wurfmaschine jedoch zur Stelle war, verging viel Zeit; es dämmerte bereits, als der erste Schleuderstein durch die Luft orgelte. Zudem flog das Geschoß, da die Katapultmannschaft die Wurfbahn in der Eile falsch berechnet hatte, in hohem Bogen über die Barrikade hinweg - und bis die Wurfmaschine erneut gespannt war, herrschte in der Klamm bereits Zwielicht. Dennoch brachten die Römer jetzt einen Treffer an; der Felsbrocken zertrümmerte eine Ecke der Brustwehr des Bollwerks und tötete fünf Deceanglier, die Barrikade wurde aber nicht ernsthaft beschädigt.
Kurz bevor die Römer das Katapult zum drittenmal schußbereit gemacht hatten, brach die Dunkelheit herein - und dies nützten drei Dutzend keltische Krieger aus, die sich oben am linken Steilhang der Schlucht aufhielten. Im Schutz der Finsternis schlichen sie auf Höhe der Wurfmaschine vor und deckten deren Bedienungsmannschaft mit einem Steinhagel ein. An die zehn Legionäre wurden zu Boden geschmettert, der Rest rannte davon - und unmittelbar darauf hatten die Britannier abermals Kriegsglück. Denn die Brandfackeln, die sie nun von der Kluftwand herabschleuderten, entzündeten das Tauwerk des Katapults, und weil sich kein Römer in den Lichtkreis des Feuers wagte, stand die Wurfmaschine wenig später in hellen Flammen.
Aufgrund dessen sah sich der Statthalter gezwungen, die Kampfhandlungen vorerst einstellen zu lassen. Die Legionäre räumten den Klammabschnitt vor dem Bollwerk und verschanzten sich ihrerseits ein Stück tiefer in der Kluft; ein starker Vorpostentrupp blieb jedoch in Hörweite zu den Kelten. Und diese Römer vernahmen noch stundenlang die Hohnrufe der Britannier; bis weit in die Nacht hinein schmähten die keltischen Krieger ihre Feinde und drohten ihnen an, daß sie am nächsten Tag allesamt den Tod vor der Barrikade finden würden.
Am folgenden Morgen indessen vermochten die Römer zu ihrer Überraschung keinen Britannier mehr auf dem Bollwerk auszumachen. Daraufhin pirschten sich einige Legionäre, den weiter angewachsenen Morast umgehend, an die Barrikade heran. Dort stellten sie fest, daß das Bollwerk tatsächlich aufgegeben worden war; offenbar hatten die Kelten irgendwann zwischen Mitternacht und Tagesanbruch heimlich das Weite gesucht.

Höchst erleichtert sandte der Postenführer einen Boten zu Suetonius Paulinus; wenig später kam der Statthalter an der Spitze einer Kohorte nach vorne und erteilte den Centurionen dieser Einheit seine Befehle. Unverzüglich machten sich die Legionäre daran, die Barrikade niederzureißen und ihre gefallenen Kameraden aus dem Sumpf zu bergen, um sie weiter hinten in der Klamm zu begraben.
Nach einer Stunde war der Schluchtweg wieder passierbar, und das römische Heer konnte seinen Marsch in Richtung Dinas Dinlle fortsetzen. In der Vormittagsmitte erreichte die Armee das Vorland des Duns - und die Legionäre spähten mit sehr gemischten Gefühlen zu der mächtigen Fortifikation auf der Steilküste hinüber: zu der gewaltigen Ringwallanlage, deren Meerflanke von einem breiten Sandstrand gesäumt war, an dessen südwestlichem Ende sich die ablaufende Flut kräuselte.
Während das Römerheer unterhalb der Torbastion des Duns in tiefgestaffelter Formation Aufstellung nahm, besprach sich Boadicea auf dem Palisadenwall nochmals kurz mit den übrigen keltischen Herrschern und erklärte abschließend in eindringlichem Tonfall: "Wenn unser Vorhaben gelingen soll, müssen wir uns also strikt an den Zeitplan halten, den wir verabredet haben!"
"Das werden wir tun, gleichgültig wie der Kampf sich entwickelt", erwiderte der König der Demetier; die anderen Stammesherrscher äußerten sich im selben Sinn.
"Gut!" nickte Boadicea; danach beobachtete die Schar der Fürsten angespannt, was auf dem Brachfeld vor der Ringwallfestung geschah. Die Könige und ihre Gefolgschaften sahen, wie die Feinde sich anschickten, ein halbes Dutzend Katapulte, die sich beim Troß befanden, in die vorderste Linie zu bringen. Zugleich lösten sich zweitausend Mann vom Gros des Heeres und begannen, eine Postenkette zu bilden, um die abseits des Torbaues gelegenen Wallabschnitte des Duns zu überwachen.
Die Plänklereinheiten, welche die östliche, den Küstenbergen zugewandte Flanke der Hügelfestung abriegeln sollten, formierten sich relativ rasch; geraume Zeit hingegen verstrich, bis alle sechs Schleudermaschinen in Position gebracht und schußbereit waren. Erst als die Sonne schon beinahe im Mittag stand, orgelten die ersten Felsbrocken in Richtung der Torbastion, doch die Steintrümmer richteten keinen Schaden an. Denn sie gingen, weil die Römer den Schußwinkel zum Rand der Hügelkuppe hinauf falsch berechnet hatten, allesamt zu kurz und bohrten sich vor dem Torbau in den Hang. Eine weitere Salve flog sodann in hohem Bogen über die Zugangsbastion des Duns hinweg; einer der Brocken zerschmetterte drinnen das Dach eines Rundhauses, das aber geräumt war. Ein dritter Steinhagel traf lediglich den Platz vor dem Torschlund - dann freilich hatten die Legionäre den richtigen Zielwinkel herausgefunden, und zwei Felstrümmer krachten auf die Wallkrone direkt neben dem Torturm.
Die Palisaden dort zersplitterten, mehrere Krieger starben - und in der Folge wurden der Torwall und die Zugangsbastion der Festung durch Dutzende weiterer Treffer schwer in Mitleidenschaft gezogen. Die Kelten

sahen sich gezwungen, den Torabschnitt zu räumen; einzig ein Ausfall hätte ihnen Luft verschaffen können, doch Boadicea verzichtete darauf, einen entsprechenden Befehl zu erteilen, obwohl die Schleudermaschinen der Feinde mit einigem Glück hätten zerstört werden können. So aber ertrugen die Britannier den mörderischen Beschuß und bemühten sich lediglich, die Schäden an den Palisaden und am Torbau so gut wie möglich zu beheben; dies geschah, in aller Eile, immer dann, wenn die Katapulte nachgeladen wurden.
Schließlich, nachdem die Felsbrocken an die zwei Stunden lang herangeorgelt waren, zertrümmerte ein Volltreffer einen der beiden Torflügel, dessen Lederbeschlag längst zerfetzt war. Unmittelbar darauf krachte ein Schleuderstein gegen den Querbalken darüber; danach hing auch der zweite Flügel schief in den Angeln. Auf dem Brachfeld, wo die Legionärs-Karrees aufmarschiert waren, erscholl Triumphgeschrei - einen Moment später erklangen dort, wo Suetonius Paulinus hielt, Fanfarenstöße.
Auf dieses Signal hin löste sich eine schwergepanzerte Kohorte aus der Phalanx der Römer und ging zum Angriff vor. Eine Centurie an der Spitze, die übrigen fünf in Keilformation hinterdrein, rannten die Legionäre den Torhang hinauf; ganz eindeutig hatten sie vor, die Zugangsbastion zu besetzen und so den Einheiten, die ihnen jetzt langsamer nachrückten, den Sturm in den Dun zu ermöglichen. Doch die Attacke lief keineswegs so reibungslos, wie die Römer vermutlich gedacht hatten. Die Fußangeln und zugespitzten Pfähle, welche seitlich des Torweges versteckt waren, forderten zahlreiche Opfer; weiter oben gerieten die Legionäre in die Reichweite der keltischen Bogenschützen und Speerwerfer - und dann, als die vordersten Römer bis auf dreißig Schritt an die Bastion herangekommen waren, erlebten sie eine äußerst böse Überraschung.
Urplötzlich nämlich stürzten unter mächtigen Rammstößen, die im Inneren des Torschlundes erdröhnten, die beschädigten Torflügel nach draußen - im nächsten Augenblick jagten Streitwagen und Reiter ins Freie, und hinter ihnen erschienen Scharen von Fußkriegern. Der keltische Entlastungsangriff war ein voller Erfolg; im Nu hatten die Britannier, die von Etayna und dem König der Silurer angeführt wurden, die vorderste Centurie geworfen; gleich darauf wüteten die Kelten unter den Hundertschaften tiefer am Hang. Je mehr Britannier aus der Torbastion strömten, desto aussichtsloser wurde die Lage der Legionäre - und das Blatt wendete sich erst, als weitere römische Kohorten heraneilten und in den Kampf eingriffen.
Nun tobte das Gefecht eine Weile auf halber Höhe des Hügels - dann auf einmal röhrten dort, wo Boadicea auf dem Ringwall stand, Carynxen, und sofort zogen sich die Kelten zum Dun zurück. Die Römer, die arg dezimiert waren, folgten ihnen nur zögerlich; daher konnte die Nachhut der Britannier im Torschlund ungestört eine neunfach gestaffelte Schildmauer bilden.

Eine Zeitlang passierte nichts weiter; erst als der Statthalter neuerlich Angriffssignale blasen ließ, unternahmen die Legionäre am Festungshang einen zweiten Sturmangriff. Aber die Attacke rannte sich an der Torbastion und den seitlich angrenzenden Wällen fest; aufgrund der Tapferheit jener, welche den Torschlund verteidigten, und des schweren Beschusses von oben vermochten die Römer keinen Vorteil zu gewinnen. Schließlich mußten sie erneut weichen - und ein dritter Angriff, der etwas später am Nachmittag mit frischen Truppen erfolgte, forderte ebenfalls hohe Opfer unter den Legionären. Ungeachtet dessen fochten die Römer diesmal mit grimmiger Verbissenheit; obwohl Hunderte von ihnen fielen, stürmten sie wieder und wieder gegen den Torwall an. Angesichts des Furors der Legionäre hätte der Kampf vermutlich noch länger aufs heftigste so weitergetobt - doch dann geschah neuerlich etwas Überraschendes.
Abermals röhrten auf dem Ringwall die Carynxen - und im selben Moment stießen die Kelten, welche den Torbau verteidigt hatten, aus der Bastion vor und schwenkten nach links und rechts ab. Durch die auf diese Weise entstandene Gasse jagten im nächsten Augenblick Streitwagen und Reiter; es handelte sich um sämtliche Stammesherrscher sowie die Adelskrieger der Britannier. In wildem Angriff drangen die Edlen, Boadicea, Ailme und Etayna ganz an der Spitze, auf die Römer ein - und während sie mit ihren Feinden zusammenprallten, flogen Hunderte von Seilen nach draußen über die Palisaden, und Tausende einfacher Keltenkrieger hangelten sich blitzschnell an den Tauen herab.
Völlig verstört wandten sich die Legionäre zur Flucht - und die Britannier nutzten den Vorteil, den ihnen ihre Überrumpelungstaktik gebracht hatte, entschlossen aus. In breiter Front, wobei sie die verborgenen Fußangeln und Spitzpfähle geschickt vermieden, attackierten sie die ohnehin schon zersprengten römischen Einheiten und trieben sie den Hang hinunter. Am Hügelfuß gerieten die Legionärshaufen in Kollision mit den dort stehenden römischen Reserveeinheiten, bei denen sich Suetonius Paulinus mit seinem Stab befand, und verursachten beträchtliche Unordnung in deren Reihen. Gleich darauf erschollen vom Dun erneut Carynxen-Signale - sofort lösten sich die Streitwagen, Reiter und Fußkämpfer der Kelten vom Feind, zogen sich ein Stück zum Meeresgestade hin zurück und formierten sich am Saum des Sandstrandes zu einer tiefgestaffelten Phalanx.
Kaum hatten die Britannier Stellung bezogen, hämmerten sie ihre Waffen gegen die Schilde. Infernalisches Dröhnen erfüllte die Luft; es forderte die Römer zur offenen Feldschlacht heraus - und der Statthalter, der einmal mehr vor Wut schäumte, zögerte nicht, nun alle seine Truppen in den Kampf zu werfen.
Rasch bildeten auch die zahlenmäßig noch immer weit überlegenen Legionäre eine Schlachtreihe und rückten gegen die Kelten vor. Wenig später hatten sich die vordersten Kampfreihen ineinander verbissen; der Strand hallte vom Klirren der Schwertklingen, dem Gebrüll der Fechtenden und den Todesschreien von Römern und Britanniern wider. Obwohl letztere in der Minderzahl waren, hielten sie den Legionären geraume Zeit

stand und behaupteten ihre Position; maßgeblichen Anteil daran hatten die Wagenkämpfer, welche ununterbrochen die römischen Flanken bedrängten und den Feind auf diese Weise daran hinderten, sich zu entfalten und das Keltenheer zu umzingeln.
Ebenso wie die anderen Wagenkrieger focht Boadicea mit äußerster Tapferkeit; gerade hatte sie einem Decurio den Schädel gespalten und ihrem Rosselenker, scheinbar triumphierend, etwas zugerufen - da schien dieser plötzlich die Herrschaft über die Pferde zu verlieren. Die Stuten bäumten sich auf, gingen durch, preschten vom Schlachtfeld weg und jagten zu einem Ausläufer des Festungshanges. Erst auf dieser Anhöhe wurden die Tiere langsamer, stiegen jedoch unvermittelt erneut, brachen danach seitlich aus und preschten unter schrillem Wiehern zum offenen Sandstrand hinunter. Jetzt lösten sich auch Ailmes Gespann und mehrere weitere Streitwagen vom Feind; es sah so aus, als wollten die Rothaarige und die übrigen Wagenkrieger der Königin zu Hilfe eilen - und daraufhin wich die ganze keltische Phalanx zurück: erst der rechte Flügel, dann das Zentrum und schließlich auch die linke Flanke.
Machtvoll stießen die Römer nach und trieben die Britannier auf den Strandstreifen, der sich direkt unterhalb des Duns zwischen der Steilküste und dem Gischtsaum des Meeres im Westen erstreckte. Erst hier kamen die keltischen Kampfscharen wieder zum Stehen, und neuerlich begann die Schlacht heftig zu toben. Unversehens gerieten nunmehr verschiedene römische Einheiten in die Defensive; es handelte sich insbesondere um jene Centurien, welche am Fuß der Klippen fochten und daher gute Ziele für die Wurfsteine und Pfeile boten, die von der Festung herabhagelten. Mehrere dieser Hundertschaften wurden stark dezimiert - und infolgedessen sah sich unvermittelt ein junger berittener Centurio mit lockigem braunen Haar, der im Getümmel bereits seinen Helm verloren hatte, in ärgster Bedrängnis.
Es war Verticus Gallus, Ailmes ehemaliger Geliebter. Eben hatte er sich mit knapper Not eines ordovicischen Kriegers erwehrt, der mit beidhändig geschwungenem Langschwert gegen ihn angerannt war - jetzt wurde Verticus von drei Britanniern zugleich attackiert. Die Kelten, diesmal Demetier, griffen ihn seitlich an; einer hatte eine Lanze gezückt, die beiden anderen holten mit ihren Klingen zum Hieb aus. Doch im selben Moment, da der Centurio verloren schien, jagte ein Kampfwagen zwischen ihn und die Demetier und verschaffte Verticus Luft. Der Centurio erkannte seine Retterin; er glaubte zu hören, wie Ailme ihm zurief: "Flieh!" Einen Herzschlag lang fühlte sich Verticus wie gelähmt; Tränen schossen ihm in die Augen - im nächsten Moment riß er sich los, riß seinen Hengst herum und preschte davon.
Auch Ailmes Rösser jagten weiter; auch die Rothaarige empfand kaum bezähmbaren Schmerz - um so wilder attackierte sie gleich darauf wieder die Feinde. Blitzschnell hintereinander fällte sie mit ihrem Schwert zwei Legionäre; gerade als sie sich weit aus der Wagenkanzel beugte, um einen dritten zu töten, röhrten vom Dun herunter Carynxen-Stöße. Ailme

köpfte den Römer, auf den sie es abgesehen hatte - unmittelbar danach schleuderte der Streitwagen herum, und der Rosselenker trieb die Pferde nach Süden: dorthin, wo sich die mit Büschen und Adlerfarn bewachsenen Dünenkuppen an den Festungshügel anschlossen.
Ebenso lösten sich nun die übrigen Kampfwagen sowie die britannischen Reiter und Fußkrieger vom Feind; erneut entstand der Eindruck, als könnten die Kelten den Römern nicht länger Widerpart bieten. Eilig, aber in geschlossener Formation wichen die Britannier bis nahe an die von tiefen, schmalen Schluchten gegliederten Dünenhügeln zurück, die an ihrem Südende von dem keilförmig vorspringenden Felsenkap begrenzt wurden - erst dort schlossen die Kelten ihre Reihen neuerlich dicht zusammen und hielten dem Ansturm der Legionäre wie zuvor stand.
Suetonius Paulinus, der im Hintertreffen seiner Armee hielt und der Meinung war, Boadicea und ihr Heer jetzt in der Falle zu haben, rief den Stabsoffizieren, die ihn umringten, feixend zu: "Nun werden die Barbaren abgeschlachtet! Denn sie sitzen zwischen den Dünen und der felsigen Landzunge fest und können unseren Legionären daher nicht noch einmal entweichen!"
Kaum jedoch hatte der Statthalter diese Äußerung getan, erstarrte er vor Schreck. Vom Kap drang nämlich saugendes Gurgeln und gleich darauf mächtiges Rauschen herüber - und wiederum einen Moment später wälzte sich, um die Spitze der Landzunge schäumend, eine gewaltige, doppelt mannshohe Flutwoge über den Sandstrand, verbreiterte sich zu einer gischtenden Wasserwand, verband sich mit der im Westen bereits ein gutes Stück aufgelaufenen Flachflut und schoß mit rasender Geschwindigkeit auf die Walstatt zu.
Angesichts der riesigen Flutwelle, die direkt gegen sie herandonnerte, gerieten die Römer in Panik - die Britannier aber, welche um das jähe Auftauchen der Springflut zu diesem Zeitpunkt gewußt und ihren Schlachtplan von Anfang an darauf abgestellt hatten, reagierten rasch und umsichtig. Schlagartig lösten sie sich einmal mehr vom Feind und zogen sich ganz zu den Dünenhügeln zurück. Dort verschwanden die Reiter und Wagenkämpfer sowie viele Fußkrieger in den schmalen Schluchten und riegelten sie zum Strand hin ab; die anderen Kämpfer erklommen die steilen Dünenflanken - und zwar mit Hilfe von Seilen, welche ihnen die dreitausend Krieger zuwarfen, die sich am Vortag nach der Ankunft des Keltenheeres in den Sandhügeln verborgen hatten.
Innerhalb kürzester Zeit befand sich kein Britannier mehr auf dem Strand; alle Überlebenden der Schlacht hatten sich in Sicherheit gebracht - die Römer hingegen, denen der Fluchtweg in die Dünen versperrt war, mußten den fürchterlichen Anprall der Flutwoge ertragen. Die Wassermassen rissen die Kohorten und Centurien nieder; hilflos ertranken Hunderte von Legionären in den Fluten; zahllose andere, die sich schwimmend zu retten versuchten, wurden gegen die Dünenflanken getrieben und dort von keltischen Bogenschützen und Speerwerfern getötet.

Erst als die Flutwelle abflachte, gelang Teilen der römischen Armee, darunter dem Gros der Kavallerie, die Flucht in Richtung der Klippen, auf denen sich die Ringwallfestung erhob. Am Sockel der Steilküste allerdings starben noch einmal sehr viele Legionäre, die von Geschossen aus dem Dun getroffen wurden, so daß letztlich nur ungefähr zehntausend der ursprünglich fast sechzehntausend Römer das Brachfeld nördlich der Festung erreichten, wo die Schlacht begonnen hatte.
Aufgrund der Tatsache, daß er mehr als ein Drittel seines Heeres verloren hatte, befahl Suetonius Paulinus, der aus einer Schmarre an der Stirn blutete, den Rückzug in die Berge. Die Kelten, die sich jetzt allmählich wieder im Dun sammelten, verzichteten auf eine Verfolgung ihrer Feinde; sie schmähten die abmarschierenden Legionäre jedoch von den Palisadenwällen herab. Die Römer, unter denen sich auch der Centurio Verticus Gallus befand, mußten es hinnehmen. Schweigend zogen sie zur Paßschlucht davon, durch die sie am Vormittag gekommen waren; am Abend, bereits tief im Gebirge, erreichten sie einen Platz, der leicht zu verteidigen war.
Dort ließ der Statthalter seine geschlagene Armee lagern und berief eine Offiziersbesprechung in seinem Zelt ein. Zunächst tobte Suetonius Paulinus seine Wut über die Niederlage an den Legaten, Tribunen und Centurionen aus; sodann ordnete er an: "Wir errichten hier eine Befestigung, die wir bis auf weiteres besetzt halten! Du aber", er wandte sich an einen der Tribunen, "nimmst dir morgen früh hundert Mann zu Pferd und reitest mit ihnen in die Stammesgebiete der Cornovier und Corieltauer. In den dortigen Kastellen ziehst du mindestens fünftausend Legionäre an dich und führst sie mir zu. Und dann, wenn mein Heer wieder volle Kampfstärke hat, werde ich es dieser verfluchten Barbarin Boadicea heimzahlen! Ich werde ihre verdammte Ringwallfestung am Meer stürmen, und danach kommen die dämonenanbeterischen Druiden auf der Insel Môn dran!"
"Ich werde mein Bestes tun, damit du die Verstärkungen so schnell wie möglich erhältst", erklärte der Tribun.
"Das erwarte ich auch von dir!" knurrte der Statthalter; sodann entließ er die Offiziere und befahl einem seiner Leibwächter: "Bring mir Wein!"
Bis tief in die Nacht hinein trank Suetonius Paulinus unmäßig; je mehr Falerner er in sich hineingoß, desto größer wurde sein Haß auf die Icener-Königin. Wieder und wieder schwor er sich in seinem Rausch, Dinas Dinlle doch noch zu erobern und Boadicea, sofern sie ihm lebend in die Hände fallen sollte, auf grausamste Weise zu Tode schinden zu lassen - wobei er freilich nicht ahnen konnte, daß die Königin gar nicht vorhatte, in der Ringwallfestung auszuharren.
Boadicea nämlich beratschlagte in jenen Nachtstunden, in denen der Statthalter sich seinen Rachephantasien hingab, mit Etayna und den übrigen Stammesherrschern - und zuletzt faßte die Icener-Königin noch einmal zusammen, was beschlossen worden war: "Ihr haltet also hier die Stellung und laßt die Römer, die vermutlich irgendwo in den Bergen

bleiben werden, durch Kundschafter beobachten. Ich hingegen werde schon morgen mit Ailme, Swyedydd und dreihundert Kriegern nach Osten aufbrechen, um unserer Sache dort zu dienen. Und nun laßt uns darauf trinken, daß ich die Aufgabe, welche die Götter mir zugedacht haben, zu erfüllen vermag!"
Boadiceas Verbündete hoben ihre Pokale und taten der Icener-Königin Bescheid; bald danach begaben sich die Herrscher zur Ruhe - und zeitig am nächsten Tag verließen Boadicea, ihre Tochter, der Pendruid und die kleine Streitmacht den Dun und verschwanden einige Meilen südlich der Paßschlucht auf Schleichwegen im Gebirge.

Das Massaker von Môn

Frühjahr bis Sommer 61

Um die Zeit von Beltane wurden die Römer, die im Südosten Britanniens lebten, durch drei unheilverkündende Vorzeichen in Angst und Schrecken versetzt.

In Camulodunum, wo Prasutax, Boadicea und die anderen Foederaten-Könige knapp vierzehn Jahre zuvor den Friedensvertrag mit dem damaligen Imperator Claudius geschlossen hatten, stürzte die Statue der römischen Siegesgöttin Victoria - wie von Geisterhand gefällt - um. Es geschah in der Abenddämmerung eines völlig windstillen Tages; zuerst vernahmen die Menschen, die sich auf dem Forum aufhielten, seltsam heulende und klagende Geräusche aus dem Palast des in der Stadt residierenden Legaten - dann plötzlich kippte die neben der Portaltreppe des Gebäudes stehende Marmorstatue vom Sockel, zerschmetterte einen Teil der Palastfassade und zerbarst dabei selbst.

Während die Bewohner von Camulodunum noch verstört über das böse Omen sprachen, kamen weitere bedrohliche Nachrichten aus Londinium und von der kentischen Küste. Am Tamesis-Strand, nahe des Hafens der Hauptstadt, hatte die ablaufende Meeresflut grauenhafte Bilder im Sand hinterlassen: Umrisse menschlicher Körper, die in qualvoller Verkrümmung dazuliegen schienen - ganz so wie Tote nach einer Schlacht. Über der offenen See schließlich, unweit der Tamesis-Mündung, war am selben Tag bei Sonnenuntergang eine Fata Morgana erschienen; Häuser, Tempel und Paläste hatten sich im unwirklich flirrenden Lichtschein gezeigt: die Bauwerke einer großen Metropole - und unmittelbar darauf waren alle diese Gebäude zu schwarzen, schattenhaft ins Nichts verweichenden Ruinen zerfallen.

Angesichts dieser unheimlichen Vorzeichen befürchteten viele Römer im Südosten der Insel das Schlimmste; die unterdrückten Kelten hingegen hofften, daß ihre Feinde nun von den Göttern für ihre Untaten bestraft würden. Und tatsächlich ging dieser Wunsch der Britannier in Erfüllung, denn drei Wochen nach Beltane kehrte Boadicea ins icenische Stammesgebiet zurück - und zwar an der Spitze eines mächtigen Heeres.

Auf ihrem Weg von Cymru nach Osten hatten die Königin, Ailme und Swyedydd die Cornovier und Corieltauer zum Freiheitskampf aufgerufen. So war die ursprünglich nur dreihundert Krieger zählende Streitmacht der entrechteten Herrscherin auf rund fünftausend Mann angewachsen, und an deren Spitze traf Boadicea jetzt an der Ostgrenze des Icenerlandes ein. Kaum hatte ihr Heer den Grenzfluß überschritten, strömten der Königin weitere Kämpfer zu: starke Kriegerscharen, die von den icenischen Gauhäuptlingen und sonstigen Adligen herangeführt wurden. Als die Armee das Herzland des Stammesgebietes erreichte und in der Ferne der Herrscher-Dun und Venta Icenorum in Sicht kamen, verfügte Boadicea über beinahe siebentausend Kämpfer - und mit diesem Heer griff die

Königin nun zunächst das Kohorten-Lager an, wo sie und ihre Töchter aufs schändlichste gedemütigt worden waren und im Kerker geschmachtet hatten.
Im selben Moment, da die keltische Armee sich nordwestlich des Kastells zu entfalten begann, um das Militärlager zu umzingeln, floh der Legat Petilius Cerialis unter Bedeckung einer berittenen Centurie. In voller Karriere galoppierte die Kavalkade nach Süden davon; als einige Edle Boadicea bedrängten, den Reitertrupp verfolgen zu lassen, erwiderte die Königin: "Auch wenn es den Römern gelingt, sich vorerst nach Camulodunum oder Londinium zu retten, werden sie meiner Rache nicht entgehen!"
Danach beobachtete Boadicea, wie das Kohorten-Lager von ihren Kampfscharen eingeschlossen wurde; als das Kastell abgeschnitten war, gab sie den Befehl zum Sturm auf die Wälle. Verzweifelt verteidigten sich die elfhundert Legionäre, die Petilius Cerialis so feige im Stich gelassen hatte; von der Mittagsstunde bis zum Spätnachmittag tobte die Schlacht - dann drangen die Britannier in das Militärlager ein und machten sämtliche Römer nieder, die noch am Leben waren. Auf den Wehrgängen und zwischen den Mannschaftsunterkünften türmten sich die Leichen der Legionäre; als der letzte römische Widerstand erloschen war, ordnete die Königin an, jene Kelten zu befreien, die in den Verliesen angekettet waren. Anschließend ließ sie das Kastell plündern und in Brand stecken; während die Lohe über dem Kohorten-Lager emporfauchte und die Körper der Römer verkohlten, besetzte Boadiceas Heer die Stadt Venta Icenorum.
Deren römische Zivilbevölkerung war gleich bei Ausbruch des Kampfes geflüchtet; jetzt fanden die britannischen Verwundeten in den verlassenen Häusern der Händler und Handwerker Unterkunft, und die keltischen Gefallenen, mehrere hundert Krieger, trug man unter großer Anteilnahme der britannischen Stadtbewohner zum Forum. Im Verlauf der Nacht sodann wurden diese Toten nach und nach ehrenvoll auf Scheiterhaufen außerhalb der Ansiedlung verbrannt; bis kurz vor der Morgendämmerung prasselten die Flammen der Leichenfeuer - und schon bald nach Sonnenaufgang zog die Keltenarmee weiter zur südlich von Venta Icenorum gelegenen Ringwallfestung, in der Prasutax und Boadicea einst glücklich gelebt und in gemeinsamer Verantwortung über ihren Volksstamm geherrscht hatten.
Die sechshundert Legionäre, welche den Dun im vergangenen Jahr okkupiert hatten, waren dem britannischen Heer noch weniger gewachsen als die elfhundert im Kastell; es dauerte kaum eine Stunde, bis die Kelten den Wall an seiner schwächsten Stelle stürmten. Kurz darauf lebte auch in der Ringwallfestung kein Römer mehr; diesmal ließ Boadicea die toten Legionäre am Fuß des Duns verscharren und die gefallenen Britannier nahe des Weltenbaumes auf dem Anger verbrennen.
Danach fand eine Siegesfeier statt, an der sich neben den keltischen Bewohnern von Venta Icenorum auch zahlreiche Bauernfamilien beteiligten, welche aus dem Umland der Ringwallfestung herbeigeströmt

waren. Teils ausgelassen, teils im Gedenken an die nach Annwn gewanderten Kämpfer mit ernsten Mienen ließen diese Menschen sowie die cornovischen, corieltauischen und icenischen Krieger ihre Metheglyn- oder Weinkrüge kreisen und labten sich am Fleisch der Mastrinder und Hammel, welche auf die Bratspieße gesteckt worden waren; zwischendurch jubelten die Bauern, Handwerker und Bewaffneten immer wieder der Königin, Ailme und Swyedydd zu, welche im Kreis der Adligen auf einem rasch errichteten Hochthron unter dem Portal der Großen Halle saßen.

Die Feier dauerte bis Mitternacht; den nächsten Tag blieb Boadiceas Armee im Dun - aber am darauffolgenden Morgen formierte sich das Heer erneut in Marschordnung. Entlang der Römerstraße führte die Königin ihre Kampfscharen, zu denen ständig Verstärkungen stießen, nach Süden; am vierten Marschtag erreichte die nun wieder auf siebentausend Mann angewachsene Armee das Kohorten-Lager, welches auf halbem Weg zwischen Venta Icenorum und der trinovantischen Grenze lag.

Die dort stationierten Legionäre waren geflohen; die icenische Landbevölkerung hatte das Kastell bereits geplündert, und auf Boadiceas Befehl hin wurde es jetzt bis auf die Grundmauern niedergebrannt. Vier Tage später ging auch das Kohorten-Lager an der Südgrenze des Icener-Gebietes, das ebenfalls von seiner Besatzung verlassen worden war, in Flammen auf. Als die Lohe gen Himmel schlug, hämmerten Hunderte trinovantischer Krieger, die sich jenseits des Grenzflusses versammelt hatten, ihre Waffen gegen die Schilde; danach überquerten sie das Gewässer und schlossen sich dem Heer der Königin an.

Eine weitere Woche zog die britannische Armee auf der Römerstraße in südlicher Richtung dahin und zerstörte mehrere Handelsposten sowie ein Militärlager, das etwas abseits der Trasse auf einem Hügelrücken lag und ganz wie die anderen geräumt worden war - zuletzt dann wurde die Silhouette von Camulodunum am Horizont sichtbar. Die Mauern und Dachgiebel der großen Stadt waren in strahlendes, frühsommerliches Mittagslicht gebadet; als die Sonne sank, hatten die gut achttausend keltischen Kämpfer, über die Boadicea nunmehr verfügte, sämtliche Tore von Camulodunum gesperrt und die Metropole des catuvellaunisch-trinovantischen Stammesgebietes, in deren Garnison viereinhalbtausend Legionäre lagen, umzingelt.

Am nächsten Morgen begannen die Kampfhandlungen. Zuerst ließ die Icener-Königin das Haupttor Camulodunums mit zwei Katapulten beschießen, welche die Britannier einige Tage zuvor in dem verlassenen Hügelkastell erbeutet hatten, und ein paar Stunden später war das Balkentor der Zugangsbastion zertrümmert. Doch statt jetzt zum Sturm anzutreten, schleuderten die Kelten nun Brandgeschosse gegen die Stadt, so daß der Torbau und Teile der seitlich angrenzenden Wehrgänge sowie Dutzende von Gebäuden im Inneren Camulodunums in Flammen aufgingen. Infolgedessen mußte der Legat, welcher die Verteidigung der Stadt leitete, einen Teil seiner Truppen von den Wällen abziehen, um sie

zur Brandbekämpfung einzusetzen - und erst da befahl Boadicea den Angriff.
Mit todesverachtendem Mut erstürmten die Keltenkrieger den Wallabschnitt beim Haupttor des ehemaligen Herrscher-Duns der Catuvellauner und Trinovanten, schlachteten die Centurien hin, welche die Einbruchstelle abzuriegeln versuchten, und drangen weiter vor. Ein blutiger Straßenkampf, in dessen Verlauf sich schreckliche Szenen abspielten, folgte; am Ende, kurz vor Sonnenuntergang, war Camulodunum in britannischer Hand. Auf den Plätzen und in den Gassen lagen die Leichen von mehr als viertausend Legionären; lediglich einige hundert Römer, darunter der Legat, hatten sich in den Claudius-Tempel auf dem Forum zu retten vermocht und sich dort verbarrikadiert.
Die Icener-Königin ließ den mächtigen Ziegelbau mit seinem von Marmorsäulen gegliederten Wandelgang umstellen und ordnete an, die Feuersbrünste zu löschen sowie die Zivilbevölkerung zu evakuieren. Bis zum Morgen hatten alle Unbewaffneten die Stadt verlassen; außerdem waren die Leichen beseitigt worden - und jetzt erteilte Boadicea einer Kriegerschar den Befehl, das Tempeltor mit Hilfe eines Rammbocks aufzusprengen.
Aber obwohl die Männer ihr Bestes gaben, hielt das mit schweren Bronzeplatten beschlagene Doppelportal, das innen offenbar zusätzlich verbaut worden war, stand. Mehr noch: Nach ungefähr zwei Stunden vergeblicher Bemühungen sahen sich die Krieger plötzlich Pfeilbeschuß und Steinwürfen von oben ausgesetzt. Ein Teil der Legionäre hatte nämlich das Tempeldach aufgebrochen, und diese Römer taten nun - von der Dachbrüstung gedeckt - alles, um die Kelten vom Portal zu vertreiben.
Nachdem zwei Britannier gefallen waren, zogen sich die übrigen von dem doppelflügeligen Bronzetor zurück - doch rasch brachten andere Kelten am Rand des Forums ein Katapult in Stellung und nahmen den Claudius-Tempel damit unter Beschuß. Im Steilflug orgelten die Felsbrocken gen Himmel, beschrieben einen Bogen und sausten wieder erdwärts. Die ersten Steintrümmer zerbarsten auf dem Pflaster vor oder neben dem Tempel; dann aber hatten sich die Britannier eingeschossen, und jetzt schmetterten die Brocken in den Dachstuhl des Gebäudes. Die Legionäre, die sich hinter der Brüstung verschanzt hatten, mußten weichen; wenig später stürzten Teile der Dachkonstruktion ein und hagelten auf die Römer im Tempelinneren hinab.
Die Kelten jubelten; ein Häuptling rief: "Räuchert den Legaten und die anderen Ratten aus!"
Gleich darauf schnellten Bogenschützen Brandpfeile von den Sehnen; die Geschosse zogen rauchende Bahnen in den Claudius-Tempel - und nach einer Weile war auch das Katapult wieder gespannt und sein Schwingarm mit einem gepichten Faß bestückt, welches Steine und ölgetränktes Werg enthielt. Mit einer Fackel wurde die Tonne entzündet; als sie ringsum in Flammen stand, löste die Katapultmannschaft den Schuß. Das brennende Faß wirbelte empor, erreichte den Scheitel seiner Flugbahn und sauste in

den Tempel. Lautes Gebrüll drang aus dem Gebäude; gellende Angstschreie, die - als sich die Feuersbrunst im Tempelinneren verbreitete - zu panischem Toben wurden.
Dann plötzlich flogen die bronzenen Torflügel auf. Zehn, zwölf Legionäre rannten ins Freie; weitere Römer, teils von den Flammen gezeichnet, folgten ihnen: Dutzende, Hunderte. Und allesamt starben auf dem Vorplatz des Claudius-Tempels; gnadenlos hieben und stachen die Britannier sie nieder - auch den Legaten, der kniend um sein Leben winselte, bis ein Schwertstreich ihm den Schädel spaltete.
Nachdem sämtliche Offiziere und Legionäre den Tod gefunden hatten, wurden ihre Leichen wieder in das nun lichterloh brennende Bauwerk geworfen, und nach ungefähr einer Stunde krachten die Mauern des Tempels über den verkohlten Körpern zusammen. Anschließend befahl Boadicea, den Palast des Legaten und alle übrigen römischen Verwaltungsgebäude in Brand zu stecken. Als auch sie in Schutt und Asche lagen, war die Rache der Königin an Camulodunum vollendet; an der Stadt, von der aus die Catuvellauner und Trinovanten, welche einst den südbritannischen Hochkönig gestellt hatten, nicht weniger brutal als die Icener unterdrückt worden waren.
Während der folgenden Woche lagerte Boadiceas Heer in der Nähe der zerstörten Metropole, und angesichts ihres neuerlichen Sieges über die Römer strömten der Königin in dieser Zeit zahlreiche catuvellaunische und weitere trinovantische Kampfscharen zu. Auf diese Weise wuchs die Keltenarmee auf zehneinhalbtausend Krieger an, wie Boadicea, Ailme und Swyedydd bei einer Heerschau fünf Tage nach Alban Heruin feststellten - und dies war auch gut so, denn noch am selben Abend meldeten berittene Späher, die aus Südwesten heranpreschten, daß sich eine starke Feindarmee unter dem Kommando des Legaten Petilius Cerialis im Anmarsch befand.
Sofort zog Boadiceas Heer den Römern in Richtung Londinium entgegen; um die Mittagsstunde des nächsten Tages kam die feindliche Armee, welche über eine weite Ebene nach Nordosten marschierte, in Sicht. Es handelte sich um sechstausend Legionäre, welche der Procurator Catus Decianus und Petilius Cerialis teils in den Stammesgebieten der Kenten und Regnier zusammengetrommelt, teils aus Gallien angefordert hatten - und bevor die Legion von Londinium aufgebrochen war, hatte Catus Decianus den Arm des Legaten umklammert und mit bebender Stimme hervorgestoßen: "Du mußt diese Barbarin um jeden Preis schlagen! Sonst ist die Provinz Britannien verloren!"
"Es wird mir gewiß gelingen, das irrsinnige Weib und seine disziplinlosen Horden zu besiegen!" hatte Petilius Cerialis beteuert - doch jetzt, da er die Kelten herannahen sah und feststellte, daß das britannische Heer fast doppelt so groß war wie sein eigenes, befiel ihn nackte Furcht.
Mit zitternden Händen zügelte er sein Pferd und befahl den Offizieren, die ihn umringten: "Laßt die Legion ein Karree bilden!"

Wenig später hatten die zehn Kohorten die genannte Formation eingenommen. Die breite Karreefront war gegen die Kelten gerichtet - und diese gruppierten sich nun, eine halbe Meile entfernt, ebenfalls für die Schlacht um. Aber anders als die Römer bildeten die Britannier einen Keil: die Streitwagen und Reiter an der Spitze, die Fußkämpfer in Reihen von jeweils dreißig Mann dahinter. In dieser Marschordnung rückten die Kelten jetzt direkt auf das feindliche Zentrum vor; zunächst gingen die Rösser der Wagenkrieger und Berittenen noch im Schritt - dann, als die Distanz zwischen den beiden Heeren auf eine Achtelmeile zusammengeschmolzen war, galoppierten die Pferde los.

In furiosem Angriff prallten die Streitwagenkämpfer und Reiter, Boadicea und Ailme ganz vorne, auf die römische Front - und durchbrachen sie im ersten Ansturm. Speere schleudernd und danach mit den Schwertern Tod und Verderben säend, machten die Icener-Königin, ihre Tochter und die Adelskrieger im Nu zwei Centurien nieder; kaum war die Phalanx der Legionäre durchstoßen, waren auch die keltischen Fußkrieger heran. Anfangs zu Hunderten, gleich darauf zu Tausenden attackierten sie die nach links und rechts weichenden römischen Schlachtreihen, um sie weiter zu spalten - und während dies geschah, preschten Boadicea, Ailme sowie einige Dutzend Wagenkrieger in die Mitte des Karrees, wo Petilius Cerialis und sein Stab hielten.

Eine Manipel schwergepanzerter Legionäre deckte den Legaten und die hohen Offiziere - doch die Männer in den bronzenen Brustharnischen vermochten Petilius Cerialis nicht vor dem Wurfspeer zu schützen, den die rothaarige Königstochter, auf der hochgeschwungenen Deichsel ihres Kampfwagens kniend, gegen ihn sandte. Mit unfehlbarer Sicherheit fand Ailmes Waffe ihr Ziel; der Speer durchbohrte den Hals des Legaten - und Petilius Cerialis stürzte mit einem gurgelnden Aufschrei vom Roß.

Im nächsten Moment köpfte Boadicea den Tribun, welcher die Leibwache des Legaten kommandiert hatte; wiederum einen Augenblick später fielen dreißig, vierzig weitere Schwergepanzerte, so daß die gesamte Front der Manipel wankte. Daraufhin gerieten die Stabsoffiziere, die durch den jähen Tod von Petilius Cerialis ohnehin schon zutiefst verstört waren, völlig in Panik. Sie ließen die bei ihnen befindlichen Trompeter Rückzugssignale blasen - und damit war die Schlacht entschieden.

Die Legionäre der Manipel wandten sich zur Flucht; auch die übrigen römischen Einheiten, viele bereits arg dezimiert, lösten sich auf. Die Männer rannten oder ritten nach allen Himmelsrichtungen davon; die Britannier verfolgten sie, jagten sie gleich Hasen über die Ebene und machten im Verlauf der nächsten Stunden die meisten von ihnen nieder - lediglich einzelne Gruppen von Römern konnten sich bei Einbruch der Nacht in einen Wald retten, der sich, etwa zehn Meilen von der Walstatt entfernt, im Südosten des Flachlandes erstreckte.

Am folgenden Tag setzten die Kelten ihre Toten - um die fünfhundert Mann - auf dem Schlachtfeld bei. Die Leichen der gefallenen Legionäre hingegen überließen sie den Raben und Geiern zum Fraß, und die abgeschlagenen

Schädel des Legaten und seiner Stabsoffiziere wurden dort, wo Petilius Cerialis gestorben war, auf Pfähle gespießt.
Nachdem die Massengräber der Britannier zugeschüttet waren und die Druiden ein Ritual zelebriert hatten, hielt die Königin Kriegsrat mit den Edlen. Zahlreiche Adlige waren dafür, den Sieg über die Tausendschaften des ehemaligen Militärbefehlshabers von Venta Icenorum durch die Einnahme und Zerstörung der nur sechs Tagesmärsche entfernten Metropole Londinium zu krönen - doch Boadicea widersprach ihnen: "Die Stadt an der Tamesis und ihr Umland sind von Truppen entblößt, so daß uns von dort keine Gefahr droht und wir die Eroberung Londiniums auf später verschieben können. Aber westlich von hier, in Verulamium, sind nach den Berichten unserer Kundschafter vier kampferprobte Kohorten stationiert, die erst vor einigen Monaten aus Germanien auf unsere Insel verlegt wurden. Vermutlich hat deren Legat zusätzlich die Veteranen, die in sehr großer Zahl rings um die Stadt leben, zu den Waffen gerufen, womit er über eine beachtliche Streitmacht verfügt. Und die sollten wir besser unschädlich machen, ehe wir ins Tamesis-Tal ziehen."
Diese Worte überzeugten die Edlen, und eine Stunde später marschierte das Keltenheer, seine Verwundeten auf den erbeuteten Troßwagen der aufgeriebenen Legion mitführend, nach Westen ab. Während der nächsten Tage wurden die Verletzten in kleinen Gruppen auf catuvellaunischen Höfen untergebracht, die am Wegrand lagen; nach einer knappen Woche sodann erreichte Boadiceas Armee am frühen Nachmittag Verulamium.
Der dort residierende Legat hatte die Zivilstadt räumen lassen. Alle britannischen Familien waren vertrieben worden; ebenso hatte man die Frauen und Kinder der römischen Bürger evakuiert, während die Männer zum Waffendienst verpflichtet worden waren. Diese Handwerker und Händler standen jetzt, als das Heer der Icener-Königin das nördlich der unbefestigten Stadt liegende Militärlager einschloß, mit den Legionären und Veteranen auf den Wällen; damit befanden sich rund dreitausendachthundert Verteidiger in dem Kastell mit den vier Tortürmen.
Offenbar erwarteten die Römer einen sofortigen Angriff der Kelten, aber Boadicea begnügte sich zunächst mit der Umzingelung des Militärlagers und befahl einigen ihrer Kriegerscharen, sämtliche Prunkbauten in Verulamium niederzubrennen. So gingen der Palast des Legaten, der Mithras-Tempel, die Thermen sowie weitere repräsentative Bauwerke in Flammen auf. Die ganze Nacht hing dunkelroter Feuerschein über der Zivilstadt - und erst nachdem die Königin durch die teilweise Zerstörung Verulamiums für eine gründliche Demoralisierung der Kastellbesatzung gesorgt hatte, begann der Sturm auf das Militärlager.
Die Legionäre, welche ein Vierteljahr zuvor noch in Germanien gekämpft hatten, leisteten hartnäckigen und durchaus effektiven Widerstand; die Veteranen und Bürger aber verteidigten sich in ihrer Verzweiflung reichlich konfus gegen die von allen Seiten angreifenden Britannier. Deshalb glückte es den Kelten schon bald, eine der Torbastionen zu nehmen und die Römer von den angrenzenden Wehrgängen zu vertreiben; danach

drangen die Britannier zu Tausenden in das Kastell ein - und damit war der Kampf entschieden.
Genau wie in Venta Icenorum und Camulodunum ließen Boadiceas Krieger keinen Legionär am Leben; dasselbe galt für die Veteranen. Die Handwerker und Händler jedoch, die nicht gefallen waren, wurden verschont; hohnlachend jagten die Kelten sie davon. Anschließend räumten die Britannier die Magazine des Militärlagers aus, verluden die Nahrungsmittel und Waffen auf Karren und brachten sie weg. Dann, nachdem sie ihre eigenen Toten geborgen und beigesetzt hatten, steckten die Kelten das Kastell in Brand - und unter den Trümmern der einstürzenden Gebäude verkohlten die Leichen von rund dreitausend Römern; darunter auch jene des Legaten, welcher tags zuvor noch die absolute Befehlsgewalt in Verulamium gehabt hatte.
Am Abend nach der Schlacht - das britannische Heer lagerte nun in der Zivilstadt, die mit Ausnahme der Prunkbauten unzerstört geblieben war - berief die Icener-Königin erneut einen Kriegsrat ein. Und jetzt wurde beschlossen, nach Süden zu ziehen, um Londinium, die große römische Metropole an den Ufern der Tamesis, einzunehmen.
Zeitig am folgenden Tag brach die Keltenarmee auf; gegen Mittag sichteten die Krieger des Vortrabs in der Ferne eine Reiterschar. Es handelte sich um Kundschafter, die von Catus Decianus ausgesandt worden waren; kaum hatten sie ihrerseits das feindliche Heer erspäht, rissen sie ihre Pferde herum und flüchteten. Am nächsten Nachmittag trafen die Kundschafter auf ihren abgehetzten Rössern in Londinium ein, und der Anführer berichtete dem Procurator aufgelöst vom Herannahen Boadiceas und ihrer Armee. Totenbleich hörte sich Catus Decianus die Meldung des Centurios an; sodann stieß er mit schriller Stimme hervor: "Laß meine Leibwache verständigen! Die Männer sollen sich unverzüglich zur Abreise nach Gallien bereitmachen!"
"Nach Gallien?" fragte der Offizier verblüfft.
"Ja!" keuchte der Procurator. "Oder glaubst du, ich lasse mich hier in der Stadt von den Barbaren abschlachten?!"

***

Etayna, die Herrscherin der Deceanglier, schreckte aus dem Schlaf hoch. Verwirrt starrte sie in die Finsternis ihres Gemachs; gleich darauf wurde ihr bewußt, daß Schreie, die von draußen ins Königshaus drangen, sie geweckt hatten. Etayna sprang aus dem Bett, warf sich hastig einen Umhang über, packte ihr Schwert und lief zur Tür. Dort prallte sie mit einer Dienerin zusammen; gehetzt rief diese: "Römer! Sie greifen unsere Festung an! Von der Dünenflanke her!"
Die Königin drängte die junge Frau beiseite und rannte auf den Anger von Dinas Dinlle hinaus. Dort befanden sich die Krieger bereits in hellem Aufruhr; im schütteren Mondlicht sah Etayna, wie Scharen von Männern zum bedrohten Südabschnitt des Duns eilten. Die Königin folgte ihnen; als sie auf dem Ringwall ankam, erblickte sie draußen - nur noch einen Steinwurf entfernt - Hunderte von Fackeln. Im Schein der Feuerbrände

vermochte sie die schemenhaften Gestalten der Feinde auszumachen; es mußten Tausende von Legionären sein, die in breiter Front gegen die Festung vorrückten.
Irgendwie ist es den Römern gelungen, unsere Vorposten zu töten, so daß die Wächter uns nicht warnen konnten! schoß es Etayna durch den Kopf - und dem war in der Tat so.
Unter den fast sechzig Centurien, die vor kurzem im Gebirgslager von Suetonius Paulinus eingetroffen waren, um dessen Armee wieder auf ihre ursprüngliche Kampfstärke zu bringen, hatte sich eine Hundertschaft nubischer Bogenschützen befunden. Und diesen dunkelhäutigen Legionären hatte der Statthalter die Aufgabe übertragen, die keltischen Wachtposten unschädlich zu machen, welche im Ausfallpaß aus den Bergen sowie zwischen dem Dun und dem Gebirge stationiert waren. Im Schutz der Nacht hatten sich die Schwarzen an die Britannier herangeschlichen und sie mit ihren Pfeilen durchbohrt oder ihnen die Kehlen durchgeschnitten. Aufgrund dessen war das römische Heer, das seinen Vormarsch so lautlos wie möglich bewerkstelligt hatte, unbemerkt in die Nähe der Ringwallfestung gelangt, und nun durfte sich Suetonius Paulinus sagen, daß seine Taktik erfolgreich gewesen war. Aber der Statthalter hatte noch eine zweite Kriegslist in petto - und davon ahnte die deceanglische Königin, welche die erste soeben instinktiv durchschaut hatte, nichts.
Vielmehr bemühte sich Etayna jetzt, die Verteidigung des gefährdeten Wallabschnitts zu organisieren. Rasch erteilte sie eine Reihe von Befehlen; dasselbe taten die Herrscher der Ordovicen, Demetier und Silurer, die anderswo auf den Wehrgängen standen. So gut sie es auf die Schnelle vermochten, formierten sich die keltischen Krieger - wenig später erreichten die Feinde den Ringwall, und die nächtliche Schlacht begann.
Zunächst hatte es den Anschein, als könnten sich die Britannier behaupten. Die Sturmleitern der Römer wurden umgestoßen; die Speere, Pfeile und Wurfsteine der Kelten fällten einige hundert Legionäre. Doch dann, nachdem der Kampf eine Weile getobt hatte, erschollen plötzlich Alarmrufe im Inneren des Duns; die Schreie kamen von Mägden und betagten, waffenuntauglichen Knechten, die sich auf dem Anger zusammengeschart hatten.
Erschrocken fuhr Etayna herum und sah, wie sich so etwas wie eine schattenhafte Welle über den Nordwall wälzte - gleich darauf begriff sie: Der Sturm gegen die südlichen Wehranlagen der Festung, wo sie selbst stand, war nur ein Ablenkungsmanöver gewesen. Suetonius Paulinus hatte einen Teil seiner Armee an der anderen Seite des Duns in Reserve gehalten, und diese Einheiten überstiegen soeben den nördlichen Torwall, welcher in der allgemeinen Verwirrung nicht gesichert worden war.
Wir haben keine Chance mehr! durchfuhr es die Königin der Deceanglier - trotzdem kam es ihr nicht in den Sinn, aufzugeben. Statt dessen rief sie den in ihrer Nähe befindlichen Kriegern zu, daß jeder zweite Mann ihr folgen sollte; im nächsten Moment sprang sie vom Wehrgang und rannte

den von Norden herankommenden Römern entgegen. In der Angermitte trafen Etaynas kleine Kampfschar und die vordersten Legionäre aufeinander; die Königin spaltete einem Decurio den Schädel, hieb zwei weitere Römer nieder - dann aber stieß ihr ein Legionär, der sie von hinten angriff, sein Pilum zwischen die Schulterblätter.
Sterbend brach Etayna in die Knie; die Krieger, die bei ihr waren, fanden unmittelbar darauf den Tod - und danach drangen die Römer in geschlossener Schlachtlinie gegen den Südwall vor. Auf diese Weise trieben sie die Kelten in die Enge und schlachteten sie gnadenlos ab; seinen Höhepunkt erreichte das Gemetzel, als auch noch die Legionäre, welche den Scheinangriff durchgeführt hatten, in die Festung eindrangen und die verzweifelten Britannier, die keinerlei Bewegungsfreiheit mehr besaßen, zusätzlich von den Wallflanken herab attackierten.
Im Morgengrauen starben die letzten Kelten: Verwundete, die sich zwischen den Leichen verkrochen hatten und jetzt hervorgezerrt wurden.
Zwei Stunden später ließ sich Suetonius Paulinus, der sich im Königshaus des Duns einquartiert hatte, Bericht über die Zahl der toten Britannier erstatten; ein Legat meldete ihm: "Die Legionäre haben fast zwölftausend erschlagene Barbaren zu Haufen zusammengetragen, und das bedeutet, daß kaum einer entronnen ist. Unsere eigenen Verluste dagegen halten sich in Grenzen: bloß an die elfhundert Mann."
"Sehr gut!" grinste Suetonius Paulinus. "Und was ist mit den Stammesherrschern?"
"Sowohl das Weib, das in der hiesigen Festung regierte, als auch die Könige der Ordovicen, Silurer und Demetier befinden sich unter den Toten", lautete die Antwort.
"Noch besser!" feixte Suetonius Paulinus. "Damit ist die Macht der Stämme hier im Westen völlig gebrochen - und niemand kann uns mehr daran hindern, nun die sogenannte heilige Insel vor der Küste im Norden anzugreifen und uns die götzenanbeterischen Druiden dort vorzunehmen."
"Wann willst du abmarschieren?" fragte der Legat.
"Sobald unsere Gefallenen beigesetzt sind", erwiderte Suetonius Paulinus.
"Und was soll mit den Kadavern der Kelten geschehen?" erkundigte sich der Legat.
Suetonius Paulinus zuckte die Achseln. "Was schon? Die meisten werden zusammen mit der Festung verbrennen, und am Rest können sich meinethalben die Aasgeier überfressen."
Der Legat salutierte und verschwand; bis zum Mittag sodann waren die toten Römer begraben, und wenig später legten die Legionäre Feuer an die Rundhäuser, die hölzernen Wehrgänge und den Torbau des Duns. Turmhoch schlugen die Flammen gen Himmel; die Rauchwolken trieben nach Norden davon und hingen noch geraume Zeit wie ein Fanal über dem Heer des Statthalters, welches in dieselbe Richtung zog.
Am folgenden Nachmittag erreichte die Armee das Meeresgestade gegenüber von Môn. Der Centurio Verticus Gallus, der wie gebannt zu dem im hellen Licht der Frühsommersonne daliegenden Eiland mit seinen

Kornfeldern und Waldinseln hinausspähte, empfand tiefstes Mitleid mit den Großen Wissenden, welche dort drüben zu Hunderten in ihren Hainen lebten. Doch dem Centurio war klar, daß er nichts tun konnte, um die Druiden vor dem abgründigen Haß des Statthalters zu schützen; Verticus Gallus konnte lediglich hoffen, daß die Kohorte, der er angehörte, auf dem Festland bleiben und nicht zur Insel übersetzen würde.
Tatsächlich sah es zunächst so aus. Denn nachdem das knapp fünfzehntausend Mann zählende Heer ein Marschlager an der Küste errichtet hatte, befahl Suetonius Paulinus den Tribunen zweier anderer Kohorten: "Laßt eure Männer in den Wäldern landeinwärts ausreichend Bäume für einhundertzwanzig große Flöße fällen, die jeweils eine Decurie zu tragen vermögen."
Vier Tage waren die Legionäre damit beschäftigt, Kiefern und Föhren zu schlagen, die Stämme zum Strand zu schleppen und die Transportflöße zusammenzuzimmern; zeitig am fünften Morgen bestimmte der Statthalter die Einheiten, welche ihm über die Meerenge folgen sollten. Aber er wählte dazu nicht jene beiden Kohorten aus, denen er die Order zum Floßbau erteilt hatte, sondern zwei andere, ausgeruhte - und bei einer von ihnen handelte es sich um den Kampfverband von Verticus Gallus.
Wohl oder übel mußte der junge Centurio sein Roß zu dem ihm zugeteilten Floß führen und das einfache Wasserfahrzeug besteigen. Bald waren alle Transportflöße besetzt, stießen vom Ufer ab und nahmen Kurs auf das drei Meilen entfernte Eiland; die Offizierspferde, die an Seilen gehalten wurden, schwammen hinter den Flößen her. Da Suetonius Paulinus, der sich auf dem vordersten Wasserfahrzeug befand, beschlossen hatte, den Sund an einer breiten und entsprechend flachen Stelle zu überqueren, und außerdem Ebbe herrschte, kamen die Flöße problemlos voran. Nach eineinhalb Stunden näherten sie sich dem südöstlichen, leicht hügeligen Gestade der Insel; auf den Anhöhen wuchsen Eichengruppen, von den Hügelsäumen fiel der Strand sanft zur See ab - und dort, einen Pfeilschuß oberhalb der Wasserlinie, hatten sich etwa dreihundert keltische Krieger und ungefähr ebenso viele Große Wissende versammelt.
Ihre Schwerter und Speere gezückt, bildeten die bewaffneten Britannier einen schützenden Halbkreis vor den Druiden, welche aus den verschiedenen Hainen Môns hierher gekommen waren und allesamt schwarze Gewänder trugen. Inmitten der Großen Wissenden stand eine Schar von dreißig greisen Priesterinnen der Dreifachen Göttin; die weißhaarigen Frauen hielten brennende, seltsam dunkel qualmende Fackeln in den Händen.
Schweigend beobachteten die Krieger und Druiden, wie ihre Feinde landeten - dann plötzlich, als die Legionäre begannen, sich in Reih und Glied zu formieren, schwangen die betagten Priesterinnen ihre Feuerbrände dreimal im Kreis und riefen im Chor: "Ihr Römer schändet den Boden, welcher den Andersweltlichen geweiht ist! Frevlerisch und in böser Absicht betretet ihr dieses Eiland, auf dem sich die uralten Heiligtümer erheben, wo die Götter und Sídhe uns Sterblichen begegnen!

Mordlust vergiftet eure Herzen und treibt euch dazu, über uns, deren Wesen ihr nicht begreift, herzufallen! Doch das Blut, das hier und heute vergossen wird, soll zu einer vernichtenden Flut werden, die euch selbst ins Verderben reißt! Denn obwohl ihr in eurem Wahn glaubt, auf ewig die Herren der Erde zu sein, wird euer Imperium dereinst, wenn die Zeit gekommen ist, in einer fürchterlichen, Jahrzehnte andauernden Katastrophe zugrunde gehen!"

Verticus Gallus spürte, wie ihm ein eisiger Schauer das Rückgrat entlangrieselte; er vermeinte, vor sich zu sehen, wie ein grauenhafter Sturm über die Welt hinwegfegte und alles zerstörte, was den Ruhm und den Stolz des Römischen Reiches ausgemacht hatte. Auch die zwölfhundert Legionäre wirkten, nachdem die Greisinnen verstummt waren, bis ins Mark erschüttert. Viele zitterten; manche Einheiten wichen sogar, als würden sie von unsichtbaren Mächten bedrängt, ein Stück zu den Flößen zurück. Im nächsten Moment aber erscholl die gellende, fast überschnappende Stimme von Suetonius Paulinus: "Attackiert die Götzenanbeter, Männer! Schlachtet sie schonungslos ab!"

Nein! durchfuhr es den jungen Centurio; dennoch zwang ihn der Befehl des Statthalters dazu, sich aufs Roß zu schwingen und das Schwert zu ziehen. Auch die übrigen zwölfhundert Legionäre machten sich zum Angriff bereit und rückten sodann langsam gegen die Britannier vor. Verticus Gallus, welcher an der Flanke der ersten Schlachtreihe ritt, empfand quälende Scham und grausamen, nie gekannten Seelenschmerz - plötzlich gewahrte er eine blondhaarige, noch jugendliche Druidin, die bisher von den anderen verdeckt gewesen war und die er kannte: Eadha, die Schwester seiner einstigen Geliebten Ailme.

Unwillkürlich zügelte der Centurio sein Pferd - im selben Augenblick schleuderten die ersten Keltenkrieger ihre Speere. Verticus sah, wie die Wurfwaffen heranfegten; dann flogen Hunderte römischer Pili auf die Britannier zu. Dutzende keltischer Krieger starben, viele weitere brachen verwundet zusammen; wenig später entbrannte der Nahkampf. Die Britannier hatten nicht die geringste Chance gegen die vierfache Übermacht der Legionäre; innerhalb kürzester Zeit wurden die Keltenkrieger umzingelt und bis auf den letzten Mann niedergemetzelt.

Laut um jene klagend, die unter den Schwertern der Römer starben, ansonsten aber reglos dastehend, hatten die Großen Wissenden das Blutbad verfolgt - und auch jetzt, als die Legionäre auf sie selbst eindrangen, wichen die Druiden keinen Schritt von der Stelle. Es war, als befänden sie sich in Trance - und in der Tat verspürte Eadha, die an der Seite Bronwens, der Pendruid von Llyn Cerrig Bach, ausharrte, etwas wie heilige, zutiefst entsagungsvolle Entrückung, die ihr Fühlen und Denken betäubte.

Und nur so vermochte Eadha zu ertragen, was sie nun sah: Wie die Römer zuerst die dreißig greisen Priesterinnen Ceridwens abschlachteten; wie sie danach weiter und weiter mordeten; wie sie Cerdda, die ehemalige Lehrerin Boadiceas, die in Bryn Celli Ddu gelebt hatte, niederstachen; wie

sie Hefeydd, den Pendruid von Barclodiad y Gawres, töteten. Dann griff ein Legionär Bronwen an und stieß ihr das Kurzschwert ins Herz; Blut spritzte auf Eadhas Gewand, und die icenische Königstochter dachte: Gleich ist es soweit... Gleich wandert auch mein Geist nach Annwn...
Im selben Moment jedoch, da Eadha sich mit ihrem Tod abfand, preschte ein Reiter heran, riß sein Roß neben der jungen Druidin in die Hanken, packte ihren Oberarm und schrie: "Spring auf!"
Instinktiv gehorchte Eadha; sie schwang sich hinter dem Centurio aufs Pferd und rief, jetzt wieder völlig klar im Kopf: "Den Hügel empor! Zu den Eichen!"
Der Hengst galoppierte davon; ehe einige andere berittene Offiziere ihre Verblüffung überwunden hatten und die Verfolgung aufnahmen, hatte das schnelle Roß bereits die Kuppe der Anhöhe erreicht. Von dort schaute die junge Druidin zurück; sie sah, wie die letzten Großen Wissenden hingemetzelt wurden - im nächsten Augenblick galoppierte der Hengst unter die Bäume.
"Geradeaus weiter, dann in die Felsschlucht zur Linken!" wies Eadha ihren Retter an; nachdem sie die Klamm passiert hatten, erreichten sie einen ausgedehnten Forst, dessen wildverfilzter Randbewuchs scheinbar jedes Eindringen unmöglich machte. Doch die junge Druidin kannte einen Pfad, der in den Urwald führte und ihn durchquerte. Das Roß jagte auf dem schmalen, gewundenen Weg dahin; jenseits des Forstes, wo sie vorerst sicher waren, brachte der Centurio den Hengst zum Stehen.
Eadha sprang ab, umfaßte die Rechte ihres Retters und fragte: "Warum hast du das für mich getan?"
"Warum?!" brach es aus Verticus Gallus heraus. "Weil ich das Morden nicht länger ertrug! Weil du Ailmes Schwester bist! Und weil ich alles, wofür Rom steht, abgrundtief zu hassen lernte!"
"Deine keltische Seele siegte über deine römische Erziehung", sagte die junge Druidin leise. "Du hast den Einklang mit dem Geist deiner gallischen Ahnen, die frei vom Joch der Tyrannei lebten, wiedergefunden. Und damit bist du dorthin heimgekehrt, wohin du gehörst, Vertix..."
"Vertix", wiederholte Eadhas Retter. "Ja, so lautet mein wahrer Name! Von heute an will ich ihn wieder tragen und unter ihm, als keltischer Krieger, gegen die Römer kämpfen!"
"Du wirst meiner Mutter willkommen sein!" Die junge Druidin drückte Vertix' Hand. "Aber zunächst muß es uns gelingen, Môn zu verlassen. Am besten reiten wir zum Heiligtum von Barclodiad y Gawres, wo wir Hilfe finden werden."
"Einverstanden", nickte Vertix. "Doch vorher", er schwang sich aus dem Sattel, "habe ich noch etwas zu erledigen!" Damit löste er die Schnallen seines römischen Offizierspanzers und schleuderte den Harnisch in ein Sumpfloch. Ebenso verfuhr er mit seinem Kammhelm sowie den Arm- und Beinschienen, die er trug; lediglich das Schwert behielt er.
Dann, als sich Vertix auch äußerlich verwandelt hatte, setzten er und Eadha ihre Flucht fort. Stunde um Stunde trabte der Hengst nach Westen;

am frühen Nachmittag, schon weit im Inselinneren, gelangten die junge Druidin und ihr Retter zu einem großen, einsam daliegenden Bauernanwesen. Nachdem dessen Bewohner von Eadha erfahren hatten, was an der Küste des Eilands geschehen war, brachen sie in Tränen aus und riefen den Zorn der Götter auf die Römer herab. Danach, als er sich einigermaßen wieder beruhigt hatte, bat der Bauer die junge Druidin, eines der Pferde, die es auf dem Hof gab, als Geschenk anzunehmen.
Dankbar willigte Eadha ein, kurz darauf ritten sie und Vertix Seite an Seite weiter. Am Abend kamen sie zu einem baumbestandenen Höhenkamm und lagerten im Schutz einer Felsgruppe am Waldrand; nachdem sich die Nacht über das Land gesenkt hatte, gewahrte die junge Druidin fern im Osten eine Anzahl glühender Punkte. "Das müssen Brände sein!" stieß sie hervor. "Riesige Feuersbrünste, die nur eins bedeuten können!" Sie umklammerte den Arm ihres Gefährten. "Hat Suetonius Paulinus etwa...?!"
"Ja", antwortete Vertix bedrückt. "Er kündigte an, sämtliche Druidenhaine von Môn niederbrennen zu lassen, und inzwischen haben die Legionäre offenbar damit begonnen."
Eadha begann zu schluchzen; im nächsten Moment sprang sie auf und lief in den Forst, um mit ihrem unsäglichen Schmerz allein zu sein. Es dauerte lange, bis sie zurückkam und sich wieder neben ihrem Gefährten niederließ. Vertix nahm sie in die Arme und hielt sie fest; irgendwann dann forderte die Natur ihr Recht, und beide schliefen an ihrer kleinen, leise knisternden Feuerstelle bei den Felsen ein.
Früh am folgenden Morgen trabten die Rösser der jungen Frau und ihres Gefährten die Westflanke des bewaldeten Höhenzuges hinab; eine Weile bevor neuerlich die Dunkelheit hereinbrach, erreichten sie Barclodiad y Gawres. Die dortigen Haine waren weitgehend verwaist; zusammen mit Hefeydd, dem Pendruid, waren auch alle anderen Großen Wissenden, die hier gelebt hatten, der römischen Mordgier zum Opfer gefallen. Nur einige Druidenschüler und ein paar Diener hielten sich noch in den Rundhäusern auf; nachdem Eadha ihnen so schonend wie möglich mitgeteilt hatte, wie Hefeydd und die übrigen gestorben waren, sagte sie: "Laßt uns zur Weihestätte gehen und die Nacht im Gedenken an die Toten verbringen."
Beim Heiligtum über der Schwarzfelsenbucht zelebrierte die icenische Königstochter ein Ritual; Eadha stärkte die seelischen Kräfte der Anwesenden, so daß sie die Ermordeten innerlich ein Stück auf ihrem Weg nach Annwn zu begleiten vermochten. Danach ließen sich die Königstochter, Vertix und die Menschen aus den Hainen am Fuß des mächtigen, von Steinquadern umsäumten Erdkegels nieder. Schweigend, mit feuchten Augen, schauten sie nach Osten - dorthin, wo auch heute wieder die rötlichen Punkte der Feuersbrünste in der Finsternis glühten.
Eadha hatte den Eindruck, als würden die Brände nun bereits weit im Inselinneren wüten. Sie glaubte, die von den Legionären niedergehauenen, in den Flammen zerberstenden uralten Bäume vor sich zu sehen; die Funkengarben, welche über den brennenden Wohnstätten der Druiden emporschossen; die in der furchtbaren Glut verdampfenden

Quellen, welche der Großen Göttin geweiht gewesen waren; die von den Römern aufs gräßlichste besudelten und teilweise umgestürzten Menhire sowie die geschändeten, jahrtausendealten Grabmäler; dazu die verkohlten Leichen jener Hainbewohner, die sich nicht rechtzeitig vor den Legionären in Sicherheit gebracht hatten.
Der Schmerz, den die Königstochter angesichts dieser visionsartigen Bilder empfand, wurde beinahe übermächtig; trotzdem harrte sie zusammen mit Vertix und den übrigen bis Sonnenaufgang am Heiligtum von Barclodiad aus. Erst als das Licht des neuen Tages die feurigen Male in der Ferne überlagerte, erhob sich Eadha und forderte die Druidenschüler und Diener auf: "Begebt euch jetzt zurück zu den Häusern. Dort versorgt ihr euch mit allem, was ihr braucht, um während der nächsten Wochen in Waldverstecken zu überleben. Und wartet auf gar keinen Fall, bis die Feinde in der Nähe sind, sondern flieht noch diesen Morgen in die Wildnis, wo die Götter euch beschützen werden."
"Kommst du denn nicht mit uns?" fragte eine Druidenschülerin.
Die Königstochter schüttelte den Kopf. "Vertix und ich müssen Môn verlassen, denn wir haben anderswo eine Aufgabe zu erfüllen. Damit wir aber aufs Festland gelangen können, benötigen wir einen seetüchtigen Curragh."
"Mein Bruder Dylann, der Fischer ist und oft weit aufs Meer hinausfährt, besitzt ein solches Boot", meldete sich eine Dienerin zu Wort. "Ihr findet ihn, wenn ihr den Strand entlang nach Norden bis zur übernächsten großen Bucht reitet."
Damit war alles geklärt, und eine Stunde später machten sich Eadha und ihr Gefährte zu Dylann auf den Weg. Der Küstenfischer überließ ihnen seinen Curragh sowie einigen Mundvorrat und bekam dafür die beiden Pferde. Nachdem sich Eadha noch eingehend wegen des Kurses erkundigt hatte, den sie und Vertix zu ihrem Ziel steuern mußten, stach das mit Lederhäuten bespannte Boot in See. Den ganzen Tag ruderten die junge Druidin und ihr Gefährte stetig nach Süden; als die Dunkelheit hereingebrochen war, setzten sie ihre Fahrt im Schein der Sterne fort, wobei ihnen Dylanns Hinweise sehr zustatten kamen.
Bald nach der Morgendämmerung sodann erreichten sie die Nordküste der gebirgigen Lleyn-Halbinsel, welche sich bis zum Horizont ins Meer hinaus erstreckte. Am Klippengestade unterhalb eines schroffen, von zwei Gipfeln gekrönten Bergmassivs gingen Eadha und Vertix an Land - und auf der etwas niedrigeren Gipfelkuppe lag eine der geheimnisvollsten keltischen Ansiedlungen Britanniens: die von einem hohen Cairn aus grauer Vorzeit überragte und von einem gewaltigen Mauerring umgebene steinerne Stadt Tre'r Ceiri, wo die Königstochter und ihr Gefährte vorerst Zuflucht suchen wollten.

***

Nach zweieinhalbtägigem Marsch auf der Römerstraße, die von Verulamium nach Londinium führte, zog Boadiceas zehntausend Mann starkes Heer über die Randhöhen des Tamesis-Tales. Am frühen

Nachmittag war die Spitze der britannischen Armee bloß noch eine Viertelmeile von der nördlichen Umfassungsmauer der römischen Metropole mit ihren wuchtigen Tortürmen entfernt; schon beratschlagten die Adelskrieger, deren Streitwagen in unmittelbarer Nähe der Icener-Königin fuhren, wie Londinium am besten zu erstürmen wäre - da plötzlich erschienen auf dem Stadtwall Männer, welche weiße Tuchbahnen schwenkten.
"Die Feinde wollen verhandeln!" stieß einer der Edlen überrascht hervor.
"Möglich - doch vielleicht haben sie auch eine Hinterlist im Sinn!" warnte ein zweiter.
"Wir werden rasch erfahren, ob sie es ehrlich meinen oder nicht", äußerte Boadicea; dann befahl sie einem Häuptling: "Laß das Heer anhalten. Dreihundert Reiter aber sollen zu uns vorrücken und uns zur Stadtmauer begleiten."
Wenig später näherten sich die Königin, Ailme und Swyedydd, von den Wagenkämpfern und Berittenen flankiert, dem Wall bis fast auf Pfeilschußweite. Nachdem Boadiceas Rosselenker die Pferde gezügelt hatte, rief die Königin den Römern auf der Mauerkrone zu: "Ich bin Boadicea, die Herrscherin der Icener. Was habt ihr mir mitzuteilen?"
"Wir sind friedliche Bürger von Londinium, keine Legionäre!" erscholl die Antwort. "Und wir bitten dich inständig, Königin, uns und unsere Stadt zu verschonen!"
"Wo stecken der Procurator und seine Bewaffneten?" wollte Boadicea nunmehr wissen.
"Catus Decianus ist vorgestern mit seiner Leibwache nach Gallien geflohen", erwiderte der Sprecher auf dem Wall. "Und die wenigen Truppen, die noch in Londinium oder im Umland der Stadt lagen, haben gestern ebenfalls das Weite gesucht."
"Um wie viele Legionäre handelte es sich?" fragte die Königin. "Und in welche Richtung zogen sie ab?"
"Es waren kaum tausend, und sie marschierten nach Nordwesten", kam es von der Mauerkrone.
"Das bedeutet, daß sie sich Suetonius Paulinus anschließen wollen", wandte sich Boadicea an Ailme und Swyedydd; sodann richtete die Königin den Blick wieder auf die Bürgerdelegation und beschied die Männer: "Ich will Gnade vor Recht ergehen lassen und euch entgegenkommen, soweit ich kann. Euch, euren Familien und allen anderen Zivilisten in Londinium soll kein Leid geschehen. Sofern ihr mir die Tore der Stadt öffnet, will ich die Handwerker- und Wohnviertel Londiniums - gleichgültig ob Kelten, Römer oder Angehörige beider Völker in ihnen leben - verschonen. Doch sämtliche Gebäude und sonstigen Anlagen, welche der Unterdrückung der britannischen Stämme dienten, sollen zerstört werden, denn in ihnen herrschte der böse, götter- und menschenfeindliche Geist des Imperium Romanum!"
Nach kurzer Beratung mit den übrigen Bürgern erklärte der Sprecher der Delegation sein Einverständnis; wenig später zogen Boadicea und ein Teil

ihres Heeres in die Stadt ein. Die Königin bezeichnete den Adelskriegern die Bauwerke, welche niedergebrannt werden sollten - und schon bald schlugen die Flammen gen Himmel.
Sie verwüsteten die Paläste des Statthalters, des Procurators und diejenigen der hochgestellten Militärbefehlshaber und Steuerbeamten; dazu die römischen Tempel, Verwaltungsgebäude, Legionärsunterkünfte und Waffenschmieden. Ebenso wurde das Amphitheater in Brand gesteckt, in dem seit dem Herrschaftsantritt von Suetonius Paulinus grausame Schaukämpfe und Tierhatzen stattgefunden hatten; außerdem verzehrten die Flammen ein großes Gefängnis, dessen ausschließlich keltische Insassen befreit wurden, bevor die Brandfackeln in die Wächterstuben und Verliese flogen. Darüber hinaus ließ Boadicea die Kaianlagen des Tamesis-Hafens zerstören, wo in der Vergangenheit immer wieder aus Gallien kommende Kriegsschiffe mit Truppenverstärkungen für die Armee des Statthalters angelegt hatten.
Die ganze Nacht wüteten die Feuersbrünste, aber nirgends griffen die Flammen auf die Häuser der Zivilbevölkerung über, denn die Icener-Königin hatte ihren Kriegern Anweisung gegeben, diese Gebäude notfalls zu schützen. Am nächsten Morgen dann führte Boadicea ihr Heer wieder nach Norden. Caer Llundain war das Ziel der Königin; dort wollte Boadicea, nachdem jetzt der gesamte Südosten Britanniens von der römischen Tyrannei befreit war, ihrer Armee eine längere Ruhepause gönnen.
Am frühen Vormittag erreichte das Keltenheer den Llundain; als Boadicea die Ringwälle erblickte, welche die Hügelkuppe mit den heiligen Teichen umschlossen, schossen Tränen in ihre Augen. Sie dachte an das Drunemeton, das hier vor einundzwanzig Jahren, noch zur Regierungszeit des Ard Rhi Cunobelinos, stattgefunden hatte - und mit beinahe schmerzlicher Intensität erinnerte sie sich an die magische Mondnacht, die sie zusammen mit Prasutax am Rotwasserweiher verbracht hatte: an jene Nacht, in der Eadha und Ailme gezeugt worden waren.
Ailme wußte einiges von den damaligen Geschehnissen; daher ahnte sie, was ihre Mutter bewegte. Nachdem sich die Kampfscharen an den Hügelflanken und zwischen den ausgedehnten Erdwällen gelagert und die beiden icenischen Frauen das einstige Hochkönigshaus unterhalb des dreieckigen Zugangstores zur Weihestätte bezogen hatten, griff Ailme nach Boadiceas Hand und schlug ihr vor: "Laß uns zu den Teichen hinaufgehen."
Mehrere Stunden blieben die Königin und ihre Tochter im Heiligtum. Am weißen, roten und schwarzen Weiher meditierten sie und beteten zur Dreifachen Göttin; danach saßen sie lange unter den Blutbuchen am Rotwasserteich, sprachen leise miteinander oder schauten still auf die sich leise kräuselnde, vom Ringbach gespeiste Flut. Erst am Nachmittag kehrten Boadicea und Ailme in ihre Unterkunft zurück; wenig später kam Swyedydd, der gemeinsam mit mehreren anderen Druiden im benachbarten Rundhaus Quartier genommen hatte, zu ihnen und sagte:

"Ihr habt euch dem Geist der Weihestätte bei Tageslicht hingegeben - ich hingegen werde es heute nacht im Sternenschein tun."
Die Königin forschte im Gesicht des Pendruid, dann flüsterte sie: "Du willst die Göttin bitten, dein Drittes Auge zu öffnen, damit du das Verborgene erkennen kannst..."
"Ja", bestätigte Swyedydd. "Mein Innerstes drängt mich dazu, und ich muß gehorchen - obwohl ich fürchte, daß das, was ich erschauen soll, uns tiefsten Schmerz bereiten wird."
Damit verließ der Pendruid den Raum wieder; bei Einbruch der Dunkelheit sodann schritt er zum Heiligtum empor. Ebenso wie Boadicea und Ailme betete und meditierte er an den drei Teichen; danach kniete er unter den Eiben am Schwarzwasserweiher nieder, breitete die Arme aus, schloß die Lider und versenkte sich in Trance. Bis zum Morgengrauen verharrte Swyedydd reglos in dieser Stellung; sein Körper schien zu Stein geworden; sein Antlitz, das entsetzliche Pein ausdrückte, war totenbleich.
Endlich, als sich der erste fahle Schimmer des neuen Tages am Horizont zeigte und die Gestirne am Firmament verblaßten, wich die Erstarrung vom Leib des Pendruid. Seine Seele kehrte in den Körper zurück; Swyedydd begann zu schluchzen, brach zusammen und weinte haltlos wie ein Kind. Erst nach geraumer Zeit faßte er sich, stand langsam auf und ging mit schleppenden Schritten zum Tor der Weihestätte. Draußen warteten Boadicea und Ailme; als sie den verstörten Ausdruck auf dem Gesicht des Pendruid gewahrte, stieß die Königin erschrocken hervor: "Du hast in der Tat etwas Fürchterliches gesehen!"
"Abgrundtiefe Finsternis brach über Môn herein!" flüsterte Swyedydd. "Alle Druiden sind tot, ihre Haine zerstört - einzig deiner Tochter gelang die Flucht..." Wie hilfesuchend umklammerte er Boadiceas Oberarm und schluchzte erneut auf; ungeachtet ihres eigenen unsäglichen Schmerzes zog die Königin ihn an ihre Brust und schenkte ihm so Halt.
Schließlich, nachdem er sich wieder gefangen hatte, berichtete Swyedydd gehetzt von den grauenhaften Bildern, die er in seiner Trance erschaut hatte, und schloß: "Ich sah Eadha und ihren Retter über das Meer nach Tre'r Ceiri entkommen; der Mann, der deine Schwester beschützte, war der, den du liebst, Ailme... Er sagte sich von Rom los, besann sich seiner keltischen Abstammung... Doch der andere, die verfluchte Ausgeburt des götterfeindlichen Imperiums, will sich mit dem unerhörten Verbrechen, das er nach der Zerstörung von Dinas Dinlle auf dem heiligen Eiland beging, noch immer nicht begnügen... Ich erblickte Suetonius Paulinus, wie er am Rand eines niedergebrannten Eichenhaines über dem Strand von Môn stand; dort, wo die Leichen der Druiden unter den Bäumen verkohlt waren... Und an diesem Platz schwor er, nunmehr dich zu jagen, Boadicea... Dein Heer zu vernichten und dich, solltest du ihm lebend in die Hände fallen, ans Kreuz schlagen zu lassen..."
"Die Armee des römischen Statthalters marschiert also wieder nach Osten?" fragte Ailme mit bebenden Lippen.

"So ist es", nickte der Pendruid. "Am Ende meiner Schauung sah ich, wie das Feindheer die Berge von Gwynedd durchquerte."
"Dann wird Suetonius Paulinus in wenigen Wochen hier eintreffen, um das wahrzumachen, was er geschworen hat..." Die Rechte der Königin krampfte sich um den Schwertgriff. "Aber auch ich leiste hiermit einen Schwur! Ich werde alles tun, damit der Statthalter für die unerhörte Freveltat, derer er sich auf der heiligen Insel schuldig machte, büßen muß!"
"Wenn du die Stämme aus dem Süden und Südwesten Britanniens zum Kampf aufrufst, werden Tausende weiterer Krieger zu uns stoßen!" äußerte Ailme.
"Genau das will ich tun!" antwortete Boadicea. "Noch heute sollen Boten zu den Fürsten der Kenten, Regnier, Atrebaten, Dobunnier, Belger, Durotrigen und Dumnonier abreiten und sie mit ihren Kampfscharen hierher zum Llundain entbieten!"
Bereits eine Stunde später galoppierten die Kuriere davon - und schon nach wenigen Tagen trafen die ersten Heerhaufen in Caer Llundain ein. Es handelte sich um starke Aufgebote aus den Stammesgebieten der Kenten, Regnier und Atrebaten - doch die Sippenhäuptlinge, Edlen und Krieger kamen nicht allein, sondern in Begleitung von Frauen, Kindern und Alten, die zumeist auf Pferde- und Rinderkarren saßen. Von Boadicea deshalb zur Rede gestellt, erwiderten die Anführer immer dasselbe: Sie und die übrigen Kämpfer hätten ihre Familienangehörigen angesichts der brandgefährlichen Lage, in der jederzeit brutale Übergriffe der Römer zu befürchten seien, nicht im Stich lassen wollen.
Weil diese Ängste durchaus berechtigt waren, duldete die Icener-Königin die Anwesenheit der Unbewaffneten am Llundain - und im Lauf der folgenden Wochen, als auch die Kampfscharen der Dobunnier, Belger, Durotrigen und Dumnonier anlangten, wuchs die Zahl der Frauen, Kinder und Greise weiter und weiter, bis sich zuletzt um die vierundsiebzigtausend Unbewaffnete auf den Hügelflanken und zwischen den Ringwällen drängten.
Dies gab Boadicea zuweilen sehr zu denken; andererseits durfte sie sich sagen, daß ihr Heer jetzt von ursprünglich zehntausend auf fünfundzwanzigtausend Krieger angewachsen war. Das bedeutete, daß sie Suetonius Paulinus vermutlich deutlich überlegen sein würde; zudem standen ihr nun die übrigen Stammeskönige zur Seite, welche von den Römern allesamt in ihren Rechten eingeschränkt oder völlig entmachtet worden waren und jetzt auf die Gelegenheit brannten, sich dafür zu rächen.
Auch Boadicea hatte ihren Racheschwur nicht vergessen. Oft dachte sie an die Entscheidungsschlacht, die sie dem Mann liefern wollte, der sich so vieler grausamer Untaten schuldig gemacht und seine Verbrechen zuletzt durch das Abschlachten der Druiden von Môn gekrönt hatte. Manchmal sehnte die Icener-Königin den Tag, an dem sie Suetonius Paulinus auf der Walstatt gegenübertreten würde, förmlich herbei - und kurz nach

Lughnasad schließlich erfuhr sie von Spähern, die aus Nordwesten kamen, daß sich die Feindarmee Verulamium näherte und damit nur noch drei Tagesmärsche vom Llundain entfernt war.

***

An der Spitze von knapp fünfzehntausend Mann war der Statthalter durch die Berge von Gwynedd gezogen; nun, da sein Heer die Ruinen von Verulamium passierte, zählte es zwanzigtausend Legionäre. Denn Suetonius Paulinus hatte auf seinem eher langsamen Marsch durch die Stammesgebiete der Cornovier und Corieltauer alle dort noch existierenden Garnisonen aufgelöst und die Truppen aus diesen Militärlagern mit sich genommen; außerdem waren jene Einheiten zu ihm gestoßen, die sich aus Londinium und dem Umland der Stadt abgesetzt hatten.

In den cornovischen und corieltauischen Gauen hatte sich das Römerheer nicht allzu viele Übergriffe gegenüber der britannischen Bevölkerung geleistet. Doch als die Armee im westlichen Grenzgebiet der Catuvellauner angelangt war und dort nur noch zerstörte Kastelle vorgefunden hatte, war einmal mehr das Abgründige im Wesen des Statthalters durchgebrochen. In seiner maßlosen Wut hatte Suetonius Paulinus einer Manipel berittener Legionäre befohlen, jede keltische Ansiedlung, die in Sichtweite der Straße lag, niederzubrennen und die männlichen, im waffenfähigen Alter stehenden Bewohner zu töten.

Infolgedessen war es tagtäglich zu furchtbaren Gewalttaten gekommen. Dutzende von Dörfern, Hunderte von Einödgehöften und dazu eine Reihe kleinerer Duns, in denen sich - da die Adligen bei Boadiceas Heer weilten - kaum Krieger befunden hatten, waren ein Raub der Flammen geworden. Zwar hatten die Menschen beim Herannahen der Legionäre versucht, in Waldverstecke zu fliehen; trotzdem waren zahlreiche Burschen und Männer in die Hände der Römer gefallen und gnadenlos abgeschlachtet worden. Die Legionäre hatten sie zumeist mit ihren Schwertern und Lanzen durchbohrt; in vielen Fällen waren die Bedauernswerten aber auch zu Tode gefoltert worden - und teilweise hatte man Verwundeten zusätzlich die Beinknochen gebrochen und sie anschließend ans Kreuz geschlagen.

Später, nachdem die Römer weitergezogen waren, hatten verstörte Angehörige die Opfer der Legionäre geborgen, die Leichen begraben und sich danach in ihrer Angst vor einer Rückkehr der Feinde noch tiefer in den Forsten verborgen. Manche Dorfgemeinschaften oder Bauernfamilien jedoch, welche rechtzeitig vor dem Auftauchen der Legionäre gewarnt worden waren, hatten sich entschlossen, zur Icener-Königin zu flüchten. Auf verschwiegenen Wegen, abseits der römischen Heerstraße, waren sie nach Süden geeilt - und nun, da Boadicea und ihre Krieger die letzten Vorbereitungen für die Schlacht trafen, kamen ungefähr zwölfhundert dieser Heimatlosen am Llundain an. Die kampffähigen Männer reihten sich in die catuvellaunischen Heerhaufen ein; die anderen gesellten sich zu jenen Unbewaffneten, welche bereits auf den Hängen des Hügels und

zwischen den Wällen lagerten, womit sich dort jetzt um die fünfundsiebzigtausend Frauen, Kinder und Alte drängten.
Weil angesichts dieser Menschenmassen sowohl eine wirksame Verteidigung des Llundain als auch koordinierte Vorstöße der Kampfscharen nach draußen unmöglich gewesen wären, entschieden sich die Icener-Königin und die übrigen Stammesherrscher dafür, die Unbewaffneten zu evakuieren. Nachdem die Späher gemeldet hatten, daß die gegnerische Armee bloß noch einen Tagesmarsch entfernt war, verließen die Frauen, Kinder und Alten die Hügelflanken und errichteten am südöstlichen Ausläufer der Erhebung, wo es ein Gewirr bewaldeter, teils miteinander verbundener Schluchten gab, eine Art Fluchtburg.
Die Zugänge der Klüfte wurden durch Bollwerke aus Baumstämmen oder umgekippten und verketteten Karren abgeriegelt; sodann verteilten sich die Waffenlosen innerhalb der Schluchten und auf den Anhöhen dazwischen. Einige hundert ältere Krieger wiederum schlugen Lagerstätten in der Nähe der Barrikaden auf; ihren Anführern hatte Boadicea gesagt: "Wenn ihr die Bollwerke morgen während der Kampfhandlungen besetzt haltet, werden sich die Unbewaffneten sicher fühlen. Ihnen dieses Empfinden zu geben, ist eure Aufgabe - ansonsten braucht ihr euch um nichts zu kümmern, denn die Schlacht wird auf der nordwestlichen Seite des Llundain geschlagen, weshalb ihr höchstens ein paar versprengte Feinde zu sehen bekommen werdet."
Am Abend stiegen über dem Schluchtwald die Rauchfäden zahlloser Kochfeuer gen Himmel; auch weiter oben, an den Hängen des Hügels, bereiteten die fünfundzwanzigtausend Keltenkrieger ihr Nachtmahl zu. Die Stammesherrscher, Swyedydd und etliche weitere Druiden hatten sich zum Abendessen bei Boadicea und Ailme im Hochkönigshaus eingefunden; eben als der heiße Haferbrei und die über der Herdglut gerösteten Wildtauben verteilt werden sollten, erklang draußen vor dem Hallenhaus Hufgetrappel, das jäh abbrach - und im nächsten Moment kamen Eadha und Vertix durch die Tür.
Boadicea und Ailme sprangen auf. Die Königin umarmte ihre Erstgeborene; Ailme den Mann, den sie nie hatte vergessen können und nach wie vor liebte. Schließlich löste sich Boadicea wieder von Eadha und stieß hervor: "Swyedydd sah euch in einer Vision. Sah euch in Sicherheit in Tre'r Ceiri. Wieso seid ihr nicht dort geblieben?!"
"Weil wir hier gebraucht werden", erwiderte Eadha. Wie hätten wir es ertragen sollen, im Schutz der steinernen Stadt auszuharren, während das britannische Heer zur Entscheidungsschlacht gegen die Römer, die Mörder der Druiden von Môn, antritt?!"
"Und wir sind nicht ohne Begleitung gekommen", wandte sich nunmehr Vertix an die Königin. "Vielmehr führen wir dir dreißig berittene Kämpfer und fast zweihundert Fußkrieger von der Lleyn-Halbinsel zu."
Boadicea griff nach der Hand des ehemaligen Centurios, der jetzt Waffen und Gewand eines keltischen Edlen trug. "Ich danke dir für die Rettung meiner Tochter - und für alles andere!"

Gleich darauf nahmen Eadha und Vertix mit an der Tafel Platz. Im Verlauf der folgenden Stunden drehte sich das Gespräch insbesondere um die grauenhaften Ereignisse auf dem heiligen Eiland; die Neuankömmlinge erfuhren aber auch, was sich unterdessen im Südosten Britanniens zugetragen hatte. Später tauschte man sich noch einmal über den Schlachtplan für den nächsten Tag aus; erst tief in der Nacht zogen sich die Stammesherrscher und Druiden in ihre Quartiere zurück, und Boadicea blieb mit ihren beiden Töchtern und Vertix allein.
Einige Zeit nach Sonnenaufgang trafen Kundschafter, die aus Nordwesten herangaloppiert waren, vor dem Hochkönigshaus ein; ihr Anführer meldete Boadicea: "Wir haben die Römer in der Ferne erspäht! Sie sind nur noch drei Marschstunden entfernt!"
"Dann wird der Kampf in der Vormittagsmitte entbrennen", murmelte die Königin; danach gürtete sie das Schwert um, setzte ihren Spangenhelm auf, ergriff den Schild und bat Eadha, Ailme und Vertix: "Kommt mit. Wir wollen einen Rundgang durch das Heerlager machen."
Nachdem Boadicea den Befehlshabern der Streitscharen letzte Anweisungen erteilt hatte, begaben sich die Königin und ihre Begleiter zum Nordwestabschnitt des äußersten, auf halber Höhe des Hügels liegenden Ringwalls, dessen früher offene Zugangsschneise durch ein mächtiges Balkentor gesichert worden war. Dort hatten sich bereits die übrigen Stammesherrscher sowie einige hochrangige Druiden, darunter Swyedydd, versammelt und blickten angespannt in die Richtung, aus der am Morgen die Kundschafter herangeprescht waren. Nun hing dort eine riesige Staubwolke über dem Land, die von der Feindarmee aufgewirbelt wurde; gelegentlich waren an der Spitze oder an den Rändern des Heerwurms jäh aufblitzende Lichtreflexe zu erkennen.
Eine ganze Weile schaute auch Boadicea stumm und wie gebannt in die Ebene hinab; endlich riß sie sich los und sagte: "Bald werden die Römer da sein. Laßt uns also unseren Schlachtplan noch einmal durchgehen." Sie wartete, bis die anderen Könige und die Großen Wissenden näher an sie herangetreten waren; dann fuhr sie fort: "Sobald die Feinde eine Phalanx gebildet haben, greifen wir sie mit allen unseren Wagenkämpfern und Reitern an und bringen ihnen möglichst hohe Verluste bei. Wir dringen dabei jedoch nicht tief in die römischen Schlachtreihen ein, damit wir uns - wenn ich das Zeichen dazu gebe - rasch wieder zurückziehen können. Wir flüchten in den Schutz des Llundain, locken die Feinde auf diese Weise hinter uns her und verführen sie durch diese Finte dazu, gegen die nordwestliche Flanke des untersten Ringwalls anzustürmen - genau da, wo wir uns jetzt befinden."
"Und hier werden unsere Speerwerfer und Bogenschützen den Römern einen heißen Empfang bereiten!" rief der Stammesherrscher der Belger aus.
"Die Legionäre werden noch schwerer bluten als draußen im Flachland", nickte die Icener-Königin; Swyedydd fügte hinzu: "Sie werden zu Tausenden vor dem Wall fallen, wodurch sie die Fähigkeit zur offenen

Feldschlacht verlieren. Und dies ist der entscheidende Vorteil deines Schlachtplans, Boadicea! Denn würde unser ganzes Heer unten auf der Ebene mit der Feindarmee zusammenprallen, könnte sich das Gefecht leicht um den Llundain herumziehen, so daß unter Umständen die Unbewaffneten, die sich im südöstlichen Schluchtwald verbergen, in Gefahr geraten würden. So aber wird die Schlacht hier im Nordwesten geschlagen, weit ab von den Frauen, Kindern und Alten - und sobald die Römer, die vermutlich mit großer Verbissenheit gegen den Ringwall anrennen werden, genügend geschwächt sind, können wir einen machtvollen Ausfall durchführen und die Feinde in die Zange nehmen, um sie völlig aufzureiben."

"Und damit wird Britannien vom Joch der römischen Tyrannei befreit sein!" kam es vom Herrscher der Regnier; lautstark stimmten ihm die übrigen Könige zu.

"Zunächst jedoch müssen wir alles in unserer Kraft Stehende tun, um den Sieg zu erringen - und das wird gewiß nicht ohne empfindliche Opfer möglich sein!" dämpfte Boadicea den Überschwang der Stammesherrscher; sodann wandte sie sich an Ailme: "Laß nun unsere Streitwagen herbringen!"

Während der folgenden Stunde trafen die keltischen Adligen und Krieger ihre letzten Vorbereitungen für die Schlacht; die römische Armee näherte sich unterdessen unaufhaltsam dem Llundain. Als das Feindheer noch eine halbe Meile vom Hügelsaum entfernt war, galoppierte ein Reitertrupp vor, jagte in sicherem Abstand einmal um die Anhöhe herum, rekognoszierte dabei offenbar und kehrte zum Gros der Armee zurück. Wenig später formierten sich die zwanzigtausend Legionäre eine Viertelmeile vor den nordwestlichen Ausläufern des Hügels zur Phalanx. Drei Viertel des Heeres bildeten eine breite, tiefgestaffelte Front gegen den Llundain hin; der Rest, bei dem sich fast die gesamte Reiterei befand, blieb ein Stück im Hintertreffen.

Suetonius Paulinus ist vorsichtig, er hält eine starke Eingreifreserve bereit! dachte Boadicea, als ihr Kampfwagen durch das Balkentor im äußeren Ringwall fuhr - gleich darauf vergaß sie, was ihr durch den Kopf geschossen war, und konzentrierte sich ganz auf die Aufgabe, die sie zu erfüllen hatte.

Die Icener-Königin führte ihren Angriffsverband - knapp dreihundert Wagenkrieger und beinahe tausend Berittene - die mit Heidekraut bewachsene Hügelflanke hinab und anschließend durch den Wald am Fuß der Erhebung; jenseits des Forstes trieb Boadiceas Rosselenker die Pferde zum Galopp an. Die Schimmelstuten preschten auf die römische Armee zu; die Gespanne der übrigen Herrscher, bei denen sich auch Eadha und Ailme sowie Vertix befanden, folgten dem Streitwagen der Königin dichtauf; dahinter kam die große Masse der Kampfwagen und Reiter.

Kurz bevor die Britannier das Zentrum der feindlichen Phalanx erreichten, teilte sich ihr Angriffskeil; die eine Hälfte bog nach links ab, die andere

nach rechts. Nahe an der vordersten römischen Schlachtreihe vorbeijagend, schleuderten die Kelten Speere, Wurfpfeile und Stachelkugeln auf die Legionäre und griffen sodann auf gleiche Art die Flanken des Feindheeres an. Nachdem sie hundertfach Tod und Verderben gesät hatten, sammelten sich die Britannier erneut vor dem Mitteltreffen der römischen Armee und wiederholten ihre furiose Attacke; wenig später erfolgte ein dritter rasanter Angriff mit Fernwaffen.
Erst dann suchten die Kelten den Nahkampf. Wild drangen sie jetzt mit ihren Schwertern auf die erste Schlachtlinie der Legionäre ein; es schien, als wollten sie das Zentrum der Phalanx mit aller Gewalt durchbrechen. Schon begannen mehrere Centurien zu weichen - aber da erschollen von hinten, wo Suetonius Paulinus und sein Stab hielten, Fanfarensignale. Sofort schoben sich die Flügel des Römerheeres vor und schwenkten nach innen, um die Britannier von den Flanken her zu packen - und dies schien die Kelten nun arg zu verwirren. Zuerst lösten sich die Streitwagen der Icener-Königin und der übrigen Stammesherrscher vom Feind und preschten in Richtung des Llundain davon; im nächsten Moment setzte - zumindest empfanden die Legionäre es so - eine allgemeine Flucht der Britannier ein.
Die Kelten zogen sich zum Waldrand am Hügelfuß zurück; erst dort formierten sie sich wieder und warteten ab, bis die rasch nachdrängenden Römer auf hundert Schritt heran waren. Sodann attackierten die Wagenkrieger und ein Teil der Berittenen neuerlich - doch der Angriff wirkte eher halbherzig, und nach kurzem Gefecht suchten die Britannier abermals das Weite. Sie verschwanden im Forst und leisteten den Legionären, als diese sie in den Waldgürtel verfolgten, keinen nennenswerten Widerstand mehr. Daher konnte das Gros der römischen Armee - noch zweiundzwanzig intakte Kohorten - ohne Schwierigkeiten durch den Forst vordringen und den mit Heidekraut bedeckten Hang unterhalb des äußeren Walles gewinnen - und während dies geschah, rückte die fünftausend Mann starke Eingreifreserve zum Waldsaum vor und machte dort Halt.
Auf der Heidefläche zwischen Ringwall und Forst lieferten einige Wagenkämpfer und Reiter - darunter Boadicea, Eadha, Ailme und Vertix - den Legionären noch einmal ein kurzes Rückzugsgefecht. Sie töteten ein, zwei Dutzend Römer; dann jedoch verschwanden sie, wie zuvor schon ihre Mitstreiter, durch das Tor im Walleinschnitt, das hinter ihnen geschlossen und verrammelt wurde. Drinnen sprang die Icener-Königin vom Wagen, schleuderte das Blut von der Schwertklinge und rief ihren Kampfgefährten mit blitzenden Augen zu: "Der erste Teil unseres Plans hat ausgezeichnet geklappt! Und nun wollen wir den Feinden von der Wallkrone aus zusetzen!"
Damit stieß Boadicea ihr Schwert in die Scheide und rannte die Erdrampe seitlich des Torbaus empor. Oben lehnten Bündel von Speeren an der Wallbrüstung; die Königin packte eine der Wurfwaffen und schleuderte sie mit aller Kraft in Richtung eines dunkelhäutigen Centurios, der soeben

seine Hundertschaft nubischer Bogenschützen einwies. Der Speer durchbohrte den Offizier; mit einem gellenden Schrei stürzte er nieder - und auf dem Ringwall erklangen vielhundertfache Beifallsrufe der Kelten.
Wenig später freilich erschollen auch in den Reihen der Britannier Todesschreie, denn jetzt hatten die Nubier eine relativ sichere Position im Schutz einer Bodenwelle bezogen. Ihre Pfeilschauer forderten zahlreiche Opfer unter den Verteidigern des Torwalles; auch Ailme wäre von einem der gefiederten Geschosse getroffen worden, wenn Vertix sie nicht gedankenschnell mit seinem Schild gedeckt hätte. Erst als die Pfeilköcher der schwarzhäutigen Legionäre leer waren, konnten die Kelten aufatmen - unmittelbar darauf aber stürmten vier Kohorten zugleich gegen den gesamten nordwestlichen Wallabschnitt an.
Wurfspeere, Pfeile und Schleudersteine hagelten auf die Römer hinab; ein Drittel von ihnen fiel, doch den übrigen gelang es, zur Wallkrone vorzudringen. Und dort entbrannte nun ein verbissener Nahkampf, der geraume Zeit andauerte - bis die Scharen der Legionäre schließlich auf ungefähr achthundert Mann zusammengeschmolzen waren und die Überlebenden sich auf ein Fanfarensignal hin fluchtartig zurückzogen.
Danach ruhte die Schlacht für eine Weile; Suetonius Paulinus und seine Stabsoffiziere, die auf ihren Pferden unten am Waldrand hielten, schienen zu beratschlagen. Dann löste sich ein berittener Centurio von der Gruppe der hohen Offiziere und trabte zu den Karrees jener achtzehn Kohorten, welche ein Stück weiter oben an der Hügelflanke standen und bisher noch nicht in den Kampf eingegriffen hatten. Der Bote des Statthalters sprach mit den Tribunen verschiedener Einheiten und galoppierte wieder zum Forstsaum - zugleich setzten sich die sechs Kohorten, deren Kommandeuren der Centurio die Befehle von Suetonius Paulinus überbracht hatte, hangaufwärts in Marsch.
Boadicea nahm zwei Speere in die Linke und einen in die Rechte; als die vordersten Legionäre auf Wurfweite heran waren, schleuderte sie ihre Fernwaffen rasch hintereinander. Drei Römer brachen zusammen - kurz darauf tobte der Nahkampf entlang der Wallkrone noch heftiger als zuvor. Mehrmals konnte ein Durchbruch der Legionäre nur mit knapper Not abgewendet werden; letztlich aber behaupteten sich die Britannier auch diesmal wieder. Etwa fünfzehnhundert Römer flohen; gut zweitausend Legionäre blieben am Außenwall tot zwischen den Leichen derer liegen, die beim ersten Sturmversuch gefallen waren. Insgesamt hatten die Römer damit rund dreitausendsechshundert Mann oder sechs Kohorten verloren - trotzdem zog sich die Armee des Statthalters nicht vom Llundain zurück.
Vielmehr ritt Suetonius Paulinus mit seinem Offiziersgefolge und seiner Leibwache jetzt zu jenen Truppenkarrees, die während des gescheiterten Angriffs außer Reichweite der keltischen Speere und Pfeile auf halber Höhe der Hügelflanke abgewartet hatten. Die Tribunen der zwölf Kohorten versammelten sich um den Statthalter; nachdem er mit ihnen gesprochen hatte, begaben sie sich wieder zu ihren Einheiten. Wenig später gruppierten sich die Kohorten um und bildeten eine geschlossene, in der

Mitte eingebuchtete Front gegen den Ringwall - kaum stand die Phalanx, galoppierte ein Stabsoffizier an der Spitze einer Decurie Lanzenreiter zum Waldrand hinunter.
Die Icener-Königin, über deren linke Wange sich eine blutverkrustete Schramme zog, sah die Berittenen im Forst verschwinden; sie wandte sich an Swyedydd, der sich neben ihr auf seinen Wurfspeer stützte, und sagte: "Wahrscheinlich läßt der Mörder von Môn nun seine Eingreifreserve heranholen. Und sobald die fünftausend Legionäre da sind, werden wir einen Sturmangriff erleben, der die beiden ersten weit in den Schatten stellt!"
Doch Boadicea hatte sich getäuscht. Die fünfzig Centurien marschierten nicht heran - und auch die zwölf Kohorten, die sich zur bogenförmigen Schlachtreihe formiert hatten, machten vorerst keine Anstalten, den Ringwall zu attackieren. Eine halbe Stunde verstrich, ohne daß etwas geschah - schließlich, die Sonne stand inzwischen im Zenit, kam Bewegung in die Phalanx der Römer. Aber die Schlachtreihen rückten nicht auf breiter Front vor; lediglich einige Manipel lösten sich aus der Phalanx. Die Legionäre dieser Einheiten rannten zum Erdwall empor, an dessen Fuß sich die Leichen häuften, schleuderten ihre Pili auf die Verteidiger und machten hastig wieder kehrt. Auf diese Weise versuchten sie, den Britanniern Verluste beizubringen, ohne selbst in allzu große Gefahr zu geraten; die Kelten ihrerseits verspotteten die Römer wegen ihrer Feigheit und bemühten sich, möglichst viele Angreifer mit ihren Fernwaffen zu treffen.
So ging das Geplänkel eine Weile hin und her; dann plötzlich preschte, vom Waldrand kommend, ein Reitertrupp zum Statthalter, welcher mit seiner Bedeckung hinter der Phalanx der zwölf Kohorten hielt. Die Icener-Königin erkannte den Stabsoffizier und die Decurie, die zuvor im Forst verschwunden waren; jetzt nahm Suetonius Paulinus eine Meldung des Tribuns entgegen - und kurz darauf setzte sich die gesamte römische Streitmacht in Bewegung.
Langsam marschierte die Phalanx auf den Ringwall zu; fast unerträglich langsam und damit um so bedrohlicher, wie Boadicea unwillkürlich dachte. Furcht beschlich die Königin; Furcht weniger um sich selbst als um die vielen tausend Menschen, die ihr anvertraut waren. Boadicea mußte ihre ganze innere Kraft aufbieten, um die beinahe lähmende Anwandlung abzuschütteln; nachdem sie ihren Mut wiedergefunden hatte, schwang sie den Speer über dem Kopf und rief den Kämpfern in ihrer Nähe zu: "Wenn wir auch diesen Angriff abwehren, ist der Sieg unser!"
"Wir werden die Römer schlagen und Britannien befreien!" erscholl die Stimme des dobunnischen Herrschers; überall entlang der Wallkrone wurde diese Losung aufgenommen, zugleich hämmerten die Krieger ihre Waffen gegen die Schilde.
Ja! durchfuhr es die Icener-Königin. Wir müssen es schaffen, und wir werden es schaffen! Tief atmete sie durch; danach wollte sie einen Durotrigenhäuptling, der mit seiner starken Kampfschar den Torschlund

bewachte, auffordern, sicherheitshalber weitere Krieger herbeizubeordern. Doch Boadicea kam nicht mehr dazu, denn plötzlich hasteten mehrere völlig verstört wirkende Männer, die zum Schutz der Weihestätte auf dem Gipfelplateau des Hügels abgestellt worden waren, die Erdrampe zum Wall herauf, und der vorderste schrie: "Die Feinde greifen das Lager der Frauen, Kinder und Alten an!"
Unmöglich! dachte die Königin. So bösartig kann nicht einmal Suetonius Paulinus handeln! Wie erstarrt stand sie da; im nächsten Moment hörte sie: "Es sind Tausende von Römern! Viele beritten! Und die ersten sind bereits in die Waldkluften vorgedrungen!"
Die Eingreifreserve! durchfuhr es Boadicea. Deshalb hat die Bestie sie zurückgehalten! Die Königin schluchzte auf, faßte sich mühsam und rief mit gellender Stimme: "Meinen Streitwagen, schnell! Wir machen einen Ausfall, um die Leute im Schluchtwald zu retten! Alle Wagenkämpfer, alle Reiter und alle Fußkrieger, die nicht zur Wallverteidigung gebraucht werden, zu mir!"
In Windeseile wurde der Befehl weitergegeben, und noch ehe die Phalanx der zwölf Kohorten den nordwestlichen Wallabschnitt erreicht hatte, waren die Wagenkrieger, Berittenen und Fußkämpfer zum Ausbruch durch den Toreinschnitt bereit. Auf ein Kommando ihres Häuptlings hin entfernten die Durotrigen die Sperren, welche das Balkentor blockierten, und rissen die Torflügel auf. Die Schimmelstuten Boadiceas trabten hinaus; die übrigen Gespanne, darunter die von Eadha, Ailme und Vertix, folgten dem Streitwagen der Königin; dahinter kamen die Reiter und die Scharen der Fußkrieger, welche teils aus dem Torschlund rannten, teils über die Wallflanken herabströmten.
Draußen schwenkten die etwa dreitausend Fußkämpfer, dem Pulk der Wagenkrieger und Berittenen hinterdrein, nach links ab. Boadicea wollte versuchen, zwischen der römischen Phalanx und dem Erdwall durchzustoßen und den Hügel auf halber Höhe zu umgehen, um so den Schluchtwald im Südosten zu erreichen. Aber dieses Vorhaben mißglückte, denn die Feinde, welche den Ausfall offenbar erwartet hatten, vollführten nun ein rasches Manöver. Die Kohorten auf dem rechten Flügel der Schlachtreihe drangen, ohne die Verbindung zum Mitteltreffen zu verlieren, bis zu den Leichenhaufen am Fuß des Ringwalls vor und versperrten den Britanniern auf diese Weise den Weg; gleich darauf taten die Einheiten am entgegengesetzten Ende der Phalanx dasselbe - und damit waren die Kelten zwischen dem jetzt im Halbkreis gruppierten Feindheer und dem Erdwall eingekesselt.
Der Mörder von Môn hat alles genau geplant, hat uns tückisch in die Falle gelockt! schoß es der Icener-Königin durch den Kopf; mit dem nächsten Lidschlag entschloß sie sich, den Ausbruch um jeden Preis zu erzwingen. Sie wies mit dem Speer auf das Zentrum der römischen Schlachtreihe und befahl ihrem Rosselenker, welcher die Stuten gezügelt hatte: "Dorthin - wo sich Suetonius Paulinus feige hinter seinen Legionären versteckt!"

Der Pferdelenker zog das Schimmelgespann herum und trieb es zum Galopp an; die Rösser preschten den Hang hinab: direkt auf das feindliche Mitteltreffen zu. Auch Boadiceas Streitmacht ging zum Angriff hügelabwärts über; auf breiter Front stürmten die Britannier gegen das römische Zentrum an, Wurfspeere und Pili sausten durch die Luft - dann erfolgte der Zusammenprall.
Die keltischen Kampfwagen und Reiter rissen eine Bresche in die Phalanx der Legionäre; Hunderte Römer fielen - als die Fußkrieger zur Stelle waren, drangen die Britannier noch tiefer in die feindlichen Schlachtreihen ein. Die Icener-Königin focht mit äußerstem Einsatz; die ganze Zeit hatte sie das Bild der Frauen, Kinder und Alten im Schluchtwald vor Augen. Während Boadicea einen Legionär nach dem anderen erschlug, glaubte sie die wehrlosen Menschen zu sehen, die in den Waldkluften niedergemetzelt wurden - plötzlich erblickte sie den, der die Schuld an dem ungeheuerlichen Verbrechen trug.
Suetonius Paulinus war kaum noch fünfzig Schritt von der Icener-Königin, welche die römische Phalanx fast schon durchbrochen hatte, entfernt. Soeben ließ er mehrmals hintereinander seinen Hengst steigen, um den Kampf besser überschauen zu können - und da wußte Boadicea: Dies war die Chance, den Verhaßten zu töten! Gedankenschnell wechselte sie das Schwert von der Rechten in die Linke, riß einen Speer aus der Halterung an der Wagenkanzel und schleuderte ihn mit aller Kraft. Die Wurfwaffe flog über die Helme der in der Nähe befindlichen Legionäre hinweg und traf den Statthalter, dessen Roß sich gerade wieder aufgebäumt hatte. Der Speer bohrte sich in Suetonius Paulinus' Oberschenkel; der Statthalter stürzte vom Pferd und blieb auf der Erde liegen.
Die Königin stieß einen Triumphschrei aus und schwang erneut das Schwert, um sich ganz zu ihrem Todfeind durchzukämpfen und ihm den Rest zu geben - doch da sprengten Suetonius Paulinus' Leibwächter heran und verstärkten die wankenden Reihen der Legionäre, die Boadicea verzweifelten Widerstand leisteten. Der Entlastungsangriff hatte Erfolg; die Königin und die wenigen Wagenkämpfer und Reiter, die bei ihr waren, wurden zurückgedrängt. Gleich darauf wendete sich das Blatt völlig; unvermittelt gerieten Boadicea und ihre Mitstreiter in Gefahr, vom Gros der keltischen Streitscharen, welche der römischen Übermacht nun ebenfalls weichen mußten, abgeschnitten zu werden.
Wohl oder übel mußten die Königin und ihre Kampfgefährten alles daransetzen, die drohende Umzingelung abzuwenden; in einem furiosen Ausbruchsgefecht schafften sie es, wieder Verbindung mit ihren eigenen Kriegern zu finden. Schweratmend blickte Boadicea um sich - im nächsten Moment erschrak sie zutiefst, denn sie erkannte, daß sich ihr gesamtes Teilheer in einer äußerst beängstigenden Situation befand. Ungefähr die Hälfte ihrer Kämpfer war gefallen - und die Feinde machten soeben Anstalten, den Einkesselungsring auch im Süden, zum Erdwall hin, zu schließen. Angesichts dessen konnte die Königin jetzt nur noch eins tun: auf Biegen und Brechen in Richtung des Walltores durchstoßen. Sie rief

ihrem Rosselenker einen entsprechenden Befehl zu - und was danach folgte, war aufgrund der mehrfachen römischen Überlegenheit ein einziger Alptraum.
Zuhauf starben die von allen Seiten bedrängten Britannier; Boadicea, die mit beinahe übermenschlichem Einsatz focht, um sich und ihre zusammengeschmolzenen Streitscharen aus der Umzingelung zu befreien, sah furchtbare Szenen. Unter anderem sah sie, wie der atrebatische Stammesherrscher fiel: Seine Gespannpferde wurden erstochen, sein Kampfwagen umgerissen; dann schlugen vier Legionäre auf den vom Sturz halb betäubten König ein und hieben ihn buchstäblich in Stücke. Gleich darauf sah Boadicea, wie auch der dobunnische Herrscher starb; während mehrere Römer den König und dessen Rosselenker mit Stoßlanzen attackierten, sprang ein Decurio von hinten auf den Streitwagen, umklammerte den Stammesherrscher und schnitt ihm mit dem Dolch die Kehle durch.
Kaum war der dobunnische König blutüberströmt niedergebrochen, gewahrte Boadicea, wie ein Legionär mit seinem Pilum ausholte, um Ailme, die soeben einem Nubier den Schädel gespalten hatte, zu durchbohren. Die Icener-Königin schleuderte einen Wurfpfeil und traf den Römer, der Ailme bedrohte, in den Nacken. Mit einem gurgelnden Schrei fiel der Legionär; Boadiceas Schimmelstuten jagten über ihn hinweg und schlossen zu Ailmes Pferden auf, zugleich preschte das Gespann von Vertix heran - und im nächsten Moment gelang es den drei Streitwagen, die feindlichen Schlachtreihen zu sprengen.
Die Königin, ihre Tochter und der Gallier hätten sich nun zum Torbau im Ringwall retten können - aber sie flohen nicht, sondern setzten alles daran, die Bresche zwischen den römischen Kampfhaufen zu erweitern. Mit rasender Geschwindigkeit galoppierten die Wagenrösser im Kreis; Boadiceas, Ailmes und Vertix' Wurfgeschosse trieben die Feinde auseinander; dann kamen andere Streitwagen und Berittene herbei, Scharen keltischer Fußkrieger folgten ihnen - und erst als diese einfachen Kämpfer unter Bedeckung durch die Wagenkrieger und Reiter in relativer Sicherheit waren, rief die Icener-Königin, bei der sich jetzt auch Eadha befand, ihrem Rosselenker zu: "Weg von hier!"
Die Schimmelstuten schwenkten zur Torschneise ab; im Rückzugsgefecht fällte Boadicea, beidhändig ihre letzten Speere schleudernd, zwei nachdrängende Legionäre - im selben Augenblick, da die Römer fielen, vernahm die Königin einen schrillen Schrei. Eadha hatte ihn ausgestoßen; Boadicea fuhr herum und sah das Entsetzen auf dem Antlitz ihrer Erstgeborenen - zugleich sah sie das heransausende Pilum. Die Königin wollte sich wegducken, doch Eadhas Warnruf war einen Herzschlag zu spät gekommen - so daß die ellenlange Eisenspitze der Wurflanze Boadiceas rechte Brust durchbohrte.
Die Icener-Königin brach in der Wagenkanzel nieder und verlor die Besinnung. Sie bekam nicht mehr mit, wie die Stuten durch das Walltor preschten; wie drinnen Swyedydd herbeihastete, wie er und andere

fassungslose Druiden sich ihrer annahmen. Boadicea hörte nicht mehr, wie ihre Töchter schluchzend mit dem Pendruid berieten und wie entschieden wurde, die Schwerverletzte zum Hochkönigshaus hinaufzubringen - und während Boadicea, nun auf einer Bahre liegend, den Hügel emporgetragen wurde, gewahrte sie auch nicht mehr, wie die britannischen Krieger aufgrund des fürchterlichen Verlustes, der sie alle getroffen hatte, vom Furor erfaßt wurden.
In wilder Wut stürmten zunächst einzelne Kämpfer den Außenwall hinab, um an den Römern Rache zu nehmen; unmittelbar danach waren es Hunderte, gleich darauf Tausende. Aber die Kelten griffen ihre Feinde nicht in geschlossener Formation an; vielmehr attackierten sie völlig ungeordnet - und deshalb wurden sie von den Legionären, die Schild an Schild in Karrees fochten, massenhaft abgeschlachtet. Zahllose Britannier, darunter die Stammesherrscher der Belger und Durotrigen, starben; kaum fünfhundert Krieger flüchteten sich zuletzt wieder auf den Wall.
Ungeachtet dieser Katastrophe unternahmen die Kelten nach einer Weile einen weiteren Ausfall; diesmal im Südosten des Llundain, wo noch immer die Todesschreie der Frauen, Kinder und Alten zu vernehmen waren, die im Schluchtwald hingemetzelt wurden. Von den noch lebenden Königen angeführt, versuchten die Britannier, die Unbewaffneten herauszuhauen - doch erneut wurde ihnen ihr verzweifelter Furor zum Verhängnis.
Viele der Wagenkrieger und Reiter, die an einer rasch gangbar gemachten Stelle der Wallkrone nach draußen jagten, stürzten an der Außenflanke des Erdwalls; jene, die den Hang unbeschadet hinunterkamen, griffen die Feinde an, ohne auf die nachfolgenden Fußkämpfer zu warten. Daher wurde der Pulk der Wagenkrieger und Berittenen von den überlegenen römischen Reiterverbänden, die in verschiedenen Waldkluften gelauert hatten, innerhalb kürzester Zeit aufgerieben; als die keltischen Fußkämpfer heranrannten, waren die Stammesherrscher und die meisten Adligen bereits gefallen. Dasselbe Schicksal erlitt anschließend das Gros der Fußkrieger; abermals entrannen nur wenige hundert Britannier, denen die Flucht zurück zum Ringwall gelang, dem Tod - und im Schluchtwald nahm das gnadenlose Abschlachten der Frauen, Kinder und Alten seinen Fortgang.
Die Hilferufe dieser Wehrlosen drangen noch stundenlang zum Llundain empor und bewirkten, daß immer wieder Haufen keltischer Kämpfer, denen das eigene Leben nichts mehr bedeutete, vom Wall herabhetzten - und dann ganz wie die Menschen in den Kluften niedergemetzelt wurden. Bis zum Abend ging dies so; erst als sich die Dunkelheit über den Forst und den Llundain senkte, verstummten die Todesschreie im Schluchtwald, und die Krieger auf dem Ringwall - kaum noch neuntausend - sicherten ihre Stellungen so gut wie möglich für die Nacht ab.
An besonders gefährdeten Wallabschnitten errichteten die Kelten Barrikaden und entfachten Wachfeuer - und auch im Hochkönigshaus wurden die Wandfackeln und Öllampen entzündet. Eben als Eadha und Ailme damit fertig waren, schlug ihre Mutter, die seit dem frühen

Nachmittag in tiefer Bewußtlosigkeit dagelegen hatte, die Augen auf. Zuerst schien sie niemanden im Raum zu erkennen; dann aber wurde ihr Blick klarer, und als Eadha nach ihrer Hand tastete, flüsterte sie: "Das Pilum..."

Die Königin brach ab, weil röchelnder Husten sie würgte. Nachdem der Anfall vorüber war, beschied die junge Druidin, mühsam die Tränen unterdrückend, ihre Mutter: "Swyedydd hat dafür gesorgt, daß die Lanzenspitze entfernt und deine Wunde mit schmerzstillenden Kräutern behandelt wurde."

"Swyedydd..." keuchte Boadicea. "Ist er..."

"Ich bin bei dir!" Der Pendruid trat an das Lager der Königin heran und ließ sich vorsichtig bei ihr nieder.

"Gut..." kam es von Boadicea. Einige flache Atemzüge lang sammelte sie Kraft, sodann fuhr sie fort: "Sag mir die Wahrheit, Swyedydd... Wie lange habe ich ... noch zu leben?"

Der Pendruid zögerte, bevor er leise antwortete: "Einen Tag, vielleicht zwei."

"Einen oder zwei Tage..." wiederholte die Königin tonlos, danach schloß sie die Lider und wirkte geraume Zeit wie entrückt. Endlich öffnete sie die Augen wieder und flüsterte: "Wie viele unseres Volkes sind mir heute ... nach Annwn vorausgegangen?"

"Sehr viele", erwiderte Swyedydd. "Alle, die sich im Schluchtwald verbargen, und dazu fast zwei Drittel der Kämpfer."

Unsägliches Mitleid malte sich auf Boadiceas Antlitz; neuerlich schwieg sie eine Weile - plötzlich umklammerte sie den Unterarm des Pendruid. "Ich bitte dich um etwas, Swyedydd... Ich bitte dich im Einklang mit dem Willen der Göttin... Laß mich sogleich sterben..."

"Warum?!" stieß Ailme hervor; Vertix, der hinter ihr stand, starrte fassungslos auf die Königin.

"Weil mein Tod ... noch in dieser Stunde ... viele andere retten kann..." kam es von Boadicea. "Der Mörder von Môn, der Mörder all der Unschuldigen in den Kluften... Er hat geschworen, mich kreuzigen zu lassen ... wenn ich ihm lebend in die Hände falle... Und er weiß, daß ich noch im Diesseits weile... Ich spüre es; spüre auch, daß die Römer für morgen ... den letzten Sturm auf den Llundain planen... Ihr jedoch könntet die Wälle unmöglich mehr halten... Deshalb muß der Angriff verhindert werden... Durch meinen raschen Tod... Sobald ich gestorben bin, verbrennt ihr meinen Leib... Und stimmt die Leichenklage um mich an... Damit die Feinde von meinem Tod erfahren... Und dann wird euch der Götterfeind ... sofern ihr noch diese Nacht abzieht ... hoffentlich nicht verfolgen lassen..."

Nachdem die Königin geendet hatte, war für einige Zeit nur Eadhas und Ailmes Schluchzen zu vernehmen - schließlich murmelte der Pendruid: "Es gelang dir, Suetonius Paulinus zu verwunden, Boadicea. Gewiß hat man ihm für die Nachtstunden ein betäubendes Mittel verabreicht, so daß er bis Tagesanbruch handlungsunfähig ist. Und daher könnte dein Opfer..."

"Du bist also bereit ... meine Bitte zu erfüllen?" unterbrach die Königin ihren alten Freund.
Behutsam nahm Swyedydd sie in die Arme. "Ich will es tun, um dir Qualen zu ersparen und jene, für die du noch in deiner Todesstunde Sorge trägst, zu retten."
"Ich danke dir!" flüsterte Boadicea. "Und jetzt laß mich von meinen Töchtern Abschied nehmen..."
Weinend knieten Eadha und Ailme am Lager ihrer Mutter nieder. Leise sprach Boadicea mit ihnen und tröstete sie in ihrer grenzenlosen Seelenpein; zuletzt schaute sie zu Vertix und legte, als er herbeigekommen war, seine Hand in die von Ailme.
Danach richtete sie den Blick auf den Pendruid und sagte mit fester Stimme: "Hilf mir nun! Hilf mir, den Weg nach Annwn anzutreten. Nach Annwn, wo Prasutax mich erwartet."
Swyedydd winkte eine Arztdruidin heran, welche unterdessen bei der Feuerstelle die nötigen Vorbereitungen getroffen hatte. Die greise Frau übergab dem Pendruid einen silbernen Pokal; das Gefäß enthielt erwärmten Metheglyn, in dem bestimmte Kräuter und Pflanzensäfte aufgelöst waren. Nachdem die Druidin Boadicea zugeraunt hatte: "Andrasta wird dich sanft empfangen!", entfernte sie sich wieder - und Swyedydd flößte der Königin, sie liebevoll im Arm bergend, den Trank aus dem Silberbecher ein.
Kaum hatte Boadicea den Pokal geleert, verschleierten sich ihre Augen. Gleich darauf schien sie in tiefen, entspannten Schlaf zu fallen; abermals wenig später hauchte die vierzigjährige Königin ihr diesseitiges Leben aus. Während der Pendruid, Eadha, Ailme und Vertix noch am Totenbett ausharrten, verließen die übrigen Anwesenden den Raum, um dafür zu sorgen, daß der Scheiterhaufen für Boadiceas Verbrennung errichtet wurde. Nach etwa einer Stunde sodann trugen die Königstöchter, Swyedydd und Vertix die Verstorbene zur Weihestätte empor. Dort hoben sie die Bahre auf den flachen Holzstoß, welcher inmitten der drei Teiche aufgeschichtet worden war. Die Großen Wissenden zelebrierten ein Ritual; in tiefer Trauer verfolgten die umstehenden Adligen die heilige Handlung - danach entfachte Swyedydd den Scheiterhaufen.
Rasch breiteten sich die Flammen aus und schlugen bald hoch in den Nachthimmel; in ihr Prasseln mischte sich die Totenklage, welche die Edlen und die Krieger auf den Wällen des Llundain angestimmt hatten. Gegen Mitternacht fielen die Reste des Holzstoßes in sich zusammen; als die Asche etwas abgekühlt war, sammelten Eadha und Ailme die Gebeine ihrer Mutter in einer mit weißen, roten und schwarzen Ornamenten verzierten Urne. Anschließend trugen die Königstöchter das Gefäß mit dem Leichenbrand zu Eadhas Streitwagen und verwahrten es sorgsam in der Wagenkanzel - gleichzeitig machten sich die überlebenden Kämpfer des britannischen Heeres zum Abmarsch fertig.
Von den Königstöchtern, den Druiden und Adligen geführt, zogen die neuntausend Krieger über die gangbar gemachte Stelle des südöstlichen

Ringwalles davon und verschwanden jenseits des Schluchtwaldes, in welchem die fünfundsiebzigtausend ermordeten Frauen, Kinder und Alten lagen, nach Westen.
Die Feinde wiederum verzichteten, ganz wie Boadicea und Swyedydd gehofft hatten, auf eine Verfolgung. Zwar hatten die Römer den Abzug der Kelten bemerkt; doch der verwundete Suetonius Paulinus, dem die Ärzte Opium verabreicht hatten, lag betäubt in seinem Zelt. Daher vermochte der Statthalter keine Befehle zu erteilen, und die Stabsoffiziere hielten es angesichts der schweren Verluste, die auch ihre Armee erlitten hatte, für vernünftiger, den Britanniern nicht nachzustoßen.
So konnten sich die Kelten dank des Opfers, welches die Icener-Königin erbracht hatte, in bewaldetes Hügelland flüchten. Im Lauf der nächsten Tage sodann löste sich das britannische Heer allmählich auf, und die einzelnen Kampfscharen kehrten in ihre Heimatgaue zurück.

Epilog
Tre'r Ceiri

Im Spätsommer, knapp zwei Wochen vor Alban Elued, erreichten Swyedydd, Eadha, Ailme und Vertix, die von etwa dreihundert icenischen und deceanglischen Kriegern begleitet wurden, die steinerne Stadt Tre'r Ceiri an der Nordküste der Lleyn-Halbinsel. Die Bewohner der Bergfestung, welche Eadha und Vertix von früher kannten, hießen die Überlebenden der Schlacht am Llundain willkommen und nahmen sie in ihren bienenkorbartigen, aus dunklen Schieferplatten erbauten Rundhäusern auf.

Am Tag nach der Ankunft setzten Boadiceas Töchter die Urne mit dem Leichenbrand im Fundament des hohen, aus grauer Vorzeit stammenden Cairns bei, welcher die Stadt überragte. So fanden die sterblichen Überreste Boadiceas eine würdige Grabstätte, und nachdem die Nische am Fuß des kegelförmigen Heiligtums wieder geschlossen worden war, sagte Swyedydd gedankenvoll: "Als Tre'r Ceiri gegründet wurde, prophezeiten drei Große Wissende auf Môn, daß diese Stadt niemals von Feinden erobert werden könne. Stets werde hier freier keltischer Geist wehen - und deshalb wird die Seele Boadiceas, wenn sie den Cairn besucht, in Frieden an diesem Ort verweilen können."

Friede war in der Folge auch denen vergönnt, welche jetzt gemeinsam mit den Alteingesessenen in Tre'r Ceiri wohnten. Sie errichteten sich eigene Häuser, und als die Gebäude fertiggestellt waren, feierten die Menschen in der Stadt nicht nur dieses Ereignis, sondern auch die Vermählung von Ailme und Vertix. Swyedydd gab die beiden in einem eindrucksvollen Ritual zusammen; von da an lebte das Paar in seinem Rundhaus nahe des Cairns - und während der nächsten Monate und Jahre kümmerten sich die rothaarige Königstochter und ihr Gemahl hingebungsvoll um zahlreiche andere Neusiedler, welche immer wieder auf der Lleyn-Halbinsel eintrafen: Familien, die ihre Stammesgebiete im Osten verlassen hatten, weil sie sich der römischen Willkürherrschaft nicht beugen wollten.

Manche dieser Menschen, welche Verlangen nach geistiger Unterweisung hatten, pilgerten oft zu der Druidenschule, die Swyedydd, Eadha und einige weitere Große Wissende bald nach Ailmes und Vertix' Heirat auf dem bislang unbewohnten Berggipfel gegründet hatten, der Tre'r Ceiri gegenüber lag. Dort sorgten die Druiden dafür, daß die keltische Weisheit für die Zukunft bewahrt wurde - und ebenso stellten die Großen Wissenden sicher, daß die ehrwürdige Herrscherlinie der Icener nicht erlosch.

Genau drei Jahre nachdem die Urne mit Boadiceas Gebeinen beigesetzt worden war, riefen die Druiden Ailme zur Königin der Lleyn-Halbinsel aus, und Swyedydd legte ihr zum Zeichen ihrer Erhöhung einen schweren rotgoldenen Torques um. Danach wandte sich der alte Freund und Berater der icenischen Herrscherfamilie an Eadha und sagte zu ihr: "Eines Tages,

wenn ich nach Annwn gewandert bin, wirst du hier die Pendruid sein und deiner Schwester in dieser Eigenschaft zur Seite stehen."
Wiederum drei Jahre später verstarb Swyedydd; er entschlief sanft, und Eadha leitete das Begräbnisritual, zu dem sich zahllose Menschen aus allen Teilen der Halbinsel eingefunden hatten. In der Abenddämmerung wurde die Schiefergruft des greisen Pendruid geschlossen; tief in der Nacht, als sie gemeinsam mit Ailme und Vertix an der Grabstätte wachte, glaubte Eadha, einen lautlosen Ruf vom Cairn her zu vernehmen.
Im selben Moment, da die andersweltliche Stimme in ihr Innerstes drang, wurde sie entrückt - und fand sich vor dem uralten, über Tre'r Ceiri aufragenden Steinkegel wieder. Eadha spürte, wie sich ihr die Sídhe, unter ihnen die Seele ihrer Mutter, näherten - dann erlebte sie eine Vision, in deren Verlauf ihr Geist Jahrtausende überschaute.
Eadha sah, wie das Imperium Romanum noch mächtiger wurde; danach sah sie, wie das Reich des Bösen niederbrach und vom Angesicht der Erde verschwand. Jetzt war Britannien wieder frei, und die Schönheit der keltischen Kultur blühte wie in alter Zeit auf - bis neuerlich Feinde an der Südostküste landeten. Diesmal handelte es sich um Germanen, die in mörderischer Absicht über das Meer gekommen waren - doch ein britannischer König, dessen Name Arthur lautete, besiegte sie. Neben diesem Herrscher saß eine rotblonde Frau auf dem Thron, die Gwynhwyfara hieß; nachdem das Königspaar auf der Insel von Avalon zur letzten irdischen Ruhe gebettet worden war, geschah das Schreckliche - nun wurde Britannien von den Germanen unterworfen, und die Kelten litten erneut unter brutaler Gewaltherrschaft.
Dies erschaute Eadha, und sie erschaute auch, wie sich auf dem europäischen Kontinent ein weiteres fürchterliches Imperium herausbildete. Das römische Mordkreuz war sein Zeichen, und unter diesem Zeichen blutete der Erdteil viele Jahrhunderte lang, bis der Kreuzgalgen schließlich seine Macht zu verlieren begann. Aber kaum war das schreckliche Reich der dämonischen Kreuzpriester ins Wanken geraten, entstanden andere, zutiefst bösartige Imperien, deren Symbole Radkreuze, Hämmer und Sicheln waren. Doch auch diese Reiche des Abgründigen brachen zusammen; freilich nur, damit aus ihrem Untergang ein letztes Imperium des Widergöttlichen ausgeboren werden konnte: ein Reich, das seine menschenfeindlichen Absichten durch scheinbar menschenfreundliche Lügen tarnte.
Im Norden eines Kontinents jenseits des Meeres, welches gegen die britannischen Westküsten schäumte, kam dieses letzte Imperium zur Macht und streckte seine gierigen Krakenarme über alle anderen Erdteile hin aus. Die falschen Götter, welche die Herrscher dieses Reiches in abstoßender Verzückung anbeteten, gleißten einerseits wie blutbeflecktes Gold und schillerten andererseits seltsam schwarz und ölig - und am Ende ging von den Götzenanbetern auf dem westlichen Kontinent derartige Gefahr für die Erde und die Menschheit aus, daß die wahren und ewigen Gottheiten diese Bösartigkeit nicht länger dulden konnten. Die Erdmutter

selbst bäumte sich gegen die Frevler auf; grauenhafte Naturkatastrophen und dazu Kriege, die mit fomorischen Waffen geführt wurden, vernichteten das Imperium, welches sich zur Herrschaft über alle Völker der Welt berufen gefühlt hatte - und schließlich war vom letzten Reich der Vermessenheit nichts weiter mehr übrig als eine mit Dornengestrüpp bewachsene Trümmerwüste unter schmutziggrauem Firmament.
All dies sah Eadha, und es erschütterte sie im Innersten - am Ende aber erschaute sie etwas, das sie alles Schreckliche vergessen ließ. Denn nachdem das abgründige Imperium im Westen wie alle anderen Reiche vor ihm untergegangen war, entstand die alte, einst von den Römern zerstörte keltische Kultur Britanniens und Europas von neuem, und die Menschen lebten wieder im Einklang mit den Gottheiten, der Erde und sich selbst. Dies war das letzte Bild, das Eadha sah - und als sich die Sídhe, unter ihnen die Seele Boadiceas, nun behutsam von der jungen Pendruid entfernten und Eadha wieder zu sich kam, begann sie vor grenzenlosem Glück zu schluchzen...

Nachwort

Mein Dank für wertvolle Hilfe bei der Erarbeitung des Romans gilt insbesondere folgenden Freunden, Freundinnen und Bekannten: Dr. Ludwig Kreiner und Walter Wandling M. A. (archäologische Beratung), Dr. Sabine Leitner (medizinische Beratung), Yvonne Hahn (Beratung in historischen Modefragen), Sybil und Gordon Heeks (Recherchen in Barclodiad y Gawres und Llyn Cerrig Bach), John C. Richards (Recherchen im Römermuseum Segontium in Caernarfon), Nerys Roberts (Recherchen in Tre'r Ceiri) sowie Mick und Sandra Lynch (walisisch-volkskundliche Beratung). Nicht zuletzt danke ich Reinhard Rohn und Andreas Paschedag vom Verlag für ihre verständnisvolle Anteilnahme an meiner Arbeit.
Schließlich noch ein Anliegen an meine Leser: Falls Sie irgendwann die keltische Ruinenstadt Tre'r Ceiri auf der nordwalisischen Lleyn-Halbinsel besuchen sollten, verzichten sie bitte darauf, im dortigen Cairn nach der Urne mit den Gebeinen Boadiceas zu forschen. Die Beisetzung der sterblichen Überreste der Icener-Königin in Tre'r Ceiri ist Romanfiktion; wo Boadiceas Gebeine tatsächlich begraben wurden, ist nicht bekannt.

Manfred Böckl

Glossar

Adlerfarn: Riesenfarn.
Alban Ailyr: Keltisches Fest zur Frühjahrstagundnachtgleiche (21. März).
Alban Arthuan: Keltisches Fest zur Wintersonnenwende (21. Dezember).
Alban Elued: Keltisches Fest zur Herbsttagundnachtgleiche (23. September).
Alban Heruin: Keltisches Fest zur Sommersonnenwende (21. Juni).
Andrasta: Die Stammesgöttin der Icener. Andrasta wurde in Gestalt der Mondin verehrt und war damit eine Erscheinungsform der Dreifachen oder Großen Göttin (Ceridwen, die für den Lebenskreislauf steht. Die wachsende Mondsichel symbolisiert den jugendlichen (weißen) Aspekt der Göttin, der Vollmond den mütterlichen (roten) Aspekt und die abnehmende Sichel den greisen (schwarzen) Aspekt. In (Annwn (im Zusammenhang mit Andrasta dem verborgenen Reich des Neumondes) wandelt sich die schwarze Göttin wieder in die weiße um und vollendet so den Kreislauf von Geburt, Reife, Tod und Wiedergeburt. - Bei anderen keltischen Stämmen trug die Mondin den Namen (Arianrhod; die heilige Zahl der Mondgöttinnen war, entsprechend den dreizehn Mondmonaten eines Jahres, die Dreizehn.
Annwn: (Aussprache Annun, da das W in der keltischen Schreibweise zumeist für U steht). - Die keltische, geheimnisvoll mit der Diesseitswelt verflochtene Anderswelt, in der - neben weiteren Geistwesen - die Toten leben und sich auf ihre Wiedergeburt vorbereiten.
Ard Rhi: Hochkönig.
Arianrhod: Übersetzt: Silbernes Rad. Arianrhod ist eine keltische Mondgöttin und korrespondiert von daher mit (Andrasta.
Augustus: Adoptivsohn Cäsars und erster römischer Kaiser (63 v. d. Z. - 14 n. d. Z.).
Barclodiad y Gawres: Sehr bedeutendes prähistorisches Hügelgrab im Südwesten der Insel Anglesey (zwischen Aberffraw und Rhosneigr) mit Großsteinkammern im Inneren.
Barde: Keltischer Poet und Sänger, der zugleich das Geschichtswissen seines Stammes oder Volkes bewahrte und damit quasi auch Historiker war. Barden (und Bardinnen) standen im Druidenrang.
Beltane: Keltisches Frühlingsfest, das am 1. Mai gefeiert wurde.
Bodhran: Keltische Handtrommel.
Bora da: Guten Morgen.
Bran: Britannische Erscheinungsform des keltischen Gottes (Lugh. Bran wird von Raben begleitet, was auf seinen dunklen Todes- und Schlachtenaspekt hinweist, aber auch seine prophetischen Fähigkeiten symbolisiert. - In sehr alten britannischen Überlieferungen heißt es, Bran (beziehungsweise Brans Haupt) liege lebend im schwarzen Hügel von London (dem Platz, wo heute der Tower steht) begraben und wache dort über Britannien. Von daher rührt auch die Legende von den Tower-Raben,

welche besagt, daß Britannien nicht untergehen werde, solange die Raben um den Tower kreisen würden. - Im Roman wird die Bran-Geschichte, die hier den mittelalterlichen "Mabinogion" (einer walisischen, teils christlich eingefärbten Sammlung sehr viel älterer heidnischer Texte) entlehnt ist, verkürzt nacherzählt. Bei der Bearbeitung für den Roman war es Anliegen des Autors, den heidnisch-keltischen Kern der Geschichte wieder deutlich herauszuschälen.

Briganten: Keltischer Stamm, der südlich der heutigen schottischen Grenze siedelte und zur Handlungszeit des Romans noch nicht von den Römern unterworfen war.

Brigid: Die jugendliche, strahlend schöne Erscheinungsform der Großen Göttin (Ceridwen. Damit auch Göttin der Quellen oder anderer "junger" Gewässer.

Britannische Münzen: Wie überall in der spätkeltischen Welt war auch in Britannien keltisches Münzgeld in Umlauf. Die goldenen, silbernen oder bronzenen Geldstücke wurden von Hand mit Stempeln geschlagen; die so entstandenen Prägebilder zeigten oft künstlerisch wertvolle Motive.

Bryn Celli Ddu: Übersetzt: Hügel des dunklen Heiligtums. Prähistorisches Steinkammergrab im Süden der Insel Anglesey unweit des Dorfes Llandaniel Fab.

Byssus: Auch Meerseide genannt. Seidenartiger, sehr kostbarer Stoff, der in Antike und Mittelalter aus dem erstarrten Drüsensekret der Pinna nobilis (Mittelmeermuschel) gewebt wurde. Da die britannischen Kelten Handelsbeziehungen mit verschiedenen Völkern des Mittelmeerraumes wie Ägyptern und Griechen unterhielten, war Byssus auch in Britannien bekannt.

Caer Arianrhod: Wörtlich: Ort der Arianrhod. - Heute eine Felsenklippe im Meer südwestlich von (Dinas Dinlle. In früheren Jahrtausenden, als der Meeresboden vor der britannischen Westküste noch höher lag, war Caer Arianrhod eine kleine Felseninsel, auf der sich ein Heiligtum der Mondgöttin (Arianrhod befunden haben muß.

Caer Llundain: Wörtlich: Ort der Teiche. Ein wichtiges südbritannisches Wasserheiligtum, das der Großen Göttin (Ceridwen geweiht war. Caer Llundain (Kurzform Llundain) lag auf einem Hügel mit Blick zur weiter südlich fließenden Themse im heutigen Londoner Stadtteil Highgate; in unseren Tagen heißt diese Erhebung Parliament Hill. Aus Llundain entwickelte sich der Name Londinium (römisch) und dann London.

Cairn: Pyramide aus losem Gestein, welche in keltischer Zeit entweder eine Grabstätte markierte oder der Erinnerung an Tote diente, die anderswo bestattet waren, weil sie beispielsweise nicht mehr aus einem Krieg heimgekehrt waren.

Camulodunum: Die heutige Stadt Colchester in Essex.

Carynx: Keltische Trompete, ähnlich einer Lure, auf der zehn bis fünfzehn Töne gespielt werden konnten.

Castellum: Römisches Militärlager.

Centurie: Hundertschaft römischer Legionäre, die von einem Centurio befehligt wurde.
Ceridwen: Britannischer Name der Dreifachen oder Großen Göttin der Kelten, die als junge, mütterliche und alte Frau erscheint. Auf diese Weise verkörpert sie den Lebenskreislauf von der Geburt über die Reife bis zum Tod sowie die Wiedergeburt. Ihre Farben sind in der Folge ihrer Erscheinungsformen Weiß, Rot und Schwarz (bzw. Dunkelblau).
Cernunnos: Der keltische Hirschgott. Sein Geweih steht unter anderem für Wachstum, Fruchtbarkeit, Weisheit und die Verflechtung der verschiedenen Lebensformen.
Chrestoi: Ursprüngliche (griechische) Bezeichnung für die Christen. - Das Christentum hatte sich von Anfang an in verschiedene Sekten aufgespalten; alle von ihnen legten militante, oft gewaltsame Intoleranz gegenüber den heidnischen Religionen an den Tag. Ein Teil proklamierte auch totale Sexualfeindlichkeit und hielt Lebensfreude für eine Sünde, weshalb es häufig zu den im Roman erwähnten Angriffen auf Bordelle und Tavernen kam. Im Jahr 64 brannte die Subura (Proletarier- und Vergnügungsviertel) von Rom nieder; maßgebliche Historiker vermuten, daß dieses Stadtviertel mit seinen zahlreichen Bordellen von Christen in Brand gesteckt wurde. Nero ließ daraufhin, durchaus im Einklang mit römischem Recht, christliche Tatverdächtige bei lebendigem Leib im Kolosseum von Rom verbrennen.
Corinium Dobunnorum: Die heutige Stadt Cirencester in Gloucestershire.
Cromlech: Steinkreis.
Cunetio: Die heutige Stadt Marlborough in Wiltshire.
Curragh: Hochseetüchtiges keltisches Holzboot, das außen mit Leder bespannt war. - Neben den Curraghs besaßen die britannischen und gallischen Kelten Segelschiffe für den Fernhandel. Im Aussehen ähnelten diese hochbordigen Schiffe, die aufgrund ihrer sehr soliden Konstruktion auch im Krieg benutzt werden konnten, den mittelalterlichen Hansekoggen.
Cymru: Wales.
Dana: Auch Danu oder Ana. Wahrscheinlich die älteste Göttin Europas, die als unerschöpflich gebärende Erdmutter für das ewig sich erneuernde Dasein im Lebenskreislauf steht. Dana ist also Wiedergeburtsgöttin und wurde in dieser Gestalt auch von den Kelten als eine der Emanationen der Dreifachen Göttin (Ceridwen verehrt.
Decurie: Kleinste Einheit der römischen Armee, die aus zehn Legionären bestand und von einem Decurio befehligt wurde.
Dinas Dinlle: Mächtige Hügelfestung mit noch gut erhaltenen Ringwällen an der nordwestwalisischen Küste südlich der Stadt Caernarfon.
Dolmen: Steinkammergrab.
Donnerkeil: Volkstümliche Bezeichnung für den versteinerten, kegelförmigen Auswuchs der Kalkschale einen Belemniten: eines tintenfischähnlichen Meerestieres, das in der Jura- und Kreidezeit lebte.
Dun: Keltische Bezeichnung für eine Ringwallfestung oder allgemein für eine Festungsanlage.

Durnovaria: Die heutige Stadt Dorchester in Dorset. Ein kleines Stück südwestlich von ihr hat sich die riesige Königsfestung der Durotrigen erhalten. Sie ist unter dem Namen Maiden Castle bekannt und stellt mit ihren noch immer gewaltigen Ringwällen eines der beeindruckendsten Zeugnisse für die keltische Kultur in Britannien dar.
Dreifache Göttin: Siehe Ceridwen.
Druide: In keltischer Sprache Druwid. Dru heißt groß, Wid bedeutet Wissen/Weisheit; Druwid läßt sich also am besten mit Großer Wissender/Weiser oder Große Wissende/Weise übersetzen. In der keltischen Gesellschaft nahmen die Druiden den höchsten Rang ein. Sie waren teils Priester und Philosophen; teils Poeten, Sänger und Historiker ((Barden); ebenso Fürstenberater, Ärzte, Richter, Lehrer, Astronomen und Propheten ((Ovaten). Die Druiden genossen große Privilegien und waren darüber hinaus keinem menschlichen Gesetz unterworfen, sondern in ihrem Tun allein den Göttern verantwortlich. Dies galt auch im Krieg; manche Druiden nahmen eine pazifistische Position ein und lehnten es ab, zu kämpfen - andere übten sich in den Waffen und waren oft herausragende Krieger.
Drunemeton: Wörtlich: Große Zusammenkunft. Solche Ratsversammlungen der Kelten konnten verschiedenartigen Charakter haben. Es gab regelmäßige Volksversammlungen nach durchaus demokratischen Prinzipien; in anderen Fällen versammelten sich die keltischen Aristokraten, also Adlige und Druiden, zum Drunemeton.
Dun: Typisch keltische Hügelfestung, deren besiedeltes Innenareal von mächtigen Ringwällen aus Erde und darin integriertem Fachwerk mit Steinpackungen sowie tiefen Gräben geschützt wurde.
Ehrenportion: Die Vergabe der Ehrenportion bei einem Festmahl stellte einen sehr wichtigen keltischen Brauch dar. Oft wurde der tapferste anwesende Krieger durch die Vergabe der Ehrenportion ausgezeichnet; es konnte durch dieses Tafelritual jedoch auch die Weisheit eines Druiden, die Großherzigkeit eines Herrschers oder die Schönheit einer Frau gewürdigt werden.
Erinn: Irland.
Eryri Gwyn: Wörtlich: Weißer Adler. Keltische Bezeichnung für das Bergmassiv von Snowdonia in Nordwales.
Falerner: Zur Handlungszeit des Romans einer der besten italienischen Weine. Der Falerner wurde damals im nördlichen Kampanien angebaut; heutzutage wird der Wein dieses Namens noch immer geschätzt, kommt aber jetzt aus der Gegend von Neapel.
Fatum: Schicksal.
Fidchell: Keltisches Brettspiel, das eine gewisse Ähnlichkeit mit Schach hatte. Fidchell bedeutet: Klugheit des Holzes (der hölzernen Spielfiguren).
Fomorier: Lebewesen der keltischen Mythologie, welche die Erde am Anfang bewohnten. - Fomorisch: urweltlich, archaisch - aber auch abgründig, dämonisch, grauenhaft.

Freigelassener: Die römische Gesellschaft war eine Sklavenhaltergesellschaft. Gelegentlich jedoch wurden besonders verdiente Sklaven von ihrem Herrn freigelassen und konnten dann sogar in hohe Positionen aufsteigen.
Fretum Gallicum: Wörtlich: Gallische Meerenge. Ärmelkanal.
Glevum: Die heutige Stadt Gloucester nördlich der Severn-Meerenge.
Golf von Puteoli: Große Meeresbucht an der Küste von Kampanien in Süditalien.
Große Göttin: Siehe Ceridwen.
Gwynedd: Der nordwestliche Landesteil von Wales, welcher vom Snowdonia-Massiv beherrscht wird.
Hu-He-Su (auch Esus): Keltischer Gott, der sich in der ersten Astgabel eines Baumes manifestiert, auch mit Misteln verbunden ist und das verborgene Geheimnis des Lebens behütet.
Iberische Halbinsel: Spanien und Portugal.
Imbolc: Keltisches Fest zum Winterende, das am 1. Februar gefeiert wurde.
Insurgent: Aufständischer, Rebell.
Kernow: Cornwall.
Kohorte: Römische Militäreinheit von sechshundert Mann.
Legat: Hoher römischer Offizier, der eine Legion kommandierte. Öfter nahmen Legaten auch diplomatische Aufgaben wahr.
Liktoren: Römische Amtsdiener, welche Fasces - Rutenbündel, die ein Beil umhüllten - trugen. Aufgabe der Liktoren war u. a. die Verhaftung von Verbrechern und der Vollzug von Leibesstrafen.
Liquamen: Römische Gewürzpaste, die aus Fischfleisch gewonnen wurde. Man ließ das Fischfleisch (auch Innereien) unter Zugabe von Gewürzen gezielt bis zu einem gewissen Grad verfaulen und kochte es danach ein. Auf diese Weise erhielt man eine sehr streng riechende und lange haltbare Paste, die von den Römern derart geschätzt wurde, daß Offiziere sie selbst auf Kriegszügen mitführten.
Lleyn-Halbinsel: Große Halbinsel südlich von Anglesey.
Llyn Cerrig Bach: Übersetzt: See der kleinen Felsen. - Nicht sonderlich großer See im Westen der Insel Anglesey (nahe des Ortes Llanfihangel), welcher in keltischer Zeit eine sehr bedeutende Opferstätte war. Im Jahr 1943 wurde im Wasser des Llyn Cerrig Bach ein sensationeller archäologischer Fund gemacht: 144 wertvolle keltische Waffen, Schmuckstücke, Streitwagenbeschläge u. a., aber auch römische Sklavenketten. Diese Gegenstände, die heute im walisischen Nationalmuseum in Cardiff zu sehen sind, wurden in den beiden letzten vorchristlichen und dem ersten nachchristlichen Jahrhundert im See versenkt - und die reichen Opfergaben beweisen, daß sich am Ufer des Llyn Cerrig Bach ein herausragendes Druidenheiligtum befand.
Londinium: London.
Lugh: Zum einen der keltische Sonnengott, zum anderen der unübertroffene Meister aller Künste und handwerklichen Fähigkeiten.

Außerdem ist Lugh in seiner Erscheinungsform (Bran auch Toten- und Schlachtengott, der andererseits in Verbindung mit (Ceridwen den Tod in Wiedergeburt umwandeln kann.
Lughnasad: Keltisches Sommer- und Erntefest, das am 1. August gefeiert wurde.
Lutetia: Paris. - Die keltische Stadt Lutetia lag auf den beiden Seine-Inseln und den gegenüberliegenden Uferstreifen des Flusses im Herzen der heutigen französischen Metropole.
Mänade: Rasendes Weib.
Magio: Das heutige Dropshort südöstlich von Milton Keynes in Buckinghamshire. Als Sammelplatz von Cunobelinos' Heer im Roman ist Magio fiktiv, denn es läßt sich historisch nicht mehr eruieren, wo genau der Hochkönig seine Armee zusammenzog. Es dürfte jedoch mit ziemlicher Sicherheit die Gegend nördlich von London im Grenzgebiet von Buckinghamshire/Bedfordshire gewesen sein. - Aus der alten, heute fast verschwundenen keltischen Befestigungsanlage Magio entstand später die Römersiedlung Magiovinium, und aus ihr entwickelte sich Dropshort.
Manipel: Römische Militäreinheit, die aus drei (Centurien, also dreihundert Mann bestand.
Manx: Die Insel Man in der Irischen See, nördlich von Anglesey. Ähnlich wie auf Anglesey gab es auch auf Man bedeutende Druidenschulen.
Metheglyn: Met. Dieses alkoholische Getränk aus vergorenem Honig wurde von den Kelten sehr geschätzt.
Mithras: Ursprünglich ein babylonischer Gott, dessen Kult über Kleinasien und Griechenland nach Rom gelangte. Zur Handlungszeit des Romans gewann der Mithraskult allmählich auch in Westeuropa Boden und war um das Jahr 200 n. d. Z. im gesamten Römischen Reich verbreitet. Mithras war insbesondere ein Gott der Legionäre; er stand für Kraft und Treue und war spirituell mit einem heiligen Stier verbunden.
Moesien: Römische Provinz auf dem Balkan, die Teile des heutigen Serbien und Bulgarien umfaßte. Zur Handlungszeit des Romans bildete die Donau dort die Nordostgrenze des Römischen Reiches.
Môn: Die nordwalisische Insel Anglesey in der Irischen See.
Nubier: Negroide Volksgruppe am Ober-Nil nördlich des Sudan.
Ogham-Schrift: Keltische Schrift, welche aus verschiedenen Strichgruppen (Buchstaben) bestand, die sich oberhalb oder unterhalb einer Mittellinie befanden, beziehungsweise diese Linie im rechten Winkel oder schräg schnitten.
Ovate: Keltischer Zukunftsdeuter, Prophet, Orakelausleger wohl in schamanistischer Tradition. Ovaten (und Ovatinnen) standen im Druidenrang.
Parisier: Keltischer Stamm, der an der Seine lebte und der Stadt Paris ihren Namen gab. Nach der Eroberung Galliens durch Cäsar flohen Teile des Stammes nach Britannien und siedelten sich an der Ostküste der Insel nördlich des Humber an.

Parther: Reitervolk, das zur Handlungszeit des Romans im heutigen Nordiran lebte und von dort aus die Ostgrenze des Römischen Reiches bedrohte. In den Jahren nach Neros Thronbesteigung errangen die Römer einige Siege über die Parther.
Pax Romana: Der Römische Friede, den das Imperium - zumindest theoretisch - allen unterworfenen Völkern garantierte.
Penbardd: Wörtlich: Haupt der Barden. Oberster Barde oder Oberste Bardin.
Pendruid: Wörtlich: Haupt der Druiden. Oberster Druide oder Oberste Druidin.
Pentere: Kriegsschiff vom Typ einer Galeere, das fünf Ruderbänke übereinander besaß. Die Penteren waren die größten Kampfschiffe der römischen Marine.
Pikten: Stämme, die zur Handlungszeit des Romans Schottland bewohnten und manchmal Raubzüge nach Süden unternahmen.
Pilum (Mehrzahl Pili): Kurze römische Wurflanze mit vierkantiger Spitze. Das vordere Drittel des Schaftes bestand aus Eisen, was die Aufprallwucht des Pilums erhöhte.
Prätorianer(garde): Leib- und Palastwache der römischen Kaiser.
Procurator: Oberhaupt der Zivilverwaltung einer römischen Provinz.
Quinquatrusfest: Römisches Fest zu Ehren der Göttin Minerva, das vom 19. bis zum 23. März gefeiert wurde.
Raeda: Römische Kutsche.
Salinae: Der heutige Ort Droitwich nordöstlich von Worcester.
Samhain: Keltisches Herbstfest, das am 1. November gefeiert wurde. Das Samhainfest hat zusätzliche Bedeutung in andersweltlicher Hinsicht; in der Samhainnacht, der Nacht auf den 1. November, öffnen sich nach keltischem Glauben die Tore nach (Annwn, und die Geister der Toten können im Diesseits erscheinen.
Saturnalienfest: Römisches Winterfest, das am 17. Dezember gefeiert wurde.
Schildkröte: Besondere Kampfformation der Römer, bei der sich die Legionäre in einem geschlossenen Rechteck gruppierten und sich an den Flanken und über den Köpfen mit ihren Schilden deckten. Auf diese Weise konnten sie trotz Beschusses gegen feindliche Stellungen vorgehen.
Schwarze Berge: Die Black Mountains nördlich der heutigen Stadt Abergavenny im Südosten von Wales.
Sedile: Römische Ruhebank, die bei Gastmählern verwendet wurde und auf der man sich halb sitzend, halb liegend niederließ.
Senat: Aristokratenversammlung des Römischen Imperiums. Zur Handlungszeit des Romans waren die Senatoren, auch Patrizier genannt, bereits weitgehend entmachtet und standen mehr oder weniger unter Kuratel der jeweiligen Imperatoren.
Sídhe: Allgemeine Bezeichnung für die Bewohner der Anderswelt. Unter den Sídhe (Singular: Sídh) versteht man also sowohl die in (Annwn

lebenden Toten als auch Feen, Alben und sonstige andersweltliche Wesen.
Sistra (Plural Sistren): Keltisches Musikinstrument in der Art eines Schellenbaumes, dessen Metallstab mit Glöckchen behangen war. Wurde die Sistra geschüttelt oder auf den Boden gestoßen, erklang also ein Glockenspiel.
Subscriptio: Unterschrift.
Sul: Britannische Quell- oder Wassergöttin, die mit der Göttin (Brigid korrespondiert.
Tabula rasa machen: Etwas schnell und rücksichtslos zu Ende bringen. Wörtlich bedeutet Tabula rasa: abgeschabte, abgekratzte Tafel.
Tamesis: Die Themse.
Taranis: Der keltische Stier- und Donnergott. Herr der Elemente und der Zeit.
Terentius: Römischer Komödiendichter (190 - 159 v. d. Z.). Terentius (auch Terenz) zeichnete sich durch feinsinnige Komödien aus. "Das Mädchen von Andros" war eines seiner beliebtesten Stücke.
Terra Sigillata: Typisch römisches Gebrauchsgeschirr von ziegelroter Farbe.
Toga: Römischer Prunkumhang, der einen eindrucksvollen Faltenwurf zuließ.
Tre'r Ceiri: Heute eine äußerst eindrucksvolle keltische Ruinenstadt auf einem Nebengipfel des Yr Eifl an der Nordküste der (Lleyn-Halbinsel nahe des Dorfes Trefor. Die Festungsstadt, von der noch die Fundamente zahlreicher Rundhäuser sowie die mächtige Ringmauer aus Schieferplatten erhalten sind, wurde im letzten vorchristlichen Jahrhundert erbaut und war bis zum fünften nachchristlichen Jahrhundert mehr oder weniger kontinuierlich bewohnt. Erst nachdem die Römer, welche Tre'r Ceiri und die Lleyn-Halbinsel nie erobern konnten, aus Britannien abgezogen waren, wurde die Stadt wieder aufgegeben. - Auf dem höchsten Punkt von Tre'r Ceiri erhebt sich ein gewaltiger (Cairn, der noch bedeutend älter als die Stadt ist; dieses Häuptlingsgrabmal wurde in der Bronzezeit errichtet.
Tribun: Römischer Offizier, der gewöhnlich eine (Kohorte kommandierte.
Tunika: Knielanges römisches Untergewand, das unter der (Toga getragen wurde.
Triere: Kriegsschiff vom Typ einer Galeere, das drei Ruderbänke übereinander besaß.
Umgangstempel: Tempelanlage, die einen zentralen Sakralraum und einen offenen Wandelgang um dieses eigentliche Heiligtum besaß.
Venefica: Giftmischerin.
Venta Icenorum: Der heutige Ort Caistor St. Edmund südlich von Norwich in Norfolk.
Vertis: Die heutige Stadt Worcester in Worcestershire.
Verulamium: Die heutige Stadt St. Albans nordnordwestlich von London.

Veteran: Römischer Legionär, der sich nach seiner regulären Dienstzeit (im Regelfall zwanzig Jahre) zur Ruhe gesetzt hatte. Da die Veteranen also nicht alt waren und zudem eine staatliche Abfindung in Geld oder Land bekamen, konnten sie sich nach ihrem Militärdienst noch eine solide Existenz aufbauen. Oft betrieben sie dann Landwirtschaft auf eigenen Höfen; ehemalige Offiziere bewirtschafteten häufig eine (Villa Rusticana.
Villa Rusticana: Römisches Landgut.
Weltenbaum: Großer, mit sakralem Schnitzwerk versehener "Totempfahl", welcher in der keltischen Religion eine wichtige Rolle spielte. Der Weltenbaum stellte die Verbindung zwischen Diesseits- und Anderswelt her.
Zahlen der keltischen Mythologie: Die Drei steht für die Dreifache Göttin (Ceridwen; die Neun für deren kosmische Dimension und damit für absolute Vollendung. Die Fünf ist die Druidenzahl; sie steht für druidische Weisheit und eine fünfdimensionale Kosmologie der Großen Wissenden, welche die dreidimensionale Diesseitswelt, die Anderswelt sowie eine alles umfassende fünfte Dimension beinhaltet. Die Dreizehn ordneten die Kelten entsprechend den dreizehn Mondmonaten eines Jahres dem Mond und damit den Göttinnen (Andrasta und (Arianrhod zu.
Zelot: Jüdischer Freiheitskämpfer. Die Zeloten führten noch lange nach der Eroberung Judäas durch die Römer im Jahr 63 v. d. Z. einen Partisanenkrieg gegen die Besatzer. Erst im Jahr 70. n. d. Z., als der jüdische Tempel in Jerusalem zerstört wurde, brach der zelotische Widerstand völlig zusammen.

„Boadicea. Die letzte Königin der Kelten“
ist einer von sechs Keltenromanen aus meiner Feder.
Lesen Sie auch die anderen fünf:

„Merlin. Der Druide von Camelot“

„Die Bischöfin von Rom“

„Cúchulainn. Gottkrieger von Irland“

„Die neun Leben der Grainne O’Malley“

„Der Druidenstein“

Printed in Poland
by Amazon Fulfillment
Poland Sp. z o.o., Wrocław

79553753R00209